dtv

W0462567

Für einen Neuanfang in San Francisco kündigt Aaron Englund seinen Job und verlässt seinen langjährigen Partner Walter. Doch der Start in ein neues Leben gestaltet sich holpriger als gedacht. Aaron holen Erinnerungen an seine Kindheit ein: an die Jahre als Außenseiter in einem Provinznest in Minnesota, an den Tod des jähzornigen Vaters und an seine liebevolle, aber labile Mutter, die eines Nachts mit dem Dorfpfarrer durchgebrannt und nicht mehr zurückgekommen ist. Aber auch an besondere Begegnungen mit seiner fanatischen Tante Jean, dem Griesgram Clarence oder der dicken Bäckerin Bernice – allesamt fremd in einer Welt, in der Anderssein nicht erwünscht ist. Zwanzig Jahre lang hat Aaron nichts von seiner Mutter gehört. Als er den Detektiv Bill kennenlernt, bietet sich ihm unverhofft die Möglichkeit, sich seiner Vergangenheit zu stellen.

Lori Ostlund wuchs in Minnesota auf. Sie arbeitete als Antiquitätenhändlerin und Englischlehrerin, u. a. in New Mexico, Spanien und Malaysia. Ihr Erzählungsband ›The Bigness of the World‹ erschien 2009 bei University of Georgia Press und wurde mehrfach ausgezeichnet. ›Das Leben ist ein merkwürdiger Ort‹ ist Lori Ostlunds erster Roman. Sie lebt und schreibt in San Francisco.

Lori Ostlund

Das Leben ist ein merkwürdiger Ort

Roman

Aus dem amerikanischen Englisch
von Pieke Biermann

dtv

Ausführliche Informationen über
unsere Autoren und Bücher
www.dtv.de

MIX
Papier aus verantwortungsvollen Quellen
FSC® C019821

2. Auflage 2018
2017 dtv Verlagsgesellschaft mbH & Co. KG, München

Die Originalausgabe erschien 2015 unter dem Titel
›After the Parade‹ bei Scribner in New York.

Umschlaggestaltung: dtv unter Verwendung eines Fotos
von gettyimages/Mitchell Funk
Gesamtherstellung: Druckerei C.H.Beck, Nördlingen
Gedruckt auf säurefreiem, chlorfrei gebleichtem Papier
Printed in Germany · ISBN 978-3-423-14598-5

Für meine Schüler, die mir Hoffnung machen

Woher ihr kommt, das ist verschwunden, wohin ihr zu gehen glaubtet, war niemals da, und wo ihr seid, taugt nichts, es sei denn, ihr könnt davor weglaufen.

Flannery O'Connor, ›Die Weisheit des Blutes‹

Es ist schon eigenartig, aber jeder, der vermisst wird, soll irgendwann in San Francisco gesehen worden sein.

Oscar Wilde

Dezember

1

Aarons Abfahrt verzögerte sich – irgendein Durcheinander bei der Verleihfirma, und offenbar niemand kompetent genug, es zu entwirren –, er hatte erst am frühen Nachmittag anfangen können, den Transporter zu beladen, und es ging auf acht zu, als er endlich fertig war. Am liebsten wäre er sofort losgefahren, fand die Vorstellung, so spät noch aufzubrechen, dann aber doch nicht so gut. Dass der Transporter voll beladen in der Einfahrt stand, reichte schließlich als Beweis seiner Absicht. Lieber schlenderte er noch ein Mal durch die Nachbarschaft, sein allabendliches Ritual, er hatte es sich angewöhnt, als Walter und er vor neun Jahren hierhergezogen waren. Er hatte seine feste, von den Katzen des Viertels inspirierte Route. Aaron kannte die Adresse von jeder und hatte auch jeder einen Namen verpasst – Falstaff und Serial Mom, Puffin und Owen Meany –, und wenn er sie rief, verließen sie ihren jeweiligen Schlupfwinkel und liefen ihm auf dem Bürgersteig entgegen.

Er kam am Haus der alten Frau vorbei, die an den meisten Abenden, allerdings nicht heute, schon durchs Küchenfenster nach ihm Ausschau hielt und mit einem Glas in der Hand herausstürzte, das sie nicht aufbekam. Sie nannte ihn beim Vornamen, er sagte Mrs. Trujillo zu ihr, denn sie war bestimmt doppelt so alt wie er. Und während er ihr das Glas Honig oder Pulverkaffee aufschraubte, hielten sie ein Schwätzchen, versicherten sich gegenseitig, dass es ihnen gut gehe und dass die letzten Tage friedlich und ruhig gewesen seien. Sie tauschten lauter Sätze aus, mit denen Aaron aufgewachsen war, die er schon als Kind von den Gästen im Café seiner Mutter gehört hatte. Damals hatte es ihn davor gegraust, er war schüchtern und Plaudern nicht seine Stärke. Erst im Laufe der Jahre hatte er es schätzen gelernt, als kleine Verbeugung vor höflichem Umgang miteinander.

Natürlich ging es Mrs. Trujillo nicht immer gut. Manchmal machte ihr der Rücken Ärger, oder sie hatte kein Gefühl in den Händen. Dann streckte sie sie ihm entgegen, als könnte man ihnen die Taubheit ansehen, und er gab ihr vorsichtig das Glas zurück und sagte: »Schön aufpassen, Mrs. Trujillo. Denken Sie an die Sauerei, die ein kaputtes Honigglas anrichtet.« Oft schickte er noch einen witzigen Spruch hinterher, über Ameisen zum Beispiel, denen dann die Zungen bluten würden, das war zwar nicht besonders witzig, aber Mrs. Trujillo lachte trotzdem, wie Leute lachen, die sehr einsam sind und sich nur auf diese Weise bedanken können. Sie schien sich immer ein bisschen zu genieren, wenn sie ihre Zipperlein erwähnte, und genauso genierte sie sich, wenn er sie beim nächsten Mal fragte, ob es ihr besser gehe, trotzdem hatten sie das Ritual über Jahre beibehalten, und er war erleichtert, dass sie jetzt, als er an seinem letzten Abend an ihrem Haus vorbeikam, nicht da war. Er ließ seine Gedanken in die Zukunft schweifen, zum nächsten Abend und zum übernächsten, aber er verspürte doch einen Stich im Herzen bei der Vorstellung, wie sie mit einem widerspenstigen Glas Spaghettisoße am Fenster stand.

Er beschleunigte seinen Schritt, rannte jetzt fast bis zu Falstaffs Haus, ging auf dem Bürgersteig in die Hocke, rief den Kater sanft beim Namen und wartete, dass sein beleibter Kumpel von der Veranda, seiner Bühne, heruntergeschaukelt kam. Um neun war Aarons Runde beendet. Er ging ein Mal um den Transporter herum und kontrollierte zwei Mal, ob er auch wirklich das Schloss vorgelegt hatte. Er kannte sich, irgendwann in der Nacht würde er mit bohrenden Zweifeln wach liegen, und so hatte er ein Bild, das er sich ins Gedächtnis rufen konnte: Ladung gesichert.

Vor einer Woche war Aaron mit einer Liste all der Dinge, die er mitnehmen wollte, in Walters Arbeitszimmer gegangen. Walter hatte am Schreibtisch gesessen, einem riesigen Teakholztisch, den sein Vater in den Fünfzigerjahren aus Dänemark mitgebracht hatte. An diesem Tisch hatte Walters Vater seine gesamte akademische Laufbahn hindurch gearbeitet und Artikel geschrieben, aus denen später Bücher über eher unbedeutende und zumeist längst verstorbene polnische Dichter geworden waren, und später war er auf Walter übergegangen. Aaron liebte den Tisch, er stand für alles, wonach er sich schon lange bevor er bei Walter eingezogen war und ihr Zusammenleben begann gesehnt hatte: für einen Beruf, der einen soliden, schönen Schreibtisch erforderte; für einen Vater, der so viel Wert auf Ästhetik legte, dass er einen Teakholztisch über den Ozean transportieren ließ; für ein Leben, das in jeder Beziehung anders war als sein eigenes damals.

Es war erst vier Uhr nachmittags, aber Walter trank Cognac – spanischen Cognac, er zog ihn dem französischen vor –, er musste geahnt haben, dass etwas nicht stimmte. Das allerdings würde Aaron erst später klar werden. Jetzt stand er in der Tür und las seine Liste vor – eine Garnitur Bettwäsche, ein Handtuch, ein Kochtopf, ein Teller, ein Küchenmesser, Besteck. »Ist irgendwas dabei, das ich lieber nicht mitnehmen soll?«, fragte er.

Walter sah aus dem Fenster, eine gefühlte halbe Ewigkeit lang. »Ich habe dich gerettet, Aaron«, sagte er schließlich. Sein Kopf sank auf die Tischplatte, schwer von Erinnerungen.

»Ja«, sagte Aaron. »Ja, das hast du. Danke.« Er hörte selbst, wie hölzern seine Stimme klang. Es tat ihm leid, aber er konnte es nicht ändern. Auf diese Weise hatte er Walter von seinem Auszug in Kenntnis gesetzt.

* * *

Walter war schon fertig mit seinen »abendlichen Ablutionen«, Katzenwäsche und Zähneputzen in seiner Terminologie, eine Erhöhung des Profanen durch Umbenennung. Er lag im Bett, und

Aaron schien nichts anderes übrig zu bleiben, als auch ins Bett zu gehen. Nur dass er keins mehr hatte. Das Gästebett, ein Klappgestell mit Futon, war schon im Transporter, und ein richtiges Sofa hatten sie nie besessen, lediglich ein antikes javanisches Ruhebett aus Winnies Laden in Minneapolis. Winnie war eigentlich Walters Schwester, aber Aaron hatte sie von Anfang an mehr als seine eigene empfunden. Auf Winnies Liege zu schlafen, hieße zwangsläufig, an Winnie zu denken, was er vermeiden wollte. Er hatte nicht einmal ihr von seinem Auszug erzählt. Er konnte natürlich bei Walter schlafen, wo fast zwanzig Jahre lang sein Platz gewesen war, aber das Bett mit dem Mann zu teilen, den er gerade verließ, erschien ihm *ungehörig* – das Wort drängte sich geradezu auf. Angesichts seines Dilemmas fiel ihm eine Geschichte ein, die ihm Winnie vor einiger Zeit bei einem ihrer wöchentlichen Telefonate erzählt hatte. Winnie steckte voller Geschichten über die Freuden – und Bürden – des Kleinunternehmerdaseins.

»Ich bin ja praktisch Zwangspublikum«, hatte sie ihm und Walter einmal erklärt. »Ich kann schließlich nicht einfach den Laden zumachen und gehen. Irgendwie ist den Leuten das auch bewusst, trotzdem führen sie sich auf, als wären wir einvernehmliche Gesprächspartner, einfach weil ihnen das gerade in den Kram passt. Die hören manchmal einfach nicht auf.«

»Sie sind anmaßend«, hatte Walter gesagt, »anmaßend und ichsüchtig.« Walter konnte Zeitverschwendung nicht ausstehen, und schon gar nicht, wenn es seine Zeit war, die verschwendet wurde. »Lass sie einfach stehen.«

Aaron war sicher, dass Winnie das nie tun würde. Sie war wie er: Sie wussten beide, dass die Welt voller einsamer Menschen war, und beide gönnten sie ihnen solche kurzen Momente der Geselligkeit.

Die Geschichte, deretwegen Winnie ihn angerufen hatte, drehte sich um eine Kundin namens Sally Forth. Sie kam gerade aus dem Urlaub, zehn Tage Türkei mit ihrem Mann, und vor dem Abflug hatte sie Winnie erklärt: »Das ist bekanntlich ein muslimisches Land. Da wimmelt's von Tabus, so was ist ja immer gut für Sex.« Sally Forth war schwer beeindruckt von ihrer eigenen Verworfenheit und konnte sich endlos über jeden kessen Spruch begeistern, der ihr über die Lippen kam. Am ersten Morgen also hatte sie mit ihrem Mann im Hotelrestaurant beim Frühstück gesessen und besprochen, wie sie den Tag verbringen wollten, und plötzlich hatte ihr Mann sie angesehen und ihr mitgeteilt, er wolle die Scheidung. Laut Winnie gehörte Sally Forth zu den Menschen, die auf jede Nachricht, ob gut oder schlecht, grundsätzlich laut und deutlich und ohne Rücksicht auf die jeweilige Umgebung reagieren. Sally Forth, die sich gerade ein Marmeladenbrot schmierte, langte also über den Tisch und klatschte es ihrem Mann auf die Brust, was einen roten Matschfleck direkt über seinem Herzen hinterließ. »Du schleppst mich den ganzen Weg in die Türkei, bloß um mir zu erzählen, du willst dich scheiden lassen?«, kreischte sie ihn an, und ihr Mann sagte: »Ich dachte, du wüsstest die Geste zu schätzen.«

Winnie und Aaron hatten gelacht, nicht über Sally Forth oder gar ihren Mann, sondern über die merkwürdige Idee, dass Scheidungsanträge ebenso formvollendet inszeniert sein sollten wie Heiratsanträge – zu einem sorgfältig gewählten Zeitpunkt, mit Stil.

Sally Forth und ihr Mann waren die ganzen zehn Tage in der Türkei geblieben, und von Scheidung war keine Rede mehr gewesen. Bei der Abreise hatte sie seinen Antrag still für sich als Urlaubsgrille verbucht, aber als sie auf dem Flughafen von Minneapolis ihr Gepäck in Empfang genommen hatten, hatte ihr Mann sie etwas ungelenk umarmt und gesagt, er melde sich dann wegen »der Einzelheiten«.

»Ich komme mir vor wie eine Idiotin«, hatte sie Winnie berichtet. »Die ganze Zeit haben wir in einem Bett geschlafen. Man teilt doch nicht mit jemandem das Bett, wenn man den eigentlich verlassen will, oder?«

Und dann war Sally Forth in Schluchzen ausgebrochen.

»Ich wusste nicht, was ich machen soll«, hatte Winnie betrübt weitererzählt. »Ich wollte sie in den Arm nehmen, aber du weißt ja, was ich davon halte, vor allem am Arbeitsplatz. Ich war sogar schon drauf und dran, aber es ging nicht. Es kam mir verlogen vor – wir sind doch keine Freundinnen. Ich mag sie nicht mal. Ich habe sie einfach da stehen und heulen lassen.«

Aaron war fast fertig mit Zähneputzen und überlegte. Waren Winnie und er seinerzeit eigentlich zu irgendeinem brauchbaren Befund gekommen, ob es sich gehörte, mit jemandem das Bett zu teilen, den man demnächst verlässt? Nein, waren sie nicht, erinnerte er sich. Für Winnie war es ausschließlich darum gegangen, dass sie als Trostspenderin versagt hatte.

»Manchmal fällt es uns am schwersten«, hatte er damals zu ihr gesagt, »einem anderen Menschen das zu geben, was er am dringendsten braucht, selbst wenn wir genau wissen, was das ist.« Er hatte versucht, seinen Mut zusammenzunehmen und ihr auf der Stelle zu erzählen, dass er Walter verlassen würde, aber er hatte es nicht getan, und so war sein Satz scheinbar nur ein Kommentar zu Winnies Verhalten gegenüber Sally Forth gewesen. Mit anderen Worten: Auch er hatte versagt.

Er ging ins Schlafzimmer und schaltete die Stehlampe in der Ecke an. Der Raum wirkte fremd ohne seine Sachen. Seine Bücher und die Geschenke seiner Schüler, die zuvor die Regale gefüllt hatten, waren weg, ebenso der indonesische Nachttisch, den Winnie ihm geschenkt hatte, als er mit Walter von Minnesota nach New Mexico gezogen war. Er war ebenfalls aus Teak, aber aufgearbeitet; ursprünglich hatte das Holz wohl als Scheunenwand oder Eisenbahnschwellen oder Truhe für Reisvorräte gedient – Winnie wusste es nicht genau. Aaron gefiel der Gedanke, dass das Tischchen schon ein anderes Leben gehabt hatte. Er setzte sich auf seine Bettseite, aber Walter schien ihn nicht zu bemerken. Das war der Haken an Kingsize-Betten: Man konnte sie vollkommen separat bewohnen, ohne sich zu berühren, ohne auch nur die An- oder Abwesenheit des anderen wahrzunehmen.

»Walter«, sagte er, aber es kam keine Antwort. Er robbte über die riesige Matratze und rüttelte sacht an Walters Schulter.

»Ähng«, kam zurück. Das Geräusch gab Walter oft im Schlaf von sich, und Aaron überlegte, ob er womöglich tatsächlich schlief und nicht nur so tat.

»Ist es in Ordnung, wenn ich hier schlafe?«, fragte er vorsichtig, doch Walter verstand die Frage als Vorspiel zu einem Streit und antwortete: »Dafür bin ich jetzt zu müde. Lass uns morgen früh reden.« Und so lag Aaron in seiner letzten Nacht neben Walter in ihrem gemeinsamen Bett und versuchte zu schlafen. Ständig ging ihm durch den Kopf, dass all seine Habseligkeiten in der Einfahrt standen – noch dazu auf einem fahrbaren Untersatz –, und das machte aus jedem Geräusch die Begleitmusik, zu der soeben sein Besitz in die Nacht entführt wurde. Ihm fiel wieder ein, was Vu, einer seiner vietnamesischen Schüler, einmal beim Gesprächskurs erzählt hatte. Vu hatte erklärt, wenn man nachts irgendwo langgehe und einen unverschlossenen Laden entdecke, dürfe man da herausholen, was man wolle. Aaron hatte Vu bis dahin immer für ehrlich und vertrauenswürdig gehalten und war schockiert über die Nonchalance, mit der sein Schüler seine Ansicht kundtat.

»Das ist Diebstahl«, war er herausgeplatzt und hatte vor lauter Verblüffung fast vergessen, dass Sinn und Zweck der Übung war, die zurückhaltenderen Schüler zum Sprechen zu animieren.

»Nein«, widersprach Vu, offenbar seinerseits verwirrt durch Aarons heftige Reaktion wie durch seine Behauptung. »Kein Diebstahl. Wenn ich mache Schloss kaputt oder Fenster, das ist Diebstahl. Wenn man Tür nicht zumacht, man ist nicht Vorsicht-Mensch. Man muss Verantwortung-Mensch sein mit eigen Sachen.« Vu brachte ständig Wörter durcheinander und ließ Artikel grundsätzlich weg, aber Aaron klopfte nicht wie üblich aufs Pult, um ihn daran zu erinnern, auf die Grammatik zu achten.

»Aber du hast die Sachen nicht bezahlt!« Aaron wurde laut. »Das habe ich! Wir sind nicht *verpflichtet*, unsere Sachen einzuschließen. Wir tun das nur, weil es unehrliche Leute gibt. Nicht das Einschließen macht sie zu unseren Sachen. Das sind sie, weil wir sie besitzen.«

Vu sah ihn gleichmütig an. »Wenn Polizist kommt, er fragt: ›Hast du Tür gesperrt?‹ Wenn man sagt Nein, er sucht nicht gut nach Sachen. Er denkt: ›Dieser Mann ist nicht Vorsicht, und jetzt er macht mir Arbeit.‹«

»Ich sage ja nicht, dass es eine *gute* Idee ist, die Tür nicht abzuschließen, Vu. Ich sage nur, was im Haus ist, gehört mir, ob ich nun abgeschlossen habe oder nicht.« Dann endlich wandte er sich an den Rest der Klasse: »Wie sehen Sie das denn?«

Sie starrten ihn eingeschüchtert an. Als er später überlegte, was ihn so wütend gemacht hatte, war ihm nur eine plausible Erklärung eingefallen: Vu hatte infrage gestellt, dass man sich auf einen selbstverständlich und unantastbar scheinenden Code verlassen konnte.

Aaron stand auf und sah nach dem Transporter. Es blieb nicht bei diesem einen Mal. Gegen drei, nachdem er zum sechsten Mal aus dem Bett gesprungen war, stand er im Dunkeln im Schlafzimmer und horchte auf Walters vertrautes Fiepen. Dann zog er sich an und ging. Als er den Transporter rückwärts aus der Einfahrt setzte – ohne Licht, um nicht das ganze Haus zu illuminieren –, kam ihm der Gedanke: Er war wie seine Mutter, er stahl sich auch davon, ohne Auf Wiedersehen zu sagen, und verschwand einfach in die Nacht.

An allen Häusern der Straße glitzerte Weihnachtsbeleuchtung. Am Nachmittag, als er den ersten Karton zum Wagen tragen wollte, hatte Walter in der Tür gestanden und ihm den Weg versperrt. »Was soll das denn werden?«, hatte er gefragt. »Es ist kurz vor Weihnachten.« Früher hätte Aaron mit einem Witz gekontert, zum Beispiel: »Bist du den *Juden für Jesus* beigetreten?« Sie hätten gelacht, nicht, weil der Witz wirklich witzig gewesen wäre, sondern weil er Vertrautheit ausgedrückt hätte. Diesmal hatte Aaron nichts entgegnet, sondern weiter den Transporter beladen, und Walter hatte sich in sein Arbeitszimmer zurückgezogen.

Um diese Uhrzeit war alles still. Eines Abends vor ein paar Jahren hatten Walter und er auf der Heimfahrt von einem Konzert gesehen, wie in einem Park nur ein paar Straßen von ihrem Haus entfernt ein Jugendlicher von fünf anderen zusammengeschlagen wurde. Albuquerque war zwar durchaus ein gefährliches Pflaster, aber ihr Viertel galt als sicher, hier gingen die Leute um Mitternacht mit dem Hund Gassi, deshalb kam dieser Vorfall – irgendein schiefgelaufener kleiner Drogendeal – völlig überraschend. Walter stieg sofort auf die Bremse, sprang aus dem Auto und schrie: »Aufhören!« Dann liefen beide in Schlips und Kragen auf die Schläger zu. Die fünf Jungen, alle mit Haarnetzen, drehten sich um und rannten weg, auch der sechste rappelte sich auf, sprintete zu seinem Auto, einem BMW, und raste davon.

Später im Bett spottete Walter: »Gibt doch nichts Furchteinflößenderes als zwei mittelalte Schwuchteln in Abendgarderobe.« Aaron war damals fünfunddreißig. Sie lachten, aber mit einem mulmigen Gefühl angesichts des Erlebten und der ziemlich ernüchternden Erkenntnis, dass der Abend auch ganz anders hätte enden können. Walter stand auf, ging in die Küche und kam mit zwei Gläsern Portwein zurück ins Bett – das Kingsize-Bett –, demonstrativ fröhlich. Trotzdem nahm Aaron seine Hand und hielt sie ganz fest. Er spürte wieder einmal deutlich, dass Walter ein guter Mensch war, dem andere nicht gleichgültig waren.

Er war jetzt auf Höhe des Parks, fuhr rechts ran und stellte den Motor ab, er kam ihm jetzt, mitten in der Nacht, besonders laut vor. Aaron blieb einfach im Dunkeln sitzen, in Gedanken bei dem ein paar Straßen weiter in ihrem gemeinsamen Bett schlafenden Walter. Er weinte.

***

Bei Sonnenaufgang hielt Aaron in Gallup und holte sich einen Kaffee. Kurz vor Needles, schon in Kalifornien, fiel er am Steuer in einen Sekundenschlaf, aus dem er desorientiert hochschreckte, den grasbewachsenen Mittelstreifen vor Augen. Er riss das Lenkrad nach rechts, hinter ihm wuchtete der Transporter sein Gewicht zurecht, dann fuhr er wieder in der Spur, unter wildem Gehupe von allen Seiten. Ein Mann im Pick-up zeigte ihm den Mittelfinger und brüllte etwas, das Aaron als »Arschloch!« interpretierte. Er gehörte nicht zu den Menschen, denen ein Beinaheunfall einen Energieschub verpasst, er spielte auch nicht gern mit anderer Leute Leben. Er nahm die nächste Ausfahrt, Needles, fuhr in ein Motel und schlief ein, kaum dass er die schweren Vorhänge zugezogen hatte, um die kalifornische Sonne auszusperren.

Irgendwann arbeitete sich ein dumpfes Poltern in seine Träume vor. Er schreckte hoch, in seinem Zimmer war alles dunkel und still, vielleicht, überlegte er, war es nur sein eigener Herzschlag gewesen. Aber da polterte es wieder, laut und heftig, etwas knallte direkt hinter ihm gegen die Wand. *Ein Körper*, dachte er, und dann: *Kein Körper. Ein Mensch.*

Er streckte die Hand aus und stieß an die Lampe auf dem Nachttisch, er tastete nach dem Schalter am Fuß. Aus dem Nachbarzimmer kam ein Wehklagen, gefolgt von dem unverkennbaren Geräusch einer Faust, die auf einen Körper drosch. Er schlüpfte in seine Turnschuhe. Draußen dämmerte der Morgen herauf. Er rannte eine Treppe hinunter, bog nach links zum Eingang und war in der Lobby. An der Rezeption stand noch immer die Frau, bei der er eingecheckt hatte. Er erinnerte sich an ihren argwöhnischen Bick, als er hereingestürzt war, erklärt hatte, er brauche ein Zimmer, und ihm vor lauter Erschöpfung seine Postleitzahl für das Anmeldeformular nicht eingefallen war.

»Rufen Sie die Polizei«, sagte er.

Sie starrte ihn an.

»Sie müssen die Polizei rufen. Im Zimmer neben meinem schlägt ein Mann jemanden zusammen – eine Frau, glaube ich, seine Frau oder Freundin. Irgendwen.« Jetzt erkannte er, dass die Frau unter der dicken Make-up-Schicht jung war, höchstens zwanzig, und vermutlich überstieg die Situation alles, worauf die Hotelfachschule oder das bisschen Berufspraxis sie vorbereitet hatten. »Neun-eins-eins«, sagte er ganz langsam, als müsste er einem Schüler eine Grammatikregel eintrichtern. Er langte über den Tresen, griff nach dem Hörer und hielt ihn ihr hin. Sie sah nach rechts und links, als wollte sie eine Straße überqueren. Sie sah sich deutlich nach jemandem um, jemand anderem als ihm.

Endlich schien sich ein Schalter in ihr umzulegen. »Sie sind in Zimmer zwei-zweiundfünfzig, richtig, Sir?« Er zuckte mit den Schultern, er wusste es nicht genau, aber sie redete, angestachelt durch seine Unsicherheit, einfach weiter. »Dann muss das zweidreiundfünfzig sein, das Paar aus Montana. Aber die hatten doch ein Kind dabei? Ist da auch ein Kind?«, fragte sie.

»Rufen Sie an«, sagte er und rannte wieder hinaus. Vor der Tür zu Zimmer 253 zögerte er. Der Leitsatz »Gute Zäune machen gute Nachbarn«, nach dem er erzogen worden war, fühlte sich plötzlich an wie eine bleischwere Last. Dann hob er die Hand und klopfte kräftig an die Tür. Im Zimmer wurde es still, und er war sich sicher: Dadrin stimmte etwas ganz und gar nicht.

»Hallo?«, rief er, extra laut, weil er als Lehrer schnell gelernt hatte, dass man ein Zittern in der Stimme am besten hinter Lautstärke tarnen kann.

Die junge Frau von der Rezeption kam die Treppe hoch, blieb stehen und beobachtete ihn, sie hatte unübersehbar Angst vor der Verantwortung, die sie jetzt gemeinsam trugen, vor der Geschwindigkeit, mit der sie gerade eben ihr eigenes Leben an seines gebunden hatte. »Schlüssel?«, formte er stumm mit den Lippen. Sie schüttelte den Kopf. Er trat zurück, bis er das Treppengeländer im Rücken spürte, dann warf er sich gegen die Tür, immer wieder, so lange, bis die Kette riss und er drin war.

***

Sie hieß Britta. Sie hatte den Namen buchstabiert, als der Polizist ihrer beider Aussagen aufnahm, vor der Tür, die Aaron kurz zuvor aufgebrochen hatte.

Spätabends klopfte sie an seine Tür. »Ich bin's, Britta.« Ohne weitere Angaben wie »die Rezeptionistin« oder »wir haben heute Nachmittag einem Jungen das Leben gerettet«.

Als er die Tür öffnete, sagte sie knapp: »Ich wollte Sie nur kurz informieren, was mit Jacob ist«, aber sie hatte einen Sixpack Bier in der Hand, was ihn irritierte. Trotzdem bat er sie herein, er konnte ohnehin nicht schlafen, er sah ständig den Jungen vor sich – Jacob, wie er dalag, als ob er einfach lieber auf dem Boden schlief als im Bett. Um ihn herum war Blut, und ein Arm lag so nach oben geknickt, dass der Knochen gebrochen sein musste. Die Mutter saß daneben im Sessel und schluchzte über das, was ihrem Sohn widerfahren war, aber aus der Distanz, aus der *Behaglichkeit* eines Sessels heraus. Rauchen tat sie nicht, das war nur das Bild, das Aaron später von ihr im Kopf hatte, eine Frau, die rauchend im Sessel sitzt, während ihr Mann ihren Sohn gegen die Wand schleudert. Aber am verstörendsten war der Mann: Er war klein und wirkte jovial mit den Krähenfüßen (einer von Aarons Schülern hatte mal die Vögel durcheinandergebracht und *Entenfüße* gesagt) und dem Gesicht, dem Lachen nicht fremd zu sein schien.

Sie rührten das Bier nicht an, obwohl Aaron Britta ansah, dass sie gern etwas getrunken hätte. »Ist noch kalt«, hatte sie hoffnungsvoll gesagt, als sie es auf den Schreibtisch stellte. Weiter würde sie nicht gehen, sie würde keine Dose aus dem Plastikhalter ziehen, wenn er sie nicht dazu aufforderte. Sie gehörte schließlich zum Personal und war es gewohnt, Gästezimmer mit gebührender Zurückhaltung zu betreten. Aaron war erleichtert. Er hatte zwar alles bislang Vertraute hinter sich gelassen, aber zumindest darin war er noch der alte Aaron: Er trank kein Bier mit einer Minderjährigen in einem billigen Motel in Needles, Kalifornien.

Die Dosen schwitzten zwischen Fernseher und Gideon-Bibel auf dem Schreibtisch vor sich hin. »Haben Sie da gerade drin gelesen?«, fragte Britta, wohl wissend, dass die Bibeln normalerweise in der untersten Schreibtischschublade verstaut waren. Die Frage war ihm peinlich. Andererseits sah Britta aus, als ob sie Bibellesen für normal und angesichts dessen, was vorhin passiert war, für naheliegend hielt.

»Eigentlich nicht«, antwortete er wahrheitsgemäß. Eigentlich hatte er die vergangenen drei Stunden nichts richtig getan. Er hatte zwar alles Mögliche probiert, aber war mit allem gescheitert: schlafen, lesen (erst die Bibel, dann Willa Cathers ›Der Tod kommt zum Erzbischof‹, auch wenn er das von all ihren Büchern am wenigsten mochte. Er fühlte sich einfach verpflichtet, ihm hin und wieder eine Chance zu geben), die Straßenkarte studieren, um sich die letzte Etappe seiner Fahrt durch Kalifornien einzuprägen, Hemdsärmel flicken, an dem er einen Riss bemerkt hatte, fernsehen. Als Britta klopfte, saß er gerade auf dem Bett und lauschte, so wie er nach dem Tod seines Vaters abends im Bett immer angestrengt gelauscht hatte, ob seine Mutter in ihrem Zimmer, weit weg von seinem, weinte. An vielen Abenden hatte er etwas gehört (ein keuchendes Schluchzen, das ihm immer wieder einfiel, wenn er als Erwachsener mithörte, wie andere Leute Sex hatten), manchmal war es aber auch still geblieben.

»Wo fahren Sie hin?«, fragte Britta.

»San Francisco.«

Sie nickte flüchtig, ganz offensichtlich hatte sie kein Interesse, weder an San Francisco noch überhaupt an der Welt außerhalb von Needles. Er überlegte, wie es wäre, wenn er Britta wäre und den ganzen Tag lang mit Menschen zu tun hätte, die unterwegs waren, die aus Orten kamen oder in Orte fuhren, in denen er nie gewesen war, von denen er vielleicht nicht mal gehört hatte. Konnte es wirklich sein, dass sie nie den Drang verspürt hatte, ihre Sachen zu packen und loszuziehen, das Geheimnis zu lüften, wer Britta wohl wäre – *werden würde* – in Columbus, Ohio, oder in Roanoke, Virginia? Auf andere Möglichkeiten, auf das andere Leben, zu dem jeder neue Ort einen zwingt, keine Neugier zu verspüren, war für ihn unvorstellbar.

Sie saßen schweigend da, er am Fußende des Bettes, sie im Sessel neben dem Schreibtisch. Er hatte keine Ahnung, was er sagen sollte. Schließlich fragte er: »Arbeiten Sie gern hier im Motel?«

»Ist ganz gut«, sagte sie. »Irgendwie langweilig die meiste Zeit, aber manchmal auch interessant.«

»Was ist denn zum Beispiel interessant?« Sein Lehrerton kam immer wieder durch. »Abgesehen von heute, natürlich.«

»Heute, das war nicht interessant«, antwortete sie. »Das war gruselig. Ich hab mich hinterher übergeben. Hatten Sie gar keine Angst?«

»Doch«, sagte er. »Entsetzliche sogar.«

Sie lächelte, und dann fing sie an zu weinen. »Glauben Sie, dass das richtig war, was wir gemacht haben?«, fragte sie.

»Wie meinen Sie das?«

»Ich weiß nicht«, sagte sie, »mein Freund Lex hat gesagt, dass uns das nichts anging. Und mein Chef, der ist Inder – der hat jetzt ganz miese Laune, er sagt, es ist schlecht fürs Geschäft, wenn die Polizei hier auftaucht.«

Beinahe hätte Aaron gefragt, was die ethnische Herkunft ihres Chefs mit dessen Laune zu tun haben sollte, aber er ließ es bleiben. Er spürte keine Gehässigkeit hinter ihren Worten, die Frage hätte sie vermutlich nur verwirrt. »Hören Sie«, sagte er ernst, »was wir getan haben, war vollkommen richtig. Klar? Wir haben einem Jungen das Leben gerettet.«

Beim Wort *gerettet* zitterte seine Stimme. Es war fast, als hätte er sein ganzes Leben lang darauf gewartet, diesen Jungen zu retten, dabei glaubte er gar nicht an Schicksal, er glaubte nicht, dass alles in seinen einundvierzig Lebensjahren nur geschehen war, damit er in ein schäbiges Motel in Needles, Kalifornien, kommen und Jacob retten konnte. Nein. Das waren zwei voneinander getrennte Tatsachen: Er hatte ein Leben gerettet, und er war allein. Noch nie war er so müde gewesen.

»Ich muss jetzt schlafen.« Er stand auf.

Auch Britta stand auf und nahm das Bier wieder an sich, auf dem Tisch blieben sechs nasse Kreise zurück. »Er liegt im Koma«, sagte sie und blieb in der Tür stehen. »Jacob. Das heißt, wir haben ihn vielleicht gar nicht gerettet. Er stirbt vielleicht doch.«

Aaron lehnte sich an den Türrahmen, um nicht zu schwanken. »Wir haben ihm wenigstens eine Chance verschafft.« Mehr Trost hatte er nicht zu bieten, deshalb sagte er nur noch: »Sie sind ein guter Mensch, Britta, und das ist wichtig.«

Sie standen so nahe beieinander, dass er Alkohol und Ketchup in ihrem Atem riechen konnte. Er stellte sich vor, wie sie und ihr Freund Lex irgendwo in Needles auf einem leeren Parkplatz mit Pommes frites und Bier im Auto saßen und wie sie versuchte, Lex von Jacob zu erzählen, während er mit fettigen Lippen ihre Brüste beschlabberte.

»Gute Nacht«, sagte Aaron sanft. Dann schloss er die Tür und drückte das Ohr dagegen, er wollte die Kette nicht sofort vorlegen, aus Furcht, dass Britta das vielleicht persönlich nehmen könnte, aber dann fiel ihm ein, dass sie nie auf die Idee käme, die Kette könnte etwas mit ihr zu tun haben. Die Kette gehörte einfach zum Inventar, sie war da, um benutzt zu werden, so wie der kleine Kübel mit Eis oder die Seifenstückchen im Bad.

***

Als das Telefon klingelte, fuhr er hoch und griff im Dunkeln nach dem Hörer. »Hallo?«

»Empfang«, sagte der Mann am anderen Ende der Leitung. Er klang gelangweilt, was Aaron beruhigte. »Ihr Transporter da auf dem Parkplatz.«

»Ja«, antwortete Aaron, obwohl der Mann das nicht als Frage formuliert hatte. »Stimmt was nicht? Wie spät ist es?«

»Sie müssen zum Parkplatz kommen. Sir.« Das »Sir« war nachgeschoben, und später war Aaron klar, dass er das hätte bedenken sollen, dass er den Widerspruch zwischen der beruhigenden Gelangweiltheit des Mannes und dieser kleinen Pause hätte ernst nehmen sollen.

»Jetzt sofort?«, sagte Aaron. »Stimmt etwas nicht?« Aber die Leitung war schon tot.

Er sah auf die Uhr auf dem Nachttisch. Es schien eine Ewigkeit her, dass er neben Walter gelegen und sich Sorgen um den Transporter gemacht hatte, dabei waren gerade einmal vierundzwanzig Stunden vergangen. Er zog sich an, lief die Treppe hinunter zum Parkplatz, wo ein Mann neben dem Transporter stand. Aaron hatte unter einer Lampe geparkt – unabsichtlich, für weise Voraussicht war er zu müde gewesen –, und als er näher kam, sah er, dass es ein junger Mann war, eher ein Junge. Er hatte noch den Abdruck der Schlägermütze in den Haaren.

»Was ist denn los?«, fragte Aaron. Der Junge ballte die rechte Hand und rammte ihm die Faust in den Magen.

Als Kind war Aaron öfter drangsaliert worden – mit Boxhieben, Hänseleien, einem kräftigen Biss, nach dem sein ganzer Arm angeschwollen war –, als Erwachsener hatte er körperlichen Auseinandersetzungen dagegen immer ausweichen können. Keine ganz leichte Übung. Er war über eins neunzig, und seine Größe wirkte auf andere Männer oft wie eine Einladung, einen harmlosen Zusammenstoß – ein zufälliges Anrempeln – als Auftakt zu einer Keilerei zu nutzen. Er hatte das, was andere Männer in ihm sahen, noch nie mit seinem Selbstbild in Einklang bringen können, mit dem Bild des kleinen Jungen, der sich in die Hose macht, als der Sarg mit seinem Vater in die Erde gesenkt wird.

Der Junge schlug wieder zu. Aaron fiel auf den Hintern. Er sah hoch zu seinem Angreifer. »Was wollen Sie?«

»Ich bin Lex«, sagte der Junge.

»Ach so, Brittas Freund.«

»*Fester* Freund«, sagte der Junge.

»Ja, natürlich.« Irgendetwas an Aarons Antwort machte den Jungen noch wütender. Er holte aus und trat Aaron mit voller Wucht in die Hüfte. Aaron stöhnte auf. Er hatte sehr früh gelernt, dass Schlägertypen es gern hatten, wenn ihre Attacke Wirkung zeigte.

»Was hat sie dadrin gemacht?«, fragte der Junge.

»Wo?«, fragte Aaron zurück. »Ach so, in meinem Zimmer? Wir haben uns unterhalten. Sie hat mir von Jacob erzählt, dem Kind, das wir heute Nachmittag gerettet haben.«

»Und wieso hat sie dann geweint?«

»Geweint?«

»Sie ist weinend rausgekommen. Ich hab sie gesehen. Ich war die ganze Zeit da, und ich hab gesehen, wie sie aus Ihrem Zimmer gekommen ist. Sie hat geweint, und sie wollte nicht mit mir reden.«

»Na ja.« Aaron suchte nach Worten, was nicht ganz leicht war bei der Angst, die er empfand. Er sah, wie viel Wut in dem Jungen steckte, Wut darüber, dass er in jemanden verliebt war, den er nicht verstand. »Manchmal muss man einfach weinen. Manchmal wissen wir auch, warum jemand weint, und manchmal nicht. Für Britta war das ein sehr schwerer Tag. Sie hat heute miterlebt, wie ein Kind fast totgeschlagen worden wäre.«

Der Junge sah auf ihn hinunter. »Sie war in Ihrem Zimmer. Sie können mir erzählen, was Sie wollen, aber sie war in Ihrem Zimmer.«

Erst jetzt dämmerte Aaron, was dem Jungen durch den Kopf ging. »Ich habe keinen Sex mit Frauen«, sagte er ruhig. Der Satz war als Geschenk gemeint, aber Lex hatte kein Talent, die einzelnen Teile einer Situation umzuschichten und neu zu bewerten. Auf der Interstate hinter Aaron donnerten die Lkws an Needles vorbei durch die Nacht.

»Was?«, sagte Lex. »Was soll 'n das heißen? Sind Sie etwa so 'ne Art Schwuchtel?« Er klang vollkommen entgeistert.

Später, beim Weiterfahren, dachte Aaron über die Formulierung nach: *so 'ne Art Schwuchtel*, als ob Schwuchteln eine eigene *Art* wären. Vermutlich waren sie das. Er mochte das Wort nicht, aber wenigstens wusste er, woran er war, wenn Leute *Schwuchtel* sagten, er wusste, was sie dachten und was er von ihnen zu erwarten hatte. Er hatte genickt, ja, er war *so 'ne Art Schwuchtel*, denn die Frage betraf nicht ihn persönlich. Lex hatte noch ein paarmal mit der Faust in der Luft herumgefuchtelt, ein hilfloser Ausdruck seiner Sprachlosigkeit, dann hatte er sich umgedreht und war gegangen.

Aarons Brieftasche steckte in seiner hinteren Hosentasche, der Wagenschlüssel in der vorderen. Er hätte einfach aufstehen, einsteigen und wegfahren können. Er wäre jetzt gern der Typ Mensch gewesen, der spontan handelt und nie etwas bereut, aber das war er nicht. Er war der Typ, der sich ewig Vorwürfe machen würde, wenn er eine Straßenkarte, die er dringend brauchte, und eine Reisetasche mitsamt Inhalt zurückließ. Er ging wieder hoch in sein Zimmer, sah unters Bett und in die Dusche, die er gar nicht benutzt hatte, und nahm alles mit, was er dabeigehabt hatte. Dann ließ er Needles hinter sich, ganz langsam, damit die Sonne hinterherkommen konnte.

2

»Was willst du eigentlich, Aaron?«, hatte Walter in regelmäßigen Abständen gebohrt, und in den letzten paar Jahren hatte die Frage zunehmend gereizt geklungen, nicht mehr ermunternd, sondern eher wie ein Tadel, als werfe er Aaron vor, zu viel zu wollen – oder, noch schlimmer, es selbst nicht zu wissen. Am Anfang ihres Zusammenlebens, als sie noch zwei eigenständige Personen gewesen waren, hatte Aaron die Fragerei für Interesse gehalten. Walter schien ihn aufzufordern: *Sag mir, wer du bist. Erzähl mir, was du vom Leben willst.* Erst später hatte er begriffen, dass Walter in Wirklichkeit herauszufinden versuchte, wie er sich zum treuen Erfüllungsgehilfen für Aarons Wünsche und Träume machen konnte, um ihn an sich zu binden.

Zum ersten Mal hatte Walter ihm die Frage eines Sonntagnachmittags gestellt, bei einer Fahrt nach Moorhead, Minnesota. Walter war Professor, er lehrte Sprachen – Französisch und Spanisch, notfalls auch Italienisch – an der Universität dort. Aaron konnte sich jetzt kaum noch vorstellen, wie das gewesen war, damals, als sie noch Fremde waren, zwei Männer (der eine erst im Werden) zusammen in der intimen Enge eines Autos. In Moorhead hatte Aaron seine ersten fünf Lebensjahre verbracht. Dort war sein Vater gestorben, und nach seinem Tod war etwas in Aarons Mutter aus dem Takt geraten, deshalb war sie bald darauf mit ihm nach Mortonville gezogen. Aaron erinnerte sich noch an das Haus, in dem sie als Familie gewohnt hatten, und an die Straße, auf der sein Vater gestorben war, und irgendwie hatte die Fahrt nach Moorhead mit Walter etwas von Heimkehr, obwohl sich das, was er an jenem Tag tat, eigentlich wie eine Flucht anfühlte. Es war alles eine Frage der Perspektive: ob man den Blick aufs Weggehen oder aufs Ankommen richtete, auf die Vergangenheit oder die Zukunft.

Mitten in seine Überlegungen hinein hatte Walter gefragt: »Erzähl mal, Aaron. Was willst du eigentlich?«

»Einen anderen Kopf«, hatte Aaron geantwortet.

Er war achtzehn und ein Bücherwurm – als Erwachsener würde er das Wort als Euphemismus benutzen, als Andeutung, dass er noch keinen Sex gehabt hatte. Eigentlich wollte er gar keinen anderen Kopf, er wollte einfach seinen Kopf mit Wissen und Erfahrungen füllen, von denen er noch keine genauen Vorstellungen hatte, die es aber ganz bestimmt gab. Walter hatte gelacht, nicht unfreundlich, aber Aaron hatte sich darüber geärgert, und die Musik aus Walters Kassettenrekorder hatte seine Stimmung weiter getrübt. Es war klassische Musik. Aaron kannte niemanden, der so etwas hörte, jedenfalls nicht bloß so im Auto, zum *Vergnügen*. Die Leute in Mortonville hörten Country und Rock, Kirchenlieder und patriotische Sachen, was allerdings nicht hieß, dass sie etwas gegen klassische Musik oder Poesie gehabt hätten. Die meisten waren stolz darauf, dass ihre Kinder nach der sechsten Klasse neun Gedichte aufsagen konnten, für jeden Schulmonat eins. Die Gedichte waren der Nachweis, dass ihre Kinder Bildung erhielten, die Leute in Mortonville waren praktische Menschen, sie erwarteten nicht, dass Bildung praktische Ergebnisse zeitigte, also ihre Kinder dadurch zu besseren Farmern oder Hausfrauen wurden. Wenn sie es doch wurden, dann bestimmt nicht wegen der Bildung.

Als Aaron neun Jahre alt war, hatte Mrs. Carlsrud jedem Schüler einen klassischen Komponisten zugeteilt, über den sollten sie ein Referat halten. Er hatte Sibelius bekommen, einen Finnen beziehungsweise einen Finnlandschweden – ein himmelweiter Unterschied in Mortonville, wo die meisten Leute entweder skandinavische oder deutsche Wurzeln hatten. Bei den Skandinaviern dominierten Norweger und Schweden, die sich klar voneinander unterschieden, außer wenn es um Finnen ging; Finnen waren zwar irgendwie auch Skandinavier, aber sie waren eben *anders*. Und ausnahmslos alle Finnen wohnten im Osten von Mortonville, in selbst auferlegter Abschottung. Sie hatten sogar eine eigene Kirche, die auf dem Hügel zwischen ihren Farmen thronte.

Als das erste Referat an der Reihe war, trat Ellen Arndt mit einem Stäpelchen Karteikarten vor die Klasse und las zwei Informationen ab: »Tschaikowsky war ein Russe und ein Homosexueller.« Drei Schüler fingen an zu kichern, und Sharon Engstrom meldete sich: »Was ist ein Russe?« Mrs. Carlsrud antwortete: »Jemand aus Russland, ein Kommunist.« Sharon legte gleich eine weitere Frage nach: »Und was ist ein Homosexueller?« Immerhin kam darin das Wort *Sex* vor. Dieselben drei Kinder prusteten los.

»Das ist nicht relevant«, lautete Mrs. Carlsruds Antwort, woraus Aaron schloss, dass es sich lohnen könnte, ein paar Nachforschungen über Homosexuelle anzustellen. Er nahm sich vor, gleich nach der Schule seine Mutter zu fragen, aber als er ins Café kam, ihr Café, war sie mit den Frikadellen für die Abendkarte beschäftigt, und weil sie es nicht mochte, bei der Arbeit mit Fragen behelligt zu werden, wartete er, bis sie abends zusammen den Laden abschlossen.

»Was bedeutet *Homosexueller*?« Er füllte die Salzstreuer auf.

»Wie kommst du denn darauf?«, fragte seine Mutter zurück, während sie auf der Suche nach heimlich angeklebten Kaugummis die Tischunterseiten abtastete.

»Ellen Arndt hat heute gesagt, dass Tschaikowsky ein Russe und ein Homosexueller war, und Mrs. Carlsrud hat gesagt, dass Russen in Russland leben, aber Homosexuelle nicht relevant sind.«

»Aha«, sagte seine Mutter. »Es bedeutet, dass er Männer mag.«

»Warum ist das nicht relevant?«

»Das hat Mrs. Carlsrud nur gesagt, weil sie nicht darüber

reden wollte.« Sie schaltete das Licht im Café aus und ging nach oben in die Wohnung, was sie immer tat, wenn sie selbst über etwas nicht reden wollte.

***

Aaron und Walter hatten sich an einem Samstagmorgen kennengelernt, als Walter zum Frühstücken ins Café gekommen war. Walter kam immer allein, seine Angelausflüge nach Mortonville waren einsame Unternehmungen. Aaron war fünfzehn. Später erfuhr er, dass Walter damals dreißig war, doppelt so alt wie er, aber wie die meisten Teenager hatte er keine Vorstellung davon, wie es war, dreißig zu sein. Walter blieb an der Tür stehen und wartete, einen Platz zugewiesen zu bekommen, aber das war hier nicht üblich, und so ging Aaron schließlich zu ihm und fragte, ob er eine Wegbeschreibung brauche.

Jahre später in San Francisco, beim Schlendern durch das Castro-Viertel, sollte Aaron feststellen, dass viele schwule Partner einander verblüffend ähnlich sahen, ein schlagender optischer Beweis für die narzisstische Komponente der Liebe. Walter und er dagegen waren äußerlich einer des anderen Gegenstück. Aaron hatte feine blonde Haare und trug sie seit seinem fünfzehnten Lebensjahr streng rechts gescheitelt, Walter hatte schon bei ihrer ersten Begegnung eine ziemlich wilde Mähne mit vielen dunklen Kringeln im Nacken und über der Stirn. Als Aaron ihn das nächste Mal sah, hatte er einen Wuschelkopf, der aber genauso schlecht geschnitten war. Auch später kam er immer mit den verschiedensten Frisuren nach Hause, und alle hatten eines gemeinsam: Sie waren *verschnitten.* Aber als Aaron ihm vorschlug, mal zu einem anderen Friseur zu gehen, zuckte Walter nur mit den Schultern: »Hier kann doch sowieso kein Mensch Judenhaar schneiden.«

Walter war klein, gerade mal eins fünfundsiebzig, und was an ihm schwer war, saß vor allem um die Hüften herum. An jenem ersten Morgen, als Aaron im Café vor ihm stand, musste er den

Kopf in den Nacken legen, um ihm in die Augen zu sehen. »Eine Wegbeschreibung brauche ich nicht«, sagte er. »Nur ein herzhaftes Frühstück.«

Aaron behielt Walter genau im Blick. Er registrierte, dass Walter Linkshänder war, allerdings nur bei Tisch, wie er später herausfand. Walter schnitt sein Essen mit rechts klein, behielt die Gabel dann aber in der linken Hand und sparte sich den, wie er es nannte, »unnötigen Schritt«, die Gabel in die rechte zu verlagern, bevor er sie zum Mund führte. Seine Eltern waren beide aus Nazi-Deutschland geflohen und hatten ihm beigebracht, wie ein Europäer zu essen. Im Zweiten Weltkrieg, hatte Walter ihm erzählt, waren sogar amerikanische Spione, die perfekt Deutsch sprachen, wegen dieses winzigen Fauxpas aufgeflogen: Sie hatten die Gabel von der linken in die rechte Hand wandern lassen. Unter Walters Ägide wurde auch Aaron zum linkshändigen Esser. Später, als er allmählich sein eigener Mensch wurde, machte er die Erfahrung, dass das Pygmalionhafte ihrer Beziehung – zum Beispiel solche früh übernommenen Angewohnheiten – am schwersten wieder loszuwerden war.

Walter hatte nicht nur ein Buch dabei, er las auch darin. Aaron hatte noch nie jemanden beim Essen lesen sehen, jedenfalls nicht in der Öffentlichkeit. Sicher, die Stammgäste guckten ab und zu in die Zeitung und gaben Kommentare über Saatgutpreise oder Sport ab, aber Walter las, als gäbe es nichts auf der Welt als dieses Buch. Aaron hätte auch oft gern beim Essen gelesen, vor allem als seine Mutter bei den gemeinsamen Mahlzeiten immer schweigsamer wurde, aber sie erlaubte es nicht. Als er Walter Kaffee nachschenkte, warf er einen Blick neben die Tasse und bemerkte beinah fassungslos, dass es kein englisches Buch war. Walter spürte seine Neugier und hielt es hoch. »Camus. Schon gelesen?« Aaron schüttelte den Kopf, und Walter sagte: »Nun ja, Camus muss man gelesen haben, aber ich glaube, ich habe meinen jugendlichen Hang zum Existenzialismus inzwischen von Amts wegen eingebüßt. Heutzutage finde ich ihn ziemlich öde.«

Er seufzte, wie andere Männer über das Wetter oder schwer aufzutreibende Traktorersatzteile seufzen. Der erwachsene Aaron hätte gelacht über Walters allzu offensichtliches Bedürfnis, sich vor einem Fünfzehnjährigen aufzuplustern, der Aaron von damals hatte das Gefühl, dass die ganze Welt ins Wanken geriet, dass sie auch viel größer war, als er sich je vorgestellt hatte, dass zu ihr Menschen gehörten, die Bücher in anderen Sprachen lasen und über Ideen redeten, die ihm so unbekannt waren, dass sie ihm auch wie eine Fremdsprache vorkamen.

Auf Männer wirkt es, vielleicht mehr als auf Frauen, aphrodisierend, wenn sie sich in Konstellationen intellektueller Ungleichheit als der überlegene Teil fühlen können. Jahre später erfuhr Aaron, dass Walter bei ihrer ersten Begegnung etwas Ähnliches verspürt hatte, eine sexuelle Regung, über die sie aber nie wirklich sprachen, weil Walter Gespräche über alles Sexuelle unangenehm waren. Aaron wusste, dass Walter seine erste Bekanntschaft mit Sex in einem Kaufhaus in New York gemacht hatte, wo er mit seiner Mutter neue Schulkleidung eingekauft hatte und ein Mann ihm in die Umkleidekabine gefolgt war. Walter war vierzehn gewesen. Er hegte keinen Groll gegen den Mann, aber das Erlebnis, erzählte er Aaron, hatte ihn tief geprägt und ihn darauf geeicht, sexuelle Befriedigung mit Hast und Heimlichkeit und einem Mangel an Gegenseitigkeit zu assoziieren. Genauso schulbuchtrocken formulierte es Walter die wenigen Male, die sie über Sex redeten.

Auch Aaron hatte damals Begehren gespürt, aber ein völlig unsexuelles. Es hatte sich im Gegenteil viel intensiver angefühlt als irgendetwas Sexuelles, sexuelles Begehren war von Natur aus flüchtig, eine Flamme, die hoch aufloderte und verlosch. Zugegeben, er wusste sehr wenig darüber, für ihn bezog es sich im Wesentlichen auf etwas, das er nicht begehrte, aber glaubte, begehren zu sollen – Mädchen. Echtes sexuelles Begehren, dachte er, war wie ein Unterhemd direkt auf der Haut, unter den Schichten aus Hemden und Pullovern und Jacken.

Drei Jahre nach ihrer ersten Begegnung nahm Walter Aaron mit zu sich nach Moorhead und stellte ihn seinem Freundeskreis vor, allesamt heimlich schwul wie er, *closet queens*, die für Sex in den Wandschrank gingen, wie die nächste Generation spotten sollte. Einer von ihnen, Jonas, kommentierte kokett: »Ach herrje, schau-schau, was Walter sich da geangelt hat!« Und die anderen lachten, als hätten sie's ja immer geahnt, dass Walters kleine Wochenendfluchten nicht irgendwelchen Fischen galten. Es war kein Geheimnis, dass Jonas in Walter verliebt war, aber aus verschiedenen Gründen nicht auf Gegenliebe stieß, unter anderem weil Walter prinzipiell nichts mit verheirateten Männern anfing, und Jonas war verheiratet, was für Gekicher hinter seinem Rücken sorgte. Niemand konnte sich Jonas mit seinem birnenförmigen Leib und den mehlpuderweißen und -weichen Händen auf einer Frau vorstellen. Walter kicherte nie mit. Er behandelte Jonas mit Nachsicht, Walter war eben ein freundlicher Mensch, aber vor allem empfand er Mitleid mit Jonas, der beides hatte, eine Frau und den Körper einer Frau. Mitleid ist schwer zu ertragen, weil es nichts mit Liebe zu tun hat. Mitleid ist das Gegenteil von Liebe, oder jedenfalls eins der vielen Gegenteile von Liebe. Jonas ertrug es trotzdem.

Später begriff Aaron, dass das tuntige Gebaren der Männer nur Pose war, eine Folge der Tatsache, dass sie ihr Leben im Verborgenen leben und allen Honig aus solchen heimlichen gemeinsamen Momenten saugen mussten; damals wusste er nicht, was er von diesen Männern halten sollte – auch nicht von Walter, der sonst so beflissen auf Aarons Bedürfnisse achtete, aber über den Spruch von Jonas mitlachte, also allen anderen erlaubte, sexuelle Bande zwischen ihm und Aaron zu unterstellen. In Wahrheit hatten sie die ersten vier Jahre lang überhaupt keinen Sex gehabt, jedenfalls nicht miteinander. Aaron war auf dem College und hatte gelegentlich *sexuelle Beziehungen* – so nannte es Walter, womit er kurzerhand alles Leidenschaftliche und Schmutzige tilgte – mit anderen jungen Männern, die erste mit einem Jungen aus dem Kurs für Englische Literatur. Er hieß Ken und hatte irgendwie vertraut, familiär gewirkt, das hatte Aaron angezogen. Sie hatten zusammen für die Zwischenprüfung gebüffelt und eines Nachmittags auf Kens Bett herumgefummelt und -gerangelt und sich schließlich gegenseitig entjungfert, aber als Aaron, noch immer atemlos, aus Kens Zimmer kam, wusste er genau: Vertraut-Familiäres war nicht das, was er vom Leben wollte. Er wollte keinen verstohlenen Sex mit jemandem, der aussah wie die Jungen, mit denen er aufgewachsen war, mit einem blonden stämmigen Jungen, dessen Hände ihn so packten, wie sie früher Kuhzitzen gepackt hatten, einem Jungen, dessen Kissen leicht nach Heu und Kaugummi roch. Gleichzeitig war es eine schmeichelhafte (und verwirrende) Erfahrung, dass ausgerechnet so ein Junge ihn begehrte – genau die Typen hatten ihn früher im Umkleideraum herumgeschubst und sich grölend überboten, was ihre Freundinnen mit ihren Penissen so alles machten.

Nach Ken hatte es noch andere gegeben, aber keinen hatte Aaron mit nach Hause genommen. Er hätte es falsch gefunden, obwohl Walter sich ihm gegenüber nicht anders verhielt als gegenüber allen anderen, mehr wie ein Onkel, ohne jede Anmache oder Andeutung von Begehren. Es war Winnie, die ihn irgendwann aufklärte. Sie fragte einfach: »Merkst du gar nicht, wie sehr er dich liebt?« Aaron verneinte. »Na prima«, sagte sie, »mir hat er erzählt, dass er in dich verliebt ist. Aber du darfst Walter nie und nimmer sagen, dass du das von mir hast.«

Wie sich herausstellte, hatte Winnie gelogen, zwar nicht über Walters wahre Gefühle, aber über sein angebliches Geständnis ihr gegenüber. Doch das erfuhr Aaron erst, nachdem er Walter verführt hatte, am Abend der Abschlussparty im College, die er berauscht und nostalgisch verlassen hatte, mit einem Gefühl tiefer Dankbarkeit gegenüber Walter, der für die Collegegebühren und seinen gesamten Lebensunterhalt aufgekommen war, der es ihm ermöglicht hatte, einen anderen Kopf zu bekommen.

***

Aaron beschnupperte sich. Es roch nicht moschusartig wie der Schweiß von körperlicher Arbeit; was da durch die Fahrerkabine dünstete, war ein ekliger Geruch, der etwas Passives signalisierte: Angst und Beklemmung. Er dachte während der Fahrt fast ständig an Jacob, den inzwischen vielleicht schon toten Jacob. Er könnte im Motel anrufen und Britta fragen, ob es Neuigkeiten gab, aber er kannte sich: Er würde es nicht tun, und das hieß, er würde sein Leben lang immer wieder an Jacob denken und nie wissen, ob er ihn sich tot oder lebendig vorstellen sollte.

Es pochte heftig in seiner rechten Hüfte, wo Lex' Tritt ihn getroffen hatte. Er malte sich aus, wie Lex mit seiner Schlägermütze ins Motel stürmte. »Das ist 'ne Schwuchtel«, würde er Britta erzählen, und es wäre als Liebeserklärung gemeint, aber sie würde daraus nur schließen, dass er sich eingemischt hatte. Vielleicht war das das Wesen der Liebe: Man ist entweder so wenig engagiert, dass einem alles egal ist, oder man steckt so tief drin, dass man nur alles falsch machen kann. Liebe à la Trauriges Café, so nannten Winnie und er diese Art einseitig verteilter Hingabe, nach Carson McCullers' Roman. Die meisten Menschen, fanden sie, konnten entweder lieben oder geliebt werden, aber Liebe war so etwas wie die Koordinationsübung, bei der man sich gleichzeitig mit einer Hand den Bauch kraulen und mit der anderen auf den Kopf klopfen soll – eigentlich ein Ding der Unmöglichkeit. Winnies Ehe hatte nichts von Traurigem Café. Sie liebte Thomas zutiefst und er sie auch, Aaron kannte kein anderes Paar mit einer so ausgeglichenen Liebesbeziehung. Sie kümmerten sich tatsächlich beide um alles: nicht nur um Hausarbeit und Finanzkram, sondern auch umeinander bei Anfällen von Selbstzweifel und in traurigen Phasen. Anders als so viele Paare irgendwann schienen sie nicht die geringste Konkurrenz untereinander zu pflegen. Wenn einer von beiden bei einem Abendessen mit Freunden einen Witz machte, fiel dem anderen irgendetwas ein, was ihn noch schlagfertiger oder klüger dastehen ließ. Infolgedessen waren sie überall ausgesprochen gern gesehene Gäste, gingen aber nur selten aus. Sie fühlten sich am wohlsten in ihrer eigenen Gesellschaft.

»Neuerdings«, hatte Winnie ihm vor Kurzem erzählt, »sitzt bei jeder Dinnerparty irgendein Paar am Tisch, das unbedingt alle anderen in sein Unglück reinziehen muss. Ich will doch auch keine Zuhörer, wenn ich mich mit Thomas streite, da spreche ich doch meistens bloß irgendwas laut aus, um meine Gedanken zu sortieren. Das ginge gar nicht vor Zeugen.«

»Stimmt«, hatte Aaron geantwortet, »aber Leute, die richtig unglücklich sind, brauchen wohl Zeugen, so eine Art Aufzeichnung für die Ewigkeit.«

Dann hatte er ihr von einer Geburtstagsfeier erzählt, zu der Walter und er eingeladen waren. Nina, eine Kollegin von Walter, die Deutsch unterrichtete, wurde fünfzig. Ihr Mann Peter hatte das Fest organisiert, eine hochkomplizierte Angelegenheit und sein Liebesdienst für Nina, wie er den ganzen Abend lang nicht müde wurde zu betonen. Aber kaum hatte sein Alkoholpegel eine gewisse Marke überstiegen, fing er an, aus dem Nähkästchen zu plaudern und Geheimnisse über Nina zu enthüllen, verpackt als charmante kleine Anekdoten: Einmal hatte sie ihre Tochter, die damals noch ein Baby war, zwei Stunden lang mitsamt einer Maus im Schlafzimmer eingesperrt, bis er nach Hause kam und die Maus tötete. Ein anderes Mal war ihr in einem feuchten Sommer in Thailand ein Pilz im Bauchnabel gesprossen. Nach jeder Geschichte hob Peter das Glas auf Nina, während sie mit verkniffenem Lächeln dabeisaß und die Gäste zum Lachen animierte. Ihr Mann war längst zu betrunken, um zu merken, dass außer ihm niemand lachte.

»Es war Virginia Woolf pur«, hatte er geschlossen. Also, Edward Albees Virginia Woolf.

»Die hatten ganz zu Anfang bestimmt eine sehr leidenschaftliche Beziehung«, hatte Winnie gesagt. »Sobald Paare anfangen sich zu hassen, geht alles den Bach runter, nur die Leidenschaft nicht. Die wird einfach umgeleitet.«

Aaron war neunzehn, als er Winnie kennenlernte, im Sommer nach seinem ersten Collegejahr. Am Wochenende komme seine Schwester zu Besuch, hatte Walter eines Tages angekündigt. Von Geschwistern war vorher nie die Rede gewesen.

»Seid ihr eng miteinander?«, fragte Aaron.

»Zumindest nicht un-eng. Unterschwellige Animositäten haben wir nicht, falls du das meinst. Wir sind so wie viele erwachsene Geschwister, nehme ich an. Eng-miteinander-Sein, wie du es nennst, setzt ein gewisses Engagement von beiden Seiten voraus, und so engagiert sind wir vielleicht beide nicht.«

Aaron dachte an seine Mutter und Onkel Petey, die hatten jahrelang nicht miteinander gesprochen, nicht weil sie sauer aufeinander waren, sondern weil sie auch nicht so engagiert waren. Laut seiner Mutter hatte man, wenn der Tag zu Ende ging und man müde war und einfach nur seine Ruhe haben wollte, die Wahl, ob man für sich sein oder eine Beziehung pflegen wollte, und sowohl sie als auch Petey hatten das Alleinsein gewählt. Zum Glück, sagte sie, denn so brauche niemand dem anderen etwas übel zu nehmen.

Wie sich herausstellte, kam Winnie zu Besuch, weil sie und Thomas gerade nach Minneapolis zogen, wo Thomas den Posten als stellvertretender Direktor einer Privatschule angenommen hatte. Auf Aarons Frage, ob sie sich für Minneapolis entschieden hätten, um näher bei Walter zu wohnen, sagte Winnie lachend: »Wir haben nicht die Art Beziehung, die räumliche Nähe braucht.«

»Walter hat mir nie erzählt, dass er eine Schwester hat«, gestand Aaron.

»Typisch Walter.« Sie klang nicht im Geringsten verstimmt.

Als Winnie wieder weg war, ließ Walter fallen, Aaron und sie könnten ja prima miteinander, er stellte es einfach fest, ohne jeden Anflug von Eifersucht. Im selben Ton wie sonst auch, wenn Aaron sich einen Schal oder einen Fahrradhelm ausleihen wollte, zum Beispiel. »Aber gern«, sagte er dann, »das ist ein Gebrauchsgegenstand, und ich habe ihn ja gerade nicht in Gebrauch.«

Jetzt gab Aaron ihm seine Schwester zurück. Nicht dass Walter sie je auch nur andeutungsweise als weggenommen empfunden oder gar zurückverlangt hätte, aber es war Aaron lieber, es als Rückgabe zu betrachten, weil er einfach nicht wusste, wie er sein Handeln, sein Weggehen gegenüber Winnie sonst nennen sollte. Sie würde wissen wollen, warum. Sie würde überhaupt alles wissen wollen. Er hatte seine Gründe zwar aufgelistet, aber für sich, in einem Heft, als ließe sich an so einer Liste ablesen, wann ein Grenzwert überschritten war, als ergäbe sich aus soundso vielen Klagen die Legitimation für sein Weggehen.

Klage #1: *Wenn ich mit Walter in einem Zimmer sitze, und er geht raus, schaltet er immer das Licht aus. Er behauptet, das sei die Macht der Gewohnheit, das hätten ihm seine Eltern eingetrichtert, aber für mich fühlt es sich an, als ob alles, was nicht mehr in seinem Blickfeld ist, also alles in dem Raum, ich eingeschlossen, einfach aufhört zu existieren.*

Er hat mir mal, ganz freundlich, erklärt, dass mich das nur stört, weil ich »Verlustängste« habe. Ich kann mit Psychojargon eigentlich nicht viel anfangen, aber es klang ziemlich einleuchtend. Nur, dann ist die Frage, wieso Walter nicht besser aufpasst, dass er meine »Ängste« nicht auch noch selbst auslöst, wieso er weiter das Licht ausschaltet und fröhlich in sein Arbeitszimmer oder in die Küche geht und mich allein im Dunkeln sitzen lässt.

Klage #14: *Walter spricht hartnäckig alle französischen Fremdwörter französisch aus. Ich finde das affektiert, und es ist mir inzwischen, ehrlich gesagt, auch peinlich, was ich natürlich verschweige, weil mir klar ist, dass ich derjenige bin, der sich verändert hat. Anders gesagt: Ganz am Anfang unserer Beziehung – bevor Sex zur Debatte stand, bevor ich der Mensch war, der ich heute bin – waren Walter und ich mal zusammen einkaufen. Ich habe beobachtet, wie er jeden der Jungs, die die Regale befüllen, gefragt hat, wo er die »Ma-yo-nääs« finden könnte. Damals war ich stolz auf seine perfekte Aussprache und sogar darauf, dass wir dem, was wir suchten, damit nicht einen Zentimeter näher kamen: einem Glas schlichter weißer Mayonnaise.*

Klage #86: *Gestern Abend saßen wir mit drei Freunden aus Walters Studienzeiten zusammen. Ich nenne sie die Titelfetischisten. Walter mag den Namen nicht, aber ich finde, er passt. Einer von ihnen, Harold, wollte schon gleich bei unserer ersten Begegnung vor Jahren wissen, wo ich studiert habe.*

»Ich war auf einem staatlichen College in Minnesota, da, wo Walter unterrichtet hat.«

Sie waren alle in Harvard gewesen und sprachen mit koketter Bescheidenheit von sich als »Harvard-Gewächsen«.

Beim Essen fanden sie alles »fabelhaft«, dann sagte einer: »Wisst ihr noch, wie scheußlich es in der Mensa immer geschmeckt hat?« Und Harold bestätigte: »Ganz und gar grauenhaft, aber das ist auch so ein Thema. Jeder darf erzählen, sein College-Essen war furchtbar, ohne dass irgendein Mensch auf die Idee kommt, dass mehr damit gemeint sein könnte, aber kaum erzähle ich als Harvard-Gewächs irgendjemandem – natürlich nicht euch, ihr wisst ja Bescheid –, wie mies es bei uns geschmeckt hat, geht alle Welt davon aus, dass ich auf etwas anderes anspiele. Das wird langsam ein bisschen zum Problem.«

»Klingt mir nicht nach Problem«, sagte ich.

Als Aaron auszog, standen 149 Klagen in dem Heft, aber den entscheidenden Grund hatte er nie aufgeschrieben: dass er Walter nicht mehr liebte. Er wusste nicht, wie das zusammenpasste mit der Dauer ihrer Beziehung, mit der Tatsache, dass er mehr als sein halbes Leben lang mit Walter zusammengelebt hatte. Bei einem Spaziergang vor ein paar Jahren, bevor Aaron mit seinem Klagenkatalog angefangen hatte, hatte Walter einmal beiläufig fallenlassen: »Also, wenn du mich jetzt verlassen würdest, dann wäre das, als ob du all die Jahre wegfegen und für verschwendet halten würdest.« Aaron fand nichts schlimmer als das Gefühl, das eigene Leben zu verschwenden.

Nachdem er bei Walter im Zimmer gestanden und ihm die Liste der Sachen vorgelesen hatte, die er gern mitnehmen würde, nachdem Walter gesagt hatte: »Ich habe dich gerettet«, und angefangen hatte zu weinen, war Aaron in sein eigenes Zimmer gegangen und hatte sein Heft hervorgeholt. Er hatte die Liste bisher nie zu Hause geführt, es kam ihm grausam vor, ausgerechnet in ihrem gemeinsam geschaffenen Zuhause Klagen zu notieren, aber jetzt griff er zum Stift und verfasste die Klage #149: *Er hat mich gerettet, weil er weiß, dass man einen anderen Menschen am allerstärksten an sich bindet, indem man ihn rettet. Und deshalb muss ich hier weg.*

***

Der größte Teil des Klagenkatalogs war im Milton's entstanden, einem Diner auf der Central Avenue, wo Aaron während der neun Jahre, die er mit Walter in Albuquerque gelebt hatte, freitags immer heimlich zu Mittag gegessen hatte. Er betrachtete sich als Stammgast, obwohl er den leisen Verdacht hegte, dass niemand sonst ihn so sah. Die echten Stammgäste teilten sich in drei Kategorien auf: Trucker, Prostituierte und alte Männer, die in den typischen Route-66-Motels entlang der Central Avenue wohnten. Die Trucker kamen und gingen, die Prostituierten auch, deren Kommen und Gehen war allerdings nicht von den Gesetzen der Landstraße diktiert, sondern von denen der Justiz und von ihrem eigenen Pech. Sie saßen immer zu dritt oder viert zusammen und redeten immer gleich laut, selbst wenn es um die Fährnisse des

Geschäfts ging oder um Polizisten, die scharf auf eine »Freinummer« waren. So was erledigten die Frauen in aller Eile auf dem Vordersitz des jeweiligen Einsatzfahrzeugs. Sie tobten nicht vor Zorn über derlei Gegebenheiten, es war einfach Pech, sie unterhielten sich darüber wie über ein Familienmitglied, ohne das sie sich ihr Leben gar nicht vorstellen konnten.

Die alten Männer fand Aaron am faszinierendsten. Er wusste nichts über ihr Leben und war zu schüchtern, sie in ein Gespräch zu verwickeln, aber er empfand sie wie ein kollektives Lehrstück. *Richte dich bloß nie gemütlich in der Einsamkeit ein*, verordnete er sich, während er um die Aufmerksamkeit der Kellnerinnen buhlte und ihrer ungelenken Konversation lauschte. Einem von ihnen hatte er den Spitznamen Elmer verpasst. Elmer war besessen von Terrorismus und insbesondere davon, dass seine Absteige das nächste Angriffsziel sein könnte. Es war kurz nach dem 11. September, als alle Welt nur noch Terrorismus im Kopf hatte, aber die Unbeirrbarkeit, mit der Elmer seine Theorien vertrat, nahm Aaron fast allen Mut. Elmer dozierte immer vom Raucherende der Theke aus und fuchtelte zur Unterstützung seiner Thesen mit der Zigarette in der Luft herum. Aaron hatte ihn nie ohne Zigarette erlebt, und wenn er Elmer am Stummel der einen Zigarette die nächste anzünden sah und ihn japsen und in die Serviette rotzen hörte, hätte er am liebsten aus seiner Nische hinübergebrüllt, was Elmer umbringen werde, sei ja wohl glasklar, Terroristen jedenfalls nicht.

Eines Freitags kam Aaron direkt von einer Lehrerkonferenz und hatte die Nase gestrichen voll von der menschlichen Unvernunft. Zu allem Überfluss waren auch noch alle Essnischen besetzt, und er musste mit einem Hocker an der Theke vorliebnehmen, rechts neben dem qualmenden Elmer, der zum x-ten Mal seine Terrorismustheorie an den gelangweilten Koch zu bringen versuchte.

»Entschuldigung«, sagte Aaron laut, und Elmer drehte sich langsam zu ihm. Jetzt aus der Nähe sah Aaron auch seine Augen, sie waren wässrig und milchig-grün, und ihm wurde klar, dass Elmer einfach ein uralter Mann war, der den allerletzten Anlauf nahm, um seinem Leben ein bisschen Bedeutung zu verleihen. Er deutete auf den Pfefferstreuer. »Den Pfeffer, bitte«, sagte er, als hätte er im Leben nie etwas anderes als Pfeffer gewollt.

Am nächsten Freitag war Elmer nicht da. Von seiner Nische aus schnappte Aaron auf, wie eine Kellnerin zu einem der Stammgäste sagte: »Schon gehört? Jetzt haben die Terroristen unsern Dick doch noch erwischt.« Sie nickte zu Elmers Thekenstammplatz hinüber. Aaron aß seinen Burrito und klemmte einen Zehn-Dollar-Schein unter seinen Kaffeebecher. Als er im Wagen saß, ließ er schluchzend den Kopf aufs Lenkrad sinken. Er kannte den alten Mann überhaupt nicht, er hatte sich nicht mal die Mühe gemacht, herauszufinden, dass er in Wirklichkeit Dick hieß, er wusste nicht genau, was ihm so zu Herzen ging, aber da war dieses Bild in seinem Kopf, ein alter Mann, der allein in seinem Motelzimmer sitzt und raucht und auf den Parkplatz starrt, und Aaron bereute, dass er nie Streit mit ihm angefangen hatte.

Seit Jahren hatte er nicht mehr an Elmer oder vielmehr Dick gedacht, aber als er an dem Freitag, bevor er Walter verließ, zum letzten Mal im Milton's aß, sah er sich die alten Männer noch ein Mal an, und ihm fiel Thoreaus Satz ein: *Die meisten Menschen führen ein Leben in stiller Verzweiflung.* Thoreau hatte mit Sicherheit *Männer* gemeint, denn soweit Aaron wusste, lebten Männer entschieden einsamer als Frauen – abgesehen von seiner Mutter vielleicht, obwohl er es auch für denkbar hielt, dass sie inzwischen nicht mehr einsam war, dass sie Mortonville (und ihn) damals verlassen hatte, um der Einsamkeit zu entgehen. Er hatte Thoreau seit dem Studium nicht mehr gelesen. Er las nicht gern Texte über Natur, nicht weil er etwas gegen die Natur hatte, er hatte nur eine Menge gegen künstlerische Interpretationen der Natur, gegen den Drang, Natur in Worte zu fassen. Seiner Meinung nach konnte die Natur sehr gut für sich selbst sprechen. Er hatte keine Lust, über Natur zu diskutieren oder sich Diskussionen von anderen anzuhören, noch Naturprosa oder Naturlyrik zu lesen oder Naturbilder zu betrachten, Natur war einfach kein Rätsel für ihn: Die Jahreszeiten wechselten sich ab, Jahr um Jahr in derselben Reihenfolge, Tiere pflanzten sich fort, Vögel bauten Nester, Blumen blühten. Menschen dagegen waren verblüffend, und weil der Geist oft dem Gesetz der Schwerkraft folgt und sich vom Geheimnisvollen und Herausfordernden angezogen fühlt, fand Aaron Menschen interessanter.

Genau das war es, darin lag womöglich die Ironie des Ganzen: Er war neun Jahre lang ins Milton's gekommen, um allein zu sein. Niemand wusste von seinem freitäglichen Ritual, schon gar nicht Walter, denn wie hätte er Walter erklären sollen, dass ihm just unter diesen Männern, diesen in stiller Verzweiflung lebenden Männern, seine eigene Einsamkeit bewusst geworden war. Er hatte sich eine Gabel Bohnen in den Mund geschoben, sich umgesehen und sich gefragt, ob irgendjemandem in diesem Diner seine Abwesenheit auffallen würde, ob jemand fragen würde: »Weiß einer, was aus dem stillen jungen Mann geworden ist, der jeden Freitag Burrito und Chorizo bestellt hat?«

Er hoffte es.

***

Kurz hinter Bakersfield hielt Aaron an einem Lokal. Davor, am Straßenrand, stand eine alte Tür, komplett mit Knauf und der Aufschrift *Sals Food*. Ohne Apostroph, »das Komma oben«, wie seine Schüler es nannten. Die meisten Leute, wusste er, merkten es gar nicht, wenn irgendwo ein Apostroph fehlte. Für ihn dagegen war es fast unerträglich, er sah praktisch nichts anderes; es war wie der Blick in ein Gesicht ohne Nase.

Der Parkplatz war leer, er konnte den Transporter direkt vor dem Fenster abstellen. Als er eintrat, sprangen drei Kellnerinnen auf und stürzten ihm entgegen. »Willkommen. Fröhliche Weihnachten.« Andere Gäste waren nicht zu sehen. Die drei versuchten, ihn an ein Tischchen mit einer frischen Blume zu bugsieren, und wurden ganz flatterig, als er um einen Fensterplatz bat. Er wollte erklären, dass die Blume sehr hübsch sei, in dem Transporter draußen sei aber alles, was er auf der Welt besaß. Er spürte den Kloß im Hals und das verräterische Zucken am Kinn und wusste, er würde in Tränen ausbrechen, wenn er nicht sofort nach dem Glas Wasser, das sie ihm hingestellt hatten, griff und trank. Die drei Frauen beobachteten ihn und hörten dem krampfhaften Gurgeln in seiner Kehle zu, Schluck für Schluck. Als er das Glas wieder absetzte, schenkte ihm eine der drei – Shirley laut Namensschild – sofort nach und reichte ihm eine Speisekarte. Alle sahen ihm beim Lesen zu, dann schrieb Shirley auf, was er essen wollte – Burrito mit Chorizo –, und Margarita stellte sich mit einer Kamera daneben und knipste.

»Entschuldigung«, Shirley nickte in Margaritas Richtung, »aber Sie sind unser erster Gast.«

»Wie – überhaupt?«

»Ja«, sagte sie. »Wir haben erst vor zehn Minuten eröffnet. Entschuldigen Sie, wir wissen noch nicht richtig, wie das alles geht. Wir machen das zum ersten Mal. Wir sind Schwestern. Das ist unser Vater.« Sie zeigte auf einen Mann mit Chefkochschürze, der jetzt im Durchgang zur Küche stand.

»Sal?«, fragte Aaron, und Shirley nickte. Er lächelte Margarita zu und hob sein Wasserglas auf den freundlichen Empfang, als Zeichen, dass er sich wohlfühlte, für die zukünftige Kundschaft, die ihn jahrelang auf einem Foto an der Wand oder der Kasse sehen würde. »Sie machen das sehr gut«, sagte er.

»Vielen Dank. Sind Sie aus der Gegend?«, fragte Margarita hoffnungsvoll, aber sie sah nicht aus, als ob sie das für wahrscheinlich hielt.

»Ich bin auf der Durchreise.« Er zeigte auf den Transporter draußen vor dem Fenster. »Ich ziehe nach San Francisco.«

3

Wie die meisten Großstädte, das hatte Aaron schnell heraus, pflegte auch San Francisco eine eigene Art von Provinzialismus. Hier bestand er aus der unerschütterlichen Überzeugung der Einwohner, ihre Stadt sei die einzige, in der man gern schwul war beziehungsweise es sich überhaupt traute. Wenn hier jemand mitbekam, dass Aaron die letzten neun Jahre in New Mexico gelebt hatte, hörte er immer wieder: »Dann sind Sie bestimmt hierhergezogen, um endlich richtig schwul zu sein.« Es ärgerte ihn, aber vor allem verblüffte ihn die implizite Unterstellung, er habe bisher nur gemimt, sein Schwulsein nur *gespielt*.

»Ich bin, ehrlich gesagt, wegen einer Frau hergezogen«, konterte er meistens. Es stimmte sogar, an seiner Entscheidung für San Francisco war Taffy schuld. Er hatte sie vor zwei Jahren in El Paso kennengelernt, bei einer dreitägigen Konferenz, auf der Lehrer, die Ausländern Englisch beibrachten, für Jobs im Ausland angeworben werden sollten. Dass es darum ging, hatte er Walter allerdings nicht erzählt. Er hatte ihn im Glauben gelassen, dass er nach El Paso fuhr, um sich irgendeine neue didaktische Methode für das Perfekt conditionalis irrealis anzueignen. Einen Auslandsjob zu ergattern, hatte er gar nicht im Sinn, er wollte einfach mit dem Gedanken *spielen*, mal hören, was Anwerber aus Ungarn und Japan so erzählten, so tun, als hätte er vor und wäre er frei, sofort seine Sachen zu packen und loszufahren. Es war sein erster Schritt in Richtung Auszug. Taffy wiederum nahm an der Konferenz teil, weil sie gerade nach fünfundzwanzig Jahren von ihrer Freundin Glenna verlassen worden war. So gesehen waren Aaron und Taffy zwei Seiten derselben Medaille – ein Verlassender und eine Verlassene. Sie waren bald unzertrennlich, beim Essen und bei Veranstaltungen und Gruppengesprächen saßen sie so verlässlich zusammen, dass ein Anwerber aus Osaka hoffnungsvoll fragte, ob sie verheiratet seien, hoffnungsvoll, weil Ehepaare höchst gefragt waren, ein Doppelpack verhieß stabile Verhältnisse. Aaron fürchtete, selbst bei einem schlichten »Nein« würde auffliegen, wie grauenhaft und erschreckend er allein die Frage fand, ganz zu schweigen von der Vorstellung, Taffy könnte seine Geliebte sein.

Ihr richtiger Name war Hulda, so stand es auf dem Konferenzausweis. Er passte auch viel besser zu ihr, Taffy war schließlich kein Name, sondern ein Bonbon. Bei *Taffy* dachte man sofort an ein klebrig-süßes junges Ding in Pink, jedenfalls nicht an eine griesgrämige, adipöse Frau von Mitte fünfzig, die zu viel Rot trug, was ihr nicht stand, und oft mit Schlafmeiern in den Augen und Zahnpastaresten in den Mundwinkeln aus ihrem Hotelzimmer kam, Nachlässigkeiten, auf die aufmerksam zu machen Aaron sich verpflichtet fühlte. Er sagte sich zwar immer wieder, dass Taffy bisher blendend ohne ihn klargekommen war, aber er musste trotzdem unbedingt jeden Morgen beim Frühstück auf irgendeinen Klecks Creme auf ihrer Wange hinweisen oder ihr seine unbenutzte Serviette hinhalten, damit sie sich die Nase noch einmal richtig putzte, und daraus war eine Intimität entstanden, die er gar nicht wollte.

»Nicht verheiratet«, antwortete er schließlich. »Wir sind befreundet.« Er kam sich vor wie ein Betrüger.

Der Anwerber, ein etwa sechzigjähriger adretter Japaner, quittierte die Antwort mit einem Lächeln. Lächelte er, weil Aaron so lange dafür gebraucht hatte oder weil er Freundschaft für eine belächelnswerte Tugend hielt? Oder meinte er etwa, *befreundet* sei Aarons Euphemismus für *Liebespaar*? Dann wäre das Gespräch wieder an seinem Ausgangspunkt. Normalerweise hatte Aaron Spaß daran, kulturelle Grenzen zu überspringen und durch Terrains zu schlendern, wo Menschen und Situationen nicht so leicht zu lesen oder zu kategorisieren waren. Eigentlich gehörte das zu den reizvollen Seiten seines Jobs, aber das Gespräch mit dem Ausländer hier war reichlich nervig.

Am letzten Nachmittag, als Taffy und er sich Werbetisch für Werbetisch durch den Konferenzsaal arbeiteten, bekam Taffy von einem koreanischen Anwerber die Auskunft, wenn sie nicht abnehme, kriege sie nie eine Stelle. »Diät«, empfahl er, aber er sprach das Wort so merkwürdig aus, dass Aaron zuerst dachte, der Mann rede koreanisch.

Mit einem liebreizenden Lächeln ließ Taffy ihn wissen, sie habe ohnehin kein Interesse, nach Korea zu gehen: »Hab Ihr Land schon vor Jahren von meiner Liste gestrichen.« Und gespielt freundlich fügte sie hinzu: »Das Essen dort ist nicht gerade eine Delikatesse.« Dann lachte sie, gab dem Mann einen Klaps auf den Rücken und flüsterte Aaron im Weitergehen zu: »Das hat gesessen. Koreaner können es nämlich nicht ab, wenn man ihr Essen schlechtmacht.« Dann klapste sie Aaron auf den Rücken. »Komm, wir machen einen Abstecher in die Bar, da ist jetzt Happy Hour.«

Sie ließen die Tischreihen mit all den Angeboten, dem Leben zu entkommen, in das beide morgen zurückkehren würden, hinter sich. Als sie endlich mit Bier und frisch gebackenen Nachos in der Hotelbar saßen, sagte Aaron: »Meinst du nicht auch, dass dein Spruch den koreanischen Anwerber verletzt hat?«

»Das will ich hoffen«, sagte Taffy. »War schließlich Sinn der Übung.« Sie leckte ein fettiges Käseklümpchen von der Hand. »Wobei, ich würd ja auf der Stelle alles für ein bisschen Kimchi geben, bloß, wie groß sind die Chancen, in El Paso an anständiges Kimchi zu kommen?«

Aaron antwortete nicht, und nach einer Weile fuhr Taffy fort: »Er hat angefangen, Aaron. Der Mann hat mich beleidigt. Sind wir uns da einig?« Ihre Stimme war jetzt schneidend.

Aaron nickte.

»Und hab ich dann nicht das Recht, mich zu wehren?«

Aaron sah sie weder an noch antwortete er.

»Hör mal«, sagte sie, »geht's darum, dass er Koreaner ist? Ist das der Punkt? Kommst du mir jetzt mit dem üblichen kulturrelativistischen Scheißdreck?« Ihre Stimme schraubte sich hoch in ein überkandideltes Falsett. »›Oh ja, bei einem Amerikaner wäre das falsch, der dürfte nicht fettes Schwein zu mir sagen, aber ihm hier muss man das nachsehen, er kommt aus einer anderen Kultur.‹ Ich kann dir nämlich versichern, es gibt einen Haufen fetter Koreaner, die sich genauso gedemütigt fühlen würden wie ich vorhin, und das weiß der Typ genau. Und falls er das nicht weiß, tja, dann wird's Zeit, dass er's lernt.«

Sie atmete schwer und wartete seine Antwort gar nicht erst ab. »Oder denkst du vielleicht, ich sollte mich allmählich mal dran gewöhnt haben? Ich bin fett, also muss ich damit rechnen, so was an den Kopf geworfen zu kriegen, ja? Das gehört eben dazu. Meinst du das, Aaron?« Sie hämmerte beim Reden so auf den Tisch ein, dass der Korb mit den Nachos wie ein Hase in Richtung Kante hoppelte. »Oder ist das etwa so 'n Männersolidaritätsding, das ich einfach nicht schnalle?« Sie musterte ihn. »Irgendwie schätze ich dich nicht so ein, aber so kommt's mir gerade vor. Klär mich auf, falls mir da was entgangen ist.«

Aaron dachte daran, mit welcher Selbstverständlichkeit der Mann dahergeredet hatte, als wären Taffys Körper und ihr Fettsein öffentliches Eigentum, frei für jedermanns Begutachtung und Bewertung. Er wusste, er hatte sie tiefer gekränkt als der koreanische Anwerber, denn das war ein Fremder, und er war doch angeblich ihr Freund. Trotzdem war es einfach eine Tatsache: Taffy nervte ihn offensichtlich über alle Maßen, etwas an ihr widerte ihn an, nicht ihre Figur oder ihre nachlässige Körperpflege, sondern etwas anderes, das er selbst nicht richtig verstand, er wusste nur, es hatte zu tun mit der Art und Weise, wie sie sich in die Welt setzte. Eines Morgens beim Frühstück hatte sie ihm erzählt, sie unterrichte nur Anfänger, sie habe nämlich lieber fügsame Schüler, die noch nicht begriffen, was man ihnen sagte oder von ihnen erwartete. Er stellte sich vor, wie sie wohl als Kind gewesen war: Bestimmt hatten Lehrer immer ihr die Aufsicht übertragen, wenn sie mal kurz das Klassenzimmer verlassen mussten. Sie wussten, dass Taffy alles melden würde, weil ihr das Quäntchen Macht wichtiger war als die Sympathie ihrer Mitschüler.

Taffy tunkte den nächsten Nacho in den Käse, riss den Mund sperrangelweit auf, schob die kleckernde Fuhre hinein und patschte sich anschließend mit den fettigen Händen auf die Schenkel, als ginge es um eine Hörprobe an Wassermelonen. »Ich bin fett, Aaron«, verkündete sie, und dabei segelten ihr ein paar Nachokrümel mit aus dem Mund. Einer landete auf Aarons Wange, aber er griff nicht nach der Serviette, um ihn wegzuwischen, denn genau darauf spekulierte sie bestimmt. Er sah sich zu den anderen Tischen um. Er wünschte sich nichts sehnlicher, als dass sie die Stimme senkte.

»Das hat Glenna auch immer gemacht«, sagte Taffy. »Gucken, ob jemand zuhört.«

»Na ja, vielleicht kann sie sich auch nicht auf ein Gespräch konzentrieren, wenn jemand mithört. Das ist, als hätte man zwei Sorten Publikum mit ganz unterschiedlichen Erwartungen. Du willst wissen, was ich denke, und alle anderen wollen einfach unterhalten werden, ich lege aber keinen Wert darauf, das Unterhaltungsprogramm für einen Haufen fremder Leute zu sein.«

Genau darum war es in seiner Klage #78 gegangen: *Wenn Walter einen Streit für sich entscheiden will, wartet er, bis wir in der Öffentlichkeit sind, weil er weiß, dass ich dann einlenke, sobald es hitzig wird. Er behauptet, das sei keine Absicht, aber er könne sich ja nicht selbst abwürgen, bloß weil da noch andere Leute sind. Trotzdem werde ich das Gefühl nicht los, dass er gezielt fremde Leute als Publikum sucht, um mich zum Schweigen zu bringen.*

Danach hatte niemand von beiden noch Lust auf ein Bier. Aaron übernahm die Rechnung, und Taffy protestierte nicht. Als sie am nächsten Morgen gemeinsam frühstückten, ließ Aaron Taffys falsch geknöpfte Bluse unkommentiert. Vor dem Speisesaal verabschiedeten sie sich, schüttelten sich die Hände und tauschten Adressen aus, obwohl Aaron kaum glaubte, dass sie in Kontakt bleiben würden. Aber kaum war er wieder zu Hause, fern von Taffy und ohne ständige Auffrischungen seines Widerwillens, bekam er Gewissensbisse, wenn er an die gemeinsamen Tage dachte. Schließlich schickte er ihr ein paar Zeilen mit den üblichen Höflichkeitsfloskeln – »war schön, dich kennenzulernen« –, angehängt an einen Artikel über die Idee, ausländischen Schülern zur schnelleren Integration nicht allzu korrekte Grammatik beizubringen. Sie hatten bei ihrem ersten gemeinsamen Frühstück darüber diskutiert, beide entrüstet, so war ihre Verbindung entstanden. Er hoffte, dass sie den Brief als Ouvertüre auffasste.

Einige Wochen später kam eine Antwort. »Danke, dass du an mich gedacht hast«, begann ihr Brief. Dann berichtete sie von ihren neuen Schülern und dass sich einer von ihnen zur Halloween-Party als Hitler verkleidet hatte. »Das Gespräch über sein Kostüm fiel dann mir zu«, schrieb sie. »Kannst dir ja vorstellen, wie man über so was diskutiert, wenn man nur ein paar Substantive und Verben zur Verfügung hat. Trotzdem hat er, glaube ich, am Ende des Gesprächs kapiert, wie weh man anderen mit so einer Aktion tun kann.« Aaron schloss daraus, dass sie ihm vergeben hatte.

Bald korrespondierten sie regelmäßig, Aaron schrieb am Anfang des Monats, und Taffy antwortete gegen Ende. Als Brieffreundin war sie ihm entschieden lieber, so hatte er nur ihre Worte vor Augen und nicht die ganze Taffy mitsamt Donut-Puderzucker auf der Nase. Sie war die Einzige von all seinen Freunden, die er ganz für sich hatte, die er Walter nie vorstellte. Wer Walter kennenlernte, war auf Anhieb von ihm eingenommen, denn Walter hörte intensiv zu, und wenn er Ratschläge gab, klangen sie immer weise und einleuchtend dank seiner ruhigen, honigsanften Stimme. Aber er begann, ihr das ein oder andere über Walter zu schreiben, und er freute sich selbst über seine neue

Offenheit. Als er ihr zwei Jahre später schrieb, dass er Walter verlassen würde, ließ ihre Antwort nicht bis zum Monatsende auf sich warten. Sie kam postwendend und bestand aus einem einzigen Satz: »Falls du nach San Francisco ziehen willst, kann ich dir am Anfang unter die Arme greifen.«

***

An Heiligabend gegen zwei Uhr nachmittags hielt er vor Taffys Haus, müde und mit dem dringenden Wunsch, sich das Gesicht zu waschen und ein Glas Wasser zu trinken, vielleicht kurz um den Block zu gehen, um sich die Beine zu vertreten und die Hüfte zu besänftigen, die inzwischen dauerpuckerte. Aber Taffy hielt schon Ausschau nach ihm, sie kam sofort heraus und hievte sich auf den Beifahrersitz. Sie hatte ihm eine Wohnung in Parkside organisiert, ein Studio, nicht weit von ihrem Viertel, bei Familie Ng. Mr. Ngs Neffe war mal ihr Schüler gewesen.

»Und los«, sagte sie statt einer Begrüßung, »Mr. Ng erwartet uns.«

Die Fahrt verlief stumm bis auf ihre praktisch einsilbigen Anweisungen – *links, gradaus, rechts*. Irgendwann fragte Aaron, wie das Studio so sei. »Winzig«, sagte Taffy, genau genommen sei es das hintere Drittel der Garage, das Mr. Ng in Wohnraum umgewandelt hatte. »Und dunkel. Liegt im Nebelgürtel, aber du hast nur vierzehn Blocks bis zum Ozean.«

Die Häuser in seiner neuen Straße sahen fast eins wie das andere aus: In den Wohnbereich über der Garage gelangte man durch einen schlauchartigen Zugang rechts davon. Als sie vorfuhren, kam Mr. Ng aus dem Haus: »Eine Regel«, sagte er und schüttelte Aaron die Hand, »Sie lohnen, Sie wohnen.«

»Ja, ich denke, das kann ich mir merken«, erwiderte Aaron. »Mit dem Reim geht das ja ganz leicht.« Weder Taffy noch Mr. Ng lachten. Aaron stellte einen Scheck über die Kaution und einen weiteren über die erste Monatsmiete aus, zusammen etwa so viel, wie Walter und er monatlich an Hypotheken bezahlt hatten. Laut Taffy war es die billigste Wohnung, die er in dieser Stadt finden würde, und er wollte ja unbedingt allein wohnen.

Mr. Ng starrte auf den Scheck mit der Adresse in New Mexico. »Mexico?«, fragte er argwöhnisch.

»*New* Mexico«, sagte Aaron, und Taffy versicherte Mr. Ng, dass New Mexico zu den Vereinigten Staaten gehörte.

»Okay, okay«, sagte Mr. Ng schließlich, als sei es ein Gnadenakt, ihre Erklärung zu akzeptieren. »Hier ist Schlüssel.«

Es war kein Schlüssel, sondern ein elektrischer Garagenöffner. Mr. Ng richtete ihn auf das Tor, und es rollte kreischend hoch.

Die Umwandlung war offenbar nach dem Prinzip »Preis geht vor Qualität« erfolgt. An Lärmschutz beispielsweise war kein Gedanke verschwendet worden, also hörte Aaron – wie er bald feststellen sollte – jeden Schritt und jedes Wort der Ngs über sich, sogar ihr Schnarchen. Zwischen dem Studio und der eigentlichen Garage war eine dünne Wand hochgezogen worden, und die Garage beherbergte nicht nur den Familien-Toyota, sondern prekärerweise auch die Mülltonnen. In den nächsten Monaten lag Aaron abends wach in seinem Kabuff und malte sich aus, auf welche Arten ihn der Tod im Bett ereilen könnte: Der Toyota bretterte durch die dünne Wand und mangelte ihn beim Lesen über; bei einem Erdbeben krachte das ganze Haus (samt Familie Ng) über ihm zusammen; der Pazifik vergaß, was sich gehört, wälzte sich die vierzehn Blocks hoch und ertränkte ihn im Schlaf.

Taffy verabschiedete sich und ließ ihn in Ruhe einziehen, was ihm sehr recht war. Es dauerte sieben Stunden, bis er alles ausgeladen, den Transporter abgegeben und den Weg zurück mit öffentlichen Verkehrsmitteln gefunden hatte, aber als er endlich zu seinem Häuserblock kam, eine Nudelbox aus einem Thai-Imbiss in der Hand, fiel ihm die Hausnummer nicht mehr ein. Er lief die Straße hoch und wieder hinunter und blieb schließlich vor einem Haus stehen, das ihm vorkam wie das von Familie Ng, drückte auf die Fernbedienung in der Hosentasche, und das Garagentor rollte tatsächlich hoch. Er aß mit den Fingern, im Thai-Imbiss hatten sie vergessen, eine Gabel mit einzupacken, und er fand den Karton mit seinem Besteck nicht. Über ihm wurde Chinesisch gesprochen, ein angenehmer Klang. Er konzentrierte sich darauf und versuchte, nicht an Walter zu denken. Und nicht an ihre Heiligabendtradition zu zweit: Es gab immer Hähnchen marokkanisch, gefüllt mit Hühnermägen und Artischockenherzen, dazu Rosenkohl, und beim Essen unterhielten sie sich darüber, was sich jeder für das nächste Jahr wünschte. Es hatte etwas von den guten Vorsätzen zum neuen Jahr, aber zuerst kam immer die Analyse der Enttäuschungen im alten. Die letzten paar Male hatte Walter allerdings immer weniger Lust gehabt, über Vergangenes nachzudenken und zu verraten, was ihn frustriert oder entmutigt hatte. Er hatte lieber das Weinglas gehoben und verkündet: »Ich würde keinen Deut an meinem Leben ändern.« Und Aaron hatte Mühe gehabt, seine eigene Unzufriedenheit anzusprechen.

Zu seiner Erleichterung war das Telefon noch nicht freigeschaltet, er hätte sonst sofort Walter angerufen und gemeldet, dass er gut angekommen war, und dabei wäre es nicht geblieben. Er hätte seiner Zerknirschung nachgegeben und tränenreich erklärt, wie leid ihm alles tat, und Walter wäre in seine bequemste Rolle geschlüpft, die des Nachsichtigen und Vergebenden. »Alles ist gut«, hätte er gesagt. »Komm einfach nach Hause.«

Aaron wischte sich die fettigen Hände an der Jeans ab, kroch auf seinen noch unbezogenen Futon und schlief zehn Stunden am Stück. Am nächsten Morgen fühlte sich die Stadt an wie zur Ruhe gekommene Weihnachten. Er fand es schön, dass Stille der erste Eindruck war, den er von San Francisco bekam. Dann raste draußen ein Krankenwagen vorbei, und er verspürte dasselbe elende Grauen, das ihn als kleiner Junge überfallen hatte, damals war eine Sirene fast immer gleichbedeutend gewesen mit einer Tragödie für jemanden, den er kannte. Wahrscheinlich würde er

Sirenen bald wieder überhören, aber an seinem ersten Morgen lag er auf der Matratze und schluchzte, weil dieses Studio so dunkel und fremd war und weil er noch nie allein gelebt hatte.

***

Taffy hatte ihm ein Vorstellungsgespräch in ihrer Schule organisiert. Das San Francisco English Language Center brauche jemanden für eine Fortgeschrittenenklasse, sagte sie, und Marla, die Direktorin, wolle ihn gleich nach Weihnachten kennenlernen. Viel über die Schule erzählt hatte Taffy nicht, nur dass sie dort seit drei Jahren unterrichtete, seit Glenna weg war. Sie hatte gleich danach ihre alte Stelle gekündigt, in der Hoffnung, es würde sie von Glennas Abwesenheit ablenken, aber die neue Schule, in die sie nun tagtäglich fuhr, der neue Bus, der sie zurück zu einer leeren Wohnung brachte, hatten ihr noch mehr bewusst gemacht, wie sehr ihr Glenna fehlte. Das hatte sie Aaron geschrieben, nachdem er ihr Angebot, nach San Francisco zu kommen, angenommen hatte, es war das einzig wirklich Persönliche, das sie je hatte durchblicken lassen. Es war freundlich gemeint, vermutete er, als Vorwarnung, dass es nicht leicht werden würde.

Die Schule lag in der Anza Street und war ein tristes Gebäude aus den Sechzigerjahren, dem man die Vernachlässigung ansah. Auch Marla selbst wirkte renovierungsbedürftig. An ihrem Kleid war die Hälfte der Knöpfe durch Sicherheitsnadeln ersetzt, und wenn sie stand, sah sie aus, als hätte sie Schlagseite. Erst später bemerkte Aaron, dass das Schulterpolster auf einer Seite fehlte. Sie eröffnete das Gespräch mit der Erklärung, sie stelle systematisch vorzugsweise Homosexuelle ein, auch wenn sie selbst nicht dazugehöre, aber ihrer Meinung nach seien das die besseren Lehrer. Aaron wusste nicht, was er dazu sagen sollte, einerseits brauchte er zwar dringend einen Job, andererseits war es nicht seine Art, über fragwürdige Logik einfach hinwegzugehen. Er lachte, für den Fall, dass sie einen Witz gemacht hatte, was aber nicht der Fall war, also schwiegen beide verlegen. Er bereute sofort, dass er gelacht hatte, nicht weil er Marla damit womöglich gekränkt hatte, sondern weil er auf der Fahrt nach San Francisco beschlossen hatte, nicht mehr ständig seine instinktiven Entscheidungen zu hinterfragen. Oben in der Fahrerkabine, beim festem Blick auf die Straße, war ihm der Beschluss gut umsetzbar erschienen, da ging es um schlichte Grundbedürfnisse: anhalten, wenn man mal muss, etwas zu essen kaufen, wenn man Hunger hat, tanken, wenn die Nadel fast-leer anzeigt. Aber es war nicht die monotone Fürsorge für sich selbst und das Fahrzeug; ausschlaggebend war gewesen, dass er Jacob gerettet hatte, weil er auf seinen Bauch gehört hatte.

Er sah Marla an und platzte mit einem Satz heraus, von dem er wusste, dass er einfach stimmte: »Ich bin ein richtig guter Lehrer.« Der Teil von ihm jedenfalls schien noch intakt.

»Gut«, sagte Marla, »Sie sind nämlich eingestellt.« Beide standen auf, schüttelten sich die Hände, und Aaron bedankte sich.

»Was hat denn der letzte Lehrer durchgenommen?«, fragte er.

»Na ja«, antwortete sie, »in letzter Zeit ist Nico irgendwie eingesprungen, ich weiß gar nicht genau, wie weit die Klasse ist.«

»Und was war davor? Beim regulären Lehrer?«

»Noreen hatte die Klasse, aber die ist Hals über Kopf verschwunden. Das war so, sie steht eines Morgens in der Klasse, und ihr Mann ruft an.« Marlas Stimme wechselte in den gedämpften, erregten Ton, in dem gern anderer Leute Geheimnisse ausgeplaudert werden. »Er sagt, er ist mit dem Baby neben sich eingeschlafen, und dann ist die Kleine aus dem Bett gefallen und hat sich den Kopf gestoßen, aber laut dem Arzt war das wohl nicht die ganze Geschichte.«

Marla holte Luft, und Aaron nutzte die Pause. »Und was hat Noreen mit der Klasse durchgenommen?« Er wollte gleich klarmachen, dass er kein Interesse an Klatsch und Tratsch am Arbeitsplatz hatte. Er hatte oft genug an Schulen gearbeitet, die eher dysfunktionalen Familien glichen, und immer hatte er am Ende die Rolle des großen Bruders am Hals gehabt und war, gerade weil er sich alle Mühe gab, sich in nichts hineinziehen zu lassen, zum beliebtesten Familienmitglied avanciert.

Marla starrte ihn an. »Fragen Sie doch einfach mal die Schüler.«

***

Am nächsten Morgen band Aaron die grüne Seidenkrawatte um, die Walter ihm zum letzten Geburtstag geschenkt hatte. Er trug nicht immer eine Krawatte zur Arbeit, aber zumindest ein richtiges Oberhemd, denn er fand, seine Schüler verdienten es, zu sehen, dass er es als Beruf erachtete, ihnen etwas beizubringen. Er versuchte, schnell wieder zu vergessen, woher die Krawatte kam, aber es half alles nichts, er dachte an Walter, als er vor dem Spiegel stand und sie zurechtrückte. Seiner Ansicht nach war die Welt so mit Symbolik überfrachtet, dass selbst ein banaler Krawattenknoten zum Kommentar über das eigene Leben wurde.

Als er um Punkt neun mit Krawatte und Aktentasche den Klassenraum betrat, sahen die Schüler ihn erstaunt an. Taffy erklärte ihm später, dass sie zwei Monate bei Nico hinter sich hatten. Nico war über achtzig und nicht fest angestellt, weil er dauernd nach Kuba jettete und seine *jungen Männer* besuchte. Laut Taffy führte er seine Klassen eher wie einen Privatsalon: Er erschien um zehn, weil er neun für eine unkultivierte Uhrzeit hielt, ließ während der verbleibenden Vormittagsstunden Fotos von seinem aktuellen jungen Mann herumgehen und gab Tanzeinlagen, Rumba und Danzón. Eines Morgens war er in seinem Outfit für die Bars im Castro erschienen, Lederweste und Cowboy-Chaps, aber immerhin mit Unterhose, wie Taffy betonte, wohl in weiser Voraussicht: Lehrer müssen sich ja immer mal wieder umdrehen und etwas an die Tafel schreiben. »Nico lebt schon zu lange in San Francisco«, schloss sie. Aaron war sicher, dass er, selbst wenn er hier den Rest seines Lebens verbrächte, nie auf die Idee käme, in Chaps zum Unterricht zu erscheinen. In Albuquerque waren Walter und er einmal in einer Leder-Bar gewesen, aber nach einer halben Stunde wieder gegangen, weil Aaron den Anblick von tanzenden und Billard spielenden und auf Barhockern sitzenden Männern mit diesen beim Aufstehen schmatzend von den Pobacken platzenden halben Hosen nicht ertrug. »So zimperlich kann man doch gar nicht sein«, hatte ihn Walter hinterher angemeckert.

»Neun Uhr«, sagte Aaron laut, »Zeit zum Lernen. Ich heiße Aaron Englund.« Er drehte sich um und schrieb in großen Buchstaben seinen Namen auf die Tafel. »Ich bin in diesem Halbjahr Ihr Lehrer.«

»Wie das Land?«, fragte ein Schüler. Er hieß Paolo und kam aus Italien. Er hatte dort sechsundzwanzig Jahre lang als Mathematiklehrer gearbeitet und plötzlich eines Tages beschlossen, sechsundzwanzig Jahre seien genug; er würde in die USA gehen und Harley fahren. Und zwar so lange, bis das über die Jahre zusammengesparte Geld alle war. Wenn Paolo redete, was er oft tat, klang es wie eine Parodie auf einen italienischen Akzent. Dazu strich er rhythmisch mit den Händen durch die Luft, als ob er erwartete, dass alle um ihn herum gleich zu den Musikinstrumenten griffen und loslegten. Aaron versuchte sich vorzustellen, wie Paolo als Lehrer seine Schüler durch die vertrackte Welt der Mathematik dirigiert hatte. Wie war das möglich, überlegte er, dass ein Zahlenmensch, für den jede Rechnung aufgehen musste, zum Spieler wurde, der volles Risiko fuhr.

»Das heißt England.« Aaron betonte das *a* deutlich und schrieb dann ENGLAND neben ENGLUND. »Ein einziger Vokal, das ist der Unterschied zwischen mir und einem Land.« Die Schüler lachten.

Die Klasse war groß, zwanzig Schüler, trotzdem ging Aaron durch die Reihen und prägte sich ein, wie sie hießen und woher sie kamen. Das tat er immer am ersten Tag, er wusste, dass es wichtig war, vor allem für diejenigen, die es gewohnt waren, übersehen zu werden. Fünf Schüler stammten aus Brasilien – »fast eine halbe Fußball-Elf«, witzelten sie – und vier aus Thailand, aber am erstaunlichsten waren die Mongolinnen. Mongolische Schüler hatte er noch nie gehabt und seines Wissens auch noch niemanden von dort kennengelernt, und hier in seiner Klasse saßen gleich zwei und hießen auch noch beide Borol. »Das ist wohl ein häufiger Name in der Mongolei«, sagte er, aber die eine Borol entgegnete mit ernster Miene und russisch klingendem Tonfall: »Nicht häufig«, woraufhin die andere Borol lachte, um Aaron zu signalisieren, dass das ein Witz war. Aaron fühlte sich ertappt, er war davon ausgegangen, dass der Humor nicht in der Mongolei erfunden worden war, und stellte zu seiner Überraschung fest, dass er offenbar selbst Klischees im Kopf hatte.

»Gut, also«, fragte er die Klasse, »wo fangen wir an? Sie haben bestimmt Fragen. Was hat Sie in letzter Zeit irritiert?«

Alle starrten ihn an. Noch hatten sie keinen Grund, ihm – seinem Können oder seinen Absichten – zu trauen. Ein gut aussehender Brasilianer in der ersten Reihe hob die Hand. In Brasilien war Leonardo Pilot gewesen, hier in San Francisco lieferte er Pizza aus, der brasilianische Nationalberuf, wie seine Landsleute frotzelten. Aaron hatte vorher jeden Einzelnen gefragt: »Warum lernen Sie Englisch?« Leonardo hatte erklärt, er wolle Pilot in China werden, und das sei der erste Schritt dahin.

»In China?« Aaron klang verblüffter als beabsichtigt. »Warum in China?«

»Land ist groß.«

»Stimmt.« Aaron wartete auf weitere Erklärungen, aber Leonardo neigte nicht dazu, Themen totzureiten. Er hielt die anderen für fähig, Zusammenhänge selbst herzustellen: Ein großes Land braucht eine Menge Flugzeuge, Flugzeuge brauchen Piloten. Für den Erwerb von Sprachpraxis war Einsilbigkeit zwar nicht unbedingt zielführend, aber Behutsamkeit stand Piloten allemal gut an, das musste Aaron zugeben. Er flog nicht gern, er hasste vor allem, dass er jedes Mal, bevor er in ein Flugzeug stieg, eine Wette auf Tod oder Leben mit sich abschloss. Wenn er sich vorstellte, wer im Cockpit saß, fand er geschwätzige Typen, die sich vor allem nett miteinander unterhalten wollten, höchst unattraktiv. Piloten sollten wie Leonardo sein, bei Weitem weniger verliebt ins Reden als ins Fliegen.

»Sie haben eine Frage, Leonardo?«

»Gestern«, fing Leonardo an, »ich höre mein Kollege, er sagt zu mein andere Kollege: ›Ich hoffe, der Chef war nicht sauer.‹« Leonardo beugte sich vor. »Ist korrekt?«

»Ja«, sagte Aaron fast entschuldigend, er ahnte, worauf Leonardo hinauswollte. »Es kommt auf die Situation an, aber hier ist es korrekt.«

»Wieso?«, fragte Leonardo fast zornig zurück. »Wieso er sagt ›hoffe‹, wenn es ist Vergangenheit? Hoffe ist über Zukunft. So wir lernen immer.«

Die anderen Schüler demonstrierten Zustimmung durch kollektives Nicken. Aaron spürte ihre Frustration, hinter der auch Argwohn steckte. Man hatte ihnen korrekterweise beigebracht, dass *Hoffnung* sich auf etwas Zukünftiges bezog, und hier stand er und wollte ihnen weismachen, das sei nicht immer so. Er hatte ihnen in einer einzigen Stunde mehr Wissen abgezogen als verschafft.

Die Liebe zur Grammatik hatte Aaron schon als Kind entdeckt, als er zum ersten Mal erkannt hatte, dass grammatische Strukturen eine Art Ordnung schufen, ein Muster, nach dem sich die Wörter – seine erste Liebe – aneinanderfügen und einen Sinn ergeben konnten. Er hatte gelernt, dass er imstande war, sein Herz zu öffnen und Grammatik fast noch mehr zu lieben, so wie man das hässlichere von zwei Kindern mehr liebt, einfach weil es die größere Anstrengung verlangt. Er war bekannt dafür, Grammatik so zu erklären, dass sie seinen Schülern einleuchtete, und dazu Skizzen und Gleichungen und sogar Karikaturen auf die Tafel zu malen, die sie in ihre Hefte übertrugen. Jetzt schrieb er *Ich hoffe, er war nicht sauer* an die Tafel. Darunter kam eine Zeitleiste, die

Vergangenheit ganz links mit dem Wort *wissen* und die Zukunft ganz rechts mit dem Wort *nicht wissen*.

»Wir sind hier, zwischen der Vergangenheit« – er zeigte auf *wissen* – »und der Zukunft, von der wir noch *nicht wissen*.« Er sah sie aufmunternd an. »Gut, also, sagen wir mal, einer der Fahrer hat eine sehr große Pizzalieferung vermasselt, und am nächsten Tag sind alle neugierig, ob der Chef sauer war, als er davon erfuhr, das weiß aber niemand, denn der Chef kam erst, als alle anderen schon weg waren. Wie würden Sie das sagen?«

»Ich wollte, er wäre nicht sauer«, schlug Katya vor, die einzige Russin.

»In Ordnung«, sagte Aaron, »nur heißt das: Ja, er *war* sauer, und ich *weiß*, dass er sauer war.« Ein paar Schüler nickten. »In unserem Fall liegt die Reaktion des Chefs aber in der Vergangenheit, und wir kennen sie noch nicht. Wir werden sie erst in der Zukunft erfahren, also müssen wir sagen: ›Ich hoffe, er war nicht sauer.‹«

Er sah sie an, sie sahen ihn an, und ein paar weitere Schüler nickten. Es tat gut, wieder in einem Klassenzimmer zu stehen, hier hatte er eine klare Vorstellung von dem, was von ihm gebraucht wurde – sein Wissen und seine Sicherheit vermittelnde Präsenz. Zu unterrichten verschaffte aber auch ihm etwas, das er brauchte – das tägliche bisschen Zeit, in der sein eigenes Leben in den Hintergrund treten durfte.

»Wenn Sie keine weiteren Fragen haben, machen wir kurz Pause.« Er deutete noch einmal auf die Zeichnung auf der Tafel. »Und denken Sie dran: Nicht zu wissen, was sich schon zugetragen hat, hat auch eine schöne Seite: Wir können weiter auf das Beste hoffen.«

»Auch wenn Ergebnis ist fertig?«, fragte Katya mit typisch russischem Fatalismus.

»Ja«, antwortete Aaron und verbot sich den Gedanken an Jacob, der vielleicht inzwischen tot war.

4

Mr. Ng war UPS-Fahrer. Abends stellte er den Firmentransporter meistens in der Garage ab und blieb stundenlang darin sitzen. Aaron fand es beunruhigend, dass Mr. Ng sich direkt hinter der dünnen Wand befand, an der er lehnte, wenn er im Bett las oder aß oder den Unterricht vorbereitete, vor allem weil Mr. Ng in dem Wagen nichts zu tun schien, außer vielleicht schlafen. Natürlich wusste er, dass Mr. Ng so lange wie möglich hinauszögerte, nach oben zu gehen, wo seine Frau sofort wieder mit dem Gestreite anfangen würde, Kreischen und Möbelrücken inklusive. Was er nicht wusste, war, worum es bei dem endlosen Gezänk ging, er verstand kein Kantonesisch, aber bestimmt ging es um Geld – er hatte irgendwo gelesen, dass Paare meistens über Geld stritten. Am Ende wechselten sie manchmal ins Englische, als ob sie ihn in ihre Probleme hineinziehen wollten. Das hasste er am meisten, es hatte etwas allzu Intimes, im Schlafanzug im Bett mitanhören zu müssen, wie zwei Leute, die nichts weiter als Vermieter für ihn waren, sich gegenseitig niedermachten, und das gleich in zwei Sprachen.

Er stand jetzt trotz der vielen schlaflosen Stunden wieder früh auf. Es war wohl so, dachte er, dass sich sein angestammter Körperrhythmus wieder einstellte, weil er auf die Gewohnheiten oder Bedürfnisse von jemand anderem keine Rücksicht mehr zu nehmen brauchte. Er war schon als Junge zur Morgenlerche geworden, zum Frühaufsteher, denn seine Mutter war eher eine Nachteule, und irgendjemand musste ja frühmorgens alles im Café vorbereiten. Nach ihrem Verschwinden, als er bis zum Schulabschluss bei der aus lauter Nachteulen bestehenden Familie Hagedorn lebte, hatte er prompt deren Rhythmus übernommen. Seine Erinnerungen an dieses Jahr waren entsprechend verhangen von Wolken der Erschöpfung. Dann kam Walter und bestand darauf, dass Aaron nicht mehr Abendbrot, sondern »Abendessen« sagte, und er gewöhnte sich auch das an, denn es schien etwas komplett anderes zu sein als die hastige Mahlzeit, die seine Mutter und er immer in der kurzen Flaute vor fünf Uhr hinunterschlangen, bevor die ersten Gäste für die Abendkarte kamen.

Walter erachtete Dinieren vor acht Uhr abends als sittenwidrig, noch lieber war ihm neun. Zu Hause hatte es abends ein Mischmasch aus den Küchenkatastrophen seiner Mutter gegeben, bei Walter gehörten zu einem Dinner immer Wein und mindestens zwei Gänge, mit einem Salat zum Abschluss. Zu guter Letzt gab es noch einen Schlummertrunk, Cognac, obwohl Aaron eigentlich Sherry lieber gewesen wäre. Danach ließ Walter sich gern etwas vorlesen, meistens Gedichte, bei Poesie herrschte Harmonie, beide hatten eine Vorliebe dafür, sie mochten auch dieselben Dichter und Gedichte. Walter liebte besonders ›Dover Beach‹ von Matthew Arnold, alle Gedichte von T. S. Eliot und ›Degrees of Gray in Philipsburg‹ von Richard Hugo. Das Letztere konnte Aaron auswendig, seit Walter es ihm vor Jahren vorgelesen hatte. Und wenn er die Zeile: *»Vielleicht kommst du Sonntag, einfach so. / Denn dein / Leben ging zu Bruch«*, rezitierte, saß Walter neben ihm und atmete tief, als ob es ihm nicht genügte, die Worte zu hören, als müsste er sie inhalieren, als wollte er einatmen, was Aaron ausatmete.

Aaron hatte an Walter immer geschätzt, dass Walter nie sofort seine Meinung hören wollte, wenn sie aus dem Kino oder einem Konzert kamen, und bei Poesie war es genauso. Wenn er ein Gedicht vorgetragen hatte, saßen sie zusammen und schwiegen, und jeder fühlte für sich, was er gerade fühlte, ohne es in Worte fassen zu müssen. Nach dem Schlummertrunk standen sie auf, gingen ins Bad und dann ins Bett, das Kingsize-Bett, und sahen Fernsehnachrichten oder lasen. Sex hatten sie nicht, Walter hatte keine Lust auf Sex nach Einbruch der Dunkelheit, eine Marotte, die er einmal damit begründet hatte, er werde nie das Gefühl los, beobachtet zu werden. Aaron hegte den Verdacht, dass diese Furcht mit irgendetwas in Walters Vergangenheit zusammenhing, worüber er nicht reden wollte, aber manchmal kam ihm auch der Gedanke, dass sie vielleicht integraler Bestandteil des kollektiven schwulen Bewusstseins war, ein innerer Rückfall in eine Ära, in der man als schwuler Mann alles heimlich tat, in der jeder Blick, jedes Wort, jede Berührung so mächtig werden konnte, ein Leben zu zerstören.

Am Anfang hatten sie trotz Walters Beklemmungen Sex zu jeder Tages- und Nachtzeit gehabt, mittags, wenn die Feuerwehrsirene die Essenspause ankündigte, und um Mitternacht – danach witzelte Aaron immer, er habe einen zwei Tage langen Orgasmus gehabt. Manchmal besuchte er Walter in der Uni, und sie hatten Sex in Walters Büro mit den dünnen Wänden, hinter der einen ein Lateinprofessor, hinter der anderen ein junger Französischprofessor. Walter ließ immer die Jalousie herunter und schloss die Tür ab, bevor er Aaron über den Schreibtisch legte oder in seinen Lesesessel schubste, eine vernünftige Vorsichtsmaßnahme, denn Walter nahm Aaron gern hart von hinten, und keiner von beiden wollte dabei hochschrecken und einen Studenten in der Tür stehen sehen.

Aaron schlief immer als Erster ein, Walter las neben ihm weiter oder machte Notizen für einen Artikel oder schrieb Briefe. Walter schrieb auch noch Briefe, als es längst E-Mails gab, und immer mit der Hand und Kohlepapier zwischen zwei Blättern, das obere wurde verschickt, und das untere kam akkurat datiert in eine Kiste. Walters Briefkisten standen in Reih und Glied im Keller, sie waren von Minnesota mit nach New Mexico umgezogen. Als Aaron ihn gefragt hatte, warum er die Briefe aufhob, hatte Walter gesagt, es könne gut sein, dass er in seinem Leben an einen Punkt komme, an dem die Gegenwart nichts Neues mehr zu bieten habe, und dann werde er die Kisten hochholen und sich durch seine Lebensgeschichte lesen, und beim zweiten Durchgang werde er vielleicht sogar noch mehr Freude daran haben.

***

Morgens fühlte sich Aaron meistens so übermannt von der Winzigkeit seiner neuen Behausung, so erdrückt von den Wänden, dass er weder lesen noch Hefte korrigieren noch einen klaren Gedanken fassen konnte. Er gewöhnte sich an, zu Fuß zur Arbeit zu gehen, er nahm sich Zeit dafür, anderthalb, sogar zwei Stunden; Zeit zum Bummeln zu haben, Zeit, seine neue Umgebung kennenzulernen, in der er zu seiner eigenen freudigen Überraschung ein Außenseiter war, war einfach ein schönes Gefühl. Auf den Ladenschildern verkündeten riesige chinesische Zeichen, was es zu kaufen gab, er bekam es auf Englisch nachgereicht, in winzigen Buchstaben und nicht immer korrekt. Er hatte ein paar Favoriten unter den Ladennamen: *Schlauestes Kind* hieß ein Nachhilfeverein, im Schaufenster hing das Foto eines Teenagers in einer Art Misswahl-Robe, auf deren Schärpe die Punktzahl beim Zulassungstest fürs College prangte; ein Imbiss hieß *100 % Gesund Nachtisch*, den hatte er einmal getestet, angelockt von den Fotos von schmalzig-sirupartigen, mit Bohnen und bunten Tapiokaringeln gefüllten Gebilden, aber vor allem von gewissen Verheißungen auf der Speisekarte, zum Beispiel: »fördert Darm Bewegung«; *Happy Good Lucky* hieß ein kleiner Supermarkt in der Taraval Street, der »Bier alle Geschmacke $ 9« feilbot und versuchte, Ladendiebe mit einer Serie strategisch platzierter handbeschriebener Karteikarten zu vergrämen: »Ehrlichkeit ist die beste Persönlichkeit ich wert schätze.«

Aarons Lieblingsrestaurant war das T-28, ein Diner mit Macau-Küche. Der Name war einfach das Kürzel des Standorts: Ecke Taraval Street und Twenty-Eighth Avenue. Im T-28 fragte ihn kein Mensch, wie es ihm ging, sondern nur, was er wollte. Das empfand er als ausgesprochen angenehm, in seiner ersten Woche in San Francisco war er jeden Abend dort, gleichermaßen begeistert vom Mangel an höflichem Smalltalk wie vom billigen Essen, bis der Traum geplatzt war: Eines Abends war er weggeblieben, weil er kein Bargeld dabeigehabt hatte, und am nächsten Abend hatte ihm die Kellnerin sein Essen hingeknallt und gesagt: »He, lange nicht gesehen.« Er stellte sich vor, wie sie in einem Sprachkurs saß, Redewendungen auswendig lernte und auf eine Gelegenheit wartete, sie einzusetzen, zum Beispiel: »Special Frühstück schon zu Ende. Frühe Vogel fängt Wurm.« Er gönnte ihr jede Chance, ihr Wissen anzuwenden, aber es war nicht mehr wie vorher, und das fehlte ihm.

Sein morgendlicher Weg führte die Noriega Street entlang, dort blieb er immer vor einer Bank stehen und sah sich an, von welchen Ländern Wechselkurse aushingen, denn das sagte ihm etwas über sein Viertel, und welche Kurse gestiegen oder gefallen waren, denn das sagte ihm etwas über die Welt. Ein paar Blocks weiter, und er war im Golden Gate Park, dort bummelte er am längsten herum. Oft waren die Bisons draußen, hier im Park – mitten in der Großstadt – wurde eine ganze Herde gehalten, zum Gedenken an den untergegangenen Wilden Westen. Er liebte es, ihnen zuzuschauen und über die Ironie des Ganzen nachzudenken. Den letzten Halt machte er an einem künstlichen Teich, dort setzte er sich auf eine Bank und beobachtete die Menschen, eine Gruppe älterer Chinesen beim Tai-Chi zum Beispiel oder Teenager beim schnellen Joint vor der Schule oder den kleinen Jungen und seinen Großvater, die sehr oft morgens kamen und ein Spielzeugsegelboot über den Teich tuckern ließen.

Er begann den Tag am liebsten schweigend und fand, dass er leichter in der Welt ankam, wenn er zu Fuß zur Schule ging. Außerdem sparte er dabei das Fahrgeld für den Bus. Jetzt, wo er allein lebte, war Geld ein Thema. Nicht dass er sich bisher auf Walter verlassen hatte – das hatte er nicht –, aber ein Haushalt mit zwei Einkommen bot eine gewisse Sicherheit. Den Bus allerdings mied er hauptsächlich wegen eines Zwillingspaars, das immer darin saß. Er hatte den Verdacht, das die beiden Männer gar kein Ziel hatten, sondern einfach Bus fuhren, wie andere Leute zur Arbeit gehen.

Die Zwillinge waren völlig identisch. Sie trugen dieselben Sachen, meistens graue Strickjacken mit Reißverschluss über smaragdgrünen Cowboyhemden mit Druckknöpfen, und sie putzten sich gegenseitig wie Katzen, einer bändigte dem anderen mit angeleckten Fingerspitzen die Haarwirbel am Scheitel, rückte ihm den Kragen zurecht, knöpfte ihm das Hemd neu, zog ihm den Reißverschluss bis knapp über Herzhöhe. Es war, als ob sie den öffentlichen Raum eines Busses brauchten, um vollkommen in ihre eigene Geheimwelt einzutauchen. Aaron konnte den Blick nicht abwenden.

Plötzlich waren überall Zwillinge. Sein Schüler Yoshi, gerade Vater von Zwillingen geworden, meldete sich und erklärte, in Japan seien Zwillinge höchst ungewöhnlich. Ja, bestätigte Pilar aus Spanien, so häufig sehe man Zwillinge nur hier in Amerika, womit sie Yoshis Kinder zu einer Art Beifang erklärte, zu einer Begleiterscheinung der elterlichen Auswanderung. Etliche Mitschüler stimmten heftig nickend zu.

Aaron wusste, eigentlich müsste er ihnen jetzt etwas Offensichtliches erklären: Die Vereinigten Staaten waren einfach die Summe von Völkern aus aller Welt, und deren jeweilige genetischen Anlagen mutierten kaum derart rasant bloß wegen des amerikanischen Bodens. Aber er ließ ihnen ihre schrägen Ideen, denn er hatte festgestellt, dass seine Schüler manchmal mit Skepsis reagierten, wenn er sich zu etwas anderem als Grammatik äußerte. Sie waren zum Beispiel nicht davon zu überzeugen, dass Obdachlosigkeit kein Produkt von Faulheit war oder dass nicht alle Amerikaner altes Essen aßen, wie eine der Borols behauptete.

»Was meinen Sie denn mit ›altem Essen‹?«, hatte er gefragt, verblüfft von dieser vermeintlich schlichten Aussage.

»Essen, was ist alt«, sagte ein anderer Schüler knapp, denn

alle wussten, was gemeint war. Sie hatten sogar ein ganzes Arsenal von beweiskräftigen Anekdoten zur Hand, Geschichten von Gastmüttern, die vor Jahren abgelaufene Tiefkühlwaffeln aufbackten, von Familien, deren Kinder sie hüteten, die um schimmelige Stellen herumaßen und das auch von ihnen erwarteten. Aaron versuchte, ihnen klarzumachen, dass sie Ausnahmen zur Regel erklärten, er versicherte ihnen, dass die meisten Amerikaner keine verdorbenen Sachen aßen oder es Gästen vorsetzten, aber er gab es bald auf, weil er merkte, dass sie solche Überzeugungen brauchten. Sie putzten Wohnungen und lieferten Pizza zu Leuten, die überzeugt waren, sie wären nicht ehrlich oder könnten nicht rechnen oder wahrscheinlich beides auf einmal, und vor ihren Augen das Wechselgeld nachzählten. Sie hörten ständig – als Zugabe zu den dreiundfünfzig Cent Trinkgeld –, wie dankbar sie doch sein konnten, in diesem Land sein zu dürfen.

Und in der Regel waren sie das auch. Die meisten waren jung und machten sich die gleichen Gedanken über ihr Leben wie alle jungen Menschen: voller Vorfreude und in dem Gefühl, dass ihre Zukunft entstehen würde wie eine Sinfonie, wo eine großartige Note der anderen folgte. Aber dankbar zu sein und Dankbarkeit abverlangt zu bekommen, waren zwei Paar Schuhe.

***

Die ersten Zwillinge hatte Aaron mit fünf gesehen, in den Sommerferien mit seinen Eltern, zwei Wochen endlose Autofahrten, sechs, sieben Stunden am Stück. Es war heiß in diesem Sommer, und im Auto wurde kaum gesprochen, was nicht so sehr an der Hitze lag, seine Familie war einfach so. Während der Fahrten lernte er seine ersten Wörter lesen – *Halt, Einwohner* und *Zu vermieten* –, die meiste Zeit starrte er jedoch auf seines Vaters Hinterkopf mit dem stoppeligen Polizistenhaarschnitt. Dabei fiel ihm zum ersten Mal auf, wie weiß seine Kopfhaut war, so hell wie eine frisch aufgeschnittene Kartoffel.

»Wie lange noch?« Aaron konnte nicht anders, er musste immer wieder fragen. Gefängnisinsassen, Schüler, Schiffspassagiere auf langen Überfahrten, Kinder in Autos – sie alle wissen nur zu gut, wie sich die Zeit dehnt, weil sie ihnen nicht wirklich gehört. Seine Mutter gab allenfalls kryptische Auskünfte, in denen *Stunden* und *Minuten* vorkamen, Wörter, die ihm nichts sagten, sein Vater drohte, sofort zu halten und ihm »eine anständige Tracht Prügel« zu verpassen, wenn er nicht den Mund hielt, und das sagte ihm sehr wohl etwas. Sein Vater hatte so eine Art, das Adjektiv *anständig* davorzusetzen, als stehe eine Tracht Prügel für irgendeine moralische Wahrheit.

Nach ein paar derart von der Hitze und dem ständigen Blick auf seines Vaters Kopf geprägten Tagen formulierte Aaron seine Frage um. »Wie viele ›Adam-12‹ müssen wir noch fahren?« ›Adam-12‹ war eine Fernsehserie über Polizisten, die er samstags mit seinem Vater sah, sie dauerte immer eine halbe Stunde.

»Vier«, antwortete seine Mutter etwas zu freudig, und damit war ›Adam-12‹ als Zeiteinheit etabliert.

Die Ferien begannen im Paul-Bunyan-Park von Bemidji, also mit den Betonstatuen von Paul Bunyan und Babe dem Blauen Ochsen am Ufer des Lake Bemidji. Sie hatten den Park schon zwei Mal zuvor besucht, weshalb in Aarons Erinnerung drei Besuche ineinander verschwammen und er in späteren Jahren nicht mehr wusste, wann gerade die Achterbahn gebaut worden war und wann sein Vater sich zu ihm hinuntergebeugt, auf eine vierköpfige Familie gezeigt und geflüstert hatte: »Guck mal, Aaron, da gehen Juden.« Im Familienalbum klebten drei Schnappschüsse von ihm, auf allen stand er zwischen Paul und Babe, jedes Foto erinnerte an den jeweiligen Besuch und dokumentierte die unübersehbaren Veränderungen des kleinen Aaron, selbst wenn alle Bilder von wem auch immer (vermutlich von seinem Vater) aus großer Entfernung geknipst worden waren, damit Paul Bunyan in voller Größe draufkam und Aaron aussah wie etwas, das der Statue aus Versehen zwischen die Füße geraten war.

Ganz genau wusste er dagegen, dass es der letzte Besuch war, bei dem sein Vater wütend geworden war, weil Aaron nicht Karussell fahren wollte. »Willst du dein Leben lang ein Hosenscheißer sein?«, hatte er ihn angezischt, als sie vor der Berg-und-Tal-Bahn standen und die anderen Kinder aufgekratzt in die Gondeln kletterten. Und dann, in seinem gespielt beiläufigen Ton: »Ich weiß wirklich nicht, wie du mal in der Schule klarkommen willst.« Dass er sich das selbst auch fragte, hatte Aaron für sich behalten.

Danach hatte sein Vater auf dem Absatz kehrtgemacht und war seelenruhig davongegangen. Zu Hause brüllte er meistens oder schmiss eine Flasche auf den Boden, aber zum Vergnügen anderer Leute eine Schau abzuziehen, war nicht sein Stil. Aaron wusste nur allzu gut, wie es war, wenn sein Vater das Kreuz durchdrückte, wie er dann die Hände tief in die Taschen vergrub und jeder Schritt aussah wie ein Tritt, mit dem er eine imaginäre Dose vor sich hertrieb. Ebenso vertraut war ihm der Moment, in dem seine Mutter und er bedröppelt nebeneinanderstanden, weil irgendetwas plötzlich ganz schieflief. Erst vor ein paar Minuten hatte seine Mutter den Kopf zu ihnen gedreht, sie saßen eng aneinandergedrängt auf einer Bank, und plötzlich sahen sie den gelben Senfklecks an ihrem Ohrläppchen, ein Überbleibsel der Hamburger, die sie verdrückt hatten. Aaron und sein Vater prusteten gleichzeitig los, ein Ereignis mit Seltenheitswert, das alle drei aufmunterte und in eine Art Glückstaumel katapultierte.

»Dolores«, sagte sein Vater, »hast du deinen Hamburger an dein Ohr verfüttert?«

Sie lachten auch weiter, als seine Mutter sich das Ohr mit einem Papiertaschentuch abwischte und Aaron und seinen Vater zum Spiegel umfunktionierte: »Ist er weg? Jerry? Aaron? Hab ich alles abgekriegt?«

Wenn Aaron Jahre später an den Tag zurückdachte, wenn er sich vorzustellen versuchte, dass seines Vaters Zorn irgendwie vorhersehbar sein müsste, setzte er immer an dieser Situation an, in der Hoffnung, davon ableiten zu können, wie genau sich solche Wutausbrüche allmählich aufbauten. Aber gleich darauf fiel ihm wieder ein, wie seine Mutter gekichert hatte, wie sie sie mit ihren Namen angesprochen hatte, und er begriff, dass sie die Aufmerksamkeit genossen hatte und dass die Frage seines Vaters überhaupt nicht vorwurfsvoll geklungen hatte. Und darüber war auch Aaron glücklich gewesen. So einfach war das, und so trügerisch.

An jenem Nachmittag hatten Aaron und seine Mutter eine Zeit lang schweigend auf seinen Vater gewartet. Als ihnen klar wurde, dass er nicht so schnell zurückkommen würde, waren sie zu einer Veranstaltung gegangen, die keinen Eintritt kostete und bei der jemand Paul-Bunyan-Geschichten zum Besten gab. Es war ein alter Mann im karierten Holzfällerhemd, der beim Reden ständig herumzappelte und sich mit der rechten Hand den linken Puls rieb, als seien ihm gerade Handschellen abgenommen worden. Jedes Mal wenn er einen seiner Meinung nach tollen Witz gerissen hatte, glotzte er Beifall heischend ins Publikum. Nach der Vorstellung standen alle auf und eilten aus dem überhitzten Saal.

»Bleib sitzen und rede mit niemandem«, sagte seine Mutter und ging auch hinaus.

Der Geschichtenerzähler musterte ihn nervös. »Na, junger Mann? Weißt du eigentlich, dass Paul schon mit einer Woche so groß war, dass sie ihm die Sachen von seinem Vater anziehen mussten?« Er gluckste. »Stell dir das mal vor.« Aaron dachte an die Hemden seines eigenen Vaters, sie rochen nach tief in die Fasern gefressenem Schweiß. Der Geruch hielt sich, auch wenn seine Mutter die Hemden gerade gewaschen hatte, es brauchte nur ein warmes Bügeleisen, um ihn wiederzubeleben. Aaron lächelte den Geschichtenerzähler an. Der Mann konnte ja nichts dafür, dass Aaron es alles andere als verlockend fand, seines Vaters Sachen anzuziehen.

Der Mann schlurfte auch nach draußen, und Aaron blieb allein zurück im größten Saal, den er je ganz für sich gehabt hatte.

In dem leeren Raum konnte er seinen Gedanken freien Lauf lassen. Er stellte sich vor, wie seine Eltern in den Oldsmobile stiegen und ohne ihn davonfuhren, zurück nach Hause, nach Moorhead (so weit, sie woandershin zu schicken, reichte seine Vorstellungskraft noch nicht), und wie er sich hier ein neues Leben einrichtete, in dem er bei Regen unter Babes Ochsenbauch schlief und sich tagsüber Lügengeschichten erzählen ließ.

Dann kamen zwei Jungen herein. Noch Jahrzehnte später erinnerte er sich genau an den Schock, den er erst beim Anblick des linken der beiden und dann bei der Entdeckung bekommen hatte, dass der rechte exakt dieselben missratenen Gesichtszüge aufwies – eine extreme Stupsnase, ein fliehendes Kinn und blaue Augen mit auffallend kurzen Wimpern. Sie waren etwa zwölf, genau in dem Alter, in dem es Jungen einen Heidenspaß macht, kleinere Kinder zu bedrohen, um die eigene Verletzlichkeit zu übertönen. Sie kamen laut redend auf Aaron zustolziert, als hätte er etwas geklaut und sie wollten es wiederhaben.

»He, Arschloch«, sagte der rechte Junge.

Der andere kicherte und trat heftig gegen Aarons Stuhl. »Mein Bruder spricht mit dir, du Arschloch«, sagte er.

»Meine Mutter hat gesagt, ich darf mit niemandem reden«, erwiderte Aaron überhöflich mit seiner sanften Stimme. Wenn er so mit seinem Vater sprach, wurde der noch wütender.

Die beiden setzten sich hinter ihn. »Hab gehört, Paul Bunyan hatte 'n Pimmel wie 'ne Eiche«, sagte der Junge genau hinter ihm und trat gegen die Rückenlehne. Aaron kippte vornüber.

Sein Zwillingsbruder lachte auf. »Genau, und Eier wie Basketbälle.«

Der Erste beugte sich vor und blökte Aaron direkt ins Ohr: »Hab gehört, 'n Lokführer hat dem sein Arschloch für 'n Tunnel gehalten, der ist da rein und nie wieder rausgekommen.«

»Paul Bunyan war 'ne Schwuchtel«, grölte sein Bruder, und beide warfen sich gegen ihre Rückenlehnen und jaulten wie Welpen.

In dem Moment kam Aarons Mutter zurück. Sie starrte die Jungen an und sagte zu Aaron: »Wir warten am Auto.« Also hatte sie seinen Vater nicht gefunden.

Sie verließen den Park und liefen ein paar Straßen entlang, wobei seine Mutter an jeder Ecke stehen blieb und ausgiebig in alle Himmelsrichtungen sah. Sie hatte denselben Hang wie er, sich immer das Schlimmste auszumalen. Aaron spürte deutlich, dass sie Angst hatte, sie packte seine Hand und zerquetschte sie fast, und im nächsten Augenblick riss sie sich regelrecht von ihm los. Irgendwann bogen sie um eine Ecke, und da war der Oldsmobile, die Fahrertür stand offen, seines Vaters Beine hingen heraus.

»Wurde auch Zeit«, sagte sein Vater nur. »Vier Uhr. Leute, was habt ihr eigentlich den ganzen Tag gemacht?« Er nannte sie immer Leute, wenn er ihr Verhalten so unerklärlich fand wie das von fremden Menschen.

Aaron und seine Mutter stiegen ins Auto. Sie schwiegen; sie wussten, solange sein Zorn noch nachhallte, war Schweigen das Klügste. Aaron sackte an die Tür und schlief sofort ein, er war viel zu müde für seine übliche Angst, dass sie aufgehen und er auf die Straße rollen könnte. Er wurde wieder wach, als der Motor ausgestellt wurde, und sah, dass sie vor einem Motel parkten. Es bestand aus mehreren Hütten und einem Büro in Wigwamform, über der Tür leuchtete ein pinkfarbenes Neonschild: *zu vermieten.* Sein Vater stieg aus, und der Geruch von fauligen Äpfeln wehte ins Auto. Er ging in den Wigwam, kam mit einem Schlüssel wieder heraus und schloss eine der Hütten auf. Seine Mutter riss sofort alle Fenster auf, aber damit kam auch der Apfelgeruch herein und mischte sich mit dem Mief, den sie eigentlich vertreiben wollte. Er roch säuerlich, so ähnlich wie die Füße seines Vaters, wenn er am Feierabend im Fernsehsessel saß und Aaron ihm die Schuhe ausziehen musste.

»Aaron, Bettzeit«, sagte seine Mutter. Er folgte ihr ins Schlafzimmer, wo sie seinen Schlafanzug und seine Zahnbürste aus dem Koffer holte. Er war selig, in dieser unvertrauten Umgebung seine eigenen Sachen zu sehen. Sie verbrachten zwei Nächte in dem Motel, heiße, schlaflose Nächte, in denen Aaron auf der Bettkante neben seinen Eltern balancierte, weil sein Vater kein Geld für ein Extra-Kinderbett ausgeben wollte. Der eklig süße Gestank von fauligen Äpfeln wurde mit jedem Tag intensiver. Er kam von einem Baum direkt vor dem Schlafzimmerfenster, der übervoll hing und großzügig mit den überreifen Früchten um sich warf. Sein Vater mochte den Geruch, also blieben die Fenster offen.

Am nächsten Morgen durfte Aaron mit in den Wigwam, sein Vater zeigte auf ein Regal mit Souvenirs – Perlenkettchen, T-Shirts und Miniatur-Totempfähle, aus denen oben Adlerschwingen ragten – und forderte ihn auf, sich eins auszusuchen. Aaron begutachtete jedes Teil, während sein Vater inzwischen mit dem alten Mann hinter dem Tresen plauderte. Dann schlurfte der Alte zu einem Postkartenständer an der Tür und hinterließ bei jedem Schritt ein Abgaswölkchen. Aarons Vater fuhr herum und sah Aaron an, als ob er damit rechnete, dass er irgendeine Peinlichkeit begehen könnte, lachen womöglich.

»Hast du was gefunden, mein Sohn?«, fragte er. In Gegenwart anderer Leute nannte er Aaron gern »mein Sohn«.

Aaron hielt einen perlenbesetzten Beutel hoch, er hatte die Form eines Kanus und einen Reißverschluss vom Bug bis zum Heck. Sein Vater untersuchte ihn. »Das willst du haben?«, fragte er. »Ein Täschchen?«

Aaron drehte sich um und griff nach dem Totempfahl mit den Adlerschwingen. »Danke schön«, murmelte er, als sein Vater ihn bezahlte, und dann gingen sie zurück zu ihrer Hütte.

»Ein Totempfahl«, sagte seine Mutter. »Ist ja goldig.«

Sie saß auf dem Bett und flickte eine gerissene Naht an seinen Shorts. Als Kind war Aaron moppelig gewesen und regelmäßig aus allen Nähten geplatzt, erst als Erwachsener war er sehr schlank geworden, nur seine Hände behielten etwas Kindlich-Molliges. Er hielt ihr den Totempfahl hin, und sie stellte ihn auf das Fensterbrett. Die Fenster blieben auch nachts offen, und als Aaron aufwachte und die Silhouette mit den aufgespannten Schwingen sah, hatte er den Verdacht, dass seine Mutter dem Totempfahl zur Flucht verhelfen wollte.

Am Morgen danach packte sie die Koffer, während sein Vater auf dem Bett saß und sie antrieb. Danach gingen sie über die Straße in einen Diner namens Freddie's. Aaron durfte Pfannkuchen bestellen, die gab es zu Hause nur selten, weil sein Vater Pfannkuchen hasste. Nach dem Essen ging es zurück zum Motel, sein Vater lud das Gepäck ins Auto, seine Mutter steckte wie immer drei feuchte Waschlappen in einen Brotbeutel und verstaute ihn im Handschuhfach, für Notfälle. Sein Vater kam fröhlich pfeifend mit einer Papiertüte herein, der Motelinhaber hatte sie ihm gegeben, er dürfe gern die Äpfel mitnehmen, die draußen herumlagen und vor sich hin faulten. Gemeinsam sammelten sie, bis die Tüte halb voll war. Aaron und sein Vater setzten sich ins Auto, und seine Mutter ging noch einmal in die Hütte. Aaron sah durch die offene Tür zu, wie sie sich bückte und unter alle Möbel schaute. Sein Vater trommelte mit einer Hand ungeduldig auf das Autodach. Er hatte es fast bis zu Donnergetöse gesteigert, als sie endlich wieder auftauchte. Sie stieg ein und hatte ein Streichholzbriefchen in der Hand, um das ein Rest schwarzes Garn von der Reparatur an Aarons Shorts gewickelt war. Sein Vater kalkulierte kurz – der Zeitverlust gegen so ein Nichts –, schnappte ihr das Briefchen aus der Hand und schmiss es aus dem Fenster.

Im Auto roch es penetrant nach überreifen Äpfeln und nach seinem Vater, der das Badezimmer im Motel gemieden hatte, weil es nur eine Dusche gab, er aber lieber in einer Badewanne lag und sich von Aarons Mutter die Haare waschen und den Rücken schrubben ließ, bis er krebsrot war. Er kaute beim Fahren ständig auf einem Apfel herum. Aaron probierte auch einen, aber er hatte von der Hitze und dem Geschaukel des Autos ein flaues Gefühl im Magen bekommen und schaffte nur ein paar Bissen. Er schloss die Augen und drückte die Stirn ans Fenster.

»Guck mal hier!«, schrie sein Vater plötzlich. Aaron fuhr hoch und riss die Augen auf. Über dem Fahrersitz hing verdreht der rechte Arm seines Vaters nach hinten; die Hand hielt fest wie einen Baseball umklammert einen angebissenen Apfel. Aaron dachte, er sollte ihn essen, aber als er den Blick endlich scharf gestellt hatte, sah er, was sein Vater ihm zeigen wollte: einen Wurm. Er hatte ihn durchgebissen und die eine Hälfte zappelte noch hektisch im Apfel, die andere tat vermutlich dasselbe in seinem Magen. Welche der beiden – die, die er noch sehen konnte, oder die, die er sich vorstellen musste – der Auslöser für das war, was dann kam, blieb ungeklärt. Jedenfalls verkrampfte sich sein ganzer Körper, und im nächsten Moment war der Arm seines Vaters voll mit Erbrochenem, *seinem* Erbrochenen, Pfannkuchen, Speck, Apfelstückchen, alles noch gut zu erkennen. Sein Vater ließ die Straße aus den Augen und glotzte auf seinen Arm, als ob er persönlich jeden Bestandteil von Aarons Frühstück ermitteln wollte.

»Jerry, halt doch mal an, damit wir dich wieder sauber kriegen«, sagte seine Mutter, starrte aber weiter geradeaus, als wollte sie unbedingt irgendein Straßenschild weiter vorn entziffern.

Sein Vater scherte nach rechts aus und trat so heftig auf die Bremse, dass der Schlüssel im Zündschloss klimperte. Er stieg aus, den verkleckerten Arm weit von sich gestreckt. Als Aarons Mutter die feuchten Waschlappen aus dem Handschuhfach holen wollte und an der widerspenstigen Klappe herumfummelte, riss er die Hintertür auf und beugte sich zu Aaron hinein.

»Iss das auf.« Er presste ihm den Arm auf den Mund.

Aaron kniff die Lippen zusammen, aber die Kotze drang trotzdem durch. Er versuchte, sie nicht an die Zunge kommen zu lassen, aber er schmeckte sie trotzdem, sauer und bitter wie faule Walnüsse, mit einem Hauch Ahornsirupsüße und einem Schuss Specksalzigkeit darunter. Er redete sich gut zu, dass das ja alles aus ihm selbst gekommen war, aber dadurch wurde es nur noch schlimmer, er musste wieder kotzen.

Dann war sein Vater weg und seine Mutter da und hielt ihm einen Waschlappen hin. »Wisch dich ab«, flüsterte sie.

Er drückte sich den Lappen aufs Gesicht, sog den muffigen Duft tief ein und rubbelte sich die Zunge ab. Seine Eltern standen jetzt hinter dem Auto, und Aaron hievte sich auf die Knie, um sie durchs Rückfenster zu beobachten. »Geht mir am Arsch vorbei«, hörte er seinen Vater sagen, aber dann donnerte ein Sattelschlepper vorbei und verschluckte die Antwort seiner Mutter. Irgendwann hielt sein Vater ihr gnädig den Arm hin, und sie ging mit dem Waschlappen drüber. Kotzeklümpchen wirbelten auf wie Flocken vor einem Schneepflug. Sie fuhren schweigend weiter, die Waschlappen blieben als Häufchen am Straßenrand zurück, Überreste eines familiären Notfalls.

***

Zwei Wochen lang fuhren sie durch die Gegend, sein Vater stierte auf die Fahrbahn, seine Mutter in die Straßenkarte. Aaron konnte Straßenkarten nichts abgewinnen. »Das ist ein ganz tolles Handwerkszeug«, erklärte seine Mutter, aber ihm fielen sofort die Hämmer und Bohrer ein und der Krach, den sein Vater bei seinen Basteleien im Keller veranstaltete, und denen konnte er ebenso wenig abgewinnen. »Weißt du«, fügte sie hinzu, »ohne Straßenkarte könnten wir die Reise gar nicht machen.«

»Warum?«, fragte er.

»Na sonst wüssten wir doch nicht, wo wir hinwollen.«

Dass seine Eltern nicht wissen könnten, wo sie hinwollten, war ihm nie in den Sinn gekommen.

Außer den Paul Bunyans gab es noch weitere Statuen auf der Tour: einen Riesenotter in einem Park in Fergus Falls, einen Happy Chef, der grinsend und kochlöffelschwingend empfahl, sich Watte in die Ohren zu stopfen, weil ihm nach Singen sei, und Mount Rushmore mit den Gesichtern von wichtigen Männern, die Präsidenten hießen und über die er in der Schule etwas lernen würde, wie seine Mutter sagte. Sein Vater hielt einen Dollar hoch, und Aaron staunte, denn darauf war derselbe Mann wie links am Felsen, George Washington. Der habe Holzzähne gehabt, sagte sein Vater, als sei das das Wichtigste, was man über ihn wissen musste.

Die Paul Bunyans aber rahmten die Ferien ein wie Bücherstützen, der stehende am Ausgangspunkt in Bemidji und der sitzende in Brainerd, der letzten Station. Und hier, zu Füßen des sitzenden Paul Bunyan, geschah etwas, ein winziges Ereignis, aus dem Aaron dennoch die leise Hoffnung schöpfte, dass er als Sohn vielleicht doch nicht komplett fehlbesetzt war. Auf dem Erinnerungsfoto jenes Tages stand er neben Pauls braunem Riesenstiefel. Später meinte er, in seiner Haltung auch etwas Ungewöhnliches zu erkennen, einen gewissen Trotz, aber sein Gesicht zeigte eindeutig Panik, und die kam daher, dass er mit lauter anderen Kindern Schlange stehen musste, um an Paul Bunyan heranzukommen, und die Eltern derweil danebenstanden und sie beäugten wie auf einer Viehschau der Landjugend.

Er beobachtete zwei Mädchen mit den gleichen gelben Hütchen, die bis zu der sprechenden Statue vorgerückt waren. »Wie alt bist du?«, bellte Paul Bunyan. Die Ältere, die den Arm fest um die Schulter der Jüngeren gelegt hatte, sagte: »Ich bin sieben. Und wie alt sind Sie, Mr. Bunyan?«

»Hast du Babe gesehen, meinen blauen Ochsen?«, fragte Paul Bunyan weiter, ohne auf sein Alter einzugehen.

Aaron wollte gut vorbereitet sein und versuchte, sich an die Legenden über Paul Bunyan zu erinnern, aber je weiter die Schlange vorrückte, desto klarer wurde ihm, dass Paul grundsätzlich keine Fragen beantwortete. Als schließlich nur noch ein Kind zwischen ihm und dem unkooperativen Hünen stand, fing er an zu schluchzen. Seine Angst hatte langsam vor sich hin geköchelt, jetzt schlug sie um in blanke Panik – eindringlich wie eine Teekesselpfeife –, und er machte einen Satz nach vorn und verpasste Paul Bunyan einen Tritt.

Sofort tat es ihm leid. »Hat das wehgetan, Mr. Bunyan?« Er gab sich Mühe, zerknirscht zu klingen.

Die einzige Antwort kam von den Eltern, in Form von begeistertem Gelächter und Applaus. Ein Mann in karierten Shorts rief: »Und noch einen! Tritt ihm die Kniescheiben ein!« Und dann, während die anderen Eltern jubelten, stürzte sein Vater zu ihm und stellte sich an seine Seite. Nichts von der ganzen Reise behielt Aaron so lebhaft in Erinnerung wie die Wärme von seines Vaters Hand auf seinem Kopf.

»Ja hallo, wie heißt du denn?«, brüllte Paul Bunyan. Es klang wie ein Echo aus seinem Bauch, aber niemand beachtete ihn.

Sein Vater steuerte Aaron an den anderen Eltern vorbei, diesem und jenem zunickend, als ob er andeuten wollte, dass sein Sohn tagtäglich für Scherz und Frohsinn sorgte. Eine stattliche Frau, über deren Busen ein riesiges Holzkreuz baumelte, rief: »Du bist ja ein richtiger kleiner David, was?«

»Ich heiße Aaron«, sagte er. Sogar darüber lachten sie.

5

Am Morgen des Aufbruchs in die Familienferien hatte Aarons Vater seine Kaffeetasse auf den Tisch gestellt und zum Wagen gehen wollen. Seine Mutter hatte automatisch nach der Tasse gegriffen, um sie noch schnell zu spülen. Den folgenden Streit hatte sein Vater mit der Drohung gewonnen, ohne sie zu fahren. Als sie zwei Wochen später zurückkamen, stand die Tasse immer noch da wie ein Aufruf zur nächsten Schlacht, aber seine Eltern sahen darüber hinweg und hielten den Mund. Die beim sitzenden Paul Bunyan geschlossene Waffenruhe dauerte zwar noch ein paar Tage an, war aber schon spürbar zerbrechlich. Am Abendbrotstisch wagte niemand zu sprechen, die Hoffnung, die sie mit nach Hause gebracht hatten, lastete auf allen wie ein Joch.

Acht Tage ging das so. Am Morgen des neunten fiel Aarons Vater von einem Paradewagen und starb. Aaron war Augenzeuge: Er hatte mitangesehen, wie sein Vater und drei andere Polizisten hinten auf dem Wagen standen und winkten und Bonbons warfen, und wie dann der Traktor, der den Wagen zog, plötzlich beschleunigte und sein Vater nach hinten kippte und kopfüber auf die Straße stürzte. Es sah alles so natürlich aus – sein Vater in Uniform, der durch die Luft wirbelte wie in einer Szene aus ›Adam-12‹ –, dass Aaron zuerst dachte, das sei so geplant, aber dann blieb der Wagen mit einem Ruck stehen, und die Männer vom Shriner-Orden in ihren Gokarts nebendran vollführten hektische Ausweichmanöver, wobei die Troddeln an ihren Fezen herabbaumelten wie schlaffe Pferdeschwänze. Einer der anderen Polizisten sprang vom Wagen, drückte Aarons Vater zwei Finger auf den Hals und verkündete dann beinah ehrfürchtig: »Bei Gott, Englund is' tot.«

Aaron hatte das Wort *tot* schon manches Mal gehört, aber als er seine Mutter nach der genauen Bedeutung fragte, sagte sie, der Tod sei »ein Zustand, ein Dauerzustand«. Und schob vor lauter Aufregung, keine richtige Erklärung zu haben, hinterher: »*Dauer* heißt für immer, Aaron.« Aber das ergab auch keinen Sinn, denn wenn sie zum Friseur ging, kam sie mit etwas zurück, das zwar Dauerwelle hieß, aber immer nur ein paar Monate hielt, die Wellen wurden von Woche zu Woche schlapper. Ansonsten verband Aaron mit *tot* die kalten Wintermorgen, an denen sein Vater ins Haus zurückgestampft kam, Handschuhe anzog und brummte: »Die verdammte Batterie ist tot.« Aaron ging zum Fenster und sah zu, wie er die Motorhaube seines Streifenwagens aufklappte, den Oldsmobile aus der Garage fuhr und zwei Kabel zwischen die Batterie des einen und die des anderen klemmte. Ein paar Minuten später fuhr sein Vater davon, die Streifenwagenbatterie war wohl wiederauferstanden.

Bei der Beerdigung standen die Kollegen seines Vaters betreten um seine Mutter und ihn herum. Sie drückten ihm Kleingeld in die Hand, und er ließ die Münzen abwechselnd in die rechte und die linke Hosentasche gleiten. Abends leerte er sie in eine Schale. Beim Anziehen am nächsten Morgen – und ab da jeden Morgen – verteilte er die Münzen wieder exakt auf beide Taschen. Das Gleichgewicht fühlte sich gut an und prägte für lange Zeit seine Vorstellung vom Tod: Münzen, die einen gleichmäßig nach unten ziehen und in der Balance halten.

Offiziell war sein Vater im Dienst gestorben, und entsprechend amtlich fiel die Beerdigung aus. Aaron schloss die Augen und genoss das Schwindelgefühl, das ihn erfasste, als er auf dem Friedhof vor dem klaffenden Loch stand, in dem sein Vater bald liegen würde. Aber dann krachten Gewehrsalven los, und er machte sich vor Schreck in die Hose. Je mehr das Echo der Schüsse verhallte, desto deutlicher schlich sich das feucht-warme

Gefühl in sein Bewusstsein. Die Tage danach mit seiner Mutter waren reine Routine, aufstehen, essen, schlafen, die einzige Unterbrechung waren die Momente, in denen seine Mutter weinte, allein, in einem Zimmer fern von ihm. Eines Abends kurz nach der Beerdigung kam sie mit einem gerahmten Foto seines Vaters an Aarons Bett und stellte es auf den Nachttisch, genau an die Stelle, wo sie sonst das Wasserglas platzierte. »Er guckt nur so, weil er gerade in die Sonne blinzelt«, sagte sie und zeigte auf das zusammengekniffene, mürrische Gesicht.

Jetzt starrte ihn sein Vater jeden Morgen an, wenn er mit trockenem Mund im Bett lag und auf seine Mutter wartete. Er hatte immer gewartet, bis sie kam, eine Angewohnheit, seit er ganz klein war, aber an einem Märztag, seinem fünften Geburtstag, hatte sich plötzlich alles verändert. Er war ganz früh aufgewacht und über den Flur zum Schlafzimmer seiner Eltern geschlichen, es sollte eine Überraschung werden, ab heute würde er ganz selbstständig sein. Stattdessen bekam er durch die halboffene Tür eine beängstigende Szene zu sehen: Sein Vater stand in Uniform hinter seiner Mutter, seiner *nackten* Mutter, und drückte sie an die Wand, mit dem Gesicht nach vorn, Beine breit, Arme hoch. »Bitte, Officer«, flehte sie. Aaron sah, wie sein Vater seiner Mutter Handschellen anlegte. Er wusste, was jetzt kommen würde. Er hatte oft gehört, wie sein Vater den Ablauf durchexerzierte. Seine Mutter würde in den Streifenwagen verfrachtet werden, auf den Rücksitz, wo die Verbrecher sitzen mussten, und ins Gefängnis gebracht. Und er würde mit seinem Vater allein zurückbleiben.

Er schlich wieder ins Bett, verkroch sich unter die Decke und zog sich das Kissen über den Kopf. So blieb er ziemlich lange liegen. Irgendwann ging die Tür auf, und seine Mutter guckte herein. »Hopp-hopp, Schlafmützchen«, sagte sie. »Zeit zum Aufstehen. Wir haben doch einen Geburtstag zu feiern.« Sie legte den Zeigefinger auf die Lippen, ihr gemeinsames Zeichen für Geheimhaltung gegenüber seinem Vater. »Wenn dein Vater weg ist, machen wir uns Pfannkuchen.« Sie beugte sich zu ihm hinunter, um die Decke zurückzuschlagen, und ihr Körper verströmte einen eigenartigen Mandelgeruch.

***

Eines Morgens schlug Aaron die Augen auf, und sein Vater starrte ihn wie üblich vom Nachttisch an. Sein Mund war noch trockener als sonst, vielleicht weil er von der Eisenmine geträumt hatte, die sie am Ende der Ferien besichtigt hatten. Sie hatten bei Onkel Petey übernachtet, dem zwölf Jahre älteren Bruder von Aarons Mutter. Petey saß den ganzen Tag am Küchentisch und sortierte Knöpfe für seine Frau Charlotte, die schneiderte. Charlotte kam aus Deutschland, die beiden hatten sich kennengelernt, als Petey nach dem Krieg dort stationiert war. Charlotte war so dünn, dass sich, wenn sie über die Nähmaschine gebückt saß, ihre Wirbelsäule durch die Baumwollbluse abzeichnete. Laut Aarons Mutter war sie immer so gewesen, sie brauchte immer Nikotin, um ihre Nerven im Zaum zu halten, und hatte dem Rauchen zuliebe das Essen eingestellt, weil man ja nun mal nur einen Mund hat. Das ganze Haus roch nach Zigarettenqualm.

Früher hatte Onkel Petey im Bergwerk gearbeitet, aber dann war die Eisenerzförderung eingestellt und die Mine zur Touristenattraktion umgewidmet worden. Auch Aaron und seine Eltern wollten eine Führung mitmachen. Sie fuhren nachmittags los, und auf dem Weg erklärte Aarons Vater, die Schließung sei nicht die ganze Geschichte, Petey habe schon vorher nicht mehr gearbeitet. »Der ist eines Morgens aufgewacht und hat ganz plötzlich Angst vorm Dunkeln gehabt.« Sein Vater erzählte das glucksend, wie üblich, wenn er über die Ängste anderer Menschen redete; seine Mutter starrte aus dem Fenster.

Die Besichtigungstour wurde von ehemaligen Bergarbeitern geführt, die miteinander etwas sprachen, das nicht Englisch war. »Scheißfinnen«, flüsterte sein Vater. »Denen gehört der ganze Laden hier.« Es war dunkel und feucht in der Mine, und während sein Vater sich über »die Finnen« ausließ, hatte Aaron das Gefühl, er sei unter Wasser geraten. Er schnappte nach Luft.

Auf halber Strecke blieben die Tourteilnehmer stehen. Die Finnen schickten sie jetzt anscheinend einen steilen Abhang hinunter, aber es gab eine Leiter, auf der sie hinunterkletterten und im Dunkel verschwanden, sah Aaron, als er näher herankam. Kurz darauf stand er allein mit seinen Eltern und einem Finnen vor dem Abgrund. Sein Vater schwang sich auf die Leiter. »Dann mal los«, rief er.

»Ich kann das nicht«, flüsterte Aaron seiner Mutter zu.

»Das ist doch nur wie Treppensteigen«, sagte sie. Er wusste, dass das nicht stimmte.

»Jetzt du«, sagte der Finne und leuchtete Aaron mit seiner Helmlampe direkt in die Augen. »Ist gar nicht schwer.« Er klang freundlich, und Aaron wusste, der Scheißfinne hatte gesehen, dass er weinte. Die Leute, die schon unten waren, wurden allmählich unruhig.

»Krieg deinen Arsch auf die Leiter, Aaron, sonst komm ich hoch und helf mit 'ner anständigen Tracht Prügel 'n bisschen nach«, rief sein Vater aus dem Dunkeln. Die anderen hörten auf zu reden, und ohne ihr Geplapper bekam die Mine etwas endlos Weites. Mithilfe vom Scheißfinnen kniete Aaron sich dicht an den Rand und tastete mit einem Fuß nach der obersten Sprosse. Sofort war sein Knöchel von einer Hand umklammert. Er versuchte, sie wegzutreten, aber sein Vater hatte einen festen Griff und zog ihn hinab ins Dunkel.

Das Laken hatte sich um seine Beine verheddert. Aaron strampelte sich frei, stand auf und stieß das Foto um, sodass sein Vater mit dem Gesicht auf dem Nachttisch landete. Als er in die Küche kam, saß seine Mutter über dem Stadtplan von Fargo-Moorhead. Sie hielt es nicht aus, auch nur in die Nähe der Paradestrecke zu geraten, und das machte aus schlichten Einkaufsfahrten ganze Tagesreisen. Es fing immer damit an, dass seine

Mutter hier jede Route am Küchentisch vorzeichnete, und es endete meistens damit, dass sie in Neubaugebieten, die im Stadtplan noch nicht verzeichnet waren, im Kreis fuhren.

»Du brauchst Schuhe«, sagte sie. »Du weißt ja, Montag fängt die Schule an.« Beim bloßen Gedanken an die Vorschule grauste es ihn. Nicht dass er nicht lernen wollte. Das wollte er sogar sehr gern, aber nicht mit lauter anderen Kindern in einem Raum. »Geh dich anziehen.«

»Ich finde meine Schuhe gut«, sagte er, gab aber keine weiteren Widerworte, weil ihn Onkel Petey nach der Beerdigung beiseitegenommen hatte. »Der Arzt hat gesagt, deine Mutter braucht jetzt ganz viel Ruhe und Frieden.« Es hatte sich angehört, als ob Onkel Petey davon ausging, dass *Ruhe und Frieden* eigentlich nichts war, was Jungen in Aarons Alter zu bieten hatten. Aaron grübelte, wann der Arzt das gesagt haben sollte. Seine Mutter war doch gar nicht krank. Sicher, sie schlief jetzt viel, aber genau das tat sie nie, wenn sie krank war, sie sagte doch immer, die beste Medizin sei, wenn er sich zu ihr ans Bett setzte und ihr etwas erzählte.

Er ging in sein Zimmer, zog sich an und verteilte die Münzen gleichmäßig auf seine Hosentaschen. Dann setzte er sich auf den Boden und zwängte seine Füße in die Schuhe. Sie waren jetzt wirklich ein bisschen eng, aber es war nun mal eine Tatsache, dass es die Schuhe waren, mit denen er Paul Bunyan getreten hatte. Und es war undenkbar, ohne diese Schuhe in die Schule zu gehen.

***

Der Laden führte ausschließlich Kinderschuhe, die ganze Dekoration war auf die junge Kundschaft abgestellt. Vor der Tür stand ein Karussellpferd mit einem kaugummiverklebten Münzschlitz und drinnen ein Kaugummiautomat, flankiert von den beiden eingestaubten Firmenmaskottchen, Buster Brown und seinem

Hund, bei dem der Schwanz abgebrochen war und an einem der Beine lehnte. Als sie eintraten, klingelte eine Glocke über der Tür.

»Womit dürfen wir Ihnen behilflich sein?«, flötete ihnen eine Verkäuferin entgegen.

»Aaron kommt nächste Woche in die Schule«, erklärte seine Mutter.

»In die Schule?« Die Frau beugte sich zu ihm hinunter. »Und in welche Klasse kommst du da, junger Mann?«

Aaron sah zu ihr hoch. Alles an der Frau war übertrieben – die Stimme, das Rot des Lippenstifts, die bauschige Frisur –, und alles lag miteinander im Wettstreit wie Chorsänger, die sich gegenseitig niederzusingen versuchen. Er schob die Hände in die Hosentaschen und ließ die Münzen durch die Finger kullern. »Vorschule«, sagte er.

»In die Vorschule!«, wiederholte die Frau und riss die Augen auf, als wollte sie sagen: Ein Vorschulaspirant an ihrem Arbeitsplatz, das sei aber ganz was Seltenes.

»Haben Sie auch Cowboystiefel?«, fragte er.

»Haben wir.« Sie sah Rat suchend zu seiner Mutter.

»Auf keinen Fall«, sagte seine Mutter. »Ich habe keine Lust, jeden Tag Stiefel zu wienern.«

»Das würde ich selber machen«, murmelte Aaron.

Seine Mutter nahm ein Paar Schnürschuhe in die Hand, warf einen Blick auf das Preisschild und hielt sie ihm hin. »Die hier sind doch ganz nett, oder?« Aaron musterte sie. Sie waren nicht nett.

»Ein wirklich flotter Schuh«, erklärte die Verkäuferin. »Und sehr beliebt bei Jungen in deinem Alter.«

Aaron ließ die Prozedur über sich ergehen, die Frau zog ihm die alten Schuhe aus, vermaß seine Füße und zwängte sie in die billigen Schnürschuhe.

»Wie fühlen die sich an?«, fragte seine Mutter. Er stand auf zum Schaulaufen und stellte fest, dass der Teppichboden verschlissen war, weil hier den ganzen Tag lang Kinder vor ihren Müttern auf und ab liefen, genau wie er jetzt. Seine Mutter und die Verkäuferin drückten ihm abwechselnd auf die Zehen. »Ich denke, die nehmen wir«, sagte seine Mutter und stand seufzend auf. Aaron sah ihr an, dass sie diese billigen Schnürschuhe auch nicht nett fand.

»Ich mag sie«, erklärte er.

Sie gingen zum Tresen, wo die Verkäuferin den Schuhkarton mit einem ewig langen Bindfaden verschnürte und über das Wetter plapperte. Seine Mutter füllte einen Scheck aus und bewegte dabei die Lippen, als müsste sie ihrer Hand diktieren, was sie schreiben sollte. Früher hatte sie beim Scheckausfüllen nebenbei Gespräche geführt, in letzter Zeit musste sie sich auf jede einzelne Tätigkeit voll konzentrieren. Sie holte ihn jetzt auch nicht mehr zum Mithelfen, wenn sie abends zum Kochen aufstand, zeigte ihm nicht mehr, wie man eine Prise Salz abmisst oder die Temperatur vom Backofen kontrolliert.

»Sieht aus, als ob 's ein prima Rhabarberjahr wird«, sagte die Verkäuferin.

»Rhabarberstreusel habe ich früher oft gebacken.« Seine Mutter reichte ihr den Scheck.

»Ich liebe Streuselkuchen«, sagte die Verkäuferin. »Darf ich Ihren Führerschein sehen?«

Seine Mutter wühlte in der Handtasche. »Vor der Parade, natürlich.« Sie reichte ihr den Führerschein.

Die Verkäuferin notierte ein paar Angaben auf dem Scheck. »Der Parade?«

Aaron sah seine Mutter an. Dicke Tränen kullerten ihr die Wangen hinunter. Bei ihm nannte sie sie immer »Krokodilstränen«. Einmal hatte sie so getan, als würde sie seine Krokodilstränen mit einer Nadel aufsammeln, auffädeln und eine Halskette daraus machen. Sie hatte ihn zum Lachen bringen wollen. Inzwischen schien sie jeden Sinn dafür verloren zu haben.

»Der Parade, ja«, sagte sie.

Er wandte sich ab und tat so, als ob er sich für ein Paar Hush-Puppies-Treter interessierte.

»Ich weiß leider nicht, was für eine Parade Sie meinen, meine Liebe«, sagte die Verkäuferin. Sie gab den Führerschein zurück und segelte in Richtung Kasse.

»Die Parade«, schrie seine Mutter. Die Verkäuferin fuhr herum. »Die Parade«, wiederholte seine Mutter, diesmal ruhig und bestimmt. »Haben Sie denn überhaupt keine Ahnung?« Sie schüttelte den Kopf, als ob ihr die Frau leidtäte. Dann verschränkte sie die Arme auf dem Tresen und legte den Kopf hinein wie in ein Nest.

Alles, was danach geschah, blieb Aaron als Aneinanderreihung von Bildern und Tönen bar jeder Chronologie im Gedächtnis. Er wusste zum Beispiel noch, dass die Verkäuferin ihn mehrere Male gerufen hatte: »Junger Mann, mit deiner Mutter stimmt etwas nicht«, und dass er mit dem Rücken zu ihnen an der Tür gestanden und nur Augen für den Kaugummiautomaten gehabt hatte. Erinnern konnte er sich auch noch an das Gefühl in den Händen, wenn er wieder und wieder in die Hosentaschen langte, das Gefühl, dass sie von ihm getrennt waren, gar nicht seine eigenen Hände, und daran, dass er sich jedes Mal, wenn er den Metallgriff an dem Automaten drehte, einredete: »Wenn eine blaue Kugel kommt, hört sie auf zu weinen, und wir können wieder nach Hause.« Er hatte auch noch das Surren der Wählscheibe im Kopf und den ersten Satz, den die Verkäuferin ins Telefon sagte: »Wir brauchen hier dringend einen Arzt.« Sie hatte noch mehr gesagt, aber daran konnte er sich nicht mehr erinnern, nichts war so beeindruckend gewesen wie dieser erste Satz.

Als der Rettungswagen kam, waren seine Hosentaschen leer, das Trostgeld für den toten Vater in Kaugummikugeln umgemünzt und der Klumpen in seinem Mund so groß wie ein Tischtennisball. »Wie heißt du denn, mein Sohn?«, fragte einer der Sanitäter. Mit geblähten Backen und bedrohlich aufgesperrtem Mund sah Aaron zu ihm hoch. Er merkte gar nicht, dass er grün- und rosa- und blaustichige Spucke sabberte, sein Kiefer war taub. Und mit der plötzlichen Leichtigkeit seiner Hosentaschen kam die Furcht, er könnte einfach abheben und davontreiben, also stand er regungslos da und sah zu, wie seine Mutter auf eine Trage geschnallt und in den Rettungswagen gerollt wurde und wie die Verkäuferin mit den billigen Schuhen hinter ihr herlief. Sie kam mit einem zufriedenen Gesicht zurück – der Geschäftsvorgang war korrekt abgeschlossen –, aber dann entdeckte sie Aaron.

»Wie kannst du hier einfach rumstehen und Kaugummi kauen?«, fragte sie mit kühler, fester Stimme.

Er starrte sie an, er verspürte den vertrauten Drang zu kotzen und wusste gleichzeitig, dass nichts an dem Kaugummiklumpen vorbeikommen würde. Er geriet in Panik, er schnappte verzweifelt nach Luft, während ihm Spucke in allen Pastelltönen um den Mund schäumte.

»Was bist du denn für ein Junge?«, hörte er noch, bevor er in Ohnmacht fiel.

***

Der Kiefer tat ihm weh wie nach einem Termin beim Zahnarzt, aber das Kaugummi war raus. Er behielt die Augen zu, holte tief Luft und konzentrierte sich auf die Gerüche: Metall, Salben und Heftpflaster, aber auch etwas nicht so Vertrautes, etwas stark Riechendes, nach toten Menschen vielleicht, überlegte er, er war ja im Krankenhaus, so viel wusste er. Er hatte noch nie einen Toten gerochen, auch nicht seinen Vater, aber dass sie rochen, das wusste er. Das hatte sein Vater mal beim Abendbrot gesagt, fast vergnügt hatte er beschrieben, wie eine alte Frau gerochen hatte, die seit fünf Tagen tot war. Sie hatten sie eines Morgens gefunden, weil dem Briefträger der vollgestopfte Briefkasten aufgefallen war.

»Wir mussten die Tür aufbrechen«, hatte sein Vater erzählt.

Die Vorstellung, dass die Polizei irgendwo einbrach, hatte Aaron schockiert. »Lag im Fernsehsessel, auf dem Schoß eine Schüssel Weintrauben. War erstickt.« Er hatte kurz innegehalten, bevor er ehrfürchtig hinzufügte: »Der Gestank von menschlichen Leichen.« Dann hatte sein Vater einen großen Schluck Milch getrunken, war aufgestanden und hatte das Hemd geholt, das er an dem Tag angehabt hatte. »Riech mal.« Er hatte es Aarons Mutter unter die Nase gehalten, er wollte ihr Eindruck machen mit dem Gestank der alten Frau, aber seine Mutter hatte nur gesagt: »Das riecht bloß nach dir, Jerry.«

Aaron schlug die Augen auf. Auf einem Stuhl stand der Karton mit seinen billigen Schnürschuhen. Hieß das, seine Mutter war hier auch irgendwo? Ein Mann kam herein. »Wie geht's dir denn, Aaron?«

»Sind Sie der Arzt?«

»Ich bin Pfleger«, sagte der Mann. Er nahm Aarons Handgelenk und sah auf die Wanduhr. Aaron hatte nicht gewusst, dass Männer Krankenschwestern sein konnten.

»Ist dir mulmig?«, fragte der Mann. »Wir mussten dir ein Beruhigungsmittel geben, damit sich dein Kiefer wieder lockert.« *Mulmig*, das Wort kannte Aaron. Dann sah der Mann auf ein Blatt, und als er lächelnd wieder hochguckte, entdeckte Aaron verblüfft, dass er eine Zahnspange trug.

»Ja«, sagte er, »mir ist mulmig. Ist meine Mutter hier?«

»Dein Onkel ist hier«, antwortete der Mann, als wäre das irgendwie dasselbe.

Als die Tür das nächste Mal aufging, kam aber nicht Onkel Petey herein, sondern ein fremder Mann mit einem glatten, rosigen Gesicht und einem Knubbel anstelle eines Ohrs. »Hallo, Aaron«, sagte der Fremde. »Ich bin dein Onkel.«

»Mein Onkel ist Petey«, teilte Aaron ihm höflich mit.

»Ach ja, Petey«, sagte der Mann, »ist ja eher ein Name für einen Wellensittich, findest du nicht?« Er ließ Aaron eine Pause zum Bestätigen, aber Aaron bestätigte nichts. »Lebt oben in der

Iron Range. Schöne Gegend, die Iron Range. Wirklich Gotteswerk, was die da oben leisten, aber damit hat dein Onkel Petey ja wohl nichts am Hut.«

»Er ist Bergarbeiter«, sagte Aaron. Dass die Mine dichtgemacht worden war, verschwieg er, auch dass Onkel Petey schon vorher ausgeschieden war, weil er Angst vorm Dunkeln hatte.

»Ich bin Irv Englund«, sagte der Mann. »Kannst auch ruhig Mr. Englund zu mir sagen. Dann wollen wir mal los, wird Zeit fürs Abendbrot, aber vorher wollen wir beten.«

Er nahm Aarons Hand und begann laut zu beten, in einem schnellen, rhythmischen Singsang, Gott sollte aus Aaron ein Kind machen, das ein Lamm zu werden verdiente. Als er »Amen« sagte, drückte er Aarons Hand auf sein Knubbelohr. Es war weich wie Knetgummi. Aaron zuckte zurück, und sein Onkel lachte auf.

Mr. Englund fuhr einen Chevrolet Camino, Aaron kannte die Marke, sein Vater hatte auf jeden Camino gezeigt und gesagt: »Das Auto, das ein Bulli sein will. Oder umgekehrt, der Bulli, der ein Auto sein will.« Und dazu hatte er ihn feixend angeschaut, als ginge es um sehr viel mehr als um Autos.

Sie stiegen ein. »Startklar?«, fragte sein Onkel. Er schlug Aaron auf den Schenkel, als wären sie Kumpel, aber es tat weh, ein jäher scharfer Schmerz. Aaron nickte.

Ein paar Minuten später fuhren sie von der Interstate ab, kurz danach hielten sie an einer roten Ampel. Wir sind in Fargo, dachte Aaron. Andererseits gingen Fargo und Moorhead so unmerklich ineinander über, dass er sie kaum auseinanderhalten konnte. In Höhe seines Fensters hockte ein Mann auf einem Rucksack, an dem ein Schlafsack und eine Pfanne hingen. Auf seinem Schoß lag eine Krücke. Sein Onkel beugte sich über Aaron hinweg und drückte auf die Sicherung. »Hier sitzen immer Obdachlose und warten, dass die Ampel grün wird«, sagte er. »Und genau, wenn man losfährt, greifen sie durchs Fenster oder reißen die Tür auf und grapschen sich was.«

»Was grapschen sie?«, fragte Aaron.

»Alles, was sie zu fassen kriegen – die Tasche oder das Portemonnaie, sogar Einkaufstüten.« Einkaufstüten, erklärte sein Onkel, seien aber weniger beliebt, Obdachlose wollten immer Geld. »Sünder, immer in der Klemme«, fügte er hinzu.

Klemmen kannte Aaron. Sein Vater nannte Schraubzwingen so, und eine hing an seiner Werkbank im Keller. Wenn er im Dienst war, ging Aaron manchmal nach unten und sah sich die Werkzeuge an, um aus ihnen schlau zu werden, das heißt, eigentlich, um aus seinem Vater, der so fasziniert davon war, schlau zu werden. Die Klemme war ihm ein Rätsel. Als er endlich den Mut hatte zu fragen, wozu sie gut war, hatte sein Vater gesagt: »Na, das kann ich dir zeigen.« Er hatte Aarons Hand genommen, zwischen die beiden Schraubflächen der offenen Klemme gehalten und am Griff herumgedreht, sodass sie sich aufeinander zubewegten, also auf Aarons Hand. Zuerst hatte es nur unangenehm geklemmt, aber bald sehr wehgetan. Er hatte versucht, die Hand wegzuziehen, vergeblich. Sein Vater hatte ihn beobachtet, lauernd. Aaron hatte angefangen zu wimmern, und sein Vater hatte die Klemme wieder gelockert. »Jetzt weißt du, wie so was funktioniert.«

»Sie brauchen Geld wegen Klemmen?«, fragte Aaron. Er wurde nicht schlau daraus.

»Die sind süchtig«, sagte sein Onkel. »Das kostet Geld, also nehmen sie, was sie kriegen können, und hauen ab unter die Brücke da hinten.«

Aaron sah aus dem Fenster. Der Obdachlose erwiderte seinen Blick und führte ein paarmal die Hand mit zusammengedrückten Fingerspitzen in Richtung Mund. »Ich glaube, der kann nicht abhauen«, sagte Aaron. »Er hat doch eine Krücke.«

»Die Krücke da?«, schnaubte sein Onkel. »Das ist bloß eine Attrappe.«

Aaron fragte nicht, was eine Attrappe war. Die Ampel sprang auf Grün, und sie fuhren schweigend weiter. Endlich hielten sie in der Auffahrt zu einem weißen Backsteinhaus, das genauso aussah wie alle anderen in der Straße. Aaron überlegte, ob er hier schon einmal vorbeigekommen war, bei einem Familienausflug oder auf dem Weg zum Zahnarzt. Sein Vater hatte sich in beiden Städten bestens ausgekannt. Er kannte Abkürzungen, er verfuhr sich nie, und beim Fahren erzählte er Geschichten und zeigte auf Sehenswürdigkeiten wie ein Fremdenführer. »Guckt mal, das Haus mit dem roten Dach da«, hatte er einmal auf dem Weg in die Familienferien gesagt. »Da hat uns vor ein paar Wochen mal jemand hingerufen, ein Mädchen, so zwölf oder dreizehn. Pfiffiges kleines Ding. Eine Strumpfbandnatter war durch ein Wasserrohr hoch bis zum Waschbecken im Bad gekrochen. Hing halb aus dem Wasserhahn, aber die Kleine hat sich nicht getraut, ihre Eltern anzurufen, die hatten ihr eingetrichtert, sie darf nie bei der Arbeit anrufen, außer es ist ein Notfall. Sie hat sofort die Tür zugemacht und versucht, die Schlange zu vergessen, hat sie erzählt, aber sie hat nicht aus dem Kopf gekriegt, wie die dadrin rumschlängelt.«

»Und was hast du gemacht, Jerry?«, hatte seine Mutter gefragt.

»Hab sie rausgerissen, das Taschenmesser gezückt und ihr den Kopf abgesäbelt.« Sein Vater hatte gelacht, vielleicht hatte er selbst gerade im Kopf, wie leicht sich die tote Schlange in der Hand angefühlt hatte.

»Hoffentlich hast du die nicht einfach dagelassen«, hatte sie atemlos erwidert.

»Natürlich nicht. Wie käme ich dazu? Die Kleine war in Tränen aufgelöst. Sie hat mich umarmt, als ich fertig war. Glaubst du vielleicht, ich lasse die mit einer toten Schlange im Bad allein?«

Aaron war nur von einem Gedanken beherrscht: Dass das Mädchen aus Angst, die eigenen Eltern anzurufen, seinen Vater angerufen hatte. Noch verwirrender war, dass sein Vater sie für ihre Angst nicht ausgelacht oder die tote Schlange vor ihrer Nase herumgeschlenkert hatte. Er hatte sie nicht mal angebrüllt, mit dem Geheule aufzuhören. Nein – er hatte ihr geholfen, und sie hatte ihn umarmt.

Auch Häuser von Drogendealern hatte sein Vater ihnen gezeigt, und einen Park, in dem sie einen Obdachlosen gefunden hatten, der sogar im Winter auf Schuhe verzichtete. Er war zusammengeschlagen und mit den Haaren an einer Schaukel festgebunden worden. Während die Polizisten auf den Rettungswagen warteten, hatte sein Vater ihn mit einem beherzten Haarschnitt befreit. »Ich hab dem einen Gefallen getan«, hatte sein Vater gesagt, »die Haare saßen voll mit Käfern und Blättern und Scheiße, echter Scheiße, aber unser Rapunzel pöbelt mich an, weil ich ihm die abgeschnitten habe.«

Wo sie auch langfuhren, immer hatte sein Vater solche Geschichten zu erzählen, er kannte die Stadt wie sein eigenes Wohnzimmer, aber er hatte kein einziges Mal gesagt: »Das Haus da drüben, das weiße mit dem gepflegten Garten, ja? Da wohnt mein Bruder.« Von einem Bruder war überhaupt noch nie die Rede gewesen.

»Bereit, deine Vettern kennenzulernen?«, fragte sein Onkel, und sie gingen hinein. Um einen Tisch herum saßen eine Frau und eine unübersichtliche Zahl von Kindern. Sein Onkel nahm am Kopfende Platz und deutete auf den leeren Stuhl neben sich. Aaron hätte sich gern vorher die Hände gewaschen, war aber zu aufgeregt, um zu fragen. Sofort senkten alle die Köpfe und sprachen ein ziemlich langes Gebet. Aaron, der Beten nicht gewohnt war, hielt den Kopf am längsten von allen gesenkt. Als endlich auch er hochsah, starrten ihn alle an. Bei Tisch wurde nicht gesprochen, zu hören waren nur das beeindruckende Klimpern von zahlreichen Messern und Gabeln. Ein Mädchen, etwas älter als er, verschüttete Milch, und sein Onkel sah sie an. »Was soll das denn?« Das hatte auch sein Vater immer gesagt, wenn Aaron etwas verschüttet hatte. Nach dem Essen beteten wieder alle, und das Mädchen musste sich entschuldigen.

»Lieber Gott, es tut mir leid, dass ich meine Milch verschüttet habe«, fing sie an, mit porzellandünner Stimme.

»Die Du mir in Deiner Güte geschenkt«, sagte ihr Vater.

»Die Du mir in Deiner Güte geschenkt«, sprach sie nach.

»Schön«, verkündete Aarons Onkel. »Wer aufgegessen hat, was auf dem Teller war, darf jetzt gehen. Andachtlesen in einer Stunde.«

Zwei Jungen blieben am Tisch. Sie saßen kerzengerade da und starrten geradeaus, über die Zwiebeln hinweg, die sie sorgfältig aus dem Kartoffelsalat herausgeklaubt hatten. »Also, Matthew, Mark«, setzte ihr Vater an, merkwürdig jovial, »ihr Jungs verzichtet heute Abend auf die Zwiebeln?«

Die Jungen gaben keine Antwort.

»Nun, ihr wisst ja wohl, was ihr zu tun habt.«

Die beiden standen auf und schoben die Glastür zum Garten auf, und ihr Vater rief ihnen nach: »Und nicht von der Ulme.«

Aarons Tante kam aus der Küche. »Popcorn zur Andacht?«

»Ja«, sagte sein Onkel, »aber nicht für Matthew und Mark.«

Sie wandte sich an Aaron, zum ersten Mal: »Magst du Popcorn?« Sie schien es zu hoffen. Er bejahte, und sie sagte: »Das freut mich.« Er nahm einen Teller und wollte beim Abräumen helfen, wie er es von zu Hause gewohnt war. »Aaron«, sagte sie, »das ist nichts für Jungs.« Er sah, dass in der Küche nur die Mädchen herumwieselten und spülten und aufräumten.

Matthew und Mark kamen wieder herein, jeder mit einem abgeschälten Zweig in der Hand. Sie reichten sie ihrem Vater, drehten sich um, zogen sich die Hosen herunter, und ihre nackten Hintern waren so bleich wie die geschälten Ruten. Erst jetzt begriff Aaron, dass ihnen eine Tracht Prügel bevorstand. Er überlegte, woran sie wohl gedacht hatten, während sie nach ihrem perfekten Stock gesucht und ihn präpariert hatten, wohl wissend, dass sie ihn gleich zu spüren kriegen würden. Sein Vater hatte zum Prügeln immer seinen Gürtel genommen, er hatte ihn aufgeschnallt und dann ganz langsam durch die Schlaufen gezogen. Wenn er die Uniform noch anhatte, gab es einen Zwischenschritt, das Ablegen des Pistolenholsters, auch das ein hochzeremonieller Akt, als wäre eine Tracht Prügel eine Amtshandlung.

Aaron mochte nicht mitansehen, wie seine Vettern verprügelt wurden, deshalb vertiefte er sich in ein Keramikrelief vom Letzten Abendmahl an der Esszimmerwand. Es war an der Aufhängung gesprungen und nur notdürftig geklebt worden, der größte Sprung ging durch Jesus hindurch und zog eine Art Graben zwischen den Männern in der linken und in der rechten Hälfte. Hinter Aaron sausten die Ruten durch die Luft, aber von Matthew und Mark kam kein Mucks. Endlich hörte er seinen Onkel aus dem Zimmer gehen, seine Vettern zogen die Hosen wieder hoch und gingen auch.

Neben dem Abendmahl hing ein Porträt von einem Mann. »Das hat dein Onkel gemalt«, sagte plötzlich seine Tante hinter ihm. »Zu meinem Geburtstag vor ein paar Jahren.« Aaron versuchte sich vorzustellen, wie sein Onkel mit einem Pinsel in der Hand in einem Zimmer saß. Vergebens. »Das ist das schönste Geschenk, das ich je bekommen habe«, erklärte seine Tante. »Das war kein Malen nach Zahlen. Das ist freihändig gemalt.«

»Wer ist das?«

»Das ist Jesus.« Seine Tante schien erschüttert über die Frage, aber Aaron kannte sehr wohl Bilder von Jesus, und das hier sah ihm überhaupt nicht ähnlich.

»Warum hat er eine Strickmütze auf?«

»Das ist die Dornenkrone.« Sie fuhr mit einem Finger die Blutbäche nach, die von der Krone aus über Jesus' Gesicht liefen. Das Blut war kirschrot, deshalb hatte das ganze Gemälde etwas von Weihnachtsdekoration. Sie ging wieder in die Küche, und Aaron schlich zu dem Tischchen neben der Tür, wo sein Onkel den Karton mit den Schnürschuhen abgestellt hatte. Als er den Deckel abnahm, war er plötzlich fast krank vor Sehnsucht nach seiner Mutter und ihrem gemeinsamen Zuhause.

Sein Onkel kam mit einer zusammengerollten Zeitung zurück ins Esszimmer. »Steh da nicht rum und halt Maulaffen feil«, sagte er und knallte ihm die Zeitung auf den Kopf.

»Darf ich mal auf die Toilette?«, fragte Aaron.

»Du hast genau zehn Minuten bis zur Andacht.«

Aaron hörte das Popcorn in der Küche hochpoppen. Seine Tante steckte den Kopf aus der Tür. »Aaron, was trinkst du denn gern dazu?«

Vorschläge machte sie nicht, also sagte Aaron: »Wasser, bitte.«

»Wasser«, schnaubte sein Onkel ärgerlich, als hätte Aaron nach Bier gefragt.

»Zu Popcorn trinkt man doch kein Wasser«, erläuterte seine Tante. »Das schmeckt dann nach Fisch.« Aaron hatte sehr oft Wasser zu Popcorn getrunken und nie Fischgeschmack bemerkt, er wusste auch nicht, was an Fischgeschmack schlecht sein sollte.

»Wie wär's mit Wurzelbier?«, schlug sie vor. Aaron nickte, obwohl er kein Wurzelbier mochte. Sein Vater hatte manchmal sonntagabends gesagt: »Sollen wir heute nicht bei A&W essen?« Sein Vater liebte A&W, da konnte man im Auto sitzen bleiben und musste nicht zwischen fremden Leuten essen. Aaron hätte immer gern Orangensprudel gehabt, aber sein Vater hatte ihm den jedes Mal abgeschlagen. »Wir sind hier bei A&W, und du trinkst Wurzelbier wie alle anderen.« Wurzelbier gab es in drei Größen, inspiriert von der Bärenfamilie aus »Goldlöckchen«. Aarons Mutter nahm immer die Baby-Bär-Flasche, obwohl es auch eine in Mutter-Bär-Größe gab, sie mochte eindeutig auch kein Wurzelbier.

»Mach, dass du aufs Klo kommst«, sagte sein Onkel, »ich habe dir die Brille schon vorgewärmt.«

Der Gestank schlug ihm schon im Flur entgegen, es roch so ähnlich wie faulige Kartoffeln. Als Aaron die Tür aufdrückte und in der Toilette stand, wurde er so intensiv, dass Aaron meinte, ihn auf der Haut zu spüren. Er griff nach einem Handtuch und hielt es sich vor die Nase, aber mit einer Hand pinkeln ging nicht, also hielt er die Luft an, legte das Handtuch weg und klappte den

Deckel hoch. Als er fertig war, drückte er die Spülung und beobachtete zuerst neugierig, dann immer banger, wie das Wasser in der Kloschüssel hochstieg. Nebendran stand ein Pümpel in einer verrosteten Kaffeedose, er nahm ihn und rammte ihn hinein, aber es war zu spät. Als das Wasser über den Rand trat, riss er die Tür auf und rief um Hilfe. Seine Tante kam angelaufen, und dann standen beide vor der Kloschüssel, in der sie mit dem Pümpel herumfuhrwerkte.

»Du meine Güte, Aaron.« Sie klang nicht unfreundlich, nur ziemlich entsetzt, denn jetzt kam eine braune Riesenschlange hochgeschwemmt. Sie war ungefähr so dick wie Aarons Arm. Er wurde rot. Sie konnte doch nicht wirklich denken, dass er so was produziert hatte.

»Beeilung«, rief sein Onkel aus dem Wohnzimmer.

»Geh lieber schnell«, sagte seine Tante. Sie kniete sich hin und fing an, die Dreckbrühe mit einem Lappen aufzunehmen und in einen leeren Eiscreme-Behälter zu wringen. Aaron ging ins Wohnzimmer, wo die anderen schon warteten. Sie starrten ihn an, diesen Jungen, den ihr Vater mitgebracht hatte und der erst für Verstopfung im Klo und jetzt für Verspätung bei der Andacht verantwortlich war. Eines der Mädchen reichte ihm eine Müslischale mit Popcorn, die dürfe er aber vor der Andacht nicht anrühren. Endlich erschien auch seine Tante, sie stellte ihre Schale weit weg auf den Fußboden.

Aarons Onkel reichte Mark ein dünnes Heft, und Mark fing an, eine Geschichte vorzulesen, sie handelte von einem jungen Mann, der in Vietnam verwundet worden war. Vietnam war ein Krieg, das wusste Aaron, sein Vater hatte am Abendbrottisch darüber gesprochen, vor allem über Drückeberger, die sich nicht ziehen ließen, über die hatte er sich immer sehr abfällig geäußert. Aaron hatte nicht gleich verstanden, was das heißen sollte und wieso sein Vater die so hasste. Denn was ziehen hieß, wusste er eigentlich. Wenn seine Mutter ihn abends ins Bett brachte, drückte sie das Fenster immer fest zu und sagte: »Du darfst das nicht auflassen, Aaron. Das zieht sonst. Du willst doch nicht krank werden.« Dann legte sie ihm ganz kurz die Hand auf die Stirn. Es gab kein schöneres Gefühl als ihre Wärme auf seiner kühlen Haut.

»Was sind Drückeberger, und was zieht da?«, fragte er sie eines Abends, nachdem sein Vater beim Essen wieder geschimpft hatte.

»Das sind junge Männer, die nach Kanada abhauen, weil sie nicht gezogen werden wollen, eingezogen«, sagte seine Mutter. Und dann: »Sie wollen nicht sterben.« Aus der Sanftheit, mit der sie das angefügt hatte, schloss Aaron, dass sie es für absolut vernünftig hielt, nicht sterben zu wollen. Dann drückte sie sein Fenster fest zu, damit er beschützt war.

In der Geschichte, die Mark vorlas, kam kein Drückeberger vor, sondern ein junger Mann. Er war in Vietnam gewesen, lag verwundet im Lazarett und fragte seine Mutter in einem Brief, ob er bei ihr wohnen dürfe, bis er wieder bei Kräften sei. Er bat auch um die Erlaubnis, einen Freund mitzubringen, der beide Beine verloren und keine Bleibe hatte. Die Mutter schrieb zurück, wie sehr sie sich auf die Heimkehr ihres Sohnes freue. »Aber«, fuhr sie fort, »ich habe nicht genug Kraft, für jemanden ohne Beine zu sorgen. Dein Freund hat gewiss eine Familie, die ihn aufnehmen kann. Ich bin sicher, du verstehst das.«

Seine Tante fing an zu schluchzen, und Mark las schnell zu Ende: Bald darauf bekam die Mutter Besuch von einem Offizier, der ihr mitteilte, dass ihr Sohn sich mitsamt seinem Rollstuhl aus einem Lazarettfenster gestürzt hatte. »Kommt leider vor«, sagte der Offizier. »Ein junger Mann, der beide Beine verliert und nicht weiß, wie es weitergehen soll.« Seine Tante keuchte und schluchzte noch heftiger und presste sich die rot geschrubbten Hände auf den Mund, seine Cousins und Cousinen starrten in ihre leeren Popcornschalen.

Aaron wusste nicht, was die Geschichte zu bedeuten hatte. Erst im Teenageralter, als sie ihm wieder einfiel, wurde ihm klar, dass der Sohn in dem Brief sich selbst gemeint hatte, dass er der Freund ohne Beine war. Aber weder als Teenager noch als Erwachsener verstand er, ob der Sohn sich umgebracht hatte, weil er vermutete, dass seine Mutter ihn ohne Beine nicht mehr liebte, oder weil er es nicht aushielt, dass sie seinen Test nicht bestanden hatte. Dass es vielleicht gar nichts mit der Mutter zu tun hatte, zog Aaron nie in Betracht.

***

»Du kommst zu Zilpah«, sagte sein Onkel. Zilpah war die Cousine mit der verschütteten Milch. »Auch wenn du vielleicht nicht gern mit einem Mädchen das Zimmer teilst, sie hat als Einzige ein eigenes.« Seine Tante gab ihm einen Schlafanzug von Matthew, und als Aaron ihn anhatte, musste er sich neben Zilpah hinknien und beten. Danach standen sie von dem orangeroten Teppichboden auf und krochen gemeinsam ins Bett, aber auf Anweisung seiner Tante sollte er mit dem Kopf an Zilpahs Füßen liegen.

Sobald sie im dunklen Zimmer allein waren, sagte Zilpah: »Wir dürfen nichts über Dinosaurier lesen.«

»Warum nicht?«, fragte er, obwohl er Dinosaurier nicht besonders interessant fand.

»Mein Vater sagt, die sind sündig.« Ihre Stimme schwebte aus Richtung ihrer Füße zu ihm hinauf. »Wir müssen auch den Klassenraum verlassen, wenn der Lehrer über Edgar Allan Poe redet. Der hat eine Geschichte geschrieben, in der hat ein Mann ein Herz herausgeschnitten und unter dem Fußboden versteckt, und da hat es weitergeschlagen, so – *bumm-bumm.*« Es klang, als ob eine Flöte eine Trommel imitierte. »Ruths Lehrer hat die Geschichte vorgelesen, und Ruth hat sie uns abends erzählt, und mein Vater ist furchtbar zornig geworden.«

»Warum hat er das Herz herausgeschnitten?«, fragte Aaron.

»Komm unter die Decke, dann erzähl ich's dir.« Er spürte einen Luftzug an den Füßen, als sie ihr Ende hob, und tat es ihr nach. »Das hat ihm der Teufel gesagt«, flüsterte sie. Er zog den Kopf wieder heraus, es machte ihm Angst, unter der Decke zu stecken, wenn sie das Wort »Teufel« sagte, nur für seine Ohren bestimmt.

»Wie heißt du?«, fragte er.

Auch sie zog den Kopf wieder heraus. »Zilpah. Z-I-L-P-A-H.« Aaron verschwieg, dass er noch nicht zur Schule ging und deshalb mit Buchstaben nichts anfangen konnte. »Ein Name, der mit Z anfängt, ist ganz ungewöhnlich. Er stammt aus dem Alten Testament. Mein Vater sagt, dass alle großen Leistungen von Männern erbracht worden sind, deshalb findet man nur schwer gute Mädchennamen in der Bibel.«

»Meine Mutter hat mich nach einem See benannt«, sagte er. »Lake Aaron. Da ist sie als kleines Mädchen immer mit ihrem Großvater schwimmen gegangen.«

»Na ja, Aaron ist aber ein biblischer Name. Wahrscheinlich hieß der See nach der Bibel«, gab Zilpah zurück. Dann fing sie an zu kichern. »Hast du schon mal ins Bett gemacht?«

»Nicht oft«, sagte er, was stimmte.

»Ich auch nicht«, sagte sie. »Weißt du, dass ich einen Fehler habe?«

»Was für einen Fehler?«

»Einen Herzfehler. Der ist angeboren.«

»Kann der Arzt den nicht reparieren?« Laut seiner Mutter konnten Ärzte nicht alles reparieren.

»Mein Vater will das nicht«, flüsterte Zilpah. »Er heilt mich mit Gebeten. Der Arzt hat gesagt, er ist verantwortungslos.«

»Was heißt *verantwortungslos*?«

»Das heißt, er sorgt nicht gut für mich.«

»Das hat der Arzt gesagt?« Aaron staunte, dass jemand so mit seinem Onkel zu reden wagte. »Und was hat dein Vater gesagt?«

»Er ist furchtbar zornig geworden. Er hat *O du Kleingläubiger* zu dem Arzt gesagt. Und zu meiner Mutter hat er gesagt, sie soll mich reisefertig machen, ich komme mit nach Hause, und ist den Wagen holen gegangen. Der Arzt hat auf dem Flur mit meiner Mutter geredet, und als sie wieder reinkam, hat sie geweint. Sie hat meine Sachen zusammengepackt, ich musste in einen Rollstuhl, und wir sind nach Hause gefahren.«

»Meine Mutter ist im Krankenhaus«, sagte Aaron.

»Ich weiß. Hat meine Mutter erzählt. Hat sie auch einen Fehler?«

»Weiß ich nicht genau«, sagte Aaron. »Sie weint viel. Ist das ein Fehler?«

»Na ja, meine Mutter weint auch viel, aber meistens über meinen Fehler. Ich weine eigentlich nie, nur wenn ich nicht mit Matthew und Mark spielen darf.«

»Macht Spielen Spaß?« Es hatte irgendwie mit dem dunklen Zimmer und Zilpahs Stimme zu tun, dass Aaron sich traute, solche Fragen zu stellen.

»Natürlich macht Spielen Spaß«, sagte Zilpah. »Spielst du nicht gern?«

»Ich weiß nicht. Ich habe, glaube ich, noch nie gespielt.«

»So ein Quatsch. Du musst doch manchmal spielen.«

Aaron dachte einen Augenblick nach. »Nein, ich bin ziemlich sicher, dass ich noch nie gespielt habe. Jedenfalls nicht mit anderen Kindern. Ich spiele manchmal allein.« Er spürte Zilpahs Atem an den Zehen.

»Ich weiß was«, sagte sie, »ich sage Matthew und Mark, sie sollen mal mit dir spielen. Dann kannst du ja sehen, ob du gern spielst.« Ihre Stimme klang so freundlich, dass er das Gefühl hatte, gleich losheulen zu müssen. »Ich liebe Matthew und Mark«, sagte sie gedehnt, schon schläfrig.

»Und die anderen nicht?« Das Thema Geschwister fand Aaron interessant.

»Nicht so sehr«, sagte Zilpah. »Ich liebe sie schon, aber die tun nie was, worüber mein Vater zornig werden könnte, nicht mal, wenn das richtig Spaß machen würde.«

»Wie heißen sie eigentlich?« Er wollte Zilpah unbedingt wachhalten, er mochte auf keinen Fall allein wach sein.

»Leah ist die Älteste, dann kommt Ruth. Die haben immer geflochtene Zöpfe. Dann Jonah. Das ist der Fette, mein Vater sagt ihm immer, er hat ihn nicht nach dem Wal benannt, sondern nach dem Propheten, und er soll gefälligst rausgehen und Rad fahren.« Zilpah kicherte. »Dann Matthew und Mark, die nach dem Essen die Rute gekriegt haben. Sie kriegen dauernd Dresche, aber das ist ihnen egal. Sie hassen Zwiebeln. Mein Vater will, dass meine Mutter alles mit Zwiebeln macht, damit sie lernen, zu essen, was auf den Tisch kommt. Mein Vater liebt Zwiebeln.«

»Mein Vater auch. Er hat Pfannkuchen gehasst, deshalb gab es die nur, wenn er bei der Arbeit war. Er ist gestorben, aber Pfannkuchen gibt es bei uns trotzdem nicht, meine Mutter vergisst immer, einkaufen zu gehen. Essen Menschen ohne Beine eigentlich weniger?«, fragte er. Er wusste ja jetzt, dass es auch Menschen ohne Beine gab.

»Keine Ahnung«, sagte Zilpah. »Ich kenne niemanden, der keine Beine hat.«

»Hast du im Krankenhaus keinen gesehen?«

»Der einzige Mensch, den ich im Krankenhaus gesehen habe, war Pflegling, die lag mit mir im Zimmer.«

»Wer ist Pflegling?«, fragte Aaron.

»Die, die meiner Mutter vorhin beim Tischabräumen geholfen hat.«

»Und die ist auch deine Schwester?«

»Die ist *nicht* meine Schwester«, sagte Zilpah mit Nachdruck.

»Was denn sonst?«

»Na eben … Pflegling.«

»Und warum magst du Pflegling nicht?«

»Die heißt nicht Pflegling. Die ist ein Pflegling. Sie gehört hier nicht her.«

»Bin ich auch ein Pflegling?«, fragte Aaron bang. Pflegling zu sein klang furchtbar.

»Nein«, versicherte Zilpah. »Du nicht. Sonst dürftest du nicht bei mir schlafen, das steht mal fest. Die sollte nämlich bei mir schlafen, aber ich habe Nein gesagt, deshalb musste sie zu Ruth und Leah. Die beiden mögen sie, also macht das nichts. Ich habe mein eigenes Zimmer wegen dem Fehler. Ich brauche ganz viel Ruhe. Aber gegen dich habe ich nichts. Außerdem hat meine Mutter gesagt, dass du sowieso nicht lange bei uns bleibst, nur bis es deiner Mutter besser geht.«

»Das hat sie gesagt?«

»Ja, und dass wir beten sollen, weil sie vielleicht auch den Teufel im Leib hat wie Edgar Allan Poe.«

Aaron setzte sich auf. »Sie hat nicht den Teufel im Leib.«

»Und woher willst du das wissen?«

Zilpah hatte recht. Er wusste es nicht. Seine Tante riss die Tür auf. »Wenn ich noch einen Mucks von euch höre, kommt Aaron woandershin.«

Als die Tür wieder zu war, kicherten sie leise, aber bald ging Zilpahs Atem ruhiger. Aaron war am Morgen in seinem eigenen Bett aufgewacht, unter dem blinzelnden Blick seines Vaters auf dem Nachttisch, aber einschlafen würde er gleich in einem anderen, im Bett einer Fremden, die seine Cousine war, und wenn er in diesem Bett wieder aufwachen würde, wäre ein neuer Tag, und nichts würde ihn mit seinem wirklichen Leben verbinden. Er schloss die Augen, und als er sie wieder aufschlug, war es Morgen.

6

Drei Tage später fing das neue Schuljahr an, aber Aaron durfte trotz seiner neuen Schnürschuhe nicht in die Vorschule. Er blieb zu Hause bei seiner Tante. Sie packte jeden Morgen Lunchpakete, während sich seine Cousins und Cousinen fertig machten. Es herrschte Chaos, aber die Stimmung war nicht mehr so gedrückt, weil sein Onkel schon aus dem Haus war, er arbeitete als Manager in der Rote-Bete-Fabrik. Um acht meldete irgendjemand – meistens Pflegling –, der Schulbus sei jetzt da, was zu einem letzten Aktivitätsschub führte, dann kehrte Ruhe ein. Nach dem großen Ausmarsch stand immer die Haustür offen, weil das letzte Kind nie mitbekam, dass es das letzte war. Aaron übernahm die Aufgabe, sie zu schließen, er war gern der Hüter einer fremden Haustür, er sehnte sich nach Pflichten, und die Routine bot einen gewissen Trost, auch wenn ihm der Gedanke, wie leicht er über ihre Schwelle in dieses neue Leben getreten war, immer einen Stich ins Herz versetzte.

Erst jetzt frühstückten auch Aaron und seine Tante. Sie sprach ein Gebet, und dann gab es englische Muffins. Seine Tante liebte sie, er dagegen fand sie gewöhnungsbedürftig, sie waren herb und hart und kratzten am Gaumen. Dazu erzählte sie ihm Geschichten, die ihn zu jeder Tageszeit in Angst und Schrecken versetzt hätten, aber auf nüchternen Magen hatten sie etwas besonders Bedrohliches. Wenn er zum Beispiel an einem Schweinekoben vorbeikomme und die Schweine in die Luft sprängen, erklärte sie, dann schwebe der Teufel über ihnen, und sie wollten ihn, Aaron, verschlingen. Einmal holte sie eine Dose Mais aus dem Schrank und zeigte ihm den Strichcode am Boden. Eines

Tages würden »die« versuchen, ihm auch so einen Code aufzustempeln, behauptete sie, nahm seine Hand und tippte ihm auf den Puls, da komme der Stempel hin. Das sei das Malzeichen des Tieres, und er dürfe das auf keinen Fall zulassen. Er hatte keine Ahnung, wer »die« waren, aber dass seine Tante sein Handgelenk hielt, gefiel ihm, trotz der Abdrücke ihrer Butterfinger, und er versprach, das auf keinen Fall zuzulassen.

Danach holte sie die Putzsachen heraus, und er durfte ihr helfen, das sollte aber ihr Geheimnis bleiben. Er fand heraus, dass er gern putzte, und hatte den Eindruck, dass seine Tante sich auch gern von ihm helfen ließ. Fertig waren sie immer erst mittags, und dann gab es wieder Essen, meistens Brot mit einer Scheibe Schmelzkäse oder Quark. Dabei plauderte seine Tante die ganze Zeit über Alltagsdinge, vom Teufel oder vom Malzeichen des Tieres war nicht mehr die Rede. Hauptsächlich ging es um einen Lunch in der Kirche, dessen Planung ihr oblag. »Das ist eine große Aufgabe«, sagte sie. Er nickte, und sie machte Notizen auf der Rückseite eines Briefumschlags. »Es soll Schinkenbrötchen geben. Was findest du besser, aufgeklappte oder zugeklappte?«

»Was machst du mit den oberen Hälften, wenn du die nicht drauftust?«, fragte er.

»Das werden dann die zweiten Hälften«, erklärte sie. »Da kommt auch Schinken drauf.« Zum Veranschaulichen klappte sie ihre rot geschrubbten Hände auseinander.

»Das hört sich gut an.«

»Findest du? Ich bin mir nicht sicher.« Damit war das Gespräch über den Kirchenlunch meistens beendet.

Als sie wieder einmal so am Tisch saßen, sah seine Tante niedergeschlagen aus, und er überlegte, womit er sie aufmuntern könnte. Da klingelte das Telefon. Sie stand auf und nahm ab. »Hallo«, sagte sie mit einer fast sonnenwarmen Stimme, und dann etwas leiser: »Ach, Dolores. Wie geht's dir denn?« Aaron ging ihr nach, er wollte auch die Stimme seiner Mutter hören. Seine Tante sagte: »Ich gebe ihn dir.«

Aaron nahm den Hörer, der noch warm war und nach Käse roch. Seine Mutter klang sehr fern, als ob sie schliefe und aus einem Traum heraus anriefe. »Bist du auch lieb zu deiner Tante und deinem Onkel?«, fragte sie.

Er nickte, er wusste noch nicht, wie man telefoniert, aber er merkte, dass sie auf Antwort wartete, und sagte laut: »Ja, bin ich. Bist du im Krankenhaus?«

»Ja.«

»Bist du krank?«

»Das bin ich wohl.«

»Wo tut es dir denn weh?«

»Ich bin sehr müde«, sagte sie. »Kennst du das? Wenn man so müde ist, dass man am liebsten nur schlafen möchte?« Aaron wartete, dass sie weiterredete. Er hörte etwas im Hintergrund, einen Fernseher vielleicht. Schließlich sagte seine Tante: »Zeit zum Auflegen, Aaron«, und streckte die Hand nach dem Hörer aus. Er wandte sich ab und sagte, was seine Mutter nach dem Vorlesen und dem Kuss kurz vorm Lichtausmachen immer zu ihm sagte: »Träum süß.« Er gab seiner Tante den Hörer zurück. *Träum süß* war immer das Schlusswort.

***

Bei seiner Tante und seinem Onkel zu Hause hieß der Tag nach Samstag nicht Sonntag, er hieß Sabbath. Aaron fand den Namen faszinierend, er klang so sauber. Am Sabbath ging die gesamte Familie in die Kirche – Tante und Onkel, Cousins und Cousinen samt Pflegling –, sein Onkel musste zwei Fuhren mit dem Camino machen. Zum Sabbath zog Aaron seine neuen Schnürschuhe an, weil seine Tante sagte, im Haus Gottes gehörten sich keine Turnschuhe. Das Haus Gottes war gar kein Haus, es war eine Kirche. An so etwas war er bei Fahrten mit seinen Eltern oft vorbeigekommen, aber hineingegangen waren sie nie, für Kirchen interessierten sich seine Eltern nicht. Am zweiten Sabbath traten alle Erwachsenen, auch seine Tante und sein Onkel, nacheinander nach vorn und gingen vor dem Pastor auf die Knie. Den Anblick seiner knienden Tante war Aaron gewohnt, sie schrubbten ja jeden Morgen gemeinsam die Böden, aber dass sein unbeugsamer, strenger Onkel da vorn in der Kirche so reumütig kniete, das passte einfach nicht zusammen. Als sie zur Bank zurückkamen, sah es so aus, als hätte seine Tante purpurrote Kommas in den Mundwinkeln. Aaron wurde flau im Magen.

»Was macht ihr da vorn in der Kirche?«, fragte er am nächsten Morgen beim Frühstück.

»Wir essen den Leib Christi, und dann trinken wir sein Blut«, antwortete seine Tante.

»Weiß Gott das?« Kürzlich hatte sie Aaron erklärt, Christus sei Gottes Sohn.

»Was bist du für eine drolliger Bengel«, sagte sie und kicherte, als hätte er etwas Schlaues gesagt. »Natürlich weiß Gott das. Du hast doch nicht vergessen, was ich dir gesagt habe? Er weiß alles.«

Sein Vater hatte einen Namen für Leute gehabt, die alles wissen wollten, zum Beispiel die Nachbarin, Mrs. Svenson, die den ganzen Tag aus dem Fenster spähte. Wenn sein Vater abends vom Dienst kam, stürzte sie aus dem Haus und wollte wissen, wie viele Leute er an dem Tag verhaftet hatte. Sein Vater nannte so jemanden *Naseweis.*

»Ist Gott ein Naseweis?«, fragte er.

»Ach, Aaron.« Ihre Stimme klirrte wie ganz langsam springendes Glas. Sie musterte ihn, genauso, wie die Leute bei der Beerdigung seines Vaters ihn gemustert hatten, dann nahm sie seine Hand in ihre marmeladeverklebten Hände. Er war sicher, dass er sie enttäuscht hatte, aber er wusste nicht, womit. Er atmete ganz vorsichtig ein, aber als er ausatmen wollte, brach er in lautes, stoßartiges Schluchzen aus.

Er weinte. Seine Tante hielt noch immer seine Hand und formte mit den Lippen Wörter, die er nicht verstand. Schließlich brachte sie ihn in Zilpahs Bett, und er fiel in tiefen Schlaf. Als er wieder wach wurde, saß sie immer noch bei ihm und sah zu ihm hinunter, mit glühenden Wangen.

»Du hast ihn besiegt«, sagte sie. Er lag still da, die rechte Hand auf der schweißnassen Stirn, aber regelmäßig atmend, und sehnte sich nach seiner Mutter. Sie weckte ihn immer mit einem Glas Wasser in der Hand, wenn er ein Schläfchen gemacht hatte, denn sie wusste, dass er beim Aufwachen immer Durst hatte. »Er war in dir, Aaron. Ich habe gebetet, aber du hast es ganz allein geschafft.«

»Wer war in mir?«, fragte er beunruhigt.

»Satan«, sagte seine Tante. Auch sie war schweißgebadet. »Du hast Gott Naseweis genannt, aber das hat Satan dir eingegeben. Er hat sich deiner Stimme bemächtigt. Satan ist schlau, aber du hast ihn niedergerungen!« Sie stand auf. »Schlaf jetzt noch ein bisschen.«

»Ich habe doch schon geschlafen.«

»Nicht mal eine Viertelstunde«, sagte sie. »Du bist bestimmt ganz erschöpft. Ich kümmere mich heute mal allein um den Haushalt.«

Er blieb in Zilpahs Bett liegen und lauschte auf die Geräusche, die ihm inzwischen vertraut waren, das Einrasten der Toastertaste, das Klimpern eines Löffels beim Umrühren in einer Tasse. Er sah seine Tante vor sich, wie sie im Morgenrock unter dem geborstenen Abendmahl saß, Zucker in den Kaffee rührte und ihren zweiten Muffin aß. Und endlich hörte er auch, worauf er eigentlich gelauscht hatte: ihre leise über den Flurteppich schlurfenden Hausschuhe, die Badezimmertür, die nur angelehnt wurde.

Seine Tante litt an Konstipation. Bevor er hierhergekommen war, kannte er das Wort *Konstipation* nicht. Sie hatte es ihm beigebracht, gleich bei einem ihrer ersten Frühstücke, in einer für sie seltenen Deutlichkeit. Sie hatte ganz sachlich darüber geredet, und er hatte sich Mühe gegeben, es ebenso sachlich anzuhören, obwohl es ihm zutiefst peinlich war, über Dinge zu sprechen, die mit Aktivitäten auf der Toilette zu tun hatten. »Ich habe alles Mögliche ausprobiert«, sagte sie. »Dein Onkel dagegen, der braucht bloß etwas zu essen, und eine Minute später kann er.«

Aaron nickte, er wusste es nur zu gut.

»Weißt du, seit dem Tag, an dem ich ihn geheiratet habe, leide ich unter Konstipation.«

Aaron dachte nach, ihm fiel wieder ein, dass der Arzt ihm und seiner Mutter nach dem Unfall seines Vaters gesagt hatte, er habe nicht *gelitten*. Seine Tante war nach ihrem kleinen Vortrag aufgestanden, über den Flur geschlurft und hatte die Badezimmertür ein paar Zentimeter offen stehen lassen. Er saß weiter am Tisch und knabberte an seinem englischen Muffin, während sie sich geräuschvoll abmühte, ihren Körper von Unrat zu befreien. Als sie zurückkam, war sie schweißnass und bleich und schüttelte den Kopf, als Zeichen ihrer Niederlage, und Aaron konnte deutlich spüren, dass seine Tante wirklich *litt*.

Heute Morgen also hatte er Satan niedergerungen. Er zog sich das Kissen über den Kopf, um die Geräusche zu übertönen, die gleich aus dem Badezimmer dringen würden. Nach einer gefühlten Ewigkeit nahm er es wieder herunter. Nichts zu hören. Er stand auf, strich das Bettzeug glatt und lief über den Flur. Als er merkte, dass die Klotür noch immer halb offen stand, war es zu spät. »Aaron?«, rief seine Tante von innen. »Bist du auf?«

»Ja, ich will putzen.«

»Bist du gar nicht mehr müde?« Sie ächzte.

»Nein, bin ich nicht.«

»Ja dann – du musst mir unbedingt eine Rolle Klopapier holen.«

»Was?« Er hatte sich bestimmt verhört.

»Ich habe vergessen, vorher zu gucken, ob die Rolle hier noch reicht. Du musst mir unbedingt eine holen, aus dem Wandschrank im Flur hinten«, keuchte sie.

»Brauchst du die wirklich?«, fragte er.

»Wenn ich die nicht brauche, braucht sie der Nächste.« Sie klang bedrückt, aber dann hellte sich ihre Stimme auf, wie üblich, wenn sie zum Gebet ansetzte. »Man soll immer auf alles vorbereitet sein.«

Aaron hatte noch nie einen anderen Menschen auf dem Klo sitzen sehen, aber er wusste, wie er sich dabei fühlte – unbehaglich und beschämt, hilflos, weil die Beine in der Luft baumelten und die Hose zur Fußfessel mutiert war. Sein Vater war das genaue Gegenteil gewesen. Ihm hatte es nie etwas ausgemacht, einfach rechts ranzufahren und am Straßenrand zu pinkeln, auch wenn hinter ihm die Autos vorbeisausten. Er nannte es »Wasser abschlagen«. Sein Vater hatte außerdem gern *Klogeschichten* erzählt, die aber nicht unbedingt auf einem Klo spielen mussten. Seine Lieblingsgeschichte, die er alle paar Monate abends beim Essen zum Besten gab, handelte von einem Mann, der keinen richtigen Namen hatte, es war mehr ein Adjektiv – *Stinky Sowieso.* Stinky und Aarons Großvater und noch ein paar Männer gingen im Herbst immer auf die Jagd, und Aarons Vater durfte mit, sobald er dreizehn war. Die Männer fanden es toll, um vier Uhr früh aufzustehen und dann stundenlang hinter einer Blende in einer kalten Hütte zu sitzen. Das Wort Blende fand Aaron seltsam für einen Ort, wo man eigentlich nichts anderes tat als *beobachten.* Sie wanderten auch durch den Wald, manchmal zwölf Stunden am Stück, bevor sie aufgaben und in die Hütte zurückkehrten. Die Geschichte, die Aarons Vater mit Vorliebe beim Abendbrot präsentierte, hatte Harvey eines Abends in der Hütte erzählt. Harvey war sowohl der Dorffriseur als auch Stinkys Jagdkumpel, und Aarons Vater schlüpfte beim Erzählen gern in Harveys Rolle.

»Das muss so gegen sieben gewesen sein, da ist uns dieser Bock über den Weg gelaufen«, fing er immer an, mit einer gedämpften, dunkleren Stimme und leicht lispelnd, um Harvey zu imitieren, »wir hatten aber, ehrlich gesagt, mit Wild noch gar nichts am Hut. Wir waren nur scharf drauf, möglichst viel Kaffee in den Bauch zu kriegen, und da steht plötzlich dieser Hirsch, gut zehn Meter weg.« An der Stelle legte sein Vater immer einen Gang zu. »Also, Stinky schmeißt die Thermoskanne weg und ballert los, drei Schüsse, einer haut dem Bock ins Hinterbein. Das Vieh rennt los, hinkend, ich und Stinky hinterher, plötzlich sagt Stinky: ›Ich muss scheißen, und zwar satt.‹ Wir rennen noch ein paar Meter, und Stinky sagt: ›Ich kann nicht mehr‹, und zieht den Reißverschluss auf. Ich bin einen halben Schritt hinter ihm, ich kann genau sehen, wie seine linke Hand sich unter dem Overall den Rücken runterschlängelt. Wir rennen immer noch, und er zieht, hast du nicht gesehen, die Hand wieder hoch und hält mir 'n riesigen dampfenden Scheißhaufen hin – wie einer von diesen gottverdammten Zauberern, die sich ein lebendes Huhn aus dem Ärmel ziehen. Ich schwör's. Der ist nicht mal aus dem Tritt gekommen.«

An der Stelle hatte sein Vater wieder auf seine eigene Stimme umgeschaltet und erklärt, dass Harvey den letzten Satz wieder und wieder gesagt hatte – »Der ist nicht mal aus dem Tritt gekommen« – und dass alle am Tisch so lachen mussten, dass ihnen buchstäblich die Gabeln aus den Händen fielen und sie nicht weiteressen konnten. Aaron hätte zu gern gewusst, ob Stinky mitgelacht hatte, aber gefragt hatte er nie.

Seine Mutter hatte nur ein einziges Mal einen Kommentar abgegeben: »Das ist schlicht unmöglich.« Als sei mangelnde Plausibilität das einzige Problem, das sie damit hatte.

»Hast du's schon mal probiert, Dolores?«, hatte sein Vater gekontert. Seine Mutter hatte auf ihren Teller gestarrt und geschwiegen. »Keinen Funken Humor, ihr beiden«, hatte sein Vater nachgesetzt. Mit dem Satz beendete er seine Geschichten jedes Mal.

Im Gegensatz zu seiner Mutter zweifelte Aaron keinen Moment lang, dass die Geschichte stimmte. Er begriff nur nicht, was sein Vater daran komisch fand, denn egal, wie er sie erzählte, es war immer dieselbe: Ein Mann namens Stinky jagt einen sterbenden Hirsch und will den so unbedingt kriegen, dass er in die eigene Hand scheißt. Jetzt stand er mit der Klopapierrolle in der Hand vor der Badezimmertür und überlegte, wie seine Tante die Geschichte finden würde, ob sie auch darüber lachen oder vor Neid in Tränen ausbrechen würde. Sie rief nach ihm, und er ging hinein. Sie saß auf dem Klo, die Ellbogen auf die Knie gestützt, den rosa Morgenrock fest um sich herumgezogen, sodass nur die Waden herausschauten. Sie sah zu ihm hoch, als wäre es das Natürlichste auf der Welt, dass jemand anders einen so sieht: zusammengekrümmt und verletzlich und angestrengt drückend.

»Danke«, sagte sie, »du bist ein lieber Junge.«

Er ging in die Küche, holte die Putzmittel aus dem Schrank unter der Spüle und stellte sie auf die Arbeitsplatte – Pledge, Lysol, Comet. Lysol mochte er am liebsten. Er schraubte den Deckel ab und schnupperte. Bald würde der scharfe Desinfektionsgeruch durch die Küche und das ganze Haus ziehen. Erst Jahre später, eines Morgens, als er die Toiletten im Café seiner Mutter putzte und plötzlich wieder den allgegenwärtigen Lysolgeruch in der Nase hatte, verstand er es: Seine Tante glaubte so felsenfest, dass Gott überall war, dass sie es einfach gewohnt war, unter Beobachtung zu stehen, nicht nur beim Kochen und Putzen und Beten, sondern selbst auf dem Klo. Aaron glaubte zwar nicht an Gott, aber er hoffte für seine Tante, dass ihr ein so verlässlicher Zeuge bei dem, was sie ertragen musste und sonst allein erlitten hätte, etwas Linderung verschaffte.

* * *

Eines Morgens fuhr er mit seiner Tante an der Stelle vorbei, an der sein Vater bei der Parade vom Wagen gefallen und gestorben war. Seine Tante sagte nichts. Sie waren auf dem Weg ins Kaufhaus Target. Aaron war noch nie bei Target gewesen. Es ging zuerst in die Herrenabteilung, wo seine Tante Unterhemden für seinen Onkel aussuchte, und dann in die Kinderabteilung. »Wie findest du das hier für Mark?« Sie hielt ein blau kariertes Hemd hoch, es sah genauso aus wie die Hemden, die Mark immer anhatte.

»Das findet er bestimmt gut«, sagte Aaron.

»Meinst du? Jungs haben manchmal so einen komplizierten Geschmack«, sagte sie, als wäre Aaron kein Junge.

Sie suchte Hemden und Blusen für alle aus, nur für Pflegling nicht. »Und Pflegling?«, fragte Aaron. »Welche Farbe mag die?«

»Sag nicht Pflegling zu ihr. Das würde ihr wehtun. Sie heißt Alice.«

Alice. Der Name war doch richtig schön. Trotzdem nannte sie seines Wissens niemand in der Familie so. »Welche Farbe sollen wir für Alice kaufen?«

»Für Alice können wir heute gar nichts kaufen«, erklärte seine Tante. »Sie bekommt Beihilfe. Davon ist diesen Monat nicht genug übrig.«

Aaron wusste nicht, was Beihilfe war. »Tut ihr das denn nicht weh?«, fragte er.

»Nun ja, das tut's wohl, aber sie kennt die Regeln.«

»Ach so.« Von Regeln hatte Aaron auch noch nichts gewusst.

Fast zwanzig Jahre später unterschrieb er in einem Buchladen in der Shoppingmall von Fargo einen Kreditkartenbeleg. Als die Frau am Tresen seine Unterschrift mit dem Namen auf der Karte abglich, fing sie an zu lachen und deutete auf das Buch, das er gekauft hatte, einen Band mit Fotos von nackten Männern. »Na, was wohl Tante und Onkel zu deiner Lektüre sagen würden?«, fragte sie. Erst jetzt sah er sie an, sie war hübsch auf eine Weise, der man die etwas zu heftigen Bemühungen ansah. Es war Pflegling.

»Ach du lieber Gott. Pflegling«, entfuhr es ihm, obwohl er wusste, dass das nicht ihr Name war. Sie reagierte mit einem allerliebsten Stirnrunzeln, sie gehörte zu den Frauen, die einfach mit jedem Mann flirten müssen, selbst wenn der gerade ein Buch mit Fotos von nackten Männern gekauft hat.

»Weißt du immer noch nicht, wie ich richtig heiße, Aaron?«

Er entschuldigte sich, und sie sagte: »Alice.« Er fragte nach Tante und Onkel und Cousins und Cousinen, und sie sagte: »Eine echte Freakfamilie.«

»Was ist mit Zilpah?«

Zilpah sei tot, teilte sie nüchtern mit. Ihr Vater habe jede Behandlung abgelehnt, bis zum bitteren Ende. Es habe dann wohl auch einen Prozess oder so was gegeben, aber wie er ausgegangen war, wusse sie nicht. Sie schlug vor, etwas trinken zu gehen und sich gegenseitig auf den neuesten Stand zu bringen, aber er sagte, er müsse los. Sie rief ihm schmollend nach: »Viel Spaß mit deinem Buch.«

»Ich habe eine Überraschung für dich«, sagte seine Tante. »Wir kaufen dir Schulsachen.« Sie klatschte in die Hände. »Dann bist du für den Schulanfang gerüstet.«

»Ich habe doch gar kein Geld«, sagte Aaron. Er legte die Hände auf seine Hosentaschen und dachte an die Münzen.

»Aber ich«, sagte seine Tante. »Ich spendiere sie dir. Aber wir verstecken sie vor deinem Onkel.«

»Warum das denn?«

»Das macht doch Spaß, etwas zu verstecken. Das bleibt unser Geheimnis.«

Eine Dreiviertelstunde lang suchten sie Sachen aus: zwei dicke Bleistifte, einen rosa Radiergummi, ein Töpfchen Klebstoff, an dem er schnuppern durfte, und eine stumpfe Kinderschere. Seine Tante zog zwei Pappkartons mit Klappdeckeln aus einem Regal, auf dem einen waren Wale und Alligatoren, auf dem anderen Raggedy Ann & Andy. »Welcher gefällt dir besser?«, fragte sie. »Da kommt dann alles rein.«

Er fand Raggedy Ann & Andy besser, sie lächelten und hielten sich an den Händen, aber er zeigte auf die Wale und Alligatoren.

»Die sind wirklich toll«, sagte seine Tante und ließ den Blick noch kurz auf Raggedy Ann & Andy ruhen, bevor sie den Karton zurückstellte. Dann nahm sie den anderen hoch, den Aaron ausgesucht hatte. »Hier steht, dass diese Tiere gefährdet sind.«

»Was heißt *gefährdet*?«

»Das heißt, dass es nicht mehr so viele davon gibt.«

»Wo sind die denn hin?«

»Es gibt Menschen, die sie töten«, erklärte sie, »obwohl Gott will, dass wir die Tiere schützen.« Sie stellte den Karton in den Einkaufswagen.

Im Auto sagte Aaron: »Danke für die Schulsachen.« An einem Bahnübergang mussten sie halten und den Zug vorbeilassen. Ob der Lokführer sie wohl gesehen und gedacht hatte, *da sitzt ein Junge mit seiner Mutter*?

»Hab ich doch gern gemacht«, sagte sie. Sie wollte wissen, ob er Züge interessant fand. Als er Nein sagte, fing sie an zu weinen. »Bald darfst du wieder nach Hause.« Sie kramte in der Handtasche nach einem Taschentuch. »Deine Mutter hat angerufen.«

»Ist sie nicht mehr krank?«, fragte er. »Wann kommt sie?«

»Schon bald, glaube ich.«

Sie kam sogar sehr bald. Bei ihrer Rückkehr parkte der Oldsmobile vor dem Haus, und im Vorgarten stand seine Mutter, auf dem Kopf eine Beaniemütze in Neonorange mit Bommel. Aaron war irritiert, es war doch noch gar nicht kalt, und vor allem konnte sie grelle Farben nicht ausstehen. Sie winkte ihm kraftlos zu, und er wollte sofort die Autotür aufdrücken. »Warte, bis ich richtig geparkt habe«, sagte seine Tante, und als der Wagen stand: »Ich wusste nicht, dass es so bald sein würde.« Aber er war schon hinausgestürzt und rannte auf seine Mutter zu.

»Aaron.« Sie klang überrascht, als hätte sie ihn hier nicht erwartet.

»Warum hast du denn eine Mütze auf?«, fragte er.

Sie lachte unsicher. »Ach, mir ist zurzeit immer ein bisschen kühl. Eine Krankenschwester hat das Ding in einer Kiste mit Fundsachen entdeckt und mir gegeben.« Mit neckischem Unterton fragte sie ihn: »Sieht es so schlimm aus?«

»Nein. Sieht nett aus. Ich finde orange schön.«

Er fand orange überhaupt nicht schön, und seine Mutter wusste das. Er schlang seine Arme um ihre Taille, sie drückte ihn an sich, und eine Weile standen sie schweigend so da. Schließlich bückte sie sich und puschelte ihm mit dem dicken orangenen Bommel durchs Gesicht. »Na, wie ist das?«

Er rang sich ein Lachen ab. »Das kitzelt«, sagte er und riss sich los.

»Hallo, Dolores«, sagte seine Tante.

»Hallo, Jean.«

Seine Tante ging ins Haus, nahm eine große Einkaufstüte und packte Aarons Sachen hinein – die, mit denen er angekommen war, und die abgelegten von seinen Cousins, die er danach getragen hatte. Obendrauf kam der Karton mit seinen neuen Schnürschuhen, in den sie noch eine kleine Bibel gelegt hatte. Aaron überlegte später, ob sie sie vor seiner Mutter verstecken wollte oder ob sie dachte, er würde sich, wenn er sie fand, über die Überraschung freuen. Sie brachte die Tüte nach draußen, und als seine Mutter sie auf den Rücksitz gestellt hatte, fragte seine Tante: »Könnt ihr nicht noch ein bisschen bleiben? Irv kommt auch jeden Moment.«

»Wir müssen wirklich wieder nach Hause«, sagte seine Mutter, als hätten sie nur mal eben auf einen Sprung vorbeigeschaut, während der Kuchen im Backofen stand.

Sie stiegen ein. Als sie losfuhren, sah Aaron zu seiner Tante, sie winkte, den Blick starr auf den Boden gerichtet.

Sie mieden die Paradestrecke. Das hatte sich nicht geändert. Als sie fast zu Hause waren, fiel Aaron ein: »Ich habe meine Schulsachen vergessen.« Aber seine Mutter sagte, die hätten sie doch noch gar nicht gekauft. Er klärte sie nicht auf, obwohl ihm ganz übel wurde bei dem Gedanken, dass seine Tante den Wagen auslud und die Schulsachen fand, die ihr Geheimnis bleiben sollten.

Januar

7

Den ganzen ersten Monat in San Francisco kreisten Aarons Gedanken ständig um Erdbeben. Er fragte sich, ob womöglich sein Unterbewusstsein dazwischenfunkte, obwohl er eigentlich höchst ungern in solchen Kategorien dachte. Er hatte nichts gegen Intuition oder haarscharfes Beobachten, aber seiner Meinung nach flüchteten sich die Leute viel zu oft in Aberglauben und Wunschdenken, und wenn sie dann noch erwarteten, dass er das mit Logik gleichsetzte, wurde er immer schneller ungehalten. Er sprach mit niemandem über seine Erdbebenängste, nur ein Mal mit Taffy und auch nur, weil sie ihm von einer Lehrerin aus Oklahoma erzählt hatte, die bis vor Kurzem an der Schule gewesen war. Sie war nach einem Monat zurück nach Oklahoma gezogen, weil sie ständig an Erdbeben denken musste. Aber wieder nach Albuquerque oder irgendwo anders hinzuziehen war keine Alternative für ihn, also beschloss er, seine Ängste im Zaum zu halten, indem er nicht mehr darüber redete. Beschweigen nach Art des Mittleren Westens. Das hatte er schon in anderen Situationen erfolgreich praktiziert, und es schien auch hier zu funktionieren, außer bei Fahrstühlen. In denen gesellte sich zu seiner Standardfurcht, dass die Tür nicht wieder aufgehen könnte, nunmehr eine neue Variante: Sobald er in der Kabine stand, rechnete er fest damit, dass sie gleich zu zittern anfing und mit ihm in die Tiefe stürzte, und wurde gepackt von etwas, das er für Panikattacken hielt. Aber auch die handhabte er wie ein echter Mittelwestler: Er blieb, selbst wenn er kurz vorm Zerspringen war, nach außen hin vollkommen stoisch – einfach ein Mann in einem Fahrstuhl.

Sein erstes Fahrstuhlabenteuer hatte er in den Englund'schen Familienferien erlebt. In einem seltenen Anfall von Begeisterung, womöglich gar Liebe, hatte sein Vater einmal den Oldsmobile in der Innenstadt von Minneapolis im Halteverbot geparkt und auf ein Hochhaus gezeigt. Aaron ging davon aus, dass sie es ein paar Minuten betrachten und dann weiterfahren würden, stattdessen schickte sein Vater ihn und seine Mutter in das Gebäude, da gebe es garantiert einen Fahrstuhl. Als sie ausstiegen, rief er ihnen nach: »Aber beeilt euch. Wir stehen im Halteverbot.« Als hätten sie unbedingt Fahrstuhl fahren wollen.

Für Aaron waren Fahrstühle neu. In der Lobby stand eine Gruppe von Männern in Geschäftsanzügen, sie stellten sich dazu, in Shorts und schmuddeligen T-Shirts, und wurden angestarrt. Dann stiegen alle zusammen ein, und die Männer um ihn herum wuchsen hoch wie ein Maisfeld. Als der Fahrstuhl anfuhr, griff Aaron nach der Hand seiner Mutter und hielt sie ganz fest, und sie lachte, aber es klang, als ob auch ihr nicht ganz wohl wäre.

Auf der Rückfahrt waren sie allein in der Kabine, und Aaron fragte, wie der Fahrstuhl funktioniere. »Mit Kabeln«, sagte seine Mutter. »Das sind so Seile, weißt du, die ziehen ihn rauf und runter.« Er malte sich aus, dass über ihnen Leute saßen und den ganzen Tag lang Seile rauf- und runterzogen.

»Und wenn die reißen?«, fragte er.

Seine Mutter zeigte auf die Zahlen über der Tür, die bei jeder Etage aufleuchteten. »Pass auf, mach mal Folgendes«, sagte sie, »wenn wir am zweiten Stock vorbei sind, springst du in die Luft, so hoch du kannst. Dann bist du in der Luft, falls die Seile reißen und wir runterkrachen.« Genau so hatte er es gemacht, aber abends im Motelbett hatte er gehört, wie seine Mutter seinem Vater die Geschichte erzählte, und beide hatten gelacht. Dann hatte sein Vater etwas Unverständliches gesagt und wieder gelacht, und seine Mutter hatte gesagt: »Ach komm, Jerry, er ist doch noch ein Kind. Das war süß.« Aaron hatte das als Verrat empfunden.

Egal ob er unter einem Baugerüst entlanglief oder in ein Museum oder ins Kino ging, jedes Mal dachte er an Erdbeben. Einmal fuhr er aus dem Tiefschlaf hoch, er war sicher, *etwas* gespürt zu haben, aber um ihn herum war alles still. Irgendwann bebte die Erde wirklich, aber da bewahrte er die Ruhe, obwohl er noch gar nicht wissen konnte, dass es bei einem leichten Beben bleiben würde. Es dauerte sechs Sekunden. Mechanisch langte er nach seinen Schuhen, sie waren immer am Gestell des Futons festgebunden, wie in dem Erdbebenschutzhandbuch empfohlen, das er mit seinen Schülern durchgenommen hatte.

»Warum wir müssen Schuhe binden an Bett?«, fragte Cheng. Er kam aus Taiwan, wo man an Erdbeben gewöhnt war. »Bringt Glück?«

»Glück?« Aaron dachte kurz darüber nach. »Nein, man findet dann nur schnell seine Schuhe, sogar im Dunkeln. Bei Erdbeben gehen oft Fenster kaputt, und dann ist es gefährlich, barfuß zu laufen.« Er schrieb *barfuß* an die Tafel.

»Mein Freund von Motorradclub hat mir gesprochen, dass Straßen sind voll mit Glas, sogar höher als mein Kopf«, erzählte Paolo.

»Dein Freund hat dir *gesagt*«, korrigierte Aaron zerstreut, weil er sich vorstellte, wie sinnlos Schuhe angesichts ganzer Berge aus Scherben waren.

***

Den Mann, der die Schule betrieb, hatte Aaron noch nicht kennengelernt. Er lebte in Bodega Bay, verfügte aber über ein rundum verglastes Büro im ersten Stock, das nie benutzt wurde, also eher einem Diorama in einem Museum ähnelte. An der Tür hing ein Schild: RICH PULKKA, Geschäftsführender Direktor. Mr. Pulkka führte die Schule angeblich als Non-Profit-Unternehmen, was die Lehrer ärgerte, ihrer Ansicht nach machte er einen ziemlichen Reibach damit, zum Teil durch krumme Geschäfte, aber niemand traute sich, ihn anzuzeigen, aus Sorge um die Schüler. Aaron wusste nicht genau, was für krumme Geschäfte das waren, vermutete aber, dass sie mit den Meldevorschriften für Schüler mit befristeten Aufenthaltsgenehmigungen zu tun hatten. Auf der Anwesenheitsliste seiner Klasse standen zum Beispiel Namen von Schülern, die nie zum Unterricht erschienen und von denen er nie gehört hatte. Er schrieb immer ein F für »fehlt« dahinter, aber wenn er die Liste montagmorgens zurückbekam, waren alle Fs säuberlich in As für »anwesend« verwandelt worden, mit Sicherheit bevor die Liste für die offizielle Kartei fotokopiert wurde.

Was für ein Mensch Pulkka war, war schon gleich am Zustand des Gebäudes ablesbar. Man konnte mitansehen, wie es verwahrloste, es war ein bisschen, wie wenn man nach und nach die körperlichen Makel eines Liebhabers entdeckt, fand Aaron, es hatte etwas Intimes, in der Herrentoilette vor den Waschbecken zu stehen, nachdem man sich erleichtert hatte, und herauszufinden, dass sie von links nach rechts nach Funktionen sortiert waren: heißes Wasser, eiskaltes Wasser, gar kein Wasser. Mit anderen Worten, man hatte die Wahl: Verbrühungen, Erfrierungen oder ungewaschene Hände. Eines Morgens bemerkte er uringelbe Pfützen auf der Hintertreppe, und als er einmal auf der Suche nach einem Radiergummi in das ungenutzte Klassenzimmer gegenüber seinem ging, entdeckte er unter dem einzigen Fenster einen Schimmelfleck, aus dem mindestens ein Dutzend Pilze hervorquoll, ein merkwürdig obszöner Anblick.

Wenn er andere Lehrer fragte, wie Pulkka so sei, lachten sie. »Ich bin die Einzige, die ihn mal getroffen hat«, sagte Eugenia. »Er hat, kurz nachdem ich hier angefangen hatte, mal eine Kellerparty für die Lehrer geschmissen, und da hat er sich so abgefüllt, dass er mit einer von den Kolleginnen geschlafen hat. Barbara. Das gab Schwierigkeiten, er lebt ja mit seiner Freundin zusammen. Die steht übrigens auch auf der Gehaltsliste, dabei hat die hier noch nie einer gesehen. Er hat ziemlich schnell kapiert, dass er Barbara loswerden musste, was auch nicht weiter schwer war, Barbara war eine Katastrophe. Die Schüler hatten sich schon eine ganze Weile über sie beschwert, und nach der Party kam raus, dass Barbara eines Abends mit ihren Schülern in einer Bar gesoffen und sich vor allen die Bluse ausgezogen hatte.«

»Warum das denn?«, fragte Aaron. Es war eine rhetorische Frage, er wusste, Lehrer waren Menschen wie andere auch: höchst unterschiedlich, was Kompetenz und Urteilskraft betraf, und nicht immer imstande, ihre Einsamkeit oder Gestörtheit und ihre Arbeit auseinanderzuhalten. Manche Kollegen, vor allem die jüngeren, gingen gern mit den Schülern zusammen abends was trinken, und zwar so reichlich, dass sie am nächsten Morgen kaum glaubwürdig ordentliche Hausaufgaben und Anwesenheit anmahnen konnten. Er selbst galt – das wusste er von den anderen Lehrern – als streng auf Abgrenzung bedacht. Er sah sich auch so, empfand es aber nicht als Problem. Er fand es ganz richtig, ein kleines bisschen einschüchternd auf seine Schüler zu wirken. Ein Quäntchen Furcht förderte die Lernbereitschaft. Er unterrichtete jetzt seit fast zwanzig Jahren Englisch für Ausländer und hatte die verschiedensten Schulen kennengelernt. Nach seiner Erfahrung waren Privatinstitute wie das von Mr. Pulkka besonders anfällig für Unprofessionalität, sie zahlten schlecht und zogen besonders einen bestimmten Typ von Lehrern an: die Unerfahrenen, die Unfähigen, die Unqualifizierten. Und natürlich Leute wie ihn, die eine Zwischenstation brauchten, oder wie Taffy, die aus persönlichen Gründen eine berufliche Nische bevorzugten.

Im Klassenzimmer nebenan zum Beispiel sollte Felix Schüler auf den Test fürs College vorbereiten. Der TOEFL-Test war besonders anspruchsvoll, aber Felix trug kaum etwas zur Vorbereitung bei, seine oberste Priorität war, Spaß zu haben. Vormittags zeigte er Filme und spielte laute Musik und alberte mit seinen Schülern herum. Nachmittags saßen die Schüler an ihren Pulten und schrieben Tests, falls sie überhaupt Interesse an einem guten Ergebnis hatten, andernfalls legten sie einfach den Kopf aufs Pult und hielten ein Nickerchen. Aaron sah sofort, dass Felix' TOEFL-Kurs nichts weiter war als ein Wartesaal für Schüler, die sich nicht für Bildung interessierten, sondern nur eine Aufenthaltsgenehmigung brauchten.

Aaron kannte die Sorte Lehrer. Felix war unscheinbar, ein Versagertyp, der plötzlich, mit Mitte zwanzig, Erfolg bei Frauen gehabt hatte, nachdem er als Lehrer nach Korea gegangen war. Dass der Erfolg nichts mit ihm persönlich und alles mit seinem Status als Amerikaner zu tun hatte, war ihm schnuppe, und dass er weder Interesse am Unterrichten noch das geringste Talent dafür hatte, hielt ihn auch nicht davon ab, nach der Rückkehr in die Vereinigten Staaten weiter als Lehrer zu arbeiten, denn Schulen verhießen reichlich Nachschub an Sexualpartnerinnen. Aaron sah die Schülerinnen an und dann Felix und fand es rätselhaft: nicht nur dass Felix unattraktiv war, er war offenbar auch wild entschlossen, sich möglichst grässlich zu präsentieren, in T-Shirts, die seine fleischige Körpermitte besonders betonten, mit einem Toupet, das nur locker am Pferdeschwanz befestigt war. Er war vernarrt in Accessoires und trug einen Trekkinggürtel mit Haken, an denen allerlei Klimbim hing: eine Geldbörse, die ihn aber nicht daran hinderte, sich andauernd Geld für den Bus zu leihen; ein Walkie-Talkie; eine Dose Aspirin, die bei jedem Schritt zur Rumbarassel wurde, und eine Lampe, wie sie Radfahrer im Dunkeln tragen. Die klemmte über seinem Steißbein und buhlte durch Geblinke um Aufmerksamkeit für seinen Hintern, wenn er den Flur entlangschlenderte oder – noch befremdlicher – vor dem Urinal stand.

Von Felix' amourösen Eskapaden hatte Aaron zuerst durch Taffy erfahren, aber vor Kurzem hatte sogar Felix persönlich im Lehrerzimmer erzählt, dass er am Abend vorher mit Akiko, einer seiner japanischen Schülerinnen, beim Einbruch in die Schule erwischt worden war. »Juristisch war das kein Einbruch«, stellte er klar, »ich hatte ja noch den Schlüssel vom Abendunterricht im letzten Halbjahr. Ich hatte nur keine Ahnung, dass dieser Pulkka andauernd den Alarmcode ändert. Aber so ist er eben, unser Polka-Kopf – der traut niemandem.« Aaron fragte sich, wie Felix auf die absurde Idee kam, dass er sich zu Recht beschwerte, genau solchen Vorkommnissen wollte Pulkka doch vorbeugen. »Übrigens, zu eurer Information – das ist ein stiller Alarm«, setzte Felix noch nach, als diente es dem pädagogischen Fortschritt, wenn er diese Information weitergab.

Als Marla und die Polizei eintrafen, war Felix mit Akiko oben in seinem Klassenzimmer. Er sagte es genau so – »Wir waren schon oben in meinem Zimmer« –, als hätte er an jenem Abend nur ein planmäßiges Tutorium abgehalten. »Wir haben die gar nicht kommen gehört. Wir waren, na ja, etwas laut.«

An dieser Stelle stand Aaron auf und verließ das Lehrerzimmer, aber es war zu spät. Er bekam das Bild nicht mehr aus dem Kopf, Felix über Akiko hängend, nackt bis auf den Trekkinggürtel und das blinkende Fahrradlicht, ein Lehrer und seine Schülerin bei der etwas anderen Arbeit.

***

Am Wochenende fühlte Aaron sich meistens so, als sei er über einen Wasserfall gerutscht und suche schwimmend und strampelnd nach festem Boden, aber dann kam ein neuer Montagmorgen, er konnte das Klassenzimmer betreten und wieder Fuß fassen. Er hatte ein anderes Leben gewollt, weil er fest davon überzeugt war, sonst den Verstand zu verlieren, und jetzt hatte er es, einfach so. Er selbst hatte dafür gesorgt. Aber nachdem seine anfängliche Euphorie ihren Höhepunkt erreicht hatte, als er in Needles die Tür zu Jacobs Zimmer eingetreten hatte, schwand ihm der Mut. Er dachte oft an Walter, manchmal voller Kummer, dann wieder hatte er einfach Heimweh nach ihm. Er hätte nicht sagen können, ob Walter ihm fehlte, also der ganze Walter, er wusste nur, dass er bestimmte Teile ihres gemeinsamen Lebens vermisste. Er vermisste das Gefühl, erwachsen zu sein, abends etwas Anständiges zu kochen und an einem richtigen Esstisch zu sitzen und zu berichten, was er tagsüber erlebt hatte. Er vermisste die wohlige Vertrautheit, die nach dreiundzwanzig Jahren einfach da ist: Sie hatten beide so gut im selben Raum sein und miteinander schweigen können. Das alles hatte er weggeworfen, und falls er überhaupt je wieder mit einem Mann zusammenkäme, würden sie ganz von vorn anfangen müssen. Sie würden beide die verschiedenen Gerüche des anderen lernen müssen, nach dem Aufwachen oder wenn er krank war, nach dem Baden oder wenn er Sex wollte. Sie würden alles neu lernen müssen, zuerst, sich gegenseitig riechen zu können, und dann, sich damit wohlzufühlen.

Sex mit Walter fehlte ihm nicht. Sex fehlte ihm überhaupt nicht. Er fühlte sich unendlich fern von seinem Körper, von Begehren. An Thanksgiving hatten sie zum letzten Mal Sex gehabt. Aaron hatte zu viel gegessen, aber hinterher hatte Walter ihn angefasst, seine Lippen glänzten noch vom fetten Truthahn. Aaron gab Walters Bedürfnis nach. Es war noch hell, und er hörte die Nachbarn im Garten Football spielen, als Walter hinter ihn glitt. Danach lagen sie auf dem Kingsize-Bett, und Walter sagte: »Also, wenn das kein Erntedankfest war«, in seinem gespielt schelmischen Tonfall, und beides, dieser Ton und dieser Satz, versetzte Aaron zurück in die Anfangszeit mit Walter und seinen Freunden aus der Generation, in der Schwule sich noch im Wandschrank versteckten. Walter vergrub seine Nase in Aarons Achselhöhle, und Aaron starrte aus dem Fenster, folgte den Bögen, die der Ball durch den Himmel zog. Er spürte etwas Feuchtes, Salziges auf den Lippen und merkte, dass er weinte. Das war der Moment, in dem er wusste, dass er noch vor Weihnachten hier weg sein musste.

Auch das Kingsize-Bett fehlte ihm nicht. Er mochte seinen Futon, er erinnerte ihn an das Bett, in dem er als Junge geschlafen hatte. Als er mit seiner Mutter nach Mortonville gezogen war, hatten sie zuerst ein Haus gemietet, das einem Mr. Rehnquist gehörte und möbliert war, und Aaron hatte unten in einem Etagenbett geschlafen. Er hatte oft eine Decke unter der oberen Matratze festgestopft, sodass sie wie ein Vorhang um sein Bett herumhing, und sich vorgestellt, es sei ein Haus oder eine Höhle oder ein Boot. Am liebsten Letzteres, er fand es toll, sich vorzustellen, wie sein Boot vom Sturm hin und her geschleudert wurde. Dann warf er sich mitten im Sturm aus dem Bett auf den Fußboden und spielte schwimmen und sich über Wasser halten und sich selbst das Leben retten, weil niemand sonst da war, der ihn retten konnte.

8

Vom Haus seiner Tante und seines Onkels fuhren sie direkt nach Hause. Seine Mutter schloss die Tür auf, und beim Hineingehen fragte sie: »Fühlt sich das merkwürdig an, wieder zu Hause zu sein? So lange warst du ja noch nie weg. Fast einen Monat.«

Es fühlte sich tatsächlich merkwürdig an, aber noch merkwürdiger war die Unordnung überall: In der Spüle stapelte sich schmutziges Geschirr, auf der Arbeitsplatte türmte sich Post, vor dem Wandschrank im Flur stand ein offener Karton mit Kleidung. Er hatte geglaubt, sie würden zusammen wieder nach Hause kommen, aber das stimmte offensichtlich gar nicht. Er konnte sich keinen Reim auf das Durcheinander machen. Seine Mutter hatte das Geschirr sonst gleich nach dem Essen gespült. Sie hatte die Post hereingeholt und erstmal auf die Arbeitsplatte gelegt, zum Durchsehen irgendwann später. Sie war sogar imstande gewesen, sie ungeöffnet dem Mülleimer zu übergeben, er hatte es selbst gesehen, sie fand Ordnung einfach wichtiger als Rechnungen oder Briefe.

Ihre eigenen Eltern hatten die Sammelwut gehabt. Das hatte sie ihm eines Abends erzählt, auf seiner Bettkante sitzend, als Gutenachtgeschichte. Er war nur ein Mal bei seinen Großeltern gewesen. »Danach habe ich mir geschworen, dich nie wieder in dieses Haus zu lassen«, sagte sie. »Das ist kein Ort für ein Kind.« Eigentlich wollte er einwenden, dass sie doch selbst als Kind auch da gelebt hatte, fragte aber nur, was Sammelwut bedeute, und sie erklärte, es bedeute, dass sich ihre Eltern unter Haufen von Papier und Plastikbehältern und Gebrauchsanweisungen für Geräte, die seit Jahren nicht mehr in Gebrauch waren, selbst begruben. Wirklich gestorben waren sie erst Jahre später, und nicht wegen des Mülls. Eines Montags hatte das Herz seines Großvaters aufgehört zu schlagen, am darauffolgenden Donnerstag das seiner Großmutter versagt. Aaron war zehn und blieb bei den Rehnquists, während seine Mutter für einige Tage wegfuhr, um die gemeinsame Beerdigung zu organisieren, und als sie zurückkam, sagte sie: »So, das war das.« Von seinen Großeltern war nie wieder die Rede.

Diesmal kam seine Mutter aus dem Krankenhaus zurück nach Hause und ging durch die Räume wie eine Fremde, tastete auf der Suche nach Lichtschaltern über die Wände und prallte gegen alle möglichen Kanten, das Sofa, den Kühlschrank, die Tür zum Garten. Am dritten Tag verkündete sie beim Frühstück, wieder mal Bohneneintopf mit Schweinefleisch: »Aaron, wir ziehen hier weg.« Er war erleichtert, obwohl er Veränderungen eigentlich scheute. Er sah es doch selbst, sie konnten nicht in Moorhead bleiben, wo er sein Leben lang gewohnt hatte, aber seine Mutter sich nicht mehr zurechtfand.

Sie zogen in einen Ort namens Mortonville. Als er noch nicht auf der Welt war, hatten seine Mutter und sein Vater dort eine Woche in einer Ferienanlage für Angler verbracht. Bestimmt hatte das Besitzerpaar einst große Erwartungen und Pläne damit gehabt, aber als seine Eltern dort Quartier nahmen, war aller unternehmerischer Schwung schon ziemlich lange dahin. Die Anlage lag einige Meilen außerhalb von Mortonville und hieß Last Resort. Die Hütte war wahrlich eine Art letzte Zuflucht, hatte Aarons Mutter erzählt, ein düsterer, dreckiger Verschlag, und das war's. Sie hatte extra Lebensmittel mitgebracht, um selbst zu kochen, aber ihr war schon beim Gedanken, von den Tellern essen zu müssen, die sie in der Küche vorfand, übel geworden. Sie sah sofort Vorbewohner vor sich, wie sie sich beim Fischeausnehmen ständig kratzten und selten badeten. Sie konnte kaum ein Glas Wasser trinken, weil sie bei jedem Schluck saure Milch und Fisch zu riechen glaubte. Am Ende waren sie zweimal täglich nach

Mortonville gefahren und hatten im Trout Café gegessen, und sein Vater war so erzürnt über die ungeplanten Mehrkosten, dass er die Ferien vorzeitig abbrach, mit beleidigter Miene den Wagen belud und auf der Fahrt kein Wort mit Aarons Mutter wechselte, nicht einmal als sie ihn anflehte, kurz anzuhalten, weil sie sich übergeben musste. Sie war schwanger, aber das wussten sie noch nicht. Wenn sie Aaron die Geschichte erzählte, schloss sie jedes Mal mit dem Satz: »Ich habe später immer gegrübelt, ob mir nicht deinetwegen kotzübel war.« Dann seufzte sie, und im Laufe der Jahre begriff er, dass sie ihn im Stillen wohl für alles verantwortlich machte, nicht nur für die Übelkeit und das Kotzen, sondern auch für seines Vaters Zorn und die überstürzte Abreise, Vorboten des zukünftigen Familienlebens.

Nach der Ankündigung, dass sie wegziehen würden, sagte seine Mutter: »Dann wollen wir das nicht auf die lange Bank schieben«, und faltete einen Zettel mit der Telefonnummer eines Mannes auseinander, der in Mortonville ein Haus zu vermieten hatte. Sie telefonierte nicht gern – Aaron sollte später dieselbe Aversion entwickeln – und lief erst ein paar Minuten lang hin und her, bevor sie die Nummer wählte. Der Mann mit dem Haus nahm ab. Er bestritt auch den größten Teil des Gesprächs, aber das Einzige, was Aaron davon berichtet bekam, nachdem sie aufgelegt hatte, war sein fröhlicher Satz am Ende: »Dann treffen wir uns doch einfach im Café. Sonst finden Sie das Haus nämlich nie, ich bin garantiert der schlechteste Wegbeschreiber der ganzen Gegend.« Aaron freute sich auf das Treffen. Er hatte noch nie jemanden kennengelernt, der geradezu damit prahlte, irgendetwas nicht gut zu können.

»Das ist er, jede Wette«, sagte seine Mutter, als sie eine Woche später vor dem Café hielten, und zeigte auf einen kleinen Mann, der neben zwei großen Männern stand. »Unser neuer Vermieter.« Der Mann zog ein Taschentuch aus der Gesäßtasche seines Overalls und wischte sich die Hände ab, jeden Finger einzeln und so sorgfältig, als hätte er kurz vorher etwas Fettiges gegessen.

Erst dann kam er zum Oldsmobile, wo Aaron sich gerade aus den Haushaltssachen herauskämpfte, die seine Mutter um ihn herum aufgetürmt hatte.

»Bin Randolph«, sagte der Mann. Er schüttelte beiden die Hand. »Randolph Rehnquist. Habt die Initialen wahrscheinlich beim Reinfahren gesehen, an den Gleisen. Hab meine eigene Kreuzung. Dürft ihr aber selbstverständlich gern mitbenutzen.« Er hatte eine Glatze und die Angewohnheit, zum Lachen die Mütze abzunehmen, als ob sich Lachen mit Kopfbedeckung irgendwie nicht gehörte. »Habt wohl das Nötigste schon dabei.« Er nickte zum Auto hinüber, das mit Kleidung und Bettwäsche, Küchenkram und ein paar Erinnerungsstücken vollgestopft war.

Seine Mutter hatte dasselbe Wort benutzt. »Nimm nur das Nötigste mit«, hatte sie gesagt, aber Aaron bekam nicht heraus, woran etwas Nötigstes zu erkennen war. Er fragte sie bei jeder seiner Habseligkeiten: »Ist das was Nötigstes?« Sie sah ihn immer nur müde an und antwortete: »Wenn du ohne das nicht leben kannst, pack's ein. Okay?«

»Und was ist mit meinem Bett?« Sie erklärte ihm, in ihrem neuen Haus seien Möbel, die dürften sie erst mal benutzen, den Rest würden sie nachholen, wenn sie sich eingelebt hätten. Aber als er ihr zusah, wie sie Teller unter die Sitze zwängte und stapelweise Bratpfannen samt einem Sieb im Fußraum verstaute, wurde ihm klar, dass es keine Hin- und Rückfahrten zwischen dem alten und dem neuen Leben geben würde.

Sie gingen alle zusammen ins Café, nahmen in einer Sitznische Platz, und ein Mann kam mit einer Kaffeekanne. Mr. Rehnquist sagte: »Frank«, der Mann sagte: »Randolph.« Damit war ihr Gespräch beendet.

Zwei Jahre später würde seine Mutter Frank den Laden abkaufen, aber an diesem Tag deutete für Aaron nichts darauf hin, dass das Trout Café einmal zu seiner Zukunft gehören würde. Jetzt gehörte es für ihn nur zu seiner Vergangenheit. An diesen Tischen hatte einst sein Vater gesessen. Da war er noch nicht tot und Aaron noch nicht am Leben gewesen. Und jetzt war ihm alles ein großes Rätsel. Seine Mutter verschwieg Mr. Rehnquist, dass sie in diesem Café mit ihrem Mann das Essensgeld für eine ganze Woche verzehrt hatte. Sie erwähnte überhaupt nichts von einem Ehemann. Als Aaron älter wurde, verstand er, warum. Seine Mutter ging davon aus, dass es nichts brachte, wenn man irgendwo hinkam und als Erstes von Paradewagen und einem toten Ehemann erzählte. Natürlich wusste sie auch, dass eine Frau, die mit einem kleinen Sohn und ohne Mann aufkreuzte, in einem Ort dieser Größe zu Spekulationen einlud, aber Mr. Rehnquist hatte keinen Sinn für Klatsch und Tratsch. Er redete lieber über sich, auf eine freundliche, unkomplizierte Art. Er erzählte, dass die vorigen Mieter, eine Familie namens Packer, unvermittelt ausgezogen seien. »Packen alles ein und sind weg«, sagte er. »Hat man davon, wenn man sich mit Leuten einlässt, die so heißen. Der Name ist Programm.«

Er lachte, aber Aarons Mutter war so kurz nach dem Krankenhaus nicht in der Stimmung, freundlich mitzulachen. Mr. Rehnquist schien es nicht übel zu nehmen. Er sagte, sie könnten das Haus für sechs Monate haben, maximal ein Jahr, er warte nur darauf, dass sein Sohn heirate. »Denn ein verheirateter Mann braucht ein Haus«, sagte er, an Aaron gewandt, als sei das eine Tatsache, die sich Aaron gleich mal merken sollte.

Sie nippten an ihren Getränken. »Tscha, na, also dann«, sagte Mr. Rehnquist, und Aarons Mutter verstand es als Hinweis, dass es Zeit zum Gehen war. Sie folgten Mr. Rehnquists Lieferwagen, fuhren im Schneckentempo aus dem Ort hinaus, bogen in eine Schotterstraße und dann auf einen Weg mit einem Haus ganz am Ende. Seine Mutter stellte den Motor ab und starrte hinaus. »Was meinst du?«, fragte sie Aaron. Um sie herum waren nur Äcker.

»Ich glaube, es wird uns hier gefallen«, sagte er.

»Das glaube ich auch.« Sie langte hinüber, eigentlich wollte sie ihm das Bein tätscheln, aber ihre Hand ballte sich wie von selbst zur Faust, und sie boxte sie ihm dreimal ans Knie.

Mr. Rehnquist wollte noch auf ein paar Dinge aufmerksam machen, bevor sie ins Haus gingen – *die Besonderheiten des Grundstücks*, wie er sie nannte –, zum Beispiel auf die Birken hinter dem kahlen Garten und eine verrostete Schubkarre, die sie übrigens gern benutzen dürften. Er wandte den Kopf zum Haus. »In diesem Haus bin ich aufgewachsen, und das da drüben ist mein Land.« Er schwenkte den Arm in Richtung eines Ackers auf der anderen Seite des Weges.

»Was bauen Sie da an?«, fragte Aarons Mutter in dem Ton, in dem sie immer Konversation machte.

»Ach, hauptsächlich Mais. Ist so ungefähr das Einzige, womit ich mich auskenne.« Er lachte. »Der Kopf bei uns ist meine Frau. Sie ist Lehrerin. Viertklässler.« Er musterte Aaron. »Wie alt bist du eigentlich, Aaron?«

»Fünf«, sagte Aaron. »Ich soll dieses Jahr in die Vorschule.«

»Du sollst?«, erwiderte Mr. Rehnquist. »Das Schuljahr hat vor einem Monat angefangen.«

»Ich weiß«, sagte Aaron. »Ich bin ein Nachzügler.« Das Wort hatte er von seiner Mutter gehört, als sie in der Schule in Mortonville angerufen und ihn angemeldet hatte.

Mr. Rehnquist zog die Mütze ab und fing an zu lachen. »Zu Miss Meeks, unserer Lehrerin für die Vorschulknirpse. Wir nennen sie unser Fräulein Sanftmut, ist charakterlich allerdings das krasse Gegenteil, kann ich dir sagen.« Aaron kannte das Wort Sanftmut nicht. Mr. Rehnquist gab einen Gluckser von sich und entblößte wieder seinen Kopf. »Viel Glück«, sagte er feierlich, aber mit einem Augenzwinkern.

***

In Aarons neuem Zimmer gab es drei Betten, das Etagenbett und ein einzelnes unter dem Fenster. An seinem ersten Abend kletterte er unten ins Etagenbett und schlief sofort ein, erschöpft vom Auspacken und Einstellen auf die neue Umgebung. Als er aufwachte, hatte er keine Ahnung, wie lange er geschlafen hatte oder wovon er wach geworden war. Vielleicht von der Stille, dachte er. Seine Mutter hatte gesagt, als Stadtkind brauche man ein bisschen, bis man sich an die Stille auf dem Land gewöhnt habe. Er trank das Wasser, das sie ihm ans Bett gestellt hatte. Dann stand er auf, weil er Licht im Flur sah, und suchte nach ihr.

Alles an diesem Haus fühlte sich falsch an, nicht nur die Anordnung von Wänden und Türen und Zimmern, sondern selbst die kleinen Dinge: der widerspenstige Wasserhahn im Bad, der Stuhl, der immer am Linoleum hängen blieb, wenn Aaron sich vom Tisch wegschieben wollte, der Kühlschrank, der nachts keinen Laut von sich gab. Er ging durch Mr. Rehnquists Haus und wollte Licht anmachen, aber in der Küche war kein Schalter, wo einer hingehört hätte. Erst Jahre später würde Aaron seine Vorliebe für Metaphern entdecken, noch lag der allererste Abend in Walters Haus in weiter Ferne, der Moment, in dem sein achtzehnjähriges Ich mit flatternden Händen wie ein Nachtfalter die Wand nach dem Lichtschalter absuchen und auf den Gedanken kommen würde: *So wie dieses Herumfummeln im Dunkeln, so wird das ganze Leben sein.*

Er fand seine Mutter nirgends. Er ging noch einmal durch das Haus und rief nach ihr, aber es kam keine Antwort. Seine Mutter war weg.

Irgendwann zog er die Tür von ihrem Wandschrank auf, und da saß sie, auf einem Hocker unter einer nackten Glühbirne. »Aaron!« Es klang, als ob sie sich freute, ihn zu sehen. »Das glaubst du nicht, so ein großer Schrank! Ich weiß gar nicht, was ich mit dem vielen Platz anfangen soll.«

»Der ist wirklich groß«, bestätigte er. Er erzählte ihr nicht, was für eine Angst er gehabt hatte, fragte nicht, ob sie ihn nicht gehört hatte. Er wusste genau: Sie hatte ihn gehört.

»Komm rein, setz dich zu mir«, sagte sie, und er ging hinein, zog die Tür zu und kauerte sich auf den Boden. Es war bestimmt schon spät, dachte er, aber er gab nicht zu bedenken, dass er am nächsten Tag zur Schule musste, er fand es einfach schön, mit ihr in diesem Wandschrank zu sitzen, in dem es nach Bäumen und irgendetwas Chemischem roch.

»Aaron, weißt du noch, wie dein Vater mich mal den Streifenwagen hat fahren lassen?«

»Nein«, sagte Aaron. »Das weiß ich nicht mehr.«

»Natürlich nicht, mein Dummerchen. Du warst ja noch ganz winzig. Wir haben dich in der Babytrage auf den Rücksitz gestellt und sind raus aufs Land gefahren, bis hinter Dilworth, da haben wir die Plätze getauscht. Ich durfte fahren und die Sirene einschalten. Du hast das alles verschlafen. Es hat sich herrlich angefühlt, Aaron.«

Sie lächelte und griff sich in die Haare. Ihre Fingernägel schimmerten rosa. »Du hast ja Nagellack drauf«, sagte er. Über Nagellack hatte seine Mutter immer gelästert.

»Den hat mir meine Bettnachbarin im Krankenhaus geschenkt. Ich wollte mir das Nägelkauen abgewöhnen, und sie hat gesagt, Nagellack schmeckt so grässlich, dass ich es sofort lasse.« Ihre Nägel waren abgekaut wie immer. »Hat aber überhaupt nicht geholfen«, sagte sie traurig. »Das Dumme ist, Nagellack schmeckt gar nicht so schlecht, wie meine Bettnachbarin behauptet hat, aber vorhin habe ich gedacht, ich mache noch einen Versuch.«

Eine Bettnachbarin hatte seine Mutter bisher nicht erwähnt. Er stellte sich vor, wie sie Seite an Seite in ihren Krankenhausbetten lagen und fernsahen, denn im Krankenhaus sahen alle dauernd fern, das hatte sie ihm erzählt, als sie wieder zu Hause waren. Bis dahin hatte er sich immer vorgestellt, dass Krankenhaustage aus Spritzen und Thermometern bestehen, und aus Ärzten und Schwestern, die Medikamente ausgeben und Fieber messen.

»Und was hast du sonst noch so gemacht im Krankenhaus?«, hatte er gefragt.

»Na ja, ganz viel geschlafen. Und zum Essen sind wir in die Cafeteria gegangen. Ich saß ja am liebsten allein, aber die Schwestern haben mir immer andere Leute dazugesetzt, sehr kranke

Leute, manchmal musste ich denen helfen, weil sie nichts auf die Reihe gekriegt haben.«

»Was denn?«

»Ach, na ja«, hatte sie gesagt, »das Essen klein schneiden oder die Milchtüte aufmachen oder Butter aufs Brot schmieren. Ein Mann zum Beispiel hat sich immer das Eis in der Packung gegen die Stirn gedrückt, bis es geschmolzen und ihm übers Gesicht getropft ist, also habe ich ihm die eines Abends abgemacht, damit er es richtig essen kann, aber beim Zurückgeben ist es mir aus der Hand gefallen.«

»Und dann?«

Seine Mutter hatte mit den Schultern gezuckt. »Er hat angefangen zu weinen, und von da an durfte ich im Zimmer essen.«

Aaron hatte versucht, sich Menschen vorzustellen, die eine Milchtüte nicht aufkriegten oder Butter nicht aufs Brot schmieren konnten, oder einen Mann, der über ein Eis weinte. »Waren die deswegen im Krankenhaus?«, hatte er gefragt. »Weil sie Sachen nicht auf die Reihe gekriegt haben?«

Seine Mutter hatte nachgedacht. »Das nehme ich an«, hatte sie schließlich gesagt, und damit war das Gespräch beendet gewesen. Eine Bettnachbarin war jedenfalls nicht darin vorgekommen.

Jetzt saß sie auf einem Hocker, den Familie Packer dagelassen hatte, und hatte rosa lackierte Fingernägel. Er sah zu ihr hoch. »Wie hieß deine Bettnachbarin?«

»Helen«, sagte seine Mutter. »Helen Ludtke. Sie kam aus Barnesville.«

»Wo ist Barnesville?«

»Das weiß ich auch nicht so genau«, sagte sie. »Irgendwo in der Gegend. Also, in der Gegend von Moorhead. Ihr Mann kam immer zu Besuch, wenn er mit der Farm fertig war, kann also nicht weit weg gewesen sein.«

»War sie sehr krank?«, fragte Aaron.

»Ja«, sagte seine Mutter, »ich glaube schon. Sie ist dann bald in ein anderes Krankenhaus gekommen, wo sie länger bleiben konnte. Sie wollte da nicht hin, aber ihr Mann hat sie bekniet. Die Ärzte hatten ihm gesagt, entweder er nimmt sie mit nach Hause oder er bringt sie in das andere Krankenhaus, hier könnten sie nichts mehr für sie tun. Sie hatten acht Kinder. Kannst du dir das vorstellen?«

»Das muss ganz schön laut sein«, sagte er und dachte an den Krach, den seine Cousins und Cousinen gemacht hatten, wenn sie morgens zur Schule aufbrachen. Über seine Zeit dort hatte seine Mutter kein Wort verloren, nur einmal, als sie die Bibel fand, die seine Tante zu seinen Schnürschuhen gesteckt hatte, hatte sie gesagt: »Die lassen ja auch keine Gelegenheit aus«, aber gleich hinzugefügt: »Ich weiß nicht, wie die im Krankenhaus sie ausfindig gemacht haben, aber es war nett von ihnen, dass sie dich so lange aufgenommen haben.«

»Ja«, sagte sie jetzt, »das muss ganz schön laut sein. Seine eigene Mutter und die von Helen wohnten mit auf der Farm, um sich um die Kinder zu kümmern. Ich glaube, für ihn waren die Krankenhausbesuche eine echte Erholung. Er hatte sich immer sein Abendbrot eingepackt, das heißt, wahrscheinlich war das eine von den Müttern, und damit saß er dann an Helens Bett und unterhielt sich mit ihr.«

»Und worüber?«

»Einmal hat er ihr erzählt, dass der Brunnen verschlammt war und er den Wünschelrutengänger holen musste. Ein anderes Mal: ›Ich musste den kleinen Hund erschießen. Der hat Henry angefallen.‹ Er hat ihr Geschenke von den Kindern mitgebracht, Zeichnungen und Karten, von den Mädchen gebackene Kuchen. Fast jeden Abend hat er gestöhnt: ›Deine Mutter, meine Mutter, die Kinder – ich werd noch irre.‹ An dem Abend, an dem er mit dem Arzt gesprochen hatte, hat er sich in der Tür noch mal umgedreht und gesagt: ›Du musst das in den Griff kriegen, lange halte ich das nicht mehr durch.‹ Er hat geweint. Am nächsten Morgen war Helen weg. Den Nagellack hatte sie mir auf den

Nachttisch gestellt.« Sie betrachtete ihre rosa Nägel. »Ich mochte Helen Ludtke. Sie war eine prima Zimmergenossin.«

»Was hatte sie denn?«, fragte Aaron.

Seine Mutter antwortete nicht sofort. Alles um sie herum war still – der Wandschrank, das neue Haus, die Außenwelt. Er dachte an den Satz, den sie vor dem Umzug gesagt hatte: »Mortonville ist kein Ort für einen Neuanfang.«

»Na ja«, sagte sie schließlich, »nach dem letzten Baby hat sie's mit der Angst gekriegt.«

»Wovor?«

»Dass dem Baby etwas zustößt.«

»Wie zustößt?«

»Na ja, sie hat sich nicht mehr getraut, das Haus zu putzen, aus Angst, das Baby könnte in den Staubsauger geraten. Damit fing es an. Dann war sie beim Kochen ständig besorgt, das Baby könnte mit in den Backofen geraten, also hat sie Angst vorm Kochen gekriegt.«

Aaron leuchtete das nicht ein. Ein Baby war zu groß, um durch ein Staubsaugerrohr zu flutschen, und allein in den Backofen klettern konnte es auch nicht. Er begriff nicht, warum Helen Ludtke so was nicht wusste oder man es ihr nicht einfach erklärt hatte, statt sie ins Krankenhaus zu bringen. »Helen Ludtke kam ins Krankenhaus, weil sie Angst hatte?«, fragte er.

»So ungefähr«, sagte seine Mutter. »Hör mal, du musst morgen zur Schule, also marsch, zurück ins Bett.« Er stand auf, und sie legte ihm die Hand um den Arm, gleich unter dem Ellbogen, und fuhr liebevoll mit dem Daumen über die raue Haut.

»Gehst du auch ins Bett?«, fragte er.

»Mach ich«, sagte sie. »Aber erst bleibe ich hier noch eine kleine Weile sitzen.«

9

Seine Mutter fand, dass er zu seinem ersten Schultag seinen Anzug anziehen sollte. Er hatte ihn in Moorhead gelassen, gut verpackt in einer Tüte, denn er roch noch immer wie nach der Beerdigung, als er sich an seines Vaters Grab eingenässt hatte. »Kein Mensch geht im Anzug zur Schule«, sagte er. Er hatte ihr weder erzählt, dass er in die Hose gemacht noch dass er ihn dagelassen hatte.

»Aber ja doch«, widersprach sie gut gelaunt, ließ ihn aber zum Anziehen allein und ging in die Küche, Frühstück machen. »Was siehst du schick aus!«, sagte sie, als er mit seiner braunen Hose, einem Button-down-Hemd und den neuen Schnürschuhen in der Küche erschien. Sie band ihm ein Geschirrtuch um den Hals. Es gab Toast ohne Kanten mit Zimt und Zucker.

»Wann kommt der Bus?«, fragte er.

»Ich dachte, wir gehen heute mal zu Fuß. Was meinst du?«

»Ist das nicht zu weit weg?« Er wollte sie nicht vor den Kopf stoßen, aber die Schule hatte schon vor sechs Wochen angefangen, und noch mehr Verspätung konnte er sich eigentlich nicht leisten.

»Nur zweieinhalb Meilen«, sagte seine Mutter. »Ich habe gestern auf den Tacho geguckt, als wir hinter Mr. Rehnquist hergefahren sind. Wir haben ganz viel Zeit.«

Er ging ins Bad, putzte sich zweimal die Zähne, wischte die Krümel von der Hose und präsentierte sich seiner Mutter, die auf der Treppe vor der Haustür wartete. Draußen roch es ganz morgenfrisch, es war also tatsächlich noch früh. Seine Mutter marschierte sofort los, und er lief so schnell hinterher, dass ihm die Schultasche ans Bein schlug. Sie gingen im Gänsemarsch die Straße entlang, sie vorneweg, er hinterher, mit starrem Blick auf den Boden zwecks Inventur: vier tote Schlangen, ein verwesendes Stinktier und eine Schildkröte, noch am Leben, aber mit einem langen Sprung im Panzer. Gesprochen wurde nicht.

Am Ortsrand waren ein paar Terrassenhäuser im Bau, davor, säuberlich aufgereiht, Wohnwagen. »Was steht da auf dem Schild?«, fragte Aaron, und seine Mutter las: »Mortonville, 428 Einwohner.«

Als er dreizehn Jahre später wegzog, stand dort noch genau dasselbe Schild. Das am anderen, südlichen Ortsrand, an dem Walter und er vorbeifuhren, meldete dagegen 441 Einwohner. »Ob die meine Mutter und mich wohl mitgezählt haben?«, hatte er laut überlegt. Das zweite Schild war erst, nachdem sie hergezogen waren, aufgestellt worden. »Ich fürchte, die nehmen es hier mit dem Rechnen nicht so wahnsinnig genau«, hatte Walter erwidert. »Ich kann mir auch nicht vorstellen, dass die über Nacht die Schilder ändern, bloß weil sie mitgekriegt haben, dass du weg bist.«

Sie waren noch ein ganzes Stück von der Schule entfernt, als sie eine Frau sahen, die ihnen vom Eingang aus zuwinkte. »Das ist bestimmt Miss Meeks«, sagte seine Mutter, riss eine Hand mit abgekauten rosa Fingernägeln hoch und winkte zurück. Auch Aaron winkte, aber die Frau winkte immer weiter, also drehte er sich um und sah hinter sich. Aber da war niemand.

»Der neue Junge!«, sagte Miss Meeks, als sie bei ihr ankamen, und dann salbungsvoll: »Der neue Junge ist da.«

»Sie sind sicher Miss Meeks«, sagte Aarons Mutter und legte eine Hand auf Aarons Schulter. Das hieß, dass etwas von ihm erwartet wurde.

»Guten Morgen, Miss Meeks«, sagte er. Er wollte sich die Schulmappe stramm ans Bein legen, aber seine Hände waren schweißnass, sie flutschte weg und landete vor Miss Meeks Füßen.

»Liebe Güte«, sagte Miss Meeks, »der neue Junge ist aufgeregt.«

»Ich bin Aaron«, sagte er.

Als sie die Schule betraten, sah Miss Meeks ihn mit strenger Miene an und sagte: »In den Korridoren wird nicht gerannt.« Aaron, der gesetzten Schrittes hinter ihr ging, nickte. Vor dem Klassenzimmer blieben sie stehen, und Miss Meeks wandte sich zu seiner Mutter. »Ich empfehle Eltern immer, sich vor der Tür zu verabschieden – das schützt vor Gefühlsausbrüchen.«

Er hatte sich vorgestellt, dass seine Mutter mitkommen dürfte und sie das Starren der Klassenkameraden gemeinsam durchstehen könnten. »In Ordnung«, sagte seine Mutter und ging tatsächlich.

Er betrat die Klasse zusammen mit Miss Meeks, und sie brachte ihn zu ein paar Kindern, die vor Staffeleien standen. »Das ist Ralph Lehn.« Sie zeigte auf einen Jungen. Er hatte einen gigantischen Lkw gemalt, daneben Strichmännchen, die sich riesige Suppendosen über die Köpfe hielten. »Sein Vater ist bei der Müllabfuhr«, erläuterte Miss Meeks und zog eine Schnute, die Aaron still für sich *Vokallippen* taufte. Die Schnute kam immer, wenn Miss Meeks einen Vokal übertrieben deutlich aussprach oder wenn sie etwas missbilligte. »Mr. Lehn, sag Hallo zu dem neuen Jungen.«

»Hallo, neuer Junge«, sagte Ralph Lehn. Er tunkte die Pinselspitze in schwarze Farbe und spritzte sie über das Blatt, bis der Lkw mit schwarzen Klecksen übersät war. »Fliegen«, erklärte er und sah Aaron zum ersten Mal an.

»Ralph, zeig doch dem neuen Jungen mal, wo er seine Jacke aufhängen kann, ich bringe ihn dann zu seinem Fach.« Damit ging sie, und Aaron und Ralph Lehn standen da und sahen sich an.

»Ich heiße Aaron«, sagte Aaron. »Ich bin neu hier.«

»Na und?«, sagte Ralph Lehn. »Was soll da dran wichtig sein?«

»Nichts«, sagte Aaron.

»Kannst deine blöde Jacke da hinten hintun. Was willst du sonst noch wissen?«

»Was macht dein Vater mit dem Müll, wenn er ihn abgeholt hat? Bringt er ihn mit nach Hause?«

»Glaubst du vielleicht, wir wollen den stinkenden Müll von allen Leute im Haus haben?«, sagte Ralph Lehn. »Er fährt ihn zur Kippe und lädt ihn in einem großen Loch ab, und dann haut der Kater Dreck drüber.«

Die Nachbarn in Moorhead hatten zwei Kater gehabt, die immer über den Zaun geklettert waren und in seinen Sandkasten gemacht hatten. Aaron liebte sie, und er spielte selten im Sandkasten, deshalb fand er das nicht schlimm, er fand vielmehr bewundernswert, wie säuberlich und präzise diese Kater vorgingen: erst in die Hocke, Schwanz steil nach oben, ein bisschen ruckeln, umdrehen und schnüffeln am eigenen Erzeugnis, schließlich Sand drüberschaufeln. Aaron versuchte, sich einen Kater auszumalen, der so groß war, dass er eine Lkw-Ladung Müll vergraben konnte.

»Darfst du den Kater streicheln?«, fragte er Ralph Lehn. Sein Vater hatte ihm verboten, die Nachbarskater zu streicheln, aber wenn er auf der Arbeit war, hatte Aaron es natürlich doch getan.

»Doch kein Kater – ein Caterpillar! Von Maschinen hast du wohl keinen Schimmer, was?«

Mit einem Caterpillar konnte Aaron noch weniger anfangen als mit einem Kater auf der Kippe, aber er stellte Ralph Lehn keine weiteren Fragen. Maschinen interessierten ihn überhaupt nicht. Er hängte seine Jacke an einen freien Haken und ging zu Miss Meeks, die ihm das Fach für seine Schultasche zeigte. Als er seine Schulsachen verstaut hatte, deutete sie auf eine Bank. »Du sitzt an Tisch fünf.« Er setzte sich hin und wartete. Endlich klatschte Miss Meeks in die Hände, und alle anderen setzten sich ebenfalls.

»Wir fangen unser Frage-und-Antwort-Spiel heute mit dem

neuen Jungen an«, sagte Miss Meeks und zeigte auf Aaron. »Das ist Aaron Englund. Er ist gerade mit seiner Mutter nach Mortonville gezogen.« Sie setzte sich ans Lehrerpult und legte die Hände zusammen. »Aaron«, sagte sie, »du darfst übernehmen.«

»Steh lieber auf«, flüsterte ein Junge an seinem Tisch.

»Mr. Englund, bitte komm nach vorn. Deine Klassenkameraden möchten dir Fragen stellen.«

Aaron stand auf und ging nach vorn. Miss Meeks sagte: »Fragen an den neuen Jungen?«, und ließ ihren Blick durch den Raum schweifen.

»Muh«, sagte ein dürrer Junge herzhaft. Miss Meeks schickte ihn in die Ecke.

Ein Mädchen in Cowboykleidung fragte gelangweilt: »Was hast du in den Sommerferien gemacht?« Sie hatte eine Stupsnase, es sah aus, als ob ihre Nasenlöcher gähnten.

»Ich war bei den Paul Bunyans, bei dem sitzenden und dem stehenden. Wir waren in einem Motel. Hauptsächlich ist mein Vater ganz viel Auto gefahren, und ich habe hinten gesessen.«

»Ist dein Vater mit hierhergezogen?«, fragte ein Mädchen mit einer schwarzen Brille und einem schmalen Gesicht neugierig. Sie saß an seinem Tisch.

»Mein Vater ist gestorben«, sagte er. Plötzlich waren alle ganz Ohr. »Dann musste meine Mutter ins Krankenhaus. Ich war so lange bei meinem Onkel und meiner Tante. Da war auch ein Pflegling.«

»Wie ist dein Vater gestorben?«, fragte das Mädchen mit der Brille freundlich.

»Er war bei einer Parade mit anderen Polizisten, sie sind auf einem Festwagen gefahren. Mein Vater ist runtergefallen und auf den Kopf geschlagen.«

Die neuen Klassenkameraden starrten ihn an. Sogar der Eckensteher drehte sich um und glotzte, und das bebrillte Mädchen nahm die Brille ab, als wäre sie plötzlich zu schwer für ihr kleines Gesicht. Miss Meeks stand auf und klopfte aufs Lehrerpult. »Aaron Englund, du darfst wieder auf deinen Platz. Genug Fragen und Antworten für einen Tag.«

Als er sich wieder hingesetzt hatte, beugte sich das Mädchen mit der Brille zu ihm. »Mein kleiner Hund ist auch gestorben«, wisperte sie. »Der Heuhelfer hat ihn überfahren, mit dem Mähdrescher. Wir haben ihn neben der Scheune begraben.«

»Warst du traurig?«, flüsterte er zurück.

»Klasse«, sagte Miss Meeks, »wir hatten eigentlich erwartet, dass der neue Junge mehr Wert darauf legt, einen guten Eindruck zu machen, als kostbare Unterrichtszeit mit Nebengesprächen zu verplempern. Aber vielleicht ist Ungezogenheit üblich, wo er herkommt.«

»Es tut mir leid, Miss Meeks«, sagte Aaron, aber sie ignorierte seine Entschuldigung und hielt stattdessen ein riesiges V aus grünem Bastelpapier hoch. Die beiden Schenkel rahmten ihr Gesicht ein, es sah aus, als hätte sie Riesenfroschschenkel beim Spagat vor der Nase.

»Das ist euer heutiger Buchstabe. Kann mir jemand sagen, wie der Buchstabe heißt?«

Etliche Kinder rissen die Arme hoch. Miss Meeks rief ein Mädchen mit Knollennase auf. »V«, kam sofort. »Wie in Valentine.«

»Das ist korrekt, Kimberly. Valentine fängt mit V an.« Miss Meeks sah die Klasse an und japste: »Vhhh, vhhh, vhhh«, und alle japsten ihr nach: »Vhhh, vhhh, vhhh.«

»V-v-valentine«, sagte Miss Meeks, und auch das machte die Klasse nach. »Wer weiß noch ein Wort, das mit V anfängt?«

»Vaseline«, sagte das Mädchen mit dem toten Welpen beinah entschuldigend, was sie Aaron noch sympathischer machte.

»V-v-vaseline«, sagte Miss Meeks. »Gut.«

»Vickie«, brüllte der Junge, der während des Frage-und-Antwort-Spiels vergnügt in der Ecke gestanden hatte. Alle drehten sich zu einem der Mädchen an Aarons Tisch um: Sie hatte Brotkrümel an der Lippe und etwas am Kinn, das aussah wie Eigelb.

»Vickie«, sagte Miss Meeks, »kommst du mal nach vorne und schreibst uns deinen Namen an die Tafel?« Vickie schüttelte den Kopf und verteilte die Krümel um sich. Miss Meeks sagte: »Schön«, als wäre es alles andere als schön. »Weitere Wörter, Klasse?«

Ein sehr großes Mädchen sagte: »Veterinär.« Das Wort hatte Aaron noch nie gehört, aber als Miss Meeks fragte: »Wissen alle, was ein Veterinär ist?«, nickte die ganze Klasse, also fragte er nicht.

Er meldete sich schüchtern. Miss Meeks sagte: »Denk dran, es muss mit einem V anfangen.«

»Vermieten«, verkündete er.

»Vermieten«, sagte Miss Meeks. »Vielleicht möchte der neue Junge dieses Wort der Klasse auch erläutern.« Er begriff nicht, wieso sie so sauer war, nur dass sie es war. Sie bemerkte seine Verwirrung und schien sich zu freuen, und ihm dämmerte, dass Miss Meeks dachte, er wisse nicht, was Vermieten bedeutete. Seine Augen fingen an zu brennen. Er wollte sagen: *Zu vermieten steht auf Schildern, wo Platz für einen ist.*

»Immer dran denken, Kinder«, sagte Miss Meeks, »in meiner Klasse ist kein Platz für Windbeutel.«

Seine Mutter holte ihn von der Schule ab. Auf dem Nachhauseweg ging sie ein ganzes Stück vor ihm, nur ein Mal drehte sie sich um und erkundigte sich, wie es gelaufen war.

»Ganz gut«, sagte er.

»Nur ganz gut?«

»Ja.«

»Was hast du so gemacht?«

»Fragen beantwortet.«

»Fragen, wonach denn?« Sie klang neugierig.

»Moorhead«, sagte er. »Paul Bunyan.« Seinen toten Vater ließ er weg.

***

Aaron hatte keine Ahnung, wohin seine Mutter ging, nachdem sie ihn morgens zur Schule gebracht hatte, aber mittags holte sie ihn pünktlich wieder ab, immer zu Fuß, während die anderen Kinder in den Bus stiegen und nach Hause fuhren. Diese Routine – Spaziergang, Schule, Spaziergang – strukturierte ihre Tage, und er lernte sie zu schätzen, denn so, beim Laufen, wirkte seine Mutter am glücklichsten. Auch die Nachmittage bekamen einen neuen Rhythmus. Sobald sie wieder im Haus waren, ging seine Mutter in ihr Schlafzimmer und schloss die Tür, und Aaron wartete – am Küchentisch oder in seinem Bett –, bis sie sich ausgeruht hatte. Auf die Idee, ihm Mittagessen zu machen, kam sie nicht, aber das nahm er ihr nicht übel, er wusste ja, dass sie müde war. Außerdem machte er sich gern selbst etwas zu essen. Bei ihm gab es immer dasselbe zu Mittag, Salzcracker mit Ketchup.

»Heute genehmige ich mir ein Dutzend«, sagte er dann laut zu sich. *Dutzend* war ein anderes Wort für zwölf. Er zählte zwölf ab und arrangierte sie wie umgekippte Dominosteine um den Tellerrand herum. In die Mitte kam ein großer Klacks Ketchup. Danach stürzte er hastig ein Glas Wasser hinunter, mit laut gurgelnden Schlucken, was seinen Vater immer zornig gemacht hatte.

»Wie soll ich essen, wenn du so einen gottverdammten Krach machst?«, pflegte sein Vater zu bellen. »Du klingst wie ein verstopfter Abfluss.« Einmal war er vom Abendbrottisch aufgesprungen und hatte eine rote Plastikflasche unter der Spüle hervorgekramt. Er hatte sich Aarons Kopf in die Armbeuge geklemmt und versucht, ihm mit einer Hand den Mund aufzusperren, in der anderen die rote Flasche. Dass sein Vater dabei zitterte, hatte Aaron am meisten Angst eingejagt.

»Jerry, hör auf«, hatte seine Mutter gesagt, leise und verängstigt. Sein Vater hatte tatsächlich aufgehört. Jahre später hatte Aaron sie nach dem Vorfall gefragt und erfahren, dass sein Vater gedroht hatte, ihm Rohrreiniger in den Hals zu kippen. »Das hätte er aber nie getan«, hatte sie beteuert. »Er war eben so, er wollte anderen Leuten bloß Angst machen, damit sie sich ändern.«

Auch Mr. Rehnquist gehörte zu ihrem neuen Alltag. Er kam jeden ersten Tag im Monat zu Besuch und holte den Scheck für die Miete ab. Er wirkte jetzt irgendwie unbeholfen, nicht so locker und fröhlich wie an dem Tag, als sie ihn kennengelernt hatten. Aarons Mutter sagte, dass es ihn wohl befangen machte, Gast in dem Haus zu sein, in dem er seine Kindheit verbracht hatte. »Warum?«, hatte Aaron gefragt, und seine Mutter hatte geantwortet: »Na ja, zu Hause passieren doch auch immer Dinge, an die man sich nicht so gern erinnert. Vielleicht fallen die Mr. Rehnquist wieder ein, wenn er hierherkommt.«

Mr. Rehnquists Besuche endeten stets am Küchentisch. Die Erwachsenen tranken Kaffee, und Mr. Rehnquist fragte Aaron nach der Schule aus, was er da so lerne und wie er mit Miss Meeks klarkomme. Zu Letzterem gab Aaron nur knapp Auskunft, er wollte nicht in Mr. Rehnquists Achtung sinken, bloß weil er es nicht schaffte, seine Lehrerin für sich einzunehmen.

»Wie macht sich eigentlich die verrückte Betty?«, fragte Mr. Rehnquist eines Abends mitten in die Stille nach dem Gespräch über die Schule hinein.

»Das müssen Sie Aaron fragen«, sagte seine Mutter. »Die beiden sind ja dicke Freunde.«

Erst jetzt dämmerte es Aaron, dass Mr. Rehnquist Betty Otto meinte, die in dem Haus hinter ihrem wohnte, er verstand nur nicht, wieso seine Mutter behauptete, sie seien Freunde. Sicher, sie plauderten manchmal miteinander, aber er fand nicht, dass ein bisschen Plaudern Freundschaft bedeutete, andererseits wusste er auch nicht genau, was eine Freundschaft ausmachte. Seine Mutter sagte, dass man sich ein bisschen Geselligkeit wünsche, sei ganz natürlich, aber das klang fast, als seien ihr Leute, die das nicht taten, suspekt, dabei hatte sie doch selbst keine Freunde.

»Immer noch schwer aktiv mit ihrem Garten?«, fragte ihn Mr. Rehnquist.

»Ja«, antwortete Aaron.

»Und schwer aktiv mit ihrem Gewehr«, sagte seine Mutter.

»Sie schießt auf Eichhörnchen, weil sie ihr den Garten verwüsten«, erklärte Aaron.

Der Garten lag jenseits einer Reihe hoher Kiefern, der Grundstücksgrenze. Als sie gerade eingezogen waren, hatte Aaron nachmittags oft in seinem neuen Zimmer auf dem Bett gekniet und durchs Fenster auf den Garten und das dazugehörige Haus gestarrt. Er fand bald heraus, dass dort eine Frau lebte, sehr dünn, mit milchweißer Haut und clownsroten Locken. Sie hatte einen Hund, der normalerweise an einem Pfosten neben der Hundehütte angeleint war, die Hütte stand vor dem richtigen Haus, als wäre sie sein Schatten. Aaron achtete immer darauf, wo der Hund sich gerade aufhielt, er hatte Angst vor Hunden. In den ersten Wochen hatte er sich die Zeit, bis seine Mutter zu Ende geruht hatte, damit vertrieben, das Nachbarhaus auszuspionieren, aber eines Nachmittags hielt es ihn keine Sekunde länger auf dem Bett. Er stand auf, ging nach draußen und rannte demonstrativ wild hin und her. Als nichts passierte, schlich er durch ihren Garten bis zu den Kiefern und stellte sich in das kniehohe Gras.

»Was guckst du denn so, Kleiner?«, rief eine Stimme. Er wagte sich näher heran. Die Frau lag im Garten, auf der Seite und mit einem riesigen Strohhut auf dem Kopf.

»Ich heiße Aaron«, sagte er. »Nichts.«

Die Frau setzte sich auf, nahm den Hut ab und kratzte sich energisch am Kopf. »Und ich heiße Betty Otto«, sagte sie. »Du darfst Miss Otto zu mir sagen, ich bin nicht verheiratet, du darfst mich auch mit beiden Namen anreden, aber du darfst mich auf keinen Fall mit dem Vornamen anreden, ich dulde keine Vertraulichkeiten von Kindern.« Sie winkte ihn zu sich. »Ich kenne dich nicht, aber einer von diesen grässlichen Packer-Jungs bist du anscheinend nicht.«

»Nein«, sagte Aaron. »Sie sind weggezogen.«

»Wie schön, die wären wir los«, sagte sie, »das waren ungewöhnlich bösartige Kinder.« Aaron entnahm dem, dass sie Kinder generell für bösartig hielt.

»Was haben sie denn Bösartiges gemacht?«, fragte er.

»Also«, sie mühte sich auf die Knie und dann auf die Füße, »zuerst mal waren sie grausam zu Princess.« Sie deutete auf den Hund, der am Gartenrand saß. Ohne Leine. »Sie ist eine reinrassige deutsche Schäferhündin, was jeder sieht, der nur ein bisschen Ahnung von Hunden hat. Ich habe sie als Welpen bekommen, und seit damals spreche ich mit ihr nur deutsch. Das ist nämlich ihre Muttersprache, und sie hört auch nur auf die.«

Die Hündin hob den Kopf. »Princess!«, rief Betty Otto. *»Heil!«* Die Hündin erhob sich und trottete exakt am Gartenrand entlang auf ihr Frauchen zu. Als sie Aaron anbellte, sagte Betty Otto noch einmal: *»Heil!«*, und Princess ließ sich winselnd auf die Hinterpfoten nieder.

»Siehst du?«, fragte Betty Otto. »Aber die Packer-Jungs haben sie dauernd auf Englisch angeschrien, das hat sie so verwirrt, dass sie einen von denen gebissen hat. Und zwar hier.« Sie tippte sich auf einen Wangenknochen. »Knapp neben dem Auge.« Sie klang sehr zufrieden. »Die Eltern wollten mir die Schuld dafür geben, aber da hatten sie sich geschnitten.«

»Vielleicht konnten sie kein Deutsch«, sagte Aaron.

»Unfug. Hast du die mal kennengelernt?«

Aaron schüttelte den Kopf.

»Na siehst du. Nachdem Princess den Jungen gebissen hatte, habe ich denen gesagt, sie sollen auf ihrer Seite der Bäume bleiben, und weißt du, was diese widerlichen Bengel gemacht haben?«

»Nein.«

Betty Otto bückte sich und kraulte Princess die Ohren. »Diese Strolche sind mitten in der Nacht gekommen und haben die Bäume versetzt, ich schätze mal, einen guten halben Meter. Guck mal, wie dicht die jetzt an meinem Garten stehen.« Sie zeigte auf den Garten, als würde das etwas beweisen. »Die dachten, ich seh sie nicht«, erzählte sie weiter, »aber ich hatte sie schon erwartet. Genau da drüben.« Sie zeigte auf einen Schuppen. »Ich hab ein paar Schüsse abgegeben, um ihnen Angst zu machen. Du hättest mal sehen sollen, wie die gerannt sind!« Sie gab ein hochzufriedenes Glucksen von sich, das Princess als geknurrtes Echo zurückwarf.

»Sind sie deshalb weggezogen?«, fragte Aaron.

»Die sind ausgezogen, damit der Sohn von Mr. Rehnquist einziehen kann«, sagte Betty Otto.

»Aber jetzt sind wir doch eingezogen.«

»Das ist bloß eine Lektion von Mr. Rehnquist für seinen Sohn. Ihr seid hier auch bald wieder weg.« Sie sah ihn lauernd an. »Du weißt ja, dass deine Mutter nachts oft ziemlich lange hier draußen ist.«

Das wusste er nicht. »Würden Sie auf sie auch schießen?«

»Sie guckt nur in den Himmel. Würdest du auf jemanden schießen, bloß weil er in den Himmel guckt?«

***

Miss Meeks wurde einfach nicht warm mit Aaron. Alles an ihm schien ihr zu missfallen: seine Höflichkeit und Ernsthaftigkeit und Schüchternheit, seine überbordende Wissbegier. Sie machte auch keinen Hehl aus ihren Gefühlen und gab damit den Ton vor. Sie setzte den Maßstab, was man sich gegenüber Aaron Englund, dem neuen Jungen, herausnehmen durfte, und seine Klassenkameraden hielten sich mit Freuden daran. Aaron sagte seiner Mutter nichts von all dem. Im nächsten Jahr bekamen er und seine Mitschüler Mrs. Lindkoog als Klassenlehrerin und zogen in den Raum gegenüber. Miss Meeks sah er weiterhin jeden Morgen und grüßte höflich. Sie schlug nur die Arme untereinander und nickte schnaubend. Ihre ehemaligen Lieblinge nahm sie dagegen immer sofort in den Arm und erzählte ihnen, wie sehr sie ihr fehlten. Das waren genau die Kinder, die oft auf dem Spielplatz zusammengluckten und sich über die dicken Krampfadern an Mrs. Lindskoogs Beinen lustig machten, oder darüber, dass man alles hören konnte, wenn sie das winzige Klo direkt neben dem Klassenzimmer benutzte. Sowie Mrs. Lindskoog aufs Klo ging, wurde es mucksmäuschenstill in der Klasse.

»Aaron zeigt nicht genug Eifer«, schrieb Mrs. Lindskoog in sein erstes Zeugnis.

»Nicht genug Eifer?«, murmelte seine Mutter verächtlich und zeigte auf die vielen *Sehr gut* und *Gut*, die Mrs. Lindskoog ihm gegeben hatte. Aber Aaron war sich sicher, dass Mrs. Lindskoogs kleiner Tadel als Hilfestellung gemeint war, sie wollte doch, wenn sie beim Schreiben seine Hand fest umklammerte und auf das Papier zwang, nur seine Schrift verbessern.

Er hatte schon gleich in der ersten Klasse ein Faible für Phonetik entdeckt, denn sie hatte ihm gezeigt, dass Wörter nicht nur nach dem Zufallsprinzip zusammengewürfelte Buchstabengruppen waren. Es gab natürlich Ausnahmen, hinter manchen steckte offenbar gar keine Logik, aber er lernte schnell, sie als unbedeutende Ausrutscher in einem ansonsten vollkommenen System zu akzeptieren, ja fast zu genießen. Dazu passte auch das Wort selbst gut – *Phonetik*, mit diesem komischen *Ph*. Wenn seine Mutter auf dem Heimweg fragte, was er in der Schule gehabt hatte, antwortete er: »Wir haben Phonetik gemacht.« Manchmal fragte er sie auch nach Dingen, die sie gerade durchgenommen hatten, zum Beispiel: »Magst du lieber *K* oder *G*, hart oder weich?«

»Weich«, sagte seine Mutter sofort, denn weder hatte sie eine bestimmte Vorliebe, noch glaubte sie, dass durch langes Nachdenken eine zum Vorschein käme.

»Wirklich?«, fragte er enttäuscht. »Ich mag lieber hart.«

»K und G klingen beide gut«, sagte sie. »Aber ohne G gäbe es zum Beispiel keine Giraffen.«

Aaron hatte noch nie darüber nachgedacht, dass Dinge nicht ohne Namen existieren konnten – und auch nicht existierten. »Was würde denn mit denen passieren?«, fragte er nach einer Pause.

»Mit wem?«, fragte seine Mutter zerstreut, wie neuerdings oft.

»Mit den Giraffen. Was würde mit denen passieren?«

»*Passieren* würde ihnen nichts. Sie wären nur eben keine Giraffen.«

»Und was wären sie dann?«

»Na ja, sie *wären* natürlich schon Giraffen. Sie würden nur eben nicht Giraffen *heißen*.«

Ein Farmer fuhr vorbei und hob den Zeigefinger vom Lenkrad. So grüßte man in Mortonville. Aaron grüßte zurück. Seine Mutter hatte ihm einmal erzählt, dass seine Großmutter, die mit der Sammelwut, gleich nach seiner Geburt im Krankenhaus angerufen und vorgeschlagen hatte, ihn Lars zu nennen. Manchmal versuchte er sich vorzustellen, er sei ein Junge, der angelaufen käme, wenn seine Mutter »Lars!« riefe, der oben auf jede Seite der Schularbeiten *Lars* schriebe und der überhaupt zum Buchstaben *L* eine innige Beziehung hätte. Er war zu dem Schluss gekommen, dass es dann keinen Aaron gäbe, denn Lars wäre ein anderer Junge.

Ein anderes Mal fragte er seine Mutter: »Weißt du was über das andere *I*?« Aber an dem Tag war sie gerade müde vor lauter Nichtstun.

»Was ist iihh?«, fragte sie.

»Das Ypsilon …«, setzte er an, aber sie fuhr herum und blaffte ihn an: »Schluss mit dem Quatsch heute, Aaron.« Ein paar Schritte später sagte sie: »Ich bin nicht richtig bei mir. Ich habe Kopfschmerzen.« Den Rest des Wegs schwiegen sie.

Es lag an den Kopfschmerzen, dass seine Mutter so viel Ruhe brauchte. Er hatte ja selbst gesehen, wie sie im Bett lag und sich die Handflächen gegen die Schläfen presste, damit das Pochen aufhörte. Er hatte noch nie Kopfschmerzen gehabt, jedenfalls konnte er sich nicht erinnern, aber er wusste, dass sie Schmerzen litt. Er konnte sich gut in die Gefühle anderer hineinversetzen. Es fiel ihm leicht, er wünschte sich oft, im Kopf von jemand anderem zu sein und seinem eigenen zu entfliehen.

Eines Nachmittags schlich er sich wieder einmal mit einem kalten, nassen Waschlappen auf Zehenspitzen zum Zimmer seiner Mutter. Er hatte ihn vorsichtig ausgewrungen, nicht zu fest, sonst wäre er schon wieder lauwarm, wenn er bei ihr ankam, aber es sollte ihr auch kein Wasser ins Gesicht und aufs Kissen tropfen. Im letzten Jahr war er zum Fachmann für perfekt ausgewrungene Waschlappen geworden. Seine Mutter lag mit geschlossenen Augen in dem Kingsize-Bett, das den Eltern der Packer-Jungs gehört hatte. Als er ihr den Waschlappen auf die Lider legte, fragte sie: »Habe ich dir eigentlich schon mal von meinem Namen erzählt?« Ihre Lippen bewegten sich, aber da ihre Augen nicht zu sehen waren, wirkte es, als gehörten die Wörter nicht zu ihr.

Er legte sich neben sie und starrte an die Decke. »Nein, hast du noch nie.«

»Weißt du, was Missionare sind?«, fragte sie. Das wusste er. Mit Missionaren hatte seine Tante sich Briefe geschrieben. Sie hatte ihm die Umschläge mit den exotischen bunten Briefmarken gezeigt. »Gut, also«, sagte seine Mutter, »als ich ein bisschen älter war als du jetzt, vielleicht acht oder neun, da kam eine Missionarin in unseren Ort, um Geld für ihr Missionswerk zu sammeln.«

»Nach Park Rapids?«, fragte er.

»Wohin denn sonst«, fragte seine Mutter gereizt zurück. »Unsere Lehrerin Mrs. Olsen hatte sie in die Schule eingeladen, sie sollte uns etwas über das Land erzählen, in dem sie viele Jahre gelebt hatte. Es hieß Guatemala. Alle in der Klasse haben gelacht, als sie den Namen gesagt hat. Ich nicht, aber das fiel nicht weiter auf, weil ja die anderen gelacht haben.«

»Worüber haben sie gelacht?«

»Darüber, wie sie das ausgesprochen hat. *Gua-teh-mah-lah.*« Sie ahmte den Tonfall der Missionarin nach. »Aber in Wahrheit haben sie aus Angst gelacht.«

»Warum hatten sie Angst?«

»Weil Menschen manchmal Angst kriegen, wenn sie über die Welt nachdenken sollen.«

»Warum?«

»Wahrscheinlich, weil man dann über eine Menge nachdenken muss«, sagte seine Mutter.

»Hast du auch Angst davor?«, fragte er.

Sie gab keine Antwort, sondern erzählte weiter. »Das war eine außergewöhnliche Frau. Weißt du, was sie anhatte? Jeans. Anfang der fünfziger Jahre. Da hatten Lehrerinnen und Schülerinnen Kleider zu tragen. Heute ist das ja nicht mehr ganz so – tragen die Mädchen in deiner Klasse noch Kleider?«

»Ein paar haben Skorts an.«

»Was ist das denn, um Himmelswillen?«

Aaron hielt inne, er fühlte, wie sein Gesicht zu glühen anfing. »Das ist so ein besonderer Rock, damit die Jungs nicht nach den Schlüpfern gucken können. Da sind Shorts mit eingebaut.«

»Gucken die Jungs den Mädchen etwa unter den Rock?«

»Ein paar schon. In der Pause meistens, aber manchmal auch, wenn sie in den Bus steigen.«

»Aaron, hast du auch schon mal einem Mädchen unter den Rock geguckt?«, fragte seine Mutter.

»Nein.« Und das war die Wahrheit. Er saß zwar manchmal auf dem Bett und betrachtete seinen eigenen Schlüpfer, der weiß war und eine dezente Öffnung für seinen Penis hatte, aber interessant fand er daran nichts. Für den Fall, dass er sich je mit einem der Jungen anfreunden sollte, nahm er sich vor, ihn zu fragen, warum sie das machten, so viel Zeit verschwenden und auch noch Ärger riskieren, bloß um einen Blick auf Schlüpfer zu erhaschen, die bestimmt so banal waren wie ihre eigenen.

»Du weißt, wie enttäuscht ich wäre, wenn ich erfahren müsste, dass du bei solchen Sachen mitmachst.« Seine Mutter drückte sich den Waschlappen fester auf die Augen.

»Soll ich ihn frisch machen?«, fragte er.

»Bitte«, hauchte sie. Er nahm ihn sanft von ihren Augen und lief in die Küche, weil das Wasser dort vielleicht kälter war.

»Du wolltest mir von der Missionarin erzählen«, sagte er, als er zurückkam. »Und von deinem Namen.« Er legte ihr den Waschlappen wieder über die Augen, und sie wimmerte.

»Wir kamen aus der Pause zurück, und sie stand schon vorn im Klassenzimmer. Wir waren alle sofort still. Sogar Mrs. Olsen schien ein bisschen Angst vor ihr zu haben.«

»Weil sie Jeans anhatte?«

»Die Jeans hatten bestimmt auch damit zu tun. Wir merkten einfach nur, sie war irgendwie anders. Als alle aufgehört hatten, über *Gua-teh-mah-lah* zu lachen, hat sie auf die Karte gezeigt und gesagt: ›Also, Kinder, wer mir zeigen kann, wo Guatemala liegt, kriegt fünf Cent.‹ Wir saßen alle da, und sie hat einem nach dem anderen so lange in die Augen geguckt, bis wir weggucken mussten. Ich hab's nicht ausgehalten – ich hab schon nach unten geguckt, bevor ich an der Reihe war.

Irgendwann hatte sie die ganze Klasse niedergestarrt, dann hat sie laut ›Ha!‹ gerufen und sich auf den Schenkel geschlagen. Wir sind alle von den Stühlen hochgeschossen. Wir waren es nicht gewohnt, dass sich Erwachsene so benehmen. Sie hat gesagt: ›Ich stelle fest, dass ihr eure flächendeckende gepflegte Unwissenheit nicht halb so amüsant findet wie die Namen von Ländern, von denen ihr nicht das Geringste wisst, nicht einmal, wo auf unserer schönen Erde sie liegen.‹ Und dann, zu Mrs. Olsen: ›Ich verschwende hier nur meine Zeit.‹«

»Und was hat Mrs. Olsen gesagt?«

»Nichts. Das war das Schlimmste. Die hat bloß den Kopf gesenkt. Ich bin fast geplatzt, ich wusste ja, wo Guatemala liegt. Ich durfte mir abends nach den Hausaufgaben immer zehn Minuten den Atlas meines Vaters angucken. Das wusste Mrs. Olsen. Sie hat sich beim Mittagessen oft zu mir gesetzt und meine Geografiekenntnisse getestet, aber ich war damals furchtbar schüchtern, und sie wollte mich nicht in Verlegenheit bringen.«

»Bist du dann aufgestanden und hast es ihr gezeigt?« Aaron wollte unbedingt, dass die Geschichte gut ausging, dass seine Mutter als Heldin dastand und Mrs. Olsen erlöst war.

»Ich habe mich gar nicht erst gemeldet, ich bin einfach nach vorn gerannt und habe auf Guatemala gezeigt. Du hättest mich mal sehen sollen. Ich habe so gezittert, dass mein Finger über die Karte gehoppelt ist, aber die Missionarin hat in die Jeanstasche gegriffen und die Münze herausgeholt, und ich habe sie genommen. Dann wollte ich auf meinen Platz zurück, aber sie hat gefragt: ›Wie heißt du denn wohl?‹ Ich habe es ihr gesagt, und sie hat es wiederholt: ›Ah, *Doo-loo-rrrees*‹, aber so vornehm, dass ich meinen eigenen Namen fast nicht erkannt hätte. *Doo-loo-rrrees.*« Seine Mutter lachte leise. »Weißt du, was mein Name auf Spanisch bedeutet, Aaron?«

»Nein.« Der Gedanke, dass jemand den Namen seiner Mutter aussprach, aber etwas anderes meinen könnte, erschütterte ihn.

»*Schmerzen.* Dolores bedeutet *Schmerzen.* Ist das nicht unglaublich? In anderen Ländern, in Guatemala zum Beispiel, laufen die Menschen herum und sagen meinen Namen, wenn sie sich den Zeh angeschlagen oder sich geschnitten haben oder zum Arzt müssen. Darüber denke ich fast jeden Tag nach, Aaron – was für ein Glück ich hatte, dass diese Missionarin uns besucht hat.«

10

Zwei Jahre nach dem Umzug kündigte Aarons Mutter eines Morgens im Juli beim Frühstück an: »Heute machen wir einen Ausflug.« Aaron wusste nicht, was er davon halten sollte. In den letzten beiden Jahren waren sie nie weiter als bis nach Florence gekommen, und das lag nur elf Meilen entfernt, da fuhr man hin, wenn man Schuhe kaufen oder zum Zahnarzt musste. »Na los«, sagte seine Mutter. »Abmarschzeit: ein ›Adam-12‹.«

»Ich kann die Zeit schon richtig sagen.«

Seine Mutter ließ das so stehen, und er tat ihr den Gefallen und fragte, wo es hingehen sollte.

»Wir fahren eine alte Freundin von mir besuchen, Gloria. Die kenne ich schon ganz lange, sogar länger als deinen Vater.«

»Hat mein Vater sie auch gekannt?« Warum ihn das interessierte, wusste er selbst nicht.

»Ja, aber sie mochten sich nicht, und Jerry wollte nicht, dass ich mit ihr befreundet bin.« Aaron hatte es gern, wenn seine Mutter seinen Vater ihm gegenüber Jerry nannte, denn meistens sprach sie dann mit ihm, als wäre er schon erwachsen.

Im Auto fragte er: »Woher kennst du Gloria?«

»Ich war neunzehn. Ich hatte in den Twin Cities Arbeit gesucht und einen Job beim Elektrizitätswerk gefunden. Gloria hat da auch gearbeitet, und wir haben uns eine Wohnung geteilt. Aber dann habe ich deinen Vater kennengelernt, und er wollte nicht, dass ich weiter mit Gloria zusammenwohnte, dass sie überhaupt in meiner Nähe war, also hab ich den Job gekündigt und eine neue Stelle angenommen. Ich wurde Haushälterin und Köchin bei Mr. und Mrs. Gould, da konnte ich auch wohnen. Das waren Juden.« Sie schwieg einen Moment. »Sie waren sehr nett. Sie bestanden darauf, dass ich sonntags freihabe und in die Kirche gehen kann, und ich habe mich nicht getraut, ihnen zu sagen, dass ich genau deswegen von zu Hause ausgezogen war – um sonntagmorgens nicht in die Kirche zu müssen. Ich habe nur Danke gesagt und bin jeden Sonntagmorgen für zwei Stunden aus dem Haus gegangen.«

»Wo warst du so lange?«

»Ach, keine Ahnung. Ich bin spazieren gegangen. Und zum Bowling und frühstücken mit deinem Vater.«

»Was ist aus den Juden geworden?«

»Ja, aus den Juuuden.« Sie zog den Vokal seltsam lang. »Dein Vater wollte, dass ich den Job da auch kündige – weil sie Juuuden waren. Jedenfalls hat er das so gesagt, aber ich war schon ein Jahr bei ihnen, also nehme ich an, es hatte einen anderen Grund.«

»Welchen denn?«

Seine Mutter wandte kurz den Blick von der Straße und lächelte ihn an, und ihm fiel auf, dass sie Lippenstift trug. »Ich glaube, ihm hat es einfach nicht gepasst, dass ich bei den Goulds so glücklich war.«

Aaron fiel die Szene im Paul-Bunyan-Park in Bemidji ein, als sein Vater sich zu ihm heruntergebeugt und gesagt hatte: »Guck mal, Aaron, da gehen Juden.«

»Waren im Paul-Bunyan-Park auch Juden?«, fragte er.

Seine Mutter sah ihn noch einmal an. »Du kannst aber komische Fragen stellen, Aaron. Ich nehme doch an, dass da auch Juden waren.« Sie schwieg, weil sie auf eine Erklärung für seine Frage wartete. Aber er war in Gedanken versunken, und schließlich erzählte sie weiter.

»Die Goulds haben große Partys veranstaltet, mit zwanzig, dreißig Leuten, und ich habe alles gemacht – kochen, backen, servieren –, und weißt du was? Ich war richtig gut. Alle ihre Freunde haben gesagt, sie hätten ein Riesenglück mit mir. Und Mrs. Gould hat geweint, als ich ihnen gesagt habe, dass ich gehe.

Deine Großeltern haben nicht geweint, als ich ausgezogen bin. An meinem letzten Abend haben sie mich zum Essen ausgeführt, da sollte ich nicht kochen, das fanden sie unpassend. Wir haben Wein getrunken, und Mr. Gould hat einen Toast ausgebracht und gesagt, dass sie beide mir nur das Beste wünschen. Als wir auf das Dessert warteten, hat er mir einen Umschlag über den Tisch geschoben. Das sei nur eine Kleinigkeit, als Ausdruck ihrer Dankbarkeit. Ich bin gar nicht auf die Idee gekommen, dass es Geld sein könnte, ich habe den Umschlag einfach aufgemacht, vor ihren Augen – und sie haben schnell weggeguckt. Da war ein nagelneuer Fünfzig-Dollar-Schein drin. Fünfzig Dollar, einfach so, und ich habe deinem Vater den Vorzug gegeben.«

Dann schwieg seine Mutter.

Die Fahrt dauerte lange, bestimmt ein paar Stunden, dachte Aaron. Aber irgendwann kramte seine Mutter einen Zettel aus der Handtasche, hielt ihn über das Lenkrad und studierte ihn beim Fahren. Es ging durch eine kleine Ortschaft, sie sah kurz auf den Zettel und fing an, die Briefkästen am Straßenrand zu zählen. Nach dem sechsten bog sie nach rechts auf eine enge Schotterstraße, die sich aber schon nach ein paar Minuten gabelte. Sie hielt an und warf den Zettel neben sich. »Tja, was meinst du?«, fragte sie Aaron. »Nach links oder rechts?«

»Keine Ahnung«, sagte er.

Sie erspähte einen Traktor, der auf dem Acker links gerade ins Blickfeld tuckerte. »Bleib hier«, sagte sie, als wäre er nicht Aaron, der sich von jedem offenen Raum überwältigt fühlte, sondern ein anderer Junge, vom Typ ungezogener Draufgänger. Sie stieg aus, trat in eine Grasmulde am Fahrbahnrand und machte sich auf den Weg zum Traktor. Als Aaron sah, dass der Mann ihr von oben zuwinkte, angelte er sich den Zettel. Unten war eine handgemalte Skizze mit Wegbeschreibungen. Darüber stand ein kurzer Brief in Schreibschrift, die er gerade erst lernte.

Liebe Dolores,

Du erwartest bestimmt nicht, dass ich Dir seinetwegen mein Beileid ausspreche. Ich habe mich gefreut, von Dir zu hören. Ich lebe wieder auf der Farm mit Clarence, er braucht ein bisschen Hilfe. Mutter ist vor ein paar Jahren gestorben. Ein Besuch wäre [hier war ein Wort durchgestrichen und ersetzt worden] *prima.*

Komm allein, wenn's geht. Wir haben so viel nachzuholen.

Gloria

Seine Mutter stieg wieder ein, fuhr auf der rechten Abzweigung weiter und hielt kurz darauf neben einem schief stehenden Briefkasten. »Steht da *Bjorklund*?«, fragte sie. Aaron hängte sich aus dem Beifahrerfenster, um besser lesen zu können. Die Buchstaben waren verblichen, aber er konnte ein großes *B* erkennen.

»Ich glaube, ja«, sagte er.

Seine Mutter trat aufs Gas, bevor er den Kopf wieder einziehen konnte. Er knallte mit der Stirn an den Fensterrahmen, aber sie schien es nicht zu bemerken. Sie bog ab auf den Zufahrtsweg, fuhr an einer Baumreihe vorbei und um einen Schulbus herum, der von hohem Gras umwuchert war. Die Vorderreifen fehlten.

»Warum haben die einen Bus?«, fragte Aaron.

»Ich habe keine Ahnung«, antwortete seine Mutter.

»Darf ich den mal angucken?«

»Nein«, sagte sie kurz und bündig, »vielleicht später.«

Sie hielten vor einem grauen Farmhaus, das am Ende der Zufahrt auf einer Anhöhe stand. Als sie ausstiegen, schossen fünf Hunde aus einer Scheune und kamen bellend und knurrend auf sie zugerannt. Aaron wollte sich schon wieder ins Auto setzen, als eine Frau auf der Veranda erschien. Sie herrschte die Hunde an, und sofort hörten sie auf zu bellen und wedelten mit den Schwänzen. Die Frau kam die Verandastufen herunter, stemmte die Hände in die Hüften und musterte Aaron und seine Mutter. Sie war nicht alt, aber ihre Haare, eine Art Topfschnittfrisur, hatten das gleiche verwitterte Grau wie das Haus. Sie trug einen gestreiften Overall über einem weißen Herren-Achselshirt und schlammverkrustete Arbeitsstiefel, und ihr Körper sah aus wie ein Baumstamm, stabil und ohne irgendeine Aus- oder Einbuchtung, wo üblicherweise Hüften oder eine Taille hingehörten. Aaron hatte noch nie solche Muskeln an einer Frau gesehen: als hätte ihr jemand die Oberarme aufgeschlitzt und Apfelsinen hineingestopft.

»Gloria«, sagte seine Mutter, die Handtasche fest gegen die Brust gepresst.

Die Frau zog den Kopf zwischen die Schultern. »Dee«, sagte sie, kam aber keinen Schritt näher.

»Das ist Aaron«, sagte seine Mutter.

Die Frau zog den Kopf noch etwas weiter ein. »Aaron«, sagte sie, »kommt doch rein.« Sie folgten ihr die Verandatreppe hinauf. Vor der Haustür gab seine Mutter ihm einen Schubs, sodass er fast hineinstolperte.

In dem Zimmer lagen Spitzendeckchen auf sämtlichen Möbeln und unter allerlei Nippes, sogar an der Wand über dem Sofa hing eins, groß wie ein Autoreifen und bretthart gestärkt. »Ich habe vor ein paar Jahren klöppeln gelernt«, sagte die Frau fast entschuldigend.

Seine Mutter betastete eins der Deckchen. »Du warst schon immer geschickt mit den Händen«, sagte sie.

Gloria schoss die Röte vom Hals hoch und breitete sich über Kinn und Wangen aus. Sie wirbelte herum und lief aus dem Zimmer. Aarons Mutter nahm auf dem Sofa Platz und klopfte einladend auf die Stelle neben sich, aber Aaron blieb stehen. Er fühlte sich nie ganz wohl bei anderen Leuten zu Hause. Seine Mutter dagegen gab sich demonstrativ locker, sie griff nach einer Schale Walnüsse, die auf dem Sofatisch stand, nahm eine Nuss heraus und steckte sie in den Nussknacker. Er hatte Ähnlichkeit mit den Klemmen in seines Vaters Bastelkeller. Seine Mutter drehte an einer großen Schraube am Griff, und die Nuss geriet unter Druck.

Aaron ging näher heran, in der Hoffnung, die Nuss bersten zu sehen, aber er machte trotzdem einen Satz, als es dann passierte, und das Herz klopfte ihm bis zum Hals. Als er hochsah, war da ein Zwerg. Ein Zwerg, der in einem Rollstuhl saß, auf einem dicken Kissen. Er trug ein leuchtend rotes, bis obenhin zugeknöpftes Oberhemd mit Bügelfalten in den Ärmeln, die aussahen wie Wegweiser zu seinem übermäßig großen Kopf. Seine Haare waren so rostrot wie in Minnesota die Autos nach etlichen Wintern und bissen sich – aufs Schönste! – mit dem Oberhemd und der grellrosa und purpurrot gemusterten Häkeldecke, die wie ein Rock um seine Beine gewickelt war. Seine Füße steckten in schwarzen Sandalen und braunen Socken und baumelten knapp über der Fußraste. Aber das alles sollte Aaron erst später wahrnehmen, in diesem Moment starrte er wie gebannt auf die Nasenlöcher des Mannes, denn aus denen ragten Hauer, glitschig wie schmelzende Eiszapfen. Der Mann sah Aaron finster an.

»Das ist Clarence.« Gloria war wieder zurück. »Mein Bruder.« Sie legte dem Mann eine Hand auf den Kopf, und er zog wieder ein finsteres Gesicht.

»Ich freue mich, Sie kennenzulernen, Clarence«, sagte Aarons Mutter und stand auf, um ihm die Hand zu geben.

»Clary hat sich so darauf gefreut, dass ihr kommt«, sagte Gloria. »Stimmt's, Clary?«

Clarence schnitt Aaron noch einen Moment lang weiter Grimassen, dann wandte er sich Aarons Mutter zu. »Ganz recht«, sagte er und ergriff ihre ausgestreckte Hand. »Dolores, Schwester hat viel von Ihnen erzählt. Sie sind wohl verwitwet, wie ich höre?« Er hatte eine hohe näselnde Stimme und pflegte eine eigenwillige Sprechweise: Er artikulierte sehr deutlich und redete gleichzeitig extrem langsam, so entstanden Pausen, in denen er durch den Mund Luft holen konnte. Aarons Mutter nickte, ihre Hand klemmte noch immer in seiner. »Nach dem, was Schwester mir von Ihrem verstorbenen Mann erzählt hat, scheint Beileid wohl nicht besonders angebracht.« Er ließ ihre Hand los. »Von einer Horde Shriner übergemangelt, sagt Schwester. Kann das so stimmen?«

Er sah mit gespielter Unschuld hoch zu Aarons Mutter. Sie nickte vage. Plötzlich lachte er los und bekam prompt einen Hustenanfall.

»Armer Clary«, sagte Gloria, »er kriegt so schlecht Luft zurzeit.« Sie tätschelte ihm wieder den Kopf. »Wie wär's, wenn du Aaron dein Zimmer und deine Sammlung zeigst?«

»Es heißt Archiv, Schwester«, erklärte Clarence. »Und ich glaube kaum, dass es für einen Burschen in seinem Alter von Interesse ist.« Er schoss einen Blick auf Aaron ab. Gloria beugte sich hinunter und flüsterte ihm etwas ins Ohr. »Gut, Schwester, aber schiebst du mich?« Er klang weinerlich und mürrisch zugleich.

»Aaron kann Sie doch schieben«, sagte seine Mutter. »Das tut er bestimmt gern.« Aaron hätte nichts weniger gern getan, ihm fiel aber auch keine brauchbare Ausrede ein, also stellte er sich hinter den Rollstuhl und umfasste die Griffe. Der Rollstuhl war schwer, aber er schaffte es, ihn durch das Zimmer zu bugsieren, während Clarence Kommandos gab.

»Die beiden möchten nämlich allein sein«, erläuterte Clarence. Aaron antwortete nicht, er war vollauf damit beschäftigt, den Rollstuhl durch den engen Flur zu manövrieren.

»Hast du Angst vor mir?«, fragte Clarence einen Augenblick später.

»Ja«, erwiderte Aaron wahrheitsgemäß.

»Wegen meiner Hauer, keine Frage. Ich habe gemerkt, wie du sie angestarrt hast. Deine Mutter dagegen fühlt sich verpflichtet wegzugucken. Sag mir mal, junger Mann, was empfinde ich deiner Meinung nach wohl als die größere Beleidigung – dein Fasziniertsein oder die Abscheu deiner Mutter?«

»Ist das so was wie Elefantenzähne?«, fragte Aaron. Er begriff Clarence' Frage nicht ganz.

Clarence schnaubte verächtlich. »Elefantenzähne sind aus

Elfenbein, ein höchst begehrtes Gut in den meisten Teilen der Welt, meine sind nichts weiter als Amok laufende Drüsen. Du darfst gern mal anfassen, wenn du magst, aber nur ganz, ganz vorsichtig.«

Aaron kam hinter dem Rollstuhl hervor und lehnte sich an die linke Armlehne, um sicher zu stehen. Clarence hatte die Augen geschlossen, aber als Aaron einen der Hauer mit dem Zeigefinger berührte, gab er ein leichtes Stöhnen von sich, und aus seinen Nasenlöchern liefen kleine Luftkräusel über Aarons Finger. »Tut das weh?«, fragte er.

»Im Gegenteil«, sagte Clarence. »Du hast ausgesprochen viel Feingefühl in den Fingerspitzen.«

Aaron strich ein Mal über den Hauer, dann zog er die Hand zurück. »Wachsen die auch?«, fragte er.

»Leider ja – und viel zu schnell. Ich habe sie erst letztes Jahr entfernen lassen, aber ich fürchte, die nächste Operation ist bald fällig.«

Aaron lehnte immer noch am Rollstuhl und starrte die Hauer an. »Ich finde sie toll.«

***

In Clarence' Zimmer waren fast alle Wände mit Bücherregalen zugestellt, aber alle Bücher standen mit dem Rücken nach hinten. »Wenn man sie umdreht«, sagte Aaron, »geht es leichter.« Er kannte sich aus, schließlich verbrachte er viel Zeit in der Schulbibliothek.

»Was soll leichter gehen?« Clarence saß an dem großen Schreibtisch, wo Aaron ihn abgestellt hatte.

»Das Buch zu finden, das man will.«

»Ich will aber alle Bücher hier«, sagte Clarence. »Genau deshalb habe ich sie mir doch angeschafft. Und wenn mir nach Lesen ist, ziehe ich einfach eins heraus.« Er griff nach einem Buch auf dem Schreibtisch und winkte Aaron zu sich. Auf dem Umschlag war ein Schwarz-Weiß-Foto von zwei Mädchen: Zwillingen. »Das hier«, erklärte er, »ist vor ein paar Wochen mit der Post gekommen. Es ist ein Meisterwerk von einer gewissen Diane Arbus. Hast du schon mal von ihr gehört?« Aaron schüttelte den Kopf. »Schwester wollte es sofort wieder aus dem Haus haben. Sie ist nicht prüde, nur gemütsmäßig ein bisschen ...«, er machte eine Denkpause, »wackelig, sagen wir mal, in Ermangelung eines präziseren Begriffs.«

Er schlug das Buch auf und blätterte darin herum. Aaron sah ihm über die Schulter. Zu seinem Erstaunen bestand das Buch fast ausschließlich aus Fotos.

»Was hältst du von ihm hier?« Clarence zeigte auf das Foto eines nackten Mannes mit einem Filzhut. Über seinen Schoß war ein Handtuch drapiert, und unter einem Arm kräuselte sich ein Büschelchen Achselhaare. Er war klein, wie Clarence.

»Wer ist das?«, fragte Aaron.

»Laut Bildunterschrift ein mexikanischer Liliputaner. Mehr weiß ich auch nicht über ihn. Mich interessiert vor allem die Fotografin. Ich habe sogar einen Brief an sie verfasst. Willst du mal hören?«

Aaron nickte, und Clarence zog ein Blatt Durchschlagpapier aus der obersten Schreibtischschublade und las vor.

Liebe Miss Arbus,

ich bin seit Kurzem ein Verehrer Ihrer Werke, seit mir ein Freund aus Wisconsin, übrigens von normaler Statur, ein Buch von Ihnen geschickt hat. Wohnhaft bin ich selbst auf einer Farm in der Mitte von Minnesota, zusammen mit meiner älteren Schwester, Gloria Bjorklund, die abgesehen davon, dass sie mit großer Hingabe das Land bestellt, auch eine recht begabte Klöpplerin von Spitzendeckchen ist.

Der Anlass für mein Schreiben ist zwiefältig: Zum Ersten möchte ich ausdrücken, wie sehr ich Ihre Fotografien schätze, insbesondere die von Nudisten. Ich habe dem Nudismus lange ablehnend gegenübergestanden, doch Ihre Fotos haben mich eigentümlich berührt.

Damit komme ich zu meinem zweiten Punkt – nämlich, dass ich ein Zwerg bin. Darüber hinaus bin ich mit einem Paar Auswüchsen versehen – manche nennen sie Hauer –, welche sich seit einigen Jahren in der Umgebung meiner Nasenlöcher bilden. Der vollständigen Offenheit halber sollte ich noch hinzufügen, dass ich keinerlei Übung vor der Kamera habe. Nichtsdestotrotz wären mir Anfragen von Ihrer Seite willkommen.

Mit freundlichen Grüßen

Clarence A. Bjorklund

»Hat sie geantwortet?«, fragte Aaron.

»Nein, hat sie nicht, weil ich den Brief nicht abgeschickt habe. Denn«, Clarence' Stimme wurde brüchig, »Miss Arbus ist nicht mehr.«

»Ist sie tot?«

»Ganz recht«, antwortete Clarence. »Barbiturate. Aufgeschlitzte Handgelenke. Nicht so grandios wie eine Parade und eine Horde Shriner, aber genauso effektiv.« Er faltete den Brief wieder zusammen und legte ihn in die Schublade zurück.

»Mein Vater ist nicht von Shrinern umgebracht worden«, erwiderte Aaron. »Der Arzt hat gesagt, er hatte einen Schädelbruch, weil er vom Wagen auf die Straße gestürzt ist.«

»Oh, mit so viel Akkuratesse wollte ich nicht unbedingt behelligt werden. Komm, lass uns über etwas anderes reden. Soweit ich weiß, sind die Shriner im Zirkusgeschäft. Ein Junge in deinem Alter interessiert sich doch bestimmt für Zirkusse.«

»Ich war noch nie im Zirkus«, sagte Aaron. »Ich war aber schon bei beiden Paul Bunyans. Der in Brainerd sitzt. Der redet auch, aber er ist nicht echt. Warst du da auch schon mal?«

»Um Himmels willen! Ich finde Riesen abscheulich. Sie sind so ...«, Clarence hielt inne, um nach passenden Argumenten gegen Riesen zu suchen, »... hünenhaft.« Er lachte los, begeistert von seiner Antwort, und Aaron lachte mit. »Nun ja, wir dürfen nicht zu frivol werden, sonst hören sie uns noch und werden misstrauisch.«

Er warf Aaron einen Blick zu. »Ich habe eine Idee. Wollen wir nicht ein bisschen spionieren? Ich bin in dem Apparat hier leider nicht so unauffällig, wie ich gern wäre, aber du könntest leicht über den Flur schleichen, ein bisschen mithören und mir berichten. Was meinst du?«

Aaron nickte erfreut, weil ihm eine so verantwortungsvolle Aufgabe anvertraut wurde.

»Hervorragend«, sagte Clarence und klatschte feierlich Applaus mit seinen plumpen Händchen. »Ich werde so lange den Atem anhalten, bis du wieder da bist. Aber merk dir alles ganz genau. Und sieh dich vor. Du weißt ja, was mit Spionen passiert.«

»Was denn?«, flüsterte Aaron, aber Clarence scheuchte ihn aus dem Zimmer.

Seine Mutter und Gloria saßen dicht nebeneinander auf dem Sofa, mit einer gemeinsamen Häkeldecke über den Knien. Aaron hörte, wie seine Mutter sagte: »Und das habe ich ihm auch so gesagt. Gleich nachdem wir aus den Ferien zurück waren. Ich habe es einfach nicht mehr ausgehalten.«

Gloria raunte ihr daraufhin irgendetwas zu.

»Na ja«, sagte seine Mutter weiter, »er hat einen Wutanfall gekriegt, aber das wusste ich ja vorher. Und dann hat er gesagt: ›Wenn du diese Nummer abziehen willst, schön. Aber Aaron kommt zu mir, und dann wirst du mal erleben, was ich wirklich alles mit ihm anstellen kann. Wollen wir wetten?‹«

Gloria angelte zwei Walnüsse aus der Schale, nahm sie in eine Hand und drückte zu, bis eine Nuss aufknackte. Sie pulte den Inhalt heraus und hielt ihn Aarons Mutter hin. Sie nahm die Stückchen, behielt sie aber in der Hand.

»Manchmal«, sagte sie, »komme ich nicht von dem Gedanken los, dass es meine Schuld war. Dass er sich nicht richtig festgehalten hat, weil er mit dem Kopf woanders war wegen …« Sie fing an zu weinen, aber zu Aarons Erleichterung ohne das leise Stöhnen, das abends aus ihrem Schlafzimmer kam. Gloria stopfte ihr die Häkeldecke enger um die Beine.

»Und?«, fragte Clarence, als Aaron zurückgeschlichen kam und die Tür schloss.

»Sie essen Walnüsse«, sagte Aaron.

»Wo sitzen sie?«, fragte Clarence. »Wie würdest du ihre Körpersprache beschreiben?«

»Sie sitzen auf dem Sofa«, sagte Aaron. Von einer Körpersprache hatte er noch nie gehört.

»Zusammen?«, krächzte Clarence.

Aaron nickte kläglich.

»Reden sie?«

Wieder nickte Aaron.

»Über was?«

»Meinen Vater.«

»Was ist mit deinem Vater?«, fragte Clarence gierig.

»Mein Vater wollte mich mitnehmen«, sagte Aaron und sah Clarence an. »Meine Mutter sagt, sie haben sich gestritten, weil er mich für sich haben wollte.«

Clarence schniefte. »Willst du jetzt die Wespen sehen?«, fragte er, als hätten sie darüber schon gesprochen.

Aaron kam mit dem Fuß gegen die Rollstuhlräder.

»Hör auf mit dem gottverdammten Gekicke«, sagte Clarence, und Aaron wandte sich ab. »Na schön, wenn du die Wespen nicht sehen willst, dann eben nicht.«

»Ich *will* sie ja sehen«, murmelte Aaron.

»Nun ja, schlechte Laune darfst du aber nicht haben, sonst wollen die *dich* nicht sehen. Also, schieb die Tür auf und guck nach, ob meine Rampe frei ist. Schwesters lästige Hunde liegen da nämlich zu gern drauf und kauen auf ihren Knochen herum.«

Eine Wand war von vergilbten Vorhängen verdeckt. Aaron ging hinüber und mühte sich, sie aufzuziehen. Dahinter kam eine Schiebetür zum Vorschein, von der aus eine Rampe in sanfter

Neigung nach unten führte. Sie war übersät mit Blättern und abgenagten Knochenresten. Aaron ging die Rampe hinunter, kickte die Hindernisse aus dem Weg und kehrte zurück zu Clarence, der schon wartete, mit einer riesigen Sonnenbrille auf der Nase.

Die Wespen wohnten, wie sich herausstellte, in dem Schulbus. »Ich habe sie selbst erst ein Mal gesehen«, erklärte Clarence, während Aaron ihn einen Pfad neben der Zufahrt entlangschob. »Schwester hat mich reingetragen.«

Aaron ging zu der offenen Bustür und lauschte. »Sie sind im hinteren Teil«, rief Clarence hinter ihm her. »Aber pass auf, dass du sie nicht reizt.«

Aaron kletterte in den Bus und setzte sich auf den Fahrersitz. Das Lenkrad war mit Spinnweben und ausgetrockneten Insektenpanzern überzogen. Er spielte ein bisschen Busfahren, klappte mit beiden Händen das Schild mit der Aufschrift ›*Stop! – Kinder*‹ herunter, aber seine Gedanken kreisten um das, was seine Mutter Gloria erzählt hatte.

»Was machst du dadrin?«, quengelte Clarence. Aaron antwortete nicht, sondern ging durch den Bus bis ganz nach hinten zum Notausstieg, wo das Wespennest hing. Wieder lauschte er, aber alles, was er hören konnte, waren Clarence' Rufe von draußen. Er langte hoch und schüttelte das Nest mit voller Kraft.

Die Wespen fielen augenblicklich über ihn her. Er rannte zurück zur Fahrertür, er spürte lauter kleine Schmerzexplosionen, erst auf Armen und Beinen und dann am ganzen Körper. Er taumelte die Stufen hinunter und sackte ins Gras.

»Schwester«, rief Clarence kraftlos, »Schwester, komm sofort her.«

Am schnellsten waren die Hunde. Laut jaulend zogen sie Kreise um Aaron. Als er das nächste Mal die Augen aufschlug, waren auch seine Mutter und Gloria da. Gloria riss Clarence die Häkeldecke von den Beinen und fing an, damit auf Aaron einzuschlagen. Sie zog ihm das Hemd aus, schüttelte die Wespen, die es sich in den Falten gemütlich gemacht hatten, auf den Boden und trampelte mit ihren Arbeitsstiefeln darauf herum.

»Niederträchtige Kreaturen«, verkündete Clarence.

Aaron lag im Schlüpfer auf dem Boden, sein ganzer Körper war mit roten Flecken überzogen. Seine Mutter weinte, und diesmal mit dem vertrauten leisen Stöhnen.

»Da sind wohl Kompressen fällig, Schwester«, erklärte Clarence. Es war das Letzte, was Aaron hörte, bevor er in Ohnmacht fiel.

***

Er schlug sein rechtes Auge auf. Das linke war zugeschwollen. Seine Mutter saß neben ihm, hinter ihr stand Gloria, und zu seinen Füßen erkannte er Clarence, den Kopf weit nach hinten geneigt, sodass es aussah, als visierte er Aaron durch seine Hauer hindurch an. Aaron schnupperte, er roch etwas, das von ihm selbst kam, eine Mischung aus Gras und Senf. Er mochte Senf nicht, bei Senf musste er immer an Hotdogs denken.

»Magst du gern Hotdogs?«, fragte er Clarence. Seine Mutter schnüffelte jetzt auch.

»Natürlich nicht«, sagte Clarence. »Ich lehne Hotdogs ab, und zwar in allen Erscheinungsformen, und insbesondere Rostbratwürste kann ich nicht leiden.« Irgendetwas an dieser Auskunft beruhigte Aaron, vielleicht das Wort *Erscheinungsformen*, und er schloss das Auge wieder. Kurz danach hörte er, wie seine Mutter und Gloria aufstanden und das Zimmer verließen.

»Deine Mutter war ja ziemlich hysterisch«, flüsterte Clarence. »Die hat anscheinend gedacht, du halluzinierst, du hast nämlich immer wieder geschrien, du seist –«, er setzte eine dramatische Pause, »der König der Schmerzen.«

Aaron konnte sich weder erinnern, geschrien zu haben, noch, wie er auf dieses Sofa gekommen war, er wusste nur, er hatte noch nie solche Schmerzen gehabt, Schmerzen, die überall waren, die brannten, pochten und stachen. Er döste wieder weg und fiel in einen schwitzigen Erschöpfungsschlaf. Er träumte, auf einem Paradewagen mitzufahren, »Ich bin der König der Schmerzen!« schreiend und den Zuschauern unter sich am Straßenrand zuwinkend. Er schnappte Sätze von Gloria, Clarence und seiner Mutter auf, ihre Stimmen verschmolzen mit dem Traum, ihre Gespräche waren punktiert von wiederholtem Klirren, das er später identifizierte als Tassen, die auf Untertassen gestellt werden, aber in seinem Traum verwandelte es sich in andauernde Kollisionen eines Paars sperriger Hauer mit allen möglichen Hindernissen. Als er wieder aufwachte, musterte er Clarence und war erleichtert, dass der noch immer seine eleganten kleinen Hauer hatte und nicht etwa inzwischen die monströsen Dinger aus seinem Traum. Erst da wurde ihm bewusst, dass die Hauer in seinem Traum gar nicht Clarence gehört hatten, sondern ihm selbst.

»Wo sind wir?«, fragte er und sah sich in dem sonnendurchfluteten kleinen Raum um.

»Wir sind bei den Bjorklunds, Aaron«, sagte seine Mutter und warf Gloria einen Blick zu. Gloria stupste eine der Kompressen wieder zurecht.

»Das weiß ich«, sagte er. »Ich meine das Zimmer hier.«

»Das ist das Sonnenzimmer«, tönte Clarence großspurig. »Die Sonne hat, wie dir vielleicht aus deinen Studien bekannt ist, hervorragende Heilkräfte.«

Gloria und seine Mutter standen auf und räumten die Tassen ab. Als sie in der Küche verschwunden waren, rollte Clarence dichter heran. »Du hast sie provoziert, nicht?«

»Wen?«, Aaron setzte sich auf.

»Die Wespen«, antwortete Clarence ungeduldig. »Du musst sie provoziert haben.«

»Ich weiß nicht, was du meinst«, sagte Aaron. Er wusste es sehr wohl, aber er wollte nicht einmal mit Clarence darüber reden, dass er genau das im Sinn gehabt hatte, als er zu dem Nest hochgelangt hatte – *provozieren.*

»Magst du Kaninchen?«, fragte Clarence nach einer Pause.

Aaron fiel das Kaninchen in dem Streichelzoo im ersten Paul-Bunyan-Park ein, seine geschmeidigen Ohren und wie es in seinen Händen gebibbert hatte. »Ja.«

»Vortrefflich«, quiekte Clarence. »Schwester bereitet einen der kleinen Schlingel gerade fürs Abendessen zu.«

Aaron sah ihn nicht an, er wusste, dass Clarence auf seine Reaktion wartete und sauer war, weil Aaron nicht über die Wespen reden wollte. Er stand auf, trotz der Anordnung seiner Mutter, unbedingt Ruhe zu halten. Er war schwach auf den Beinen, er setzte vorsichtig einen Fuß vor den anderen und dann noch einen, immer mit der Hand an der Sofalehne. Sein Blick fiel auf einen Zeitungsstapel, er lag genau in einem Sonnenstrahl. Eine graue Katze mit weißen Ohrspitzen saß darauf.

»Darf ich die Katze streicheln?«, fragte er.

»Selbstverständlich *darfst* du«, erwiderte Clarence. »Nichts verschafft mir größere Freude als Kinder, die gelernt haben, korrektes Englisch zu sprechen, abgesehen von Erwachsenen, die das auch gelernt haben. Die kommen allerdings entschieden seltener vor.«

Aaron nahm die Hand vom Sofa und machte ein paar bedächtige Schritte auf die Katze zu. Obwohl es wehtat, ging er neben ihr in die Hocke, um nicht so bedrohlich zu wirken. »Hallo, Katze«, flüsterte er, und dann etwas lauter: »Hast du auch einen Namen?«

»Natürlich hat der Kater einen Namen«, sagte Clarence. »Er heißt Aaron.«

Aaron drehte sich zu ihm. »Heißt der wirklich so?«

»Hältst du mich für einen Lügner?«

»Vielleicht willst du mich nur auf den Arm nehmen.«

»Ich kann dir versichern, wenn ich jemanden *auf den Arm nehmen* will, wie du es nennst, gehe ich entschieden raffinierter vor. Also wirklich, Aaron, welchen Zweck sollten derlei einfältige Spielereien haben?«

»Keine Ahnung«, sagte Aaron. Er begriff die Frage nicht ganz, aber ihm fiel ein Wort ein, also fügte er hinzu: »Es ist wohl eine Koinzidenz.«

»Eine Koinzidenz, in der Tat«, bestätigte Clarence, nicht im Mindesten überrascht, dass Aaron ein solches Wort benutzte. »Den Namen hat Schwester ihm gegeben.«

Aaron wandte sich wieder dem Kater zu und tätschelte ihm sanft die Pfote. Der Kater streckte sich und öffnete die Augen. Nur – er hatte keine. Da, wo Augen hingehörten, gähnten zwei leere Höhlen.

»Oh!« Aaron schrie auf und kippte rücklings auf den Hintern.

»Hatte ich etwa vergessen zu erwähnen, dass unser feliner Freund keine Augen hat?«, gackerte Clarence.

»Was ist damit passiert?«, Aarons Stimme zitterte. Er hatte das Gefühl, die leeren Höhlen starrten ihn an.

»Schwester hat ihn vor Jahren in der Scheune gefunden. Nach Lage der Dinge hatten die Ameisen mit seinen Augen ein Picknick veranstaltet.« Clarence lachte los. »Den Rest des Wurfs hatte seine Mutter irgendwo anders hingeschleppt. Als Schwester ihn fand, war er ein halb verhungertes, winziges Etwas, aber sie hat ihn aufgepäppelt. Sie hängt sehr an ihm.«

»Verläuft er sich denn nicht?«, fragte Aaron.

»Der und verlaufen?«, sagte Clarence. »Dazu hat er gar keine Chance. Er darf nicht raus, außer wenn Schwester ihn an die Leine nimmt, und dann schnuppert er höchstens am Gänsemist und knabbert ein bisschen Gras. Ansonsten ist das Zimmer hier seine Welt, das ist zwar klein, aber ich kann mir vorstellen, dass er sich hier ganz sicher fühlt. Immerhin etwas, das für die vielgelobte enge familiäre Bindung und ihre Geborgenheit spricht.«

***

Dass er neben dem augenlosen Kater ein Auge zukriegen würde, hielt Aaron für unwahrscheinlich, aber er legte sich wieder hin und schlief fast sofort ein. Er wachte auf vom Duft nach Essen und Clarence' leise pfeifendem Atem.

»Clarence«, sagte er und setzte sich auf, »wirst du irgendwann mal größer?«

»Größer?«, fragte Clarence. »Was für ein Zwerg wäre ich denn dann noch?«

»Keine Ahnung«, sagte Aaron.

»Ist dir der Spruch ›Ich hab schon größere Zwerge gesehen‹ ein Begriff?«

»Nein.«

»Nun, der ist hervorragend. Du bist eventuell noch zu jung für eine ironische Haltung, aber du solltest ihn dir schon mal merken, denn du wirst zweifellos hineinwachsen. Ich wage zu behaupten, wenn du erst älter bist und Erfahrungen mit den sprichwörtlichen schwarzen Tagen machst, dann hast du damit viel Stoff zum Nachdenken. Denn schwarze Tage wirst du ganz bestimmt reichlich erleben in deinem Kaff. Wie hieß das gleich? Mortonville?« Er sprach den Namen aus, als wäre Mortonville ein Bitterkraut, auf das er unfreiwillig gebissen hätte.

»Warst du schon mal in Mortonville?«, fragte Aaron. Er versuchte sich vorzustellen, wie Clarence bei Eisenwaren Bildt durchs Schaufenster spähte oder am Trout Café vorbeirollte.

»Selbstverständlich nicht«, antwortete Clarence. »Wäre ich imstande zu reisen und geneigt, es auch zu tun, dann mit Sicherheit nicht nach Mortonville.« Und mit einem Ton, der keinen Widerspruch duldete, schob er nach: »Ganz bestimmt nicht.«

Aaron hätte Clarence auch nur ungern in Mortonville gesehen, er konnte sich genau vorstellen, wie die Leute ihn anstarren und dann schnell wegschauen würden und wie sie sich, sobald er etwas sagte, die Hände vor den Mund schlagen würden, um ihr Gelächter zu verbergen. Sie würden Clarence nur als Witzobjekt akzeptieren, niemals als jemanden, der selbst

Witze macht. In Mortonville könnte Clarence niemals Clarence sein.

»Der Spruch geht natürlich nicht auf mein Konto«, fuhr Clarence fort. »Eine Brieffreundschaft aus Iowa hat ihn mir zukommen lassen.«

»Was ist eine Brieffreundschaft?«, fragte Aaron.

»Brieffreundschaften sind Leute, mit denen ich postalisch korrespondiere.«

»Ihr schreibt euch Briefe?«, fragte Aaron, um sicherzugehen, dass er das richtig verstanden hatte.

»Exakt das tun wir. Ich pflege zahlreiche Brieffreundschaften, fast nur mit Kleinwüchsigen. Dank ihrer Hilfe habe ich mein Archiv anlegen können.«

»Und die Leute – diese Brieffreundschaften – sind das wirklich alles Freunde?«, fragte Aaron.

»Freunde?«, erwiderte Clarence. »Wenn ich mich da festlegen müsste, würde ich die meisten allenfalls in die Rubrik Bekannte sortieren.«

»Aber es heißt doch Brief*freunde*«, bohrte Aaron nach.

»Na schön, dank dir, junger Mann, werde ich von dem Begriff ein für alle Mal Abstand nehmen. Widerlich«, brummte Clarence und schnalzte vernehmlich.

»Und wie willst du sie dann nennen?«, fragte Aaron.

Clarence überlegte kurz. »Ich werde sie als Korrespondenten bezeichnen.«

»Worüber schreibt ihr euch, du und deine Korrespondenten?«

»Über alles Mögliche. Ich bin dabei, etwas aufzubauen, was hoffentlich dereinst die maßgebende Kollektion von Artefakten und Dokumenten zum Thema Zwerge in unserer Gesellschaft sein wird. Das ist das Archiv, das Schwester vorhin gemeint hat. Ich wage zu behaupten, es wird mein Lebenswerk. Daran sitze ich jetzt – inoffiziell natürlich – fast mein ganzes Erwachsenenleben, aber es fasziniert mich genau genommen schon seit der Pubertät.

Ich war nämlich schon als Junge der festen Überzeugung, dass ich eine Anomalie bin, obwohl meine Eltern immer beteuert haben, dass es noch andere Menschen mit meiner Statur gibt – sogar noch kleinere –, aber ich wollte es nicht glauben. Ich habe mich jeden Tag gemessen und mich eine Zeit lang dauernd irgendwo versteckt, wo sonst niemand aus der Familie hineingepasst hätte. Am liebsten in dem großen Topf, in dem meine Mutter immer Schmalz ausließ, und in dem Koffer, den mein Großvater dabeihatte, als er damals bei uns einzog. Schließlich, als ich vierzehn war, haben meine Eltern verzweifelte Maßnahmen ergriffen, um mir zu beweisen, dass ich mich irrte.«

»Was denn?«, fragte Aaron.

»Sie haben einen Zwerg angeheuert. Sie hatten Inserate in verschiedenen Zeitungen aufgegeben, und ein Mann hat sich gemeldet, ein gnadenlos langweiliger älterer Herr. Er kam eines Freitags zu uns und trug einen Anzug, der aussah wie die, die Jungen zum Kirchgang anziehen müssen, und sollte am Sonntag nach dem Abendessen wieder abfahren. Normalerweise hasse ich Sonntage, aber auf diesen Sonntag, an dem der Kerl wieder weg sein würde, habe ich mich gefreut wie noch nie.«

»Wie hieß er?«, fragte Aaron.

»Otto. Er arbeitete in einem Lebensmittelladen in Winnipeg, und zwar seit über dreißig Jahren. Am ersten Abend hat er uns in allen Einzelheiten seinen Spezialstuhl beschrieben. Den hatte er sich extra anfertigen lassen, um an die Kasse zu kommen. Wir haben beim Essen über alle möglichen Banalitäten geredet, aber er hat lauthals die Preise von allem verkündet, was wir gerade auf dem Teller hatten – ›Kartoffeln soundso viel das Pfund‹ –, und dabei hat er wie wild mit dem Finger in der Luft herumgestochert. Er hat nämlich auch gleich die Rechnung für unser Essen eingetippt. Am zweiten Abend, meine Schwestern waren schon beim Tischabräumen, habe ich ihn gefragt: ›Und, wie hoch war unser heutiger Gesamtumsatz, Otto?‹ Das war ein Scherz, aber er hat wie der Blitz mit dem Zeigefinger eine imaginäre Taste gedrückt und sich auf seinem Stuhl nach oben gereckt, um die Summe ablesen zu können. Natürlich haben wir uns alle zu ihm gedreht, wir wollten ja hören, wie viel da rauskam, aber das hat den Dussel so wuschig gemacht, dass er sich die Hände unter den Hintern geklemmt hat. Wir haben gelacht, um die Stimmung aufzulockern, aber auch weil es wirklich lustig war. Er versuchte, gute Miene zu machen, aber sein Job war nun mal sein Ein und Alles, und zum Selbstveräppeln war er nicht schlau genug, ich glaube, für ihn war der Besuch bei uns eine herbe Enttäuschung.«

»Hat er geweint?«, fragte Aaron.

»Dürfte er wohl, aber nicht in unserer Gegenwart.«

»Und was ist dann mit Otto passiert?«

»*Passiert* nichts. Er ist zurückgefahren nach Winnipeg, auf seinen Spezialstuhl im Lebensmittelladen. Ich habe danach noch ein paar Zettel fürs Archiv von ihm gekriegt, aber nichts von Bedeutung.«

»Ich hätte auch gern Korrespondenten«, sagte Aaron. »Das muss toll sein.«

»Kann es durchaus«, bestätigte Clarence. »So wie mit Olga, meiner Korrespondentin in Iowa. Von ihr kam der Spruch mit den ›größeren Zwergen‹, sie hatte über Otto von meinem Archiv erfahren. Das ist jetzt fast zehn Jahre her. Im ersten Brief hat sie überhaupt nichts von sich erzählt. Olga muss man alles abschmeicheln. Dass sie Ottos Adresse von einer wohlmeinenden Cousine ihres Mannes hatte, die Otto aus dem Laden kannte, hat sie mir erst viel später geschrieben.« Clarence hustete und spuckte dezent in ein Riesentaschentuch, inspizierte den Inhalt und faltete den Stoff säuberlich drum herum. »Als sie Olga die Adresse gab, hat sie zu ihr gesagt: ›Ist einer von deinem Schlag.‹ Ist das nicht eine entzückende Art, jemanden vorzustellen?« Er lachte. Aaron lachte mit, weil er Clarence' Lachen mochte, obwohl er das Wort *Schlag* furchtbar fand.

»In Wirklichkeit«, fuhr Clarence fort, jetzt wieder näselnder, »hat Olga an Otto geschrieben, weil sie einsam war, aber vom selben Schlag waren sie nicht, ganz und gar nicht. Den ersten Brief von ihr habe ich am 6. Juni 1962 bekommen. Der war kurz und knapp, wie ich schon bemerkte, mehr ein Anschreiben. Ich habe zurückgeschrieben, mich bedankt für die schönen Beiträge zu meinem Archiv, und über die Jahre sind wir gute Bekannte geworden.« Er räusperte sich noch einmal. »Eigentlich ist Olgas Geschichte traurig. Besteht Interesse daran?«

»Ich mag gern traurige Geschichten«, sagte Aaron. »Die in der Schule haben alle ein Happy End. Und meine Mutter findet, ich bin zu jung für Leidensgeschichten. So nennt sie die.«

»Ja, jung bist du, nehme ich an. Andererseits kenne ich kein besseres Mittel, die eigenen Leidensgeschichten zu vergessen, als sich die von anderen Leuten anzuhören.«

Clarence' Finger waren unter der Häkeldecke hervorgekrochen. Sie waren knubbelig wie Frühstückswürstchen, und Aaron fielen die *Schweine im Schlafrock* ein, die er einmal in einem Restaurant bestellt hatte, nur wegen des Namens. Er erinnerte sich an sein Glücksgefühl, als das Frühstück kam und er entdeckte, dass die beschlafrockten Schweine Würstchen waren. Der Name war genauso schön wie der Geschmack.

»Du wirkst abwesend«, nörgelte Clarence. »Sollen wir vielleicht lieber über etwas anderes reden als über Olgas traurige Geschichte?« Aus seiner Kehle kam ein Rasseln, und er versuchte, sich zu räuspern, aber anscheinend war er zu verschleimt. »Phlegmabildung«, keuchte er, »du wirst mir mein verschleimtes Getöse vergeben. Es war eine schwierige Woche.« Er starrte geradeaus, seine Wurstfinger waren in die Häkeldecke verkrallt.

»Ich glaube, jetzt hat es sich abgelagert«, verkündete er schließlich.

»Und was ist jetzt mit Olga und der Leidensgeschichte?«, fragte Aaron.

»Wir wollen nicht mehr über Olga reden«, sagte Clarence ernst, und dann schnell und weniger ernst: »Komm. Das Abendbrot ist fertig. Ich erkläre dich zu meinem Kammerdiener.«

11

Aaron begutachtete das Fleisch auf seinem Teller. Er hatte erwartet, dass er das Kaninchen leicht erkennen würde, aber ohne die verräterischen Ohren ging das nicht.

»Den Tisch hat Schwester gebaut«, verkündete Clarence. »An einem einzigen Nachmittag.«

»Den hast du selbst gebaut, Gloria?«, fragte Aarons Mutter.

Er war höher als normale Tische. Aaron musste sich strecken, um ans Essen zu kommen.

»Für Clarys Rollstuhl«, sagte Gloria. Sie zog den Kopf tiefer zwischen die hochgezogenen Schultern, was ihr etwas unvorteilhaft Schildkrötenhaftes gab. »Ich war immer ziemlich ungeschickt mit den Händen.«

»Ungeschickt«, quiekte Clarence, woraufhin Gloria die Schulter noch höher zog.

Ein paar Minuten aßen sie schweigend jeder für sich, nur Gloria langte immer mal wieder über den Tisch, um Clarence das Fleisch noch kleiner zu schneiden oder ihm noch mehr grüne Bohnen auf den schon vorhandenen Berg zu schaufeln. Als sie ihm ein Butterstückchen auf die Kartoffel legte, warf er Messer und Gabel auf den Tisch. »Schwester«, zischte er, »wir hatten uns wiederholt darauf geeinigt, dass du meinen Teller nicht anrührst, es sei denn, ich bitte dich um Hilfe. Ich habe keine derartige Bitte geäußert, wie unsere Gäste mit Sicherheit bestätigen können.« Er klaubte die Butter mit zwei Fingern auf und warf sie ihr zurück.

Aarons Mutter fing sofort ein Ablenkungsgespräch an. »Gloria hat uns eingeladen, über Nacht hierzubleiben«, sagte sie zu

Aaron, »es wäre ja vielleicht nicht so klug, wenn du gleich nach den Strapazen mit den Wespen wieder ins Auto steigst.«

Aaron nickte und angelte nach seinem Milchglas. Die Idee, mehr Zeit mit Clarence zu haben, machte ihn froh, er wusste nur nicht, wie er seine Freude in Worte fassen sollte. Alle knabberten weiter an dem Fleisch herum, das vielleicht wirklich Kaninchen war, bis Clarence anfing, in der Luft herumzuschnüffeln, so wie man an abgelaufener Milch schnuppert, und verkündete: »Als ich ein wenig älter war als der junge Mann hier, hatte ich einen Lehrer, der unter einer abnormalen Angst vor Zwergen litt. Weißt du noch, Schwester?«

»Mr. Nordstrum«, sagte Gloria. »An seiner vorigen Schule hatte es einen ziemlichen Skandal gegeben.«

»Ja, richtig, Nordstrum«, fuhr Clarence fort. »Er war entlassen worden, weil er Gefallen daran gefunden hatte, Liebeserklärungen an korrigierte Hausaufgaben zu heften.«

»Woher weißt du denn solche Sachen, Clary?«, fragte Gloria.

»Kleine Mäuse haben große Ohren«, gab er kichernd zurück. »Auch so ein Spruch«, fügte er hinzu, als er Aarons prüfenden Blick auf seine Ohren bemerkte. »Ich weiß solche Sachen eben, Schwester, ich mache es mir zur Aufgabe, solche Sachen zu wissen. Er war ein lächerliches Männchen. Der schrieb Liebeserklärungen an Fünfzehnjährige, die mit Sicherheit über sein Tonsurköpfchen lachten, wenn er nicht in der Nähe war! Er hatte ein Faible für robuste Bauernmädchen. Von einer gewissen Heidi war er besonders begeistert. Die stellte er sich am liebsten auf dem Melkschemel sitzend vor, wie sie mit ihren plumpen Fingern geduldig einem störrischen Euter nach dem anderen Milch entlockte.«

»Clary, wir haben Gäste«, sagte Gloria und nickte in Aarons Richtung.

»Ich zitiere lediglich aus seinen Briefen, frei natürlich.« Er wandte sich direkt an Aaron, als hätte Gloria das gemeint. »Denn dass unser geliebter Lehrer so eloquent war, möchte ich bezweifeln. Schließlich flog sein Geheimnis auf. Was Geheimnisse immer tun.« Er sah wieder zu seiner Schwester.

»Clary, können wir uns bitte einfach einen netten Abend machen?«, sagte Gloria. »Wir haben so selten Gäste.«

»Du meinst einen Abend, an dem kein Mensch irgendetwas Interessantes sagt und schon gar nicht irgendetwas, das er wirklich meint? Lass mal hören, Schwester. Wo bleibt der Spaß an einem *schönen* Abend?« Er sah Aarons Mutter an. »Dolores, haben Sie einen Schreck gekriegt, als Sie mich zum ersten Mal gesehen haben?«

»Natürlich nicht«, sagte Aarons Mutter hastig, wie immer, wenn sie nervös war.

»Ah, hervorragend.« Clarence nahm seine Gabel in die fettigen Finger und ließ sie hin- und herpendeln.

»Clary, lass das«, sagte Gloria. »Warum musst du das immer machen?« Sie langte wieder hinüber zu seinem Teller und schnippelte das mutmaßliche Kaninchen klein.

»Warum muss ich *was* immer machen? Ich plaudere lediglich nett mit unserem Gast, und sie hat soeben bestätigt, dass sie sich freut, mich kennenzulernen.« Dabei bohrte er die Gabel in Glorias Handrücken und drückte fester. »Und ich bin wirklich entzückt, das zu hören, denn die meisten Leute haben nur einen Gedanken, wenn sie meine Bekanntschaft machen, nämlich, was für eine schräge kleine Kreatur ich bin. Obwohl, *das* ist mir immerhin lieber, als wie ein Kind behandelt zu werden.« Er starrte auf Glorias Hand, die unter seiner Gabel eingeklemmt war. »Wie du siehst, Schwester, kann ich ganz gut selbst mit Besteck umgehen.«

»Tut mir leid, Clary«, sagte Gloria.

»Weiß ich doch, Schwester.« Er zog die Gabel weg, und Glorias Hand schnellte hoch. Er schnalzte genüsslich. »Superb, der Hase«, sagte er.

***

Zu Hause gehörte Geschirrabtrocknen zu Aarons abendlichen Pflichten. Er sprang, obwohl er lieber bei Clarence geblieben wäre, sofort auf, als seine Mutter ihn aus der Küche rief, nahm ein Geschirrtuch und bezog Posten zwischen seiner Mutter und Gloria. Seine Mutter wusch ab, Gloria nahm ihm die abgetrockneten Teile ab und räumte sie weg, aber erst nachdem sie sie begutachtet hatte.

»Wie geht's dir denn jetzt?«, fragte Gloria.

»Prima«, sagte er.

»Gloria, zeig Aaron auch mal deinen Trick«, sagte seine Mutter. Sie hörte abrupt auf mit dem Abwaschen, wodurch die ganze Arbeitskette riss, und drehte sich um. Aaron konnte ihr am Gesicht ablesen, wie strapaziös der ganze Besuch hier für sie war.

»Ach, der Trick.« Gloria angelte zwei Walnüsse aus der Overalltasche, nahm in jede Hand eine und zeigte sie ihm, bevor sie die Hände zusammenlegte und wie zum Gebet faltete. Ihre Muskeln wölbten sich kurz, und Aaron hörte das laute Knacken berstender Nussschalen. Seine Mutter stieß einen Jubelruf aus, und Gloria hielt ihm einladend eine Hand hin – ein Walnusskern lag darin, glänzend von dem leichten Schweißfilm in der Handfläche.

»Mir ist nicht gut«, sagte er und reichte seiner Mutter das Geschirrtuch.

Sie gingen mit ihm ins Sonnenzimmer, wo er schlafen sollte. Sie komme in zehn Minuten wieder und bringe ihn ins Bett, sagte sie, aber er konnte hören, wie sich die beiden Frauen im Esszimmer unterhielten, und wusste, dass sie vergessen hatten, ihm Gute Nacht zu sagen. Er sah sich nach dem Kater um. Er fand den Gedanken unerträglich, von leeren Augenhöhlen angestarrt zu werden, während er schlief. Er bückte sich gerade, um unter dem Bett nachzusehen, als er Clarence hereinrollen hörte. »Ich nehme an, du suchst nach Aaron«, sagte er. »Schwester nimmt ihn heute Nacht mit in ihr Quartier.« Aaron kam vom Fußboden hoch. »Ich wollte nur nachsehen, ob du irgendetwas brauchst, und das hier habe ich dir mitgebracht.« Er zeigte auf einen säuberlich gefalteten Schlafanzug auf seinem Schoß. Er war mit Weihnachtsmännern und Rentieren bedruckt. »Noch so eins von Schwesters gut gemeinten, aber nicht gut durchdachten Geschenken.«

»Danke.« Aaron nahm ihm den Schlafanzug ab. »Wie ging es weiter mit dem Lehrer, der Angst vor dir hatte?«, fragte er.

»Ah, Nordstrum hat dein Interesse geweckt«, sagte Clarence. »Wundert mich gar nicht, dass du dich für schulische Ungerechtigkeiten interessierst. Ich würde dir die Geschichte durchaus gern zu Ende erzählen, zumal am Ende die Gerechtigkeit siegt, aber zuerst nimmst du mal den Schlafanzug, gehst ins Bad hinten im Flur und machst dich bettfertig. Abgemacht?«

»Ja.« Aaron lief ins Bad, zog sich um, faltete seine Sachen zusammen, ging aufs Klo, spülte sich in Ermangelung seiner Zahnbürste den Mund nur aus und kam zurück.

»Du siehst albern aus«, sagte Clarence, als Aaron im Weihnachtsmannschlafanzug vor ihm stand. »Aber das ist jetzt nicht zu ändern. Deck dich wenigstens gut zu, damit ich das nicht dauernd sehen muss.«

Aaron gehorchte, und Clarence fing sofort mit seiner Geschichte an. »Dieser Nordstrum war dermaßen genervt von meiner Anwesenheit, dass er mich unbedingt aus der Klasse entfernen lassen wollte. Das hat der Rektor – kein böser Mensch, nur von begrenztem Zartgefühl – aber nicht zugelassen. Das wäre auch gar nicht gegangen, denn die Schule war winzig. Nordstrum hatte nicht nur meine vierte Klasse, sondern auch die fünfte und sechste, mit anderen Worten, er durfte sich auf drei Jahre meiner verstörenden Anwesenheit freuen.

Der Rektor hat mich allerdings zu sich bestellt und kein Blatt vor den Mund genommen, wahrscheinlich weil er mich auch irgendwie unheimlich fand. Mr. Nordstrums Angst habe nichts mit meiner Person zu tun, wollte er mir weismachen. Sie rühre einzig von meiner Erscheinung her. Dass das ein Widerspruch in sich war, ist ihm wohl entgangen. Zum Schluss hat er mir erklärt,

Mr. Nordstrum würde sich schon an meine Merkwürdigkeit gewöhnen, alle anderen hätten das ja auch geschafft. Ich solle Geduld haben. Inzwischen habe ich das Geduldhaben beeindruckend weit hinter mir gelassen, aber früher war es tatsächlich eine meiner Tugenden. Ich hatte schließlich als Kind Tag für Tag, Jahr für Jahr geduldig darauf gewartet, überhaupt zu wachsen, nicht? Ein Mann wie Nordstrum dagegen würde natürlich nie und nimmer über seine Angst hinwegkommen, denn die ist nichts weiter als ein Ausdruck seiner Vorurteile. Doch siehe da, es ward Gerechtigkeit.« Er hielt inne und klopfte sich auf die Brust. »Und zwar durch mich. Von dem Tag an habe ich nämlich immer darauf geachtet, dass Nordstrum mich direkt vor der Nase hat. Ich saß in der ersten Reihe, ich war das Erste, was er sah, sobald er den Blick hob. Ich kam immer extra früh in die Schule und blieb länger, und wenn wir zur Pause rausdurften, bin ich hinter ihm hergedackelt wie ein Schatten, und wenn er sich umgedreht hat, war ich –«

»Du konntest laufen?«, fiel Aaron ihm ins Wort.

»Selbstverständlich konnte ich laufen«, antwortete Clarence. »Ich bin zu Fuß zur Schule gegangen, meilenweit jeden Tag, nur im Winter haben mich meine Schwestern – Gloria kennst du ja, und Frances, die ist ein Jahr älter – abwechselnd mit dem Schlitten gezogen.«

»Hattest du Angst vor Schnee?«, wollte Aaron wissen.

»Ganz im Gegenteil. Mein Vater hat mich manchmal auf eine große Schneewehe gehoben, und ich bin darauf herumgerannt. Die Erkenntnis, dass kein Mensch leicht genug war, um hinter mir herzukommen, war so befreiend.«

»Aber jetzt musst du im Rollstuhl sitzen?«, fragte Aaron.

»Ich war ein unternehmungslustiges Kind, aber als sich herausstellte, dass meine Knochen nicht stabil waren, haben meine Eltern meine Aktivitäten eingeschränkt. Geld für medizinische Behandlungen hatten sie nicht, aber mich leiden sehen wollten sie auch nicht. Außerdem fühlte sich meine Mutter insgeheim verantwortlich, weil mal ein Unfall passiert war, als ich noch ganz klein war, der mit ihrem Vater zu tun hatte. Mein Großvater war um die Zeit, als ich geboren wurde, zu uns gezogen. Ich kann mich nicht mehr gut an ihn erinnern – als er starb, war ich immer noch ein Kind –, aber man hat mir erzählt, dass er gern trank. Er hatte im Laufe der Jahre alles verloren, das ganze Farmland, es hatte immer weniger eingebracht. Seine Eltern waren mit ihm und sechs Geschwistern aus Schweden gekommen, aber nur er und seine Eltern hatten die Reise überlebt. Später haben alle gestaunt, dass ausgerechnet dieser schwächliche Mann, der so leicht umzuhauen war, die Energie oder einfach das Glück gehabt hatte, zu überleben, während seine Geschwister starben wie die Fliegen.

Als er sein Land dann irgendwann ganz los war, hat es ihn eine Weile durch die Gegend getrieben, bis er hierher zu seiner jüngsten Tochter kam. Da war er selbst schon wieder wie ein Kind. Meine Mutter hat erzählt, dass er meine Schwestern durchs Haus gejagt und dabei Tiere nachgeahmt hat. Einmal hat er stundenlang gequakt wie eine Ente, bis sogar meine Schwestern, damals zwei und drei, meine Mutter angefleht haben, ihn zum Schweigen zu bringen. Alkohol hatte meine Mutter natürlich aus dem Haus verbannt, deshalb saß er nachts, wenn alle schliefen und ihn der Tremor und das Verlangen heimsuchten, in seinem Zimmer am Fenster, und irgendwann stand er auf und ging im Haus herum. Aber die Trinkerjahre hatten auch seine Motorik beeinträchtigt, deshalb polterte er immer ziemlich geräuschvoll durch die Gegend und knallte gegen irgendwelche Gegenstände.

Eines Abends kam er am Zimmer meiner Schwestern vorbei, wo ich in einem Wäschekorb schlief. Hinterher hat er behauptet, er habe mich schreien hören und helfen wollen, deshalb sei er ins Zimmer gegangen und habe mich aus dem Korb gehoben, aber nur um mich wieder in den Schlaf zu wiegen. Meine Eltern sind von meinem Heulen draußen vor ihrem Fenster wach geworden und aus dem Bett gesprungen. Ich lag auf der Erde, sehen konnten sie mich nicht, es war ja dunkel, aber hören. Meine Mutter hat erzählt, dass mein Vater das Fenster aufgerissen hat und nach draußen zu mir geklettert ist. Meinen Großvater haben sie oben an der Fensterbank gefunden, schlafend. Er konnte sich an nichts erinnern, nur dass er sich hingesetzt und mich gewiegt hatte.«

»Was ist aus ihm geworden?«, fragte Aaron.

»Er hat sich ein paar Jahre danach umgebracht«, sagte Clarence sachlich. »Als ich ins Wachstumsalter kam – beziehungsweise eben *nicht* kam –, wurde er immer bedrückter. Er war inzwischen in fast jeder Beziehung kindlich, aber offenbar trotzdem noch fähig zu ganz erwachsenen Selbstvorwürfen. Er war oft schon um drei oder vier Uhr morgens wach, bevor mein Vater aufstand, um sein Tagewerk zu beginnen, und manchmal habe ich mit ihm gefrühstückt. Es gab immer Haferbrei, und viel gesprochen haben wir nicht, aber er kicherte häufig über albernes Zeug – zum Beispiel, wenn die Stuhlbeine auf dem Fußboden ein Geräusch machten, als ob jemand einen fahren ließ. Nach dem Frühstück, wenn Schüsseln und Löffel gespült waren, hat er den Zollstock aus dem alten Butterfass genommen und mir bedeutet, mich hinzustellen. Ich bin dann aufgestanden, und er hat mir den Stock an den Rücken gedrückt, mir die Hand auf den Kopf gelegt und mit dem Finger einen Punkt markiert. Diesen Punkt hat er erst genau betrachtet und vor sich hin gebrabbelt, und dann hat er den Stock wieder ins Fass gesteckt und ist nach draußen gegangen.«

***

»Ich habe einen Quälgeist«, sagte Aaron am nächsten Morgen nach dem Frühstück zu Clarence. Gloria hatte Eier aufgetischt, und angesichts des Glibbers wurde ihm noch übler, als ihm ohnehin schon war, weil er schlecht geschlafen hatte. Seine Mutter war abends nicht mehr zum Gutenachtsagen gekommen. Er war auch, nachdem Clarence das Licht im Sonnenzimmer ausgeschaltet hatte und es still im Haus geworden war, lange nicht eingeschlafen. Seine Gedanken kreisten immer wieder um die Geschichten, die Clarence erzählt hatte. Eine Zeit lang war das ganz schön, ein bisschen wie Fernsehen, wenn seine Lieblingssendungen wiederholt wurden, aber irgendwann fiel ihm auf, dass er Clarence gar nichts von sich erzählt hatte, jedenfalls nichts, weshalb Clarence ihn so lebhaft in Erinnerung behalten würde, wie Clarence ihm mit seinen Geschichten über den Lehrer, der ihn hasste, und den Großvater, der ihn aus dem Fenster geworfen hatte, in Erinnerung bleiben würde. Er nahm sich vor, Clarence morgens die Geschichte von seinem Quälgeist zu erzählen, erst danach war er eingedöst.

»Selbstverständlich hast du den«, erwiderte Clarence. »Männer wie wir haben so was immer. Du musst das als Ehrenabzeichen betrachten. Ich sehe es sogar als eine Voraussetzung für Freundschaften an. Ich halte die Masse der Quälgeistlosen für nicht sehr interessant.«

Aaron sah zu Boden und scharrte hochzufrieden mit der Schuhspitze.

»Hat dein Quälgeist auch einen Namen?«, fragte Clarence.

»Ja«, sagte Aaron, »Roberta.«

»Ach, ein weiblicher Quälgeist. Weibliche Quälgeister fand ich immer unerbittlich.«

»Was heißt *unerbittlich*?«, fragte Aaron. »Ich weiß, das ist ein Adjektiv.« Er hatte vor Kurzem die Wortarten durchgenommen, und Adjektive gefielen ihm am besten, weil sie nicht so unbedingt nötig waren wie Substantive und Verben.

»Das heißt, dass man die oft nicht davon abbringen kann. Jungs drangsalieren aus schierer Lust am Quälen, also wahllos. Die haben Spaß daran, anderen Schmerzen zuzufügen, das ist das einzige Motiv, dafür nutzen sie gern jede Gelegenheit, Hauptsache, sie macht keine Mühe.« Clarence setzte eine Pause. Aaron nickte, um Interesse an seinen Ausführungen zu signalisieren, auch wenn er sie nicht so ganz verstand. »Weibliche Quälgeister dagegen sind treu. Die haben es auf einen persönlich abgesehen, die lassen sich durch keine Ersatzfigur ablenken.«

Angefangen hatte die Quälerei im Frühjahr. Es war plötzlich unerträglich warm geworden, alle in Aarons Klasse rutschten auf den Stühlen herum und stöhnten über das Pensum, das Mrs. Lindskoog ihnen abverlangte. Wochenlang hingen sie so im Klassenzimmer herum, die Hirne im Halbschlaf, auch weil es müffelte wie sauer werdende Milch – eben wie die Ausdünstungen von auf engem Raum vor sich hin pubertierenden Körpern. Am letzten Donnerstag im April – der Hausmeister hatte gerade über die Sprechanlage knapp 36 Grad Hitze bekanntgegeben – war Roberta Klimek auf dem Weg zum Bleistiftanspitzer an Aarons Tisch vorbeigeschlendert und hatte ihm ein Mal gezielt auf den rechten Arm gehauen. Gesagt hatte sie nichts – keine Vorwarnung oder Erklärung –, und anscheinend hatte auch niemand diese Attacke bemerkt, die sich als Auftakt zu einem täglichen Ritual entpuppte. Bald waren Aarons beide Arme übersät von gewitterwolkendunklen Blutergüssen, und er zog trotz der Hitze nur noch langärmelige Hemden an. Gleichzeitig fand er es auch reizvoll, dass seine Haut zu solchen kräftigen dunklen Tönen fähig war. Abends vor dem Zubettgehen stand er jetzt oft vor dem Badezimmerspiegel und staunte über den Kontrast zwischen den Blau-, Purpur- und Gelbtönen und seiner blassen Haut. In dieser Pose hatte ihn seine Mutter eines Abends ertappt. Sie hatte, nicht ahnend, dass er im Bad war, die Tür aufgemacht, aber noch im Umdrehen die leuchtenden Farben bemerkt.

»Wo sind die Blutergüsse her?«, hatte sie leise gefragt. Sein Vater hatte Zorn immer laut und alles überdröhnend geäußert. Erst nach seinem Tod lernte Aaron, dass Zorn auch in leisen Tönen daherkommen konnte.

»Das ist nichts«, sagte er.

»Nach nichts sieht das aber nicht gerade aus.«

»Kommt nur vom Spielen«, sagte er, und weil er nun schon einmal gelogen hatte, log er weiter: »Die tun nicht mal weh.«

»Vom Spielen?« fragte sie. »Mit wem genau spielst du so was?«

»Ach, mit ein paar Kindern.«

»Putz dir die Zähne«, sagte sie schließlich.

Was ihm Roberta Klimeks Aufmerksamkeit eingebrockt hatte, war die Aufteilung in Zweiergruppen. Mrs. Lindskoog hatte ihn nicht mit ihr zusammengesetzt, sondern mit Kimberly, Miss Meeks' knollennasigem Liebling. Als Kimberly hörte, sie und Aaron sollten ein Paar bilden, war sie herausgeplatzt: »Kann ich nicht mit wem anders arbeiten?«

»Du kannst schon, aber du darfst nicht«, hatte Mrs. Lindskoog streng erwidert, als ginge es um Grammatik. Sie war fest überzeugt vom Lernen in Paaren, vor dem Aaron noch mehr graute als vor Gruppenarbeit. In einer Gruppe konnte er wenigstens den Mund halten und den Löwenanteil der Arbeit erledigen, eine Zweierkonstellation dagegen ließ keinen Spielraum für stillen Fleiß.

Kimberly und er schoben ihre Tische zusammen und machten sich an die Lektüre über ein anderes Paar, Dick und Jane, ein nervtötendes Dauerthema in den Schulbüchern. Nach einigen Minuten Langeweile verkündete Kimberly: »Du weißt ja wohl, dass dich hier keiner leiden kann.«

»Weiß ich.«

»Miss Meeks auch nicht«, versuchte sie es weiter.

»Weiß ich«, bestätigte er.

Daraufhin saßen beide weiter vor den offenen Büchern, keiner von beiden machte Anstalten, laut zu lesen, aber Kimberly hatte keine Lust, den Rest der Lesezeit in einträchtigem Müßiggang zu vertrödeln. Auf der Suche nach einer Eingebung sah sie sich im Klassenzimmer um, und ihr Blick fiel auf Roberta. »Du liebst Roberta«, verkündete sie mit solcher Vehemenz, dass die anderen Kinder anfingen zu kichern.

Schockiert darüber, dass Kimberly das Wort *lieben* so beiläufig fallen gelassen hatte, starrte Aaron erst in sein Buch und dann verstohlen zu Roberta Klimek. Ihre Hände lagen auf dem Lesebuch und zuckten wie Fische auf dem Trockenen. Kimberly stichelte weiter, und Aaron konnte zusehen, wie sich Robertas Hände zu Fäusten ballten.

Roberta Klimek war sehr groß für ihr Alter, hatte lange glatte Haare und eine scheckige Haut. Sie war eher verschlossen, ihre Angriffe kamen immer hinterrücks, sie war nicht scharf darauf, ihre Quälereien zum öffentlichen Ereignis zu machen, mit dem üblichen Trara. Ein ungünstiger Umstand, wie Aaron bald feststellen musste. Er fing an, sie auf die gleiche Art zu studieren, wie sie ihn drangsalierte – heimlich und hartnäckig. Er fand heraus, dass Roberta Klimek, im Gegensatz zu den anderen Mitschülern, die sich auf ein oder zwei »guten« Fächern ausruhten und den Rest einfach über sich ergehen ließen, in allem spektakulär schlecht war. Sie blieb partout unfähig, zu buchstabieren, sie schien zwischen Wörtern und Alphabet überhaupt keine Verbindung zu sehen. Für sie war das Alphabet ein Haufen Buchstaben, den sie schon in der Vorschule nicht in die richtige Reihenfolge zu bringen vermocht hatte und jetzt in der ersten Klasse noch immer nicht.

An einem sengend heißen Tag im Mai schließlich ging Aaron zu Roberta, die genauso allein bei den Klettergerüsten stand wie er. »Entschuldigung«, sagte er. Es war sein erstes Wort überhaupt zu diesem Mädchen, dessen Fäuste ihm so vertraut waren. Er wollte ihr zeigen, dass er ein höflicher Junge war, einer, der sogar zu seinen Peinigern »Entschuldigung« sagte, aber als Roberta ihn ansprang und mit Fäusten auf ihn eintrommelte, begriff er, dass genau dieser Wesenszug ihren Hass zum Lodern brachte.

Seine Mutter wurde in die Schule bestellt, es gab ein Treffen mit dem Rektor, Mrs. Lindskoog, der Schulkrankenschwester, Aaron und Roberta Klimek und ihrem Vater, der mit ebenso geballten Fäusten neben ihr saß und erklärte, sie sei im Training. Sie wolle Boxerin werden, das sei ihr Traum, und er unterstütze sie dabei. Genau das Wort benutzte er – *Traum* –, und Aaron sollte nie vergessen, wie alle anderen beim bloßen Klang des Wortes zu Boden geblickt hatten.

»Was soll ich denn da machen?«, fragte er Clarence, als er zu Ende erzählt hatte.

»Ich habe es nur selten geschafft, Quälgeister auszubremsen«, sagte Clarence, »aber falls es dich irgendwie tröstet, nach meiner Erfahrung haben sie irgendwann die Nase voll von einem und ziehen zum Nächsten.«

»Wir müssen allmählich los.« Seine Mutter erschien in der Tür zum Sonnenzimmer. »Ich fahre nicht gern nach Einbruch der Dunkelheit über Schotterwege.« Es war nicht mal mittags, insofern war das ein völlig sinnloses Argument, aber das behielt Aaron für sich. »Fünf Minuten«, sagte sie und verschwand wieder.

»Clarence«, sagte Aaron, »bitte erzähl mir Olgas Leidensgeschichte, bevor wir fahren.«

»Unmöglich«, sagte Clarence. »Geschichten darf man nie in Eile erzählen. Man muss immer genug Zeit für kreative Ausschmückungen und Abschweifungen lassen, was bleibt uns denn sonst von ihnen?« Er sah Aaron an, der mit den Schultern zuckte. »Die mageren Fakten. Mehr nicht«, fuhr Clarence fort. »Und eins kann ich dir sagen: Olgas Geschichte verdient weit mehr als nur die mageren Fakten.«

Aaron sollte erst, als er sehr viel älter war, begreifen, dass Clarence in Olga verliebt war, jetzt sah er nur, dass er Clarence nicht überreden konnte, die Geschichte zu erzählen. Und schon rief seine Mutter aus dem anderen Zimmer: »Auf der Stelle, Aaron!« Also umfasste er ein letztes Mal die Rollstuhlgriffe und schob Clarence über den Flur auf die Veranda. Dort standen sie alle vier zusammen und sahen sich verlegen an, wie die meisten Leute, wenn es ans Abschiednehmen ging.

»So«, sagte seine Mutter, als sie aus der Zufahrt fuhren, auf dem freien Platz zwischen ihnen eines von Glorias Spitzendeckchen. »Endlich ist das vorbei.«

***

Er hatte es immer gern gehabt, im Auto zu schlafen und an irgendeinem anderen Ort aufzuwachen. Es kam seiner Vorstellung vom Verstreichen der Zeit am nächsten. Er schloss die Augen und lauschte dem angenehm knirschenden Schotter unter den Reifen. »Was hältst du davon, wenn wir umziehen?«, fragte seine Mutter.

Er schlug die Augen wieder auf.

»Sind wir doch gerade«, sagte er.

»Ich meine, weiter in den Ort hinein. Ich überlege, das Trout Café zu kaufen. Ich habe schon mit Frank geredet, er ist nicht abgeneigt. Wir könnten da auch wohnen.«

Aaron versuchte, es sich vorzustellen: Abends würden sie sich zum Schlafen in einer der Essnischen ausstrecken und morgens dort aufwachen, danach würde seine Mutter zu der Tür mit dem Schild *Damen* gehen und er zu der für *Herren*. »Wohnen Leute auch in Cafés?«, fragte er.

»Wir würden obendrüber wohnen«, sagte seine Mutter. »Du würdest mir in der Küche helfen, Geschirr spülen, Gemüse putzen. Das wird nämlich ein Haufen Arbeit, und dafür brauche ich dich.« Erst da begriff er, was seine Mutter gemeint hatte. Sie würden das Café *betreiben*, genauso wie Frank, Hamburger für andere Leute braten und Ketchup und Aufläufe an die Tische bringen.

»Wir wissen doch gar nicht, wie das geht, in einem Café zu leben«, sagte er.

»Das lernen wir schon«, sagte seine Mutter. »Manchmal bist du ein richtiges Angsthäschen.« Sie lachte, aber er hörte seinen Vater, wie er *Hosenscheißer* zu sagen pflegte. »Ich kann kochen«, sagte sie. »Denk dran, was ich dir gestern erzählt habe, über meine Zeit bei den Goulds.«

Erst viele Jahre später begriff er, dass sie ihn gebraucht hatte, um etwas auszusprechen, was sie selbst noch nicht glauben konnte: dass sie sehr wohl in der Lage war, ein Café zu führen und für andere Leute zu kochen und glücklich zu sein.

»Und was macht Frank dann?«, fragte er stattdessen.

»Er setzt sich zur Ruhe. Geht angeln, wann immer er Lust hat, oder in seinen Garten. Vielleicht kommt er ab und zu auf eine Tasse Kaffee vorbei. Aber zuerst bringt er uns alles bei, was wir wissen müssen.«

»So was wie die Kasse?«, fragte Aaron.

»Na ja, klar, die Kasse zum Beispiel. Und wir müssen lernen, wie man mit so einer Riesenküche klarkommt. Ich habe auch selbst schon ein paar Ideen.«

Sie klang glücklich, als sie das sagte, glücklich, eigene Ideen zu haben.

»Was denn für welche?«, fragte er.

»Ach, nur, was man alles besser machen könnte. Frank wird langsam alt, und ältere Leute sollten sich über so was keine Gedanken mehr machen müssen. Aber wir zwei sind nicht alt, stimmt's?«, fragte sie fröhlich. »Für den Anfang würde ich die Speisekarte ein bisschen ändern.«

»Wäre Frank nicht gekränkt, wenn wir die Speisekarte ändern?«

»Warum sollte er denn gekränkt sein, du Dummerchen?«, sagte sie. »Es ist doch dann unser Café. Außerdem erwarten die Leute etwas Neues. Die freuen sich über Veränderungen.«

In Gedanken sah er Frank zu Hause in seinem Garten sitzen und grübeln, was mit seiner Speisekarte nicht gestimmt hatte. Er versuchte, Begeisterung zu verspüren, weil seine Mutter so begeistert war, aber es ging nicht. Er glaubte nicht, dass Leute sich über Veränderungen freuten.

Februar

12

Der Februar begann warm (laut seinen Kollegen ungewöhnlich warm für die Jahreszeit), aber übers Wochenende sank die Temperatur plötzlich um fast zehn Grad. Am Montag danach verschlief Aaron. Es war zu spät, um zu Fuß zur Schule zu gehen, und die Vorstellung, dass die Bisons im Golden Gate Park den trüben Tag wahrscheinlich zusammengekuschelt durchstehen würden, war auch nicht gerade aufbauend. Er zog noch einen Pullover unter das Cordjackett, ging zur Bushaltestelle. Auch der Bus war zu spät dran und noch voller als üblich, und alle hatten schlechte Laune, wie man sie eben hat, wenn einem das Wetter einen Strich durch die Rechnung macht.

Der Klassenraum war einladend wie eine Kühlkammer. Chisato kam direkt hinter ihm herein, und als er sie begrüßte, stieg sein Atem wie eine Rauchwolke zwischen ihnen hoch. »Entschuldigung«, sagte er. Er war schon auf dem halben Weg zurück zur Treppe, um sich nach der kaputten Heizung zu erkundigen, aber Chisato wurde rot, als hätte er sie gebeten, irgendeine körperliche Indiskretion zu entschuldigen.

Chisato kam neuerdings jeden Tag früher, sie war oft schon vor ihm da und saß mit knapp über dem Boden baumelnden Füßen im Halbdunkel. Sie war sehr klein, nicht mal einen Meter fünfzig, und sehr verschämt, was ihr Alter betraf, aber Marla hatte einmal versehentlich fallenlassen, dass Chisato Mitte vierzig war. Gekleidet war sie meistens wie ein Teenager, aber ein gesitteter – im Schottenrock mit Fransensaum und kniehohen Stiefeln, die Haare mit passenden Spangen nach hinten gehalten. An diesem Montagmorgen trug sie dünne weiße Handschuhe, wie Bibliothekarinnen sie überstreifen, bevor sie kostbare Originale in die Hand nehmen. Chisato blieb meistens für sich, obwohl die anderen Schüler durchaus freundlich mit ihr umgingen. Die Brasilianer flirteten gern, aber Aaron wusste, dass das eigentlich nichts zu bedeuten hatte. Es war einfach ihre Art der Kommunikation, dicht beieinanderzustehen, sich anzufassen und ungeniert zu lachen, die Münder so weit offen, dass man die Zähne sehen konnte. Sie hatten alle schöne Zähne, sehr weiß, aber nicht so überoptimiert wie die amerikanischen.

Aaron hatte zunächst angenommen, dass Chisato hier bestimmt entsetzliches Heimweh hatte, so ohne Familie oder Freunde, aber als er sie etwas besser kannte, kam er zu dem Schluss, dass sie wohl auch in Japan einsam gewesen war, dass Chisato immer einsam sein würde, egal, wohin sie ginge. Als sie plötzlich auffällig früh in die Schule kam, fürchtete er, sie könnte sich in ihn verknallt haben, aber es stellte sich schnell heraus, dass sie die Minuten vor dem Unterricht als eine Art Nachhilfezeit betrachtete. Aaron fand so viel Lerneifer zwar löblich, fühlte sich aber bald unter Druck gesetzt, auch weil sie jedes ihrer Themen akribisch vorbereitet hatte, mithilfe eines Wörterbuchs und eines Grammatikbands natürlich. Selbst wenn sie banale Dinge beschrieb – den Hund ihres Vermieters oder die Bar, in der sie Darts spielte –, klang sie immer wie ein Kind beim Aufsagen eines Gedichts, das es nicht so ganz verstanden hat. Sie sprach in grammatikalisch korrekten Sätzen, aber ohne irgendeine sinnstiftende Rhythmik und Melodik.

»Ich war ganz gerührt«, hatte sie ihm neulich anlässlich der ersten Schale Misosuppe, die sie seit ihrem Weggang aus Japan gegessen hatte, erzählt, aber der Satz klang so zurechtgelegt und monoton, dass Aaron weder dahinterkam, was sie damit sagen wollte, noch, was er gefühlsmäßig bedeuten sollte. Auf seine Bitte hin hatte Chisato die ganze Geschichte drei Mal wiederholt – identisch bis hin zum Schlusssatz: »Ich war ganz gerührt« – und den Satz schließlich, auch auf seinen Vorschlag hin, an die Tafel geschrieben, ganz unten an den Rand. Er musste zum Lesen in die Hocke gehen.

»Ach so.« Immerhin wusste er endlich, was sie hatte sagen wollen, nur hatten die Wörter inzwischen jeden Sinn eingebüßt.

In Marlas Büro saßen schon ein paar andere Lehrer. Marla berichtete, dass Mr. Pulkka über Nacht gekommen war und ein Schloss an die Tür zu dem kleinen Lagerraum mit der Heizanlage gehängt hatte. Nach einem Blick auf die Armbanduhr erklärte sie schwungvoll: »Zeit für den Unterricht«, ohne jemandem die Chance für Beschwerden zu lassen. Die Lehrer gingen zurück in ihre eiskalten Klassenzimmer. Auf dem Weg in seins im dritten Stock musste Aaron an Walter denken, er hätte sich so lange nicht aus Marlas Büro weggerührt, bis die Heizung wieder funktionierte, denn so war er. Walter fing, egal, mit wem – Hotelpersonal und Kundendienstberatern, Managern und Stewardessen –, Streit an und beschwerte sich und stellte Forderungen. Aaron stand immer verlegen und mit entschuldigender Miene daneben, aber Walter machte ihm klar, dass auch er davon profitierte, wenn Walter etwas durchgeboxt hatte.

Aaron hatte Zorn noch nie gut aushalten können – wegen seines Vaters, vermutete er –, obwohl Walters Zorn nichts war gegen den seines Vaters. Walter wurde nicht oft wütend, aber wenn, dann nahm er kein Blatt vor den Mund. Im Gegenteil, Wutausbrüche waren Walters Methode, aller Welt klarzumachen, was falsch und was richtig war. Ein öffentliches Ereignis. Aaron verstand das alles. Sehr gut sogar. Aber dass er es verstand, änderte nichts an seinem Gefühl dabei, daran, wie er sich fühlte, dass ihm bei jedem Wutausbruch – nicht nur von Walter – übel wurde oder er selbst Wut in sich aufsteigen spürte. Eigentlich sah er sich lieber als jemanden, der nie ausrastete. Natürlich tat er es auch, aber seine Ausraster passierten in Form kleiner sarkastischer Spitzen oder noch größerer Höflichkeit.

Als Aaron wieder in die Klasse kam, saßen seine Schüler in Jacken und Schals eingemummelt und zusammengekauert an den Tischen, sodass er nicht auf Anhieb erkennen konnte, wer wer war. Sie musterten ihn erwartungsvoll, bestimmt hatte er das Problem beseitigt, denn dass er sie frieren lassen würde, war unvorstellbar. »Zeit für den Unterricht«, wiederholte er, ohne es zu merken, Marlas Spruch. Die Schüler schlugen die Hefte auf und machten sich bereit. Kurz danach erschien Bart, ein Werkstudent aus der Ukraine, mit einem Heizlüfter in jeder Hand. Er platzierte sie an gegenüberliegenden Wänden, schob feierlich die Stecker in die Steckdosen und drückte sich einen Moment lang im Klassenzimmer herum wie ein Kofferträger, der auf Trinkgeld wartet. Die Heizlüfter brachten rein gar nichts, ihr einziger Effekt war, die Schüler daran zu erinnern, dass sie für ihr Schulgeld auch frieren lernen durften. Und das machten sie prima. Sobald sie eine Frage beantworteten, mutierten die Wörter in der Luft zu Kristallsplittern, zum Entsetzen vor allem der Brasilianer und der Thais. Am Ende der Stunde warf Aaron die Kreide aufs Pult, ging wieder nach unten und klopfte an Marlas Tür.

»Herein«, rief sie. Als er die Bürotür aufdrückte, schwappte ihm eine Hitzewelle entgegen.

»Freut mich, dass wenigstens einer von diesen Heizlüftern funktioniert«, sagte er.

Statt einer Antwort fuchtelte sie wild mit den Armen, was er übersetzte als: »Mach die Tür zu, sonst geht die ganze Wärme raus.« Sie hatte die Weihnachtsgirlande über dem Schreibtisch noch nicht abgenommen, die Lämpchen blinkten munter weiter und brachten den Schweiß auf ihrer Stirn und ihrer Nase zum Glitzern. Er schloss die Tür, blieb aber stehen, obwohl sie ihm einen Stuhl anbot, und erklärte, dass an Unterricht unter diesen Bedingungen nicht zu denken sei. »Sie haben Fäustlinge an, damit versuchen sie mitzuschreiben«, beschrieb er. »Das ist ja wie beim Kindergeburtstag.«

»Nimm irgendetwas durch, wo man nicht mitschreiben muss«, sagte Marla. Sie klang müde. »Ab Mittwoch soll es wieder wärmer werden.«

»Was soll das heißen? Dass Mr. Pulkka die Heizung nicht wieder anstellt?«

Er war sicher, dass sie ihn gar nicht darauf angesprochen hatte. Er wusste von Taffy, dass Pulkka jeden einzelnen Posten hinterfragte, wenn er mit Marla die Buchhaltung durchging, und gern durchblicken ließ, dass er jederzeit einen neuen, nicht so verschwendungsfreundlichen Schulleiter finden könnte. Ihr Verhältnis war obendrein dadurch heikel, dass sie vor Jahren eine kurze Affäre gehabt hatten. »Sie hat ihn in die Wüste geschickt«, wusste Taffy, »und er genießt es, sie wegen des Jobs hier im Ungewissen zu halten, vor allem jetzt, wo sie geschieden ist und für zwei Kinder sorgen muss.« Aaron war entsetzt, dass Marla ihren Untergebenen solche Dinge anvertraute.

»Es geht mir nicht nur um die vergeudete Zeit«, erklärte er. Er hatte noch immer sein Cordjackett über zwei Pullovern an und spürte, wie ihm der Schweiß in kleinen Bächen an den Innenseiten der Arme hinunterrann.

Marla sah ihn fragend an, aber er hatte keine Ahnung, wie er ihr klarmachen sollte, dass er sich wie ein Idiot vorkam, wenn er vor seinen frierenden Schülern stand und sich beim Kritzeln an der Tafel immer wieder in die Hände pustete, wohl wissend, wie sie ihn beäugten, ihn solche Zustände einfach hinnehmen sahen. Er betrachtete Marla, ihren mit Papieren überladenen Tisch, die Fotos ihrer Kinder an den Wänden, den Mistelzweig – er fiel ihm erst jetzt auf –, der über ihrem Kopf baumelte.

»Ach, was soll's«, sagte er. »Die Schüler warten.«

***

Lila veranstaltete inzwischen gymnastische Übungen mit der Klasse. Seit sie ein Jahr bei Disney World gejobbt hatte, war sie ein Fan von »American-Style Fitness«, wie sie es nannte. Aaron wartete, bis die Schüler ihre Runde Hampelmänner absolviert hatten, dann verkündete er: »Die Heizung ist sehr kaputt. Sie kann heute nicht mehr repariert werden.« Eigentlich wollte er ihnen die Wahrheit sagen – dass der Schuleigentümer den Heizungsraum abgeschlossen hatte –, aber er war noch immer der altmodischen Ansicht, dass man sich an seinem Arbeitsplatz grundsätzlich loyal verhalten sollte, selbst wenn das noch so offensichtlich fehl am Platz war.

Den Rest des Vormittags brachten sie mit dem Spiel der Kulturen herum, das er in seiner Zeit am College in Albuquerque erfunden hatte. Es ging darum, kleine kulturelle Unterschiede zwischen den Vereinigten Staaten und den Herkunftsländern der Schüler zu debattieren, und eigentlich hatte es nur ein paar freie Minuten am Ende der Stunde überbrücken sollen. Aber die Schüler wollten es immer wieder spielen, sie hatten oft genug erfahren, wie viel Verwirrung und Misstrauen gerade aus solchen kleinen Unterschieden entstanden. Und so war über die Jahre eine ziemlich lange Fragenliste zusammengekommen, die Aaron laufend ergänzte:

Was sollte man tun, wenn man sieht, wie ein alter Mann einen Hund tritt?

Wenn jemand auf der Straße nach dem Weg fragt und man ihn auch nicht genau weiß, darf man sich aus Höflichkeit eine Beschreibung ausdenken?

Wenn man bei Freunden abends zum Essen eingeladen ist, darf oder sollte man beim Abräumen helfen?

Die Regeln waren simpel: Aaron las eine Frage laut vor, blies in eine Trillerpfeife, und sofort fingen die Schüler an zu debattieren, und zwar immer mit jemandem, der nicht aus ihrem Land stammte. Nach vier Minuten blies er wieder in die Trillerpfeife, und sie trugen die Ergebnisse vor. Der Teil war natürlich besonders beliebt, sie erklärten zu gern, wie die Dinge in ihren Ländern so funktionierten, aber bald fragte immer irgendjemand: »Und was ist die korrekte Antwort hier in Amerika, Aaron?« Sie glaubten auch zu gern, dass es die eine, korrekte Antwort gab.

Inzwischen waren kältebedingt alle etwas teilnahmslos, deshalb gab Aaron als erstes Thema vor: *Ist es in Ordnung, jemanden zu fragen, wie hoch seine Miete ist?* Beim Thema Geld waren erfahrungsgemäß sofort alle hellwach. Es kamen die unterschiedlichsten Antworten, die meisten betrafen das Motiv hinter der Frage. »Ist nicht in Ordnung, wenn man ist bloß neugierig«, sagte Pilar. So, wie sie »neu« aussprach, klang es fast wie »Neid«.

Dann war Aaron selbst dran. Er erzählte, dass er einmal in Albuquerque eine Klassenfete bei sich zu Hause veranstaltet und ein vietnamesischer Student gefragt hatte, was das Haus koste.

»War die Frage peinlich?«, wollte Katya wissen.

Das musste er zugeben.

»Das ich verstehe nicht«, sagte Katya. »Amerikaner denken an Geld die ganze Zeit, aber immer sie sagen, es ist schlechtes Benehmen, zu sprechen über Geld. Vielleicht, wenn sie sprechen mehr über Geld, sie müssen nicht denken darüber die ganze Zeit.«

Die anderen nickten zustimmend.

»Das könnte sein«, sagte Aaron. Er wusste, dass sie auf eine bessere Antwort von ihm warteten, aber er griff wieder zur Trillerpfeife und verkündete: »Nächste Frage: *Ist es in Ordnung, unangemeldet bei einem Freund aufzukreuzen?*« Die Wendung *bei jemandem aufkreuzen* hatten sie gerade gelernt, und sie waren sichtlich begeistert, ihr hier wieder zu begegnen. Ji-hun, einer der koreanischen Schüler, eröffnete die Diskussion. Er fand, vorher anzurufen sei besser, aus einem ganz praktischen Grund: Es sei Zeitverschwendung, wenn man zu einem Freund fahre und der dann gar nicht zu Hause sei. Abgesehen von diesem Aspekt waren alle der Meinung, es sei in Ordnung – nicht nur in Ordnung, sondern sogar eine freudige Überraschung. Sie waren sogar verblüfft, dass das überhaupt eine Frage sein sollte.

Schließlich fragte Diego: »Und wie sehen es Amerikaner?«

»Das kommt auf die Person an«, sagte Aaron. Diese Antwort hörten sie nie gern. Sie wollten ein Regelwerk, an das sie sich halten konnten, ohne über individuelle Wünsche oder Vorlieben nachdenken zu müssen.

»Ist auch so in London«, erklärte Neto, einer der Brasilianer. Er hatte dort zwei Jahre studiert und sagte immer, London fehle ihm. Jetzt erzählte er von einem älteren Ehepaar, das über ihm gewohnt und ihn einmal in der Woche und an Feiertagen abends zum Essen eingeladen hatte. »Sie waren meine Familie da«, sagte Neto. »Aber einmal ich hatte gute Nachricht gehabt, und ich bin nach Hause gekommen und gleich hochgegangen zu ihnen. Das war um zehn, sie hatten Schlafsachen an, aber sie haben ferngesehen, ich wusste, weil ich kann den Fernseher hören von meiner Decke. Ich gehe nur, weil ich weiß, sie sind wach, und weil ich bin ganz aufregend, aber sie sagen, ist zu spät, ich darf nicht so einfach kommen, ohne angekündigt.«

Die anderen hörten zu, und Aaron erkannte am Kopfschütteln, dass sie es nicht verstanden.

»Der nächste Tag«, fuhr Neto fort, »ich habe ihnen gegeben meine Nachricht, und sie haben mir gekocht ein Extra-Essen. Ich habe nicht gesagt, niemals, dass ich war so traurig, wenn sie mich geschimpft haben.«

Die Klasse schwieg. Schließlich fragte Paolo: »Was halten Sie von Aufkreuzen, Aaron?«

Er überlegte, ob er zur Trillerpfeife greifen oder die Grammatikfehler von vorher korrigieren sollte. Er sah sie an, wie sie da vor ihm saßen, Jacken zu, Kapuzen auf, allesamt bibbernd, aber hochkonzentriert, neugierig auf seine Meinung.

»Ich mag es nicht, wenn Leute einfach aufkreuzen«, sagte er.

Sie rutschten auf den Stühlen herum und warteten auf die Erklärung, aber er konnte ihnen doch nicht erzählen, dass er jedes unerwartete Klingeln an seiner Tür als Feindseligkeit empfand, dass er sich dann an die Wand drückte und unsichtbar machte oder auf Zehenspitzen ins Bad schlich und die Dusche anstellte, in der Hoffnung, der ungebetene Besucher würde sie rauschen hören und wieder gehen. Einmal hatte er sich sogar unter dem Schreibtisch verkrochen, bis er sicher war, dass der Klingler aufgegeben hatte.

Die Schüler starrten ihn erwartungsvoll an. Schließlich sagte Katya: »Amerikaner sind sehr freundlich, wenn du sie kennenlernst, aber sie laden dich nie zu sich nach Hause ein.« Die anderen nickten, und sie fuhr fort: »Russen sind Leute im Gegenteil. Wir sind Schlechtelauneleute außen, aber in unsere Herz wir laden dich ein.« Nach Katyas Überzeugung waren *Herz* und *Haus* ein und dasselbe.

Seine Schüler wollten unbedingt mit Amerikanern befreundet sein und erhofften sich Rat von ihm, sie betrachteten ihn als Fachmann für die Kunst, sich mit Amerikanern anzufreunden. Er gab ihnen ein paar Tipps – auswärts essen war gut, bei Karaoke dagegen fühlten sich viele Amerikaner unwohl. Er verschwieg ihnen, dass auch er in San Francisco allein war, dass er jeden Tag bei seinen Fußmärschen durch die Stadt über die Leute grübelte, an denen er vorbeikam: was sie wohl gefrühstückt hatten, ob sie eher wenn sie glücklich oder wenn sie traurig waren Kraftausdrücke benutzten, ob sie lächelten, weil sie gerade etwas gesehen hatten oder weil sie einfach immer lächelten, wenn sie allein unterwegs waren. In letzter Zeit hatte er eine heftige Neugier auf Einzelheiten aus dem Leben fremder Menschen an sich entdeckt, aber die Vorstellung, mit ihnen ins Gespräch zu kommen, erschien ihm unerträglich. Seine widersprüchlichen Bedürfnisse verwirrten ihn. Dass er seine Einsamkeit auch als seltsam befreiend empfand, nahm er hin, so wie er es hinnahm, dass er seinen Schülern nichts davon erzählen konnte, ohne dass sich alles zwischen ihnen verändern würde.

***

Am Donnerstag, dem vierten Tag ohne Heizung, lag in sämtlichen Postfächern des Kollegiums eine kleine Kerze in Herzform. Aaron interpretierte sie als symbolische Entschuldigung. Das Kerzchen verschärfte seine Frustration nur noch mehr – es war so winzig und die Schule so kalt. Erst recht, als er es umdrehte und das Preisschild entdeckte: 49 Cent. Mit anderen Worten, die kollektive Entschuldigung hatte die Schule finanztechnisch um nicht mal fünf Dollar zurückgeworfen, und obendrein vermutete er, dass Marla die Kerzen aus eigener Tasche bezahlt hatte.

Inzwischen war es drinnen kälter als draußen, also zog er am Anfang der Stunde die vergilbten Vorhänge an der hinteren Wand zur Seite und schob ein Fenster hoch. Yoshi ging hin, steckte den Kopf hinaus und witzelte, er wolle mal kurz seine Ohren wärmen, für den scheuen Yoshi eine Riesenaktion. Als er den Kopf wieder zurückzog, sauste die Scheibe abwärts und hätte ihn fast guillotiniert, und beinahe im selben Moment, als ob die beiden Ereignisse zusammenhingen, ging das Licht im Treppenhaus aus. Aaron hatte eine durchgebrannte Sicherung im Verdacht. Er überlegte auch, ob er nicht irgendetwas unternehmen – es zumindest melden – müsste, aber Raumtemperaturen und Lampen und ordentliche Fenster waren doch wohl Pulkkas Angelegenheit, oder?

Bald klimperte Felix' Gürtel im Flur. Als Aaron aus der Tür sah, blinkte gespenstisch ein Steißbeinlämpchen durchs Treppenhaus.

Zehn Minuten später ging das Licht wieder an, und Bart steckte den Kopf durch die Tür. »Okay?«, fragte er. Aaron bedankte sich bei ihm, wenn auch nicht besonders überschwenglich. Bart war ja nicht dafür verantwortlich, dass in diesem Gebäude nichts funktionierte, er jobbte hier nur, um seine Studiengebühren zu bezahlen. Aaron hatte Marla im Verdacht, mit Absicht nur Studenten einzustellen, denen die Zustände in ihrer Schule nichts ausmachten. Bart deutete auf die beiden Heizlüfter, die er am Montag hochgebracht hatte und die noch immer keine Wärme produziert hatten, und schüttelte den Kopf, als hätten sie nichts mit ihm zu tun. Er zog die Stecker heraus und ging zur Tür, in jeder Hand einen Heizlüfter, als wären sie plötzlich heiße Ware. Er blieb einen Moment stehen und sagte: »Mittags Sitzung in Marlas Büro. Essen selbst mitbringen.«

Selbstverständlich war die Sitzung nicht zur Erörterung wirklich dringender Dinge wie etwa einer kaputten Heizung anberaumt worden. Marla hatte aber inzwischen ihr Zimmer heruntergekühlt, stellte Aaron fest. Auch der Mistelzweig und die Weihnachtslämpchen waren verschwunden, stattdessen baumelten da jetzt Herzen, auf denen WILD THANG und U R MINE stand, und Marla eröffnete die Sitzung mit leicht verfrühten guten Wünschen zum Valentinstag. »Habt ihr die Kerzen gekriegt?«, fragte sie, und alle murmelten vor sich hin wie Kinder, wenn sie nach etwas gefragt werden, das ihnen peinlich ist.

»Es gibt spannende Neuigkeiten«, kam als Nächstes, »seid ihr bereit?« Dann folgte eine dramaturgische Pause. »Mr. Pulkka hat das ungenutzte Zimmer vermietet.« Das sagte sie, als hätte sie soeben eine Gehaltserhöhung für alle verkündet.

»Sein Büro?«, fragte Valerie. Aaron kannte sie kaum, ihr Klassenzimmer lag im ersten Stock, und sie kam selten hoch ins Lehrerzimmer.

»Nein«, sagte Marla, »den kleinen Raum im dritten Stock, den kein Mensch nutzt – bei Felix und Aaron gegenüber.«

»An wem?«, fragte Felix.

»Genau, an wen?«, fragte Aaron, in der Hoffnung, Felix würde die Korrektur mitkriegen.

»An einen Privatdetektiv«, sagte Marla aufgekratzt.

»Was will denn ein Privatdetektiv mit einem Zimmer in einer Sprachschule für Ausländer?«, fragte Eugenia.

»Er bietet auch Kurse an«, erklärte Marla.

»Schnüffelkurse?«, sagte Aaron. Alle außer Marla lachten.

Leuten das Schnüffeln beizubringen, war genau das, was dem Detektiv vorschwebte, wie sich herausstellte. Noch am selben Nachmittag wurden der Schimmelpilz von den Wänden gekratzt und ein Tisch, eine Tafel und ein paar Stühle aus dem Keller hochgeschleppt. Am folgenden Montag war es in der Schule auch wieder wärmer, wofür allerdings ausschließlich das Wetter gesorgt hatte.

Als Aaron die Treppe hochkam, sah er den Detektiv schon von Weitem. Er brachte gerade ein handgemaltes Schild an seiner Tür an: THE PRIVATE EYE SCHOOL. Der Mann sah aus wie das Hollywoodklischee eines Privatdetektivs – mit rotem Kopf, stattlichem Bauch, schlurfendem Gang und, wie Aaron sehr bald feststellen durfte, einem Hang zum Tabakgenuss. Bei Priestern und Professoren war es sicher von Vorteil, wenn sie auch priesterlich und professoral aussahen, aber bei einem Detektiv – der vermutlich oft verdeckt agierte – war ein derart typisches Äußeres doch bestimmt eher ein Handicap. Aber vielleicht hatte er ja auf Lehrer umgesattelt, um endlich mal Kapital aus seiner Erscheinung zu schlagen.

Montagmorgens begann Aaron den Unterricht immer mit einem Quiz, um seine Schüler wieder sanft an Englisch zu gewöhnen. Übers Wochenende zogen sich die meisten in ihre Muttersprachen zurück, nur Paolo verbrachte seine Freizeit bei Motorradausflügen mit dem San Mateo Harley Club auf Bikertour und hatte jeden Montagmorgen selbst ganz viele Fragen. An diesem Montag wartete er, bis alle über dem Quiz brüteten, um mit der ersten herauszurücken: »Warum sind Chinesen so schlechte Autofahrer?« Er zückte auch gleich den Stift, um Aarons Antwort mitzuschreiben. Alle, auch die chinesischen Schüler, sahen erwartungsvoll von ihren Blättern hoch. Aaron starrte auf die Kreide in seiner Hand, und die Klasse starrte auf ihn. Er hasste Stereotype, vor allem solche, an denen irgendetwas Wahres war, und beneidete seine Schüler gleichzeitig darum, dass sie so unbefangen solche Fragen stellten.

Sie stellten sie sich auch untereinander. Die Brasilianer wollten zum Beispiel von den Chinesen wissen, ob sie chinesische Amerikaner erkennen könnten, und die Chinesen sagten, natürlich könnten sie das, chinesische Amerikaner hätten einen anderen Gang. »Und wie gehen die?«, fragten die brasilianischen Schüler weiter, und die Chinesen erklärten: »Aggressiv wie Amerikaner. Sie sind nicht mehr unterwürfig.« Das »nicht mehr«

faszinierte Aaron, denn es besagte, dass ihre Unterwürfigkeit angeboren war und ihnen später ausgetrieben wurde. Die Schüler nahmen auch gegenseitig Gesichtszüge, Augenformen, Hautfarben unter die Lupe und wollten von ihm die entsprechenden Vokabeln wissen: Wie hieß diese Art Nase, diese Nuance der Hautfarbe? Meistens antwortete er, es gebe dafür kein Wort, jedenfalls keins, das er kenne. Lerma, die einzige Filipina, quittierte das mit der Frage: »Wie redet man ohne Wörter über Nasen?«

»Ich rede selten über Nasen«, sagte er. »Aber gut, schauen wir mal. Es gibt Hakennasen, Adlernasen, Stupsnasen, Knollennasen.« Er überlegte krampfhaft, ob irgendeins der Wörter verächtlich war.

Wenn seine Schüler solche Diskussionen führten, hörte Aaron genau zu, mischte sich aber nie ein, mit einer Ausnahme – als er aufschnappte, wie Chaa, einer der Thais, erzählte, dass seine Landsleute gern Läden im Castro-Viertel betrieben. »Warum?«, fragte Aaron, und Chaa antwortete, Schwule gäben gern Geld aus. »Man kann Preise ganz hoch machen«, erläuterte er, »Schwule bezahlen trotzdem, weil Schwule haben am meisten gern Vergnügen.«

Manche Schwule hätten Chaas Einschätzung, dass man sie locker über den Tisch ziehen konnte, weil sie alles kauften, was Genuss verhieß, als Kränkung empfunden, das war Aaron klar. Andererseits wurde, davon war er fest überzeugt, jedes echte Gespräch unmöglich, wenn man sich auf irgendeine kollektive Identität zurückzog und irgendwelche Bemerkungen endlos textanalytisch auseinandernahm, um die eigene Empörung zu befeuern. *Was sollte Vergnügen in diesem Kontext heißen? War das nicht wieder mal ein Fall von Hypersexualisierung schwuler Männer?* Aber könnten Menschen je gut miteinander auskommen, wenn jedes Gespräch schon zu Ende war, bevor es überhaupt angefangen hatte? Könnten Heteros je verstehen, was es hieß, schwul zu sein, wenn sie vor lauter Angst, etwas Falsches zu sagen, gar nicht fragten? Er jedenfalls hatte lieber mit Menschen zu tun, die mit möglicherweise unsensibel klingenden Fragen rausplatzten, als mit Menschen, die stets auf Nummer sicher gingen, bei denen jedes Wort ausgewogen und immer gleich bemüht korrekt klang. Eins jedenfalls hatte er gelernt, wenn er sich anhörte, was seine Schüler alles wissen wollten: Gar nichts würde je besser werden in diesem Land, wenn die Menschen nicht endlich lernten, all die Fragen zu stellen, die nie zu stellen man ihnen beigebracht hatte.

Dabei wusste er in Wahrheit selbst nicht, wie man das machte, schon gar nicht, wenn es etwas mit der ethnischen Herkunft zu tun hatte. Mortonville war ethnisch gesehen ein Vakuum gewesen, die Einwohner waren nicht nur weiß, sie stammten auch fast alle aus Nordwesteuropa. Die einzige Ausnahme, von der Aaron wusste, waren ein paar Polen, die an einem der Seen lebten, und zwei halbvietnamesische Jungen. Ihr Vater stammte aus Mortonville, er war als Soldat in Vietnam gewesen und mit einer Ehefrau heimgekehrt. Er hieß Richard Schulz. Laut Aarons Mutter war Richard Schulz weggegangen und als anderer Mensch wiedergekommen.

»Was für einer war er, als er wegging?«, hatte Aaron gefragt.

Was für einer er nach der Rückkehr war, wusste er. Seine Mutter hatte Richard Schulz einmal aus Versehen Spiegeleier statt der bestellten Rühreier gebracht, und er hatte dem Teller einen karatemäßigen Handkantenschlag verpasst. Die Eier waren durch die Luft geflogen und als Matsch auf dem Boden gelandet. »So, jetzt sind's Rühreier«, hatte er gesagt.

»Ich kannte ihn nur flüchtig, bevor er wegging, und da war er ein lieber Junge, das weiß ich noch, schüchtern und furchtbar höflich«, sagte seine Mutter. Die Beschreibung hatte Aaron in Angst und Schrecken versetzt, mit genau den Worten wurde er selbst oft beschrieben. Er hätte gern gewusst, wie das sein kann, dass jemand irgendwo hingeht – in dieses Vietnam zum Beispiel, über das niemand in Mortonville reden wollte – und als Mann zurückkommt, der wegen Eiern ausrastet.

Als sie klein waren, sprachen die beiden Jungen mit ihrer Mutter vietnamesisch, aber ihr Vater unterband das, als sie größer wurden. Seine Söhne sollten echte Amerikaner werden. Auch die Mutter kam manchmal ins Café, sie saß immer für sich und trank Kaffee mit viel Zucker und Milch. Wenn Aaron an ihren Tisch ging und fragte, ob sie etwas brauchte, versuchte sie oft, ihn in ein Gespräch zu ziehen, aber er verstand sie nicht gut, und das war ihm peinlich. Irgendwann gab sie es auf, mit ihm oder sonst jemandem in der Stadt ins Gespräch zu kommen. Aaron fragte sich, für wen es schwieriger war, hier zu leben, für die Söhne, die Mortonville als Heimat empfanden, aber anders aussahen als alle anderen, oder für die Mutter, die jeden Tag in dem klaren Bewusstsein lebte, dass hier nicht ihre Heimat war, und die trotzdem den Rest ihres Lebens hier verbringen würde. Aaron lächelte den Jungen immer zu, wenn er sie im Schulflur sah. Er wusste, obwohl er selbst aussah wie alle anderen, ja genau, wie es sich anfühlte, irgendwo nicht hinzupassen.

Aaron hatte schon als Junge begriffen, dass Anderssein irgendwie unangenehm auffiel. Seine erste richtige Lektion hatte er gelernt, wie man das oft tut, nämlich durch etwas, das ihm, wann immer es ihm später wieder einfiel, die Schamesröte ins Gesicht trieb. Es war in der Schule passiert, beim Frage-und-Antwort-Spiel, das zwar nicht mehr so hieß, weil er schon in der sechsten Klasse war, das aber nach demselben Prinzip funktionierte: Jeden Freitag mussten sechs Schüler nach vorn kommen und der Klasse etwas vortragen – einen Witz, ein Gedicht, eine Geschichte. Dadurch sollten sie Selbstvertrauen lernen, aber Aaron hatte den Verdacht, dass man das gar nicht lernen konnte. Er lernte stundenlang Longfellows Gedicht ›The Village Blacksmith‹ auswendig, er trug ›Trees‹ von Joyce Kilmer vor und erntete gelangweiltes Schweigen, aber kaum stand der nächste Junge vorn und gab einen Kalauer zum Besten, johlte und lachte die ganze Klasse. Gelacht wurde zwar auch nach Aarons Vortrag, aber nur darüber, dass er sich so viel Mühe gemacht hatte.

Irgendwann im Laufe des Schuljahres hatte er das Gespött satt. Dagegen kam auch die tiefe Freude nicht an, die er empfand, wenn er auf dem Rückweg zu seinem Tisch bei Mrs. Korkowski vorbeikam und sie ihm zuflüsterte: »Aaron, das war wunderschön.« Deshalb beschloss er, für den nächsten Freitag kein Gedicht zu lernen, sondern in der Mittagspause schnell nach einem Witz zu suchen. Er schlang seinen Nudelauflauf mit Thunfisch hinunter, lief in die Schulbücherei und fragte nach Witzebüchern. Die Bibliothekarin schickte ihn zu einem Regal, und er zog wahllos ein Buch heraus. Es hieß ›Fünfzig Polackenwitze‹. Ihre Assistentin – keine Bibliothekarin, nur die Mutter eines Schülers – schlug es auf, überflog eine Seite und kicherte in sich hinein. »Da stehen ein paar ganz gute drin«, sagte sie, bevor sie den Stempel ins Buch drückte und es ihm gab.

An diesem Nachmittag stand Aaron vor der Klasse und fing an: »Was sagt ein Polacke, wenn er zum Lumpensammler kommt?« Die Mitschüler, die eben noch auf den Stühlen gefläzt hatten, horchten auf, aber bevor irgendjemand antworten konnte, fuhr Mrs. Korkowski ihn an: »Aaron Englund, setzen.« Und wieder lachten alle.

»Der Witz ist aber noch nicht zu Ende«, sagte Aaron matt, er wollte unbedingt die Pointe loswerden – »Ich hätte gern drei Säcke, bitte« –, er dachte, die wäre saukomisch.

»Sofort«, schrie Mrs. Korkowski. »Auf der Stelle!« Ein paar Schüler lachten wieder los, aber Mrs. Korkowski stand so abrupt auf, dass ihr Stuhl nach hinten flog, und im ganzen Raum herrschte schlagartig Ruhe, als hätte sie den Stuhl absichtlich durch die Gegend geschleudert.

Nach der Schule lief Aaron nach Hause und erzählte seiner Mutter, was passiert war, wild entschlossen, es zu verstehen. Seine Mutter dachte nach, auf ihre zerstreute Art, bei der man das Nachdenken nicht immer erkennen konnte. Nach einer Weile sagte sie: »*Korkowski* ist ein polnischer Name.« Er nickte und wartete ab. »Ist dir klar, dass Polacke ein schlimmes Wort für Pole ist?«, fuhr sie fort. Dass *Polacke* irgendwie »schlimm« sein könnte, hatte er nicht gewusst, obwohl er das Wort natürlich oft gehört hatte, hauptsächlich aus dem Mund der Männer im Café.

Am nächsten Morgen wollte er nicht in die Schule, aber seine Mutter sagte, zu Hause zu bleiben sei keine Lösung, also ging er doch, mit angstsaurem Magen und extra früh. Mrs. Korkowski saß schon am Lehrerpult und korrigierte Vokabeltests. »Was gibt's?«, sagte sie, als sie ihn in der Tür stehen sah.

Hastig sagte er ihr, dass es ihm sehr leidtue. »Ich wusste nicht, dass Sie polnisch sind«, schloss er.

Sie legte den Stift hin und rieb sich die Augen, als wäre sie jetzt schon müde von diesem Tag. »Korkowski ist ein polnischer Name«, sagte sie. »Aber es ist der meines Mannes. Und du siehst hoffentlich ein, dass ich enttäuscht bin, wenn ich derartige Witze ausgerechnet von dir höre, egal, wie ich heiße. Ich hätte so etwas nicht von dir erwartet.« Erst Jahre später fiel ihm auf, dass er für einen Witz aus einem Buch aus der Schulbücherei bestraft worden war, bei dem *Polacken* sogar im Titel stand. Auf den Gedanken war er damals nicht gekommen. »Es gibt eine ganze Welt da draußen«, fuhr Mrs. Korkowski jetzt milder fort. »Das darfst du nie vergessen, Aaron. Vergiss niemals, dass es da draußen Dinge gibt, die weit jenseits dessen liegen, was du in diesem Augenblick weißt oder dir vorstellen kannst.«

***

Normalerweise verbrachte Aaron die Pausen nicht im Lehrerzimmer, aber an diesem Morgen ging er hin, um einer Antwort auf Paolos Frage auszuweichen. Die Kollegen saßen um eine Schachtel mit Ananasbrötchen herum, die Marla in der chinesischen Bäckerei nebenan besorgt hatte. Das hieß, irgendjemand war bei ihr im Büro gewesen und hatte um irgendetwas gebeten – rechtzeitig fotokopierte Unterrichtsmaterialien zum Beispiel oder gar eine Gehaltserhöhung. Er wollte sich eins nehmen, zuckte aber zurück, als er den Post-it-Zettel auf der Schachtel las: *Danke, dass ihr euch so viel Mühe gebt. Liebe euch alle. Marla.*

Er kam sich allmählich altmodisch und schrullig vor in diesem neuen sozialen Milieu. Hier wurden Geschäfte nicht per Handschlag, sondern mit einer Umarmung besiegelt und Telefonate übers Handy in aller Öffentlichkeit abgewickelt, und zwar in sämtlichen Einzelheiten, die traditionell nur in Schlafzimmer oder Arztpraxen gehörten. Und jetzt das – da pappten einem Leute, die einen als Englischlehrer eingestellt hatten, Liebeserklärungen auf Süßigkeiten. Walter und er hatten einmal im Einkaufscenter von Albuquerque mit angehört, wie sich ein Teenager von seinen Eltern verabschiedet hatte, und Aaron hatte gefragt: »Wieso sagen sie eigentlich dauernd ›Hab dich lieb‹, als ob der Bengel in den Krieg zieht? Der geht doch offensichtlich bloß ein paar Stunden zu Gap, damit seine Eltern in Ruhe viel zu viele Weihnachtsgeschenke für ihn kaufen können.«

Walter hatte das mit dem lässigen Hinweis kommentiert, Aaron müsse unbedingt lernen, *ungezwungener* mit seinen Gefühlen umzugehen. Als wären einstudierte Liebesfloskeln ein Beweis für einen besonders entspannten Gefühlshaushalt. Aaron hatte eher den gegenteiligen Verdacht: Die Menschen hatten sich so weit von ihren Gefühlen entfernt, dass sie gar nicht mehr merkten, wie sehr sie sie mit solchen Gesten entwerteten, seiner Meinung nach untergruben sie mit solchem Gerede und Getue doch genau die Empfindungen, die sie angeblich meinten, sie machten sie zu Gemeinplätzen, zu Allzweckformeln.

Nur Winnie hatte ihn verstanden, weil sie eben Winnie war. Er sah noch einmal auf den Post-it-Zettel. Sie fehlte ihm entsetzlich.

13

Auf dem Rückweg in sein Klassenzimmer blieb Aaron in der Tür gegenüber stehen. Er wollte sich kurz mit dem Detektiv bekannt machen, aber es waren nur seine Schüler da: ein etwa vierzigjähriger Mann, der aus Kenia stammte, wie er später erfuhr, eine junge Frau mit Tattoos am Hals, aber adrett gekleidet in blassblauen Blazer und Stoffhose, und eine etwa sechzigjährige Dame, die er auf Anhieb für transsexuell hielt. Nicht, weil sie irgendeinem Transsexuellenklischee entsprochen hätte, im Gegenteil, sie sah aus wie eine Frau, sehr zierlich, im maßgeschneiderten Hosenanzug, ohne Make-up, aber mit Lippenstift, und kaum Schmuck. Seine Vermutung rührte von einer seltsamen kleinen Geste der Frau her: Sie trat vor Türen immer einen Schritt zurück und ließ anderen Frauen den Vortritt, eine Angewohnheit, die über Jahre eingeübten, nicht mehr auszutreibenden Manieren eines Gentlemans. Die drei Schüler saßen über Arbeitsblättern, aber Aaron fragte nicht, wo der Detektiv war. Sicher wieder rauchen. Vier Mal war er heute Morgen schon aus seinem Klassenzimmer geschlüpft und zum Raucherbalkon am Ende des Korridors gestrebt.

Aaron ging hinter seinen eigenen Schülern her in die Klasse zurück. Während sie sich wieder hinsetzten, schrieb er die nächste Aufgabe an die Tafel:

Schreiben Sie in 3–5 Sätzen auf einer halben Seite eine Anekdote oder ein Detail über sich auf, es darf überraschend, amüsant, interessant oder sogar peinlich sein. Es sollte etwas sein, von dem die Mitschüler nichts wissen. Bitte KEINE Einzelhei-

ten, zum Beispiel Ortsbezeichnungen, aus denen erkennbar wird, wer es geschrieben hat. Wenn Sie fertig sind, falten Sie das Blatt zusammen.

»Bitte«, sagte Yoshi und zeigte auf die Tafel, »was ist Anneck*tote*?« Er sprach das Wort mit so erschrockener Miene aus, als wollte es ihm heimlich einen Mord unterstellen.

»Eine A-nek-*dote*«, korrigierte Aaron, »ist eine kurze Geschichte über etwas, das einem zugestoßen ist.«

»Haben Sie eine Beispiel?«, fragte Pilar.

»Okay, hier ist *ein* Beispiel«, sagte er. »Ich esse sehr gern Fleisch, am liebsten verschiedene Sorten von Tierfüßen – Schweinshaxen, Hühnerbeine, Entenschenkel, Lammkeulen. Das ist ein überraschendes Detail über mich. Also, schreiben Sie bitte Ihre Anekdote auf, wir lesen sie dann vor und gucken mal, ob die Klasse errät, wer welche geschrieben hat. Auf die Weise lernen wir uns besser kennen und erfahren auch etwas über unsere beiden Neuen.« Die beiden neuen Schülerinnen waren seit der letzten Woche dabei, eine Türkin namens Aksu und eine junge Koreanerin, die in Tränen ausgebrochen war, als sie sich kurz vorstellen sollte. Hinterher hatte sie Aaron gestanden, dass sie noch nie im Leben vor einer Klasse gesprochen hatte und dass sie in Korea dank einem ärztlichen Attest davon befreit war, vor Leuten zu reden.

Die Schüler brauchten lange für ihre Anekdoten. Am Ende schrieben sie sie noch einmal sauber ab, und das neue Blatt kam zusammengefaltet in ein Bowlegefäß, das Aaron aus dem Lehrerzimmer geborgt hatte. Er zog einen Zettel heraus und las vor. Es ging um einen Jungen, der sich den Penis im Reißverschluss eingeklemmt hatte und, als sein Vater erklärte, da helfe nur eine Schere, losgeschrien hatte, in panischer Angst, dass sein Vater nicht den Reißverschluss, sondern seinen Penis meinte. Alle lachten und sahen zu Luis, und Luis war hocherfreut, als Autor erkannt zu werden. Die beiden nächsten Anekdoten waren ähnlich gestrickt, niedliche Kindheitserinnerungen, über die die Klasse kicherte. In der vierten Geschichte hatte der Erzähler zu Hause im neunzehnten Stockwerk das Fenster aufgestemmt und die Katze seiner Mutter nach draußen geworfen. Er war elf und von einem etwas älteren Cousin angestiftet worden, der behauptet hatte, Katzen hätten neun Leben. Als er mit dem Fahrstuhl nach unten fuhr, um die Katze wieder hochzuholen, lag sie zerschmettert auf dem Bürgersteig. Die Klasse wurde beim Vorlesen immer stiller. Niemand mochte raten, von wem die Anekdote stammte, es kam ihnen vor, als sollten sie sagen, wer von ihnen der Grausamste war. Aaron war sicher, dass Neto sie geschrieben hatte – er erkannte die Schrift –, aber als er fragte, von wem sie sei, saß Neto nur still da und verweigerte die Auskunft.

»Schön«, sagte Aaron. »Dann haben wir ja einen richtigen Mystery-Autor in der Klasse.«

Sie erfuhren, dass Aksu, die neue türkische Schülerin, zu den Couch Potatoes zählte und Ji-hun sonntags immer in den Golden Gate Park ging, weil da vor dem Museum Swing getanzt wurde. Als Nächstes zog Aaron sein eigenes Blatt aus der Schüssel. Er hatte lange überlegt, was er erzählen sollte – dass sein Vater vom Paradewagen gefallen war, dass seine Mutter verschwunden war, dass er Jacob das Leben gerettet hatte –, aber schließlich hatte er eine Geschichte aufgeschrieben, die ihm sein Urgroßonkel August in jenem Sommer der Englund'schen Familienferien erzählt hatte. Sie handelte von seiner Familie mütterlicherseits, die zehn Jahre lang jenseits des nördlichen Polarkreises gelebt hatte, gemeinsam mit sechs anderen norwegischen Familien und mit den Lappen. Sie wären fast verhungert, das Einzige, was in diesen Breiten überhaupt wuchs, waren Kartoffeln, und nicht einmal die gediehen gut. Schließlich waren sie nach Amerika ausgewandert, und auch da lebten sie wieder von der Landwirtschaft in einer sehr kalten Gegend. Aaron hatte erwartet, dass die Schüler mit der Geschichte etwas anfangen könnten, weil sie vom Ankommen in diesem Land handelte, aber sie reagierten nur verblüfft.

»Warum sie pflanzen im Schnee?«, fragte Chaa.

»Sie brauchten doch etwas zu essen«, antwortete er. Er wusste, was Chaa – und alle anderen – eigentlich wissen wollte: Wieso war die Familie erstens überhaupt an einen Ort jenseits des Polarkreises gezogen und zweitens so lange geblieben, sie hatte doch gemerkt, wie aussichtslos die Lage war. Er selbst hatte die Geschichte mit fünf erzählt bekommen, damals konnte er seine Urahnen noch nicht nach dem Warum fragen. Aber jetzt, aus der unbefangen logischen Perspektive seiner Schüler betrachtet, kam ihm der Gedanke, dass die Unfähigkeit, etwas als aussichtslos zu erkennen und trotzdem daran zu hängen, womöglich in der Familie lag. Hatte sich seine Mutter nicht entschieden, seinen Vater zu heiraten, obwohl sie bei den Goulds viel glücklicher gewesen war, und war sie nicht mit Aaron nach Mortonville gezogen, obwohl das ihrer Meinung nach kein Ort für einen Neuanfang war? Und er selbst? Es stimmte ja, er hatte Walter mal geliebt, aber irgendwann nicht mehr – und trotzdem war er geblieben, jahrelang. Er war ja auch jenseits des Polarkreises geblieben, weil das Vertraute, Familiäre so wichtig war, selbst wenn es sich anfühlte wie Kartoffelnanbauen im Frostboden.

Die Schüler starrten ihn noch immer erwartungsvoll an.

»Sie haben wohl die Herausforderung gesucht«, sagte er. »Und sie wollten ihr eigenes Land besitzen, sogar wenn es jenseits des Polarkreises lag.« Er griff in die Bowleschüssel. »Die nächste Geschichte.«

Er faltete das Blatt auseinander und las: *Ich bin verlobt zu bulgarische Frau. Wir treffen letzte Jahr in mein Land. Jetzt ich bin in Amerika und sie ist in ihr Land. Ich warte auf H-1B-Visa, dann sie kommt hier und heiratet mit mir.*

Die Schüler riefen nacheinander jeden männlichen Namen, sogar Aarons, nur Melvins nicht. Aaron fragte sich, wie Melvin sich wohl fühlte, wenn man seinem schwulen Lehrer eher eine

Braut zutraute als ihm. Natürlich war er sich nicht sicher, ob die Schüler ihn für schwul hielten. Er hatte ein, zwei Mal eine »frühere Beziehung« erwähnt, aber selbst Muttersprachler taten sich schwer mit der Nomenklatur schwuler Lebensformen, und für viele seiner Schüler war der klassische Schwule einer wie Nico mit seinen Chaps.

»Ihr habt jemanden vergessen«, sagte er. Dabei hatte er selbst einen Augenblick gebraucht, um darauf zu kommen, dass die Geschichte von Melvin stammen musste. Melvin war Koreaner. Eigentlich hieß er Man-soo, aber in den Vereinigten Staaten war sein Name zu Man geschrumpft worden, und weil ihm dieser Spitzname unangenehm war, hatte er sich selbst einen Namen ausgedacht: Melvin. »Ist das von Ihnen, Melvin?«, fragte Aaron. »Sind Sie verlobt?«

Melvin fing an zu stammeln. »Sie heißt Nikolina«, stieß er hervor.

»Wie haben Sie sich denn kennengelernt?«

»Sie war putzen in Korea.«

»Als Hausmädchen?«, fragte Aaron nach.

»Ja«, sagte Melvin.

»Bei Ihnen zu Hause?«

»Nein.« Melvin zuckte zusammen und leckte sich über die Lippen, sie waren immer so aufgesprungen, dass allein der Anblick wehtat. Mehr kam nicht von ihm.

Für Aaron war Melvin der undurchschaubarste seiner Schüler, er gab vorzugsweise einsilbige Antworten und lächelte nie. Die anderen Mitschüler behandelten ihn höflich, zogen ihn aber nie auf, was sie sonst ständig gegenseitig taten, vielleicht weil Melvin mit zweiunddreißig älter war als die meisten anderen. Andererseits, Paolo war schon über fünfzig, und trotzdem riss die ganze Schule Witze über ihn. Aaron nahm an, dass ihr behutsames, beinah ehrerbietiges Benehmen gegenüber Melvin mit seinem Gesicht zu tun hatte. Es war auf der rechten Seite eingedellt und verknautscht, als hätte ihn ein Pferd getreten. Melvin verlor nie ein Wort darüber, aber er verhielt sich, als sei er es gewohnt, angestarrt zu werden.

»Herzlichen Glückwunsch, Melvin«, sagte Aaron.

***

An diesem Nachmittag blieben Tommy, unübersehbar einer von Aarons Lieblingsschülern, und die anderen Thais nach dem Unterricht im Klassenraum. Sie wollten wissen, ob es ein englisches Wort dafür gab, dass man in jemanden verliebt ist und der einen nicht zurückliebt. Als sie sich ums Lehrerpult scharten, bemerkte Aaron, dass auch Melvin, der eigentlich immer als Erster ging, noch an seinen Platz saß. »Unerwiderte Liebe«, sagte er. »*Unerwidert* heißt nicht zurückgegeben.«

Sie sprachen es nach – »unerwiderte Liebe« –, und Bong, der trotz des unglücklichen Spitznamens Ernsthafteste der vier, fragte weiter, wie man das Wort benutzte, ob man zum Beispiel *unerwidert* zu geliehenen Büchern sagte, die man nicht zurückgegeben hatte, oder zu Essen, das Gäste im Restaurant in die Küche zurückgehen lassen wollten.

»Zweimal nein«, sagte Aaron.

»Ich habe unerwiderte Liebe«, verkündete Tommy pathetisch, und Aaron und die anderen Thais fingen an zu lachen. Tommy gab sich alle Mühe, erbarmungswürdig dreinzuschauen, aber er war ein Optimist mit angeborenem Faible für Albernheiten, das er sorgsam kultivierte, und alles zusammen konterkarierte seine gelegentlichen Versuche, Angst zu haben.

»Sind Sie sicher, dass Ihre Liebe nicht erwidert wird?«, fragte Aaron, worauf die drei anderen noch lauter lachten. Anscheinend kannten sie das Objekt von Tommys Zuneigung.

»Ja«, sagte Tommy. »Total sicher. Es ist Aksu.«

»Ach«, sagte Aaron und ärgerte sich, dass man ihm seine Überraschung anmerkte.

Aksu, die neue türkische Schülerin, war vierundzwanzig, eine stille Schönheit und erst seit Kurzem in den Vereinigten Staaten. Sie hatte ein abgeschlossenes Studium als Französischlehrerin. Als sie das an ihrem ersten Tag in der Klasse erzählt hatte, hatte Aaron gefragt: »Warum sind Sie hierhergekommen und nicht nach Frankreich gegangen?« Sie hatte betrübt geantwortet: »Ich hasse Französisch.«

»Und warum haben Sie es dann studiert?«, hatte er weitergefragt, und ihre logische oder unlogische (er war sich nicht sicher, was von beidem) Antwort war: »Woher hätte ich wissen sollen, dass ich es hasse, bevor ich es gelernt habe?«

»Aksu ist ein ganzes Stück älter als Sie«, sagte Aaron. Es war ein Versuch, sie für Tommy ein bisschen weniger begehrenswert zu machen, keine ganz leichte Übung angesichts ihres wehmütigen Lächelns und ihrer Rehaugen. Tommy war neunzehn und hatte gerade die Highschool hinter sich.

»Ich habe beschlossen, ich mag lieber ältere Frauen«, sagte er. »Sie sind welterfahren.« Aaron musste lachen. Das Wort konnte Tommy nur aus dem Wörterbuch haben. »Und wir passen perfekt zusammen. Wir sind beide Couch Potatoes.«

»Dann brauchen Sie wohl zwei Couchen«, sagte Aaron.

»Erzählen Sie uns noch mal die Couch-Potato-Geschichte«, sagte Chaa.

»Die kennen Sie doch schon«, sagte Aaron. Er bereute zutiefst, dass er sie erzählt hatte, sie hatte nur das Bild seiner Schüler von Amerika verfestigt.

»Ja, aber wir mögen sie gern noch mal hören«, sagte Chaa. »Bitte.«

Aaron hatte die Geschichte auf einer Party in Albuquerque selbst erzählt bekommen, von einer Krankenschwester aus der Notaufnahme. Sie handelte von einem Mann, der mit Schmerzen in der Brust eingeliefert worden war. »Er wog zweihundertachtzehn Kilo«, hatte sie erzählt. »Vier Sanitäter mussten anpacken, um ihn von der Couch hochzukriegen. Ich ziehe ihn also aus und versuche, ihn in das Kliniknachthemd zu bugsieren – aber keines passte. Am Ende haben wir ihn in ein Bettlaken gewickelt –, und ich bin plötzlich an irgendwas Hartes in seiner Magengegend gekommen. Ich habe ihn abgetastet, und wissen Sie, was es war? Eine Fernbedienung, die klemmte zwischen seinen Speckfalten.«

Er hatte die Geschichte in einer Unterrichtseinheit über Prozesse erzählt, die es nur an amerikanischen Gerichten gab. Unter anderem den Fall eines Mannes, der eine Fluggesellschaft verklagt hatte: Er hatte für zwei Sitzplätze bezahlen sollen, weil er nicht in einen passte. Daraufhin hatte Pilar erzählt, dass sie nach Weihnachten den ganzen Rückflug aus Spanien auf einem der Klappsitze für die Flugbegleiter zubringen musste, weil ihre Sitznachbarin so zu ihr herübergequollen war, dass der Flug für beide kein Vergnügen war. »Ich hatte meinen Sitzplatz bezahlt, aber ich durfte nicht darauf sitzen.«

»Gilt ein Ticket für eine Person oder für einen Sitzplatz?«, hatte Aaron die Klasse gefragt.

»Warum gibt es überhaupt Prozess?«, hatte Katya gefragt. »Der Mann braucht zwei Plätze. Er muss bezahlen für zwei Plätze.«

An der Stelle hatte Aaron von dem Patienten mit der Fernbedienung im Bauchspeck erzählt. Damals auf der Party hatten die Notaufnahmeschwester und, zugegeben, auch er herzlich gelacht. Die Vorstellung, dass die Laster eines Menschen buchstäblich mit seinem Körper verwachsen, war so schön symbolisch. Als er die Geschichte später seinen Schülern erzählte, fand er sie nicht mehr komisch oder lehrreich. Er fand sie grausam. Er fand sich selbst grausam, sie seinen Schülern zu erzählen, vor allem weil sie sich so exakt mit ihren Klischees von Amerika deckte: Hier konnte sich ein Mensch auf seiner Couch totfressen, denn in Amerika war man frei – frei, zu vereinsamen und so fett zu werden, dass man nicht mal mehr von der Couch hochkam.

Melvin saß noch immer an seinem Tisch. Er hatte schon zweimal sein Heft herausgeholt und wieder eingesteckt, um Beschäftigung zu simulieren.

»Keine Geschichte jetzt«, sagte Aaron energisch, »ich muss mit Melvin sprechen.«

Melvins Kopf fuhr hoch.

»Auf Wiedersehen, Aaron«, sagten die vier Schüler. »Bis morgen.«

»Bitte pünktlich kommen«, rief er ihnen nach, wohl wissend, dass sie das nicht schafften. »Und nicht unerwidert verlieben.« Ihr Gelächter hallte noch durch den Korridor.

Melvin mit dem eingedellten Gesicht saß abwartend da. Aaron überlegte, was er wohl von der Couch-Potato-Geschichte hielt. Ob er dachte, dass Leute, die anders waren, überall auf der Welt angeglotzt und mit unfreundlichen Sprüchen bedacht wurden, oder hörte er sich die Geschichte vom fetten Mann an und fand, dass sie nichts mit ihm zu tun hatte?

»Melvin«, sagte Aaron, »Sie sind aber geduldig. Haben Sie noch eine Frage?«

Er rechnete mit einer grammatischen Unklarheit, beim Passiv zum Beispiel, aber Melvin stammelte: »Ich habe romantische Frage.«

»Ach so«, sagte Aaron. »Schön. Tja, dann ist heute ja genau der richtige Tag. Worum geht's denn?«

»Nikolina und ich haben keine Sprache zusammen«, fing Melvin an.

»Wie meinen Sie das?«

»Ich spreche nicht Bulgarisch und sie spricht nicht Koreanisch.«

»Aber Sie haben sich in Korea kennengelernt. Sie muss doch Koreanisch sprechen.«

»Sie war Hausmädchen«, erinnerte ihn Melvin.

»Englisch?«, bot Aaron an.

»Sie spricht nicht Englisch.«

»Aha«, sagte Aaron, »und können Sie mir erklären, wie Sie beide sich verständigen?«

»Ich schreibe in Englisch, und sie nimmt E-Mail und gibt in

Computerprogramm und übersetzt in Bulgarisch. Sie schreibt in Bulgarisch, und ich übersetze auch so dann in Englisch. Bald ich werde ihr Geld schicken für Englischkurs, aber noch wir benutzen Programm.«

»Und?«, drängte Aaron.

»Vor zwei Tage ich schicke mein erster romantischer Brief zu ihr.« Melvin sah aus, als ob er gleich in Tränen ausbrechen würde.

Aaron fragte sich, wie man sich schon vor irgendeiner Liebeserklärung verloben konnte. »Gut«, sagte er, »und was war dann?«

»Gestern sie schickt Antwort.«

»Na prima«, sagte Aaron.

»Ist nicht romantische Antwort.« Melvin stiegen Tränen in die Augen. Er hielt Aaron die ausgedruckte E-Mail hin und wandte den Blick ab.

Lieber Man-soo,

danke für dein Brief. Ich aufweisen sehr viel Fleisch. Wie sehr groß Steak mit Kartoffel und saure Sahne. Ich hoffe wir essen Steak in Amerika sehr bald.

Dein wahrlich,

Nikolina

»Wirklich seltsam, der Brief«, fand auch Aaron. Er wusste nicht, was er sagen sollte. »Haben Sie sie gefragt, was sie von Fleisch hält?«

»Es war doch romantischer Brief«, sagte Melvin.

»Na ja, darf ich mal sehen, was Sie ihr geschrieben haben? Vielleicht hat sie etwas missverstanden?«

»Sie benutzt Computerprogramm für Übersetzung«, wiederholte Melvin energisch.

Melvin war völlig mittellos in die Vereinigten Staaten gekommen, hatte jahrelang Computerkurse besucht und sich zu einem gesuchten IT-Spezialisten gemausert, sodass er ein H-1B-Visum bekommen hatte. Sein Spezialgebiet war so komplex, dass Aaron noch immer nicht genau wusste, was Melvin eigentlich machte, obwohl er es am ersten Tag detailliert beschrieben hatte. Aber Computer hatten Melvin zu einem Job, einer Aufenthaltsgenehmigung und, in gewisser Weise, auch zu einer Braut verholfen; an Computern zu zweifeln oder ihre Fehlbarkeit auch nur in Erwägung zu ziehen wäre ihm nie eingefallen.

Trotzdem zog er seinen Rucksack auf, kramte ein zweites Blatt heraus. Aaron las es und fing an zu lachen. Melvin schlug verlegen die Augen nieder. Aaron sagte hastig: »Ich weiß jetzt, was das Problem ist. Ihr Daumen hat Ihnen das eingebrockt. Die Leertaste, Melvin.« Er fuhr mit dem Zeigefinger unter dem letzten Satz entlang. Dort stand: *I would like to keep you near meat all times.*

Melvin starrte auf den Satz und schwieg, also nahm Aaron Melvins Stift und unterstrich das Wort *meat.* »Da fehlt der Zwischenraum«, sagte er. »Sie meinten eigentlich ›near *me at* all times‹ und haben aus Versehen ›near meat‹ geschrieben.«

Melvin starrte auf das Blatt mit seinem misslungenen Versuch, romantisch zu sein. Aus seinem Mund kam ein mattes *Ha-ha.* Es war das erste Mal, dass Aaron ihn lachen hörte.

»Ich würde mir keine Sorgen machen, Melvin. Ich könnte mir vorstellen, dass sie Ihren Wunsch, sie immer in der Nähe von Fleisch zu haben, sogar sehr romantisch fand.«

Melvin dachte darüber nach. Dann schlang er plötzlich seine spindeldürren Arme um den Körper und lachte, und seine eingedellte rechte Gesichtshälfte sah aus wie ein zweiter, nach Luft japsender Mund.

14

Aaron ging tagsüber aus Mortonville fort, und er fand nicht, dass er damit in die Fußstapfen seiner Mutter trat. Sie war mitten in der Nacht verschwunden, ohne irgendjemandem ein Wort zu sagen, bei ihm war es ein normaler Sonntagnachmittag im Juli. Um Punkt zwei Uhr hielt Walters Wagen vor dem Haus der Hagedorns, wo Aaron wohnte, seit seine Mutter weg war. Er verließ das Kellerzimmer mitsamt dem Bett und dem Schrank, die Mr. Rehnquist und Mr. Hagedorn – Rudy – ein Jahr zuvor aus seinem Zimmer über dem Café geholt hatten. Er hatte in jeder Hand einen Koffer, und darin waren nur Kleidung, ein Fotoalbum und ein paar Bücher. Er stellte sie an der Haustür ab und ging noch einmal ins Wohnzimmer, wo alle drei Hagedorns warteten, denn jetzt war klar, dass er wirklich auszog.

Sie hatten ihn so freundlich aufgenommen, aber sie waren bestimmt ebenso froh, ihr Haus wieder für sich zu haben, er jedenfalls wäre es. Für ihn tat die Erleichterung ihrer Freundlichkeit auch keinen Abbruch. Er drückte Rudy die Hand, Rudy klopfte ihm auf den Rücken und wünschte ihm alles Gute, schon leicht angetrunken. Mrs. Hagedorn fragte ihn, wo er hinzog und warum und mit wem. Natürlich würde er ihr fehlen, aber erst mal wollte sie unbedingt alles wissen, um ihren Freundinnen nachher am Telefon haarklein vom Auszug berichten zu können. Bernice stand neben ihr und tat so, als ob sie das alles nicht interessierte. Als Aaron linkisch die Arme ausstreckte, um sie zu umarmen, fuhr sie zurück, und ihre Haare fielen wie ein schwarzer Vorhang über ihren Augen zu. Er wusste nicht, ob sie aus Wut so reagierte oder weil sie nicht wollte, dass er ihrem Körper so nahe kam.

Walter sagte ihm später, nach seiner Einschätzung war Bernice in Aaron verliebt und und so demonstrativ von ihm abgerückt, weil er sich soeben gegen sie entschieden hatte.

Als Aaron das Gepäck im Kofferraum verstaute, wehten vom Sportplatz ein paar Blocks weiter Jubelrufe und Getröte herüber, offenbar hatte gerade jemand einen Homerun hingelegt, und dass er das Geräusch so mühelos erkannte, machte seinen Wunsch, hier wegzukommen, nur noch stärker.

Auf der Fahrt die Main Street hinunter dachte er an den Tag, an dem seine Mutter und er nach Mortonville gefahren waren und vor dem Café geparkt hatten, das ihm damals kaum etwas bedeutete. Dreizehn Jahre später fuhr er weg aus diesem Ort, weg von dem Jungen, der er dort geworden war, dem schüchternen, höflichen Aaron, der nur wenige Freunde hatte und von seiner Mutter verlassen worden war. Es ist sehr schwer, Menschen, die zu wissen glauben, wer man ist, von ihrem Bild abzubringen, und das macht es sehr schwer, jemand anderer zu werden. Vielleicht war auch seine Mutter deshalb gegangen – sie hatte einfach nicht gewusst, wie sie es anstellen sollte, hier irgendetwas anderes zu werden als seine unglückliche Mutter.

Als sie das Café übernommen hatte, hatte sie alles selbst gemacht – gebacken und gekocht und meistens auch serviert – und nur für die Stoßzeiten ein paar Frauen aus dem Ort zum Bestellungaufnehmen und Essenauftragen dazugeholt. Irgendwann war ihr das Backen zu viel geworden, und sie hatte Bernice angestellt. Bernice stand manchmal auch am Grill, während seine Mutter zwischen Küche und Restaurant hin- und hersauste, aber Bedienen verweigerte sie hartnäckig, sie brachte nicht einmal Rühreier, die kalt zu werden drohten, an einen Tisch. Die Gäste liebten ihr Gebäck, besonders die Hamburger-Brötchen. So erstaunlich rund und süß, lobten die Männer. Die Männer sagten gern: »Ja ja, unsere Bernice, die hat nun mal die leckersten Brötchen in ganz Mortonville«, jedes Mal, bevor sie hineinbissen. Sie fanden es witzig, auf Bernice' ziemlich füllige Figur anzuspielen –

hundertzweiundsechzig Kilo, wie sie Aaron eines Morgens sachlich mitgeteilt hatte. Er hatte nicht gewusst, wie er darauf reagieren sollte, außer mit einem neutralen Gesichtsausdruck ohne irgendeine Regung, die sie seiner Vorstellung nach erwartete: weder Entsetzen noch Schock noch Ekel. Besonders füllig war ihr Hintern, laut Lew Olson sah er aus »wie wenn sich zwei Schweine aus einem Jutesack freistrampeln wollen«. Aaron hatte nichts übrig für vulgäre oder gemeine Sprüche, und der von Lew war beides. Die Männer spürten, wie unwohl ihm dabei war, und taten, was Männer dann gern tun. Sie setzten noch eins drauf, machten Andeutungen, dass Bernice seine Freundin sei. Befreundet waren sie wirklich, und natürlich konnte einem das komisch vorkommen, denn Bernice war um einiges älter als Aaron. Als sie im Café anfing, war sie zwanzig und er dreizehn, es war durchaus eine »unwahrscheinliche Freundschaft«, aber gerade unwahrscheinliche Freundschaften, das hatte er seitdem gelernt, waren oft die pflegeleichtesten.

Bernice kam jeden Morgen um vier durch die Gasse zwischen ihrem Haus und dem Hintereingang des Cafés, schloss die Küchentür auf und schaltete als Erstes die kleine Kaffeemaschine an, die Aaron jeden Abend, wenn seine Mutter und er das Café zusperrten, für sie vorbereitete. Sein Zimmer lag genau über der Küche, und in seinem Wandschrank befand sich ein Entlüftungsloch, durch das alle Gerüche direkt in sein Zimmer kamen, eine Art olfaktorischer Wecker mit Schlummerfunktion: Zuerst stieg der Kaffeeduft hoch, danach der Duft von Eiern mit Speck (Bernice' Standardfrühstück), und alles zusammen ergab einen Weckruf der angenehmsten Art. Er zog sich an, ging auf Zehenspitzen ins Bad, putzte sich die Zähne und wusch sich das Gesicht. In der Zwischenzeit war Bernice auch so weit. »Bin halbwegs gesellschaftsfähig«, sagte sie, wenn er in die Küche kam. Bernice redete immer so. Ganz zu Anfang hatte sie ihm mal erklärt, sie sei Misanthropin, und das hatte ihm gefallen, und zwar sowohl, dass sie es zugab, als auch das Wort selbst. Er fand es wunderschön.

»Stubenhocker«, begrüßte sie ihn an einem anderen Morgen, während sie sich durch einen Klumpen Sauerteig walkte. »Was sagt dir das Bild?« Es war ein Spiel, das sie manchmal spielten. Für ihn zeigte das Bild eine fast klaustrophobische Konfrontation, zwei Hauptwörter – *Stube* und *Hocker* –, die sich gegeneinander aufbäumten. Sie nickte leicht angewidert über die Interpretation, sagte aber nichts weiter.

Meistens wog er ihr die Zutaten ab – Backpulver und Zucker, tassenweise gesiebtes Mehl, Salz –, füllte sie in Schälchen und stellte sie so nebeneinander, dass Bernice nur noch die Arbeitsplatte entlangzugehen brauchte und alles in der richtigen Reihenfolge mischen konnte. Dank diesem System konnte sie sich aufs Reden konzentrieren. Die Gespräche drehten sich immer um Sprache, wie viele Möglichkeiten sie bot und wo sie versagte. Aaron und sie seien Geistesverwandte, behauptete Bernice, zwei Wesen, die mit Wörtern besser zurechtkamen als mit Menschen, aber die Ironie dahinter entging Aaron nicht: Wörter gab es nur, weil es Menschen gab und weil Menschen ein tiefes Bedürfnis hatten, mit anderen zu kommunizieren, sie waren ja kein Zweck an sich.

Bernice war einmal aufs College gegangen und hatte fest vorgehabt, nie mehr zurückzukehren. Aber irgendetwas war dort vorgefallen, denn sie hatte mitten im ersten Semester ihre Sachen gepackt und war wieder nach Hause gekommen. Deshalb hatten ihrer Meinung nach die Leute in Mortonville angeblich ein bestimmtes Bild von ihr – für die war sie eine, die sich für etwas Besseres gehalten hatte und dann lernen musste, dass sie es nicht war. Mehr erfuhr Aaron in den ersten zwei Jahren ihrer Freundschaft darüber nicht. Aber dann hatte sie ihm eines Morgens bei den gemeinsamen Backvorbereitungen erzählt, dass sie, nachdem sie das College geschmissen hatte, sechs Monate lang ihr Zimmer nur noch nachts verlassen hatte, um sich etwas zu essen zu holen oder aufs Klo zu gehen. Mit der Zeit begriff Aaron, dass das einfach Bernice' Art war, aus ihrem Leben zu erzählen, unverhofft und in Form häppchenweise dargereichter Details.

»Die ersten drei Wochen«, fuhr sie fort, »habe ich nur Fleisch gegessen.«

»Warum?«

»Von Fleisch kriege ich Verstopfung.«

»Und die wolltest du haben?« Er versuchte, es beiläufig klingen zu lassen. Er hatte sein Unbehagen aus Kindertagen, wenn die Sprache auf Körperfunktionen kam, noch nicht überwunden.

»Ja«, sagte sie. »Ja, wollte ich.« Wütend, als wäre die Frage unverkennbar dämlich.

»Und was hast du den ganzen Tag gemacht?«

»Gelesen. Vor allem Lehrbücher, ich wollte ja den Anschluss nicht verlieren. Ich habe spanische Verben und Konjugationen gelernt. Als ich das College geschmissen habe, waren wir erst beim Präsens, aber das fand ich nicht schlimm. Ich fand es sogar gut, von Vergangenheit und Zukunft abgeschnitten zu sein. Manchmal habe ich morgens meine Mutter an der Tür lauschen gehört. Einmal hat sie Dad erzählt, ich sei einem Kult verfallen, ich würde in Zungen reden.« Bernice lachte. »Ich glaube, es hat ihr unheimlich Angst gemacht, dass sie nicht wusste, was ich redete, aber das sollte es auch.«

»Wieso?«, fragte Aaron.

»Weil sie, seit ich wieder zu Hause war, jeden Abend ihren Freundinnen am Telefon erzählt hat, dass ich wirklich für immer zurückgekommen war. ›Bernice ist eben ein richtiger Stubenhocker‹, hat sie gesagt. Siehst du, und deshalb wollte ich sie verwirren und ihr Angst machen, sie sollte merken, dass sie nie rauskriegen würde, warum ich zurückgekommen war. Sie sollte kapieren, dass sie mich überhaupt nicht kennt. Leuchtet dir das ein?«

Aaron schraubte ein Glas Kirschen auf und schüttete sie auf die Teigstücke, die Bernice für ihn aufgereiht hatte. »Ja«, sagte er. »Leuchtet mir ein.«

»Ich hasse sie«, sagte Bernice. Es kam ihr ganz leicht über die Lippen.

***

Die Morgenroutine ging so: Um zwanzig nach sieben kam seine Mutter nach unten ins Café und warf einen prüfenden Blick in den Essbereich – waren die Tische gedeckt, die Salzstreuer gefüllt, der Kaffee gekocht –, zehn Minuten später wurde die Tür aufgeschlossen, das Schild auf OPEN gedreht, und einen Augenblick später brummte der Laden auch schon. Aaron half seiner Mutter beim Kaffeeausschenken und Bestellungenaufnehmen, und um zwanzig nach acht raffte er seine Bücher zusammen und rannte aus der Hintertür und dieselbe Gasse hinunter, die Bernice um vier hochgeschlichen war. Manchmal, wenn er an ihrem Haus vorbeikam, das ganz winzig zwischen zwei viel größeren Gebäuden klemmte, sah er durchs Küchenfenster ihre Mutter im Morgenrock an der Spüle. Es war ein seltsames Gefühl, sie da stehen zu sehen und zu wissen, was er wusste: dass ihre Tochter sie hasste.

An dem Tag, an dem er entdeckte, dass seine Mutter verschwunden war, hatte er wie immer mit Bernice in der Küche gesessen und gewartet, dass sie herunterkam. Ahnungslos. Er hatte die kanadischen Provinzen aufgezählt, weil er an dem Tag einen Geografietest schreiben sollte. Bernice hatte ihn zum Zeitvertreib auch noch Saskatchewan buchstabieren lassen.

»Meinst du, sie hat verschlafen?«, fragte Aaron schließlich. Es war zwar erst fünf vor halb acht, aber seine Mutter war seit dem Tag vor zehn Jahren, an dem sie das Café übernommen hatte, nie wieder zu spät nach unten gekommen. An jenem ersten Morgen waren sie noch zu zweit gewesen, und er war ganz früh aufgestanden, weil er vor Aufregung nicht mehr schlafen konnte, und hatte sich in eine der Nischen gesetzt und auf sie gewartet. Er hatte gewusst, dass es an der Zeit war, das Café zu öffnen, denn die Farmer standen schon auf dem Bürgersteig, unter ihnen Mr. Rehnquist, der schließlich ans Fenster geklopft und ihm zugewinkt hatte. Als Aaron die Tür aufschloss, sagte Mr. Rehnquist: »Sie hat bestimmt nur Bammel vorm ersten Tag. Lauf hoch und gib ihr einen kleinen Schubs.«

Das hatte er gemacht. Er war in ihr Zimmer hochgelaufen. Sie saß angezogen auf der Bettkante. »Hast du Kopfschmerzen?«, fragte er.

»Ich glaube, ich schaffe es nicht«, antwortete sie.

Er setzte sich neben sie, doch, sagte er, sie schaffe das, und er werde ihr dabei helfen. Sie würden jetzt zusammen nach unten gehen und den Laden aufmachen, und wenn das erst mal getan sei, dann werde alles gut. Das sagte er ihr und war doch selbst nicht sicher, dass es stimmte.

»Was würde ich nur machen ohne dich?«, hatte sie schließlich geseufzt. Sie war aufgestanden und hatte die Bettdecke glatt gestrichen, abends in ein ordentlich gemachtes Bett steigen zu können, hatte etwas Tröstliches für sie. Und dann waren sie zusammen nach unten gegangen und hatten das Café geöffnet.

»Geh lieber mal hoch und guck nach«, empfahl auch Bernice, aber jetzt konnte er sich nicht mehr vorstellen, etwas zu tun, was er vor zehn Jahren noch gekonnt hatte: ins Zimmer seiner Mutter gehen, sich auf ihr Bett setzen, ihr Mut zusprechen. Er stellte nur noch einmal in der Woche einen Korb schrankfertiger Wäsche vor ihre verschlossene Tür. Näher kam er ihrem Zimmer nicht mehr, und sie seinem auch nicht.

Um halb acht blieb ihm nichts anderes mehr übrig. Er schleppte sich hoch und über den Flur. Die Tür zum Zimmer seiner Mutter stand offen, das Bett war gemacht. Sie war weg. Er ging zum Fenster und sah auf die Gasse, wo immer der alte Oldsmobile parkte. Er war auch weg. Als er es Bernice berichtete, erinnerte sie sich, dass sie den Wagen um vier auch nicht gesehen hatte. Sie fragte ihn, ob seine Mutter am Abend vorher irgendwie merkwürdig gewirkt habe. Nein, sagte er, seine Mutter und Pastor Gronseth hätten wie üblich in einer Nische gesessen und sich unterhalten, und er habe, als er seine kanadischen Provinzen zu Ende gelernt hatte, seine Bücher auf den Tisch gestapelt und sei kurz bei ihnen vorbeigegangen, um Gute Nacht zu sagen. Da sei nichts merkwürdig gewesen.

Bernice schien skeptisch, verlor aber keine Zeit mit Erörterungen, denn vor dem Café sammelte sich immer mehr Kundschaft. Sie malte schnell ein Schild, auf dem stand ›*Vorläufig geschlossen, Familiennotfall.*‹ Aaron hätte lieber ›*Aus persönlichen Gründen geschlossen*‹ gehabt, er fand, das Wort *Notfall* würde nahelegen, dass jemand gestorben war, aber Bernice hielt dagegen, dass nichts die Leute mehr zum Klatsch anregen würde als das Wort *persönlich.* Letztlich war ohnehin egal, was da stand: Die Nachricht verbreitete sich, und die Leute strömten herbei, rüttelten ostentativ an der Tür, lasen das Schild laut vor, spähten durchs Fenster. »Ist zu«, sagte irgendjemand, der das alles gerade selbst durchexerziert hatte. Dann liefen alle aufgescheucht durcheinander, schüttelten die Köpfe und glichen ihre Informationen ab.

Aus der Nachricht wurde ein handfester Skandal, als sich kurz vor zwölf Uhr mittags herumsprach, dass auch Pastor Gronseth verschwunden war. Aaron und Bernice hatten sich in der Küche verbarrikadiert, bekamen die neue Information von Bernice' Mutter telefonisch weitergereicht und arbeiteten stoisch weiter daran, aus all dem seit dem frühen Morgen aufgehenden Teig Brot und Brötchen und Schnecken zu machen. Sie überlegten, gemeinsam das Café weiterzuführen, aber beiden war klar, dass das nicht ginge: Für Bernice war die Küche eine Kartause, und für Aaron begann das letzte Schuljahr. Das Trout Café würde wohl zubleiben müssen und das Eigentumsrecht an die Bank zurückfallen. Aber mit dem Gedanken zu spielen, war eine schöne Ablenkung an so einem Tag.

Gegen fünf beschlossen sie, sich durch die Hintertür zum Haus der Hagedorns zu schleichen. Bernice wickelte in der Küche alles ein, was sie gebacken hatten, Aaron ging hoch in sein Zimmer, um eine Tasche zu packen und sich auf die neue Realität seines Lebens einzustellen: Er hatte über Nacht seinen Job, sein Zuhause und seine Mutter eingebüßt. Und plötzlich stand er in ihrem Zimmer in der Hoffnung, irgendeinen Anhaltspunkt zu finden, vor allem irgendeinen Impuls, einen Schub nach vorn, in Richtung Wut oder Klarheit oder Kummer. Er zog die Kommodenschubladen auf. Seine Mutter hatte buchstäblich alles, was sie an Kleidung besaß, mitgenommen, Shorts und ärmellose Blusen ebenso wie Wollhosen und warme Pullover, ganz offenbar wusste sie selbst nicht, wohin sie wollte, nur, dass sie nie mehr zurückkommen würde. In der unteren Schublade lag das Familienfotoalbum. Er nahm es heraus und sah sie es im Geiste beiseiteschieben, um an all die absolut ersetzbaren Sachen zu kommen, die sie unbedingt mitnehmen wollte. Er legte es zurück und trat die Schublade mit voller Wucht zu.

In der folgenden Woche half Mr. Rehnquist ihm beim Auszug und fand das Album in der Schublade, wo Aaron es bewusst hatte liegen lassen. »Ist eine Opfergabe«, erklärte er ihm. »Sie hat sich der Erinnerungen beraubt und sie an dich weitergegeben.« Es sollte noch Jahre dauern, bis Aaron es sich gestattete, zu akzeptieren, dass es vielleicht genau so war, und beim Anblick des Albums nicht mehr nur die schiere Wut zu kriegen. Er ließ trotzdem zu, dass Mr. Rehnquist ihm das Album einpackte.

In der ersten Nacht in dem Behelfsbett, zu dem Mrs. Hagedorn eins der Sofas umgewandelt hatte, blätterte Aaron durch seine Schulbücher und blieb bei der Karte von Kanada hängen. Es schien eine Ewigkeit her, dass er mit Bernice in der Küche des Cafés gestanden, Saskatchewan buchstabiert und darauf gewartet hatte, dass seine Mutter nach unten kam. Im Chemiebuch fand er einen Zettel. Seine Mutter hatte ihn dort hineingesteckt, in der Annahme, er würde feststellen, dass sie weg war, seine Bücher nehmen und in die Schule gehen. Sie glaubte ihn zu kennen, und wieder packte ihn der Zorn. *Du bist jetzt alt genug*, stand auf dem

Zettel, sonst nichts. Er lag wach im Wohnzimmer der Hagedorns und grübelte, wofür er alt genug sein sollte und wie lange sie darauf wohl schon gewartet hatte.

15

Alle drei Hagedorns waren voluminös, wohnten aber im kleinsten Haus am Ort. Es war eher ein Puppenhaus, eine Notlösung, nachdem ihr altes Haus abgebrannt war. Sie waren gerade noch früh genug wach geworden, um herauszukommen. Bernice war im Teenageralter, als sie alle drei in das einzige Haus zogen, das sie sich leisten konnten und in dem sie, laut Bernice, herumkullerten wie drei Kohlköpfe im Gemüsefach. Als Aaron dazukam, wohnten sie dort schon beinah ein Jahrzehnt. Das Häuschen war inzwischen noch enger, weil allerlei Möbel dazugekommen waren, aber sie räumten trotzdem Platz für ihn frei. Im Wohnzimmer standen drei Sofas. Dort lagen er und Bernice fast jeden Abend und lasen und redeten. Bernice verlor kein Wort über seine Mutter und fragte auch nie, ob sie ihm fehlte. Er wusste, daran war er zum Teil selbst schuld, er hatte ja in den ersten Tagen nach ihrem Verschwinden so getan, als ob es ihm nichts ausmachte. In dieser Phase, in der seine Lehrer ihn mitleidig ansahen und seine Mitschüler ihn zur Abwechslung einfach ignorierten (was vermutlich freundlich gemeint war), schien ihm das die einzig mögliche Art, durch den Tag zu kommen.

Stattdessen erfuhr er Bernice' Lebensgeschichte, verteilt über ein Jahr und in so wohlkomponierten Epsioden, dass er sich fragte, ob sie die vorher niederschrieb und auswendig lernte. An solchen Abenden schaltete Bernice ihre Stimme in eine Art Beichtmodus, und Aaron drehte sich auf seiner Couch auf die Seite, um ihr beim Sprechen zusehen zu können, wenn ihr Bauchgebirge ihre Brüste zu winzigen Zwillingshügeln werden ließ. Sie bezeichnete, was sie erzählte, als »die Geschichte meiner körperlichen Expansion«, und die begann so: »Die meiste Zeit ging es ständig bergauf, ohne Abkürzungen, aber auch ohne Durststrecken, Talsohlen und Plateaus. Als Baby thronte ich im Kinderstühlchen in einer Ecke der Küche und sah meiner Mutter beim Schnitzeln und Stampfen, Rollen und Bestreuen zu. Wenn ich geweint habe, hat sie ihre Arbeit kurz unterbrochen und mir irgendwelche Häppchen in den Mund gestopft – Kuchenteig, Pommes frites, eine Fingerspitze Schmelzkäse –, und so war ich mit zwei Jahren ein korpulentes Kind, das noch nicht laufen konnte, aber pausenlos nach etwas zu Naschen verlangte. Laut meinem Vater habe ich erschütternd eloquent gequengelt, in Syntax und Diktion so weit wie eine Vierjährige. ›Du warst eine kleine Königin, die Hof hält‹, erzählt er gern, und das hat mich immer geärgert, nicht wegen des Bildes, sondern weil er sich so deutlich daran erinnern konnte, denn er kommt umgekehrt in meinen Erinnerungen an die frühen Jahre überhaupt nicht vor. Da gibt es nur die Küche – den Backofen mit der Tür, die aufging wie ein warmer Mund, die Topflappen, die danebenhingen – und meine Mutter, und die ist ein feister, nach Nikotin riechender Finger, der mir ›Ruhig jetzt!‹-Naschhäppchen in den Mund expediert.

In der dritten Klasse war ich aus sämtlichen Schulbänken rausgewachsen, die die Schule zu bieten hatte, also haben die Hausmeister extra einen Tisch für mich gebaut, ein raumgreifendes Gebilde aus einem alten Türblatt, das auf zwei großen Blechfässern balancierte. In die hätte jeder von meinen Klassenkameraden locker reingepasst. Ich weiß noch, wie herrlich die Fässer gescheppert haben, als sie sie über den Flur in unser Klassenzimmer gerollt haben. Der Tisch war größer als das Lehrerpult und verlieh mir eine Autorität, die ich bis dahin nicht kannte. Als die Stimmung nach ein paar Tagen wieder auf normal zu kippen drohte, habe ich meinen Stift genommen und gegen die Fässer getrommelt, immer wieder, minutenlang. Ich habe so getan, als ob ich total in Gedanken versunken bin und das gar nicht merke, dabei wollte ich nur testen, ob irgendjemand sagt, ich soll aufhören. Hat aber kein Mensch, nicht mal die Lehrerin.

Danach habe ich entdeckt, dass ich nur einfach sitzen zu bleiben und Geschäftigkeit vorzutäuschen brauchte, wenn die anderen nach draußen gingen, um unbehelligt die Pause schwänzen zu können. Pausen habe ich besonders gehasst, weil mir meine Körperfülle draußen immer besonders bewusst war. Beim Sport genauso, jedes Spiel, egal, welches, war bloß wieder eine Gelegenheit für meine Klassenkameraden, sich über mich lustig zu machen. Beim Kickball haben sie höhnisch gejubelt, wenn ich von Base zu Base rennen musste, bei ›Farmer in the Dell‹ haben sie sich auch keine Hänselei entgehen lassen, egal, ob sie mich zur Kuh oder zum Käse gewählt hatten. Am schlimmsten war Dodgeball. Meine Mitschüler konnten natürlich alle außerordentlich gut zielen, aber nur dank meiner Hilfestellung, ich gab ja ein Riesenziel ab. Es ging so weit, dass mich sogar ein paar aus meiner eigenen Mannschaft unbedingt abwerfen mussten. Beim ersten Mal hat mich der Ball hinterrücks getroffen, voll zwischen die Schulterblätter. Ich bin zu Boden gegangen, und beide Mannschaften haben herzlich gelacht.«

Bernice musste selbst lachen über ihre Beschreibung. Aaron sah ihren Bauch sacht erzittern. Er lachte nicht.

»An Dodgeball-Tagen bin ich immer mit Prellungen und blauen Flecken nach Hause gekommen, und abends im Bett habe ich extra fest darauf herumgedrückt, damit es richtig wehtut.«

»Warum?«, fragte Aaron.

»Ich dachte, wenn ich meine Schmerzschwelle senke, kann ich mich mit der Zeit vielleicht komplett gegen Schmerz immunisieren.«

»Und, konntest du?«

Sie schien die Frage nur kurz zu bedenken, aber anstatt sie zu beantworten, lenkte sie das Gespräch schnell wieder auf ihren Tisch. Der sei ihre »Rettung« gewesen, denn er habe sie bewahrt vor körperlicher Betätigung, die sie leid war, und ebenso vor dem demütigenden Dasein als Spektakel, das sie erst recht leid war. »Meistens«, fuhr sie fort, »blieb ich glücklich an meinem Tisch sitzen und las und freute mich, ganz allein in der Klasse zu sein, manchmal ging ich auch an den Tisch von jemand anderem, der an dem Tag besonders gemein zu mir gewesen war, klappte ihn auf und grabbelte alle seine Sachen an. Und wenn ich später sah, dass er die Tischplatte hochklappte und mit dem Stift zwischen den Zähnen dadrin rumwühlte, stellte ich mir genüsslich vor, ich schlendere jetzt zu ihm und erzähle ihm, was ich mit seinen Sachen gemacht habe, und noch schöner fand ich die Vorstellung, wie er sich dann ekelt. Habe ich aber nie gemacht. Es hat mir gereicht, einfach an meinem Tisch zu sitzen und zuzusehen, wie er mit den Händen hin und her, hin und her fährt, über lauter Sachen, die ich vorher angefasst hatte.«

***

Die Geschichte mit dem Tisch hatte Bernice ihm im Oktober erzählt, fünf Monate nachdem er zu den Hagedorns gezogen war. Die nächste Episode folgte erst Heiligabend. Sie waren allein im Haus, weil Bernice' Vater sich mit einer Flasche Spiced Rum in seine Angelhütte verzogen hatte und ihre Mutter in der Kirche war, zur Mitternachtsmesse, die allerdings schon um elf anfing. Es waren außergewöhnlich kalte Weihnachtstage – selbst für Minnesota, wo die Menschen an Kälte andere Maßstäbe anlegen –, aber Kälte hinderte hier niemanden daran, aus dem Haus zu gehen. Im Gegenteil, an Tagen nach Schneestürmen war morgens oft der meiste Betrieb im Café, hatte Aaron im Laufe der Jahre beobachtet, als ob die Leute schon beim Frühstück demonstrieren wollten, dass sie sich ihren Tageslauf doch nicht vom Wetter vorschreiben ließen. Als Mrs. Hagedorn aus dem Haus war, legten Aaron und Bernice sich auf ihre Sofas und lauschten dem Knirschen der Autos auf dem Schnee und den Gesprächen der Familien auf dem Weg zur Kirche. Meistens erörterten sie die Weihnachtsbeleuchtung der umliegenden Häuser. Sie wetteten, wer als Erster die Stimmen erkannte, und meistens gewann Bernice, obwohl Aaron die Leute alle jahrelang im Café bedient hatte.

Bernice bestrich eine Lefse mit Butter und zuckerte sie, bevor sie sie zusammenrollte und probierte. Agnes Olsen hatte nachmittags einen ganzen Stapel davon vorbeigebracht, Kartoffelpfannkuchen als Anzahlung für eine Klempnerrechnung. »Agnes hat die Kartoffeln nicht gut trocken gedrückt«, stellte Bernice fest, »aber ich halte es trotzdem für einen fairen Tausch, mein Vater ist ja auch nicht der beste Klempner der Stadt.« Das stimmte, der beste Klempner war Rudy nicht, aber er verlangte nicht viel und hatte keine Scheu, sich die Hände schmutzig zu machen.

Dann schaltete Bernice wieder auf Beichtmodus, wie bei der Tischgeschichte im Oktober. »Im Herbst 1976 habe ich mich an der Moorhead State University immatrikuliert«, setzte sie an. Sie sprang von der Grundschule direkt an die Uni, als wären die Jahre dazwischen nicht der Rede wert, weil zu ereignislos. Aaron rollte sich wieder auf die Seite und hörte zu. »Mein Schulabschluss war eine Art Scheideweg: Hinter mir lag der Pfad der andauernden Enttäuschung alias meine Jugend, aber jetzt stand ich auf einer Lichtung, einen flüchtigen Moment lang, in dem ich mir ein hoffnungsvolles Gefühl gestattete, und zwar, dass das Leben einfach so in eine neue Richtung losrauschen könnte. Kurz, mein Leben war plötzlich ein Gedicht von Robert Frost.«

Bernice konnte Frost nicht leiden. Das erzählte sie Aaron seit Jahren und wiederholte es auch an diesem Abend, diesmal allerdings mit dem Zusatz, ihre Aversion sei vor allem deshalb so hartnäckig geworden, weil sämtliche Lehrer die Frost'sche Lyrik unwiderstehlich fanden, einfühlsam und überhaupt nicht trivial, dabei sei das dermaßen platt symbolisches Zeug, dass sogar ein paar gelangweilte Fünftklässler es auf Anhieb entschlüsselten. In der fünften Klasse hatten sie nämlich zum ersten Mal Lyrik durchgenommen, ein Gedicht pro Monat. »Im November war ›Stopping by Woods on a Snowy Evening‹ dran«, erzählte Bernice weiter, auch nicht zum ersten Mal. »Wir hatten einen Monat Zeit, es auswendig zu lernen und fehlerlos und ohne allzu viel Soufflieren vor der Klasse aufzusagen. Auf diese Weise haben sie mir in den nächsten sieben Jahren noch drei Frost-Gedichte ins Hirn gebrannt. Und so stand ich mit achtzehn auf der berühmten Frost'schen Lichtung, und alles, woran ich denken konnte, waren seine beiden Wege, von denen der unbegangenere das ganze Leben verändert. Ich kannte keine andere Sprache, um dieses Gefühl namens Optimismus zu beschreiben, es war mir ja völlig neu.« Sie machte eine Pause, um wieder in die Lefse zu beißen.

»Dass sich die ›Lichtung‹ auftat, habe ich einem Berufsberater zu verdanken, der neu an der Schule war. Matthew Brisk hieß er. Das war der erste Mensch, der meinen Körperumfang anscheinend nicht zur Kenntnis nahm. Er feixte nicht, wenn ich mich seitlich durch die Tür in sein Büro quetschte, er hielt nicht den Atem an, wenn ich mich auf dem zierlichen Klappstuhl vor seinem Schreibtisch niederließ, er unterhielt sich einfach mit mir über etwas, das *Meine Zukunft* hieß. Jeder Satz von ihm kam mit einem Ausrufezeichen. ›Ihre Noten sind fantastisch! Und Ihre Zeugnisse! Damit stehen Ihnen so viele Wege offen!‹ Mit demselben Enthusiasmus fragte er: ›Wie sieht's aus mit Vereinen? Machen Sie bei so etwas gerne mit?‹

Also, Vereine und unter Leute zu gehen und ständig mit anderen zusammenzuglucken, das hatte mich noch nie interessiert, aber das konnte ich Mr. Brisk ja nicht sagen. Du siehst, ich hatte vom ersten Gespräch an den peinlichen Drang, seinem Bild von mir zu entsprechen, also habe ich ihm erzählt, ich sei bei den Future Homemakers of America, was auch stimmte. Ich war da in der zehnten Klasse beigetreten, die FHA-Betreuerin hatte mich beschwatzt, eine trübe Tasse, die hatte ganz klar den Auftrag, dem hiesigen FHA-Club Leben einzuhauchen. Ich habe Matthew Brisk nicht erzählt, dass jemand das Homemakers auf dem Schild am Clubraum durchgestrichen hatte und da jetzt ›Future Hogs of America‹ stand und dass ich nach drei Wochen wieder ausgetreten war, weil eine von meinen Mithauswirtschaftlerinnen Kaugummi mit Traubengeschmack in meinen Schokoladenkuchen gestopft hatte, den ich vor der Sitzung in den Backofen geschoben hatte.

Ich füllte also brav die Formulare aus, die Mr. Brisk mir gab, und machte die Zulassungsprüfung für die Uni. Das war richtig gut, da ging es um doppelte Bedeutungen von ein paar Wörtern, zum Beispiel *Haushalt*. Als Substantiv fand ich das trotz meiner FHA-Phase völlig uninteressant, aber wenn man es als Verb nimmt, *haushalten*, dann kriegt es was Spannendes. Als die Antworten auf meine Bewerbungen kamen, ging ich damit zu Matthew Brisk. Er klopfte mir auf den Rücken und sagte: ›Tolle Leistung!‹ Ich entschied mich für die Moorhead State und schrieb mich für den Herbst ein. Dass ich auf Matthew Brisk reingefallen war, dass er mit seinen ganzen Ausrufezeichen nicht die geringste Ahnung von meiner Zukunft hatte, das ist mir erst später klar geworden.«

Wieder machte Bernice eine Pause und aß zwei weitere aufgerollte Lefses. Dann nahm sie den Faden wieder auf, wieder mit einem Zeitsprung, diesmal in die fünfte Woche an der Moorhead State, als sie bei Karl Nelson mitfahren durfte. Er war auch im ersten Studienjahr und fuhr an den Wochenenden heim nach Mortonville. »Er hatte die ganze High lang geackert, um wenigstens ein Fünkchen beliebt zu sein, und nicht die geringste Lust, wieder von vorn anzufangen«, erzählte Bernice. »Er hatte eine Freundin hier, eine halbbeliebte Schülerin aus dem Abschlussjahrgang, sie gingen immer zusammen zu Sportveranstaltungen, und da sahnte er, als Student, mehr Aufmerksamkeit ab als während der ganzen Schulzeit.«

»Hat Karl Nelson dir das so erzählt?« Aaron kannte Karl Nelson – er war Buchhalter und arbeitete auch für Farmer und traf sich oft im Café mit ihnen –, aber nicht so wie Bernice ihn darstellte, mit dem seelischen Tiefgang und dem Potenzial einer Romanfigur. Für ihn war Karl Nelson einfach jemand, der mit den Farmern *Abschreibungen* und *Erträge* besprach und maximal zwei Tassen Kaffee pro Termin trank, weil Kaffee ihn »hibbelig« machte.

»Natürlich nicht«, antwortete Bernice. »Er hatte die ganze Zeit sein Transistorradio am Ohr. Wir haben auf der ganzen Fahrt nur ein einziges Mal miteinander geredet – beim Tanken in Fergus Falls. Während der Tank volllief, hat er sich zum Fenster hereingebeugt und gesagt: ›Zehn Mäuse.‹ Exakt so viel hatte ich ihm am Telefon angeboten, ich wusste: Dafür nimmt er mich mit. Ich habe zwei Fünf-Dollar-Scheine auf den Fahrersitz gelegt, obwohl der noch unangenehm warm war von seinem Hintern, aber wir waren, glaube ich, alle beide nicht scharf auf die noch viel unangenehmere Berührung unserer Hände, wenn ich ihm das Geld direkt in die Hand gegeben hätte. Ich hatte ihn am Abend vorher angerufen. Meine Mutter hatte mir von seinen allwöchentlichen Heimfahrten erzählt, und zwar bei jedem ihrer Anrufe. Ich war bis dahin kein einziges Mal nach Hause gefahren. Ich hatte auch niemandem erzählt, dass ich komme, nicht mal meinen Eltern, aber als ich meine Sachen aus seinem Kofferraum hievte, da dämmerte ihnen, dass ich wieder zurück nach Hause ziehen würde, dass ich mich auf Frosts unbegangeneren Weg gewagt hatte und gescheitert war.« Sie schwieg, als sei sie am Ende eines Vortrags angekommen.

»Und dann bist du in deinem Zimmer geblieben und hast Spanisch gelernt?«, fragte Aaron. Davon hatte sie ihm vor Jahren mal erzählt.

»Ja.« Bernice war sichtlich erfreut, dass er sich daran noch erinnerte. »In der Highschool mussten wir Deutsch lernen, was mich nie gereizt hat, aber mit Spanisch konnte ich sofort etwas anfangen, unter anderem, weil ich den Lehrer mochte, Dr. Baratto. Er hat uns gleich in der ersten Stunde erzählt, dass er Italiener sei und sein Name auf Italienisch ›Tauschhandel‹, auf Spanisch aber ›billig‹ bedeute. ›Wenn ich nach Mexiko fahre‹, hat er gesagt, ›denken alle, *da kommt wieder so ein Knauser.*‹ Die ganze Klasse musste lachen. Und ich musste daran denken, dass die Leute bei meinem Namen immer die erste Silbe falsch aussprechen, als ob ich HOG-a-dorn hieße, und dass ich noch nie einen Italiener kennengelernt hatte und jetzt Spanisch von einem lernte. Ich wusste von diesem ersten Tag an, dass die Uni mein Ding war.«

Bernice gähnte, um Aaron zu verstehen zu geben, dass die Geschichte zu Ende war. Vielleicht hatte sie einfach auf die Uhr geguckt und wusste, ihre Mutter würde bald wieder da sein – sie stand tatsächlich fünf Minuten später in der Tür, »Stille Nacht« summend –, aber Aaron war sicher, dass Bernice diesen Schlusspunkt nicht zufällig gesetzt hatte, so, als wäre sie an diesen magischen Ort namens Uni aufgebrochen und nie wiedergekehrt.

16

Später fragte Aaron sich manchmal, ob Bernice etwas an ihm erspürt hatte, das er sich selbst noch nicht wahrzunehmen gestattete, nämlich, dass der Grund, warum er ihren Körper nicht begehrte, nichts mit dem Körper selbst zu tun hatte. Sie wollte ihn nicht aus Mortonville wegziehen lassen, das wusste er, aber auch das hatte vermutlich nichts mit Liebe oder sexuellem Begehren zu tun, denn von beidem hatte er keinen Schimmer.

Am Abend seines achtzehnten Geburtstags bekam er das Ende der Geschichte wie ein Geschenk von ihr überreicht. Aber erst einmal tischte Mrs. Hagedorn ein Festessen auf, Lammkoteletts, sein Lieblingsgericht. Nach dem Essen brachte sie eine Torte mit achtzehn Kerzen, und alle drei Hagedorns sangen ihm ein Lied. Dann gab es Geschenke: einen Schlips von Mrs. Hagedorn, denn den würde er für die Abschlussfeier brauchen; ein Buch von Bernice, ›Juda, der Unberühmte‹ von Thomas Hardy, das sie in der Schule gelesen und amüsant gefunden hatte – er hatte es auch gelesen und überhaupt nicht amüsant gefunden, wegen der drei Kinder, die sich erhängen, weil sie ihren Eltern nicht mehr zur Last fallen wollen; und eine selbst gebastelte Angelrute von Rudy – ein Stock mit zwei dicken Nägeln an beiden Enden, um die herum eine Schnur gewickelt war.

Der letzte Geburtstag, den Aaron gefeiert hatte, war sein zehnter gewesen: Seine Mutter war zu der Überzeugung gelangt, dass nur echte Leistungen gefeiert gehörten, und geboren worden zu sein, war ihrer Meinung nach keine Leistung. Jedes Mal, wenn sie das sagte, gab er sich alle Mühe, nicht an das Fest zu denken, das sie zu seinem fünften Geburtstag auf die Beine gestellt hatte: Während seines Mittagsschlafs hatte sie einen Beutel Luftballons aufgepustet, bis ihr schwindlig wurde, sie lag lang auf dem Boden, als er ins Wohnzimmer kam. Er legte sich neben sie, und sie erzählte ihm, dass er mitten in einem Schneesturm zur Welt gekommen war. Sein Vater hatte sie im Streifenwagen mit Blaulicht ins Krankenhaus gefahren. »Fast wärst du noch auf dem Rücksitz geboren worden. Dein Vater war ein nervliches Wrack«, hatte sie gesagt. »Werde ich nie vergessen, die Fahrt durch dieses endlose Weiß, und am Ende warst du plötzlich da.« Immer wenn seine Mutter – das heißt diejenige, die sie nach der Parade geworden war – sagte, geboren worden zu sein, sei keine Leistung, ging er in sein Zimmer und weinte, weil es ihm zeigte, dass sie die Sache mit dem Schneesturm völlig vergessen hatte.

Aaron aß drei Stück von der Geburtstagstorte und gab sich Mühe, begeistert und nicht beklommen wegen all der Aufmerksamkeit auszusehen. Nach dem Essen verschwand Mrs. Hagedorn zum Telefonieren und Fernsehen in ihr Schlafzimmer, und Rudy lief zum Schnapsladen am anderen Ende des Ortes. Aaron setzte sich an den Küchentisch, wo er meistens lernte, weil dort das beste Licht war. Am nächsten Morgen sollte er eine Mathearbeit schreiben. Aber kurz danach erschien Bernice. »Jetzt kommt die Geschichte, warum ich aus der Uni wegmusste«, sagte sie, »aber du darfst keine Fragen stellen, jedenfalls nicht, solange ich erzähle, erst wenn ich fertig bin. Und wir dürfen nie wieder darüber reden. Das sind meine Bedingungen.«

Er stand in Mathe kurz vor einer Zwei plus, er hatte sehr gebüffelt, um so weit zu kommen, aber er konnte Bernice schlecht sagen, dass ein Mathetest wichtiger war als ihre Geschichte. Vielleicht wollte sie ihn ja auch testen, dachte er. Er stand auf und folgte ihr ins Wohnzimmer.

»Regeln verstanden?«, fragte sie.

»Verstanden.«

»Und du willst die Geschichte hören?« Sie wollte unbedingt, dass er es aussprach.

»Ich will sie wirklich hören«, sagte er. Und das stimmte. Er legte sich wie üblich auf die Seite, um sie beim Erzählen im Blick zu haben.

»Guck mich nicht an, während ich rede«, sagte sie. »Du musst genau zuhören.«

Er wollte nicht mit ihr streiten. Also rollte er sich wieder auf den Rücken und starrte an die rau verputzte weiße Decke. »Ich höre«, sagte er.

»Meine Mitbewohnerin hieß Gladys Moore. Ich hatte ihre Adresse von der Zimmervermittlung geschickt bekommen, das ist so üblich, auf die Weise können sich Zimmergenossen schon im Vorfeld ein bisschen bekannt machen. Als ich noch darüber nachdachte, ob ich Kontakt zu Gladys aufnehmen sollte, kam auch schon ein Brief von ihr. Er war auf Seidenpapier geschrieben, und man konnte deutlich sehen, dass sie ein liniertes Blatt darunter gelegt hatte. Der Brief war in Schreibschrift, so wie wir die in der zweiten Klasse gelernt hatten, akkurat bis in die komischen Großbuchstaben G und F und S, die kein Mensch je wieder so schreibt, und da dachte ich, Gladys Moore und ich würden prima miteinander klarkommen. Im Wesentlichen stand drin, dass sie einen Toaster mitbringen würde, den ich herzlich gern mitbenutzen dürfe. Es sei einer für zwei Scheiben. Ich weiß noch, da war so ein entschuldigender Unterton. Sie hatte nämlich gleich hinzugefügt, falls es mir unangenehm sei, mit einem fremden Menschen den Toaster zu teilen, könne sie gern den linken Schlitz nehmen und ich den rechten. Das mache ihr überhaupt nichts aus. Am Ende stand erst *Gott segne dich*, dann *Hochachtungsvoll* und *Deine Zimmergenossin* und schließlich ihr kompletter Name. Ich schrieb zwei Tage später zurück, ich hatte lange überlegt, ob ich meinen Körperumfang erwähnen sollte, und mich dann dagegen entschieden. Ich erklärte einfach, dass ein Toaster nützlich sei und ich ein Bügeleisen beisteuern würde, das wir auch als Zimmerbügeleisen betrachten könnten. Ich unterschrieb mit *Mit freundlichen Grüßen, Bernice.*

Im folgenden Monat hat meine Mutter mich hingefahren und sich bei allem ausgesprochen viel Zeit gelassen – beim Abreisen, während der Fahrt, beim Parkplatzsuchen. Als wir endlich vor meinem Zimmer ankamen, war es neun. Die meisten Türen auf dem Flur standen offen, die Zimmer waren offensichtlich bewohnt, die Betten bezogen, die Wände mit Postern dekoriert, Mädchen saßen zu viert oder fünft zusammen. Meine Tür war zu, ich klopfte höflicherweise an, aber es kam keine Reaktion, also ging ich hinein. Gladys Moore war eindeutig noch nicht da. Meine Mutter hatte es plötzlich ganz eilig, sie war unruhig, weil sie so spät noch zurückfahren musste, und ich fühlte mich genötigt, darauf hinzuweisen, dass sie daran selbst schuld war. Es gab ein kurzes Wortgefecht, und weg war sie.

Ich nahm absichtlich das Bett an der Tür und nicht das am Fenster, weil ich das Fensterbett für das begehrtere hielt. Ich wollte freundlich sein. Ich hatte nicht viel Gepäck dabei – nur einen großen Koffer mit Kleidung, meine Schreibmaschine, zwei Kartons mit Bettzeug und Handtüchern, meine Kulturtasche, ein Wörterbuch, das besagte Bügeleisen und etwas zum Knabbern. Als ich alles ausgepackt hatte, war es elf. Gladys Moore war immer noch nicht da, und der Empfang war inzwischen nicht mehr besetzt, also würde sie an diesem Abend wohl auch nicht mehr kommen. Ich ging ins Bett und machte das Licht aus.

Irgendwann wachte ich auf, weil ein schwacher Schein von den Flurlampen ins Zimmer fiel, und sah drei Menschen über mir, Mutter, Vater, Tochter, alle sehr lang und sehr dünn, eine Art Familie Fahnenmast. Ich setzte mich auf, und alle drei machten gleichzeitig einen Satz nach hinten. ›Himmel‹, sagte Gladys Moores Mutter. Gladys Moore hielt einen Toaster in der Hand – *den* Toaster – und sagte: ›Ich bin Gladys Moore.‹ Und ihr Vater sagte: ›Ach, Sie sind ja wach. Wir haben uns Mühe gegeben, Sie nicht aufzuwecken.‹ Dann schaltete er das Deckenlicht an. Ich sah kurz auf meine Uhr. Es war eins.

Ich fand es ungezogen, nur mit einem Nachthemd bekleidet

aufzustehen, jedenfalls ungezogener als nicht mitzuhelfen, also blieb ich unter der Decke, während sie Gladys' Sachen hereinbrachten und ihre Mutter das Bett bezog. ›Ich habe dir den Fensterplatz gelassen‹, erklärte ich. Und Gladys sagte: ›Schon in Ordnung‹, als ob sie mich beschwichtigen wollte. Als sie fertig waren, sagte ihr Vater: ›Ich hätte nichts gegen eine Scheibe Toast, bevor wir fahren, Mutter.‹ Gladys' Mutter war offensichtlich fürs Einpacken zuständig gewesen, denn sie wusste, wo das Brot, die Margarine und ein Buttermesser zu finden waren. Sie schmierte eine Scheibe für jeden, brachte mir meine ans Bett, und dann kauten wir alle vier schweigend auf unseren Toasts herum, ich halb sitzend in meinem winzigen neuen Bett, die anderen drei im Stehen.

›Gut, also dann, hast du alles?‹, fragte Gladys' Vater. Sie sagte Ja und ging mit ihren Eltern zur Tür, wo es eine kurze Verabschiedung gab. Ohne Umarmung, da standen einfach drei Leute und hoben die Hände, als ob sie einen Eid ablegten.

›Entschuldige, dass wir dich aufgeweckt haben‹, sagte Gladys, als sie weg waren. Sie drehte sich kurz um, zog Bluse und BH aus und das Nachthemd an und wandte sich wieder zu mir. ›Wir waren eigentlich schon um sechs hier, aber ich war ein bisschen aufgeregt, deshalb hat meine Mutter nur den Schlüssel abgeholt, und wir sind essen gegangen. Und dann haben wir im Auto gesessen und Radio gehört und gebetet.‹

Ich hatte bald raus, dass es Gladys' Art war, sich ständig vorauseilend zu entschuldigen. Das sagte eigentlich schon alles über sie. Ich erklärte ihr, dass ich auch erst spät angekommen war. Ich ließ noch einmal fallen, dass ich ihr das Bett am Fenster überlassen hatte, und diesmal kam als Antwort: ›Mach dir keine Sorgen deshalb.‹ Als ob ihr dämmerte, dass Beschwichtigung in meinem Fall nicht reichte und Vergebung immer gut war. Sie schaltete das Licht aus und ging zu ihrem Bett am Fenster. Ich hörte, wie sie sich hinkniete, hastig ein Gebet murmelte und dabei meinen Namen flüsterte. Dann stieg sie ins Bett und schlief ein. Aber ich lag stundenlang wach und fühlte mich allein und einsam und bange.«

Bernice machte eine Pause. Aaron hätte gern gefragt, ob es die Art Einsamkeit war, die man in neuen Umgebungen immer empfindet, oder ob es mehr war, etwas, das vielleicht daher rührte, dass sie auf engstem Raum mit einer Fremden zusammen war und diese Fremde im Dunkeln für sich beten hörte. Später wurde ihm klar, dass Bernice die Pause mit Absicht gesetzt hatte, weil sie gefragt werden wollte, denn im tiefsten Inneren und fast mehr als Sex oder Liebe brauchen Menschen vor allem eins – die Bestätigung, dass andere Menschen sie und ihre Ängste verstehen möchten. Er hatte das erst als Erwachsener begriffen, und nur dank Walter, der unbedingt alles über ihn erfahren wollte. Aaron fühlte sich immer wie berauscht, wenn Walter ihn in allen Einzelheiten nach seinem Leben ausfragte, und gab auf alles Antwort, geschmeichelt und viel zu unerfahren, um selbst auch Walter auszufragen. Irgendwann – Jahre später – verlor sich das Schmeichelhafte, und Walters Fragerei wurde immer mehr zu bloß einer weiteren Spielart von Kontrolle, vor allem weil von Walter im Gegenzug nach wie vor kaum etwas kam. Ihre Gespräche wurden immer mehr zu Monopoly-Partien, bei denen Lebensbruchstücke als Spielgeld dienten und beide versuchten, über die Runden zu kommen, ohne dass die eigenen Dollars auf dem Stapel des anderen endeten.

Aber an jenem Abend im Wohnzimmer der Hagedorns war Aaron sehr jung und glaubte noch, das, was Leute zu wollen *behaupteten*, sei dasselbe wie das, was sie wirklich wollten. Also lag er schweigend auf dem Sofa, hörte Mrs. Hagedorn bei laufendem Fernseher in ihrem Schlafzimmer schnarchen und wartete darauf, dass Bernice weitererzählte. Und das tat sie schließlich auch.

»Gladys Moore und ich verabredeten eine Art Tagesordnung. Ich stand immer früh auf und ging zu meinem ersten Kurs, und wenn ich zurückkam, stürmte sie gerade aus der Tür, und ich hatte das Zimmer zwei Stunden lang für mich. Ich habe meinen

BH aufgehakt und mich aufs Bett geworfen und gelesen. Einmal habe ich mir auch die Fußnägel geschnitten. Und meistens habe ich mir Toast gemacht, zwei Scheiben mit Margarine, im Speisesaal mochte ich nicht frühstücken. So vergingen Wochen, ohne dass Gladys und ich uns näherkamen, jedenfalls nicht so wie andere Zimmergenossinnen anscheinend. Mir war das auch lieber so. Gladys machte entweder Hausaufgaben oder las mit ein paar anderen Mädchen gemeinsam in der Bibel. Sie setzten sich extra in die Eingangshalle, damit auch alle sehen konnten, wie sie in ihre Bibeln vertieft waren, sie wollten damit auffallen, obwohl das eigentlich nicht Gladys' Art war. Einmal habe ich sie gefragt, was genau sie dabei so trieben, ich wollte wirklich nur Konversation machen, aber sie sagte sofort: ›Oh, Bernice, du solltest auch kommen. Wir sprechen über die Heilige Schrift.‹ Sie hatte anscheinend noch nicht mitgekriegt, dass man manchmal bloß etwas fragt, damit die Kommunikationsrädchen nicht einrosten.

Abends, wenn wir das Licht ausgemacht hatten, unterhielten wir uns ab und zu noch ein paar Minuten im Dunkeln über unsere Familien und wo wir herkamen und was wir aus unserem Leben zu machen gedachten. Gladys Moore kam aus einer Kleinstadt gleich hinter der Grenze zu North Dakota, die Art Gemeinde, aus der die meisten von uns kommen, lauter kleine Farmer. Ihre Eltern waren Schweinezüchter, und den Geruch der Schweineställe hinter sich lassen zu können, war laut Gladys das Beste am College. Sie hatte ganz klare Ziele. Sie wollte einen Pastor heiraten, in genau so einem Ort wie ihrem Heimatkaff leben und Drittklässler unterrichten. Ich hatte mir noch nie was aus Kindern gemacht, mir war auch nie in den Sinn gekommen, eines Tages zu heiraten. Das war in Ordnung so, ich wollte gar nicht allzu viel mit ihr gemeinsam haben. Ich dachte, das würde das Zusammenleben auf so engem Raum einfacher machen. Aber im Bett zu liegen, die eine erzählt und die andere hört zu und schläft darüber ein – das hatte etwas Wohliges.

Eines Tages kam Gladys vom Unterricht, und ich hatte das

Radio an. Ich solle das sofort ausmachen, verlangte sie, sie habe nämlich einmal Rockmusik im Radio gehört, die bei ihr zu Hause verboten war, und plötzlich habe der DJ sie direkt angesprochen, in einer Sprache, die nur sie habe verstehen können. ›Ich wusste, das war Satan‹, raunte sie mir zu. ›Genau davor hatten mich meine Eltern gewarnt, vor all den Tricks, mit denen er mich ködern würde.‹

Ich fragte, was denn wohl all die anderen Leute zu hören glaubten, die die Sendung auch gerade laufen hatten, und Gladys gab zurück, dass die natürlich nicht hören könnten, was sie hörte. Für die habe der DJ weiter ganz normal geklungen, das sei nämlich typisch für den Satan. Ich sagte, dass sie sich das vielleicht nur eingebildet hatte, so zur Selbstbestrafung, weil sie ihren Eltern nicht gehorcht hatte. ›So funktioniert unsere Psyche‹, fügte ich noch an. Ich hatte auch einen Einführungskurs in Psychologie belegt.

Dass ich ihr Erlebnis nicht als Kampf um ihre Seele interpretierte, sondern als schlichten psychologischen Vorgang, rief bei Gladys blankes Entsetzen hervor. Ich sah es an ihrem Blick, bevor sie sich wegdrehte, ihre Bücher zusammenraffte und aus dem Zimmer stürzte. Als ich am nächsten Tag durch die Eingangshalle kam, fand dort gerade ihr Bibelkreis statt. Ich sah Gladys mit den anderen flüstern, und dann fuhren alle zu mir herum, fassten sich an den Händen und fingen an zu beten. Ab da drückten sie sich demonstrativ an der Wand entlang, wenn wir uns auf dem Flur begegneten, oder gingen an ein anderes Waschbecken, wenn ich mich zum Zähneputzen neben sie stellte. Nur Gladys nicht. Sie blieb höflich und auf ihre Art entschuldigend, aber etwas war jetzt anders. Ein paar Tage später stand ich wie üblich nach meinen Kursen im Zimmer und fummelte, weil ich ja davon ausging, dass sie schon weg war, an meinem BH herum. Plötzlich merkte ich, dass sie im Bett lag, unter der Decke, die hatte sie wie ein Zelt über sich aufgespannt. Am nächsten und übernächsten Tag dasselbe Spiel. Sie ging nicht mehr zu ihren Kursen und bald auch nicht mehr in den Speisesaal, und damit hatten wir kurzerhand eine neue Tagesordnung. Gladys lebte jetzt von den Fresspaketen mit ihren Lieblingssachen, die ihre Eltern jede Woche schickten: frisches Brot und Johannisbeermarmelade, Nacho-Chips und Salsa, Beef Jerky. Damit stopfte sie sich in ihrem Zelt voll.

Ihre Eltern riefen neuerdings öfter an, aber Gladys trug mir auf, ihnen zu sagen, sie sei im Unterricht. Das tat ich auch, obwohl sie mitbekam, worüber geredet wurde, sie hörte ja, was ich sagte, wenn sie fragten, ob sie denn auch genug Schlaf bekomme und gut lerne, ob sie in ihrer Bibel lese und sonntags zur Kirche gehe, ob mir irgendetwas *komisch* vorkomme. Ich gab immer Antworten, von denen ich annahm, dass sowohl die Eltern als auch Gladys sie gern hören wollten, und manchmal kicherte sie in sich hinein, vielleicht kam ihr ja auch etwas daran komisch vor.

›Deine Eltern sagen, du sollst mal anrufen‹, sagte ich, wenn ich aufgelegt hatte.

›Roger‹, kam aus dem Zelt zurück.

Eines Morgens machte ich mir Toast, und plötzlich spähte Gladys aus ihrem Zelt. ›Du hast meine Seite genommen‹, sagte sie. Ich fragte, was sie meinte, und sie antwortete mit panischem Unterton: ›Meine Seite. Deine Seite. Wir haben jede unsere Seite.‹ Ich entschuldigte mich, mir sei nicht klar gewesen, dass wir unsere eigenen Seiten hätten, und sie sofort: ›Hast du etwa vergessen, was ich dir damals geschrieben habe?‹ Ich sagte, nein, natürlich nicht, aber ich hätte das immer für einen freundlichen Hinweis gehalten, wie sie als Zimmergenossin so sein würde, und fragte: ›Das heißt, wenn du dir zwei Scheiben machst, toastest du die immer nacheinander?‹ Nicht um zu streiten, nur um es zu klären. Daraufhin schoss Gladys Moore aus dem Bett.

›Ja‹, sagte sie, selbstverständlich tue sie das.

›Auch wenn ich nicht hier bin?‹

›Ja‹, sagte sie. ›Auch dann ist das deine Seite.‹

›Weil du denkst, dass Gott zusieht?‹

›Gott *sieht* zu.‹

›Ich habe aber gar nichts dagegen, wenn du meine mitbenutzt‹, erwiderte ich.

›Wir haben jede unsere Seite‹, beharrte sie. ›Und dir sieht er auch zu.‹ Sie griff nach dem Brotmesser und hielt mir die Klinge an den Unterarm. ›Vergiss das nie.‹

Dann ging sie wieder in ihr Zelt und ich in die Bibliothek, aber das Bild, wie sie mir die Klinge in die Haut drückt, wurde ich da auch nicht los. Ich blieb, bis die Bibliothek schloss, ich kam also erst spät wieder ins Zimmer, um kurz vor elf. Gladys Moore hatte meine Schreibtischlampe angemacht, und ich dachte, vielleicht sollte das eine Entschuldigung sein. Ich zog mich schweigend aus und ging ins Bett, aber kaum war das Licht aus, flüsterte sie: ›Sei auf der Hut.‹

›Vor was denn?‹, flüsterte ich zurück.

›Vor mir‹, sagte sie. ›Der Teufel will mich anstiften, Dinge zu tun.‹ Ich konnte hören, dass sie weinte, aber am nächsten Tag schien es ihr gut zu gehen, nicht nur gut, sogar besser. Als ich vom ersten Kurs zurückkam, war sie weg, und abends saß sie an ihrem Tisch vor der Schreibmaschine. Ich nahm an, dass sie ein Referat schrieb, und sagte nichts, obwohl die klappernden Tasten nicht gerade die ideale Einschlafhilfe waren, ich war einfach erleichtert, dass sie das Bett verlassen hatte und wieder Studentin geworden war.

Ich wurde wach von einem brenzligen Geruch. Gladys hockte über dem Papierkorb, in dem etwas brannte, und fachte das Feuer an. Ich schoss aus dem Bett und kippte ein Glas Wasser darauf, aber es brannte weiter. Also schnappte ich mir den Papierkorb, hielt ihn möglichst weit von mir weg und rannte damit über den Flur zum Waschraum, stellte ihn in eine Dusche und drehte das Wasser auf. Was noch übrig war von dem Referat, klebte verkohlt und durchweicht im Korb. Ich schüttete es in den Mülleimer im Bad und deckte es mit Papierhandtüchern zu.

›Was sollte das denn?‹, fragte ich, als ich zurück ins Zimmer kam. ›Bist du verrückt?‹

Sie war schon wieder im Bett, in ihrem Zelt, und als sie nicht antwortete, riss ich die Decke weg. Der säuerliche Gestank von ungewaschener Bettwäsche schlug mir entgegen. Sie sah zu mir hoch. Sie hatte dunkle Ringe unter den Augen, als ob sie tagelang nicht geschlafen hätte, und angesengte Haare. ›Das war nicht ich‹, flüsterte sie. Ich sah ihr an, dass sie das glaubte, dass sie fest davon überzeugt war, mit dem Feuer genauso wenig zu tun zu haben wie ich. Ich nahm meine Bettdecke, zog in den Gemeinschaftsraum und schlief eher schlecht als recht auf dem Boden. Als ich morgens in unser Zimmer zurückkam, schlief Gladys eingerollt und selig, im Arm den Toaster wie ein Baby. Ich schlich auf Zehenspitzen herum, in der albernen Annahme, sie müsse sich einfach nur mal richtig ausschlafen. Ich zog leise meine Schublade auf, um mir einen frischen Schlüpfer zu nehmen, und dann sah ich es: Der Schritt war mit Johannisbeermarmelade verschmiert – bei allen anderen Schlüpfern auch.

Gleich nach dem Kurs ging ich zur Zimmervermittlung und beantragte ein anderes Zimmer. Ich musste es begründen, also schrieb ich irgendetwas über religiöse und terminliche Differenzen, weil ich der Verwaltung natürlich nichts von Zelten oder Toastern oder Bränden erzählen wollte und schon gar nichts von Marmelade in meiner Unterwäsche. Als ich zurück ins Zimmer kam, gluckten Gladys' vier Bibelkreisfreundinnen Hände haltend und betend in der Tür zusammen. Gladys stand drinnen vor dem Spiegel mit einer Schere in der Hand, sie hatte sich die Haare praktisch bis zur Kopfhaut abgeschnitten. Ich ging hin, nahm ihr die Schere weg und fegte die Haare zusammen. Den Mädchen erklärte ich: ›Ihr könnt jetzt gehen.‹ Aber sie blieben einfach stehen, sie rührten keinen Finger, um ihrer Freundin zu helfen.

›Sie hat gesagt, wir sollen kommen‹, sagte Beth. Sie war ruhiger als die anderen drei, weshalb sie mir die Vernünftigste zu sein schien. ›Sie braucht unsere Hilfe.‹

›Und wie wollt ihr ihr helfen, wenn ihr euch nicht mal traut, ins Zimmer zu gehen?‹, fragte ich.

›Zum Beten müssen wir nicht reinkommen‹, sagte Beth. Jetzt wurde mir klar, dass ich mich geirrt hatte, Beth war so ruhig, weil sie das Sagen hatte. ›Wir wollen den Teufel austreiben. Wir haben nur auf dich gewartet.‹

Ich wusste so ungefähr, was eine Teufelsaustreibung war, aber nicht, wie so was genau ablief. ›Ich glaube nicht, dass ich viel dazu beitragen kann‹, sagte ich.

›Gladys hat aber gesagt, wir sollen auf dich warten‹, erwiderte Beth. Die vier tauschten Blicke untereinander, sahen aber weder mich noch Gladys an. Gladys saß jetzt auf ihrem Bett, mit kahlem Kopf und hastig in ihrer Bibel blätternd, und benahm sich, als gingen wir sie nichts an.

›Sie hat gesagt, dass du dabei sein musst, weil wir sonst keine Möglichkeit haben, zu erkennen, ob der Teufel wirklich aus ihr herausfährt‹, sagte schließlich eins der anderen Mädchen.

Vom Bett unter dem Fenster kam Gladys' Stimme, sie fing an, aus der Bibel vorzulesen: ›Da baten ihn die Teufel und sprachen: Willst du uns austreiben, so lass uns in die Herde Säue fahren.‹

›Wir beten dafür, dass der Teufel aus ihr fährt‹, erklärte Beth.

›Und woher wisst ihr, wann das passiert ist?‹, fragte ich.

›Wenn Schweine springen‹, antwortete Gladys seelenruhig, ›weil sie dann nämlich versuchen, sich den Teufel aus der Luft zu schnappen.‹

›Deshalb beten wir, dass Schweine springen‹, ergänzte Beth.

›Tja‹, sagte ich, ›ich habe morgen eine Prüfung, macht ihr das mal allein.‹

Ich griff mir meine Büchertasche und lief den Flur hinunter, schnell weg von Gladys Moore, die glaubte, der Teufel sei in sie gefahren, als ich sie rufen hörte: ›Springt sie schon?‹ Und plötzlich ritt mich irgendetwas, ich machte einen Satz nach oben, grapschte in der Luft herum und hörte Gladys' erleichterte Stimme aus dem Zimmer: ›Er ist weg.‹«

***

Bevor er zu den Hagedorns zog, kannte Aaron Rudy nur aus den Geschichten, die die Männer im Café über ihn erzählten. Rudy war häufig Objekt ihrer Gespräche und ihres Gelächters. Aaron hatte auch aufgeschnappt, dass Rudy sich den Winter über immer in seine Anglerhütte am See verzog und sich um den Verstand soff. Wenn Mrs. Hagedorn ihn ein paar Tage nicht gesehen hatte, rief sie im Café an, und ein Trupp Männer schwärmte aus, um mal nach dem Rechten zu sehen. Einmal hatten sie ihn schlafend neben einem Monopoly-Brett gefunden, mit einer einzigen Spielfigur darauf, dem Schuh, der einsam seine Runden über das Brett zog. Ein anderes Mal hing er bewusstlos über seinem Angelloch, nackt bis auf ein Paar Wollsocken. Sobald sie festgestellt hatten, dass er noch atmete und auf Kitzeln reagierte, wollten die Männer nichts wie zurück ins Café und bei heißem Kaffee staubtrocken erzählen, wie sie Rudy gefunden hatten, mit dem Kopf in seinem eigenen Loch – seinem *Angel*loch, wie sie stets pünktlich hinterherschickten, damit alle die Pointe kapierten. Mit dieser schönen Aussicht zogen sie ihn in aller Eile an, dann holten sie seine Angel ein, und am Haken hing ein vom stundenlangen Befreiungskampf völlig ermatteter Zander. Auch dass er größer als alles war, was sie selbst in jenem Winter aus dem See geholt hatten, erwähnten sie jedes Mal, und jedes Mal mit trauerumflorter Stimme an der Stelle der Geschichte, wo sie alle den Zander angeglotzt und die Köpfe geschüttelt hatten.

In der ersten Zeit bei den Hagedorns sah Aaron ihn nur selten, denn Rudy kam oft zum Feierabend nicht nach Hause, sondern ließ die erste Tageshälfte buchstäblich flüssig in die zweite hinübergleiten, insbesondere wenn sein letzter Klempnereinsatz mit einem Auftraggeber verbunden war, der sich für seine Erlösung mit einer Flasche bedankte. An anderen Abenden tauchte er kurz auf, schlug sich etwas in den Magen und ging wieder aus dem Haus. Zum Essen setzte er sich in seinen Fernsehsessel, klemmte sich die Bierflasche zwischen die Knie und verwickelte Aaron in ein Gespräch über ein Thema, das Aaron nicht von ihm erwartet hätte, was er sich aber nicht anmerken ließ. Eines Abends zum Beispiel saß Aaron auf dem Sofa und las ›Antonia‹, und Rudy warf ihm zu, er finde ›Das Lied der Lerche‹ besser. Aaron arbeitete sich gerade durch Willa Cathers Gesamtwerk, aber das hatte er noch nicht gelesen.

»Das ist als Nächstes dran«, sagte er. »Hast du ›Der Tod kommt zum Erzbischof‹ gelesen?«

Rudy seufzte. »Hab ich versucht, hat mir aber nicht viel gesagt.«

»Mir auch nicht«, sagte Aaron. Das hatte er noch niemandem gegenüber zugegeben, denn seinem Lehrer zufolge galt der Roman allgemein als Willa Cathers Meisterwerk.

Aaron hatte Rudy nie mit einem Buch gesehen, aber als Rudy ihn in dem Sommer zum Angeln mitnahm, entdeckte er eins im Handschuhfach und noch eins in Rudys Spinnerkasten, und da draußen saß Rudy jeden Abend in seinem sanft schaukelnden Boot und las, bis es gerade noch hell genug war, dass er zum Ufer zurückfand. Rudy brachte Aaron auch bei, seinen Pick-up zu fahren und das Boot zu steuern und die Leine in der richtigen Länge auszuwerfen. Aaron freute sich auf diese Abende, er hatte das Gefühl, dass Rudy, selbst wenn er nicht viel redete, ihn vielleicht auch gern um sich hatte.

Eines Abends saßen sie im Boot und starrten auf die Stellen, wo die Angelschnüre im Wasser verschwanden, und Rudy sagte: »Das waren die gottverdammten Tische, weißt du. Die waren immer alle zu eng für sie.« Sie hatten über Bernice vorher gar nicht gesprochen. Sie hatten davor überhaupt nicht gesprochen. Aaron holte die Angeln ein, wendete und ruderte, während Rudy stumm am Bug saß, die ganze Strecke zurück, obwohl das Boot einen Motor hatte. Rudy durfte sein Boot im Last Resort unterstellen, im Tausch gegen allfällige Klempnerdienste, aber als sie an diesem Abend das Ufer erreichten, war er nicht mehr nüchtern genug, um beim Hochziehen mit anzupacken. Aaron mühte sich schon eine Weile, das Boot allein aus dem Wasser zu zerren, als eine Stimme vom Anleger kam, jemand fragte, ob sie Hilfe brauchten.

»Walter«, rief Rudy zurück. »Hilf mal dem Jungen hier.«

Gemeinsam brachten Aaron und der Mann das Boot an Land und vertäuten es, während Rudy auf dem Anleger saß, Kommandos gab und weitertrank. Als sie es geschafft hatten, gingen sie zu ihm, und Rudy machte sie bekannt: »Aaron, das ist Walter Shapiro. Er ist Professor an der Universität in Moorhead und mit Sicherheit der einzige gottverdammte Jude im Umkreis von dreißig Meilen.« Walter lachte über die Vorstellung und schüttelte Aaron die Hand, und dann gingen alle drei in Walters Hütte, auf einen »Schlummertrunk«, wie er es nannte. Erst da im Licht erkannte Aaron ihn wieder: Walter war der Mann, der vor drei Jahren zum Frühstücken ins Café gekommen war, der Mann, der beim Essen ein französisches Buch gelesen hatte.

»Sie haben im Café meiner Mutter gefrühstückt«, sagte Aaron. »Im Trout Café, wissen Sie noch?«

»Sehr gut sogar«, sagte Walter. »Ihre Mutter hat ausgezeichnet gekocht. Deshalb durfte ich irgendwann nicht mehr kommen, sonst hätte ich bald ausgesehen wie Rudy hier.« Rudy lachte. Dass auch Männer Kommentare über ihr Gewicht nicht komisch finden, sollte Aaron erst später erfahren. Er erfuhr auch erst später, als er und Walter schon eine Liebesbeziehung hatten, dass der wahre Grund, weshalb Walter nicht mehr kam, er gewesen war. »Du warst so ein goldiger Junge«, lautete die Erklärung, »so schwermütig und höflich und so voller Sehnsucht.«

Und so tuckerten sie fortan jeden Abend zu dritt in Rudys Boot auf den See, und Rudy hörte zu, wenn sich Aaron und Walter leise unterhielten, oft über Lyrik. Die Gedichte, die Walter ihnen draußen auf dem Wasser vorlas, waren etwas ganz anderes als die Verse über hübsche Bäume, die Aaron in der Schule hatte auswendig lernen müssen. Walter rezitierte zuerst ein paar Gedichte von Anne Sexton und T. S. Eliot, dann kam eins, für das er den ganzen Weg nach Moorhead und zurück gefahren war.

Das Buch stand bei ihm zu Hause, und morgens beim Frühstück war ihm eingefallen, dass sie ein ganz bestimmtes Gedicht unbedingt hören sollten. Es war von einem gewissen Richard Hugo, und der Anfang war so wunderschön, dass Aaron die Augen brannten: *Vielleicht kommst du Sonntag, einfach so. / Denn dein / Leben ging zu Bruch.*

Walter stellte auch Fragen, viele Fragen, ganz sachlich: Was mit Aarons Vater passiert war, ob Aaron wusste, wohin seine Mutter gegangen war, und ob er glaubte, dass sein Leben deshalb anders verlaufen würde. Er wollte wissen, was Aaron zu studieren gedachte, als ob es ausgemacht sei, dass er studieren würde, und nur noch die Frage zu klären sei, was sich Aaron von seinem Leben erhoffte. Aaron merkte schnell, dass Walter sehr gut zuhören konnte, und beantwortete alle Fragen aufrichtig.

»Hat Rudy das von dir gewusst, ich meine, dass du schwul bist?«, fragte er Walter später, als er gerade anfing, seine eigene Homosexualität zu entdecken.

»Ich habe ihm nie groß davon erzählt, aber ich nehme an, dass er es wusste. Rudy ist sehr einfühlsam«, sagte Walter. »Wusstest du, dass er eines Nachmittags zu mir in die Hütte gekommen ist, um über dich zu reden?«

Aaron schüttelte den Kopf.

»Doch, ist er. Ich sollte ihm helfen, dich aufs College zu bringen. Er wusste nicht genau, was ich da machen könnte, aber er fand, ich in meiner Position müsste das irgendwie hinkriegen. Du solltest auf keinen Fall in Mortonville hängen bleiben wie seine Tochter.« Der Gedanke, dass Rudy so etwas getan hatte, gab Aaron einen Stich ins Herz. »Er ist ein guter Mensch, der Rudy, ein freundlicher Mensch. Wahrscheinlich trinkt er deshalb so viel. Für manche Menschen ist die Welt einfach zu viel, weißt du.«

»Das wusste ich nicht«, hatte Aaron gesagt. Er war erst achtzehn, und er wusste so vieles nicht.

März

17

Aaron schrieb das Verb des Tages an die Tafel: *werden*. Dazu die Unterscheidung – »Vollverb: von selbst etwas werden oder zu etwas gemacht werden; Hilfsverb: Futurbildung« – und daneben ein paar Beispiele:

1. Er lernte fleißiger und wurde Klassenprimus.
2. Jeans abschneiden: daraus werden Shorts – man macht sie zu Shorts.
3. Wir werden morgen die Garage ausräumen.

Die Schüler übertrugen wie üblich, wenn sie Verben lernen sollten, alles in ihre Hefte. Sie sahen ein, dass man solche Feinheiten kennen musste, wenn man eine Sprache wirklich verstehen wollte. Sie setzten sich zu zweit zusammen und dachten sich eigene Beispielsätze aus, während Aaron durch den Klassenraum ging und ihnen über die Schulter sah. Chaas Beispiel las er laut vor: *Tommy war ein Mann, aber dann wurde er zum Schwulen*. Alle Thai-Jungen prusteten los, nur Tommy nicht, er sah sich um zu Aksu, weil er befürchtete, dass sie ihre Frotzeleien gehört hatte.

»Sie wissen aber, dass auch Schwule immer noch Männer sind, oder?«, fragte Aaron.

»Ja, wieso?«, sagte Chaa. Er klang überrascht.

Endlich war Pause, die Schüler schalteten ihre Handys ein und pumpten sich gegenseitig um Münzen für den Kaffeeautomaten an. Auf dem Weg zum Lehrerzimmer kam Aaron am Raucherbalkon vorbei und sah, dass die Schiebetür offen stand, der Qualm zog in den Flur.

»Rauch ist wanderlustig!«, rief er den beiden Raucherinnen zu, bevor er die Tür zuknallte.

Er erkannte die beiden jungen Japanerinnen wieder, die Angst vor ihm hatten und unbedingt in der Klassenstufe unter seiner bleiben wollten. »Er sieht so ernst aus«, hatten sie Aarons Schülern erzählt und zur Begründung angeführt, dass er Krawatten und Hornbrille und diesen strengen Scheitel trug und überhaupt so ernst war. Die Thais hatten es ihm begeistert gepetzt.

Die beiden Frauen fingen an, mit den Armen zu rudern. Sie zeigten auf die Tür, mit übertriebenen Mundbewegungen, und er zeigte auf sein Ohr und brüllte: »Lauter!«

»Kaputt«, schrie die rechte. Sie ruckelte an der Tür. Es tat sich nichts. Aaron ruckelte von innen. Die Tür war tatsächlich kaputt, wie alles in diesem Gebäude.

»In Ordnung«, rief er, »ich hole Hilfe.« Er ging aber nicht nach unten, um Bart zu suchen, sondern zum Klassenzimmer des Detektivs, denn jemand, der so regelmäßig den Raucherbalkon frequentierte, war höchstwahrscheinlich auch mit den Macken der Tür vertraut. Richtig bekannt gemacht hatten sie sich zwar noch nicht, aber sie nickten sich auf dem Flur oft zum Gruß zu. Just in dem Moment, als Aaron vor der Tür zum Detektivzimmer stand, flog sie auf, und die beiden Männer prallten zusammen. Aaron streckte die Hand aus. »Ich bin Aaron.«

»Bill«, sagte der Detektiv. Sein Händedruck war überraschend schlaff. »Der Karpaltunnel«, fuhr er fort, als hätte er Aarons Gedanken gelesen. »Vom jahrelangen Berichteschreiben.«

»Ich wollte nur fragen, ob Sie einen Tipp für die Tür zum Raucherbalkon hätten.«

»Mein Tipp ist: ›Mach, was du willst, aber nie die verdammte Tür zu.‹«

»Tja, schon passiert – und zwar mit Karacho«, sagte Aaron.

Bill steckte sich eine Zigarette zwischen die Lippen, sie wippte beim Reden auf und ab, unangezündet. »Dann wollen wir mal gucken.« Vor der Balkontür drängelten sich inzwischen ein paar Schüler und machten sofort Platz, Bills kompetente Erscheinung verhieß eindeutig Hoffnung. »Jawoll, die ist definitiv aus der Schiene gesprungen«, bestätigte Bill. Er drehte sich zu Aaron um. »Ich meine, ich hätte bei der Führung durchs Haus einen Werkzeugkasten im Keller gesehen – in der Ecke neben dem Tannenbaum.«

Aaron verstand: Er hatte das Problem geschaffen, also war es seine Pflicht, den Werkzeugkasten zu holen. Normalerweise mied er die dunklen, niedrigen Kellerräume, die als Lager für überzählige Tische und Tafeln und die Festdekoration dienten, die Marla so liebte – jede Menge Fledermäuse und Heinzelmännchen und chinesische Lampions und Truthähne in trauter Eintracht. Auch die Schulfeten fanden im Keller statt, dem einzigen Raum, in dem alle Schüler Platz hatten. Zum Beispiel die Semesteranfangsfeier, bei der Lehrer und Schüler gemeinsam das neue Jahr, das neue Semester und – weil sie schon mal dabei waren – auch den neuen Lehrer Aaron begrüßt hatten. Er erinnerte sich genau, dass er sich zwischen den dreckigen Fenstern und den drückend niedrigen Decken mit den flackernden Neonröhren äußerst unfeierlich gefühlt hatte. Marla hatte den Text von »Auld Lang Syne« fotokopiert, und alle hatten gesungen. Für Aaron war damit das Lied, das bis dahin immer etwas sanft Nostalgisches in ihm hervorgerufen hatte, wahrscheinlich ein für alle Mal erledigt.

Er ging nach unten und blieb kurz stehen, damit sich seine Augen an die Dunkelheit gewöhnten. Er hatte keine Ahnung, wo der Lichtschalter war, konnte aber den Tannenbaum erkennen, er lag flach auf dem Boden wie ein riesiges Büschel Dörrgras. Gleich daneben standen zwei Stühle so exakt voreinander, als ob sie extra so hingestellt worden wären, für die Art Verhöre, für die man schummerige, abgeschiedene, aber unverfängliche Orte braucht. Er stieg vorsichtig über den Tannenbaum und sah den Werkzeugkasten, genau wie Bill gesagt hatte, aber als er sich bückte, um ihn hochzuheben, hörte er ein gedämpftes, kehliges Keuchen. Er schrak zusammen, wie man es immer tut, wenn man denkt, man ist allein, und plötzlich einen Menschen hört. Er riss den Kopf herum.

Fast zum Anfassen nahe stand ein junger Mann. Er lehnte mit dem Rücken an einem Pfeiler, seine Augen waren geschlossen, aber sein Mund war weit aufgerissen wie bei einem Verdurstenden, der einen Regentropfen aufzufangen versucht.

Vielleicht hatte Aaron ein leises Geräusch gemacht, vielleicht spürte der Junge auch einfach nur, dass jemand da war, jedenfalls öffnete er die Augen und riss den Mund noch etwas weiter auf. Einen Moment lang starrten sich Aaron und er verdutzt an. Genauso schnell schlug der Junge die Augen nieder, aber Aaron hatte die Angst in seinem Blick gesehen. Er folgte ihm nach unten bis zu der Stelle, an der sein Körper im Dunkeln verschwand. Und aus der Dunkelheit schälte sich ein zweiter Mensch, ein Mann mit schwarzen Haaren, die widerspenstig abstanden, als wären sie von einem Kissen oder den nimmermüden Händen eines Liebhabers zerwühlt. Melvin.

***

Im angenehm beleuchteten Lehrerzimmer zwei Etagen höher konnte er sich halbwegs überzeugend einreden, dass er sich das Ganze nur eingebildet hatte – da saß Felix und aß eine dampfende Kartoffel, frisch aus der Mikrowelle, da ließ Kate gerade eine Tüte Trockenpflaumen herumgehen, das allwöchentliche Geschenk einer japanischen Schülerin, die um Kates Verdauung besorgt war, da kramte Eugenia in der Kiste mit den Audiokassetten. Sie sah ihn in der Tür stehen und fragte: »Aaron, hast du die Lake-Wobegon-Kassetten?«

»Die interessieren mich nicht«, erwiderte er barsch. Er konnte Leute, die davon ausgingen, dass er Lernhörspiele interessant fand, nicht leiden. Über den Werkzeugkasten wunderte sich niemand.

Sogar Taffy saß im Lehrerzimmer und blätterte Illustrierte durch, garantiert für eine der beliebten Schere-und-Klebstoff-Aktionen. Lehrer von Anfängerkursen machten so was gern, man brauchte bloß Fotos von Gesichtern auszuschneiden und schlichte Adjektive dazuzukleben: GLÜCKLICH, ÄNGSTLICH, VERWIRRT, VERLEGEN.

»Taffy?«, sagte Aaron. »Kann ich dich mal kurz sprechen, draußen?«

Er musste unbedingt jemandem erzählen, was er gesehen hatte, er musste das Gefühlsdurcheinander, in dem er die beiden Männer verlassen hatte, irgendwie in Worte fassen. Taffy folgte ihm. Im Flur stemmte sie die Hände in die Hüften und fragte knapp: »Was gibt's?« Die Botschaft war klar: Sie hatte noch längst nicht alle Illustrierte durchgeblättert.

»Ach, eigentlich nichts.« Aber die Worte brachen trotz ihres abweisenden Tons aus ihm heraus. »Ich musste, also, ich war nur mal kurz im Keller, um den Werkzeugkasten zu holen, und da habe ich zwei Schüler erwischt.« Er hielt den Kasten hoch, als hinge daran die Glaubwürdigkeit der Geschichte.

»Die haben den Unterricht geschwänzt?«, fragte Taffy.

»Weiß ich nicht.« Das war gelogen. Melvin hatte exakt bis zur Pause an seinem Tisch gesessen, aber wenn er das gesagt hätte, hätte er ihn automatisch hineingezogen.

»Du hast gar nicht gefragt? Der Keller ist tabu für Schüler. Du hättest sie fragen müssen.«

»Sie waren … beschäftigt.«

»Beschäftigt?«, tönte Taffy, als nähme sie es den Schülern übel, dass sie beschäftigt waren. Dann änderte sich ihr Tonfall, vielleicht weil sie sein Unbehagen bemerkte: »Beschäftigt womit? Willst du etwa sagen, die haben da unten was gemacht?«

Er nickte.

»Hast du sie erkannt?«

Er dachte an den Blick der beiden, die Scham darin, nicht nur darüber, dass sie erwischt worden waren, sondern über das Bedürfnis, das sie in diese Lage getrieben hatte.

»Nein«, sagte Aaron. »Es war dunkel. Habe ich nicht.«

***

Die Schiebetür war ausgehängt und lehnte an der Flurwand. Bill stand mit vier Schülern rauchend auf dem Balkon, als wäre die Tür völlig irrelevant, Hauptsache, man konnte auf den Balkon. Die befreiten Japanerinnen musterten Aaron argwöhnisch. Er sah auf die Uhr und stellte erstaunt fest, dass seit dem Beginn der Pause erst eine halbe Stunde vergangen war. Seine Schüler gingen einer nach dem anderen zurück ins Klassenzimmer, nur Melvin, der niemals fehlte, war nicht dabei. Niemand kommentierte seine Abwesenheit, vielleicht weil niemand es als großen Unterschied empfand, ob Melvin an- oder abwesend war. Zum Nachmittagsunterricht war er wieder da, saß an seinem Tisch, ohne zu lachen, zu lächeln oder zu reden – kurz, er verhielt sich wie immer und ließ Aaron keine Chance herauszufinden, ob ihn das, was im Keller passiert war, irgendwie mitgenommen hatte.

Aaron *hatte* es mitgenommen, es hatte seinen Begriff von Anstand erschüttert, es war irgendwie geschmacklos, sich ausgerechnet in einer Schule so zu betätigen, da ging man doch hin, um seinen Verstand zu bilden. Außerdem hatte es ihn an ein Kindheitserlebnis erinnert, an das er nicht gern dachte, allein beim Gedanken daran überfiel ihn die eigene Scham, eine auch nach so vielen Jahren stets greifbar nahe Scham. Er war elf, als ein Mann aus Mortonville namens Ronnie Hopkins verhaftet worden war. Ronnie Hopkins war schon älter, hatte ziemlich ausladende Hüften und war mit einer Frau verheiratet, die praktisch ohne Hüften auskam; sie habe eine »knabenhafte« Figur, sagten die Leute in Mortonville gern mit Kennermiene, nachdem Ronnie ins Gefängnis gekommen war, und zwar wegen Sex mit einem Schüler – nicht etwa einer Schüler*in* – aus der Berufsschule für geistig Behinderte, in der er arbeitete.

Der Schüler war vierzig, altersmäßig erwachsen, aber geistig ein Kind, und so war die Polizei bei Ronnie zu Hause erschienen, wo er mit seiner hüftlosen Frau und drei Kindern lebte, und hatte ihn festgenommen. Während er im Gefängnis saß, ließ seine Frau sich scheiden, und die Kinder verweigerten ihm sogar den Briefkontakt. Trotzdem kehrte er nach der Entlassung zwei Jahre später nach Mortonville zurück und zog in den Trailer-Park am Ortsrand. Dass Ronnie Hopkins ausgerechnet wieder hier leben wollte, war für Aaron ein Rätsel – wie eigentlich für alle in Mortonville –, aber er wollte es verstehen und kam auf zwei mögliche Erklärungen: Entweder wollte Ronnie sich selbst bestrafen oder es kam ihm einfach nicht in den Sinn, dass außerhalb von Mortonville noch eine andere Welt existieren könnte. Ronnie war immer für sich geblieben, hatte im Café nie mit anderen Männern zusammengehockt und Kaffee getrunken und den Würfelbecher geschwungen und um die nächste Tischrunde geknobelt. Er war allein gekommen und hatte allein am Tisch gesessen, meistens um vor der Arbeit einen Hamburger zu essen. Ein höflicher Mann, der sich fast entschuldigte, wenn er etwas brauchte, Ketchup oder noch einen Sprudel.

Nach der Haft blieb Ronnie noch mehr für sich als vorher. Er ging nicht mehr zur Bank, wo seine Exfrau am Schalter arbeitete, er tankte nicht mehr im Ort, ging dort nicht mehr zum Einkaufen und kam auch nicht mehr auf einen Hamburger ins Café. Er ging aber noch zu Eisenwaren Bildt, wenn er etwas brauchte, Batterien oder Nägel, obwohl jedermann wusste, dass Harold Bildt ihn regelrecht auf dem Kieker hatte. Harold Bildt fuhr jeden Abend, wenn er mit den Abrechnungen fertig war, an Ronnie Hopkins' Trailer vorbei und prüfte nach, ob er drin war und nicht etwa frei herumlief. Aaron schnappte oft auf, was Harold und seine Freunde über Ronnie Hopkins redeten, er wusste auch, dass Harold sich strikt weigerte, ihn zu bedienen. Selbst wenn seine Frau Edna mal nicht im Laden war, blieb er hinten im Büro und lachte laut weiter mit seinen Kumpels. Er ignorierte ihn einfach, und Ronnie Hopkins hätte im Traum nicht um Hilfe gebeten. Er war vor seiner Haft nicht der Typ dafür und danach erst recht nicht.

Eines Nachmittags war Aaron von seiner Mutter über die Straße geschickt worden, er sollte Harold sagen, dass die Spülmaschine wieder Zicken machte. Aaron ging ungern in Harolds Büro, da waren Harold und seine Freunde und redeten über Sex in derben Worten, die Aaron oft nicht verstand, und über Gott und die Welt in strengen Begriffen von Richtig und Falsch, die anscheinend weder je infrage gestellt noch neu definiert zu werden brauchten. Im Laden war es still, Aaron lief durch die Garten- und Jagdbedarfabteilung und sah plötzlich Ronnie Hopkins. Er stand bei den Haushaltswaren und musterte eine Rolle Klebeband so eingehend, als ob er einen Ehering aussuchen müsste. Die Haushaltswarenabteilung lag direkt vor dem Büro, woraus Aaron schloss, dass Ronnie Hopkins in Wirklichkeit die Männer belauschte. Er blieb stehen, um ihn zu beobachten, und konnte Marvin Hultgren dröhnen hören: »Welcher Mann will 'n überhaupt das Gedöns von irgendwem ins Heck gerammt kriegen?«

Aaron hatte immer gedacht, dass man für Rotwerden Publikum brauchte. An dem Tag bei Eisenwaren Bildt, als er zum ersten Mal in drastischen Worten hörte, was Männer sexuell miteinander taten, lernte er, dass das nicht stimmte. Sein Gesicht fing an zu glühen. Er sah Ronnie Hopkins eine Rolle Klebeband in die Tasche stecken und sich zum Gehen wenden.

»Als ich '42 zur Armee bin«, dröhnte Marvin Hultgren weiter, »da hieß es gleich mal als Erstes: Klamotten aus. Da standen wir dann splitterfasernackt und mussten uns in Reih und Glied aufstellen und vornüberbeugen, Hände flach auf den Boden, Arsch hoch. Und dann kommt dieser Typ mit dem Feuerwehrschlauch und haut jedem von uns eine Ladung hinten rein – direkt den Arsch hoch. Ich kann euch sagen, wenn einen das nicht sauber ausräumt, dann gar nichts. Brennt wie Hölle. Wir sind eine Woche rumgeschlichen wie die Tunten.«

Die Männer lachten, dann ließ einer lautstark einen fahren, und sie lachten wieder. Aaron wusste, dass alles – die Geschichte wie das Gelächter wie die Gasentladung – für Ronnie Hopkins' Ohren gedacht war. Auch Ronnie Hopkins wusste das, und einen

Augenblick stand er nur da, nicht ahnend, dass er beobachtet wurde, dann zog er die Klebebandrolle aus der Jackentasche, schmiss sie ins Regal zurück und ging.

Aaron konnte seiner Mutter schlecht erzählen, dass er versagt hatte, dass er Harold Bildt nicht Bescheid gesagt hatte. Also strich er leise selbst durch die Haushaltswarenabteilung in der Hoffnung, dass sich sein Gesicht wieder abkühlte, aber alles, was ihm vor die Augen kam – die Spieße, die man in Maiskolben steckt, die Flaschen, aus denen man Ketchup und Senf spritzt –, erinnerte ihn an das, was er mitangehört hatte. Er holte tief Luft. Dann ging er durch ins Büro und berichtete Harold Bildt von der Spülmaschine. Harold sah in seinen Tischkalender, überlegte hin und her, wann er herüberkommen und sie reparieren konnte, und Aaron starrte auf den Boden, weil er den anderen Männern nicht in die Augen gucken konnte. Denn er hatte begriffen: Sie hassten Ronnie Hopkins nicht, weil er etwas mit einem behinderten Mann getan hatte, sie hassten ihn, weil er es mit einem Mann getan hatte.

18

Als die Schüler nach den Nachmittagskursen gegangen waren, erschien Taffy in der Tür von Aarons Klassenzimmer und schlug vor, etwas trinken zu gehen und weiter zu besprechen, was er im Keller gesehen hatte. Taffy war noch nie zu ihm hochgekommen, offenbar hatte ihr der Vorfall im Keller keine Ruhe gelassen, hatte den Teil in ihr auf den Plan gerufen, der sich gern verantwortlich fühlte, zupackte und für Ordnung sorgte. Aaron schlug ein Café im Castro-Viertel vor, wohl wissend, dass sie es ablehnen würde. Taffy mochte das Castro nicht, sie mochte nicht, wie sie von schwulen Männern angesehen wurde. Eigentlich fühlte sich auch Aaron dort nicht wohl, vor allem nicht beim Anblick halb nackt herumschlendernder Männer und Händchen haltender Paare, aber neuerdings kam er beim Spaziergehen öfter mal durchs Castro und war auf ein Café gestoßen, das ihm gefiel. Der Laden brummte, normalerweise ging er nicht gern in so volle Läden, aber als er sich mit einem Bier und einem Stück Strudel in eine Ecke gesetzt hatte, war ihm aufgefallen, dass er sich inmitten des Trubels angenehm unsichtbar fühlte.

Er blieb gern unsichtbar, er saß meistens vor einem aufgeschlagenen Gedichtband, denn er hatte die Erfahrung gemacht, dass er beim Lesen noch unsichtbarer wurde. Im Milton's hatte er sich manchmal durch die Zeitungen der ganzen Woche gelesen. Bei seinem letzten Mittagessen an jenem Freitag, bevor er Albuquerque verließ, war er auf einen sehr interessanten Artikel in der ›New York Times‹ gestoßen, den er dummerweise nicht ausgeschnitten und aufbewahrt hatte. Er handelte von Briefeschreibern in Indien, einer allmählich aussterbenden Branche. Sie gingen tagtäglich ihrem Geschäft nach, immer unter demselben Baum auf demselben Dorfmarkt, jeder an einem improvisierten Tisch mit Papier, Tinte und Briefmarken. Sie schrieben Briefe für Leute, die weder lesen noch schreiben konnten, aber gern etwas aus ihrem Leben für andere festgehalten haben wollten. Es war das natürliche Verlangen, das Bedürfnis, das eigene Leben festzuhalten, bevor es den staubverhangenen Schubladen der Erinnerung anheimfiel – irgendwie darauf hinzuweisen, egal, ob laut ausgesprochen oder aufgeschrieben, dass es etwas zählte.

Als er so vor Buch und Strudel in dem Café gesessen hatte, war ein Mann an den Tisch gekommen, ein sehr sympathischer Mann namens George, und hatte gefragt, was er las. Und Aaron ging, während dieser George so neben ihm stand und einen Blick in den aufgeschlagenen Gedichtband warf, durch den Kopf, wie viel Lebenszeit er damit verbracht hatte, sich anderer Leute Geschichten anzuhören. Nicht dass er das bedauerte. Er hatte durchaus Zuneigung für sie empfunden. Aber jetzt, mit fast zweiundvierzig Jahren und zum ersten Mal allein, kam ihm der Verdacht, dass sein eigenes Leben womöglich aus nicht viel mehr als den Geschichten anderer Menschen bestand. Er sah hoch zu dem Fremden mit dem freundlichen Blick, der wissen wollte, was er las. »›Degrees of Gray in Philipsburg‹.«

Der Fremde lächelte, was seinen Blick noch freundlicher machte, und fing an: »*Vielleicht kommst du Sonntag, einfach so. / Denn dein / Leben ging zu Bruch.*« Die nächsten Zeilen, die mit dem Kuss, zitierte er nicht. Beide wandten verlegen den Blick ab. Aaron spürte, wie sich seine Brust zusammenschnürte und ihm ein Blitz durch den Unterleib zuckte, und er überlegte, wie lange er dieses Gefühl schon nicht mehr gehabt hatte. Der Farmerssohn aus seinem Lyrikkurs, mit dem er im College geschlafen hatte, fiel ihm wieder ein. Damals wusste er kaum etwas über Poesie, nur das wenige, das Walter ihm beigebracht hatte, aber es hatte ihn abgestoßen, dass der Junge Wordsworth verehrte, und er hatte die Poesie als Vorwand benutzt, um keinen Sex mehr mit ihm zu haben. Jetzt sah er wieder hoch zu dem Mann, der Richard Hugo zitieren konnte, und sagte: »Ich bin Aaron. Hast du Lust, dich zu mir zu setzen?«

George setzte sich, und Aaron verscheuchte den Gedanken an Walter, der ihm dieses Gedicht vor vielen, vielen Jahren vorgelesen hatte, während sie im Boot gesessen und geangelt hatten, kurz bevor Walter ihn aus Mortonville herausgeholt und ihm dazu verholfen hatte, der Mensch zu werden, der er werden sollte, also wohl einfach der Mensch, der er jetzt war, dachte er, der Mensch, den dieser Fremde, George, mit einem Gedichtband hatte sitzen sehen und kennenlernen wollte.

Zwei Stunden lang unterhielten sie sich, aßen jeder einen Strudel und danach noch einen (auch Apfel) gemeinsam, damit das Gespräch nicht schon zu Ende gehen musste, und als beide dasselbe Stück Kruste ansteuerten, verhakten sich ihre Gabeln, eine grausam-grandiose Sekunde lang. Die wenigsten Menschen interessierten sich für die Gegebenheiten des Lehrerberufs, vielleicht weil sie alle ihre Jugend in Schulen zugebracht hatten und genau zu wissen glaubten, was es bedeutete, Lehrer zu sein. Sie sangen ein paar überschwängliche Lobeshymnen auf Lehrer und darauf, was die alles zu erdulden hatten, um dann schnell das Thema zu wechseln. George dagegen wollte alles genau wissen – warum Aaron Lehrer geworden war und ob er es schon mal bereut hatte, wo er unterrichtete, was für Schüler er hatte und ob er mit den Kollegen klarkam –, und Aaron erzählte, zu seinem eigenen Erstaunen: von Melvins Braut und Paolos Motorradclub, von der Woche ohne Heizung, sogar von Marlas *Liebe euch alle*-Zettel auf dem Ananasbrötchenkarton.

»Sie ist doch dein Chef«, sagte George, ziemlich laut, und Aaron hätte ihm am liebsten über den Tisch hinweg einen Kuss gegeben. »Was hat dich am meisten überrascht, als du angefangen hast?«, wollte George als Nächstes wissen. »Ich meine nicht den Unterricht selbst.« Er zögerte kurz. »Ich meine mehr was Persönliches, wie sich das anfühlt, vor einer Klasse zu stehen.«

»Ganz am Anfang habe ich nachts meistens kein Auge zugetan, ich hatte ständig Angst, dass ich ihnen nicht genug beibringe«, sagte Aaron, und sofort war er mit den Gedanken wieder bei Walter: wie er neben ihm im Bett gelegen und zugehört hatte, wenn er haarklein erzählte, was er am nächsten Tag durchnehmen wollte. Walter war immer wach geblieben, und manchmal war er aufgestanden und hatte Aaron einen Teller Salzcracker mit Ketchup gebracht, sein Kinderessen, das er noch immer gern mochte. »Du musst schlafen«, hatte Walter ab und zu geflüstert, aber er hatte die Augen offen gehalten, solange es eben nötig war, weil er begriffen hatte, dass man manchmal nur einschlafen kann, wenn man weiß, dass jemand neben einem liegt und auch wach ist.

George lächelte ihn ermunternd an. Er konnte ja nicht wissen, dass Aaron schwieg, weil er gerade in Gedanken mit dem Mann im Bett lag, mit dem er über zwanzig Jahre zusammengelebt hatte. »Aber irgendwie gewöhnt man sich daran«, fuhr Aaron schließlich fort. »Ich meine, an das überwältigende Verantwortungsgefühl. Vielleicht wird man auch einfach besser als Lehrer.«

George nickte. »Und sonst?«

»Na ja, Kleinigkeiten, die ich nicht erwartet hatte, zum Beispiel, wie viel intime Nähe in einem Klassenzimmer entsteht, fast wie bei einer langen gemeinsamen Reise. Die Schüler benehmen sich manchmal, als ob sie unsichtbar sind, als ob ich es nicht sähe, wenn sie Männchen malen und Zigaretten drehen, gähnen und auf die Uhr starren, weil sie müde sind oder auf die Pause warten. Am merkwürdigsten ist – ich glaube, da verschwimmt das Intimitäts- mit dem Unsichtbarkeitsgefühl –, wie viele Schüler in den Ohren oder in der Nase bohren oder die Finger unter den Arm, sogar zwischen Schuh und Fuß stecken. Völlig ungezwungen. Und dann halten sie sich die Finger unter die Nase und beschnüffeln sie ausgiebig. Eine Art Bestandsaufnahme in Sachen Körperhygiene. Direkt vor meinen Augen, als hätten sie keine Ahnung, dass ich das alles sehen kann.«

Wieder lächelte George, und erst jetzt fiel Aaron auf, dass er einen abgebrochenen Vorderzahn hatte und sich ein Auge etwas mehr zusammenzog, wenn er lächelte. Ein schöner Mann, dachte Aaron, von der Art Schönheit, die irgendwie damit zu tun hat, dass er leicht verlegen wird und sich nichts aus einem abgebrochenen Zahn macht.

»Manchmal, wenn mir das Gezuppel und Gebohre und Geschnüffel zu viel wird, unterbreche ich kurz den Unterricht und erinnere sie daran, dass auch ich Augen habe. ›Wir sind hier nicht bei der Polizei‹, sage ich, ›hier gibt's keine Einwegspiegel. Sie können mich sehen, und ich kann Sie auch sehen.‹ Dann gucken sie immer etwas belämmert, aber kurz danach geht's weiter mit dem Zuppeln und Männchenmalen und Auf-die-Uhr-Starren.«

»Ich frage mich gerade, wie ich damals war«, sagte George. »Also, als ich auf der Schulbank saß und mir unsichtbar vorkam.« Er senkte den Blick. »Ich glaube, deine Schüler haben ziemlich Glück mit dir.« Er klang nicht wie jemand, der mit Komplimenten um sich warf, und Aaron freute sich und bekam gleichzeitig einen Schreck.

»Ich habe doch eigentlich Glück mit ihnen«, sagte er. »Sie sind jung, und sie reden über alles so offen und leidenschaftlich. Für sie scheint alles möglich zu sein.« Er hielt inne, verwundert über seinen eigenen Ernst. Aber George nickte, und so fuhr er fort. »Was mir am Lehrersein auch sehr gefällt: Ich weiß, ein ganzer Teil meiner Tage hat einzig und allein mit meinen Schülern zu tun. Ich meine das nicht im Sinn von ›Ich trage mein Scherflein zur Weltverbesserung bei‹. Ich meine es egoistischer. Es ist einfach schön zu wissen, dass ich meine Bedürfnisse und Probleme beiseiteschieben darf, sobald ich im Klassenraum bin, dass ich meinem eigenen Kopf entfliehen darf, und wenn auch nur für kurze Zeit.«

»Was geht denn in deinem Kopf vor, vor dem du fliehen musst?«, fragte George sanft.

Aber statt zu antworten, sagte Aaron: »Ich rede zu viel. Was machst du eigentlich so?«

George lachte. Es war klar, dass Aaron seiner Frage auswich. »Versuch's rauszukriegen. Machen wir doch mal heiteres Berufe-raten.«

»In so was bin ich extrem schlecht«, erwiderte Aaron. »Ich kann mir nie merken, was ich schon gefragt habe, oder frage nach Kleinkram oder irgendwelchen Sachen, die völlig unwichtig sind. Es wäre unkomplizierter, wenn du es mir einfach sagst.«

George nahm die beiden Kuchengabeln und simulierte einen Trommelwirbel. Normalerweise hätte Aaron die Geste entweder albern oder nervig gefunden, jetzt bei George fand er sie rührend, weil sie auch ihm deutlich fremd war, George war nicht der Typ, der seine Sätze mit Trommelwirbeln untermalte. »Ich bin U-Bahn-Kontrolleur«, sagte George. »einer von den Jungs, die den ganzen Tag U-Bahn fahren und nach dem Fahrschein fragen.«

»Machst du das gern?«

»Ich mag die Arbeitszeiten. Den ganzen Tag unter der Erde sein und zusehen, wie die Leute nervös werden, sobald ich das Abteil betrete, mag ich nicht.« Er schwieg, und Aaron konnte sehen, dass er über etwas nachdachte. »Heute zum Beispiel. Ich bin in West Portal in die K-Linie eingestiegen, und da saß ein junges Paar mit einem Baby, die sahen alle drei aus, als hätten sie seit Tagen nichts gegessen. Mir war sofort klar, die haben keine Fahrscheine, die fahren wahrscheinlich bloß U-Bahn, weil das Rattern das Baby hoffentlich in den Schlaf lullt.«

»Wie alt war es?«

»Keine Ahnung, ein Jahr vielleicht. Gerade alt genug, dass man sehen konnte, dass es ein Mädchen war. Ich musste sie natürlich trotzdem kontrollieren, wie alle anderen. Ich war darauf gefasst, dass sie mir entweder ungültige, aus den Papierkörben gefischte Fahrscheine zeigen oder auf komplett ahnungslos machen, so tun, als wären sie Touristen, die kein Englisch können, oder dass sie demonstrativ überall nach ihren Tickets kramen, ich wusste auch schon, was ich machen wollte: sie zum Schein auffordern, an der nächsten Haltestelle mit mir auszusteigen, und sie ihrer Wege gehen lassen. Aber dann sagt der Vater: ›Tut mir leid, Officer, das Baby hat sich unsere Fahrkarten geschnappt und aufgegessen.‹ Und ich sehe mir das Baby an, das hat Hunger, das braucht dringend eine frische Windel und hat um den ganzen Quatsch hier nicht gebeten. Ich hätte dem Typen am liebsten eine gescheuert. Ich meine, ich hab einfach die Wut gekriegt.

Also frage ich ihn: ›Beide Tickets?‹ Und der Typ nickt. ›Und das hat keiner von Ihnen beiden verhindern können?‹ Und der nickt wieder. ›Tja, dann müssen wir einen Krankenwagen holen‹, sage ich und greife nach meinem Funkgerät, ›denn so viel Papier kann so ein Würmchen kaum verdauen. Die Kleine muss womöglich ins Krankenhaus – zur Beobachtung, wissen Sie, oder sonst was.‹ Ich habe das einfach so dahingesagt, der Typ sollte zugeben, dass er gelogen hat. Wenn ich mir jetzt so zuhöre, kommt mir die ganze Geschichte völlig blödsinnig vor – dass ich so wütend war, und die Idee, dem Baby ist irgendwie geholfen, wenn er zugibt, dass er gelogen hat.«

George schüttelte den Kopf. Aaron wollte etwas sagen, ihm Verständnis für seine Reaktion signalisieren, aber George erzählte weiter. »Plötzlich mischt sich die junge Frau ein. ›Bitte nicht anrufen‹, sagt sie. ›Die nehmen sie uns weg. Wir haben gelogen. Okay? Wir haben keine Fahrscheine‹, und jetzt dreht sich der Typ um und schreit sie an, sie soll die Klappe halten, und geht mit der geballten Faust auf sie zu. Es war völlig klar, sie war so was von ihm gewöhnt, sie hat sich gleich wieder auf dem Sitz klein gemacht und keinen Ton mehr gesagt.«

»Und was hast du gemacht?«, fragte Aaron.

»Du meinst, ob ich den Mist noch verschärft habe, den ich schon verzapft hatte?«

»Das war doch nicht deine Schuld«, sagte Aaron. »Der Typ ist ein Wichser.«

»Ja, schon«, antwortete George. »Aber ich hatte eben auch völlig aus den Augen verloren, wofür ich eigentlich da war, nämlich zum Fahrkartenkontrollieren. Egal, du wolltest wissen, was dann passiert ist, und das war überhaupt das Größte. Neben dem Pärchen saß eine Lesbe, Typ Butch und ziemlich massig, die hat die ganze Zeit gelesen. Und plötzlich steht die auf, legt das Buch auf den Sitz und knallt dem Kerl eine. Mal eben kurz, *wumm*. Dann setzt sie sich wieder hin und liest weiter – ›Die Möwe Jonathan‹, ausgerechnet. Das Baby fängt an zu weinen, der Typ schüttelt den Kopf, als ob da drin jetzt irgendwas lose wäre, und quatscht mich an: ›Sie haben das eben mitgekriegt. Sie müssen diese Lesbe verhaften.‹ Ich habe nur gefragt: ›Was denn mitgekriegt?‹«

George fing an zu lachen, aber er hatte Tränen in den Augen. »Na ja, also, wenn du mich an einem anderen Tag fragst, sage ich wahrscheinlich, dass ich den Job ganz gern mache. Ich mag die Kohle, und ich kann die vierzig Wochenstunden in vier Tagen abreißen und mich die restlichen drei mit anderen Sachen beschäftigen.«

»Mit was denn so?«, fragte Aaron.

George sah ihn verlegen an. »Ich möchte gern Dokumentarfilme machen«, sagte er. »Aber das müssen wir irgendwann anders besprechen, ich muss jetzt nämlich leider los. Bin schon zu spät dran.«

»Ah, klar. Entschuldige.« Aaron sprang auf. Sie zahlten und gingen zusammen hinaus. Auf der Straße hätte Aaron gern irgendetwas gefragt, um herauszufinden, ob George das Gespräch auch so schön gefunden hatte wie er oder ob er nachmittags immer hier war. Aber dafür brauchte man viel Feingefühl, und er wusste nicht, wo er das so schnell herkriegen sollte. Sie trennten sich und gingen in entgegengesetzte Richtungen, Aaron zur U-Bahn und George ziemlich schnell zu einem – wie Aaron sich vorstellte – Rendezvous oder nach Hause zu seinem Liebhaber.

Plötzlich drehten sich beide gleichzeitig um, wie zwei Duellanten, und sahen sich an. »Vielleicht kommst du Sonntag, einfach so«, rief George, und Aaron nickte lachend. Er begriff, dass er sich gerade zu einem Date verabredet hatte.

Und dann *war* Sonntag, aber Aaron nicht imstande hinzugehen, weil ihn das Begehren überwältigt hatte, ein nicht ausschließlich, aber auch sexuelles Begehren. Und der nichtsexuelle Anteil daran machte ihm Angst. Vor allem dieser deutliche Wunsch, den er seit ihrer ersten Begegnung verspürte, nämlich, George alles Mögliche zu erzählen: dass er es toll fand, in öffentlichen Verkehrsmitteln dicht an dicht mit Menschen aus aller Welt zu sitzen; dass er manchmal nur Bus fuhr, um unter Menschen zu sein, nicht weil er Gesellschaft suchte, sondern weil er sich nirgends so brennend allein fühlte wie eingequetscht zwischen lauter Fremden; dass er das Gefühl des Alleinseins brauchte. Auch das, was er neulich auf der United Nations Plaza erlebt hatte, wollte er George so gern erzählen. Er war auf dem Weg in die San Francisco Symphony, zu einem Nachmittagskonzert, Dvořáks ›Aus der neuen Welt‹, eine seiner Lieblingssinfonien, aber er war zu früh dran und setzte sich auf eine Bank auf der United Nations Plaza. Als er da so saß, in Schlips und Anzug, fingen ein paar versiffte junge Leute, vermutlich Obdachlose, an, sich gegenseitig die Achseln zu rasieren. Es sah aus wie ein Ritual, sie standen im Kreis am Springbrunnen, einer nach dem anderen nahm den Rasierer, schabte dem Nebenmann damit in den Achselhöhlen herum, tauchte die Klinge in den Brunnen und reichte den Rasierer weiter. Aaron verspürte Ekel und konnte doch nicht wegsehen. Am Ende musste er laufen, um pünktlich zum Konzert zu kommen. Er konnte sich genau vorstellen, wie er George die ganze Geschichte erzählen und wie George nicken und nachfragen würde. Und er fand die Vorstellung *schön*, das war es, was ihm Angst machte – das Begehren, dass George ihm zuhörte, dass er zustimmend nickte, wenn Aaron zu beschreiben versuchte, wie viel Vertrauen man haben musste, um die Arme hochzuhalten und zuzulassen, dass jemand anderes in die Nase bekommt, wie man riecht, und einem mit dem Rasierer an eine der zartesten Körperstellen geht.

Er hatte niemandem von George erzählt, nicht einmal Taffy. »Im Castro?«, fragte sie jetzt. »Können wir nicht hier in der Gegend was trinken?« Sie war sicher, dass er sich darauf einlassen würde, und wahrscheinlich hätte er es tun sollen, dachte er. Andererseits, wenn sie wirklich Freunde wären, hätte er ihr von George erzählt, davon, dass er ihn in dem Café ein Mal getroffen hatte, dass er ihn dann versetzt hatte und jetzt nur dorthin wollte, um die Scharte auszuwetzen. Aber er hatte es ihr nicht erzählt, denn sie waren nicht wirklich Freunde. Er wusste ihre Hilfe zu schätzen, durchaus, aber in seinen Überlegungen zu seiner Zukunft kam Taffy nicht vor, außer als Randfigur, mit der er hin und wieder etwas trinken ging und nichts Intimeres als Schüler und Pädagogik besprach.

»Dann ein andermal?«, sagte er, aber vermutlich hielten sie das beide für unwahrscheinlich.

Sie gingen noch zusammen die Treppe hinunter und stiegen dann in verschiedene Busse. Er fuhr ins Castro und ging direkt zu dem Café. Er spähte durch die Scheibe und entdeckte einen Mann beziehungsweise einen Hinterkopf, der George gehören konnte. Aber er ging nicht hinein, sondern lief die Market Street hoch bis zur United Nations Plaza, setzte sich eine Weile auf eine Bank vor dem Civic Center und wartete, dass etwas passierte, dass wieder unbekannte Menschen anfingen, anderen unbekannten Menschen die Achselhöhlen zu rasieren oder die Augenbrauen zu zupfen oder die Haare zu bürsten oder sich gegenseitig aus der Hand zu fressen, dass sie alles Mögliche machten, was Fremde mit anderen Fremden eigentlich nicht machen – denn jetzt hatte er ja erlebt, dass sie es manchmal doch machten.

***

Wie die Freundschaft mit Bill angefangen hatte, wusste Aaron nicht genau, nicht mal, ob man es Freundschaft nennen konnte, denn eigentlich hatten sie nichts gemein. Trotzdem hatten sie in den Wochen nach dem Zwischenfall mit der kaputten Raucherbalkontür so manches übereinander erfahren, und war es letzten Endes nicht das, was Freundschaft ausmachte? Aaron wusste zum Beispiel, dass Bill dreimal verheiratet gewesen war. »Das erste Mal mit einer schwarzen Lady, Marabelle«, hatte Bill in einer Pause auf dem Korridor erzählt, »danach mit einer weißen Lady. Das war Peggy. Die letzte kam aus Kuba und hieß Misclaida. Ich bin das Thema Ehe aus drei verschiedenen Richtungen angegangen, kann man sagen, aber keine hat's gebracht. Jetzt spiele ich ein bisschen mit Flirtportalen herum, aber das ist auch alles. Und du?«

Aaron hätte ihm gern gesagt, dass er nie eine Frau kennen lernen würde, wenn er Flirtportale als etwas zum *Herumspielen* betrachtete, so was wie Flipperautomaten, aber Bill hatte ihn nicht um Rat gebeten. Also erzählte er ihm von Walter, und Bill nickte. »Hab mir schon gedacht, dass du so einer bist.« Es klang selbstzufrieden.

»Was für einer?«, konterte Aaron. »Einer, der eine Beziehung zwanzig Jahre lang durchzieht, oder einer, der so eine Beziehung einfach sausen lässt?« Er wusste genau, dass Bill weder das eine noch das andere meinte, aber er wollte, dass Bill es aussprach.

Bill fing wieder an zu lachen. »Nein, ich hab nur gleich gesehen, dass du vom anderen Ufer bist.«

»Aber du weißt schon, dass das heute kein Mensch mehr sagt, oder? Falls das überhaupt je einer gesagt hat.«

Wieder lachte Bill. Er wisse genau Bescheid über »die Schwulen«, erklärte er. Er sei schließlich hier aufgewachsen, in San Francisco – na gut, genau genommen in Daly City, also da, wo man landete, wenn man die Mission Street runter- und einfach immer weiterging, auch wenn es da längst nichts Interessantes mehr gab. Aaron sagte, bis dahin sei er mit seinen Erkundungen noch nicht gekommen. Bill fuhr fort: »Kennst du den Song ›Little Boxes‹?« Aaron nickte, und Bill verkündete stolz, dass der von Daly City handelte.

»Wenn ich mich richtig erinnere, war der aber nicht gerade schmeichelhaft gemeint«, sagte Aaron.

»Kommt drauf an, wie man's sieht«, erwiderte Bill. »Manchmal tut's einfach bloß gut, dass man sich keine Gedanken machen muss, wessen Haus schöner ist, das sind alles Bruchbuden, eine wie die andere, genau wie in dem Song«, er fing an zu singen, »they're all made out of ticky tacky and they all look just the same«, und Aaron war überrascht, wie sanft und warm Bills Stimme klang.

Chaa kam mit einer Tüte Durianchips dazu. Bill hatte keine Ahnung, was Durians waren, nahm ein paar und spuckte sie gleich wieder in die Hand. »Das ist ja das Scheußlichste, was ich je in den Mund genommen hab«, erklärte er. Chaa fing an zu lachen, als ob er genau auf die Reaktion spekuliert hätte. Als er wieder weg war, sagte Bill zu Aaron: »Möchte wetten, du hast schon Scheußlicheres in den Mund genommen, was?«

»Du bist aber schon sicher, dass du nicht schwul bist, oder?«, fragte Aaron spitz. »Du hast exakt den Humor von alternden Tunten.«

Bald wurden aus den Pausengesprächen auf dem Schulkorridor Besuche in einem Café um die Ecke, ein-, zweimal pro Woche. Für Bill war es das Hippiecafé, wegen der Speisekarte, aber Aaron belehrte ihn, dass in keinem Hippiecafé so viele Handys klingeln würden. Hier erfuhr Aaron die Geschichte von Bills Vater. Laut Bill hatte er zu den Leuten gehört, die alles zu Geld zu machen verstehen. Während des Koreakriegs hatte er zwei Wochen Fronturlaub genutzt, war nach Thailand gefahren und in einer Bude am Straßenrand, wo Benzin aus Kanistern verkauft und im Schuppen dahinter Autos repariert wurden, über ein Depot mit alten Autoteilen gestolpert, alles ungebraucht und originalverpackt unter einer Staubschicht. Sein Vater sei so ein

Typ gewesen, erzählte Bill, der sei dauernd über irgendetwas gestolpert. Als er aus Korea zurückkam, gründete er eine Familie, aber ein paar Jahre später fielen ihm die Autoteile wieder ein, und er flog noch einmal nach Thailand. Er fuhr kreuz und quer durchs Land, danach auch durch Malaysia, und hielt an jeder noch so abgelegenen Bude, die nach Autowerkstatt aussah. Sobald er auf ein Lager mit Ersatzteilen stieß, vor allem für alte Mercedes-Modelle, zog er eine Schau ab, er könne sich überhaupt nicht vorstellen, dass irgendjemand so was haben wolle – Gangschaltungshebel und Radkappen, Spiegel und Fensterkurbeln, alles nagelneu –, und kaufte alles auf, für fünfzig Cent oder einen Dollar pro Stück, und als Bonus die Illusion, er sei ein wahrer Wohltäter.

»Wir waren schweinearm«, erzählte Bill, »und dann kam mein Vater mit einem Container voll Ersatzteile wieder nach Hause, und innerhalb eines Jahres hatte er den komplett verkauft, manchmal mit fünfhundert- oder sogar tausendfachem Aufschlag.« Er schwieg und trank sein Bier halb leer. »Er hat auch jedem, der gerade zuhörte, liebend gern erzählt, wie er an die ganzen Dinger gekommen war, aber er hat nicht ein Mal durchblicken lassen, dass er damit reich geworden war. Wir haben das erst Jahre später nach seinem Tod erfahren, der Mann besaß Immobilien in der ganzen Stadt und Ländereien in Napa, aber wir wohnten weiter in unserer Bruchbude in Daly City. Er hat auch Schlösser an die Schränke gemacht, sogar an den Kühlschrank, die Schlüssel hatte nur er. Meine Mutter hatte die strikte Anweisung, uns nur eine Mahlzeit am Tag zu geben, und zwar um Punkt fünf Uhr nachmittags, und wenn wir die verpassten, tja, dann verpassten wir eben das Essen an dem Tag. Den Rest des Tages gab es Kaffee zu trinken, literweise. In der Küche stand immer eine Riesenkanne warm, weil er irgendwo, beim Militär vermutlich, gehört hatte, dass Kaffee eine gute Hungerbremse ist. Wir füllten uns damit den Magen, bis wir total aufgebläht und innerlich wund waren, wir konnten nicht mehr schlafen, aber das fand er völlig in Ordnung, weil Erschöpfung auch eine gute Hungerbremse war.

Als Teenager ging ich jeden Morgen vor der Schule in die Frühmesse, um wenigstens eine Oblate in den Magen zu kriegen. Ich bin bis heute ein Orthographie-Ass, wir hatten nämlich freitags in der Schule immer Rechtschreibtests, und der erste Preis war ein Schokoriegel. Die Lehrerin verstand die Welt nicht mehr: Billy Dawkins, der jeden anderen Test in den Sand setzte, holte sämtliche Orthographie-Preise. Ich hätte ihr gern erklärt, dass ich für einen Hamburger oder eine Schachtel Cornflakes jeden gewünschten Stoff gelernt und jeden Testsieg eingefahren hätte, aber dazu war ich zu stolz, außerdem hätte mein Vater mich umgebracht. Nicht weil er sich Sorgen gemacht hätte, was die Leute denken könnten. Das hat er nie. Er wollte nur schlicht nicht, dass sich irgendjemand in seine Angelegenheiten einmischt.

Zum letzten Mal gesehen hab ich ihn mit sechzehn. Ich kam aus der Schule und hatte einen Wahnsinnshunger, ich war in der Sportstunde fast umgekippt, und ich sah ihn schon von der Tür aus am Tisch sitzen. Bis dahin hatte ich immer gedacht, wenn er uns verhungern lässt, verhungert er mit. Das war wenigstens ein schwacher Trost, dass wir alle gemeinsam im Elend stecken – so funktioniert Armsein eben. Ich glaube sogar, der hat sich wirklich auch meistens selbst an die Standardregeln gehalten, aber an dem Tag eben nicht. Da saß er vor einem Riesenberg eingelegter Schweinshaxen auf Schlachterpapier, um ihn herum triefte alles vor Essig und Fett, daneben türmten sich die sauber abgenagten Knochen, winzig wie Kinderknöchel. Der Anblick, wie er darauf rumlutscht, hat mir den Rest gegeben. Ich hab ihn vom Stuhl gehauen und zu Boden gerungen. Ich hatte schon die Hände um seinen Hals, ich hätte ihn glatt erwürgt, wenn meine Mutter nicht hereingekommen wäre und gefleht hätte, ich solle aufhören. Als ich wieder auf die Füße kam, schrie mein Vater: ›Verschwinde aus meinem Haus. Raus hier und lass dich nie wieder blicken. Für dich geb ich keine zehn Cent mehr aus.‹

Ich sagte nur: ›Klar. Wär ja auch doppelt so viel wie bis jetzt.‹« Bill lachte und trank sein Bier aus. »Ich war immer sehr stolz, dass das meine letzten Worte waren, dass ich so geistesgegenwärtig war, ihm was, na ja, irgendwie Schlagfertiges an den Kopf zu knallen. Ich hab also mein Zeug gepackt und bin weg – hab den Saukerl nie wiedergesehen. Erst nach seinem Tod kam raus, dass der ein Schweinegeld gehabt hat, und zwar Millionen. Mich hatte er natürlich aus dem Testament gestrichen, noch am selben Tag. Meine Schwestern wollten mir trotzdem mein Drittel geben, aber ich hab abgelehnt. Ich wollte keinen Fitzel von ihm.«

»Und wovon hast du gelebt?«, fragte Aaron. »Du warst doch noch ein Junge.«

»Unser Priester hat mir geholfen. War ein guter Mensch – hat mir einen Job auf dem Bau und einen Platz zum Wohnen beschafft. Ich musste allerdings von der Schule, aber das hätte sowieso irgendwann angestanden. Ich hab das acht, neun, zehn Jahre durchgezogen, und dann hat mich die ganze Detektivgeschichte gepackt, ich hab mir eine Lehrstelle bei so einem alten Privatdetektiv organisiert und festgestellt, dass ich darin ziemlich gut bin. Er selbst konnte nicht mehr so viel auf Achse sein, also hab ich ihm die Beinarbeit abgenommen, und er hat mir alles beigebracht, was ich heute von dem Geschäft verstehe, und das ist eine ganze Menge.« Er starrte in sein leeres Bierglas, als ob er es lieber voll hätte. »Schon komisch, was?«, sagte er. »Ich schmeiße mit sechzehn die Schule, und jetzt, fast vierzig Jahre später, bin ich wieder in der Schule, diesmal als Lehrer. Kein besonders guter, aber irre ist das schon.«

»Und wieder ein Beispiel für des Lebens nie versiegende Ironie«, sagte Aaron. Dann fiel ihm ein, dass Bill vielleicht dachte, er mache sich über ihn lustig, und er erklärte: »Als ich noch ein Junge war, hatte meine Mutter ein Café, über dem wir auch gewohnt haben. Mein Fenster ging zur Straße, und gegenüber waren Läden, Eisenwaren Bildt und Swensons Dies & Das, da gab es hauptsächlich Lebensmittel, aber auch Schulbedarf und Bettwäsche. Ich habe abends im Bett immer die Neonreklame bei Swenson blinken sehen, an und aus: Dies & Das. Dies & Das. Dies & Das. Ich habe das jahrelang gesehen, bis mir plötzlich die ganze Komik klar wurde: ein Reklameschild, das Abend für Abend mit demselben monotonen Geblinke Vielfalt verspricht.«

Es war das erste Mal, dass er Bill etwas aus seiner Kindheit erzählt hatte, und er beließ es dabei, er erklärte nicht, wie viel Freude er an jenem Abend verspürt hatte, weil ihm plötzlich die Ironie an der ganzen Sache klar geworden war. Er hätte sonst über Clarence reden müssen, der ihm vorhergesagt hatte, dass er schon noch in Ironie hineinwachsen würde. So weit, über Clarence zu reden, war er noch nicht.

Bill lachte. »Yep«, sagte er, »Ironie ist 'ne feine Sache.«

* * *

Bill ging noch immer einmal in der Woche zur Messe in die Mission-Dolores-Kirche. »Auch öfter«, erklärte er Aaron, »wenn ich in einem richtig fiesen Fall stecke.«

Aaron war seines Wissens noch nie mit jemandem befreundet, der regelmäßig in die Kirche ging. »Hast du ein Beispiel für fies?«, fragte er.

»Ehepaare, die sich betrügen. Ist mein täglich Brot, musst du wissen.« Aaron wusste es, weil Bill ihm schon öfter erzählt hatte, dass es bei seinen Fällen überproportional häufig um Ehebruch ging – und um Krankschreibungsbetrug. »Wird immer schnell schmutzig.«

»Erzähl mir mal, welcher Fall dich in letzter Zeit zu einer Extramesse genötigt hat.«

»Ich war gerade heute Morgen da«, sagte Bill, »das vierte Mal diese Woche. Muss einen Typen beschatten, der richtig Arbeit macht. Und wo geht der wohl jeden Abend hin?«

Aaron war auch noch nie mit jemandem befreundet, der Wörter wie *beschatten* gebrauchte. »Na, wohin?«

»Ins Castro. Hält sich nebenbei so 'n Transvestiten. Weißt schon – sieht aus wie 'ne Frau, aber die Armaturen sind alle männlich. Egal, jedenfalls muss ich jetzt seiner Gattin beibringen, dass ihr Mann 'ne Schwuchtel ist, und –«

»Bill«, fiel Aaron ihm ins Wort. Sie standen im Schulkorridor, die Pause dauerte nur noch fünf Minuten, und er wusste nicht mal, wo er mit der Gegenrede anfangen sollte.

»Was?«, sagte Bill. »Ach so, verstehe. Ich soll in deiner Gegenwart nicht *Schwuchtel* sagen, richtig?«

»Du sollst das überhaupt nicht sagen, Punkt«, konterte Aaron, und Bill sah ihn an, als hätte er ihm befohlen, mit dem Rauchen aufzuhören oder nicht mehr jeden Mittag Hamburger zu essen.

Aaron wusste, was Walter zu seiner Freundschaft mit Bill sagen würde. Walter war fest davon überzeugt, dass schwule und nichtschwule Männer niemals wirklich Freunde sein könnten, dass Erstere Letzteren nie hundertprozentig trauen könnten. Zwar bestand ihr Sozialleben zum weitaus größten Teil aus Kontakten mit Heteros – Kollegen, Nachbarn –, aber Walter behauptete all die Jahre hartnäckig, Schwule könnten nur in Gesellschaft anderer homosexueller Menschen sie selbst sein und ihr wahres Ich ohne Zensurschere im Kopf ausleben. Aaron fand das erschütternd engstirnig. »Findest du wirklich, dass das für dich und die Jungs in Moorhead so stimmt – dass ihr ohne Selbstzensur euer wahres Ich ausgelebt habt?«, hatte er gefragt und an Walters heimlich schwule Freunde gedacht. »Mit denen habe *ich* mich, ehrlich gesagt, kein bisschen wahrhaftiger und zensurfreier gefühlt als mit den Männern, die zu meiner Kinderzeit im Café gesessen haben.«

Walter hatte ungläubig reagiert – und vielleicht konnte er es tatsächlich nicht glauben. »Aber hat es dir denn nach all den Jahren versteckt im sprichwörtlichen Schrank nicht wenigstens etwas bedeutet, endlich Sachen laut sagen zu dürfen, ohne zu überlegen, was die Leute denken?«

»Kann sein«, hatte Aaron geantwortet. Und nachgedacht. »Ja, gut, obwohl ich, glaube ich, als Junge nie das Gefühl hatte, ich muss mich im Schrank verstecken – das hätte doch ein Bewusstsein vorausgesetzt, das ich einfach noch nicht hatte. Mit euch zusammen hatte ich allerdings mit Sicherheit auch nie das Gefühl, ich bin ich selbst. Ich hatte dasselbe Gefühl wie bei so tief religiösen Leuten, die plötzlich mit mir befreundet sein wollen, bei denen ich den Verdacht nicht loswerde, dass die gar nicht mich meinen, Aaron – weil die mich überhaupt nicht kennen. Genau so ging es mir mit deinen Leuten – für die war ich doch bloß irgendein schwuler Knabe. Du hattest das Glück, den an Land zu ziehen, und sie hatten die Rolle der schlauen Sprücheklopfer.«

»Nun ja«, hatte Walter gesagt, »zumindest haben sie mich nie so angeguckt wie alle anderen, mit diesem Blick: ›Guck mal, Walter und sein Knabe‹.«

»Doch, natürlich haben sie das. Der einzige Unterschied war, dass sie das gut fanden. Aber was eigentlich genau? Was wussten die denn wirklich von unserer Beziehung? Wussten die, dass wir abends zusammen Gedichte lasen? Dass wir die ersten vier Jahre lang keinen Sex hatten? Nein, wussten sie nicht, weil sie sich nämlich für Gedichte nicht interessierten, und davon, dass wir Sex haben, gingen sie einfach aus, weil du sie in dem Glauben gelassen hast.« Er wusste nicht mehr, an welcher Stelle des Gesprächs er wütend geworden war.

»Bist du sauer, weil ich nicht ausposaunt habe, dass wir keinen Sex haben?«, hatte Walter gefragt.

»Nein«, hatte Aaron gesagt. »Deshalb nicht.« Das stimmte. »Wahrscheinlich verstehe ich einfach nicht, wieso du nicht einsehen willst, dass du ihnen die Wahrheit gesagt hättest, wenn sie wirklich deine Freunde gewesen wären.«

Walter hatte geschwiegen. »Manchmal«, hatte er schließlich gesagt, »brauchen Menschen einfach andere Menschen um sich, die so sind wie sie.«

»Ganz genau«, hatte Aaron gesagt. »Und ich hatte nichts mit

ihnen gemein, gar nichts außer dem Schwulsein. Vielleicht ist das ja was, aber es ist bei Weitem nicht genug.«

»Du wirfst ihnen doch wohl nicht vor, dass sie keine Gedichte mögen?«

»Nein, das werfe ich ihnen nicht vor. Ich will nur sagen, wenn ich die Wahl hätte, meine Zeit mit einem Hetero, der liest, oder mit einem Schwulen, der nicht liest, zu verbringen, ich würde den Hetero nehmen.«

»Und wenn beide lesen?«

»Tja, dann kommt's drauf an, was sie lesen.«

An dem Punkt hatten sie den Streit abgebrochen, nicht weil sie zu einer Lösung gekommen wären, sondern weil sie wussten, dass es keine gab. Er hatte absurde Züge angenommen, und sie waren nicht mehr imstande, gemeinsam über die Absurdität zu lachen. Aaron hielt es für reine Ironie, dass ausgerechnet er nach San Francisco gezogen war, er war doch nie scharf gewesen auf irgendein verführerisch schwules Leben, auf Bars und Restaurants und Viertel, in denen nur Schwule und Lesben wohnten. Er hatte sich auch nie ein Bein ausgerissen, um einen schwulen Automechaniker oder Klempner zu finden, er ging einfach nicht davon aus, dass jeder heterosexuelle Automechaniker oder Klempner – oder Detektiv – ihm mit homophoben Sprüchen kommen würde, und falls es doch mal einer tat, dann verhielt man sich eben dazu. Man erklärte ihm, warum eine Bemerkung, ein Wort, ein Witz beleidigend war. Das war hin und wieder anstrengend, aber es war eben der Preis, den man zu zahlen hatte, wenn man ein wahrhaftiges Leben leben wollte.

»Hast du manchmal ein schlechtes Gewissen, weil du so was machst?«, fragte er Bill. »Weil du mit den Geheimnissen von anderen Menschen Geld verdienst?«

»Geheimnisse hat jeder«, sagte Bill. »Kann auch sein, dass dieser Typ ein Recht auf seine Geheimnisse hat, aber seine Frau bezahlt mich dafür, dass ich rauskriege, was für Geheimnisse das sind, und ich finde, sie hat auch das Recht, das zu erfahren. Das beweist eben, was ich immer sage: Man kennt einen anderen Menschen nie wirklich, und wenn man ihn nicht kennen kann, kann man ihm auch nicht trauen.«

»Ich fand immer, dass Leute, die behaupten, dass man niemandem trauen kann, eigentlich etwas über ihre eigene Vertrauenswürdigkeit sagen«, wandte Aaron ein.

»Kommt wahrscheinlich drauf an, was man unter Vertrauen versteht. Ich seh's so: Wenn du Geheimnisse hast, kann ich dir nicht trauen.«

»Jeder hat Geheimnisse, Bill«, sagte Aaron. »Das heißt nun mal, Mensch zu sein. Ich weiß ja, ihr Katholiken mögt eure Beichte, aber ich glaube einfach nicht, dass wir der Welt alles über uns beichten sollen. Damit überfordert man die Menschen.«

19

Eines Morgens wurde Aaron vom Klageton eines Nebelhorns geweckt – das musste ein Fehlalarm sein, er hatte doch von allen erzählt bekommen, der März sei eine Atempause, bevor es ab in den Sommernebel ging. Der Klang erinnerte ihn an Kühe und ihr tiefes, trauriges Muhen, mehr wusste er ohnehin nicht von Kühen, auch wenn ihn seit Jahren dauernd Leute nicht nur danach, sondern nach allem Möglichen ausfragten, sobald sie erfuhren, dass er aus dem ländlichen Minnesota stammte: wie Getreidespeicher funktionierten und was auf dem Feld am besten gedieh, wie schnell Traktoren fahren konnten und ob die Farmersöhne tatsächlich Sex mit Schafen hatten. Er konnte nichts von alldem beantworten, sein einziges Wissen über Ackerbau und Viehzucht stammte aus den Gesprächen der Farmer, die er beim Bedienen im Café mitgehört hatte, und aus einem Sommerjob, bei dem er Disteln aus dem Mais gerupft hatte, da war er zwölf, und die monotone Arbeit hatte ihm Spaß gemacht. Nach drei Wochen hatte seine Mutter die Sache beendet, angeblich brauchte sie seine Hilfe im Café, aber er hatte den Verdacht, dass es ihr nicht passte, wie er nachmittags immer nach Hause kam – geschafft, aber fröhlich pfeifend.

Denn in jenem Sommer hatte sie ihn im Café – und um sich herum – eigentlich kaum gebraucht, und ab Herbst hatte sie ihn sogar ausgeliehen. *Ausgeliehen* war sein Wort dafür, er kam sich vor wie ein Buch aus der Bibliothek, das für kurze Zeit in einem fremden Zuhause landet. Seine Mutter war der Meinung, die Leute in Mortonville könnten ihnen nicht vergeben, dass sie Außenseiter waren, sie sagte *vergeben*, als wäre es ihr am liebsten, sich ein Mal dafür zu entschuldigen, und damit wäre die Sache erledigt. Nur deshalb, vermutete Aaron, nur weil sie unbedingt akzeptiert werden wollte, fing sie irgendwann an, anderen in Mortonville, vor allem alten Leuten, seine Hilfe anzubieten. Er könnte doch gut erledigen, was sie allein nicht mehr schafften – Kisten schleppen, Lebensmittel einkaufen, kleine Rutschbremsen unter Gegenstände kleben –, lauter Dinge, die ihn zum Mitwisser ihrer Verletzlichkeit machten. Die alten Leute waren so dankbar – ihm für seine Hilfe und seiner Mutter dafür, dass sie ihn schickte – und wollten ihm zum Abschied immer etwas in die Hand drücken: ein paar Münzen, ein Pop-Tart, einen Umschlag mit exotischen Briefmarken, irgendeine kleine Entschädigung für seine Dienste, aber seine Mutter hatte ihm verboten, etwas anzunehmen. Die alten Leute schimpften erst immer ihn dafür aus, und dann sagten sie, er solle aber seinen Reißverschluss schön fest zuziehen und auf dem Heimweg vorsichtig sein. Nicht, dass Mortonville ein gefährliches Pflaster war – sie wollten ihm wenigstens irgendetwas mit auf den Weg geben. Er fand es nicht richtig von seiner Mutter, ihnen diese kleine Freude zu verwehren.

Eines Spätnachmittags im Dezember lief er wieder mal durch Mortonville, der Schnee knirschte unter den Turnschuhen, was sich sonst immer angenehm anfühlte, aber er war den Tränen nahe. Es war nicht nur das Knirschen, oder dass die Tage immer kürzer wurden, in Wahrheit war es all das, was sich in ihm aufgestaut hatte, turmhoch wie die Schneehalden links und rechts der frisch geräumten Straßen, auf denen andere Kinder, im Gegensatz zu ihm, gern herumkletterten. Die winterliche Dämmerung ist der Melancholie bekanntlich besonders zuträglich, aber eigentlich war er noch zu jung, um das zu verstehen oder so tief zu empfinden. Er tat es trotzdem, sein Alter spielte keine Rolle. Er dachte an seine Mutter, die jetzt allein im Café saß, die für sich sein und nichts zwischen sich und der Dämmerung haben wollte. Früher in Moorhead war sie oft nachmittags in sein Zimmer gekommen und hatte ihn aus dem Mittagsschlaf geweckt. »Es wird dunkel«, hatte sie gesagt, »und ich fand, es wäre doch schöner in Gesellschaft mit dir.« Diese Mutter, für die der Anbruch der Nacht durch seine Anwesenheit erträglicher wurde, fehlte ihm.

An jenem Tag hatte sie ihn den Bergstroms ausgeliehen. Da, wo sie wohnten, gab es keine Straßenlaternen, trotzdem war sein Weg gut ausgeleuchtet vom Licht, das die Häuser warfen. Es kam vom Weihnachtsschmuck, aus den Küchenfenstern oder den gelben Haustürlämpchen, lauter Verheißungen, dass etwas Schönes bevorstand – ein Fest, eine warme Mahlzeit, ein Vater, der von der Arbeit kommt. Aaron konnte im Laufen erraten, wo es an dem Abend Hühnchen gab, denn aus den hellen Küchenfenstern duftete es bis auf die Straße. Genau jetzt, dachte er, stand seine Mutter in der Küche des Cafés und produzierte ihre eigenen leckeren Kochdüfte, aber bei dem Gedanken wurde seine Stimmung nur noch düsterer, denn hier in den Häusern kochten Mütter Essen für ihre Familien, und nur für die. Er konnte sich nicht erinnern, wann seine Mutter das letzte Mal nur für ihn gekocht hatte, ein richtiges Essen, keinen Ladenhüter von der Speisekarte, keine Überbleibsel von irgendeinem Küchenunfall, keine totgebratenen, zum Abendbrot umgewidmeten Hamburger.

Aaron kannte die Bergstroms kaum, sie kamen nur selten ins Café. Er stapfte weiter durch den Schnee, und ihm graute vor dem Besuch. Mrs. Bergstrom war Lehrerin in einem Nachbarort gewesen. Sie wohnten in Mortonville, weil Mr. Bergstrom hier einen Reifenhandel gehabt hatte, aber der war seit Langem zu. Sie hatten sich zur Ruhe gesetzt, und ihr Sohn – das einzige Kind – konnte mit Reifen nichts anfangen. Außerdem war der Sohn inzwischen tot, er war letzten Winter ins Eis eingebrochen. Seinetwegen graute es Aaron vor dem Besuch bei den Bergstroms, denn im Ort hieß es, dass sie sich nie davon erholt hätten und durch den Tod des Sohnes sonderlich geworden seien.

Das Haustürlämpchen brannte, und Aaron blieb kurz auf den Stufen stehen und spähte durchs Fenster. Mr. und Mrs. Bergstrom saßen auf dem Sofa, Seite an Seite, von den Knien bis zur Brust in eine Wolldecke gewickelt. Sie blickten stur geradeaus auf etwas, das er nicht sehen konnte – vermutlich Fernsehnachrichten, denn sie wirkten zerstreut, wie Menschen, die von anderer Leute Problemen erfahren. So von außen sahen sie nicht aus wie zwei Menschen mit einem toten Sohn. Er klopfte, und sie riefen ihn herein. Er drückte die Tür auf und freute sich auf die Wärme, wie jedermann im Dezember in Minnesota. Aber als er eintrat und Hallo sagte, stand seine Atemluft im Raum. Es war vollkommen still, kein Fernseher lief, Aaron sah zu der Stelle, auf die sie gestarrt hatten, aber da war nichts.

»Meine Mutter schickt mich? Weil Sie wohl Hilfe brauchen?« Beide Male ging seine Stimme am Satzende hoch, als wären es Fragen. Er hätte am liebsten noch mal von vorn angefangen, diesmal mit Aussagesätzen gleich in der Tür.

»Komm her und lass dich mal anschauen«, sagte Mr. Bergstrom und wedelte ungefähr in Richtung Zimmermitte.

Aaron bückte sich, um seine schneeverklumpten Turnschuhe auszuziehen, und Mrs. Bergstrom sagte: »So ein höflicher junger Mann.«

Er ging hin, stellte sich vor sie, und sie musterten ihn, ohne ein Wort zu sagen. Dann sahen sie sich nachdenklich an, als wäre Aaron ein Haushaltsgerät, dessen Erwerb sie erwogen, ein Haushaltsgerät, das so manches konnte, aber eben nicht alles, was sie wollten. Sie tauschten einen Blick, der zu sagen schien: »Hm, sollen wir's trotzdem nehmen? Kommen wir damit klar?«

»Wie alt bist du denn, Aaron?«, fragte Mrs. Bergstrom.

»Zwölf«, antwortete er leise, »beinah dreizehn.«

Sie schwiegen, vielleicht warteten sie auf irgendeine Andeutung über die bevorstehende Pubertät, eine Bemerkung über sein erstes Barthaar oder den neuen moschusartigen Geruch unter seinen Achseln. Als nichts dergleichen kam, sagte Mrs. Bergstrom: »Nun gut, Zeit für die Nachrichten, die soll Vater sich in Ruhe ansehen, und wir arbeiten so lange an unserem Brief.« Sie bat Aaron, den Fernseher anzuschalten, was er erledigte, und sofort füllte die Stimme des Nachrichtensprechers den ganzen Raum aus. Mrs. Bergstrom wickelte sich aus der Wolldecke, und zu Aarons Erstaunen hatte sie eine Skihose an, als ob sie den ganzen Nachmittag lang Schlitten gefahren und gerade erst wieder ins Haus gekommen wäre. Sie ruckelte vor auf die Sofakante, sammelte sich, sah stur geradeaus und hievte sich mit einem leisen Ächzen, das Aaron verlegen machte, auf die Füße.

»Dann wollen wir uns mal ins Arbeitszimmer begeben«, sagte sie. Aaron folgte ihr durch den Flur, hinter ihrer raschelnden Skihose her – *phit-phit* – bis ins Arbeitszimmer. Dort schloss sie die Tür ab. Im Raum duftete es – angenehm – nach Zedern und – unangenehm – nach feuchter Pappe. An der Wand über dem Sofa hingen Fotos von Tim, dem toten Sohn, eins aus jedem Schuljahr, chronologisch sortiert. Er lächelte auf allen Fotos, und die Lücke zwischen seinen Vorderzähnen wirkte größer, als sie in Wirklichkeit gewesen war. Vom erwachsenen Tim gab es keine Fotos, aber soweit Aaron sich erinnern konnte, hatte er immer traurig ausgesehen. Er kam allein ins Café und zog, bevor er aß, ein Tuch aus der Tasche und wischte das Besteck ab. Zum Trinken bestellte er ausschließlich Leitungswasser, was laut Aarons Mutter damit zusammenhing, dass er es an keinem Arbeitsplatz lange machte, mit anderen Worten, dass er sich Limonaden nicht leisten konnte, und zum Essen ausschließlich Bacon-Cheeseburger, von dem er keinen Bissen anrührte, bevor er die beiden Speckstreifen, die Aarons Mutter immer über Kreuz dekorierte, nebeneinandergelegt hatte. Er mochte seinen Speck nun mal lieber parallel.

Am Tag, nachdem Tim ins Eis eingebrochen war, hatte morgens ungewöhnlich viel Betrieb im Café geherrscht. Aaron war erst spät heruntergekommen, er wusste noch nicht, was los war, nur dass etwas los war, denn alle Tische waren besetzt, und der Raum summte und brummte.

»Es ist etwas passiert«, erzählte seine Mutter später. Sie erklärte stockend, dieses *Etwas* betreffe die Bergstroms, sie hätten am Abend vorher die Polizei gerufen, weil Tim bei ihnen zu Besuch gewesen sei und sich merkwürdig benommen habe.

»Wie, merkwürdig?«, fragte Aaron.

»Er hat wohl andauernd gesagt, dass er sie liebt«, antwortete seine Mutter.

Aaron dachte kurz darüber nach: Also, die Bergstroms riefen die Polizei, weil ihr Sohn ihnen andauernd sagte, dass er sie liebte. »Die haben die Polizei gerufen, weil er nicht damit aufgehört hat?«, fragte er schließlich.

»Na ja«, sagte seine Mutter. »Das war ja nicht alles.«

Die Polizisten kamen im selben Moment bei den Bergstroms an, in dem Tim wegfuhr. Sie schalteten das Blaulicht ein, aber er hielt nicht an, und dann waren Tim und das Polizeiauto wie eine Zweierparade langsam durch ganz Mortonville und dann aus dem Ort hinausgefahren. Als Tim auf die Schotterpiste bog, zu einem der Seen, den die Einwohner von Mortonville als Badesee nutzten, dämmerte den Polizisten, dass etwas nicht stimmte. Sie schalteten die Sirene an und riefen ihn über den Lautsprecher, aber Tim steuerte weiter direkt auf die Eisfläche zu. In diesem Winter waren die Seen tückisch, nicht durchgängig zugefroren, und nicht mal die Leute, die sich gut auskannten, trauten sich aufs Eis. Also sahen auch die Polizisten nur vom Ufer aus zu, wie Tim ganz allein immer weiter hinausfuhr. Irgendwann kippten seine Frontscheinwerfer himmelwärts, und Minuten später war der Wagen verschwunden. »Verstehst du, was ich damit sagen will, Aaron?«, fragte seine Mutter.

»Ja«, sagte er.

»Sie kommen nicht dran an das Auto. Es ist zu gefährlich.« Sie riss ein Zuckertütchen auf und schüttete es in ihren Kaffee. »Stell dir mal vor, wie kalt das gewesen sein muss.«

***

Aaron und Mrs. Bergstrom setzten sich an einen Tisch, auf dem ein halb fertiges Puzzle lag, aber mit dem Motiv nach unten. Er betrachtete einen Augenblick lang die graue Rückseite der Teile und hätte fast gesagt: »So rum ist das ja ein ziemliches Gepussel.« Aber er war nicht der Typ, der andere Leute mit Albernheiten behelligte. Solche Witzchen hatte er oft gegenüber seiner Mutter gemacht, sie hatte immer ehrlich reagiert und nur gelacht, wenn sie etwas wirklich witzig fand. Aber seit ihm eines Tages aufgefallen war, dass seine Mutter gar nicht mehr zuhörte, ließ er auch das bleiben.

»Warum legen Sie das Puzzle verkehrt herum?«, fragte er Mrs. Bergstrom. »Ginge es nicht leichter, wenn man das Bild sehen könnte?«

»Muss denn immer alles leicht gehen, junger Mann?« Sie schob die Puzzleteile beiseite, zog eine Holzkiste heran und klappte sie auf, darin waren Schreibpapier und Stifte. »Wie steht's mit deiner Handschrift?«, fragte sie. Die sei prima, antwortete er. »Gut«, sagte sie. »Denn eine schlechte Handschrift kann ich nicht gebrauchen. Und Rechtschreibung?«

»Ich bin Klassenbester«, berichtete er.

»Nun ja«, sagte Mrs. Bergstrom, »das will nur etwas heißen, wenn die Klasse nicht aus lauter Schwachköpfen besteht.« Sie nahm das oberste Blatt aus der Kiste und legte es vor ihn. »Ich nehme an, deine Mutter hat dir wohl gesagt, dass ich Hilfe bei meiner Korrespondenz benötige.«

»Ja.« Er warf einen Blick auf ihre Hände, sie wirkten durchaus imstande, einen Stift zu halten.

»Lieber«, begann sie das Diktat und hörte gleich wieder auf, als ob sie sich nicht mehr erinnern könnte, an wen sie schreiben wollte. »Das lassen wir offen«, sagte sie und nahm den Faden wieder auf: »In Mortonville hat der Winter Einzug gehalten.«

Dann zog sie ihm das Blatt weg und begutachtete es. »An den Großbuchstaben musst du noch arbeiten«, erklärte sie streng und zeigte auf das W. »Das muss unten spitz sein, wie zwei Ellbogen, die auf der Zeile ruhen. Siehst du, wie rund deine sind? Bei dir sind es Knie, als ob das W kniet. Ich halte gar nichts vom Knien«, sagte sie. »Wir sind schließlich keine Katholiken.« Sie lachte, als ob das komisch wäre.

»Soll ich es verbessern?«, fragte Aaron.

»Das macht es nur unansehnlicher«, sagte sie, »und insbesondere die erste Zeile darf niemals unansehnlich wirken. Nein, wir lassen es so, aber merk dir das.«

Er hielt den Stift über das Blatt und wartete auf den nächsten Satz.

»Du scheinst ein heller Kopf zu sein, junger Mann«, sagte sie. Dabei flitzte ihre Zunge von Mundwinkel zu Mundwinkel, sie beobachtete ihn lauernd, ob er wohl fragte, was ein heller Kopf war, ob die Neugier bei ihm wohl über die Schüchternheit siegte, denn für sie, so viel begriff er, war er bloß ein schüchterner kleiner Junge, der nicht aufmuckte, wenn ihn eine alte Dame in ihrem Arbeitszimmer schikanierte.

Natürlich wusste er, was ein heller Kopf war, er wusste nur nicht, wie er ihr das beibringen sollte und ob sie ihm daraus vielleicht einen Strick drehte. »Ich weiß, was ein heller Kopf ist«, platzte er schließlich heraus.

Sie kicherte jovial. »Gut«, sagte sie, »ich will dir nämlich etwas zeigen.«

Sie standen auf, und sie schloss die Tür wieder auf. Im Wohnzimmer dröhnte noch immer der Fernseher, trotzdem legte sie die Finger auf die Lippen, als sie auf Zehenspitzen über den Flur schlichen. Sie drückte die nächste Tür auf, und er spürte ihre Hand auf seinem Arm und wurde ins Dunkle geschubst. Die Tür ging zu. Er hörte, wie Mrs. Bergstrom sie zuschloss und wie ihre Hand über die Wand flatterte, bis sie den Lichtschalter fand.

Sie waren im Bad. Er konnte ihr nicht in die Augen sehen, nicht neben einer zum Greifen nahen Toilette. Sie holte eine Taschenlampe aus einem Schrank, kniete sich neben die Kloschüssel, stützte sich mit einer Hand auf der Brille ab und sah zu ihm hoch. »Komm her«, sagte sie barsch. Also kniete er sich neben sie. »Was siehst du?« Sie leuchtete den Boden um die Toilette herum mit der Taschenlampe ab. Sie schien auf etwas Bestimmtes zu hoffen, und er beugte sich tiefer und erkannte Dreck und Klopapierfetzchen und auch ein paar sehr krisselige graue Haare. *Schamhaare!* Der Anblick schnürte ihm die Kehle zu, er rang nach Luft.

»Siehst du das?«, flüsterte Mrs. Bergstrom erregt, weil sie sein Keuchen für Entdeckerfreude hielt.

»Was denn?« Ihm war hundeelend.

»Den Urin«, sagte Mrs. Bergstrom, noch immer leise und eindringlich. Sie beugte sich vor und hing jetzt mit dem Gesicht über der Kloschüssel, als ob sie daraus trinken oder wie an Halloween mit den Zähnen nach schwimmenden Äpfeln schnappen wollte. »Jedes Mal, wenn Vater hier drin war, ist der ganze Boden voll, ich muss immer sofort hinterher alles sauber machen.«

»Vielleicht kann er nicht anders«, sagte Aaron.

»Das Saubermachen stört mich nicht.« Sie klang zornig. »Aber wie er sich aufführt. Erzählt mir dauernd, dass ich verrückt bin, dass ich mir alles Mögliche einbilde.« Sie klopfte mit einem Finger auf die Klobrille. »So, und heute Nachmittag habe ich mal nicht hinter ihm her geputzt. Ich wusste, dass du kommst, deshalb habe ich es extra so gelassen.«

Aaron wandte den Blick ab, studierte das Muster auf dem Linoleum, versuchte herauszufinden, wo die Linien anfingen und endeten. »Ja«, sagte er, »ich seh's auch.«

Mrs. Bergstrom gab ein leises, knurrendes Lachen von sich. »Wusste ich's doch«, sagte sie. »Hilf mir hoch.« Sie hielt ihm den Arm hin, als wollte sie ihn animieren, ihre neue Armbanduhr zu bewundern, und Aaron stand auf, nahm ihren Arm und gab ihr Halt, als sie sich auf die Füße mühte.

Er hätte sich dringend gern die Hände gewaschen, vermutete aber, dass das irgendwie als unhöflich empfunden würde. Stattdessen sagte er: »Meine Mutter braucht mich.« Mrs. Bergstrom schloss die Badezimmertür wieder auf, und sie gingen zurück ins Wohnzimmer, wo Mr. Bergstrom noch immer unter der Häkeldecke saß und die Nachrichten verfolgte.

»Hast du schön geholfen?«, brüllte er über den Fernseher hinweg.

»Nicht besonders«, antwortete Mrs. Bergstrom an Aarons Stelle, und beide Bergstroms lachten herzlich, während Aaron sich bückte, um seine Schuhe wieder anzuziehen.

»Dann gute Nacht«, sagte er.

»Ja«, sagten die Bergstroms.

Aaron schaltete das Haustürlämpchen, das die ganze Zeit gebrannt hatte, aus und trat hinaus in die Dunkelheit. Wieder blieb er kurz auf den Stufen stehen und spähte durchs Fenster, und wieder saßen die Bergstroms aneinandergekuschelt unter ihrer Häkeldecke, sie sackten förmlich ineinander wie tauende Schneemänner. Er suchte nach einem Wort für das, was er sah und was er fühlte, aber er fand keins, das zu dem Bild der beiden Bergstroms auf dem Sofa passte, mit ihrer Decke und ihrem toten Sohn, oder zu dem leisen Schmerz in seinem Herzen.

***

Als er an dem Abend wieder ins Café trat, saß Jim Evarold schon in seiner angestammten Nische. Jim kam jeden Donnerstagabend, wenn seine Frau ihr wöchentliches Weight-Watchers-Treffen hatte, setzte sich in seine Ecke und starrte ewig lange in die Speisekarte. Er bedachte sorgfältig alle Optionen, bestellte aber jedes Mal das Spezialmenü, Frikadellen. Dann passte er genau den Moment ab, in dem Aarons Mutter sich in Richtung Küche drehte, und fügte hinzu: »Und ein großes Glas Milch. Und ein paar von den Kroketten.« Er bestellte immer so zögerlich, vielleicht genierte er sich, dass er Lust auf Kroketten hatte, während seine Frau gerade über Kalorien und sinnlose Begierden diskutierte. Und jedes Mal drehte sich Aarons Mutter noch einmal um und fragte: »War's das jetzt, Jim?« Für Aaron klang sie fast so aggressiv wie ein Schulquälgeist.

Jim Evarold tat, als ob er erst die Speisekarte noch ein bisschen studieren müsste, dann räusperte er sich und rückte mit seiner üblichen Bitte heraus: »Kann ich statt der Frikadellen vielleicht Hackbraten haben?«

»Hackbraten ist Freitagabend«, gab seine Mutter zurück. Sie war gereizt, weil sie sich den ganzen Tag um die Bedürfnisse anderer Leute kümmern musste. »Ist dasselbe drin, Jim. Hat nur eine andere Form.«

Daraufhin musterte Jim Evarold seine Hände oder langte zum Serviettenspender und murmelte: »Aber Hackbraten flutscht beim Schneiden nicht so über den Teller.«

Das oder ein ähnliches Gespräch hatte vermutlich auch stattgefunden, bevor Aaron ins Café zurückkam, denn Jim Evarold saß schon vor seinem Essen. Als er seinen Teller später abräumte, wie üblich von aufsässigen Fleischbällchen ebenso blank geputzt wie von schändlichen Kroketten, sah er auf dem Rand ein daumengroßes Fitzelchen Alufolie liegen. Jim verlor kein Wort darüber, aber Aaron wusste, dass es im Essen gewesen war. Er pustete es auf den Boden, er wollte vermeiden, dass seine Mutter es sah und sich schämte.

In den folgenden Wochen tauchte am Ufer von Jim Evarolds ansonsten blitzblankem Teller immer mehr Strandgut auf: ein Stück Wurstfaden, ein Schnipsel Wachspapier, Gummiband, Pflanzendraht. Jim verlor noch immer kein Wort darüber, aber es war klar, dass er sie extra für Aaron auf dem Teller hatte liegen lassen. Aaron entsorgte alles klammheimlich. Eines Abends, zwei Monate später, nahm Aaron wieder Jim Evarolds leeren Teller, und diesmal lag eine Borste auf dem Rand, fein wie eine Gräte. Sie war zu klein, um von einer der Küchenbürsten zu stammen, mit denen seine Mutter den Bratrost putzte oder Kartoffeln schrubbte. Er legte sie sich auf die Fingerspitze. Am liebsten hätte er sie wie eine Wimper weggepustet und sich dabei etwas gewünscht, aber er ging damit zu seiner Mutter. Sie starrte die Borste an wie ein Utensil, das sie seit Jahren vermisste, ohne das sie aber inzwischen prima auskam, weshalb es, indem es wieder auftauchte, praktisch eine Bürde wurde.

»Muss vom Gemüseschrubber sein«, sagte sie schließlich und wandte sich ab, um einen Hamburger zu wenden.

Aaron ging nach oben ins Bad, wo ihre Zahnbürsten in einem Gestell hingen. Er nahm die Zahnbürste seiner Mutter und hielt die Borste daneben. Sie passte. Er hatte es geahnt. Und das konnte nur eins heißen: Seine Mutter hatte eine Borste herausgerissen, mit nach unten genommen und später in Jim Evarolds Frikadelle eingearbeitet. Und sie hatte das mit voller Absicht getan. Aaron bekam Angst, als er all die Vorfälle Revue passieren ließ, weil ihm – erst jetzt wirklich – klar wurde, dass seine Mutter zutiefst unglücklich war. Ihre Verzweiflung war wie ein Schneeball, der einen Hügel hinunterrollte und dabei immer dicker und immer schneller wurde, und er konnte nur oben auf dem Hügel stehen und hinterhersehen. Er hatte nicht die Kraft, ihn aufzuhalten.

Aber sie hatte die Borste in Jim Evarolds Essen getan, hatte diskret ein Zeichen ihres Unglücks gesetzt, und Aaron wollte so gern glauben, dass darin auch Hoffnung steckte. Er wusste allerdings nicht, warum sie es auf Jim Evarold abgesehen hatte, alle im Ort mochten ihn, sie auch, soweit er wusste. Jim war ein stiller Mann. Er war höflich, legte aber offensichtlich keinen Wert auf Gesellschaft, und alle respektierten das. Wer an seiner Nische vorbeikam, grüßte ihn kurz und ging seiner Wege.

Kurz bevor Aaron und seine Mutter nach Mortonville gezogen waren, hatte Jims Bruder sich umgebracht. Die dürren Fakten besagten: Einen Tag, nachdem seine Frau mit den beiden jüngsten Kindern nach Florence gefahren war, war Matthew Evarold in seine Scheune gegangen, hatte einen Strick an einen Balken geknotet, sich auf einen Futtereimer gestellt und dann den Eimer weggetreten. Vielleicht hatte er gehofft, dass ihn irgendjemand anders als seine Kinder finden würde, aber ausgerechnet sie fanden ihn, als sie aus der Schule kamen. Aaron fuhr ab und zu mit dem Bus, deshalb wusste er, wo die Evarolds wohnten, es war nur eine Haltestelle vor seiner. Das Grundstück hatte eine lange gerade Schotterzufahrt mit einem Mittelstreifen aus Gras, ganz am Ende standen das Haus und die Scheune. Aaron sah die Szene vor sich, wie die vier älteren Kinder an jenem Nachmittag den Schotterweg entlangstapften, noch lachend und Grasbüschel kickend, während ihr Vater schon tot in der Scheune genau vor ihnen hing. Es hatte ihn nachhaltig erschüttert, dass zwei Wirklichkeiten so dicht nebeneinander existieren konnten: ein am Scheunenbalken baumelnder Mann und direkt davor seine lachenden, herumalbernden Kinder.

Als Teenager und später als Erwachsener hatte Aaron sich oft unendlich allein und mutlos gefühlt, hatte das Gefühl sogar absichtlich verschärft, indem er sich einredete, dass ihn niemand vermissen würde, wenn er nicht mehr existierte, aber er war nie zur Tat geschritten, denn ihm war allein beim Gedanken, nicht zu existieren, angst und bange geworden. Trotzdem verspürte er keinen Zorn auf Menschen, die daran dachten, sich umzubringen – daran dachten, es versuchten, es sogar taten. Im Gegensatz zu den Leuten in Mortonville, nach deren Ansicht Matthew Evarold sich umgebracht hatte, weil er ein Egoist gewesen sei. Aaron wusste nicht, was *Egoist* hieß, und fand in seinem Lexikon die Definition: »Jemand, der ohne Rücksicht auf andere stets den eigenen Vorteil, das eigene Vergnügen oder Wohlergehen sucht und im Sinn hat.« Nur, bei *Vorteil* und *Vergnügen* hatte man jemanden vor Augen, der andere aus dem Weg boxt, um irgendeinen heiß begehrten Preis abzugreifen, und alles Vergnügen für sich reklamiert –, das passte einfach nicht zusammen mit dem Bild von einem Menschen, der in seine Scheune geht, auf einen Eimer steigt und sich erhängt.

»Jim hat der Tod seines Bruders schwer mitgenommen«, sagte seine Mutter eines Abends, als Jim Evarold seine Frikadellen und Kroketten verspeist hatte und nach Hause gegangen war, zu seiner Frau, die sich nichts sehnlicher wünschte, als dünn zu sein. »Er hat immer das Gefühl, er hätte ihm irgendwie helfen müssen.«

»Womit denn?«, fragte Aaron. Er überlegte, woher seine Mutter das wusste.

»Ach, keine Ahnung. Vielleicht versuchen, ihn glücklich zu machen.«

»Und wie?«

»Hör mal, Aaron«, sagte sie. »Man kann andere Leute nicht glücklich machen. Es ist albern, so was zu versuchen.«

»Warum ist das albern?«

»Weil's das ist«, sagte sie. »Und weil man sich am Ende bloß vorkommt wie ein Versager.«

20

Als seine Mutter und Pastor Gronseth verschwanden, fühlten sich die Leute in Mortonville verraten, von ihrem Pastor, dem sie ihre Probleme anvertraut hatten, ebenso wie von seiner Mutter. Auch sie wusste einiges über sie, kannte manche ihrer Geheimnisse, nicht weil sie herumschnüffelte, sondern weil sie beim Kaffeenachschenken und Bestellungenaufnehmen aufschnappte, was sie so erzählten über irgendeinen Onkel, der etwas Schändliches getan hatte, oder ein Kind, das abgehauen und nie wieder aufgetaucht war. Der Gedanke, dass zwei Menschen, die so viel von ihnen wussten, *zusammen* weggegangen waren, gab ihnen das Gefühl, verwundbar zu sein, und das Verwundbarkeitsgefühl übersetzte sich in Argwohn gegenüber Aaron, denn er war noch da.

Wenn er in Swensons Dies-&-Das-Laden kam, um etwas für Mrs. Hagedorn zu besorgen, brach die Kassiererin jedes Mal mitten im Satz ihr Gespräch ab und rief demonstrativ laut: »Oh, hallo, Aaron Englund.« Und alle ringsum verfielen in Schweigen. Das ganze folgende Jahr lang. Dasselbe passierte, wenn er mit Rudy bei Harold Bildt Klempnerbedarf kaufen ging, Rudy allerdings brüllte zurück und machte den Männern im Büro hinten klar, dass er Aaron begleitete, weil er befürchtete, dass sie sonst Gemeinheiten über Aarons Mutter erzählten, die ein Sohn nicht hören sollte. Am schlimmsten war die Frau in der blauen Strickjacke auf der Post, die sich hinter den Schalter duckte und schrill verkündete: »Nichts für dich dabei, Aaron.« Er behauptete zwar immer, nur die Post für die Hagedorns abholen zu wollen, aber ihm war jedes Mal übel vor Enttäuschung. Er verbarg sie hinter einem Lächeln, denn er wusste genau, dass die Postfrau ganz Mortonville informierte, was für Post Aaron bekam beziehungsweise dass er *keine* bekam. Alle wussten, dass seine Mutter ihm nie schrieb.

In der Schule empfahl ihm zuerst eine, dann noch eine Lehrerin, einmal in der Woche zu Mr. Brisk zu gehen. Er hatte nur dienstag- und donnerstagnachmittags Sprechstunde, zwei Nachmittage pro Woche war das Äußerste an Betreuung, das die Schule sich leisten konnte, oder das Äußerste, das sie für nötig hielt. Aaron ging zwei Mal hin, nicht aus freien Stücken, sondern weil er angemeldet war. In solchen Dingen war er immer folgsam. Mr. Brisks Sprechzimmer war der ehemalige Ticketschalter, eine Butze mit einem einzigen Fensterchen, durch das früher Geld gegen Zutritt zu Sportveranstaltungen und Schulaufführungen getauscht worden war. Nur ein paar Monate später am Weihnachtsabend würde Bernice ihm genau diese Butze beschreiben, und Aaron würde ihr verschweigen, dass er das alles kannte: die Enge, den wackeligen Stuhl, auf dem man sitzen musste, Mr. Brisks Tisch, an dem man sich die Knie wund drückte.

Bei der ersten Sprechstunde fragte Mr. Brisk ihn ganz allgemein nach seiner Mutter, und Aaron erzählte, sie sei einfach müde von der Arbeit im Café gewesen. Das hatte sie selbst nie so gesagt, zumindest nicht in dem Sinn, den er gegenüber Mr. Brisk anklingen ließ, nämlich dass sie aus schierer Erschöpfung geflohen sei. In der zweiten Stunde wollte Mr. Brisk wissen, was er dabei empfand, dass seine Mutter mit dem Pastor abgehauen war, aber Aaron war sich nicht sicher, ob es Mr. Brisk mehr auf das *Abhauen* oder auf den *Pastor* ankam.

Er glaubte nicht, dass seine Mutter und der Pastor abgehauen waren, weil sie verliebt waren. Er hatte so viele Abende neben ihnen im Café gesessen und Hausaufgaben gemacht, er hatte mitbekommen, worüber sie sprachen, er wusste, dass sie sich zusammengetan hatten, weil sie beide einsam waren, weil sie beide mit den Menschen in ihrer Umgebung keine Freundschaften eingehen konnten, denn die waren ihre Kundschaft. Pastor Gronseths Kundschaft war seine Gemeinde. Zu ihm kamen die Leute, weil sie Bestätigung bezüglich ihrer Kinder und Ehen oder der Arbeit brauchten und seine Bestätigung als besonders wertvoll erachteten. Sie brachten ihm zwar auch etwas mit, Ahornsirup und frisch geschlachtete Hühner, aber im Kopf hatten sie nur ihre eigenen Bedürfnisse. Und eins jedenfalls konnten sie nicht gebrauchen und hätten es auch nicht ertragen: Einblick in das Privatleben ihres Seelsorgers.

Oft kreisten die abendlichen Gespräche der beiden um Vergebung, darauf waren die Leute laut Pastor Gronseth vor allem aus. Aber Vergebung sollte seiner Meinung nach nur schwer zu haben sein, damit die Leute es sich nicht allzu bequem machen, denn solange jemand davon ausgehen kann, dass er Vergebung praktisch auf Antrag bekommt, handelt er, ohne an die Folgen zu denken. Das sei so ähnlich wie beim Bankrott: den erklärt man einfach, und dann müssen andere Leute für die eigene sorglose Prasserei geradestehen. Er sei auch mal so einer gewesen, erzählte er Aarons Mutter, ein Typ, der seine erste Frau mit drei Kindern sitzen ließ, weil er von allem die Nase voll hatte, *sich langweilte*, um es ganz klar zu sagen. Er hatte dem Pfarramt seine Vergangenheit komplett offengelegt, bevor er die Pfarrei in Mortonville übernommen hatte. Die drei Kinder aus seiner ersten Ehe kamen zu allen Festen zu Besuch und saßen in der ersten Reihe neben ihrem Halbbruder, einem lauten Jungen, den sie alle nicht mochten, und seiner zweiten Frau. Alle hatten Pastor Gronseth vergeben, nur er selbst war sich nicht sicher, ob er seine Lektion wirklich gelernt hatte.

Aaron musterte die Aktenschränke an einer Wand von Mr. Brisks Sprechzimmer, in den Fächern lagerten die Dokumente über jedermann in der Schule. Dann sah er Mr. Brisk wieder an. »Ich glaube, Pastor Gronseth musste irgendwohin, und meine Mutter hatte ein Auto. Und Pastor Gronseth wollte seiner Frau und seinem Sohn bestimmt den Wagen nicht wegnehmen.«

Frau und Sohn verließen Mortonville einen Monat später in dem Wagen, den Pastor Gronseth nicht mitgenommen hatte. Sie hatten im Pfarrhaus gewohnt, und mitsamt Pastor Gronseth war auch ihr Wohnrecht weg. Obwohl extra die Kirchenvorstände zur Klärung im Pfarrhaus erscheinen mussten, wurde die Angelegenheit diskret abgewickelt. Frau und Sohn gingen bis ganz zum Schluss in die Kirche und saßen weiter jeden Sonntag in der ersten Reihe beim Gottesdienst, der jetzt von Pastoren aus umliegenden Gemeinden abgehalten wurde. Aaron wusste das alles von Mrs. Hagedorn, die selbst zwar Katholikin war, sich aber bestens auskannte bei den Lutheranern.

Um Pastor Gronseths Sohn machte Aaron seitdem in der Schule einen großen Bogen, genauso wie um das Pfarrhaus. Aber eines Tages bei einem Spaziergang hielt plötzlich ein Auto neben ihm, und die Frau und der Sohn glotzten ihn durch die geschlossene Scheibe an. Dann sagte die Frau etwas zu dem Sohn, und der kurbelte das Fenster herunter.

»Wo sind die hin?«, brüllte sie über den Kopf des Sohnes hinweg.

Aaron beugte sich ins Beifahrerfenster, um beide sehen zu können. »Ich weiß es nicht.«

»Nun ja, irgendwann werden sie in der Hölle enden«, sagte Pastor Gronseths Frau, und sein Sohn nickte. Das Fenster ging wieder hoch, und sie brausten davon. Einen Tag später waren sie auch weg.

***

Am Dienstag, dem 13. März, seinem zweiundvierzigsten Geburtstag und dem ersten allein, wurde Aaron in aller Frühe vom Telefon aus dem Schlaf gerissen – ein seltenes, also verwirrendes Geräusch. Sein erster Gedanke war nicht, wer da anrief, sondern warum er sich bloß ein Telefon angeschafft hatte. *Die menschliche Stimme an sich ist viel zu aufdringlich.* So hatte Mark Twain seinerzeit die Erfindung des Fernsprechers kommentiert, und den Satz hatte Aaron immer zitiert, um Walter klarzumachen, wieso Telefonklingeln bei ihm als Feindseligkeit ankam.

Seine Aversion hatte ihren Ursprung in zwei Erlebnissen zwanzig Jahre zuvor, als er und Walter noch in Minnesota lebten. Beim ersten ging Aaron noch aufs College. Er hatte mit einem Kommilitonen wegen eines Philosophieprojekts telefoniert, für das sie zusammengespannt worden waren, und plötzlich am anderen Ende eine Toilettenspülung im Hintergrund rauschen hören. Dieses Geräusch hatte ihm im Nachhinein die Herkunft gewisser Grunztöne erklärt, die er während des Gesprächs wahrgenommen hatte. Die Erkenntnis, dass ein fremder Mensch namens Franklin (nach dem Präsidenten), mit dem er über ein mittelmäßiges Buch, irgendeine Umweltutopie, telefonierte, zur selben Zeit Verdauungstätigkeiten verrichtete, hatte ihn schockiert. Es war, als hätte er mit Franklin zusammen auf dem Klo gesessen.

Sein Widerwille gegen Telefone verschärfte sich zwei Jahre später, als er in der Parteizentrale der Demokraten in Moorhead um Stimmen für irgendeine Kandidatin warb, deren Tugenden ihm entfallen waren. Ein paar öde Stunden lang hatte er an der Strippe gehangen und aus einer Art Drehbuch abgelesen, was die Leute dazu bringen sollte, die Wahl von Shirley Lund in den Senat von Minnesota zu unterstützen, und sich zum Spaß Geschichten über die Leute auf seiner Namensliste ausgedacht: Marsha Norquist – sammelt antike Quilts, Jerold Harvey – mag korpulente Katzen und Bingo, Howard Hofbrau – gebeutelt von seinem extravaganten Nachnamen, wird mit den Jahren immer ruheständiger.

Die letzte Nummer auf der Liste gehörte einer Sadie Thompson, und bei ihr war die Flucht in die freieren Gefilde der Fiktion verbaut, denn er kannte eine reale Sadie in Mortonville: Sadie Sandstrom, gut achtzig Jahre alt, Auftragsmalerin von Landschaften. Am lebhaftesten hatte er ihren Kleiderstil in Erinnerung –

Tweedjackett, Oberhemd, locker gebundene Krawatte. Auch die Sadie, die an dem Tag seinen unverlangt eingehenden Anruf entgegennahm, war schon älter und hatte eine kreidespröde Stimme, die kurz vorm Zerbröckeln zu sein schien. Ihm war bald klar, dass sie weinte, genauer gesagt, schluchzte, und am liebsten hätte er aufgelegt, fragte dann aber doch, ob es ihr gut gehe.

»Ja, mir geht's gut«, antwortete sie, »aber mein Mann ist tot.«

»Das tut mir sehr leid, Mrs. Thompson«, sagte er. »Woran ist er denn gestorben?«

»Wenn ich das wüsste. Er saß vor dem Fernseher, und ich war im Garten, Unkraut zupfen.«

Nach und nach schälte sich heraus, dass ihr Mann gerade eben gestorben war und, während sie mit Aaron telefonierte, tot vor ihr lag. »Sie müssen den Notarzt rufen«, sagte er und ging hektisch sein Drehbuch durch.

»Habe ich schon«, sagte sie. Im selben Augenblick raste an der Parteizentrale in der Tenth Street, wo er am Telefon hing, ein Rettungswagen vorbei, und er empfand es wie einen Übergriff, dass sich sein Leben und das dieser fremden Frau gerade hinterrücks ineinander verhakten.

»Weshalb rufen Sie denn an, junger Mann?«, fragte Sadie Thompson. Also las er ihr vor, worum es ging.

»Bob ist Republikaner«, sagte sie, als er mit dem Drehbuch durch war, und senkte die Stimme, ein respektvoller Tribut an jahrelange, in gedämpftem Ton ausgetragene Debatten. »Ich bin Demokratin, aber wir versuchen, das friedlich zu lösen. Wir gehen abwechselnd wählen. In einem Jahr ich, im nächsten er, denn was käme sonst dabei raus? Wir würden uns ja nur gegenseitig neutralisieren.«

Aaron hätte ihr gern erklärt, dass das doch der Clou von Wahlen war, dass eine Wahl einfach nur ein Mammutprozess zur gegenseitigen Neutralisierung war, aber er brachte es nicht übers Herz, ihr zu sagen, dass sie und ihr Mann jahrelang einem völlig unlogischen System gefolgt waren. Er blieb am Telefon, bis er die Sirenen bei ihr hören konnte, dann sagte er: »Das mit Ihrem Mann tut mir sehr leid, Mrs. Thompson«, und legte auf.

Abends beim Essen erzählte er Walter die Geschichte. »Ich bin doch ein wildfremder Mensch«, schloss er. »Mit welchem Recht platze ich bei ihr rein, wenn ihr Mann tot danebenliegt?«

Die Frage war absichtlich pathetisch formuliert, aber Walter sagte seelenruhig: »Überleg mal, wie sie sich in dem Moment gefühlt hat, als sie da mit ihm saß. Wahrscheinlich war sie sogar froh über deinen Anruf. Immerhin ist sie drangegangen.«

»Sie ist doch nicht meinetwegen drangegangen«, protestierte Aaron. »Wahrscheinlich hat sie einfach abgenommen, weil sie das immer macht. Oder sie hat vielleicht gedacht, dass das Krankenhaus anruft oder die Polizei oder ihre Kinder.«

»Oder sie wollte vielleicht einfach nur eine Stimme hören«, sagte Walter mit seinem besänftigenden Timbre. Wegen dieses Timbres suchten Studenten wie Freunde so gern Trost und Rat bei Walter. Dieselbe Wirkung hatte es auf Aaron gehabt, aber eines Tages war sie nicht mehr da gewesen.

* * *

Beim fünften Klingeln nahm Aaron ab. »Hallo.«

»Aaron?«

»Winnie?« Er sah auf die Uhr. 5:09 Uhr, das hieß 7:09 Uhr in Minnesota, so früh war Winnie nie auf. »Ist alles in Ordnung?«, fragte er. »Mit dir? Den Kindern? Thomas?« Und dann: »Walter?«

Sie sagte noch einmal seinen Namen, und es klang gleichzeitig glücklich und traurig. Winnie konnte das: gegensätzliche Gefühle hervorrufen und als gleichberechtigt und vereinbar nebeneinanderstehen lassen, das hatte er immer an ihr geliebt. »Alles in Ordnung«, sagte sie. »Uns geht's gut. Walter geht's gut.« Sie machte eine Pause, als ob sie eine Reaktion erwartete, aber als keine kam, fuhr sie fort: »Du fehlst ihm. Uns allen.«

»Ihr fehlt mir auch«, sagte er. »Aber mir gefällt's hier«, und nach einer Pause: »Ich bin in San Francisco.«

»Ich weiß. Walter hat mir erzählt, dass du da hingezogen bist.« Winnie kicherte. »Mein Gott, Aaron. Die ganzen Schwulen da – du musst ja durchdrehen.« Sie lachten beide. »Alles Gute zum Geburtstag«, sagte sie und fing an, Happy Birthday zu singen, extra melodramatisch heiser, damit ihre grauenhafte Stimme nicht so auffiel.

Er presste sich den Hörer aufs Ohr und legte eine Hand über die Sprechmuschel, weil Winnie ihn nicht schniefen hören sollte. »Dank dir«, sagte er, als sie ausgesungen hatte. »Und dank dir für den Anruf. Das ist überhaupt das allerschönste Geburtstagsgeschenk.« Es war ihm peinlich, dass es so banal klang, so unpassend, also setzte er ihren Namen hinterher, aber als Pferdewiehern: »W-w-winni-i-ie.« Einer ihrer alten Scherze.

»Ihm geht's elend«, sagte Winnie leise.

»Das tut mir leid«, sagte Aaron.

»Muss es nicht. Ist ein schwieriger Mensch, mein Bruder. Das weiß bloß niemand außer uns, weil er nur zu Leuten schwierig ist, die er liebt, und das sind wir beide, Aaron. Wir sind die einzigen Menschen auf der Welt, die er wirklich liebt. Das weißt du doch, oder?«

Er wusste es, er wusste nur nicht, wie er reagieren sollte, wenn es ausgesprochen wurde.

»Unterrichtest du noch?«, fragte Winnie.

»Natürlich«, antwortete er. »Du weißt doch, wie gern ich unterrichte. Ich kann ja auch gar nicht anders.«

»Das stimmt nicht«, sagte Winnie streng. »Du bist ein logisch denkender und belesener Mensch und, das ist das Wichtigste, der freundlichste, den ich kenne.«

Aaron verbarg seine Freude hinter Gelächter. »Du hast soeben die meistgesuchten Kompetenzen in jedem Stellenangebot benannt. Hatte ich gerade gelesen, als das Telefon klingelte.« Er räusperte sich. »Gesucht: logisch denkende, belesene, freundliche Person für Position mit sechsstelligem Gehalt.« Jetzt lachte auch Winnie, und Aaron sagte: »Egal, genug über mich. Wie laufen die Geschäfte?«

»Bin gerade zurück von meinem koreanischen Frühjahrstrip. Deshalb bin ich auch wach um so eine dämliche Zeit – Jetlag.« Meistens stand Winnie um 8:52 Uhr auf, dann blieb ihr genug Zeit, um eine Tasse Kaffee zu trinken, zu duschen, quer durch die Stadt zu fahren und um zehn den Laden aufzumachen. »Bin seit vier Uhr wach«, sagte sie. »Und weißt du, woran ich gedacht habe? An uns drei auf dem Rückweg von Bali, wie wir den Zwischenstopp in Hongkong gemacht haben, in diesem Hotel mit dem Aushang in der Lobby: *Suche haarige weiße Männer.* Weißt du noch?«

»Das werde ich im Leben nicht vergessen«, sagte er. »Ich habe die halbe Zeit versucht, Walter zu überreden, dass er sich meldet.«

»Weil du unbedingt wissen wolltest, wofür jemand haarige weiße Männer braucht. Das ›weißt du noch‹ war auch nur rhetorisch«, sagte sie. »Ach, und weißt du noch – wieder rhetorisch –, dieses winzige Paar aus San Francisco, das wir dauernd im Fahrstuhl getroffen haben? Jedes Mal, wenn wir einstiegen, waren die schon da, mit den gleichen Klamotten und grinsend.«

»Panamahüte. Weiße Leinenhemden und Khakihosen.«

»Du hast die passenden Bauchtaschen vergessen«, sagte Winnie. »Das war doch das Erste, was sie uns erzählt haben: ›Vielleicht ersetzen Sie Ihre Taschen und Börsen auch lieber durch Bauchtaschen. Wir sind hier nicht in Kansas.‹ Dazu haben sie hysterisch gelacht, und als wir nicht mitlachten, haben sie gesagt: ›Das ist aus dem »Zauberer von Oz«, als ob wir nicht mitgelacht hätten, weil uns die Anspielung entgangen war, und du hast dann ganz treuherzig gelogen: ›Den Film habe ich leider nie gesehen. Meine Mutter hat mir Filme mit Hexerei-Bezug strikt untersagt.‹«

»Walter war stinksauer auf mich.«

»Auf uns beide«, sagte Winnie. »Er fand immer, dass ich dich aufstachele.«

»Hast du ja auch. Weißt du noch, wie er den ganzen Weg zum Frühstücksraum meterweit vor uns gelaufen ist und dann keinen Happen gegessen hat? Ich weiß nicht, wieso er immer dachte, er könnte uns irgendwie bestrafen, indem er das Essen verweigert.«

»Dabei gab's da das beste Congee«, sagte Winnie. »Ach, und als wir nachmittags ins Hotel zurückkamen, waren die beiden wieder im Fahrstuhl. ›Wir haben uns bedauerlicherweise heute Morgen gar nicht vorgestellt‹, sagte die Frau, ›das ist Robert.‹ Und er: ›Das ist Roberta.‹ Und dann im Duett: ›Wir sind aus San Francisco, *the city by the bay*.‹ Danach hat Walter uns vorgestellt, und als sie sich zusammengereimt hatten, dass ich seine Schwester und nicht seine Frau bin und dass du mit Walter *zusammen* in Albuquerque lebst, hat der Gatte gesagt: ›Wir lieben schwule Menschen sehr, wir sind ja aus Frisco und überhaupt.‹ Und du hast gesagt –«

Aaron stöhnte auf. »Ich habe gesagt: ›Ja, sind sie nicht wirklich hinreißend?‹ Weißt du, solche Sachen sage ich nur, wenn du dabei bist. Hinterher habe ich mich furchtbar gefühlt, das waren doch nette Leute, Robert und Roberta. Sie meinten es gut, und ich habe viel lieber mit Leuten zu tun, die ihre guten Absichten ein bisschen unbeholfen ausdrücken, als mit Leuten, die überhaupt keine guten Absichten haben.«

Winnie lachte noch immer, das heißt – nein. Sie schluchzte, und am Telefon klang beides so ähnlich, dass man den Unterschied fast nicht merkte. Aaron schon, er kannte Winnie, er wusste, wenn sie lachte, dann aus vollem Hals, aber wenn sie weinte, kämpfte sie immer heftig dagegen an.

»Entschuldige, Winnie«, sagte er. Das konnte alles bedeuten: Entschuldige, dass ich Walter verlassen habe, oder entschuldige, dass ich dir nichts davon gesagt habe, oder entschuldige, dass ich dich zum Weinen gebracht habe, und er meinte auch alles. Sie hatten seit jeher einen Spruch am Ende ihrer Telefongespräche, einer von beiden sagte: »Chow mein«. Ein kleiner Witz auf Walters Kosten, der jedes Gespräch mit »Ciao« beendete. Aaron wartete, dass Winnie es sagte, aber die Leitung war tot.

***

Um Viertel nach sechs stand Aaron mit dem Finger auf der Fernbedienung in der Auffahrt und sah der Garagentür beim trägen, sturen Herunterrollen zu. Sie brauchte neunzehn Sekunden – er hatte die Zeit gestoppt –, das hieß, dass er eine ganze Stunde pro Monat mit dem Warten auf eine auf- und zugehende Tür verplemperte. Einmal war sie aus den Schienen gesprungen. Er hatte es eilig und überlegte, sie einfach halb offen zu lassen. Er war drauf und dran, zur Arbeit zu gehen, aber dann fiel ihm ein, dass das vermutlich ein Kündigungsgrund wäre, also klopfte er bei den Vermietern, und Mrs. Ng, die er selten sah, deren wütende Stimme er aber bestens kannte, kam mit Hammer und Schraubenzieher herunter und manövrierte die Tür fachkundig in die Schienen zurück.

In der Nacht hatte es geregnet. Er hörte das Schmatzen von Turnschuhen auf nassem Boden hinter sich und drehte sich um. Er hatte noch immer den Finger auf der Fernbedienung und rechnete mit der alten Chinesin, die im Morgenrock mit ihrem feisten Pekinesen Gassi zu gehen pflegte, aber es war eine Weiße, die ihre Haare mit einer Art Klarsichtfolientuch gebändigt hatte.

»Hab dich gefunden!«, rief sie fröhlich und kam mit einer gezückten Pistole auf ihn zu. Sie sah aus wie seine Mutter beziehungsweise wie seine Mutter seiner Vorstellung nach inzwischen aussehen müsste. Hinter ihm ruckte die Garagentür auf und ab wie eine Bestie im Todeskampf, aber Aaron bekam den Finger nicht vom Knopf und den Gedanken nicht aus dem Kopf: *Meine Mutter hasst Pistolen.* Als ob Menschen vierundzwanzig Jahre nach ihrem Verschwinden noch dieselben sein könnten.

»Ich warte schon die ganze Nacht, du Schlingel«, sagte sie und drückte langsam auf den Abzug.

Ein Wasserstrahl platzte ihm auf die Krawatte, das Geschenk von Walter, und spritzte bis in den Nacken. Er fror, aber er war am Leben, und die Frau war nicht seine Mutter. Er keuchte.

»Hab dich erwischt!«, schrie sie wieder. Die Garagentür hüpfte noch ein Mal, bevor ihm die Fernbedienung aus der Hand rutschte, aufs Pflaster knallte und auseinanderbrach. Aaron sank auf die Knie. »Alles in Ordnung?«, fragte sie.

Er riss den Kopf hoch zu der Frau, die aus dem Nebel aufgetaucht war und mit einer – durchaus nach tödlicher Waffe aussehenden – Wasserpistole auf ihn geschossen hatte, und das an seinem Geburtstag. Jetzt sah er auch, dass sie seiner Mutter nur sehr entfernt ähnelte, bei einem flüchtigen Blick auf ihre Größe, ihr Alter, den kräftigen Knochenbau. Sie hieß Agnes Nyquist, aber das erfuhr er erst später. Sie war sechsundsechzig, so alt wie seine Mutter, und mit vierunddreißig aus Council Bluffs, Iowa, nach San Francisco gezogen. Bis er das wusste, war sie einfach eine Frau, die ihm die Hand reichte und sagte: »Komm, Dustin, ich helfe dir auf.«

»Ich heiße Aaron«, sagte er. »Aaron Englund.«

»Oh nein«, beharrte sie. »Du bist Dustin. Hab zwei Tage gebraucht, um dich zu finden. Du bist meine nächste Zielperson.« Sie zog ein Foto von einem großen, dünnen Mann aus der Handtasche. Er war blond und hatte einen kleinen Hund auf dem Arm.

»Das bin ich nicht«, sagte Aaron. »Und Hunde kann ich auch nicht leiden.«

»Du liebe Güte«, sagte die Frau. Dann verglich sie Aaron mit dem Mann auf dem Foto und schien einzusehen, dass das nicht er war. »Entschuldigung«, sagte sie. »Ich will doch nur den Preis gewinnen.«

»Was denn für einen Preis?«, fragte er vorsichtig.

»Ich bin bei StreetWars dabei«, antwortete sie. »Ich bin unter den letzten Scharfschützen, die noch am Leben sind, aber das hier wirft mich böse zurück.«

»Vielleicht könnten Sie mir erklären, was StreetWars ist«, sagte er. »Ich habe noch nie davon gehört.«

»Ganz einfach«, sagte sie. »Wir sind alle Scharfschützen. Wir kriegen Namen und Foto von einem anderen Schützen, und den müssen wir dann jagen und erschießen – hiermit.« Sie hob die Wasserpistole. »Das Problem ist, zur selben Zeit ist hinter uns irgendein anderer her.« Sie sah sich kurz um, dann wieder zu Aaron. »Ehrlich gesagt, das sind nicht die offiziellen StreetWars. Wir sind ein Dissidententeam. Bei uns sind viele schon in Rente oder haben keinen festen Job, wir haben den ganzen Tag Zeit, um uns gegenseitig auf die Spur zu kommen. Bei uns gibt's auch keine Adressen, wir müssen die selbst ermitteln. Und wir haben unsern eigenen Pott.«

Er verstand »Pot« und hatte eine Horde unterbeschäftigter kiffender Senioren vor Augen, die mit Wasserpistolen quer durch die Stadt Amok liefen, aber das Bild passte so gar nicht zu der Frau, die mit ihrem noch immer tipptopp sitzenden Frischhaltefolientuch vor ihm stand.

»Der Gewinner kriegt den ganzen Pott.«

»Ach, *so* einen Pott. Und wie hoch ist der Einsatz?«

Sie senkte die Stimme. »Beim Start waren wir hundert, und jeder hat fünfhundert Dollar eingesetzt, macht also …«

»Fünfzigtausend Dollar.«

»Ja-ha«, sagte Agnes. »Und wir sind nur noch zu acht.« Sie drehte sich noch einmal verstohlen um, um zu prüfen, ob ihr wirklich niemand gefolgt war. »Ich dürfte wohl nicht mal Ihre Örtlichkeiten benutzen?«, fragte sie.

»Was? Mein Bad?«, sagte er. »Doch, ich denke schon. Ich habe allerdings selten Besuch.«

»Ich bin ja auch kein Besuch.«

Aaron bückte sich, klaubte die Einzelteile der Fernbedienung auf, setzte sie zusammen und war erleichtert, dass sie funktionierte. In den neunzehn Sekunden, die das Garagentor zum Aufgehen brauchte, schwiegen beide. Als sie in seinem Kabuff waren, zeigte er ihr das Badezimmer und klapperte in der Küche herum, er hörte einfach nicht gern mit, wenn andere aufs Klo gingen. Sie kam summend wieder heraus und bedankte sich. Das Folientuch hatte sie abgenommen.

»Sie haben wohl nicht zufällig Tee zur Hand?«, fragte sie.

»Zur Hand?«, sagte er. »Nein, ich war eigentlich auf dem Weg zur Arbeit, als Sie auf mich geschossen haben.«

»Kaffee?«, fragte sie hoffnungsvoll. »Der schlägt mir zwar immer ein bisschen auf den Magen, aber mit ganz viel Milch geht's meistens.«

Er sah auf die Uhr. Wenn er heute mal den Bus nahm und der pünktlich kam, hatte er noch eine Dreiviertelstunde Zeit. Er mahlte Kaffee und schmierte, während die Kaffeemaschine lief, ein paar Toasts, sonst hatte er nichts, was irgendwie nach Frühstück aussah, aber als er sich wieder umdrehte, lag Agnes Nyquist auf seinem Bett und schlief. Er setzte sich auf seinen einzigen Stuhl und überlegte, dass sie sehr erschöpft sein musste, wenn sie bei einem fremden Mann zu Hause einschlief. Dann fiel ihm ein, dass er heute zweiundvierzig geworden war, in dem Alter hatte er seine Mutter nie erlebt, sie war mit einundvierzig verschwunden. Er wusste nicht einmal, ob sie überhaupt zweiundvierzig geworden war, aber an seinem Geburtstag wollte er darüber auch nicht nachdenken.

Er rief Marla an und meldete, dass er heute zu spät kommen würde. Er nannte keinen Grund, er wollte nicht, dass sie irgendetwas herumtratschte, das ganze Geschehen vorm Garagentor schien auch so schon absurd genug, beinah slapstickhaft, und Agnes Nyquists schnarchende Anwesenheit machte es noch absurder. Er wollte gerade auflegen, aber Marla rief: »Moment. Bist du zum Mittagessen hier?« Er sagte, davon gehe er aus. Er wusste, was hinter der Frage steckte. Marla kannte sämtliche Geburtstage aus den Unterlagen und plante eine ihrer »Überraschungspartys«. Bestimmt bekam er nachher auch eine vor sich hin schmelzende Eistorte mit blau-gelbem Zuckerguss. Er mochte weder Eis noch Zuckerguss und gab seine Stücke immer weiter, was Marla anscheinend nicht merkte. Sie schwelgte einfach in beidem, ihrer Vorstellung von gutem Chefverhalten und ihrer Vorliebe für Eis. Marla schaffte das Unmögliche: den Kuchen essen und gleichzeitig behalten.

21

»Wir haben uns Sorgen gemacht«, sagte Katya, als er endlich in die Klasse kam. Er wusste, es war ein Versuch herauszufinden, warum er erst so spät kam, sagte aber nur: »Um mich muss man sich keine Sorgen machen.« Was sich vor seinem Garagentor ereignet hatte, war nichts, wovon man Schülern erzählte. Dass er noch lebend vor ihnen stand und lediglich einem Beschuss mit kaltem Wasser zum Opfer gefallen war, hätte keine Chance gegen die viel reizvollere Tatsache, dass eine Schusswaffe im Spiel gewesen war. Ihrer Überzeugung nach trugen Amerikaner Waffen so selbstverständlich durch die Gegend wie andere Leute Handys. Eine der Borols hatte ihren Putzjob hingeschmissen, als sie eine Pistole auf dem Empfangstisch direkt neben dem Stapel Post zum Wegbringen hatte liegen sehen. Die Schüler waren fassungslos gewesen, aber Aaron hatte es nicht kommentiert, weil er nicht wusste, wie er ihnen erklären sollte, dass er die Geschichte so erschreckend wie banal fand.

In Mortonville besaß fast jeder Schusswaffen. In erster Linie zum Jagen, weshalb die Männer im Café über Gesetzesänderungen in Sachen Schusswaffenkontrolle redeten, als wollte ihnen die Regierung an ihr ureigenes Recht auf Nahrung. Hin und wieder mischte sich eins der jungen Pärchen in die Diskussion ein, die in den Twin Cities lebten und den Sommer über eine Hütte am See mieteten. Sie argumentierten mit Statistiken über Waffengewalt und Bandenkriminalität, aber dabei wurde die Kluft zwischen Stadt- und Landbewohnern nur noch deutlicher. Die meisten Farmer rührten dann im Kaffee und hielten den Mund, sie stritten nicht gern, der Einzige, der mit den Städtern redete, war Harold Bildt. Er habe ja wohl das Recht, schwadronierte er, sich gegen Gefahr zu schützen, die komme schließlich aus den Städten. Harold verkaufte auch Waffen, und wenn Aarons Mutter bei ihm am Tisch stand, sagte er manchmal: »Hab neue Ware reingekriegt. Solltest mal rüberkommen und dir eine aussuchen.«

»Ich weiß deine Fürsorge zu schätzen«, erwiderte seine Mutter dann, »aber ich wüsste nicht, was ich mit einer Pistole soll.«

Sie verzog sich immer, sobald das Gespräch auf Waffen kam, sie fand es völlig sinnlos, mit Harold darüber zu streiten. »Er wird seine Meinung nicht ändern, und ich werde meine auch nicht ändern. Aber einstweilen sind wir weiter Nachbarn.« Aaron fand, dass sie recht hatte. Das Zusammenleben mit Leuten, mit denen man nicht einer Meinung war, musste fein austariert werden, und Harold Bildt war unbestreitbar ein guter Nachbar. Wenn irgendein Gerät verrücktspielte, kam er sofort herüber und reparierte es. Er ließ seine Mutter anschreiben, und als sie in der ersten Zeit nicht immer pünktlich bezahlen konnte, brachte er das nicht dauernd Dankbarkeit heischend aufs Tapet.

»Du sollst damit gar nichts«, rief Harold hinter ihr her. »Du brauchst die nur in Griffweite zu haben, falls irgendjemand auf komische Gedanken kommt, zum Beispiel, dass in so einem Laden nachts viel Geld in der Kasse rumliegt.«

»Wenn irgendjemand so scharf ist auf die paar Kröten, die bei mir in der Kasse liegen, dass er hier einbricht, kann er die gern haben. Da gehe ich nicht extra runter, um ihn aufzuhalten.«

***

Nachmittags im Hippiecafé erzählte er Bill, was vor seinem Garagentor passiert war, denn für Bill wäre die Pistole nie so interessant, dass er kein Ohr mehr für den Rest der Geschichte hätte. An der Stelle, an der Aaron sich umgedreht und Agnes Nyquist schlafend in seinem Bett hatte liegen sehen, fing Bill an zu lachen. »Und was hast du da gemacht?«, fragte er.

»Gewartet, dass sie wieder aufwacht. Was hätte ich sonst machen sollen?«

Bill schnaubte. »Na, um mit dem Naheliegendsten anzufangen: Sie aufwecken, sagen wir mal, mit einer Ladung Eiswasser aus ihrer eigenen Knarre.«

»Ja, aber, wie soll ich das erklären, sie sah so verletzlich aus, sie lag da, als ob sie zum ersten Mal seit Tagen wieder zur Ruhe gekommen wäre. Ich bin ins Bad gegangen, und da hatte sie alles so sauber hinterlassen, das Handtuch perfekt gefaltet, die Seife trocken.«

»Wenigstens hast du sie nicht schlafen lassen und bist zur Arbeit gegangen«, sagte Bill.

»Das hatte ich überlegt, ehrlich gesagt.«

»Weil sie dich an deine Mutter erinnert hat?«, fragte Bill.

Von seiner verschwundenen Mutter hatte Aaron zwei Tage vorher erzählt, und Bill hatte nur dazu genickt, er war solche Geschichten gewohnt. Vielleicht hatte er sie ihm genau deshalb erzählt, dachte Aaron, für Bill wäre sie einfach normal.

»Ich kann sie ja mal suchen«, sagte Bill. »Oder bist du gar nicht neugierig, wo sie hin ist, was sie so macht, ob sie überhaupt noch lebt?«

»Nein, bin ich nicht«, sagte Aaron. Er überlegte, ob Bill ihm das abnahm. Er überlegte auch, ob es überhaupt stimmte. Man konnte das Nachdenken über Wahrheiten so weit wegschieben, dass man nicht mehr sicher war, ob man sich selbst belog. Eine Zeit lang tranken beide schweigend, dann sagte Aaron: »Ich habe ein Foto.« Er merkte, dass es sich anhörte wie eine Einverständniserklärung, und das sollte es nicht. Er wollte nur irgendetwas sagen.

»Ein Foto ist gut«, sagte Bill. »Ich brauche Vor- und Zunamen, Geburtsdatum und -ort, noch besser wäre eine Sozialversicherungsnummer und was immer du sonst so hast.« Bill griff wieder zum Bierglas, aber bevor er es ansetzte, sagte er: »Berechne ich dir natürlich nicht. Wir sind ja, ähm, Freunde.« Er trank geräuschvoll, als wäre er selbst verlegen über dieses Bekenntnis. Doch, sie waren Freunde, unwahrscheinliche zwar, aber vielleicht war das so mit Freundschaften: Zwei Menschen lernten sich kennen und, sich selbst und ihren jeweiligen Ängsten und Macken und schlechten Seiten zum Trotz, irgendwie mögen.

»Ich habe heute Geburtstag«, verkündete Aaron. Das Geständnis war eigentlich nur als Bestätigung ihrer Freundschaft gemeint, aber wieder klang es irgendwie wie eine Einverständniserklärung – Bills Angebot als Geburtstagsgeschenk.

»Herzlichen Glückwunsch«, sagte Bill. Sie stießen an und tranken die Gläser leer. Normalerweise beließ Aaron es bei zwei Bieren, Bill trank in derselben Zeit doppelt so viele, aber an diesem Nachmittag brauchte auch Aaron vier Bier. Er hatte schließlich Geburtstag.

Am nächsten Morgen gab er Bill – der wie üblich rauchend auf dem türlosen Balkon stand – einen Zettel mit allen gewünschten Informationen über seine Mutter, nur ihre Sozialversicherungsnummer kannte er nicht. Er war nachts mit einem dicken Klumpen im Magen aufgewacht und ins Bad gegangen, hatte sich über die Toilette gehängt und zu kotzen versucht. Als er wieder im Bett lag, gestand er sich endlich die Wahrheit ein: Er hatte Angst vor der Entdeckung, dass seine Mutter die ganze Zeit in einem Ort wie Mortonville gelebt und in einem Laden wie dem Trout Café gearbeitet hatte, denn das wäre der Beweis für etwas, wovon er ebenso lange fest überzeugt war: Sie war gegangen, um von ihm wegzukommen.

»Ich habe unten zwei Fragen aufgeschrieben«, erklärte er Bill. »Das ist alles, was ich wissen möchte – sonst nichts. Keine Adressen oder Telefonnummern oder Fotos.«

Bill faltete den Zettel auseinander und las stumm, Aaron konnte an den Lippenbewegungen erkennen, als er bei den zwei Fragen ankam:

1. Lebt sie?
2. Ist sie glücklich?

Bill sah ihn an. »Glücklich?«, sagte er. »Wie zum Teufel soll ich rauskriegen, ob sie glücklich ist?«

***

Mit zehn – fast zehn – fiel Aaron in ein Koma, das zwei Tage anhielt und für das die Ärzte nie eine Erklärung fanden. Es begann an einem Mittwoch nach der Schule. Er war in sein Zimmer gegangen, um Hausaufgaben zu machen, und als er um vier noch immer nicht wieder unten im Café war, um schnell etwas zu essen und dann bei den Abendmenüs zu helfen, war seine Mutter nach oben gegangen und hatte ihn im Bett gefunden. Als er am Freitagabend wieder aufwachte, hatte er keinerlei Erinnerung an den Mittwochnachmittag, er wusste weder, dass er nach Hause gekommen war und ein Glas Milch getrunken hatte, bevor er die Treppe hoch in sein Zimmer gegangen war, noch wusste er, dass er an seinem Tisch gesessen und zehn Matheaufgaben (korrekt!) gelöst und sich dann ins Bett gelegt hatte. Seine Mutter war, als sie ihn nicht wach bekam, über die Straße zu Eisenwaren Bildt gerannt und mit Harold zurückgekommen, und Harold hatte Aaron in die Bettdecke gewickelt und die Treppe hinunter bis in den Oldsmobile getragen. Er hatte angeboten zu fahren, damit sie hinten bei Aaron sitzen konnte, aber Aarons Mutter hatte so energisch Nein gesagt, dass Harold ohne Widerworte kehrtgemacht hatte und in seinen Laden zurückgegangen war.

All das erfuhr Aaron später, weil seine Mutter, in der Hoffnung, seinem Gedächtnis auf die Sprünge zu helfen, ihm alles haarklein beschrieb, von dem Moment an, als sie in sein Zimmer gekommen war und ihn angesprochen und dann immer heftiger geschüttelt hatte. Er hörte sich alles an, mit geschlossenen Augen, versuchte, es sich bildlich vorzustellen, und wusste gleichzeitig, dass die Bilder in seinem Kopf keine Erinnerungen waren. »Am Ende habe ich dir das Hemd hochgezogen«, berichtete sie, »und dir einen Finger in den Bauchnabel gesteckt.«

Er schlug die Augen auf. »Warum das denn?« Sie wusste, dass er es nicht leiden konnte, wenn man seinen Nabel berührte.

»Ich wollte bloß sichergehen«, sagte sie.

»Worüber?«

»Dass du keine Spielchen spielst.« Das ergab genauso wenig Sinn, denn sie wusste auch, dass er kein Junge war, der Spielchen spielte. »Komm jetzt, konzentrier dich.« Er schloss die Augen wieder und zwang sich, sich das Schaukeln des Autos oder den Bettdeckenkokon um seinen Körper herum zurück ins Gedächtnis zu rufen, aber er konnte sich an nichts erinnern. Die Geschichte endete immer an der Stelle, wo seine Mutter Harold Bildt in seinen Laden zurückgeschickt hatte, er erfuhr nie, was sie während der elf Meilen Fahrt nach Florence ins Krankenhaus getan hatte, ob sie besänftigend auf ihn eingeredet hatte oder vielleicht streng – »Hör jetzt sofort auf mit diesem Blödsinn, Aaron!« – oder ob sie gar nichts gesagt hatte.

Das Café hatte so lange zu, seine Mutter blieb an seinem Bett sitzen und wartete auf eine Auskunft von den Ärzten und darauf, dass er die Augen aufmachte. Als er es endlich tat, als er wahrnahm, wo er war, saß sie am Fenster, aber mit dem Rücken zu ihm, und bekam nicht gleich mit, dass er aufgewacht war. Er hatte minutenlang zugesehen, wie sie nach draußen ins Dunkle starrte, und versucht, sich an irgendetwas zu erinnern. Er wusste noch, dass er den Weg zum Café entlanggekommen war und unterwegs den streunenden Kater gefüttert hatte, den er Clary nannte und der immer auf seinem Nachhauseweg wartete, weil Aaron ihm die Reste vom Schulessen mitbrachte. Der Geruch vom Thunfisch-Nudelauflauf und das Gefühl, wie Clary ihm um die Beine schnürte, waren das Letzte, woran Aaron sich erinnern konnte. Die Krankenschwestern hatten eine Schnur über sein Bett gespannt, auf der Kärtchen klemmten wie kleine Sättel. Sie waren von seinen Klassenkameraden, aber als er sie später las, bekam er die guten Wünsche – *Werde schnell wieder gesund. Wir vermissen dich!* – nicht in Einklang mit den Namen darunter, das waren doch genau die Kinder, die kaum je mit ihm sprachen und jeden lieber als ihn in ihre Arbeitsgruppe wählten, sogar in die Rechtschreibgruppe, obwohl er in Rechtschreiben eindeutig der Klassenbeste war. Auf dem Tisch standen ein Wasserkrug und eine Blumenvase, auch ein Stapel Bücher lag da, *seine* Bücher. Er sah wieder zu seiner Mutter, die noch immer nach draußen ins Dunkle starrte. Er flüsterte erst: »Mom«, und dann: »Mutter«. Beides klang falsch, doch sie drehte sich um, ganz langsam, als hätte sie vergessen, wo sie war, und auch vergessen, dass er hinter ihr im Koma lag.

Drei Ärzte kamen ins Zimmer, stellten sich um sein Bett herum, wussten aber nicht recht, was sie sagen sollten, weder zum Koma noch zu seiner plötzlichen Genesung. »Willkommen zurück, junger Mann«, fing schließlich einer an, als hätte Aaron einen Ausflug gemacht. »Was ist denn das Letzte, woran du dich noch erinnern kannst?«

»Clary«, sagte Aaron. »Ich habe Clary gefüttert.«

»Das ist Unsinn«, sagte seine Mutter, aber nicht zu ihm, sondern zu den Ärzten. »Clary ist ein Freund der Familie, Aaron hat ihn aber seit fast drei Jahren nicht mehr gesehen. Er ist ein Zwerg«, fügte sie hinzu, als könnte das relevant sein.

»Kein Grund zur Sorge«, sagte der Arzt, der Aaron gefragt hatte. »Eine gewisse Verwirrtheit ist völlig normal.« Er beugte sich dicht über Aaron, leuchtete ihm mit einer kleinen Taschenlampe in die Augen und schrieb dann etwas auf ein Krankenblatt. Währenddessen fingerte einer der anderen Ärzte, Dr. McFarley mit der Halbglatze, am Wasserkrug neben dem Bett herum und schlug vor, dass das Koma von Angst ausgelöst worden sein könnte.

Die Erklärung fanden alle drei plausibel. »Hat er Stress in der Schule?«, fragten sie seine Mutter. »Zu Hause? Irgendwo sonst?« Aaron lag im Krankenbett daneben und hörte zu.

»Er hat bald Geburtstag«, sagte seine Mutter schließlich. »Ich habe ihm gesagt, er darf nur vier Freunde einladen. Darüber hat er sich wohl geärgert. Vielleicht hat er ein schlechtes Gewissen, weil er die anderen nicht einladen durfte.«

Es stimmte, er hatte sich geärgert, sehr sogar, aber nicht weil er die Zahl als Einschränkung empfand, für ihn war sie ein unerfüllbares Soll, denn seine Mutter wusste ganz genau, dass er keine vier Freunde hatte. Sie warf ihm einen Blick zu. Mit demselben Blick hatten sie sich früher heimlich gegen den Vater verbündet, sie signalisierte, dass er unbedingt mitspielen sollte. Später, als er wieder zu Hause war, erzählte sie ihm, sein Koma sei ein Rätsel und bleibe ein Rätsel, im Krankenhaus zu hocken und darüber zu reden, hätte das Rätsel auch nicht gelöst, und sie habe ihn einfach da rausholen wollen.

Am Ende erklärten die Ärzte das Koma übereinstimmend für vermutlich angstbedingt. Seiner Mutter rieten sie dringend, irgendeine versöhnliche Geste gegenüber all seinen Klassenkameraden zu organisieren, also schloss sie an seinem Geburtstag nachmittags das Café und veranstaltete eine Party. Tatsächlich erschienen all seine Klassenkameraden, aber Aaron war nicht sicher, ob sie von ihren Eltern geschickt worden waren oder das Koma ihm vorübergehend einen höheren Status verschafft hatte oder es einfach eine verlockende Neuigkeit war, ein ganzes Café für sich zu haben. Er bekam achtundzwanzig Geschenke, die meisten ein Spiegelbild der Geschmäcker und Interessen der Schenkenden – Gummischlangen und Scherzartikel, diverse Objekte mit Rädern und jede Menge Kaugummi –, und nur ein einziges Buch, das war von der schmuddeligen Vicky, die fast so gern las wie er. Es war erkennbar gelesen, bevor es zum Geschenk mutierte, auf jeder Seite prangte ein Daumenabdruck, allerdings nur bis zwanzig Seiten vor dem Ende. Er überlegte, ob Vicky das Buch dann doch langweilig gefunden oder einfach nicht mehr genug Zeit gehabt hatte. Auf die Idee, dass sie sich zwischendurch mal die Hände gewaschen hatte, kam er nicht.

Im folgenden Jahr fuhr seine Mutter noch zweimal mit ihm zur Nachuntersuchung. Beide Male sagten die Ärzte, mit ihm scheine alles wieder in Ordnung zu sein, es gebe keinen Grund zur Sorge. Er hatte trotzdem den Verdacht, dass seine Mutter beunruhigt war, und gewöhnte sich an, bei den Hausaufgaben Geräusche zu machen – ein Buch fallen zu lassen, laut vom Tisch zum Bett zu stampfen –, aber irgendwann beschloss er, dass er sich ihre Besorgnis nur eingebildet hatte. Denn es gab dafür keinerlei Beweis außer Kommentaren von Gästen, wie beängstigend die ganze Sache für sie gewesen sein musste, aber die bewiesen ja nicht, was seine Mutter wirklich fühlte. Von ihr selbst kam, abgesehen von den beiden Nachuntersuchungen, nichts. Noch Jahre später hatte Aaron, wenn er an das Koma dachte, sofort das Bild im Kopf, wie er im Krankenhaus aufgewacht war und sich nach seiner Mutter umgesehen hatte und dass das seine erste Reaktion gewesen war, und dann, wie er sie am Fenster sitzen sehen und überlegt hatte – aber nie erfahren würde –, ob sie etwas draußen im Dunkeln beobachtete oder einfach nur ihr Spiegelbild betrachtete.

***

Die Streitereien der Ngs nahmen zu, sowohl an Häufigkeit wie an Lautstärke. Aaron traute sich nicht, konkret etwas zu unternehmen, zum Beispiel nach oben zu gehen, an die Tür zu klopfen und sich zu beschweren, dass er alles mitbekam, dass er sich jetzt seit drei Monaten ihre Schreiereien anhören musste. Mit so wenig Schlaf würde er nicht lange auskommen, er würde wohl bald umziehen müssen. Das ging ihm durch den Kopf, als er zehn Tage nach seinem Geburtstag wieder mit Bill im Hippiecafé vor seinem Bier saß. Es war noch keine zwei Uhr, aber der Unterricht war abgebrochen worden, nachdem draußen auf der Straße ein Presslufthammer losgelegt hatte.

»Hab sie gefunden«, sagte Bill. Er war bei seinem zweiten Bier.

Aaron antwortete nicht. Die Leute um ihn herum schrieben Essays, aßen Sandwiches und quasselten laut in ihre Handys, was im Café eigentlich nicht erlaubt war. Bill zog einen Umschlag aus der Jackentasche und legte ihn neben Aarons Glas. Es war ein kleiner Briefumschlag, in so einen hatte seine Mutter immer die Schecks für die Miete gesteckt. Aaron sah sie vor sich, wie sie die Umschläge unter Mr. Rehnquists Kaffeetasse schob, sie gab sie ihm nie direkt.

»Bei Behörden war nichts zu finden«, fuhr Bill fort. »Keine Steuerakten, keine Fahrzeugzulassungen. Sie geht weder wählen noch hat sie Grundbesitz. Ich hab nur einen Steuerbescheid von 1983 gefunden, nicht beglichen. Das war alles. Kommt einem vor, als wär sie einfach auf und davon und seit damals nicht mehr existent.«

Der Umschlag blieb auf dem Tisch liegen. Bill trank sein zweites Bier aus, sein Gesicht war inzwischen noch rosiger als gewöhnlich. Drei Tage darauf, am Montag, würde Aaron morgens in die Schule kommen, und Marla würde mit kaum verhohlener Erregung schon auf ihn warten und verkünden, dass Bill tot war. Er hatte am Abend vorher einen schweren Schlaganfall erlitten, in seinem Auto, beim Observieren eines Mannes, der seine Frau betrog. Ausgerechnet der Mann, den er observierte, hatte ihn dann entdeckt und bei der Gelegenheit erfahren, dass er Objekt einer Ermittlung war. »Stell dir das mal vor«, würde Marla sagen und das nicht etwa auf Bills plötzlichen Tod beziehen, sondern auf die skurrile Wendung. Aaron würde als einer von nur fünf Menschen zu Bills Beerdigung gehen, danach würde er nach Hause fahren und den Umschlag öffnen, den Bill ihm eine Woche zuvor gegeben hatte und der jetzt noch immer auf dem Tisch lag, ungeöffnet, neben seinem Bier.

Aaron zeigte auf Bills Glas. »Noch eins?«

Bill nickte und schob es über den Tisch, Aaron stand auf, stellte sich an der Theke an, besorgte Bills drittes Bier und kam zurück an den Tisch.

»Dieser Gronseth war ganz leicht über die Ämter zu finden«, sagte Bill, »also hab ich ihn angerufen. Der sagt, er hat seit Jahren nichts von ihr gehört, wollte aber ziemlich sicher wissen, wo sie ist. Ein ziemlicher Schwatzkopf.«

Beide tranken. Wer trinkt, muss nicht reden. »Hast du mit ihr auch telefoniert?«, fragte Aaron schließlich.

»Nein«, sagte Bill. »Ging mich ja nichts an. Ich hab da nur angerufen, gesagt, ich wär vom Statistischen Bundesamt und wollte nur mal feststellen, ob sie da wirklich wohnt.« Er langte über den Tisch und tippte auf den Umschlag. »Steht alles dadrin«, sagte er. »Nummer und Adresse. Du meintest ja, dass du die nicht wissen willst, aber hier sind sie. Ist deine Entscheidung, was du damit machst.«

»Ja, gut«, sagte Aaron. »Soll ich dir noch ein Bier holen? Oder was zu essen?«

Bills Glas war noch halb voll, und dass Bill Appetit auf vegetarische Frikadellen oder Quinoa-Bratreis hatte, konnte Aaron sich kaum vorstellen. Bill sah auf die Uhr und stand auf. »Muss einen Typen im Auge behalten. Hat eine argwöhnische Frau. Der kommt gleich von der Arbeit, also, ich will lieber mal los.«

»Bill?«, rief Aaron ihm nach. Bill drehte sich um. »Danke.«

Bill nickte. »Wir sehen uns Montag.«

»Wir sehen uns Montag«, bestätigte Aaron, denn es gab keinen Grund, daran zu zweifeln. Dann nahm er den Umschlag und steckte ihn in die Jackentasche.

April

22

Das Gras wucherte hoch um den Bus herum, bis über die Räder und sogar über die schwarzen Buchstaben auf der Seite, den Namen der Schule, deren Schüler einst damit gependelt waren. Die Schule gab es vermutlich längst nicht mehr, bestimmt war sie, wie in vielen Kleinstädten üblich, mit einer anderen zusammengelegt worden. Aaron überlegte kurz, ob noch immer Wespen im Bus lebten, aber höchstwahrscheinlich hatte Gloria sie nach der Attacke entsorgt, so wie man beißwütige Hunde einschläfern lässt. Er stellte den Wagen ab, den er am Flughafen gemietet hatte, stieg aus und schlug die Tür absichtlich laut zu, aber niemand kam aus dem Haus, um ihn zu begrüßen. Er verscheuchte drei Hunde, die ihn halbherzig anbellten, ging die Stufen zur Veranda hoch und klopfte. Erst nach mehreren Minuten, in denen von innen kein Geräusch zu hören war, ging die Tür auf.

Und da stand seine Mutter. Sie sah alt aus, nicht einfach *älter*, was sie natürlich war, sondern alt. Es lag nicht an einzelnen Merkmalen – Falten oder eingefallenen Wangen oder schlechten Zähnen –, es war alles auf einmal, ihre jahrelange Ignoranz gegenüber Zahnärzten, Friseuren, Ärzten, überhaupt gegenüber den Erwartungen der Außenwelt. Aaron hatte sich während der drei Stunden Fahrt von den Twin Cities bis hierher vor allem Möglichen gefürchtet, unter anderem davor, wie die Begrüßung ablaufen würde. Er war erleichtert, als sie einfach sagte: »Hallo, Aaron«, beiseitetrat und ihn hereinbat.

Die Zierdeckchen waren verschwunden, aber sonst war der Raum, wie er ihn in Erinnerung hatte. Seine Mutter setzte sich auf das Sofa und lehnte sich zurück. Sie unternahm keinen Versuch, das Schweigen zu überbrücken, fragte weder, wie die Fahrt gewesen war, noch, ob er etwas gegessen oder sich verfahren oder irgendetwas Interessantes gesehen hatte. Er war dankbar dafür. Von allen Szenarien, die er sich ausgemalt hatte, hatte es ihm am meisten davor gegraut, dass seine Mutter locker-vertraut mit ihm plaudern könnte.

»Was ist mit Clarence?«, fragte er schließlich.

Sie lachte auf. »Clary? Er ist tot. Ist schon vor einer ganzen Weile von uns gegangen.«

Dass Clarence gestorben war, überraschte ihn nicht. Irgendwie hatte er damit gerechnet. »Wann ist er gestorben?«, fragte er. »Und wie?« Warum sie gelacht hatte, fragte er nicht.

»So warst du schon als kleiner Junge«, sagte sie, »so ernst. Hast immer Fragen gestellt. Hast nie Freunde gehabt, weil alle Angst vor dir hatten.«

»Angst vor *mir*?«, fragte er. Er war doch derjenige, dem ständig etwas Angst gemacht hatte: erst sein Vater und dann dessen Tod, die Erinnerung an den Purzelbaum, mit dem er vom Paradewagen gesaust war, und das Krachen, mit dem der Kopf geplatzt war, wie eine Wassermelone; die Krankheit seiner Mutter und ihr ständiges Weinen; Miss Meeks und die anderen Kinder; die Gefahr, allein gelassen zu werden. Er hatte sein ganzes Leben als Erwachsener darauf verwandt, diese Ängste abzubauen, aber seiner Mutter sagte er nichts davon. Sie verdiente es nicht, zu erfahren, wer er war, wer er geworden war. Das Recht darauf hatte sie verwirkt.

Gloria kam herein und stürmte sofort auf ihn zu, aufgeregt, plappernd, ein Schwall von Fragen, die seine Mutter nicht gestellt hatte. Er hatte sie ganz anders in Erinnerung. Überhaupt alles an ihr schien anders zu sein. Normalerweise schrumpfte Vergangenes, wenn man wieder davorstand, auf das eigene Maß, Glorias Hand dagegen hatte Kerlsmaß, ihr Händedruck zur Begrüßung tat beinah weh. Ja, klar, sie war auch damals schon kräftig gewesen. Er erinnerte sich, wie sie Walnüsse mit den Händen geknackt und seiner Mutter scheu das Innere gereicht hatte und wie seine Mutter von seinem Vater erzählt und geweint hatte. »Du wirst schon noch hineinwachsen in die Ironie«, hatte ihm Clarence prophezeit. Es stimmte. Jetzt, als Mann, betrachtete auch er die Welt unter ironischen und symbolischen Aspekten, und dem fielen beim Anblick der beiden Frauen zwei aneinandergedrückte Walnüsse ein.

»Tut mir leid, das mit Clarence«, sagte er.

Gloria nickte. »Er hat länger gelebt, als die Ärzte je für möglich gehalten hatten«, sagte sie. »Er ist aus dem Fenster gestürzt, weißt du.«

»So ist er gestorben?«, fragte Aaron. Er sah Clarence im Geist durch die Luft wirbeln wie seinen Vater.

»Nein, ach – ich meinte, als Baby. Unser Großvater wohnte bei uns. Er hat Clary immer hochgenommen, wenn er nachts geweint hat, und manchmal hat er ihn aus dem Fenster gehalten, damit wir anderen von dem Geplärr nicht gestört werden. Aber eines Nachts hat er Clary fallen lassen. Er war sicher, dass Clary deshalb so klein geblieben ist.«

»Clarence hat es mir erzählt«, sagte Aaron. »Nachdem die Wespen über mich hergefallen waren. Weißt du noch?«

Gloria nickte. »Ich hab dir doch Senfumschläge gemacht.«

Er kam sich idiotisch vor, natürlich wusste sie das noch. Sie wusste doch auch alles, was mit seiner Mutter zu tun hatte. Jetzt begriff er es auch. Als kleiner Junge hatte er es nicht begriffen, Clarence schon und seine Mutter auch. Deshalb war sie hierhergekommen. *Liebe à la Trauriges Café*, dachte er. Es war besser, der *geliebte* Mensch zu sein als der *liebende*, jedenfalls wenn man mit *besser* einfacher, sicherer meinte.

»Clary hat fast alle Menschen gehasst, und Kinder ganz besonders«, sagte Gloria. »Ich dachte immer, das liegt an deren Größe, aber als du damals weggefahren bist, hat er zu mir gesagt, aus dir könnte mal jemand ›Erträglicheres‹ werden als die meisten Leute.«

Sie lachte, und zu seinem Erstaunen lachte Aaron mit. Seine Mutter lachte nicht. Wieder einmal hatte Gloria etwas aufgeknackt.

***

Ursprünglich hatte er unangemeldet aufkreuzen wollen. Die Idee dahinter war, dass ein Überraschungseffekt etwas bringen könnte, aber er hatte den Plan verworfen, gleich nach der Landung gestern Abend. Er war wieder in Minnesota, er hatte Angst, dass ihn der Mut verlassen und er womöglich den ganzen Nachmittag lang an Glorias Auffahrt vor- und zurück- und dann doch nicht hineinfahren würde. Er brauchte etwas, das ihn zum Handeln zwang, das stärker war als seine schwindende Entschlossenheit, deshalb rief er vom Hotel aus die Nummer auf Bills Zettel an.

Gloria war dran. »Joh«, sagte sie, und er: »Hier ist …«, und wieder sie: »Aaron.« Als hätte sie neben dem Telefon gesessen und auf seinen Anruf gewartet.

»Ja«, sagte er, »hier ist Aaron.« Er wusste nicht recht weiter und setzte hinterher: »Ihr Sohn.« Mit Possessivpronomen. Von seiner Mutter war noch gar nicht die Rede gewesen, aber sie war nun mal die einzige Verbindung zwischen Gloria und ihm.

»Ich hol sie«, sagte Gloria. Sie klang etwas außer Atem.

»Nein«, sagte er. »Sag ihr einfach, dass ich komme.«

»Wann?«

»Morgen«, sagte er. »Morgen bin ich da.«

»Gut, in Ordnung.« Gloria sagte nicht, dass seine Mutter selig sein würde, ihn wiederzusehen, oder dass sie beide sich auf ihn freuten. Es gab keine Höflichkeitsfloskeln, und dafür war er dankbar.

Das Hotel lag in Flughafennähe, keine besonders fußgängerfreundliche Gegend. Das erfuhr er schon beim Einchecken, als er die Rezeptionistin – Irene laut Namensschild – nach Restaurants fragte, die zu Fuß erreichbar waren. Sie sah ihn an, als hätte er sich nach Stripclubs erkundigt oder gefragt, wie man hier an Sexualpartner kam. Die letzte Unterkunft, in der er abgestiegen war, war das Motel in Needles. Britta fiel ihm wieder ein, wie sie ihn angesehen hatte, als er bei der Anmeldung vor lauter Müdigkeit den Stift nicht halten konnte und seine Adresse nicht mehr wusste, die in Albuquerque, die er gerade hinter sich ließ. Vielleicht gehörte es einfach zum Wesen von Menschen, die an Hotelschaltern arbeiteten, sich skeptisch und desinteressiert zu geben, um gleich mal die Grenzen der Gastfreundlichkeit abzustecken.

»Zu Fuß?«, fragte Irene. Sie schob ein Restaurantverzeichnis über den Tresen. Das nächste war drei Meilen weit weg. Dann malte sie ein X neben zwei, die ihrer Meinung nach jetzt noch geöffnet haben könnten. Dabei war es noch gar nicht spät, erst neun, für ihn sieben. Er hatte seine Uhr nicht umgestellt, obwohl der Pilot kurz vor der Landung die Ansage gemacht hatte. Er würde mit Sicherheit nicht so lange in Minnesota bleiben, dass die Mühe lohnte, Zeit erst herzugeben und dann wieder zurückzuholen.

Sein Hunger war auch nicht so groß, dass er alles getan hätte, um an Essen zu kommen: wieder in den Mietwagen steigen, mit einem Stadtplan hantieren, in ein Restaurant voller Leute gehen und mit einigen davon so in Interaktion treten, dass er an etwas Essbares kam. Also brachte er seinen Koffer ins Zimmer und legte ihn aufs Bett, setzte sich daneben, stand auf und ging ein paar Schritte, setzte sich wieder hin. In diesem Zustand hatte er Gloria angerufen, aber seine Unruhe war auch nach dem Gespräch noch da. Sie kam bestimmt nur vom Flug, er hatte vier Stunden lang auf dem Fensterplatz gesessen und sich am Vordersitz die Knie wund gedrückt. Er wollte trotz seiner langen Beine immer am Fenster sitzen. Er hatte Fliegen erst als Erwachsener kennengelernt und hasste es, ganz besonders hasste er den Moment, in dem das Flugzeug auf die Startbahn bog und er die endlos lange Piste vor sich sah. Die Triebwerke röhrten los, das Flugzeug ruckte vorwärts und wurde immer schneller, während er ins

Grübeln kam, ob Fliegen nicht überhaupt ein Ding der Unmöglichkeit war. Walter dagegen stieg ins Flugzeug, holte ein Buch heraus und fing seelenruhig an zu lesen, als säße er zu Hause in seinem Arbeitszimmer. Eigentlich hätte Walters Ruhe ihn auch beruhigen müssen, fand Aaron, aber das passierte nie. Das Einzige, wovon er ruhiger wurde, war, aus dem Fenster zu starren und strikt im Blick zu behalten, wie das Flugzeug die Startbahn entlangraste und in den Himmel hochzog.

Er verließ sein Zimmer und lief sämtliche Hotelkorridore ab. Vor dem Umzug nach San Francisco hatte er nie so dicht an dicht mit fremden Menschen gelebt. Es erschreckte und faszinierte ihn gleichermaßen, dass sich Menschen auch in nächster Nähe nicht anders verhielten als sonst. Die Ngs schrien weiter Tag für Tag, Nacht für Nacht ihre Unzufriedenheit heraus, obwohl direkt unter ihnen jemand Fremdes lag, und hier im Hotel drang aus jeder Tür entweder ein zu lauter Fernseher oder Kindergeschrei, sogar ein Hund bellte. Er verstand ohnehin nicht, wie man mit Hunden verreisen konnte. Immer mehr Geräusche fielen ihm auf, intime Geräusche: freigesetzte Blähungen, eine Männerstimme – »Ich schäme mich, dass ich dich überhaupt kenne« –, Gestöhne. In Zimmer 208 keuchte eine Frau: »mehr-mehr«, immer wieder, rhythmisch, verstörend. Offenbar ein unerfüllbarer Wunsch.

Auf dem Absatz zwischen der ersten und der zweiten Etage entdeckte er einen Snackautomaten. Er hatte nichts zu bieten, was er wirklich wollte, trotzdem zog er zwei Tüten Salzstangen, eine Tüte M&M's und Cheetos und ging zurück in sein Zimmer. Dort schüttete er alles in den Eiskübel und aß der Reihe nach: erst die salzigen Sachen, dann die süßen und zum Schluss das orangegelbe Zeug mit dem Chemiekäsearoma. Dann wusch er sich die Hände, griff wieder zum Telefon und wählte eine Nummer, diesmal aus dem Kopf. Es war fast elf, aber er wusste, dass Winnie noch wach war, wahrscheinlich lag sie auf ihrem Gerebog, einer sargartigen javanischen Reiskiste auf Rädern. Vier massige Samoaner waren nötig gewesen, um das Ding in ihr Wohnzimmer zu schleppen. Als sie es abgestellt hatten, hatten sie sich draufplumpsen lassen, schweißgebadet und staunend, wie solide es war. Winnie lag abends, wenn alle im Bett waren, sogar der Hund, auf ihrem Gerebog und las. Sie liebte Thomas und ihre Jungs sehr, aber damit diese Liebe hielt, war es für sie unabdingbar, den Tag allein zu beschließen.

Aaron lauschte auf das Rufzeichen und stellte sich vor, wie Winnie in diesem Moment das Buch auf den Bauch legte und nach dem Hörer griff. Dann folgte ein: »Hallo«, direkt in sein Ohr. Sie klang müde, und Aaron hätte am liebsten aufgelegt, er kam sich vor wie ein Egoist. Sie sagte noch einmal Hallo, und als er immer noch nicht antwortete: »Aaron, bist du das?«

»Winnie«, sagte er, »ich bin hier. Ich bin in Minnesota.« Und fing an zu schluchzen.

***

Es war Gloria, die ihn bat, zum Abendbrot zu bleiben. Seine Mutter war die Tiere füttern gegangen, die drei Hunde und die Gänse und Hühner, die sie noch hielten. Alle anderen hatten sie abgeschafft, erzählte Gloria. Zu viel Arbeit für ein Paar alter Jungfern. Er hatte seiner Mutter keine Hilfe angeboten. Er brauchte ein paar Minuten ohne sie. Er fragte Gloria, wie er ihr beim Zubereiten zur Hand gehen könne, aber sie sagte, sie habe so ihre eigenen Routinen in der Küche und wisse gar nicht, womit sie jemand anderen beschäftigen sollte, also stand er etwas unbeholfen daneben und sah ihr zu.

»Hilft dir meine Mutter nicht beim Kochen?«, fragte er schließlich.

Gloria holte eine Plastikdose mit Fischfilets aus der Kühltruhe und ließ heißes Wasser darüberlaufen. »Du magst doch Springbarsche?«, fragte sie.

»Die habe ich schon lange nicht mehr gegessen.« Damit es

nicht klang, als ob er sie nicht mochte, fügte er schnell hinzu: »In San Francisco kommt man da nicht so leicht dran.«

In Wahrheit gehörten Springbarsche so untrennbar zu seiner Kindheit wie Lutefisk, den Stockfisch, den seine Mutter in den letzten beiden Wochen vor Weihnachten als Donnerstagsgericht auf der Abendkarte hatte, statt der üblichen Frikadellen. Sie servierte dazu Salzkartoffeln, eine helle Soße mit viel Butter und eine Lefse, lauter Variationen von Weiß. Die Teller dekorierte sie außerdem mit grünen Bohnen und roter Preiselbeersoße, Rot und Grün für die weihnachtliche Anmutung. An diesen beiden Donnerstagen standen die Leute abends vor dem Café Schlange. »Warum machst du nicht jeden Abend Lutefisk?«, hatte er gefragt.

»Weil das nicht funktionieren würde«, hatte sie geantwortet. »Die Leute finden den nur deshalb interessant, weil sie ihn nicht jeden Abend kriegen. Das ist nun mal die menschliche Natur. Außerdem könnte ich den Geruch nicht jeden Tag aushalten.«

Seine Mutter hasste Fisch. Wusste Gloria das nicht?

»Die hier hat deine Mutter im letzten Sommer geangelt«, sagte Gloria.

»Meine Mutter hat Barsche geangelt?«, fragte er ungläubig. Seine Mutter hasste auch Angeln, obwohl sie es, soweit er wusste, nur ein einziges Mal versucht hatte, in den Flitterwochen im Last Resort. Die Geschichte von der kleinen Reise mit seinem Vater hatte sie ihm immer wieder erzählt und jedes Mal besonders betont, ihr sei nie im Leben so bewusst geworden, dass ihre Lebenszeit verstrich, wie in diesem Boot, beim Warten darauf, dass ein Fisch anbiss.

»Klar«, sagte Gloria. »Sie verbringt den ganzen Sommer auf dem See. Den Winter auch. Sobald der See zugefroren ist, hat sie da eine Anglerhütte, die fährt ihr der Nachbarjunge mit dem Transporter raus. Er baut sie auch auf – setzt das Öfchen, stapelt ein bisschen Holz, bohrt ein paar Löcher, stellt ihr einen Tisch und einen Stuhl rein. Sie packt sich jeden Morgen Sandwiches und eine Thermoskanne Kaffee ein, und ich seh sie die meisten Tage erst wieder zur Schlafenszeit.«

Gloria trennte die gefrorenen Filets mit dem Buttermesser. »Du darfst nicht zu hart über sie urteilen«, sagte sie über die Schulter hinweg. Sie schaltete den elektrischen Bräter an und gab ein Stück Bratfett hinein. Während es zerging, wälzte sie die Filets in Mehl, dann legte sie sie akkurat nebeneinander in die Pfanne. »Wie auch immer – sie ist jetzt ein anderer Mensch.«

Bei Tisch legte sich seine Mutter mehrere Barschfilets auf den Teller, kommentarlos. »Was macht die Arbeit?«, fragte sie.

»Weißt du überhaupt, womit ich meinen Lebensunterhalt verdiene?«, fragte er zurück. Er probierte einen Happen Fisch und fand, dass er in Butter gedünstet entschieden besser schmecken würde.

»Ja«, antwortete sie spitz. »Zufällig tu ich das. Ich weiß nämlich so manches über dich, über dein Leben.«

»Woher?«, fragte er. »Woher weißt du *so manches* über mich?« Er wusste genau, dass sie log.

»Nun, woher ich das weiß, darf ich nicht sagen, denn damit würde ich andere Leute hineinziehen, und das soll man ja lieber nicht machen, ich weiß jedenfalls, dass du Lehrer bist.«

Sie schob sich das nächste Stück Fisch in den Mund und verschlang es hastig und ohne zu kauen, genau wie er, wenn er Zwiebeln vorgesetzt bekam und keine Möglichkeit sah, sie höflich zu umgehen. Gloria irrte sich. Seine Mutter war kein anderer Mensch geworden. Sie hasste Fisch noch immer. Sie tat nur so, als sei sie jetzt ein Mensch, der Fisch mochte. Insofern hatte Gloria doch recht. Er spürte ein Zucken im Kinn, das untrügliche Zeichen, dass ihm gleich die Tränen kommen würden. Er wollte nicht weinen, nicht hier vor seiner Mutter. Auch er war jetzt ein anderer Mensch, und sie sollte ihn auf keinen Fall noch immer für den kleinen Jungen halten, der wegen allem und jedem in Tränen ausbrach. Einmal hatte ihm bei einer Dinnerparty eine Ärztin verraten, wie sie sich, wenn sie den Angehörigen von Patienten eine schlechte Nachricht überbringen musste, das Weinen verkniff: Der Trick war, den Unterkiefer mit aller Kraft nach vorn zu schieben. Er probierte es, und es funktionierte. Er sah zu Gloria und sagte: »Das hat sehr gut geschmeckt. Danke fürs Kochen und für die Einladung.«

»Du warst schon immer furchtbar höflich«, sagte seine Mutter. »Auch deshalb hatten die anderen Kinder Angst vor dir.«

»Nein, deshalb konnten sie mich nicht leiden«, erwiderte Aaron. »Wenn man zu Leuten, die es nicht verdient haben, höflich ist, dann denken sie, man macht sich über sie lustig.«

»Ich finde, Aaron hat wunderbare Manieren, Dee«, sagte Gloria. »Wir sind so was einfach nicht mehr gewöhnt.« Sie fing an, das Geschirr einzusammeln, und Aaron stand auch auf, um ihr zu helfen. Seine Mutter blieb sitzen und starrte auf ihren Teller, aber Aaron zog ihn weg und brachte ihn in die Küche. Auf dem Rand lagen in Reih und Glied kleine Gräten und wippten.

»Aaron«, sagte Gloria, »du bleibst über Nacht.«

Es war nach acht. Er konnte sich auch nicht vorstellen, jetzt noch loszufahren und nach einem Ort zu suchen, der groß genug für ein Motel war. »Danke«, sagte er. »Macht dir das auch wirklich keine Umstände?«

»Gar keine«, sagte Gloria. »Du kommst in Clarys Zimmer.« Nebenan schrappte hörbar ein Stuhl vom Tisch weg. Seine Mutter ging, ohne Gute Nacht zu sagen.

***

Es war genau, wie er es in Erinnerung hatte, Regale voller Bücher, die alle mit den Rücken zur Wand standen und ihre Titel für sich behielten. Er setzte sich aufs Bett, Clarence' Bett, und musste lachen, weil ihm einfiel, wie er als Junge Clarence den altklugen Rat gegeben hatte, die Bücher andersherum zu stellen. In der Ecke neben dem Schreibtisch stand Clarence' Rollstuhl, wie ein ungezogenes Kind zur Wand gedreht, über der Rückenlehne hing ordentlich gefaltet die Häkeldecke, die immer über seinen Beinen gelegen hatte. Aaron stand auf, nahm die beiden Griffe in die Hand und dachte daran, wie er den Rollstuhl ganz vorsichtig über den Flur geschoben und Clarence sich über seine Ungeschicklichkeit beschwert hatte.

Er hörte Gloria im Haus herumgehen und alles zur Nacht verschließen. Seine Mutter hatte genau dieselbe Angewohnheit gehabt, sehr zum Ärger seines Vaters, für ihn musste das Zubettgehen der kürzeste Weg zum Schlaf sein. Wenn sie die Türen und Fenster kontrolliert hatte, blieb sie auch ewig lange vor dem Herd stehen und prüfte sämtliche Schalter, und am Ende zog sie, weil sie noch immer nicht sicher war, die Backofentür auf und steckte den Kopf hinein. Vertraute Familiengeräusche, denen Aaron vom Bett aus gelauscht hatte, und meistens hatte sein Vater irgendwann gebrüllt: »Der ist aus.« Einmal, als sie wieder vor dem Ofen kauerte, hatte sein Vater sich hinter ihr aufgebaut und ihr einen Schubs verpasst. Aaron hatte es mitangesehen. Er wollte sich gerade noch ein Glas Wasser aus der Küche holen, aber er hatte sich schnell zurück ins Bett geschlichen, mit dem leeren Glas.

Der Tag hatte in einem nichtssagenden Flughafenhotel in Minneapolis begonnen und endete in Clarence' Zimmer. Aaron ahnte, dass er die ganze Nacht wach liegen und alles, was in den Stunden dazwischen passiert war, in Gedanken noch einmal durchkauen würde. Aber er schlief sofort ein. Minuten oder Stunden später schreckte er aus dem Tiefschlaf hoch, weil er etwas wahrnahm – etwas oder jemand war *anwesend* in dem dunklen Zimmer. Die Dunkelheit fühlte sich gleichzeitig weiträumig und eindimensional an, er streckte die Hand hinein und stieß an etwas Hartes – Metall und Gummi. Es war Clarence' Rollstuhl, er war neben das Bett gerollt.

Als er fünf war, hatten ihm die Finnen in der Eisenmine Stalaktiten gezeigt. Er hatte sie nicht angefasst, aber er konnte sich vorstellen, wie sie sich anfühlten: kalt und glatt und glitschig. Die

Stalaktiten waren ihm eingefallen, als er Clarence' Hauer angefasst hatte. Aber war der Hauer auch glitschig gewesen? Er wusste es nicht mehr, der haptische Teil war einfach aus seiner Erinnerung verschwunden. Wie war das möglich, dass ein Teil der Erinnerung verloren ging, dass einer der Sinne einfach nicht mehr mitmachte? Ob seine Finger, wenn er noch einmal in die Dunkelheit greifen würde, wieder wüssten, wie sich Clarence' Hauer angefühlt hatten, kurz bevor er gesagt hatte: »Ich finde sie toll«, oder kurz danach?

Clarence hatte geweint. Erst jetzt verstand er es.

»Aaron«, sagte eine Stimme aus dem Dunkeln. »Warum bist du hier?« Es war seine Mutter.

23

Sie hatte ihn schon einmal mitten in der Nacht geweckt, als er fünf war. Fast fünf. Es war Silvester. Sein Vater hatte Nachtdienst, und Aaron und seine Mutter blieben lange auf und saßen mit Popcorn vor dem Fernseher, es war ein Gefühl wie Weihnachten, und beide wussten, sprachen es aber nicht aus: Das weihnachtliche Gefühl rührte ausschließlich von der Abwesenheit seines Vaters her. Aaron erinnerte sich nicht, wann er schlafen gegangen war, aber als er wieder wach wurde, war es noch dunkel, und seine Mutter saß an seinem Bett. »Willkommen in den Siebzigerjahren, Aaron«, sagte sie. Sie roch nach Alkohol, obwohl sie eigentlich kaum trank, und nach Crackern. Er identifizierte beide Gerüche, als sie sich über ihn beugte und ihn auf die Stirn küsste. Der Letztere war ein Alltagsgeruch und verbunden mit Suppen und verkorkstem Magen, der Erstere war eher selten, Alkoholgeruch wehte nur hin und wieder aus dem Glas seines Vaters über den Abendbrottisch. Seine Mutter blieb eine ganze Weile bei ihm sitzen, ihr Atem ging unregelmäßig, ihre Hand lag warm auf seiner Stirn, aber irgendwann stand sie wieder auf und flüsterte: »Hab keine Angst vor der Welt.« Jahre hatte er überlegt, ob der Satz nicht an sie beide gerichtet war.

»Ich weiß nicht genau, warum ich hier bin«, sagte Aaron. »Ich habe bisher nie versucht, dich zu finden.« Er konnte weder ihr Gesicht noch ihre Reaktion erkennen. Vielleicht war das Absicht – sie hatte gewartet, bis es dunkel war, weil sie hoffte, dass sie dann beide mehr Mut hätten. »Und wenn ich an dich gedacht habe, warst du manchmal am Leben und manchmal tot.« Aber vielleicht hatte sie ihn auch extra aus dem Schlafnebel geholt, weil sie so die Oberhand hatte. »Aber eigentlich habe ich überhaupt nicht an dich gedacht.« Erst jetzt kam er auf die Idee, dass vielleicht gar keine Absicht dahintersteckte, vielleicht war sie ins Bett gegangen, um zu schlafen, aber das Bedürfnis zu reden hatte sie einfach übermannt.

Sie antwortete nicht, und das nervte ihn. Dabei kannte er ihre Art, stumm zuzuhören, seit seiner Kindheit. Und sie war nicht die Einzige, die sie pflegte. Nur, er war inzwischen ein anderer, seiner Meinung nach musste man sagen, dass man zuhörte, um zuhören zu können.

»Walter fand immer, dass ich dich suchen soll«, fuhr er fort, in ihr Schweigen hinein. »Aber das war Walters Ansicht.«

Es war das erste Mal, dass er Walter erwähnte. Und er war fest entschlossen, weder in Nebensätzen noch in Einschüben Einzelheiten seines Lebens preiszugeben, aus denen hervorging, wer Walter war, wer *er* war. Er würde es ihr nicht leicht machen.

»Wie habt ihr euch kennengelernt, du und Walter?«, fragte seine Mutter zu seiner Überraschung.

»Im Café.« Er genoss die Enthüllung, dass sie einst für Walter gekocht hatte. Er gab keine Erklärung, wie es weitergegangen war – wie er Walter wiedergetroffen hatte, nachdem sie weg war, wie sie zusammengezogen und ein Liebespaar geworden waren. Sollte sie doch grübeln.

»Also bist du homosexuell«, sagte sie schließlich.

Er hatte das Wort immer gehasst, *homosexuell* sagten Leute gern, denen *schwul* zu ungemütlich direkt war, die immer ein paar Silben mehr brauchten. »Nun – ja«, sagte er, »ich denke, das steht wohl fest.«

»Walter war's«, sagte sie.

»War was?«

»Walter war es, der mir so manches über dich erzählt hat – dass du unterrichtest, dass du ein guter Lehrer bist, dass du nach San Francisco gezogen bist.«

»Du hast mit ihm geredet?«

»Nein«, sagte seine Mutter. »Er hat mir geschrieben.«

»Wann?«

»Nachdem du ausgezogen warst.« Sie seufzte. »Und auch einmal vorher, so vor zehn Jahren vielleicht. Ihr wart gerade nach New Mexico gezogen, und er wollte mir mitteilen, dass es dir gut geht, dass du ein guter Lehrer bist und ein guter Mensch. Ich weiß noch, was er geschrieben hat: *Die Schüler lieben und respektieren Aaron. Er macht seine Sache großartig. Er ist ein Mensch mit viel Mitgefühl.*«

»Hast du ihm geantwortet?«, fragte er.

»Nein. Was hätte das für einen Sinn gehabt? Er hatte mir ja nicht geschrieben, damit es mir besser geht. Sondern weil er wütend auf mich war.«

»Weshalb?«

»Ach, Aaron«, sagte sie, und es klang traurig und weise und mütterlich. »Er wollte mir sagen, dass du mich nicht brauchst, dass es dir prima geht, dass du blendend ohne mich auskommst. Er hat mir nicht erzählt, dass ihr beide – du weißt schon –, aber ich konnte es mir denken, einfach weil er so wütend war.« Aaron wusste nicht, was er damit anfangen sollte, wie er das, was seine Mutter ihm erzählte, zusammenbringen sollte mit der Art, wie Walter immer mit ihm über seine Mutter gesprochen hatte, geduldig, so als wäre Aaron einer seiner Rat suchenden Studenten.

»Bist du direkt hierher zu Gloria gefahren?«, fragte er, obwohl er die Antwort kannte. Ihn interessierte nur eins, und darauf wollte er das Gespräch unbedingt bringen – warum sie weggegangen war.

»Das hat damit nichts zu tun«, sagte seine Mutter. »Wieso muss immer alles damit zu tun haben?«

»Womit?« Er verstand weder ihre Antwort noch ihren gereizten Ton.

»Mit …«, sie hielt inne, und selbst die Pause klang aufgebracht, »mit Liebe.«

Als er am Nachmittag nach Bills Beerdigung den Umschlag

geöffnet und gelesen hatte, wo seine Mutter jetzt lebte, hatte er Glorias Adresse nicht auf Anhieb erkannt. Nach der Beerdigung morgens war er ins Hippiecafé gegangen und hatte ein paar Bier auf seinen Freund getrunken. Er war nicht betrunken, aber was er dann tat, hing vermutlich doch mit der Beerdigung und dem Bier zusammen: Er rief Charles Gronseth an, auch die Nummer stand auf Bills Zettel. Charles Gronseth nahm nach zweimal Klingeln ab, es gab eine kurze Pause, nachdem Aaron seinen Namen genannt hatte, dann sagte Charles Gronseth: »Einen Moment, bitte«, und Aaron hörte ihn, wahrscheinlich zu seiner Frau, sagen: »Ein Klient.«

Er wusste von Bill, dass Pastor Gronseth nicht mehr Pfarrer war. Er war jetzt einfach Charles Gronseth, zum dritten Mal verheiratet, wohnhaft in Detroit Lakes, Minnesota, Versicherungsvertreter, bestimmt ein erfolgreicher, dachte Aaron, denn Charles Gronseth konnte immer schon gut reden und Leuten Angst vor dem Unbekannten machen.

Am anderen Ende der Leitung waren Schritte zu hören, und eine Tür ging zu. »Was für eine nette Überraschung«, sagte Charles Gronseth. »Hab mir gedacht, dass Sie mal anrufen.« Er klang herzlich, aber die beiden Aussagen widersprachen sich: Man konnte nicht gleichzeitig einen Anruf erwarten und überrascht sein. Charles Gronseth war nervös, und merkwürdigerweise fühlte Aaron sich dadurch besser.

»Und Sie sind jetzt im Versicherungsgeschäft, ja?«, fragte er.

»Aaron, wir wollen uns doch nicht mit Small Talk aufhalten«, sagte Charles Gronseth. »Sie rufen an, weil Sie etwas über Ihre Mutter erfahren wollen. Ich habe zwar diesem Detektiv schon alles erzählt, aber Sie können sich wohl noch keinen Reim darauf machen, deshalb will ich es noch einmal versuchen.« Er zögerte einen Moment. »Aber dann möchte ich Sie bitten, hier nie wieder anzurufen.«

Aaron spürte eine kleine Zorneswelle aufsteigen, sagte aber nur: »Gern.«

»Pfarrer zu sein ist eine sehr einsame Angelegenheit«, fing Charles Gronseth an. »Alle Welt kommt mit Problemen zu einem. Die Leute erzählen von sich, von ihren Ehen und Kindern, ihren Enttäuschungen und Niederlagen und Schwächen. Und man hat die Aufgabe, zuzuhören, Rat und Ermutigung anzubieten, sie zum Beten anzuhalten. Aber mit wem kann eigentlich ein Pfarrer reden? Von seinen Problemen will kein Mensch etwas hören. Kein Mensch will wissen, dass er und seine Frau in getrennten Zimmern schlafen, dass das Essbesteck in getrennten Schubladen aufbewahrt wird, weil beide den Gedanken nicht ertragen können, dass ihre Lippen dieselbe Gabel berühren. Und Ihre Mutter war genauso einsam.«

»Das weiß ich«, sagte Aaron.

»Sie hat mich nicht wie einen Pfarrer behandelt. Wir haben uns einfach wie zwei normale Menschen unterhalten. Wir haben einander verstanden. Zumindest dachte ich das. Ich dachte, wir hauen zusammen ab, um zusammen zu sein. Ich dachte, es ist Liebe.«

»Liebe?«, sagte Aaron. Er hatte nicht damit gerechnet, dass das Gespräch auch um Liebe gehen würde.

»Ja«, sagte Charles Gronseth. »Das klingt sicher albern für Sie. Für mich tut es das jedenfalls inzwischen. Ich hatte ein paar Jahre Zeit zum Nachdenken.«

»Wer kam auf die Idee mit dem, ähm, Abhauen?«

»Ihre Mutter, aber ihr ist es nur zuerst eingefallen. Glauben Sie mir – ich war mehr als bereit. Es stellte sich dann raus, dass sie mich nur benutzt hatte.«

»Wie benutzt?«, fragte Aaron.

»Um den Hintern hochzukriegen, nehme ich an. Sie wissen ja, wie das ist. Man weiß genau, man muss etwas tun, aber allein hat man nicht immer den Mumm dazu.«

»Das heißt, Sie haben sich gegenseitig benutzt.« Das war keine Entschuldigung für seine Mutter, Aaron sprach nur aus, was auf der Hand lag.

Charles Gronseth lachte bitter auf. »Das nehme ich wohl an«, sagte er. »Meine Frau und ich haben damals kaum noch ein Wort gewechselt. Ich bin eines Tages mit der Erkenntnis aufgewacht, dass mein Sohn schon genauso ist wie sie – ein kleinkarierter Jammerlappen. Wenn man jeden Tag mit so einem Gefühl lebt, fällt es einem immer schwerer, seine täglichen Pflichten zu erledigen und so zu tun, als wüsste man Bescheid über Gott und Vergebung und Liebe aller Art, die menschliche wie die göttliche.«

»Und meine Mutter?«

»Ihre Mutter hat solche Dinge verstanden.« Wieder machte er eine Pause. »Sie war ein sehr unglücklicher Mensch.«

»Das weiß ich«, sagte Aaron. Und wie er es wusste. Dafür brauchte er keinen Charles Gronseth. »Eigentlich will ich wirklich nur etwas über diesen Abend wissen. Denn da habe ich meine Mutter zum letzten Mal gesehen, sie saß mit Ihnen wie jeden Abend am Tisch, und sie sah aus, als ob sie gleich aufsteht und ins Bett geht und am nächsten Morgen wieder aufwacht und ihr Tagewerk beginnt.« Er wurde heiser.

»Das kann ich Ihnen erzählen, also von dem Abend«, sagte Pastor Gronseth, »aber das ist nur meine Sicht. In Ordnung? Denn ich kann mittlerweile akzeptieren, dass man nie genau weiß, was im Kopf von anderen Menschen vorgeht.«

»Natürlich«, bestätigte Aaron.

»Wir sind um Mitternacht losgefahren. Ich hatte meinen Koffer vorher heimlich im Pfarrbüro deponiert, und Ihre Mutter hat mich in der Gasse hinter der Kirche abgeholt. Gegen drei Uhr kamen wir bei Gloria an. Ich saß zwar am Steuer, aber ich hatte keine Ahnung, wohin wir fuhren. Ich bin einfach den Anweisungen Ihrer Mutter gefolgt. Sie ist dann ausgestiegen, und ich sollte warten. Es war furchtbar dunkel, und im Radio lief nur noch eine von diesen Predigtsendungen, die allen Leuten mit Feuer und Schwefel drohen, die um die Zeit wach sind und denen es ohnehin miserabel geht, die sich selbst leidtun und sich verloren fühlen. Ich weiß noch, dass ich überlegt habe, ob dieser Radiopriester je auf die Idee kommt, dass ihm irgendwo da draußen ein anderer Gottesmann genau in dem Augenblick zuhört und auf die Frau wartet, mit der er gerade durchgebrannt ist.

Nach ungefähr zwanzig Minuten kam Gloria heraus. Ich habe das Fenster heruntergekurbelt, und sie hat mir die Hand hingestreckt, also habe ich sie geschüttelt. Sie hat mir mitgeteilt, Ihre Mutter bleibe da, sie habe mir nichts mehr zu sagen, aber ich könne den Wagen behalten, wenn ich wolle. ›Ich will nur ihre Koffer holen‹, hat sie noch erklärt. Ich habe bestimmt noch eine Stunde da draußen im Auto gesessen. Irgendwann gingen im Haus alle Lichter aus, und ich habe es endlich begriffen.«

»Und das war's?«, fragte Aaron.

»Das war das letzte Mal, dass ich Ihre Mutter gesehen habe. Sie hat übrigens den ganzen Weg lang geweint. Ich habe immer wieder gefragt, ob es ihr gut geht. Sie hat gesagt, dass sie seit Jahren zum ersten Mal wieder weint.«

»Warum hat sie geweint?«

Aaron wollte hören, dass seine Mutter seinetwegen geweint hatte, aber Charles Gronseth sagte: »Ich weiß es nicht.« Aaron hörte eine Tür am anderen Ende aufgehen, und Charles Gronseth sagte: »Klar, Liebling. Bin gleich da.« Die Tür ging wieder zu.

»Sie haben sie gar nicht danach gefragt?«

»Nein, habe ich nicht. Vielleicht hatte ich Angst, dass sie sagt, sie weint, weil sie einsieht, dass das alles ein Fehler ist. Etwas hat sie allerdings gesagt, und darüber habe ich oft nachgedacht. Tu ich heute noch. Sie hat gesagt, wenn man die Fähigkeit, den dringenden Wunsch verliert, sein Leben interessant zu gestalten, dann lohnt es sich vielleicht gar nicht mehr, weiterzuleben.«

»Sie denken, meine Mutter ist zu Gloria gefahren, um sich umzubringen«, sagte Aaron.

»Ich weiß es nicht.« Charles Gronseth seufzte. »Aber ich muss auflegen. Meine Frau braucht mich.«

»Glauben Sie noch an Gott?«, fragte Aaron. Er wusste nicht recht, was die Frage sollte, vielleicht wollte er damit herausfinden, wer Charles Gronseth war, jetzt, da er nicht mehr Pastor Gronseth war.

Es blieb lange still am anderen Ende, aber schließlich sagte Charles Gronseth: »In die Kirche gehe ich nicht mehr oft, aber gläubig bin ich wohl noch. Ich finde Glauben leichter, seit es nicht mehr meine Aufgabe ist, dafür zu sorgen, dass andere Leute auch glauben.«

***

»Du weißt aber schon, dass Gloria dich liebt?«, fragte Aaron, doch seine Mutter schwieg. »Natürlich weißt du das. Deshalb bist du hierhergekommen. Und deshalb hat mein Vater sie auch gehasst, stimmt's?«

»Dein Vater«, sagte sie, »hat alle Welt gehasst. Wusstest du das? Kannst du dich daran noch erinnern?«

»Ich kann mich erinnern, dass er mich nicht mochte.« Selbst nach so langer Zeit brachte er das Wort *hassen* nicht über die Lippen. »Ich weiß noch, dass er auf alles, was ich gesagt oder getan habe, mit Zorn reagiert hat.«

»Ja«, sagte seine Mutter. »Ich dachte mir, dass du deswegen gekommen bist.«

»Was meinst du?«

Sie seufzte. »Was weißt du noch von dem Abend damals?«

»Von welchem?« Er dachte, sie meinte den Abend, an dem sie verschwunden war.

»Dem Abend vor der Parade«, sagte sie. »Darüber haben wir nie geredet, ich war auch nie sicher, ob du dich daran erinnern kannst, aber ich bin immer davon ausgegangen.«

»Nein. Ich weiß nicht, was du meinst.«

»Du weißt nicht mehr, dass du im Schrank eingesperrt warst?« Sie wartete die Antwort nicht ab. »Es gibt Tage, da kann ich an nichts anderes denken.« Sie schlug auf die Armlehne von Clarence' Rollstuhl. »Ich bin froh, dass du dich nicht daran erinnerst«, sagte sie schließlich, stand auf und schob den Rollstuhl zurück in die Ecke. »Gute Nacht, Aaron.«

Er wollte hinter ihr herrufen: »Erzähl mir von dem Schrank. Erzähl mir alles.« Aber die Tür knarzte auf und wieder zu, und er hatte kein Wort herausgebracht. Er hörte sie den Flur entlangtappen, ohne zu stocken oder irgendwo anzustoßen, denn sie kannte dieses Haus. Hier hatte sie länger gelebt als irgendwo sonst.

Er versuchte, sich wie so oft mit der letzten Zeile seines Lieblingsgedichts von Wallace Stevenson in den Schlaf zu lullen, wiederholte ein paarmal: *Er ist nie zu befriedigen, der Geist, niemals*, aber als das nicht half, stand er auf, zog seine Hose an, weil er es nicht richtig fand, im Schlüpfer im Haus fremder Leute herumzulaufen, und ging in die Küche. Da saß Gloria, in einen flauschigen Morgenrock gemummelt, im Schein des Backofenlichts. Sie schien nicht überrascht, ihn zu sehen. Er war froh, dass er die Hose angezogen hatte.

»Soll ich dir irgendwas machen?«, fragte sie. »Tee oder warme Milch?«

Er schüttelte den Kopf. Sie deutete auf den anderen Stuhl, und er starrte auf ihre riesigen Hände, das hatte er schon abends beim Kochen gemacht – die Barschfilets hatten so winzig ausgesehen in diesen Händen – und beim Essen, immer wenn sie mit dem Besteck hantiert oder nach den Karotten gelangt hatte. »Meine Füße auch«, sagte sie, weil sie seine Blicke bemerkt hatte. Sie hielt den rechten Fuß hoch, aber in dem schummrigen Licht konnte er kaum etwas erkennen.

»Was ist damit?«, fragte er.

Sie zuckte mit den Schultern. »Die werden seit ein paar Jahren einfach immer größer. Sie haben wehgetan, ich dachte erst, vielleicht ist das Arthritis, aber irgendwann haben sie nicht mehr in die Schuhe gepasst. Deine Mutter hat gesagt, ich soll zum Arzt gehen, aber ich habe so lange gewartet, bis im ganzen Haus kein Schuh mehr war, der mir noch passte.«

»Was hat der Arzt gesagt?« Er gab sich Mühe, sein Entsetzen zu verbergen.

Wieder zuckte sie mit den Schultern. »Ist was ganz Seltenes.«

»Na klar, was sonst«, sagte er, und Gloria lachte.

»Deine Mutter hat mir schon erzählt, dass du Humor hast.«

Seine Kehle schnürte sich zu. Am liebsten hätte er seinen Stuhl dicht an Glorias herangezogen und sie gebeten, ihm alles zu sagen, was seine Mutter sonst noch über ihn erzählt hatte. Aber er nickte nur, um sie zum Weitererzählen zu ermuntern. Sie machte eine wegwerfende Bewegung mit ihrer Riesenhand. »Irgendwas hat auf meine Hypophyse gedrückt«, sagte sie. »Das hat einen Wachstumsschub ausgelöst, als wäre ich plötzlich wieder in der Pubertät. Ist jetzt aber unter Kontrolle. Ärztlich überwacht. Einmal im Jahr muss ich zum Messen. Seit zehn Jahren ist aber nichts mehr gewachsen.«

»Das heißt, es ist nicht …«, er hob die Hände und ließ sie wieder sinken, »nicht gefährlich?«

»Ich bin ja noch da. Dee schreibt mir immer eine Liste, was ich den Arzt alles fragen soll, aber ich möchte lieber nur wissen, was ich wissen muss, und sonst nichts.« Sie zögerte. »Das ging gleich nach Clarys Tod los, deshalb dachte ich zuerst, vielleicht ist es nur Einbildung, irgendwas Psychologisches. Klingt bestimmt albern.«

»Tut es nicht.«

»Ich bin nur froh, dass Clary das nicht mehr mitgekriegt hat«, sagte sie. »Er mit seinem Hass auf Riesen.« Beide lachten, dann nahm Gloria zwei Schlückchen aus ihrer Tasse und sah lange auf die Wanduhr. »Das Ding geht immer nach.«

»Gloria, hat meine Mutter mal über meinen Vater gesprochen? Ich meine, über den Abend vor seinem Tod und den Schrank?« Es klang, als ob er sich gut an den Abend erinnerte, und das war Absicht, trotzdem empfand er sich nicht als unehrlich, jedenfalls nicht ganz. Er hatte zwar seiner Mutter gegenüber behauptet, er wisse nichts mehr davon, und das stimmte auch. Aber im selben Moment, in unmittelbarer Nähe zu ihren unruhigen Atemzügen, hatte er sich plötzlich an etwas erinnert – eine Szene, in der sie auch so geatmet oder vielmehr gekeucht hatte, auch so dicht neben ihm in einem engen dunklen Raum, und es hatte nach Urin und feuchter Wolle gerochen.

»Als du damals im Sommer mit deiner Mutter zu Besuch warst«, sagte Gloria, »bist du über den Flur bis zur Tür zum vorderen Zimmer geschlichen. Und dann hast du davorgestanden und uns belauscht. Weißt du noch?«

Er nickte. »Du hast Walnüsse mit bloßen Händen geknackt, und sie hat von meinem Vater erzählt«, sagte er. »Ich war ganz sicher, dass ihr mich nicht bemerkt habt.«

»Deine Mutter nicht, nein, aber ich kannte die Tricks, die mein Bruder liebte. Ich war ganz sicher, dass er dich zum Spionieren schicken würde. Er war sehr erbost über euren Besuch. Bevor ihr kamt, hat er zwei Tage lang kein Wort mit mir geredet.«

»Weil er Besuch nicht mochte?«

»Das sowieso.« Sie nestelte am Morgenrockgürtel. »Aber er war vor allem erbost, dass deine Mutter kommen würde.«

»Er war eifersüchtig«, sagte Aaron, so sachlich er konnte. Gloria hustete und zog den Gürtel fester zu.

»So was in der Art, ja«, sagte sie. »Jedenfalls, was du an dem Tag gehört hast, darüber, was dein Vater gesagt hat, weißt du? Dass du das gehört hast, hat mir sehr leidgetan. Und Clary hinterher auch.«

»Erinnerung ist etwas sehr Merkwürdiges«, sagte Aaron. »Ich meine, ich sitze hier fast fünfunddreißig Jahre später mit dir, und ich kann mich genau an alles erinnern, an jedes Wort von Clary, obwohl ich damals nicht mal die Hälfte davon verstanden habe. Wie kommt das? Wieso hält unser Gedächtnis an bestimmten Dingen fest, und andere löscht es einfach?«

»Keine Ahnung. Ich kann dir noch genau sagen, was deine

Mutter anhatte, als ich sie zum ersten Mal gesehen habe, aber ich habe keinen Schimmer, was für ein Wetter an meinem Hochzeitstag war.«

»Du warst mal verheiratet?«, fragte Aaron.

»Hat nur einen Tag gehalten. Der Mann war ganz nett. Donald hieß er, hat Reifen verkauft. So haben wir uns kennengelernt. Er arbeitete in einem Kaff bei Fargo. Ich sollte zwei Osterlämmchen von meinem Vater ins Labor der Universität da bringen. Die waren plötzlich gestorben, und mein Vater wollte sie untersuchen lassen, nur um sicherzugehen, dass es nichts Besorgniserregendes war. Kurz vor Fargo habe ich mir einen Nagel in den Reifen gefahren und hatte einen Platten hinten. Ich musste erst mal die beiden Lämmchen wieder ausladen, um an den Ersatzreifen zu kommen. War bestimmt ein toller Anblick, wie da jemand auf der Straße einen Reifen wechselt, und daneben liegen zwei tote Lämmer und glotzen zu.«

Sie mussten beide lachen, und Aaron verspürte einen Stich, als ihm wieder einfiel, wie abstoßend er Gloria als kleiner Junge gefunden hatte, wie unangenehm ihre Art, Clarence zu verhätscheln, ihm das Fleisch klein zu schneiden und den Kopf zu tätscheln. Sie war ein lieber Mensch, und er schämte sich, dass er das damals nicht erkannt hatte.

»Und dann hast du die Viecher wieder aufgeladen und bist auf dem Ersatzreifen in seinen Reifenladen geschuckelt, und während er den kaputten Reifen geflickt hat, hast du dich verliebt?«, fragte er.

»Na ja, den Reifen hat er prima geflickt, aber die Hochzeit war mehr ein Zweckbündnis, für ihn vielleicht nicht so – Männer können sich ja viel mehr erlauben –, aber ich war schon sechsundzwanzig, und es gab eine Menge Gerede. Er war beeindruckt, dass ich ganz allein den Reifen gewechselt hatte, und das war auch irgendwie schön, dieses Gefühl, du guckst einen anderen Menschen an und siehst dich plötzlich wie in einem Spiegel als eine Frau, die was kann und was im Kopf hat. Ich hatte also gar nichts dagegen, dass Donald immer öfter sonntags hier rausgefahren kam. Das war das erste Mal, dass überhaupt jemand hinter mir her war, und das war auch irgendwie schön.« Sie klang verlegen.

»Ich hatte die Nase voll von meinem Leben hier, von der Farm, davon, dass ich mich um alles kümmerte, aber Clarence die ganze Aufmerksamkeit bekam. In Wahrheit hatte ich die Nase voll von Clary und von den Schuldgefühlen und der Schwermut meiner Eltern.Und Donald war ein sehr anständiger Mann.« Sie klopfte mit einem ihrer enormen Finger auf die Tischplatte, um zu bekräftigen, dass an Donald nichts falsch war. »Ich dachte mir, es könnte irgendwie klappen, und so sind wir ein paar Wochen später durchgebrannt. Wir fuhren nach Minneapolis, heirateten, und ich durfte mit zu einem Baseballspiel. Das waren unsere Flitterwochen. Wohnen konnten wir bei seinem Cousin in Stillwater, aber in der Nacht, als wir da nach dem Spiel hinkamen, da … also, danach, ich habe einfach gemerkt, das ist nichts für mich.«

Aaron brauchte einen Augenblick, um zu begreifen, was Gloria meinte: Sie hatte Sex mit Donald gehabt und festgestellt, dass sie das nicht noch einmal wollte und schon gar nicht ihr Leben lang.

»Ich habe Donald am nächsten Morgen geweckt und ihm gesagt, ich bin dafür nicht gebacken. Ich bin nicht ins Detail gegangen, ich hatte schon mitgekriegt, dass Männer so was übel nehmen. Er war natürlich nicht gerade glücklich darüber, aber er hat mich auch nicht aufgehalten. Ich bin zur Bushaltestelle gelaufen, hab den nächsten Bus genommen und bin so lange durch die Gegend gefahren, bis mir eine Ecke gefiel. Da bin ich ausgestiegen, hatte einen Tag später einen Job bei dem Elektrizitätswerk, und da habe ich Dolores kennengelernt. Sie hat eine Woche nach mir angefangen.«

»Hast du von Donald mal wieder gehört?«, fragte Aaron.

»Nein. Soweit ich weiß, sind wir immer noch verheiratet,

aber er ist bestimmt längst tot. Er war schon ein älterer Herr, als wir geheiratet haben, fast fünfzig.«

»Ich könnte ihn im Internet suchen«, bot Aaron an. »Seinen Namen eingeben und gucken, was kommt.«

»Danke«, sagte Gloria, »aber ich will das lieber gar nicht wissen.«

Aaron nickte. Eigentlich müsste er langsam Gute Nacht sagen und wenigstens noch ein bisschen schlafen, um am Morgen einigermaßen wach fahren zu können, denn lang war die Nacht nicht mehr. Gloria trug ihre Tasse zur Spüle, wusch sie minutenlang ab und ließ noch endlos weiter Wasser darüberlaufen. Als Nächstes zog sie eine Schranktür auf, holte zwei Teller heraus und nahm eine Tüte aus dem Brotkasten. Er war überrascht, dass es noch Leute gab, die einen Brotkasten hatten. In der Tüte waren selbst gebackene Karamellbrötchen mit Walnüssen. Sie legte eins auf jeden Teller und stellte erst Aaron, dann sich einen hin.

»Als deine Mutter hier nachts ankam, hatte ich keine Ahnung, dass sie kommt«, sagte sie. »Auch wenn du's nicht glaubst. Sie stand einfach vor der Tür. Ich bin dann rausgegangen, habe ihre Koffer geholt und ihn weggeschickt. Dass das ein Pastor war, wusste ich damals nicht. Ich habe mir erst nach und nach zusammengereimt, dass er gedacht hatte, sie hauen zusammen ab, um zusammen zu *leben*. Dolores hatte wohl dafür gesorgt, dass er das glaubt und alle Brücken hinter sich abbricht. Als ich noch mal ans Fenster ging, um ihm zu sagen, dass ich alles habe, und ihm fürs Herfahren zu danken, fing er an zu weinen, er saß einfach da und rauchte und weinte. Er hatte es wohl eingesehen, sie brauchte eben einfach …«, sie hielt mitten im Satz inne.

»… einen Ausweg«, ergänzte Aaron. Und Gloria nickte.

»Ich habe ihr keine Fragen gestellt, Aaron. Aber das hätte ich müssen. Zuallererst hätte ich fragen müssen, wo du bist, aber das habe ich nicht. Ich habe Dee nie zu irgendetwas gedrängt, wahrscheinlich ist sie deshalb hiergeblieben. Manchmal hat sie das Bedürfnis zu reden, und dann redet und redet sie, aber das kommt selten vor. Wenn ich ihr mal die Pistole auf die Brust setze und etwas wissen will, straft sie mich mit tagelangem Schweigen. Also frage ich nicht. Ich habe es ihr leicht gemacht, zu leicht, und das tut mir leid.«

Er dachte an die Andeutung von Charles Gronseth nur eine Woche vorher, seine Mutter sei vielleicht weggelaufen, weil sie die Fähigkeit verloren hatte, ihr Leben interessant zu gestalten. »Sie ist zum Sterben hierhergekommen, nicht?«, fragte er.

Glorias Hände lagen auf dem Tisch wie Baseballhandschuhe. »Vielleicht hatte sie so was im Sinn, aber, weißt du, ich habe keine Ahnung, ob sie daran gedacht hat.«

»Sich umzubringen?« Aaron hatte plötzlich das Gefühl, er müsse es wissen. »Hat sie es versucht?«

»Es gibt andere Arten, aus dem Leben zu gehen«, sagte Gloria behutsam.

»Nämlich?«

»Sie hat nie etwas Bestimmtes versucht, Aaron. Aber ich kann mir nicht helfen, ich denke immer noch, sie war so weit … aufzugeben, meine ich. Sie hatte die Nase einfach voll von all dem, was man so tut, um am Leben zu bleiben – arbeiten, Rechnungen bezahlen, Entscheidungen treffen.«

»Für den eigenen Sohn sorgen«, ergänzte er.

Gloria nickte. »Ja, aber sie wollte auch nicht, dass du das alles durchmachen musst.«

»Was alles?«, sagte er. »Die Grübeleien, wo sie ist, ob sie noch lebt? Oder die Grübeleien, tagtäglich, jahrelang, ob sie meinetwegen gegangen ist? Was sollte ich ihrer Meinung nach nicht durchmachen müssen?«

»Es tut mir so leid«, sagte Gloria. »Clary hat mich dauernd beschworen, ich soll sie härter anfassen, aber ich habe nicht auf ihn gehört. Ich dachte immer nur, er will nicht, dass ich glücklich bin. Die Wahrheit ist jedenfalls: Dass Dee hier ist, hat mich nicht glücklich gemacht oder weniger unglücklich.«

»Hat es dich wenigstens weniger einsam gemacht?«, fragte er.

»Manchmal nimmt es einem wenigstens etwas von der Einsamkeit, wenn man unter Menschen ist, die man liebt, selbst wenn die einen nicht genauso lieben.« Er schwieg einen Augenblick. »Obwohl, meistens macht es einen nur noch einsamer.«

»Du warst schon als Junge so verständig«, sagte Gloria. »Du hast Clary mit deinen sieben Jahren sofort verstanden. Du hattest schon damals ein Gespür für Menschen.« Anscheinend wollte Gloria nicht über ihre Gefühle für seine Mutter reden, und das war auch in Ordnung. Aaron war sich nicht sicher, ob Reden über die Vergangenheit überhaupt half. Vielleicht taugte es manchmal zum Klären, damit man weitermachen konnte, vielleicht zog es einen aber auch nur immer wieder rückwärts. »Ich habe ihr zig Mal gesagt, sie soll nach dir suchen«, sagte Gloria, »aber ich hätte auch darauf bestehen müssen.«

»Wusstest du, dass Walter ihr geschrieben hat?«, fragte Aaron.

»Nein, erst als der zweite Brief kam, im letzten Monat. Da hat sie mir beide gezeigt.«

Gloria pulte Nüsse aus ihrem Brötchen, und wieder musste Aaron daran denken, wie sie vor Jahren neben seiner Mutter auf dem Sofa gesessen und Walnüsse geknackt hatte. Wie seltsam es wohl für sie war, dass er wieder hier saß, der kleine Junge, der jetzt ein erwachsener Mann war.

»Ich habe ihn verlassen«, sagte er. »Ich habe Walter verlassen.«

Gloria nickte. »Hab ich mir gedacht. So wie der Brief klang.«

»Gleich nachdem sie weg war, bin ich ein paar Straßen weiter gezogen. Ich weiß nicht, wie ich das Jahr überlebt hätte, wenn die Hagedorns mich nicht aufgenommen hätten, aber ich hatte die ganze Zeit nur eins im Sinn, und das war, wie ich da rauskomme. Ich wollte aufs College, aber sie hatte mir nur fünfhundertzwei Dollar auf dem Konto dagelassen. Und dann kam Walter. Er hat mir ein Zuhause gegeben. Er hat das College für mich bezahlt. Von ihm habe ich alles gelernt. Alles – das Leben, das ich lebe, der Mensch, der ich heute bin – verdanke ich Walter.«

»Klingt, als ob Walter ein feiner Mensch ist, aber du hattest immer etwas Besonderes an dir, Aaron. Du hast Clary zum Lachen gebracht, und das hat kein Mensch sonst geschafft. Du warst ein lieber, guter Junge, ein kluger Junge. Das jedenfalls weiß ich.«

»Dank dir, Gloria, das tut mir gut, richtig gut, aber es ändert nichts an den Tatsachen. Walter hat mir ein neues Leben ermöglicht, und wie habe ich es ihm gedankt? Indem ich mitten in der Nacht in einen Transporter gestiegen und verschwunden bin. Ich habe weder angerufen noch geschrieben. Nichts.«

»Walter hat getan, was er getan hat, weil er das wollte«, sagte Gloria. »Man denkt immer gern, es wäre anders, aber meistens macht man genau das, was man will. Ich habe deine Mutter hier wohnen lassen, weil ich das wollte. Egal, ich habe auf die harte Tour gelernt, was passiert, wenn man aus Schuld- oder Pflichtgefühl bei jemandem bleibt. Klar, das passiert andauernd, aber davon wird man am Ende zornig oder bitter oder noch Schlimmeres, weil man den anderen hasst.«

»Ich hatte am Ende auch das Gefühl, dass ich Walter hasse«, sagte er leise. »Ich habe Tagebuch geführt, über all die Dinge an ihm, die mich wahnsinnig gemacht haben. Ich wollte unbedingt einen Sinn dahinter finden, nehme ich an, aber es war auch eine Art Beweisaufnahme, wie mein Freund Bill es nennen würde, um mir selbst das Recht zum Abhauen zu erteilen. Vor Jahren, als wir noch in Minnesota wohnten, kannte ich eine Frau, die hatte drei Katzen und liebte die abgöttisch, aber sie hatte auch einen Mann, der Katzen nicht abkonnte. Angeblich liefen sie ihm ständig zwischen den Füßen rum und machten nur Mist – seine Papiere zerfetzen, in seine Sachen pinkeln, die Krallen ausfahren, sobald er in die Nähe kam. Bei ihr haben sie so was nie gemacht.

Eines Tages hatte er genug, er hat die Katzen ins Auto gepackt, als sie bei der Arbeit war, ist aufs Land gefahren und hat sie irgendwo am Straßenrand ausgesetzt. Als meine Bekannte abends nach Hause kam und die Katzen nicht fand, hat sie ihn gefragt, ob er sie gesehen hat. Zuerst hat er geleugnet, aber schließlich hat sie es ihm aus der Nase gezogen. Sie hat ihn noch am selben Abend verlassen. Als sie mir die Geschichte später erzählte, kam auch raus, dass sie, wenn eine Katze in seine Schuhe gepinkelt oder ihn angefaucht hatte, immer überlegt hatte, ob die Katzen irgendwas an ihm spürten, und dass sie nur noch froh war, als sie ihn los war, weil sie jetzt endlich auch wusste, was die Katzen schon die ganze Zeit gewusst hatten.

Ich habe mir oft gewünscht, dass Walter auch so was macht, irgendwas, das so schrecklich oder ungerecht oder grausam ist, dass ich da unbedingt weggehen muss. Aber so ist das mit Walter. Er ist ein guter Mensch. Er hat die ganze Zeit alles getan, was ich brauchte, nur, je mehr er für mich tat, desto mehr hasste ich ihn dafür.«

Er weinte, er versuchte, es zu unterdrücken, und biss ins Karamellbrötchen, aber davon wurde es nur noch schlimmer, er hatte jetzt einen doppelten Kloß im Hals, von seinen Tränen und den Brötchenkrümeln.

Gloria nickte. »Du wolltest, dass Walter etwas Falsches tut, damit du selbst das nicht musst, aber nicht immer hat einer recht und der andere unrecht. So einfach ist das manchmal nicht, das heißt, meistens nicht.«

Sie schwiegen beide eine Weile. Irgendwann sagte Gloria: »Eins weiß ich, Aaron. Als deine Mutter weggegangen ist, hat sie gar nicht an dich gedacht – egal, wie man das findet, sie hat es nicht. Sie hat an sich gedacht. Vielleicht hat sie geplant, ihrem Leben ein Ende zu setzen, vielleicht hat sie auch versucht, es zu retten. Ich weiß es nicht, aber ich weiß, manchmal ist das Äußerste, was man tun kann, sich selbst retten.«

24

»Gloria«, sagt er, »entschuldige die Frage, aber ich muss unbedingt wissen, was mit dem Schrank war, was passiert ist an dem Abend, bevor mein Vater starb.«

Gloria schob den Teller mit dem halb gegessenen Karamellbrötchen beiseite. »Bist du sicher?«, fragte sie. »Ich erzähle dir die ganze Geschichte, aber nur, wenn du wirklich willst.«

»Will ich«, sagte er. »Hatte sie darüber gerade gesprochen, als Clary mich spionieren geschickt hat?«

»An dem Tag habe ich nur einen Teil erfahren, den Rest hat sie mir erst erzählt, als sie hierhergezogen war, noch mal und noch mal, es hat mich zermürbt, die Geschichte immer wieder mit ihr zu durchleben. Und plötzlich eines Tages war Schluss damit. Seitdem hat sie es nie wieder erwähnt.«

»Aber du weißt noch, was passiert ist?«

»Jedes Detail.«

Und so erfuhr Aaron von den Ereignissen am Abend vor der Parade. Anfangs kam es ihm vor wie ein Film, den er nie gesehen hatte. Aber mit jeder Szene wurde ihm klarer, dass das nicht stimmte, er wusste immer schon kurz vor der nächsten, was gleich kommen würde. Glorias Geschichte setzte nach den Sommerferien ein. Familie Englund war wieder zu Hause, und in der ersten Woche nach Aarons Tritt gegen das Bein des sitzenden Paul Bunyan herrschte familiäre Waffenruhe, hauptsächlich in Form von Schweigen. An das Schweigen erinnerte Aaron sich noch gut, am Abendbrottisch wurden die wenigen Sätze behandelt wie heiße Kartoffeln, und seine Mutter und er waren immer froh, wenn sein Vater zum Dienst fuhr. Er erinnerte sich auch noch, wie seine Mutter ihm erzählt hatte, am Sonnabend würden sie zur Sommerfest-Parade gehen, und sein Vater würde da auch mitmachen, im Auftrag des Polizeipräsidiums. Aaron war noch nie bei einer Parade gewesen, aber seine Mutter sagte, Paraden seien ganz toll, und er würde die bestimmt auch toll finden.

»Wart's mal ab«, sagte sie. »Das ist ganz schön, wenn man da auf dem Bürgersteig steht und zuguckt, wie die alle an einem vorbeiziehen, die Festwagen und die Musikkapellen, Clowns und ganz normale Leute.«

»Warum denn?« Er verstand nicht, warum so viele Leute auf einer Straße an ihnen vorbeimarschieren wollten. Warum sein Vater da mitmachte. Das ergab doch alles keinen Sinn.

Aber seine Mutter dachte, er wollte wissen, wie sie darauf kam, dass er das toll finden würde, und antwortete irgendetwas, das überhaupt nicht zu ihr passte, irgendetwas mit Kindern und dass die Paraden alle toll fänden. »Und gleich nach der Parade«, flüsterte sie aufgeregt, »wird alles anders.«

Am nächsten Tag holte seine Mutter einen Koffer, genauso wie an dem ersten Abend nach dem stehenden Paul Bunyan. Er war sorgfältig gepackt und fast voll. »Du darfst noch drei Sachen zum Mitnehmen aussuchen«, sagte sie, »aber mach schnell, bevor dein Vater nach Hause kommt.«

»Mein Vater weiß nichts von dem Koffer?«, fragte er.

»Jetzt noch nicht«, antwortete seine Mutter. »Ist eine Überraschung für morgen, nach der Parade.«

Sie legte den Finger auf die Lippen, zum Zeichen, dass das ihrer beider Geheimnis war, und stand daneben, als er hastig einen blauen Pullunder, ein Buch über einen Jungen namens Silly Billy und seine Stoffgiraffe holte, auf deren Hals er gern schlief. Die Giraffe war ein Geschenk von irgendwelchen Leuten, bei denen seine Mutter mal gearbeitet hatte. Sie klappte den Koffer zu, was wegen des Giraffenhalses nicht ganz leicht war. Als sie es geschafft hatte, stellte sie ihn in den Wandschrank. Aaron solle ihn aber nicht anrühren.

»Wenn dein Vater nach Hause kommt«, sagte sie, »dann bleibst du bitte in deinem Zimmer.« Er versprach es, und sie zog die Tür fest hinter sich zu.

Als er den Streifenwagen vorfahren hörte, ging er zum Schrank und sah nach dem Koffer, ihrem gemeinsamen Geheimnis. Seine Eltern waren in der Küche, er hörte das leise Gegrummel ihrer Stimmen, und plötzlich schrie sein Vater los, und Glas ging zu Bruch. Sein Vater hasste es, angesprochen zu werden, wenn er gerade nach Hause gekommen war.

Seine Mutter hatte nur gesagt, er solle auf seinem Zimmer bleiben. Von Türzulassen hatte sie nichts gesagt. Aaron zog sie vorsichtig auf. »Wohin?«, hörte er seinen Vater. »Du kannst nirgends hin.« Seine Mutter antwortete, aber ihre Stimme war zu leise, und irgendwie stand Aaron plötzlich im Flur und rückte Schritt für Schritt vor in Richtung Küche, wo Dinge gesagt wurden, die er nicht hören sollte.

Seine Mutter stand am Herd und wärmte etwas auf, sein Vater stand daneben, noch in Uniform, die Mütze auf dem Kopf, die Pistole an der Hüfte, die Handfesseln in Griffweite. Aaron hielt sich seitlich von der Tür, er durfte auf keinen Fall zu sehen sein, sonst würde sein Vater seinen Zornradius vergrößern und auch ihn hineinziehen, und das wäre nicht auszuhalten, nicht angesichts der Erinnerung, wie seines Vaters Hand auf seinem Kopf gelegen und ihm durch die Haare gewuschelt hatte, vor dem sitzenden Paul Bunyan, und wie die anderen Eltern ihm applaudiert hatten für seinen Mumm, es mit einem Riesen aufzunehmen. Sie nannten es Mumm, und Mumm wurde bewundert.

Seine Mutter stand mit dem Rücken zu ihm, aber jetzt konnte Aaron sie deutlich hören. »Ich halte das nicht mehr aus«, sagte sie. »Ich kann einfach nicht mehr.«

»Ich habe dich gefragt: Wohin?«, drängte sein Vater, aber sie rührte weiter im Topf. Sein Vater baute sich dicht hinter ihr auf. »Es ist mein Recht, das zu erfahren. Zu deinen Eltern willst du nicht, also wohin dann? Zu deinem Hosenscheißer-Bruder? Zu dieser Lesbe da? Oder glaubst du vielleicht, die Juden nehmen dich mit offenen Armen wieder auf?« Er lachte. »Du kennst doch bloß Nieten, mit denen kannst du ein ganzes Baseballteam aufziehen, Dolores.«

Seine Mutter rührte weiter. Plötzlich riss sein Vater den Topf vom Herd und kippte ihn auf den Fußboden. Es war Eintopf.

»So«, sagte sein Vater.

Seine Mutter stand nur da, mit dem tropfenden Holzlöffel in der Hand. Sie sagte noch immer nichts. »Du gehst nirgends hin, solange das hier nicht aufgewischt ist«, verfügte sein Vater herrisch.

Seine Mutter kroch mit einem Stapel Küchentücher über den Boden und wischte den Eintopf auf, aber ihre Ruhe schien seinen Vater noch mehr aufzubringen, er riss den Kühlschrank auf und fing an, Esssachen herauszuzerren und auf den Boden zu schmeißen, bis beide von einem Wall aus zerbrochenen Eiern, Mayonnaise, Auflaufresten und Milch umrahmt waren. Obendrauf spritzte er noch Senf und Ketchup, als fröhlich bunte Lasur.

»Jerry«, sagte seine Mutter, »du machst dir doch nur Scherereien.«

»Willst du mal sehen, was richtige Scherereien sind?«, keuchte sein Vater. »Na schön, hau du bloß ab, aber Aaron bleibt bei mir. Dann wirst du sehen, was für Scherereien ich wirklich machen kann.«

Seine Mutter stand auf und ging mit ein paar Küchentüchern voll Eintopfbrocken zum Mülleimer. »Kannst ja versuchen, uns aufzuhalten«, sagte sie. »Dann rufe ich deine Freunde von der Wache an, damit sie uns aus dem Haus geleiten.«

Sein Vater holte aus, packte seine Mutter und drehte ihr den rechten Arm auf den Rücken, sodass sie vornüberkippte und Aaron in ihr Blickfeld geriet. Er sah, wie weh es ihr tat, aber sein Vater drehte den Arm noch höher.

»Jerry, bitte«, sagte seine Mutter. Sein Vater ließ sie tatsächlich los und trat einen Schritt zurück. »Komm, wir gehen«, sagte sie, diesmal zu Aaron. Sein Vater fuhr herum und sah ihn jetzt auch. Seine Mutter rannte über den Flur zu seinem Zimmer, und Aaron versuchte, im Galopp hinterherzukommen. Sie hob ihn aufs Bett und griff nach seinen Schuhen, den Schuhen, mit denen er den sitzenden Paul Bunyan getreten hatte. »Die sind bald zu klein«, sagte sie, packte ihn an den Knöcheln und zwängte seine Füße hinein.

»Der Koffer«, sagte er.

»Der kommt jetzt«, sagte seine Mutter, ging zum Schrank und beugte sich hinein.

Aaron sah seinen Vater kommen und auf den Schrank zugehen. Er hätte rufen können. »Pass auf«, hätte er sagen können. »Pass auf, mein Vater.«

Aber er sah nur zu, wie sein Vater seine Hände auf den Hintern seiner Mutter legte und sie in den Schrank schubste, genau so, wie er sie schon einmal in den Backofen geschubst hatte, als wäre er Hänsel und Gretel auf einmal und sie die Hexe. Ihr Kopf schlug gegen die Wand, und sein Vater schnappte sich Aaron und schubste ihn hinterher. Dann ging die Schranktür zu. Aaron hörte, wie sein Vater nach dem Schlüssel tastete, der immer über der Tür lag, und ihn ins Schloss fummelte.

»Jerry«, rief seine Mutter. Sie rüttelte am Knauf herum und pochte gegen die Tür.

Aaron hörte sein Bett laut quietschen, als sein Vater sich daraufwarf. Und dann warteten sie.

Viel später, wie viel, wusste Aaron nicht genau, hörten sie seinen Vater aufstehen und aus dem Zimmer gehen. Jetzt flüsterte ihm seine Mutter zu: »Er wird uns schon rauslassen. Ganz bestimmt. Er will uns nur eine Lektion erteilen.« Sie griff nach seiner Hand, aber in seiner Fantasie wurde aus ihrer Hand im Dunkeln eine Schlange oder eine Maus, jedenfalls nicht seine Mutter. Er zuckte erschrocken zurück, und sie machte keinen weiteren Versuch, ihn anzufassen. Sein Vater kam zurück und mit ihm der Duft von Eiern mit Speck, der unter der Tür durch in den Schrank zog. Etwas wurde auf den Nachttisch gestellt – ein Teller, cin Glas, Besteck – und das Bett quietschte wieder.

»Jerry, Aaron hat Hunger«, sagte seine Mutter. Er hatte nichts davon gesagt.

Sein Vater gab keine Antwort, aber sie hörten eine Gabel kratzen und ihn kauen und schlucken, und vor jedem Schluck schlug das Glas an seine Zähne. Schließlich rülpste sein Vater, wie immer, wenn er mit dem Essen fertig war.

»Was hast du gegessen?«, fragte seine Mutter gespielt freundlich. »Das duftet nach Speck.«

»Hab ich dir schon mal meine Lieblingsspeckgeschichte erzählt?«, gab sein Vater zurück.

»Mach doch mal die Tür auf«, schmeichelte sie weiter, »und erzähl sie mir, während ich die fettige Pfanne putze.«

»Die Pfanne ist prima so«, sagte sein Vater. Er klang entspannt, als ob er sich gut amüsierte. »Wenn das Fett sich gesetzt hat, schmiere ich mir vielleicht noch ein bisschen davon aufs Brot. Kleiner Mitternachtsimbiss, könnte ich brauchen.«

»Ich kann einen Nachtisch machen«, sagte seine Mutter. »Ich mach dir Apfelkuchen. Wir haben ja noch ein paar Äpfel vom Motel übrig.«

Sein Vater schnaubte. »Damit er mir wieder den ganzen Arm vollkotzt? Außerdem habe ich meinen eigenen Nachtisch.« Sie hörten, wie er sich nachschenkte.

»Jerry«, sagte seine Mutter, »du trinkst doch gar nicht so gern.«

»Im Gegenteil«, sagte sein Vater, »ich trinke sehr gern, und dies ist ein besonderer Anlass.«

»Was ist denn daran besonders?«, fragte seine Mutter.

Sein Vater lachte auf. »Wie kann man bloß so blöd fragen?«, sagte er. »Zuallererst, verbringst du deine Nächte immer im Schrank?« Er nahm noch einen Schluck und ließ seinen Blähungen freien Lauf, Langlauf. »Nein«, sagte er nach einer Pause. »Tust du nicht, du hast nämlich ein Bett, Aaron hat auch ein Bett.

Aber dass ihr beide das Glück habt, eigene Betten zu besitzen, das ist dir ja egal.«

»Jerry, bist du betrunken?«, fragte seine Mutter.

»Ich habe etwas zu feiern«, sagte sein Vater. »Ich mache morgen die Parade mit, heute Abend habe ich Eier mit Speck gegessen, und gerade wollte ich dir etwas über Speck erzählen, und zwar meine Lieblingsgeschichte. Willst du die gar nicht hören? Hast du etwa was Besseres zu tun?«

»Nein«, sagte seine Mutter. »Ich möchte sie gern hören.«

»Sie ist kurz, aber sie ist sehr komisch. Und ich erwarte, dass du ein Mal in deinem gottverdammten Leben lachst, wenn ich sie erzähle. In Ordnung?«

»In Ordnung«, sagte seine Mutter. »Erzähl mir die Geschichte, ich werde lachen.«

»Na gut«, sagte sein Vater. »Die geht um die Juden. Weißt du noch, wie ich deine Juden das erste Mal gesehen habe?«

»Ja«, sagte seine Mutter. »Du hast mich da abgeholt. Wir wollten ausgehen – zum Bowling, glaube ich.« Sie hielt inne. »Was hat denn das mit Speck zu tun, Jerry?«

»Ja eben«, sagte sein Vater, »das ist ja der Witz. Ich hatte eine Scheibe rohen Speck mitgebracht, als ich dich bei den Juden abgeholt habe. Die haben garantiert gedacht, ich hätte keine Ahnung von Juden – waren ja so Snobs. Ich hatte den Speck im Handschuhfach, in Alufolie, und da hab ich den, kurz bevor ich ausgestiegen bin und bei denen geklingelt habe, rausgenommen, mir schön dick die Finger eingeschmiert und denen damit zur Begrüßung die Hände geschüttelt, allen beiden Juden.« Sein Vater jenseits der Tür lachte, seine Mutter diesseits schwieg. »Ich hör dich gar nicht lachen«, sagte sein Vater. »Hast wohl nicht kapiert, was? Meine ganze Hand war voll Schweinefett, und die hatten keine Ahnung. Machten nur auf höflich und wie nett, mich zu sehen.«

Sein Vater grunzte. »Ich sag's ja – kein Funken Humor. Habt ihr alle beide nicht.« Sein Glas klirrte noch ein paarmal, aber er sagte nichts mehr. Bald darauf hörten sie lautes Schnarchen auf der anderen Seite der Schranktür.

Seine Mutter machte sich als Erste in die Hose. Als Aaron es roch – etwas Wildes, Furchterregendes, gemischt mit Staub und Wolle und Mottenkugeln –, dachte er, seine eigene Blase hätte ihn im Stich gelassen, dabei hatte er sich so aufs Aufhalten versteift. Er gab sich geschlagen, ließ locker und spürte, wie es plötzlich warm wurde und sein eigener Urin ihm über die Schenkel rann und unter seinem Hintern zusammenlief.

»Jerry«, rief seine Mutter, »wir müssen aufs Klo.«

Sein Vater wälzte sich auf Aarons Bett herum. »Wie soll ich eigentlich schlafen bei dem ganzen Getöse?« Er hatte eine schwere Zunge.

»Wir müssen aufs Klo, Jerry. Bitte.«

Nach einer sehr langen Pause sagte sein Vater: »Und wenn ich nun ohne euch beide nicht leben kann?«

»Musst du doch nicht, Jerry«, sagte seine Mutter. »Mach die Tür auf, dann können wir alle ins Bett. Und morgen mache ich alles sauber, und dann gehen wir alle zur Parade.«

»Ich glaube, du verstehst das gar nicht«, sagte sein Vater.

»Was denn verstehen, Jerry?«, fragte seine Mutter. »Sag's mir.«

Aaron hörte, wie sein Vater sich auf dem Bett herumwälzte und vor sich hin brabbelte. »Ich glaube, ihr versteht alle beide nicht, was für ein gutes Leben ich euch verschafft habe«, sagte er schließlich.

Der Schuss kam sofort danach wie ein Ausrufezeichen hinter seines Vaters Satz.

»Mein Gott«, schrie seine Mutter auf. Sie fing an, gegen die Tür zu treten, und rief seinen Vater immer wieder beim Namen.

Es war August, ein schwüler Monat. Ihre Körperwärme war mit ihnen im Schrank eingesperrt und verschärfte den Geruch von Urin und schweißsauren Kleidern und Angst. Aaron bekam kaum Luft. Es fühlte sich an wie damals in der Eisenmine, wie unter Wasser.

»Aaron«, sagte seine Mutter, »bitte du deinen Vater, uns rauszulassen.«

»Dürfen wir raus?«, flüsterte Aaron.

»Erinnere ihn mal daran, wie du Paul Bunyan getreten hast«, sagte seine Mutter.

»Ich habe Paul Bunyan getreten«, sagte Aaron.

»Das hat er für dich getan, Jerry«, sagte seine Mutter, aber es kam keine Antwort, überhaupt kein Geräusch von der anderen Seite der Schranktür. Das Schluchzen seiner Mutter ging in stetes Wimmern über, und irgendwann wich das Wimmern dem Schweigen.

Im Schrank und außerhalb herrschte Stille und sonst nichts.

***

Aaron wachte auf von Vogelgezwitscher. In der Traufe über seinem Fenster waren Nester, sein Vater nahm manchmal den Gartenschlauch und sprengte sie weg, dann fielen mit den Eiern auch Federn und kleine Zweige und vertrocknete Grashalme zu Boden. Aber es gab immer wieder neue Nester. Aaron verschwieg sie seinem Vater, er fand es schön, morgens mit Vogelgesang wach zu werden. Im Schrank war es noch immer dunkel, aber das Licht unter der Tür war jetzt anders. Es war Morgen. Er spürte seine Stoffgiraffe am Kinn, er erinnerte sich gar nicht, dass er sie nachts aus dem Koffer geholt hatte. Seine Mutter lag auf seinem Bein, schlafend, mit regelmäßigen Atemzügen.

Dann war ein Schlüssel im Schloss zu hören, und die Schranktür ging auf. Sein Vater stand davor wie ein Turm im Heiligenschein des Morgenlichts. Er hatte noch immer seine Uniform an, das Hemd hing aus der Hose, der Gürtel war offen. Die Pistole steckte wieder im Holster. Aarons Mutter kam langsam hoch, und mit ihr der Uringeruch, es stank wie in einem Tankstellenklo.

»Ich dachte, du bist tot«, sagte sie und fing an zu schluchzen.

»Ich habe mir nur ein bisschen Spaß gegönnt«, sagte sein Vater. »Aber ihr beiden habt wie üblich den Witz nicht verstanden.« Er lachte und reckte sich gemächlich, dann hielt er sich die Nase zu. »Jesus, habt ihr euch eingeschissen? Los, aufstehen und umziehen«, sagte er. »In fünf Minuten ist Abfahrt zur Parade.«

Mai und Juni

25

Am ersten Morgen zurück in San Francisco wachte Aaron um acht auf. Er war auch abends um acht eingeschlafen, und eigentlich hätte die Symmetrie etwas Beruhigendes haben müssen, aber zwölf Stunden Schlaf waren reichlich viel. Vor ihm lag ein normaler Tag – aufstehen, zur Schule gehen, unterrichten und nach Hause kommen –, und er hatte nicht das Gefühl, auch nur für eine dieser Aktivitäten gerüstet zu sein. Trotzdem stand er auf und aß den kalten Rest Butterspaghetti vom Vorabend. Die hatte er sich gekocht, nachdem ihm klar geworden war, dass er keine Lust hatte, einkaufen zu gehen, dass er überhaupt zu gar nichts Lust hatte.

Als er eine Stunde später in die Schule kam, grüßten ihn die Kollegen, als sei es ein ganz normaler Tag, als sei er nicht fast zwei Wochen weg gewesen, als sei Bill nicht plötzlich verstorben, das Private-Eye-School-Schild weg und mit ihm Bills Schüler. Aaron war als Einziger aus der Schule bei der Trauerfeier in der Mission-Dolores-Kapelle gewesen. Bills Schwestern hatte er sofort erkannt, die eine war genauso massig und ungepflegt wie ihr Bruder, die andere winzig, und beide sahen verstört aus. »Bill war ein echter Witzbold«, sagten sie, als Aaron ihnen kondolierte. Er hatte sie schon vorher beobachtet, als sie an den Sarg getreten waren, sich bei den Händen gefasst und einen prüfenden Blick hineingeworfen hatten, als ob sie damit rechneten, dass Bill gleich hochschnellen und sie erschrecken würde. »Er hatte einen herrlichen Sinn für Humor«, bestätigte Aaron, aber sie sahen ihn an, als ob er sich über sie lustig machen wollte.

Um Punkt neun betrat er seinen Klassenraum, also absolut

pünktlich, aber seine Schüler waren schon da, extra früh und in der Erwartung, dass auch er sie gern wiedersehen würde. »Willkommen zurück«, sagten sie. »Wir haben uns auf Sie gefreut.« Diese Formulierung hatte er ihnen kurz vor seiner Reise noch beigebracht.

Er stellte seine Büchertasche aufs Pult und rang sich ein Lächeln ab.

»Wie war Ihr Urlaub?«, fragten sie. Er selbst hatte es Urlaub genannt, alles andere war ihm zu kompliziert erschienen, erst recht ein Wiedersehen mit seiner Mutter nach fast fünfundzwanzig Jahren.

»Schön«, sagte er. »Der war schön. Danke. Dann fangen wir mal an.«

Er wollte zur Tafel gehen, um Verben mit Präfix anzuschreiben, die sie noch einmal durchgehen sollten, aber er spürte, dass ihm die Beine schwach wurden, und ging zurück zu seinem Pult. Nur eine Minute hinsetzen, beschwichtigte er sich, aber sein Mund war wie ein Gully, in den sein letztes bisschen Energie abfloss, als er den Unterschied zwischen *aufschieben* und *wegschieben* erklären wollte. Bei Unterrichtsschluss um halb zwei saß er noch immer am Pult. Er sah ihnen ihre Bestürzung an, und als er auch in den nächsten Wochen immer erst um neun erschien, um Punkt neun, ohne Zeitpolster für Geplauder oder Fragen, für Hilfe bei Bewerbungsaufsätzen fürs College oder Tipps, wie man einen Arbeitgeber am besten um ein paar freie Tage bittet, wurde aus der Bestürzung Traurigkeit. Er sagte nichts, wenn sie wie üblich erst spät aus der Pause zurückgezockelt kamen, er saß einfach vorn an seinem Pult und blätterte in Illustrierten, die der vorige Lehrer hatte liegen lassen.

***

Von Glorias Farm aus war er wieder nach Minneapolis gefahren, direkt zu Winnie nach Hause, aber dort war niemand, denn niemand erwartete ihn. Es war ein Mittwoch. Alle waren bei der Arbeit oder in der Schule. Niemand rechnete mit ihm. Er hatte Winnie am Montagabend vom Flughafenhotel aus angerufen, und sie hatten eine Viertelstunde lang geredet, gerade lange genug, dass er sich ausweinen und ihr erzählen konnte, dass seine Mutter bei Gloria lebte, schon die ganze Zeit, dass Bill sie gefunden hatte und plötzlich gestorben war, dass er sofort einen Flug gebucht hatte und hergeflogen war, dass er jetzt schreckliche Angst hatte.

Winnie hörte zu.

Kurz bevor sie auflegten, sagte er: »Es tut mir so leid, Winnie.« Genau wie an seinem Geburtstag, eine Art Generalabbitte dafür, dass er ohne ein Wort für sie abgehauen war, wie dafür, dass er aus heiterem Himmel einfach anrief und schluchzte. Mit dem kleinen Wörtchen *so*, hatte er seinen Schülern beigebracht, wurde das Leidtun gesteigert und das Um-Entschuldigung-Bitten aufrichtiger. Aber als er sich den Satz jetzt, nachdem er ein semantisches Lehrbeispiel daraus gemacht hatte, selbst zu Winnie sagen hörte, klang er hohl, unaufrichtig.

»Ich weiß«, sagte Winnie schließlich.

»Ich glaube, ich gehe mal schlafen. Morgen ist ein großer Tag.« Er lachte.

»Warte«, sagte Winnie. Und dann, nach einer langen Pause, platzte sie heraus: »Ich liebe dich, Aaron.« Sie sagten sich das normalerweise nicht, und er wollte sich schnell wieder ins witzelnde Wiehern retten, aber die Stimme brach ihm weg. Er legte den Hörer wortlos auf, streckte sich auf dem Hotelbett aus und weinte noch ein bisschen, weil ihm schmerzhaft klar wurde, wie lange er schon zu niemandem mehr »Ich liebe dich« gesagt hatte.

Jetzt saß er seit einer halben Stunde in seinem Mietwagen vor Winnies Haus. Es war ein kühler, klarer Tag, nicht untypisch für April in Minnesota. Nur ein paar Stunden zuvor war er wach geworden vom Duft von Eiern mit Speck und von Glorias übertriebener Fröhlichkeit, die ihm sagte, dass seine Mutter mal wieder schwierig war, so funktionierten Paare eben, einer versuchte immer, das Verhalten des anderen auszugleichen.

»Ist sie noch im Bett?«, fragte er, als er sich zu Gloria an den Frühstückstisch setzte.

»Ja«, sagte Gloria. »Aber nicht deinetwegen.«

Er legte den Kopf schräg, um anzudeuten, dass er es besser wusste, und sie sagte: »Na ja, natürlich hat dein Besuch sie umgehauen, aber dass sie sich so benimmt? Das liegt nicht an dir.«

»Danke, Gloria. Das weiß ich.« Zumindest nahm er es an. »Aber nett, dass du es sagst.« Er aß etwas Speck und trank Kaffee. »Weißt du, als wir gestern Nacht endlich ins Bett gekommen sind, konnte ich nicht schlafen. Ich habe nachgedacht über den Tag, als wir nach Mortonville gezogen sind, da bin ich in der ersten Nacht in dem Haus der Rehnquists aufgewacht, und sie war weg. Ich habe sie überall gesucht. Und weißt du, wo sie war? Im Wandschrank. Ich bin ganz sicher, dass sie meine Rufe gehört hat, aber sie hat nicht reagiert. Und trotzdem, als ich endlich den Schrank aufgemacht habe, schien sie sich richtig zu freuen. Ich sollte auch reinkommen. Ich habe mich zu ihr auf den Boden gesetzt, und wir haben geredet. Im ersten Jahr hat sie da fast jeden Abend dringesessen. Ich dachte, das macht sie, damit ich sie nicht weinen höre.«

»Das auch, vielleicht«, sagte Gloria. »Aber wie ich deine Mutter kenne, wollte sie das höchstwahrscheinlich immer wieder durchleben, um den Schmerz wachzuhalten. Sie hat sich einfach nie selbst vergeben können, weißt du.«

»Was denn vergeben?«, fragte Aaron. »Es war doch mein Vater, der uns die ganze Nacht eingesperrt und so getan hat, als hätte er sich erschossen.«

»Ja, das klingt alles irgendwie unplausibel, zumindest für uns, aber sie ist fest davon überzeugt, dass dein Vater vom Paradewagen gestürzt ist, weil er unaufmerksam und übermüdet war, er hatte ja nachts nicht richtig geschlafen. Sie hat sich das selbst zum Vorwurf gemacht.«

Das Wort *Vorwurf* hatte Aaron einmal seinen Schülern zu erklären versucht, er wusste, dass es schwer zu fassen war und nicht unbedingt wiedergab, was sich wirklich ereignet hatte, sondern, wie jemand es wahrgenommen hatte. Seine Mutter hatte im Nachhinein eine Kausalkette konstruiert, bei der sein Vater vom Wagen gestürzt und gestorben war, weil sie ihn verlassen wollte und den Koffer gepackt hatte. Ohne den Koffer kein Schrank, die Parade wäre einfach eine Parade gewesen und nicht das Ereignis, das ihr und Aarons Leben in zwei Teile zerrissen hatte: vor der Parade und danach.

»Das begreife ich nicht«, sagte er. »Ich begreife nicht, wie sie das so sehen kann. Sie hat doch Abende lang mit Pastor Gronseth am Tisch gesessen und geredet, und die meiste Zeit ging es um Vergebung. Sie fanden beide, dass man sich die hart erarbeiten muss, dass die meisten viel zu leicht davonkommen. Ich habe das immer für eine theoretische Debatte gehalten, aber langsam wird mir klar, dass sie über sich geredet haben.« Er bohrte die Gabel ins zweite Eigelb und überlegte, ob es vielleicht dieselbe war, die Clarence vor vielen Jahren in Glorias Handrücken gerammt hatte. Er fragte sich, ob Clarence sich dafür je entschuldigt oder ob auch er auf schnelle Vergebung spekuliert hatte.

»Der Wandschrank in Mortonville war ein ganz anderes Kaliber als mein Schrank in Moorhead«, sagte er. »Er war geräumig, fast wie ein Büro, mit einer Lampe an der Decke, sie hatte auch einen Stuhl reingestellt. Aber trotzdem, ich müsste doch noch irgendetwas von der Nacht im Gedächtnis haben. Oder? Ich komme mir vor, als wäre ich verrückt – wie kann ich denn so was vergessen haben?«

»Du warst erst fünf, und das Gedächtnis ist ein merkwürdiges Ding. Manchmal schützt es uns vor uns selbst. Guck deine Mutter an. Guck mal, was das Nicht-Vergessen aus ihr gemacht hat.«

Er aß den letzten Speckstreifen. »Das war das beste Frühstück seit Monaten«, sagte er. »Ich bin gut gerüstet für die Fahrt, also, dann mache ich mich mal auf den Weg.« Er hatte seine Tasche schon vorher ins Auto gestellt, um ohne großes Trara aufbrechen zu können.

»Willst du dich nicht wenigstens noch von ihr verabschieden?« Wollte er nicht. Gloria hatte es gewusst. »Nur meinetwegen, Aaron? Denn eins weiß ich, wenn du einfach fährst, wird es viel, viel schlimmer für sie, weil sie damit klarkommen muss, dass sie es nicht mal hingekriegt hat, sich richtig zu verabschieden. Und damit muss ich dann klarkommen.«

»Entschuldige«, sagte er. »Ja, natürlich sage ich ihr Auf Wiedersehen.«

»Danke.« Gloria stand auf, um das Geschirr abzuräumen, und er half ihr. »Ich möchte dir noch irgendwas von Clarys Sachen schenken«, sagte sie. »Es wäre mir eine große Freude, zu wissen, dass etwas von ihm bei dir ist. Wäre das in Ordnung?«

»Und wie«, sagte Aaron. »Sehr sogar.«

Er wusste auch, was er haben wollte: den Fotoband, den Clarence ihm am ersten Nachmittag gezeigt hatte. An den Namen der Fotografin konnte er sich nicht erinnern, aber sie gingen zusammen in Clarence' Zimmer und fanden ihn. Diane Arbus.

»Ach, das Buch, das weiß ich noch genau.« Gloria lachte und presste eine ihrer Riesenhände auf den Mund. »Ich war entsetzt, als Clary es mir gezeigt hat, aber er hat die Bilder so geliebt.«

Aaron fiel der Brief an Diane Arbus ein, den Clarence ihm vorgelesen hatte. Clarence hatte ihr geschrieben, weil er annahm, dass sie lebte, und weil er überzeugt war, dass sie ihn verstehen und so fotografieren würde, dass er sich verstanden fühlte.

»Vielen Dank für das Buch«, sagte Aaron. »Und dafür, dass du für sie sorgst.«

»Du kommst wohl nicht wieder, nein?«, sagte Gloria.

»Nein«, sagte er. »Wohl nicht.«

***

Winnie war mit Sicherheit in ihrem Laden, aber da unangemeldet aufzukreuzen, erschien ihm theatralisch, so als ob er von ihr erwartete, sofort das Geldverdienen einzustellen und sich um ihn zu kümmern. Dann fiel ihm ein, wie sie »Ich liebe dich« gesagt hatte, der Klang und ihr kleines aufgeregtes Zögern davor. Er ließ den Wagen an. Als er in den Laden trat, stand Winnie neben einem maduranischen Bettgestell, und eine Kundin schrieb ihre Erklärungen mit und knipste es mit dem Handy. Er postierte sich vor einer Aussteuertruhe, als ob er sie begutachtete. Winnie kam sofort und schlang hinterrücks die Arme um ihn. »Geh nach hinten und warte«, flüsterte sie. »Ich bin hier fast fertig.«

»Entschuldige, dass ich einfach so aufkreuze«, sagte er, als sie auch nach hinten kam. Er saß auf einer Teakholzliege und sah zerknirscht aus.

»Musst dich nicht entschuldigen. Ich bin froh, dass du da bist. Ich hatte mir Sorgen gemacht.«

»Du sollst dir aber nicht meinetwegen ein Geschäft entgehen lassen.«

Die Eingangstür summte. »Wir reden heute Abend«, sagte Winnie. »Du bleibst doch hier, oder?«

»Wenn du mir Logis gibst.«

»Das musst du dir erst verdienen.« Sie reichte ihm eine Ölflasche und einen Lappen, und er polierte alte Möbel, während sie sich um die Kundschaft kümmerte, sein Lieblingsjob, wenn er in den Laden kam, es war so tröstlich zu sehen, wie das Holz wieder zum Leben erwachte, und so beruhigend, schweigend neben Winnie vor sich hin zu arbeiten.

Um sechs schloss sie ihren Laden ab. Aaron fuhr mit dem Mietwagen hinter ihr her, und zu Hause machten sie eine Flasche Wein auf und bereiteten das Abendessen vor. Bald kamen auch Thomas und die Jungs, und alle drei waren freudig überrascht über den Besuch. Thomas drückte ihn herzlich an sich, aber Aaron spürte, dass er die Umarmung noch immer abwehrte, dass er derjenige sein wollte, der sie beendete. Er wusste, Walter würde es als Beweis interpretieren, dass zwischen Schwulen und Heteromännern Misstrauen herrschte. Aber vielleicht bewies es einfach, dass Menschen einander misstrauten.

Auch die Jungs umarmten ihn, bevor sie in ihre Zimmer verschwanden, um sich umzuziehen. »Wir sind gleich wieder da, Onkel Aaron«, sagten sie. Er war immer ihr Onkel Aaron gewesen, aber als er nach dem Essen mit Winnie im Wohnzimmer saß, um in Ruhe mit ihr zu reden, war er unsicher. »Wissen sie von Walter und mir? Ich meine, dass wir nicht mehr zusammen sind?«

»Natürlich wissen sie das«, sagte Winnie. Sie erahnte immer seine Gedanken und fuhr fort: »Trotzdem bist du immer noch ihr Onkel. Das warst du ihr Leben lang. Und daran wird sich auch nichts ändern.«

»Gut«, sagte er.

»Weißt du, im ersten Monat hat er jeden Tag angerufen. Einmal nachts um zwei.«

»Walter?« Aaron erschrak. Walter hatte auch beim Telefonieren immer auf gutes Benehmen geachtet. Andere Menschen mit dem Unbehagen, das Anrufe zu unüblichen Zeiten auslösten, abends ins Bett und morgens in den Tag zu schicken, fand er unfair.

»Nur ein Mal. Da war er betrunken«, erzählte Winnie. »Er hat gesagt, er ruft an, weil er endlich begreift, was du die ganzen Jahre mit diesen Kingsize-Betten gemeint hattest.«

»Wir werden nicht wieder zusammenziehen«, sagte Aaron. »Das ist dir doch klar, nicht?«

Sie schwenkte die Weinflasche, die sie vor dem Abendessen angebrochen hatten, und er nickte.

»Ist es«, sagte sie, »aber du musst mir Zeit lassen, damit ich mich dran gewöhnen kann, immer wieder neu. Ihr wart über zwanzig Jahre lang zusammen. Und wie lange ist das jetzt her? Vier Monate?« Sie trank einen Schluck. »Als du ausgezogen warst, hat er sich bis Heiligabend nicht gemeldet, drei volle Tage lang, und dann hat er so getan, als ob das unser gewohntes Feiertagsritual ist und er nur ›den Gojim‹ fröhliche Weihnachten wünschen will. Er hat ein paar Minuten mit Thomas geplaudert, danach mit den Jungs, denen hat er ›fröhliche Halbweihnachten‹ gewünscht. Ich wollte dann auch mit dir sprechen, und er hat gesagt, du bist nicht da. Und ich: ›Was meinst du mit *nicht da*? Wo ist er denn?‹ Und er: ›Na, ich denke mal, dass er inzwischen sein neues Zuhause in San Francisco bezogen hat.‹« Winnie sah Aaron an. »So habe ich erfahren, dass du weggegangen warst.«

»Das tut mir leid«, sagte er wieder, weil er das Gefühl hatte, dass sie zornig war.

»Das war's dann wohl?« Winnie hob das Glas, als wollte sie ihm zuprosten. »Also, auf das Ende einer zwanzigjährigen Freundschaft.« Sie war zornig, unverkennbar.

»Stimmt, du hast ja recht«, sagte er. »Ich hätte es dir selbst sagen müssen. Du bist das Engste an Familie, was ich je hatte. Trotzdem bist du seine Schwester, nicht meine, wir müssen auch an seine Gefühle denken.«

»Tja, das ist es eben«, sagte Winnie. »Was für Gefühle das sind, darüber redet er nicht mit mir. Selbst als er im Januar jeden Tag anrief, hat er sich die ganze Zeit nur über irgendein Durcheinander mit dem Raum für seinen Spanisch-II-Kurs beschwert. Einmal hat er erwähnt, dass er jetzt nur noch Halblitertüten Milch kauft, das war das Äußerste an Gefühl, was die Sache anging, also dich. Deshalb war ich geradezu dankbar, als er mitten in der Nacht anrief und betrunken war.«

»Du weißt bestimmt, dass ich ihn nie angerufen habe?«, fragte Aaron. Winnie nickte. »Ich habe es jeden Tag im Kopf, aber dann, ach, ich weiß nicht. Ich kann mich einfach nicht dazu durchringen.«

»Fehlt er dir?«, fragte Winnie.

»Natürlich fehlt er mir. Er fehlt mir die ganze Zeit.«

»Und warum rufst du ihn dann nicht an?«

»Zuerst hatte ich Angst, wenn ich seine Stimme höre, will ich zu ihm zurück. In letzter Zeit ist es mehr so, als wäre ich wieder der kleine Junge, der wegen allem anfängt zu weinen, aber gleichzeitig bin ich seltsam weit entfernt von jeder Emotion. Es klingt total unsinnig, wenn ich dir das so erzähle.« Er hielt inne. »Vielleicht finde ich einfach im Augenblick nicht, dass ich sein Verständnis verdient habe.«

Winnie wandte den Blick ab. »Und was hat Walter deiner Ansicht nach verdient?«, fragte sie.

***

Am Sonnabend fuhren sie los, noch im Morgengrauen. Winnie mochte Morgengrauen nicht, sie war überhaupt kein Morgenmensch. Sie saß schweigend neben ihm, und er überlegte, ob er umkehren sollte, er hatte Angst, dass sie es sich anders überlegt haben könnte, obwohl die ganze Fahrt ihre Idee gewesen war. Alles hatte damit angefangen, dass er ihr von Jacob erzählt hatte. »Ich weiß auch nicht, warum«, hatte er am Ende gesagt, »aber in letzter Zeit denke ich dauernd an ihn, ich wüsste gern, was aus ihm geworden ist. Eigenartig. Je mehr mich mein eigenes Leben zu erdrücken scheint, desto obsessiver wird meine Neugier, zu erfahren, was aus einem Kind geworden ist, das ich eigentlich gar nicht kenne.«

»Thomas und ich waren vor Jahren in Südspanien und sind nachmittags mal nach Gibraltar gefahren. Und als wir fröhlich und gut gelaunt im Park spazieren gingen, kam ein junger Marokkaner auf uns zu. Er sah furchtbar aus, als ob er Fieber hätte. Er sei krank, hat er erzählt, und wisse nicht, was er machen solle. Wir haben ihm geraten, ins Krankenhaus zu gehen, aber er hat gesagt, da würden sie ihm nicht helfen. Er habe kein Geld und sei illegal im Land. Wir haben ihm Aspirin und zehn Dollar gegeben. Mehr konnten wir nicht tun, wir waren ja bloß Touristen. Jedenfalls haben wir uns das gesagt. Ich habe mich noch jahrelang gefragt, was aus dem jungen Mann geworden ist, ob es ihm gut geht. Es hat mich bedrückt. Er hatte sich von all den Leuten, die da herumliefen, uns ausgesucht. Wir sahen wohl aus, als ob wir ihm helfen würden, und wir haben ihn mit ein paar Aspirin und zehn Dollar abgespeist.«

»Du willst mir also sagen, dass es gar nicht um Jacob geht. Sondern um mich.«

Winnie lachte. »Ich dachte, ich wäre subtiler.«

»Na ja, vielleicht bist du nicht die Subtilste, aber das heißt ja nicht, dass du nicht recht hast.«

»Und wieso rufst du dann nicht in dem Motel da an und fragst die Rezeptionistin? Die ist doch bestimmt auf dem Laufenden.«

»Daran habe ich auch schon gedacht, aber irgendwie kommt mir das komisch vor, erst recht nach so vielen Monaten.«

»Und wie wär's, wenn wir einfach hinfahren?«, fragte Winnie schließlich.

»Wo hinfahren?«, fragte er. »In das Motel?«

»Klar, in das Motel.« Sie klang freudig erregt. »Eine kleine Spritztour, nur wir zwei.«

Sie wussten beide, dass es andere Wege gab, zu erfahren, was aus Jacob geworden war, praktischere und effektivere Wege, für die man nicht tagelang im Auto zu sitzen brauchte, aber die Fahrt war der springende Punkt. Aaron führte liebend gern Gespräche beim Autofahren, mit dem Blick nach vorn und im Wissen, kein Thema schnell durchhecheln zu müssen, denn vor ihm lagen noch endlose Meilen.

Am ersten Tag übernachteten sie in North Platte, Nebraska, in einem Motel mit der kunstvoll arrangierten friedlichen Aura eines Beerdigungsinstituts. Als Aaron nach zwei Zimmern fragte, sagte der Mann an der Rezeption: »Na, wenigstens lässt sie Sie nicht in der Hundehütte schlafen.« Das typische Witzchen von Ehemännern für andere Ehemänner, mit einem Augenzwinkern zu Winnie, als Signal, dass das bloß Spaß sein sollte. Es gab also gleich doppelten Anlass, sich zu ärgern: über den Spruch und über das Zwinkern. Winnie rollte mit den Augen, sagte aber nichts. Sie wusste, Aaron hasste Streitereien.

Nachdem sie ihre Zimmer bezogen hatten, beschlossen sie, einen Spaziergang zu machen und sich North Platte, Nebraska, ein bisschen anzusehen, denn aller Voraussicht nach würden sie da beide nie wieder hinkommen. Winnie wollte sich den berühmten Getreidespeicher genauer ansehen, und dazu mussten sie über eine Brücke gehen. Etwa in der Mitte blieben sie stehen, und Winnie fragte: »War Mortonville so ähnlich?«

»Ungefähr«, sagte Aaron. »Nur kleiner.«

»Noch kleiner?«, fragte sie, als könnte sie sich beim besten Willen keinen kleineren Ort als North Platte, Nebraska, vorstellen.

»Hast du das Schild am Stadtrand nicht gesehen? Vierundzwanzigtausend Einwohner. Damit ist North Platte …«, er musste kurz rechnen, »sechzigmal größer als Mortonville. Aber wenn du gemeint hast, ob mir das hier vertraut vorkommt: Ja, tut es, aber denk dran, Vertrautsein ist nicht unbedingt dasselbe wie Wohlfühlen.«

»Und warum fühlst du dich nicht wohl?«, fragte sie, aber bevor er eine Antwort parat hatte, fuhr sie fort: »Hat dich der Spruch von dem Typ da geärgert?«

»Du meinst, dass er uns als Ehepaar verbucht hat?«

Der Rezeptionist war nicht der Einzige. In einem Imbiss in Iowa, wo sie zu Mittag gegessen hatten, war die Kellnerin an den Tisch gekommen, als Winnie auf der Toilette war, und hatte Aaron nach dem Getränkewunsch seiner Frau gefragt. Ihm war kein guter Konter eingefallen, darauf hinzuweisen, dass Winnie nicht seine Frau war, hätte es aber auch albern gefunden, also hatte er nur gesagt: »Könnten Sie sie selbst fragen, wenn sie vom WC zurück ist?« Nur um festzustellen, dass er sich dabei genauso albern vorkam. Die Reise hatte Winnie und ihn in das typische Ehepaar verwandelt, das alles gemeinsam machte, essen und tanken und kreuz und quer durchs Land fahren. Es war, als sei er in ein anderes Leben getreten, in genau das Leben, das seins hätte werden können, wenn er Mortonville nie verlassen hätte, wenn er nie erfahren hätte, wer er war und wen er begehrte.

»Man soll ja nicht ungerecht sein«, sagte er zu Winnie, »die sehen zwei Menschen, die sich sichtlich wohlfühlen miteinander, da liegt die Idee, dass wir ein Paar sind, nicht unendlich fern. Aber wenn du gemeint hast, ob es mich ärgert, dass ich hier mit einem Mann sitzen und mich mit ihm genauso sichtlich wohlfühlen könnte und dass mich dieselben Leuten fragen würden, ob wir Brüder sind und welcher von uns der ältere ist oder anderen Schwachsinn, dann: Ja, das ärgert mich.«

Aber hatte er sich nicht gerade selbst Spekulationen über andere geleistet? Er hatte doch auch still für sich beschlossen, dass die meisten Leute hier keine Ahnung hatten, wie es ist, wenn man außerhalb steht, dass sie nicht imstande waren, die Welt aus dem Blickwinkel des Außenseiters zu sehen, der das sehr genau weiß. Er kannte sie doch gar nicht und hatte trotzdem den Schluss gezogen, dass ihnen die Vorstellungskraft abging.

»Wenn ich mit Walter auf Reisen war, sind wir auch manchmal in solchen Orten gelandet und waren plötzlich wieder die Wesen, die gefälligst im Schrank versteckt zu bleiben haben. Wir haben sogar artig Danke gesagt, wenn uns ein Rezeptionstyp stolz erklärt hatte, er habe uns ein Zimmer mit getrennten Betten organisieren können. Es stimmt schon, zum Teil kann ich genießen, wie leicht sich das hier anfühlt, aber gleichzeitig habe ich das Gefühl, ich werde irgendwie ausradiert, ich bin hier gar nicht da.« Sie standen jetzt vor dem Getreidespeicher und sahen an ihm hoch.

Abends, nachdem sie zusammen gegessen und sich in ihre Zimmer zurückgezogen hatten, schrieb Aaron einen Brief an Walter, auf Papier vom North Platte Motel. Er trug ihn die ganze restliche Reise lang bei sich, ohne Briefmarke.

Lieber Walter,

weißt du noch, wie du mir Spanisch und Französisch beigebracht hast, ganz am Anfang? »Bei deinem Vokabular und der Ubiquität deiner bildhaften idiomatischen Wendungen«, hast du immer gesagt, »wird das ein Zuckerlecken.« Ich habe dich immer korrigiert: »Zuckerschlecken«, und dann haben wir uns darüber gestritten, ob ein Klischee noch ein Klischee ist, wenn man ein Element verändert. »Du benutzt ein idiomatisches Klischee und verballhornst es, und das ist doppelt dreist«, habe ich gesagt, und du hast gekontert mit einem Spruch wie: »Nun ja, es führen eben mehrere Wege zum Dom.« Und prompt mussten wir lachen, und manchmal hatten wir dann Sex, denn eins hatten wir gemein: Wir fanden verbale Boxkämpfe erregend. Ich weiß, wahrscheinlich ist es dir peinlich, dass ich über Sex schreibe – du mochtest nie darüber reden, zumindest nicht mit mir. Ich hätte so gern gewusst, warum nicht, aber du hast es mir nie gesagt, und ich wusste nicht, wie ich dich dazu bringen sollte.

Aber zurück zur Sprache. Ich habe dir immer erklärt, dass mich meine glühende Liebe zur englischen Sprache mit ihren Nuancen und endlosen Synonymen daran gehindert hat, andere Sprachen zu lernen, und außerdem der Umstand, dass du Romanistikprofessor warst. Aber ich habe dir nie gesagt, dass ich idiomatische Wendungen überhaupt grauenhaft fand, dass mir Wörter, die keinerlei Ähnlichkeit mit Englisch hatten, viel lieber waren als die Töne, die ich tagtäglich produzierte. Mich hat alles Nutzlose und Obskure angezogen. Ich habe sogar heimlich eine Liste mit Wörtern aus den Ländern, die wir zusammen bereist haben, angelegt: Das japanische Wort inushishi *fand ich schön, das heißt Wildschwein, ich konnte auf Deutsch nach einem* Nähetui, *einem* Kehrblech *oder einem* Tischläufer *fragen und auf Spanisch auf ein Kind mit Lockenköpfchen zeigen und das richtige Wort für* Ringel *sagen.*

Natürlich konnte ich auch Höflichkeiten austauschen und mir etwas zu essen besorgen. Aber das Gefühl, wirklich zu kommuni-

zieren, hatte ich nur, wenn ich mit solchen nutzlosen Wörtern um mich warf – zum Beispiel gegenüber Kindern im Zug oder den Gattinnen deiner Kollegen bei diesen ewig langen Dinnerpartys –, denn damit konnte ich aller Welt zeigen, wie abgrundtief unfähig ich war (und immer sein würde), irgendetwas zu sagen, was ich wirklich sagen wollte oder musste.

Nämlich: Es tut mir leid.

Aaron

Auf dem Flughafen von Minneapolis warf er den Brief endlich ein, kurz vor dem Flug zurück nach San Francisco. Winnie hatte darauf bestanden, mitzukommen, obwohl er den Mietwagen noch zurückgeben musste. Sie wartete vor der Sicherheitsschleuse, in der Hand eine Tüte Kekse, die sie ihm die halbe Nacht lang gebacken hatte. »Zimtkringel«, verkündete sie fröhlich. Dass das seine Lieblingskekse waren, hatte er ihr vor Jahren mal erzählt.

Ein paar Minuten standen sie beklommen herum, wie man das so macht, wenn man eigentlich noch so viel zu sagen hätte. »Gäste, die wegwollen, darf man nie aus den Augen lassen«, witzelte er. Das hatte Walter immer gesagt, angeblich war es ein russisches Sprichwort.

»Sagt einer, der unbedingt wegwill, und nicht bloß aus den Augen«, erwiderte Winnie.

Aaron dachte an all die Dinge, die er ihr gern gesagt hätte. »Danke für die Kekse«, sagte er nur. »Ich liebe Zimtkringel.«

»Weiß ich.«

Auf dem Weg zum Gate kramte er den Brief an Walter hervor, kaufte eine Briefmarke, warf ihn in einen Briefkasten – und wollte ihn sofort zurückhaben. Aber ging einem das nicht immer so mit Briefen? Es gab stets diesen Moment, gleich nachdem man ihn eingeworfen hatte, in dem man sich wünschte, man hätte viel, viel weniger geschrieben – oder viel, viel mehr.

***

Was immer mit ihm los war – und es *war* etwas los –, es hatte schon angefangen, bevor er wieder in die Schule kam und Bills leeres Klassenzimmer und die immer noch an der Wand lehnende Raucherbalkontür sah, bevor er wieder aufgewacht war, erschöpft von einer halben Tageslänge Schlaf. Er wusste nicht, was das sollte. Auf dem Rückflug war er beschwingt gewesen, voller Tatendrang: Es gab ein paar Dinge, die angegangen werden mussten, und die würde er jetzt angehen. Als Erstes würde er den Ngs mitteilen, dass er alles mitbekam, ihr ewiges Gebrülle und Gefluche und Möbelgerücke. Dann würde er sich eine neue Wohnung suchen, eine ruhige, wo er vielleicht eine Katze haben könnte. Als Nächstes würde er in das Café gehen, in dem er George kennengelernt hatte, und zwar so lange, bis er ihn wiederfand. Er würde George zu einem Spaziergang einladen, *nur spazieren gehen*. Vielleicht würden sie Freunde werden, vielleicht mehr, aber selbst wenn nichts dabei herauskäme, wenigstens wäre dieses Nichts das Ergebnis von etwas anderem als Angst. Und, das Allerwichtigste, er würde Walter anrufen und sich erkundigen, ob sein Brief angekommen war. Er würde sich entschuldigen, dass er nicht eher angerufen hatte.

All das hatte er vorgehabt, darüber hatte er auf dem Rückflug von Minneapolis nachgedacht, darüber dachte er auch im Shuttle vom Flughafen in die Stadt nach, und dann kam er in sein Kabuff, warf die Tasche aufs Bett und stellte fest, dass er nicht die Kraft hatte, sie auszupacken. Stattdessen legte er sich hin, verkroch sich unter der Decke wie in einem Zelt, lag stundenlang so da und versuchte, den Kopf leerzukriegen. Angeblich ging so was ja mit Meditieren, aber für Meditieren hatte er keinen Kopf.

Er probierte eine Übung aus, die er einmal in einer Illustrierten gefunden hatte. Man sollte sich irgendetwas bildlich vorstellen und dann auf das Bild konzentrieren. Er sah nur ein Päckchen, schön verpackt wie die Geschenke unterm Weihnachtsbaum. Auf dem Schildchen stand *Für Walter* und *Von Aaron*, und innen drin war *Eine Bitte um Entschuldigung*. Aber gleich bei dem imaginierten Ort, unterm Weihnachtsbaum, fiel ihm ein, dass er kurz vor Weihnachten abgehauen war und, noch schlimmer, dass er Walter kein einziges Mal etwas zu Weihnachten geschenkt hatte. Walter hatte immer beteuert, ihm mache das nichts aus. Wahrscheinlich hatte es ihm wirklich nichts ausgemacht, aber Aaron schämte sich noch immer. Er hatte das von seiner Mutter verhängte Geschenkverbot übernommen, und jetzt hatte Walter nichts, das ihn an ihre gemeinsamen Jahre erinnerte.

Er strengte sich an, die Gedanken wegzuzwingen und sich auf das Geschenk zu konzentrieren – sich auszumalen, wie er Walter das Päckchen übergab und Walter es aufmachte –, aber alles, was dabei herauskam, war, dass es nicht nur *Eine Bitte um Entschuldigung* enthielt, sondern auch noch lauter andere Dinge, die ihm während der Reise klar geworden waren, zum Beispiel, dass er Walter zwar liebte, die Liebe aber verschwand, wenn er ihn Tag für Tag dicht neben sich hatte. Nur aus der Distanz, ohne die tagtäglichen Ärgernisse und die Verstimmungen, die die Liebe überschatteten, konnte er sich überhaupt an das Gefühl erinnern, und selbst dann war er nicht sicher, ob das, was er fühlte, Liebe war oder nur die Erinnerung daran. Aber wenn er *das* in das Päckchen tat, müsste er auch das Gegenstück hineintun, nämlich wie er dazu gekommen war, Walter auch zu hassen, sonst würde beides unerklärlich bleiben. Aber war das noch ein Geschenk?

***

»Hast du schon eine neue Wohnung?«, fragte Winnie jedes Mal, wenn sie anrief, und jedes Mal sagte er: »Nein, ich habe noch nichts Interessantes gesehen.«

»Suchst du überhaupt?«, fragte sie schließlich.

Er antwortete nicht, und auch Winnie schwieg, sie wusste, irgendwann würde eine Antwort kommen. »Nein«, sagte er schließlich. »Ehrlich gesagt tue ich gar nichts. Ich gehe in die Schule, ich gebe Unterricht, wenn man das Unterricht nennen kann, dann komme ich nach Hause und warte darauf, dass ich ins Bett darf. Ich versuche, bis neun durchzuhalten, das klingt nach einer anständigen Zeit zum Schlafen, aber meistens halte ich höchstens bis acht durch. Es ist, als ob ich durch den Tag schwimme und das Ufer ganz weit weg ist, und da komme ich nur hin, wenn ich mich auf einen Schwimmzug nach dem anderen konzentriere und alles um mich herum ignoriere, aber wenn ich endlich da bin, bin ich total erschöpft und möchte nur noch schlafen.«

»Und was ist mit den Vermietern?«, fragte sie. Er hatte ihr von den Ngs erzählt. Er hatte ihr alles erzählt.

»Noch genauso. Es ist alles noch genauso, Winnie. Ich weiß nicht, was mit mir los ist.« Er sagte ihr nicht, dass er Angst hatte, aber vermutlich wusste sie das.

»Die Reise war ziemlich heftig«, sagte Winnie. »Und dann noch Bills Tod. Auch wenn du ihn vielleicht nicht lange gekannt hast, er war dein Freund. Manchmal muss man sich einfach erlauben zu trauern, und wenn du dir die Zeit dafür nicht nimmst, dann nimmt dein Körper sie sich. Du hast gerade das volle Programm.«

»Den Ausdruck habe ich meinen Schülern neulich beigebracht«, sagte Aaron, »jetzt sagen sie das dauernd. Letzte Woche hat mir Melvin erklärt, er will sein Referat über die Amischen halten, weil die das volle Programm haben.«

»Und was hat er gemeint?«

»Keine Ahnung. Ich nehme an, dass sie jede Menge Regeln zu beachten haben. Ich werde es wohl bald genauer wissen – morgen kommen die ersten Referate.«

»Wie geht's Melvin eigentlich?«, fragte sie. Er hatte ihr auch von dem Vorfall im Keller erzählt, und sie hatte gesagt, dass er dringend mit Melvin reden müsse, das Schweigen darüber bestärke Melvin nur in seinem Gefühl, dass Sex mit Männern etwas Schändliches sei, aber genau aus dem heraus sei er doch in den Keller dafür gegangen. In Minnesota hatte Aaron das auch so gesehen, jetzt war ein Gespräch mit Melvin einfach nur noch eine weitere Aufgabe, für die ihm die Kraft fehlte.

»Bei Melvin ist immer schwer zu erkennen, wie es ihm geht«, sagte er, »aber ich bin ziemlich sicher, dass er auch das volle Programm hat.«

***

Am nächsten Morgen fragte Aaron, wer freiwillig als Erster sein Referat halten wollte. Alle sahen nach unten, wie Schüler das eben tun, wenn sie Angst haben dranzukommen. Er starrte seinerseits auf die gesenkten Köpfe, und wieder wurde der Raum zu einer riesigen Wasserfläche. Er wusste, wenn er jetzt nicht weiterschwamm, würde er untergehen, also setzte er sich an sein Pult, sie starrten weiter auf ihre Tische, aber endlich meldete sich Paolo und wollte den Anfang machen.

Er ging nach vorn und lächelte alle an. »Ich werde euch heute erzählen von ein sehr wichtiges Thema, Harley-Motorräder in diese Land, die Vereinigten Staaten.« Die Klasse lachte, und Paolo schien sehr zufrieden. »Im August ich fahre zu Bike-Rallye in Sturgis, South Dakota, das erste Mal. Diese Rallye fängt an in 1938.« Aaron ermahnte ihn nicht, auf die Tempi zu achten. Paolo schrieb Vokabeln an die Tafel – *Rallye* und *Bock* und *Bikerbraut* –, dann ging er zur Wandkarte und zeichnete nach, welche Strecke sein Motorradclub bis nach South Dakota nehmen wollte. Er erklärte, wie viele Meilen sie pro Tag fahren würden, und brachte ein paar Zahlen, zum Beispiel, wie viele Biker jedes Jahr teilnahmen und wie viel Sturgis an der Rallye verdiente, denn tief im Herzen fühlte Paolo sich noch immer am wohlsten, wenn er die Welt in Zahlen sehen konnte.

Als er fertig war, meldete sich Neto und ging nach vorn. Er war zum ersten Mal beim Burning-Man-Festival gewesen und erzählte davon mit der Inbrunst eines Bekehrten. Sein Referat bestand hauptsächlich aus Fotos von Leuten, die aussahen, als hätten sie die Apokalypse überlebt. Normalerweise wäre Aaron neugierig gewesen, was Neto in diesen Fotos sah, er hätte ihn danach ausgefragt, jetzt saß er nur schweigend am Pult und sah sich die Diashow an. Nach Neto erzählte eine der Borols etwas über Levi's Jeans und dass die während der Goldrauschzeit erfunden worden waren, dann erläuterte Lila die Rolle der Chinesen beim Eisenbahnbau. Sie brillierte mit Karteikarten und einer PowerPoint-Präsentation, und Aaron war sicher, nach ihr würde sich niemand mehr freiwillig für das nächste Referat melden, aber zur allgemeinen Überraschung meldete sich Melvin.

Sein allererstes Referat über Computer hatte kein Mensch verstanden, diesmal trat er vor die Klasse und erklärte: »Ich werde euch erzählen über einige Personen, die ich kennengelernt habe, als ich in Ostküste war. Sie werden Amische genannt. Sie fahren nicht Auto und nutzen kein Telefon.« Er zeigte ein Foto von einer amischen Pferdekarre und schrieb das Wort *Karre* an die Tafel. »Mein Freund, er ist Amischperson, kann nicht an Tisch mit Familie sitzen. Er muss sich absondern und still in Ecke essen.« Er schrieb *absondern* neben *Karre*. »Wenn ich mein Freund besuche, ich sitze an Tisch, aber er ist auf dem Fußboden, und wir dürfen nicht sprechen mit ihm.«

»Warum?«, fragte Pilar. »Warum muss er auf dem Fußboden sitzen?«

»Weil er kauft Auto und stellt es in geheime Garage. So ich lerne ihn kennen. Er verkauft Auto sehr billig, und ich denke, ich kann Auto kaufen und durch Amerika fahren in meine neue Heimat, was ist San Francisco. Er erzählt mir, er muss das Auto wegmachen aus sein Leben, weil jetzt die Familie weiß, er hat Auto. Sie sind sehr böse, und Peinlichkeit auch, weil alle Amischleute wissen über das Auto, und sie kritisieren die Familie. Das Auto heißt ›Stigma‹.« Melvin schrieb *Stigma* neben *absondern* an die Tafel.

»Stigma ist, was Jesus hat gehabt«, sagte Lerma. »Von den Nägeln in seine Hände.«

»Entschuldigung«, sagte Katya. »Ich verstehe nicht dieses Wort *Stigma.*«

Sie sah zu Aaron hinter seinem Pult, und er sagte müde: »Stigma bedeutet, dass andere Leute auf einen herabsehen, weil sie meinen, etwas an einem sei eine Schande.« Er hielt inne. »Wenn man zum Beispiel eine Geisteskrankheit hat, denken Leute oft schlecht von einem, deshalb sagt man: ›Geisteskrankheiten sind mit einem Stigma behaftet.‹«

»Noch was anderes auch?«, fragte Katya. Sie schrieb mit. »Was noch ist mit Stigma behaftet?«

»Nun, zum Beispiel im Gefängnis sitzen, AIDS haben, obdachlos sein wohl auch. Aber man darf nicht vergessen, ein Stigma kann auch verschwinden.«

»Wie kann es verschwinden?«, hakte Katya nach.

»Also, ein Stigma ist nichts Reales. Es zeigt nur, was Leute so meinen, aber Gesellschaften können sich ja ändern. Es gibt Aufklärung über ein bestimmtes Thema, und dann ändern die Leute auch ihre Meinung darüber.«

Er sah ihren Gesichtern an, dass das keine brauchbare Erklärung für *Stigma* war. Eigentlich müsste er an die Tafel gehen und die Beispiele aufschreiben, aber er war sicher, er würde untergehen, sobald er sein Pult verließ.

»Und bei Jesus?«, fragte Lerma.

»Das ist nicht relevant«, sagte er. Er hörte die Ungeduld in seiner Stimme selbst. Alle sahen nach unten. Auch Lerma.

Lerma fuhr jeden Tag nach der Schule mit zwei verschiedenen Bussen, um zu ihrer Arbeitsstelle zu kommen, der *ersten.* Ihr Job dort war, zwei Kinder, Geschwister, von der Schule abzuholen und nach Hause zu bringen, ihre Hausaufgaben zu beaufsichtigen, Essen zu kochen und sie ins Bett zu bringen. Eine Mutter war zwar auch im Haus, aber die durfte man nicht belästigen. Sie brauchte dringend »Ruhe und Frieden«, und zwar jede Menge, wie sie Lerma beim Vorstellungsgespräch erläutert hatte. Und das hielt sie Lerma auch jedes Mal vor, wenn die Kinder laut waren.

Sobald Lerma die Geschwister ins Bett gebracht hatte, fuhr sie zu ihrer zweiten Stelle. Bei dem Job durfte sie zwar schlafen, aber im Sessel am Bett eines kranken Mädchens. Alle zwei Stunden klingelte ein Wecker, und sie musste aufstehen und nach dem Mädchen sehen. Das ging bis sieben, dann kam eine Pflegerin, und Lerma fuhr nach Hause, um sich schnell frisch zu machen und pünktlich um neun in der Schule zu sein. Das war ihr üblicher Tageslauf, außer sonntags, denn Sonntag war Kirchtag. Lerma lernte fleißig, um besser Englisch zu sprechen. Sie beklagte sich nie, und sie schlief auch nie im Unterricht ein. Und zum Dank hatte er sie angeblafft, weil sie verstehen wollte, was ein *Stigma* war, hatte ihre Frage »nicht relevant« genannt, nur weil für ihn gerade alles irrelevant war, und nicht einen Augenblick bedacht, dass sie für Lerma relevanter war als alles andere.

»Entschuldigung, Lerma«, sagte er. »Es tut mir sehr leid. Bitte entschuldigt alle.« Seine Stimme bebte. »Machen wir Pause.« Er ging über den Flur zu dem Raum, in dem Bill bis vor Kurzem Leuten das Schnüffeln beigebracht hatte. Drinnen war es dunkel, aber er schaltete kein Licht an. Er ging hinein, setzte sich ans Lehrerpult und fing an zu weinen. Er überlegte, ob seine Mutter sich auch so gefühlt hatte, wenn sie nach seines Vaters Tod weinend im Wandschrank saß, ohne richtig zu wissen, worüber sie eigentlich weinte.

26

Als Aaron am nächsten Morgen auf die Fernbedienung drückte, ging das Garagentor nicht auf. Er versuchte es mit dem Wandschalter, vielleicht war ja die Batterie leer, aber das Tor blieb einfach zu, es surrte nicht einmal als Vorankündigung. Er glaubte, Mrs. Ng über sich zu hören, nahm eine Harke und klopfte gegen die Decke, aber Mrs. Ng setzte unbekümmert ihre morgendliche Routine fort und bekam nicht mit, dass er unter ihr in der Falle saß. Er fing an, sich Gedanken über Erdbeben zu machen, typisch, so funktionierte das Gehirn nun mal. Und je länger sie ihm durch den Kopf schossen, desto sicherer war er, dass jede Minute ein Erdbeben kommen würde. Das Haus würde über ihm zusammenkrachen, und das Letzte, was er hören würde, wären Mrs. Ngs Schreie.

Er hatte dasselbe Gefühl wie in der zweiten Klasse, als er erfahren hatte, dass die Erde unter seinen Füßen sich drehte. Eine unerträgliche Wahrheit. Er erinnerte sich, wie er nach der Schule auf der Straße gestanden und darüber nachgedacht hatte: Diese Erde, die sich so fest unter ihm anfühlte, rotierte in rasender Geschwindigkeit. Damals hatte er sich flach auf den Boden geworfen und gewartet. Das schien das Einzige, was er machen konnte, und es hatte geholfen. Er ging zurück in sein Kabuff, legte sich aufs Bett und schlang die Arme um die Matratze.

Auch seine Mutter hatte im Bett gelegen, als er sie das letzte Mal gesehen hatte. Nachdem Gloria ihm Clarence' Buch geschenkt hatte, war sie mit nach oben gegangen, und seine Mutter hatte in einem Bett gelegen, das eindeutig zu schmal für jemand Zweites war, erst recht für Glorias Riesenkörper. Seine Mutter hatte die Decke so hochgezogen, dass er nicht mal erkennen konnte, auf welcher Seite sie lag. Er stand mit Gloria in der Tür, und schließlich sagte Gloria: »Dolores, Aaron fährt jetzt. Er möchte dir Auf Wiedersehen sagen.«

Seine Mutter gab weder eine Antwort, noch schob sie die Decke tiefer, um ihn anzusehen.

»Ich kann hoffentlich bis mittags wieder in den Twin Cities sein«, sagte er, »also, das ist es dann wohl.« Vielleicht müsste er mehr sagen, überlegte er, aber er konnte doch nicht so tun, als sei das ein Routinebesuch, bei dem er sich am Ende für die Gastfreundschaft bedankte. »Weißt du noch, das Koma?«, fragte er. »Ich hatte die ganze Zeit Angst, dass das vielleicht wieder passiert. Habe ich heute noch. Als ich wach geworden bin an dem Abend, da hast du im Krankenzimmer am Fenster gesessen. Es war dunkel draußen, und ich habe dich eine Weile einfach angeguckt. Du hattest scheinbar völlig vergessen, dass ich hinter dir im Bett lag. Später, wenn mir das Bild in den Kopf kam, wie du da in die Nacht hinausschautest, habe ich immer gedacht, dass mir in dem Augenblick eigentlich hätte klar sein müssen, dass du weggehen würdest.«

Er drehte sich um und wollte gehen, aber er wusste, dass er es bereuen würde, wenn seine letzten Worte an sie bitter und wütend klängen. »Wie auch immer«, fügte er hinzu, »ich will dir nur sagen, ich hatte ein gutes Leben.« Nicht dass er ihr vergeben hatte. Das hatte er nicht, noch nicht, aber er gab ihr die Erlaubnis, sich selbst zu vergeben. Auch wenn er nicht glaubte, dass sie das konnte. Seine Mutter war nicht bereit, mit Schuld oder Unglück abzuschließen.

Es war halb neun. Er würde zu spät zur Arbeit kommen, aber er blieb im Bett liegen, er dachte auch nicht mehr an das Garagentor, das nicht aufging. Er dachte daran, wie Walter zu ihm ins Bett gekommen war, wenn er spürte, dass etwas nicht stimmte, wie er seine Hand genommen und ganz fest gehalten hatte und wie sie beieinandergelegen hatten, schweigend, nur an die Decke starrend, weil Walter verstand, dass zwei Menschen manchmal einfach nicht mehr brauchten, als dasselbe zu betrachten. Und unverhofft bekam er wieder Luft.

Er rief Marla an und berichtete, was passiert war. Er fragte, ob Taffy schon in der Schule war, und Marla reichte das Telefon weiter, denn Taffy saß gerade bei ihr im Büro. Taffy hatte tatsächlich noch immer die Telefonnummer der Ngs. Er hörte das Telefon über sich klingeln. Er hörte Mrs. Ng durchs ganze Zimmer gehen. Er hatte das Gefühl, dass sie kurz zögerte, aber dann nahm sie tatsächlich ab, meldete sich auf Chinesisch, und bald darauf war er frei.

***

Winnie hatte ihm einmal erzählt, wenn sie das Gefühl habe, eingemauert zu sein, dann suche sie nach einem losen Steinchen in der Mauer, das sich verrücken lasse. Und wenn ihr das gelinge, hatte sie gesagt, dann falle sie manchmal von selbst ein. An diesem Nachmittag blieb er nach dem Unterricht in der Schule und klickte sich im Computerraum durch Wohnungsanzeigen. Drei Tage später hatte er eine neue Wohnung. Sie war nicht weit von der Schule, aber am besten gefiel ihm, dass sie im vierten Stock lag. Als er am Fenster stand, während der Vermieter hinter ihm herumwuselte, konnte er das Meer sehen, nur neun Blocks entfernt. Er hatte bisher nicht gewusst, dass er sich beim bloßen Anblick des Meers besser fühlte.

Das neue Studio war teurer als das Kabuff bei den Ngs, aber er würde die Schule bald wechseln. Sie war kein Ort, an dem man lange blieb, außer man war so faul wie Felix oder allgemein schlecht zu Fuß in der Welt wie Taffy. Er würde schon klarkommen, bis er etwas anderes fand, eine besser bezahlte Stelle. Walter hatte ihm einen Scheck geschickt, seinen Anteil an ihrem Haus in Albuquerque. Er war eine Woche nachdem er seinen Brief am Flughafen eingesteckt hatte, angekommen, eingelegt in eine halbe leere Seite Schreibmaschinenpapier. Aaron hatte ihn noch nicht eingelöst, obwohl ihm Winnie dringend dazu riet, nicht unbedingt, weil er das Geld brauchte (was er tat), sondern weil er ihrer Ansicht nach endlich aufhören sollte, seine Schuldgefühle zu kultivieren.

Er sagte dem Vermieter auf der Stelle zu. Dann lief er ein Stück die Fulton Street hoch und ins Castro-Viertel. Er ging in das Café, in dem er George getroffen hatte, holte sich ein Stück Apfelstrudel, setzte sich damit und mit einem Gedichtband an einen Tisch und aß und las und wartete. Das tat er die ganze restliche Woche lang jeden Nachmittag, und abends packte er Kisten mit seinen paar Habseligkeiten. Er teilte den Ngs mit, er werde ausziehen. Sie fragten nicht nach dem Grund, und er nannte auch keinen, denn dazu bestand kein Anlass. Sie wussten selbst, dass sie ständig Streit hatten. Er musste ihnen nicht auf die Nase binden, dass sie unglücklich waren.

Eines Nachmittags kam Eugenia ins Lehrerzimmer und starrte ihn an, lauernd, dass er den Kopf hob und sie ihn ansprechen konnte. Früher hatte er ihr mit unverbindlicher Miene zugehört, die Eugenia als Interesse missinterpretierte. Heute tat er, als ob er sich auf andere Aufgaben konzentrierte – seinen Stundenplan, Pilars Aufsatz korrigieren. Schließlich hielt Eugenia es nicht mehr aus. »Du gehst am Wochenende zur Pride Parade, stimmt's?«, fragte sie, im selben Tonfall, in dem sie nach den fehlenden Lake-Wobegon-Kassetten gefragt hatte, als müsste ihn das unbedingt interessieren.

»Nein«, sagte er. »Ich mag Paraden nicht.« Das stimmte. Er hatte für Paraden nie etwas übrig gehabt. Wer über seinen Vater Bescheid wusste, nahm seine Aversion als gegeben hin, denn wie hätte er über eine solche Erinnerung hinwegkommen sollen, den Umzugswagen und wie sein Vater rückwärtsgetaumelt und durch die Luft gesegelt war? Er selbst hielt seine Aversion für eine Reaktion auf die allgemein übliche Paradeästhetik – die kitschigen Prunkwagen, Musik, die einen zum Marschieren zwang, die grelle Sonne auf dem Kopf –, aber möglicherweise hatten ja alle anderen recht.

»Aber da geht doch jeder in San Francisco hin«, sagte Eugenia.

»Tja, ein Grund mehr, zu Hause zu bleiben«, sagte er und lachte, um ihr zu zeigen, dass es irgendwie als Scherz gemeint war. Dann sagte er: »Außerdem ziehe ich am Wochenende um.«

Am nächsten Tag im Unterricht fragte auch Paolo, ob er zur Parade gehe.

»Nein, nein, ich ziehe am Wochenende um, ich habe eine neue Wohnung und gar keine Zeit für Paraden.« Er versuchte, es bedauernd klingen zu lassen.

»Sollen wir helfen?«, fragte eine der Borols.

»Nein«, sagte er hastig. Er mochte es nicht, wenn andere Leute mit seinen Sachen hantierten. Das hatte er noch nie gemocht, aber seine Schüler sollten es schon gar nicht. Er mochte nicht daran denken, dass Chisato eine Kiste mit seiner Unterwäsche und seinen Socken schleppte oder die Thais seinen Futon aus dem Gestell hoben, man schleppt doch nicht die Matratze von jemandem, ohne sich vorzustellen, wie derjenige darauf schläft oder Sex hat, an solche Intimitäten sollten seine Schüler auf keinen Fall denken, wenn sie ihn ansahen. Er hatte Grenzen, und Grenzen waren etwas Gutes. Aber anderen zu helfen, war auch etwas Gutes. Das hatte Winnie ihm bei ihrer Spritztour klargemacht.

Er holte Luft. »Doch, eigentlich könnte ich Hilfe brauchen«, hörte er sich sagen.

»Ich komme mit Shuttle-Bus«, sagte Leonardo, der inzwischen vom Pizzalieferanten zum Fahrer eines Flughafen-Shuttles aufgestiegen war. »Wir können viel Sachen einpassen.«

»Ich habe Auto«, sagte Katya.

»Ich auch habe Auto«, sagte Yoshi.

»Ich bringe Pizza von Fehlbestellung«, sagte Diego. »Sind von Abend vorher, aber noch sehr gut.«

»Altes Essen?«, fragte Aaron. Die Schüler lachten sich schlapp, und Aaron wusste, sie hatten ihm vergeben.

Am Sonntagmorgen erschienen sie – ausnahmsweise pünktlich – um neun vor dem Garagentor, als kämen sie zum Unterricht. Die Brasilianer hatten Pão de queijo und Kaffee dabei, die Thais Tüten voller getrockneter Mangos und Durianchips. Aaron war fertig mit Packen und stand schon am hochgerollten Garagentor.

»Wo ist Melvin?«, fragte Ji-hun. Außer einer der Borols, die zur Arbeit musste, fehlte nur noch Melvin. Aber er hatte auch weder zu- noch abgesagt. Er hatte wie üblich gar nichts gesagt, sondern die Gespräche um sich herumschwirren lassen, als ob er nicht wirklich dazugehörte. Aaron überlegte, ob die anderen überhaupt mit ihm rechneten.

»Er hat auf mein Handy gesprochen«, sagte Tommy. »Heute Morgen, bevor ich wach war. Er hat irgendein Problem mit dem Visum für seine Verlobte, er kommt nach zu neue Adresse.«

Und tatsächlich, als sie zwei Stunden später bei Aarons neuer Wohnung ankamen, lehnte Melvin an der Hauswand. Die anderen Schüler begrüßten ihn, und Melvin zog sich Handschuhe an und half, den Van zu entladen.

»Melvin«, sagte Aaron, als sie gemeinsam Kisten schleppten, »kann ich kurz mit Ihnen reden, wenn alle weg sind?«

»Ich muss ganz schnell nach Hause«, sagte Melvin.

»Dauert nicht lange«, versicherte Aaron.

Die Thais gingen als Letzte, und als Tommy nach Melvin rief und fragte, ob er ihn mitnehmen solle, drehte Melvin sich um und sagte: »Danke, aber ich muss noch reden mit Lehrer Aaron.« Er stand am Fenster mit dem Blick auf den Ozean, und Aaron überlegte, ob Melvin beim Blick aufs weite Meer eher Hoffnung verspürte oder das Gefühl bekam, von der eigenen Bedeutungslosigkeit übermannt zu werden.

»Was dagegen, wenn wir uns auf den Boden setzen?«, fragte Aaron, denn sich aufs Bett zu setzen, war etwas heikel, schon der

Vorschlag wäre es gewesen. Also saßen sie auf dem Boden, mit dem Rücken an der Wand. »Danke für Ihre Hilfe heute«, sagte Aaron.

»War mir ein Vergnügen«, sagte Melvin mit einem kleinen Diener. Aaron betrachtete die eingedellte Gesichtshälfte und dachte daran, wie Melvins Gesicht im Keller langsam hoch und ans Licht gekommen war, und an seinen schamerfüllten Blick.

»Melvin«, fing er an, »wir haben nie über die Sache im Keller gesprochen.« Er sah die Angst in Melvins Augen und setzte schnell hinterher: »Und das müssen wir auch nicht. Ich kann verstehen, wenn Sie darüber nicht reden möchten, das ist völlig in Ordnung. Ich will Ihnen nur sagen, wenn Sie doch mal reden möchten oder Fragen haben oder einfach Hilfe bei irgendetwas brauchen, dann können Sie zu mir kommen. Okay?«

Melvin hielt den Blick gesenkt.

»Entschuldigen Sie, wenn ich Sie in Verlegenheit gebracht habe«, sagte Aaron. »Kann ich Ihnen irgendetwas anbieten? Wasser? Ein Bier? Einen Pizzarest?«

»Ich muss gehen«, sagte Melvin.

»Noch mal vielen Dank für Ihre Hilfe.«

An der Tür sah Melvin wieder hoch. »Es ist Stigma von meinem Leben«, sagte er traurig.

»Was?«, fragte Aaron, aber Melvin hatte sich schon zum Gehen gewandt.

***

Als er mit Winnie spätnachmittags bei Needles von der Interstate abgefahren war, konnte er sich nicht mehr erinnern, in welcher Richtung es zum Motel weiterging. Er fuhr nach rechts, stellte aber nach ein paar Häuserblocks fest, dass er nach links hätte fahren müssen, also drehte er um, und dann lag es vor ihnen, unbeschreiblich unattraktiv, die Art Unterkunft, nach der man sucht, wenn man einfach ohne Schnickschnack schlafen will. Er fuhr auf den Parkplatz, und sie stiegen aus. Er zeigte Winnie die Stelle, wo ihn Brittas Freund geschlagen und getreten hatte, bevor er ihm erklärt hatte, dass er schwul war. Er musste lachen. »Ich kriege Keile, *bevor* ich sage, ich bin schwul.« Dann fiel ihm wieder ein: »Und wenn Britta hier gar nicht mehr arbeitet?« Die Frage hatte er immer wieder aufgeworfen, seit sie Minnesota hinter sich gelassen hatten, und Winnie hatte immer dieselbe Antwort gegeben: »Dann suchen wir sie. Wir werden rauskriegen, was aus Jacob geworden ist.«

Sie hakte ihn unter, und sie gingen zusammen zum Eingang, aber kurz vor der Tür blieb Aaron stehen. »Ich kann nicht«, sagte er.

»Doch, natürlich kannst du. Wir machen das zusammen. In Ordnung? Du bist nur aufgeregt.«

Er lehnte sich an die Wand neben der Tür. »Nein«, sagte er. »Ich finde wirklich, ich sollte das nicht machen. Wenn Jacob tot ist, kann ich sowieso nichts mehr für ihn tun. Nicht wirklich. Oder?«

Sie nickte.

»Also, was sollte mir das jetzt noch bringen?«

»Na, du wüsstest es dann. Manchmal ist Klarheit wichtig.«

Er erinnerte sich an die Wucht, mit der ihn Lex an jenem Abend getreten hatte, weil er unbedingt wissen wollte, was Britta in seinem Zimmer gemacht hatte. Aber hatte ihm das Wissen dann irgendetwas gebracht? Verstand Lex die Frau, die er liebte, danach irgendwie besser? Liebte Britta ihn danach mehr? Hatte ihm selbst das Wissen, wo seine Mutter all die Jahre gewesen war, dazu verholfen, ihr irgendwie schneller zu vergeben?

»Klarheit ist wichtig«, bestätigte er. »Aber vielleicht geht es manchmal auch um die Klarheit, zu wissen, was man nicht unbedingt wissen muss. Ich denke seit Monaten an Jacob, ich stelle mir sein Leben vor dem Tag und sein Leben danach vor, und vielleicht werde ich den Rest meines Lebens über ihn grübeln, aber das ist in Ordnung. Ich habe ihn gerettet. Ich bin abgehauen, um mich selbst zu retten, und dabei habe ich auch ihn gerettet. Vielleicht reicht das.«

Winnie legte ihm die Hand auf die Schulter, genau mit der hatte er sich gegen Jacobs Tür geworfen. Er erinnerte sich an das Gefühl, als die Tür nachgegeben hatte, an die Gewissheit, die er empfunden hatte, als er Jacob das Leben rettete. Hatte Walter auch Gewissheit verspürt, als er an jenem Sonntagnachmittag aus Mortonville hinausgefahren war, mit Aaron neben sich? Er hatte ihn nie danach gefragt, aber er würde es bestimmt nachholen, sogar bald, denn es gab noch so viel, was er über Walter nicht wusste.

Er spürte die Motelwand warm im Rücken. Er machte kehrt und ging zum Parkplatz. Als sie kurz danach am Eingang vorbeifuhren, ging er vom Gas und warf einen Blick hinein. An der Rezeption stand eine junge Frau. Er hielt sie für Britta, aber er war sich nicht sicher. Es konnte irgendeine junge Frau sein.

***

Bevor er die Nummer wählte, legte er sich zurecht, was er sagen wollte. »Hier ist Aaron«, würde er anfangen, »ich wollte mal hören, wie es dir geht, und mich entschuldigen, dass ich nicht früher angerufen habe.« Er schrieb sich die Sätze auf und las sie sich zum Üben vor, aber er kam sich vor wie damals, als er zwanzig war und Telefonwahlwerbung in einem Parteibüro gemacht hatte, nach Drehbuch, zum Vorlesen für irgendeinen fremden Menschen. Er beschloss, es drauf ankommen zu lassen, obwohl er genau das Spontane und Unbekannte am Telefonieren hasste, aber dann hörte er Walters Stimme, Walter klang wie ein fremder Mensch, wie jemand, für den ein Drehbuch nötig gewesen wäre.

»Hier ist Aaron.«

Am anderen Ende lief Wasser, vielleicht spülte Walter gerade Geschirr, aber das Geräusch hörte abrupt auf. »Aaron«, sagte Walter. »Ich habe deinen Brief bekommen. Du hast offenbar dein

Faible für Metaphern nicht verloren.« Und plötzlich klang er wie Walter.

»Du fehlst mir«, sagte Aaron, aber das war unfair, es lenkte nur ab vom Grund seines Anrufs, also sagte er schnell: »Aber deshalb rufe ich gar nicht an.« Was aber irgendwie noch falscher war.

»Und warum rufst du dann an?«, fragte Walter. Er wollte es ihm nicht leicht machen, und warum auch? Er hatte ihm jahrelang alles leicht gemacht, und was hatte ihm das gebracht?

Aaron antwortete nicht sofort. Walter sollte doch erfahren, dass Aaron für alles, was er je für ihn getan hatte, dankbar war, aber jede Idee, wie er seine Dankbarkeit in Worte fassen könnte, klang nach Klischee. Und dass Klischees irgendjemanden überzeugten, konnte er sich nicht vorstellen, obwohl er wusste, dass es bei vielen Leuten funktionierte. Sie hörten ja auch Popmusik, oder? Sie weinten in Musicals und schickten sich gegenseitig Hallmark-Karten. Aber Walter doch nicht.

»Ich rufe an, um dir zu sagen, dass du mir das Leben gerettet hast«, sagte Aaron. »Und um Danke zu sagen.«

Gloria hatte recht – Menschen taten etwas, weil sie es tun wollten. Walter hatte ihm helfen wollen, weil Aaron zu helfen ihm selbst geholfen hatte. Aaron hatte morgens, vor dem Anruf, eine der unausgepackten Kisten aufgemacht und sein Klagetagebuch wiedergefunden. Er hatte es weggeworfen, weil er das so wollte, weil er, indem er Walter vergab, sich selbst vergab. Er stand auf und sah aus dem Fenster seines neuen Studios. Er dachte an Walter, der auf die vertrauten Wände ihres Hauses sah und nicht ahnte, dass Aaron am anderen Ende der Leitung das Meer vor Augen hatte. Und jetzt dämmerte ihm, dass, selbst wenn sie zusammen waren und etwas ansahen, jeder etwas anderes gesehen hatte.

»Ich rufe nächste Woche wieder an, ja?«, sagte Aaron, und Walter sagte: »Ich bin hier.«

***

Vielleicht war George nie wieder in das Café gegangen, nachdem Aaron ihn versetzt hatte, vielleicht war er aber auch gar kein Stammgast. Vielleicht war es einfach ein glücklicher Zufall, dass er an jenem Tag da gewesen war. Nach zwei Wochen Apfelstrudel und Warten, dass George wieder aufkreuzte, stieg Aaron eines Nachmittags in die U-Bahn, er wollte mit der N-Linie ganz bis ans Meer fahren und dann zu Fuß nach Hause laufen. Kaum war er eingestiegen, stand George vor ihm, in Dienstuniform, und fragte ihn nach dem Fahrschein. Aaron zeigte ihn vor und sagte: »Tut mir leid. Ich habe Angst gekriegt. Wann hast du Schluss hier? Wollen wir spazieren gehen?«

Und George sagte: »Um sechs. Und – ja.«

Aaron stand schon vor sechs am Treffpunkt und wartete. George kam auf ihn zu, kam so nahe, als ob er ihn umarmen wollte, tat es aber nicht. Als Aaron sich erholt hatte von der Panik, dass George ihn gleich umarmen würde, und eine leise Enttäuschung verspürte, dass George ihn *nicht* umarmt hatte, übernahm er die Initiative und drückte ihn an sich. George drückte zurück, und Aaron platzte heraus: »Ich bin eigentlich kein Freund von Umarmerei.« Sie waren schließlich immer noch zwei Fremde, und das hieß, alles, was sie jetzt taten, war fundamental für das Verständnis, das sie füreinander entwickeln würden. George sollte auf keinen Fall denken, dass Aaron ständig alle Welt umarmte, dass er locker zu Intimitäten überging. Andererseits, womöglich schloss George aus dem Satz, dass Aaron ihn so attraktiv fand, dass er nicht anders konnte, dass er ihn hatte umarmen müssen.

Aber George lächelte nur und sagte: »*Widerspreche ich mir selber? / Dann widerspreche ich mir eben.*« Und Aaron erwiderte das Lächeln. »*Ich bin groß, ich enthalte Vielheiten.*«

»Und ich bin eigentlich kein Whitman-Fan«, sagte George.

»Ich auch nicht«, sagte Aaron. Selbst diese Einigkeit machte ihn schüchtern. »Wie auch immer«, sagte er, »mir ist eben beim Warten eingefallen, dass du ja den ganzen Tag auf den Beinen bist, also wenn du keine Lust auf Spazierengehen hast, ist das auch okay.«

»Willst du mir schon wieder einen Korb geben?«, fragte George.

Aaron sah auf den Boden. »Es lag an dem Gedicht«, sagte er schließlich. »Dem von Richard Hugo. Es hat mich an jemanden erinnert, einen Mann, den ich vor langer Zeit kennengelernt habe, als ich noch ein Junge war. Er hat mich mit dem Gedicht bekannt gemacht, überhaupt mit Poesie, mit sehr vielen Dingen.« Wie seltsam es sich anfühlte, sein Leben in so allgemeinen Begriffen zu beschreiben, Walter als »jemanden« zu bezeichnen. Er holte Luft. »Ich habe ihn sehr geliebt.«

»In Ordnung«, sagte George. »Gut. Es ist wichtig, geliebt zu haben.«

Wenn er und George jetzt spazieren gingen, wo führte das hin? Käme irgendwann ein Tag, an dem sie sagen würden: »Ist dir klar, wie viele Meilen wir zusammen gegangen sind?« Dann zu zählen versuchen. Auf mindestens fünfzehntausend kommen. Bis dahin wüssten sie alles übereinander. Aaron wüsste, dass George immer auf der rechten Seite gehen musste, weil er als Junge jeden Tag mit seinem Vater zum Postamt gelaufen war und sein Vater auf dem linken Ohr nicht hören konnte, also war George immer rechts von ihm gegangen und konnte gar nicht mehr anders. Sie hätten jede Menge Sex gehabt. Sie hätten viel geredet und Gedichte gelesen, denn Poesie war nicht nur das, was Aaron mit Walter war, Poesie war, was Aaron war.

Vielleicht passierte aber auch nichts von alldem. Vielleicht säße er in ein paar Jahren grübelnd über einem Stück Apfelstrudel: *Wie hieß noch mal dieser Mann, den ich beim Apfelstrudelessen kennengelernt habe? Er hat bei der U-Bahn gearbeitet, fällt mir ein. Wir sind mal zusammen spazieren gegangen.*

Er hatte keine Ahnung, was passieren würde, denn so war das Leben. Man ging zu einer Parade, und der eigene Vater fiel vom Umzugswagen und war tot. Man ging ins Bett und dachte über die Karte von Kanada nach, und am nächsten Morgen war die eigene Mutter weg. Man ging eines Abends angeln und traf auf den Mann, der einem das ganze Leben umkrempelte. Man schlief fast ein am Steuer eines Transporters, mit dem man gerade den Mann verließ, den man beim Angeln kennengelernt hatte, man stieg in einem schäbigen Motel ab und rettete ein Leben.

»Also, gehen wir los?«, fragte George.

»Ja«, sagte Aaron, und sie gingen los.

Danksagung

Ich möchte mich bedanken bei verschiedenen Institutionen und Menschen, die dieses Buch von Anfang an gefördert haben: allen voran bei Nancy Zafris – sie hat den Ball ins Rollen gebracht, als es um die Veröffentlichung des Romans ging, und steht mir noch immer mit freundschaftlichem Rat zur Seite; dann bei der Rona Jaffe Foundation – sie hat mir die finanziellen Mittel gewährt, die mir in den Jahren 2009 und 2010 etwas von der Bürde des Unterrichtens abgenommen haben; beim Creative Writing Department der Universität von North Carolina in Chapel Hill: Ich hatte das Glück, dort von 2010 bis 2012 als Kenan Visiting Writer mit wunderbaren StudentInnen und KollegInnen zu arbeiten; bei der Bread Loaf Writers' Conference und bei den vielen engagierten Literaturmagazin-RedakteurInnen, die mich zum Schreiben ermutigt haben (insbesondere bei der New England Review) oder vorab Ausschnitte aus diesem Roman veröffentlicht haben: in der ›Iowa Review‹, im ›Bluestem Magazine‹, dem ›Beloit Fiction Journal‹, der ›Nashville Review‹ und der ›Northwest Review‹.

Bei meiner Agentin Terra Chalberg – pragmatisch und hilfreich, wie sie ist, weiß sie ganz genau, wann Deadlines nötig sind; bei Liese Mayer, meiner Lektorin – sie hat dieses Buch begeistert begleitet und mich mit ihren wohlüberlegten, behutsamen und klugen Vorschlägen unzählige Male vor mir selbst bewahrt; außerdem bei Nan Graham, Alexsis Johnson, Rita Madrigal, Mia Crowley-Hald und dem Rest des Scribner-Teams – ihnen allen bin ich dankbar für das Gefühl, bei ihnen mit meinem Buch zu Hause zu sein.

Bei meinen StudentInnen – sie machen mir Hoffnung und

geben mir das Gefühl, gebraucht zu werden. Ich weiß nicht, wie viel ich schreiben könnte, wenn ich nicht die eine oder das andere wenigstens manchmal spüren würde.

Bei meinen lieben FreundInnen, die verstehen, dass ich nach einem Schreibarbeitstag nur selten Lust habe, darüber zu reden, und die mir auf so vielfältige Weise ihre Unterstützung gewährt haben.

Und bei Anne Raeff, meiner ersten Leserin, mit der ich seit jetzt fast einem Vierteljahrhundert mein Leben teile.

Die Übersetzerin dankt sehr herzlich:

Lori Ostlund für liebevolles Klären komischer Fragen *und den New York Raeffs* für polyglotte (Mit-)Spielfreude – *girls, we HAD fun ...*
Jay Kieborth für *mountains of things American, gay and not,*
Alexander Pechmann für die spontane Suche nach Mark Twains Telefon, Flannery O'Connors Blut, Richard Hugos Sonntag und Oscar Wildes Vermissten,
Klaus Martens, dem Wallace-Stevens-Übersetzer, der mit mir zusammen die Gedichtzeile eingedeutscht hat, die es noch nirgendwo auf Deutsch gibt.

Jürgen Brôcan hat Walt Whitmans »Song of Myself« übersetzt und mich in Windeseile mit den Zeilen auf S. 411 versorgt; das ganze Gedicht steht in: Walt Whitman, ›Grasblätter‹, Deutsch von Jürgen Brôcan (München: Carl Hanser Verlag, 2009).
Von *Eike Schönfeld* stammt die schöne Neuübersetzung von Oscar Wildes ›Bildnis des Dorian Gray‹ (Berlin: Suhrkamp Insel, 2015), und natürlich hat er das zweite Motto sofort aus dem E-Mail-Ärmel geschüttelt.

Das erste Motto stammt aus Flannery O'Connors vergriffenem Roman ›Die Weisheit des Blutes‹, den die verstorbene *Eva Bornemann* übersetzt hat (München: Rogner & Bernhard, 1982).